KB056887

난 지금
　　　잠에서 깼다

난 지금
잠에서 깼다

러시아 고딕 소설

안토니 포고렐스키 외

김경준 엮고 옮김

므약

일러두기

- 이 책은 19세기와 20세기 러시아 고딕Russian Gothic 장르에서 중요한 위치를 차지하는 중단편 소설 12편을 선별하여 번역한 것이다.
- 262쪽 주를 제외한 모든 주는 옮긴이의 주이다.

안토니 포고렐스키
Антоний Погорельский

라페르토보*의 양귀비씨앗빵 노파

Лафертовская маковница

안토니 포고렐스키(Антоний Погорельский, 1787-1836)는 1787년 모스크바에서 태어났으며 러시아 문학사에서 판타지 장르의 창시자로 여겨지는 작가다. '안토니 포고렐스키'라는 이름은 작가가 1828년에 발표한 「분신―소러시아에서 보낸 밤들(Двойник, или Мои вечера в Малороссии)」에서 처음 사용한 필명으로, 본명은 알렉세이 알렉세예비치 페롭스키(Алексей Алексеевич Перовский)다. 귀족 신분인 아버지와 평민 신분인 어머니 사이에서 태어난 혼외자였지만, 아버지의 아낌없는 지원으로 훌륭한 조기 교육을 받으며 유복한 유년 시절을 보냈다. 모스크바대학에서 언어학 박사 학위를 받은 후 상원, 법무부, 재무부 등 국가 기관에서 근무하다 1812년 나폴레옹의 침략으로 전쟁이 발발하자 군에 입대하여 국내외 각지에서 다양한 전투를 경험했다.

포고렐스키는 어릴 적부터 문학에 관심이 많았고 긍정적인 성격과 섬세한 유머 감각을 지니고 있었다. 아버지가 당대의 유명한 문인들과 친분이 있었던 덕분에 일찍이 카람진(Николай М. Карамзин), 주콥스키(Василий А. Жуковский) 등과 같은 대문호들과 교류했고, 이는 곧 작가의 향후 문학 활동에 지대한 영향을 끼쳤다. 1807년 카람진의 단편 「가엾은 리자(Бедная Лиза)」의 독일어 번역본을 완성하면서 문학계에 첫발을 내디뎠고 이후 본격적인 문학 창작 활동에 돌입했다. 포고렐스키는 1836년, 당시에는 제정 러시아령이었던 바르샤바에서 죽음을 맞이했다.

「라페르토보의 양귀비씨앗빵 노파(Лафертовская маковница)」(1825), 「검은 닭―지하 세계의 사람들(Черная курица, или Подземные жители)」(1829) 등의 작품을 통해 미스터리와 초자연적 요소를 조화롭게 활용하여 러시아 고딕 소설 특유의 흥미와 긴장감을 표현한 그는 인물의 내면세계를 정교하게 묘사하는 탁월한 재능이 있었다. 포고렐스키의 작품에는 감상주의적이거나 낭만주의적인 경향이 간간이 드러나기도 한다. 전반적으로 독자들이 쉽게 받아들이고 큰 흥미를 느낄 만한 작품들이다.

---

*   라페르토보(Лафертово, Lafertovo). 모스크바의 레포르토보(Лефортово, Lefortovo) 구역을 일컫는 속칭.

모스크바가 화마에 휩쓸리기 15년 전 프롤롬나야 자스타바*에서 멀지 않은 곳에 나무로 지은 작은 집이 자리 잡고 있었다. 정면에는 다섯 개의 창이 나 있었고 중간 창 위에는 볕이 잘 드는 자그마한 방이 있었다. 쓰러져가는 담장으로 둘러싸인 작은 마당 한가운데에는 우물이 보였다. 마당 두 귀퉁이에는 각각 반쯤 무너져 내린 헛간이 들어서 있었다. 그중 하나는 칠면조와 닭 들의 보금자리였다. 이들은 헛간을 가로질러 견고하게 세워진 표지판을 사이좋게 공유했다. 집 앞 나직한 울타리 너머로는 마가목 두세 그루가 솟아 있었는데 발치에서 자라고 있는 키 작은 까막까치밥나무와 산딸기나무 무리를 멸시 어린 눈초리로 흘기는 듯했다. 현관 바로 옆에는 음식을 보관하는 작은 지하 저장고가 있었다.

* 프롤롬나야 자스타바(Проломная застава, Prolomnaya zastava). 레포르토보의 한 광장.

이 볼품없는 집은 퇴직한 우편배달부 오누프리치가 아내 이바노브나와 딸 마리야와 함께 새로 옮긴 거처였다. 오누프리치는 젊은 시절 20년쯤 군 복무를 한 끝에 상병으로 전역했고 그 후에는 군 생활을 했던 기간 만큼 모스크바시 중앙우체국을 성실하게 다녔다. 단 한 번도, 적어도 직무상 과실로 징계 처분을 받은 적이 없었고 결국 퇴직 수당을 받고 현업에서 깨끗이 물러났다. 집은 오누프리치의 소유로, 얼마 전 세상을 떠난 고령의 숙모가 물려준 유산이었다. 이 노파는 살아생전 라페르토보 전역에서 '라페르토보의 양귀비씨앗빵 노파'로 유명했다. 꿀과 양귀비씨앗을 넣은 리표시카*를 팔아 생계를 이어 갔기 때문이다. 그녀는 달콤한 양귀비씨앗빵을 만드는 남다른 비법을 알고 있었다. 노파는 비가 오나 눈이 오나 하루도 빠짐없이 이른 아침마다 양귀비씨앗빵을 가득 채운 바구니를 머리에 이고 집을 나서 프롤롬나야 자스타바로 향했다. 목적지에 도착해서는 바닥에 깨끗한 천을 깔고 바구니를 뒤집어엎어 양귀비씨앗빵을 가지런히 펼쳐놓았다. 그렇게 노파는 저녁때까지 자리를 지키고 앉아 그 누구에게도 빵을 권하지 않은 채 깊은 침묵 속에서 장사를 이어 갔다. 어슬어슬 날이 저물기 시작하고 나서야 남은 빵을 바구니에 담아 느릿한 발길을 집으로 돌렸다. 프롤롬나야 자스타바의 보초병들은 어쩌다 한 번씩 달콤한 양귀비씨앗빵을 공짜로 얻어먹곤 했기에 노파를 좋아했다.

하지만 양귀비씨앗빵 장사는 노파의 전혀 다른 직업을 위장하

---

* 주로 중앙아시아 지역에서 먹는 납작하고 둥근 빵으로 화덕에서 굽는다.

는 가면일 뿐이었다. 시내에 가로등이 켜지고 노파의 집 주변으로 어둠이 내려앉는 깊은 밤이 되면 각계각층의 사람들이 슬금슬금 오두막으로 다가와 조용히 문을 두드렸다.

사슬에 매인 커다란 개 술탄은 우렁찬 소리로 낯선 이들의 방문을 알렸다. 노파는 문을 열어 기다랗고 앙상한 손가락으로 방문객의 손을 잡고 키 작은 목조 가옥 안으로 방문객을 들였다. 집 안에는 흔들거리는 참나무 탁자 위로 가물거리는 등잔불이 카드 한 벌을 비추고 있었다. 카드는 손때가 탄 탓에 다이아몬드와 하트를 거의 구분할 수 없었다. 페치카* 위쪽의 평평한 공간에는 붉은 구리로 만든 커피포트가 있었고 벽에는 체가 걸려 있었다. 노파는 방문객들이 재량껏 낸 돈을 선불로 받고 상황에 따라 카드를 집어 들기도 하고 커피포트와 체를 사용하기도 했다. 노파가 능수능란한 말재간으로 미래를 축복하는 예언을 강물처럼 쏟아 내면, 달콤한 희망에 부푼 방문객들은 집을 나서면서 처음에 준 돈의 배도 더 되는 돈을 쥐어주기 일쑤였다.

이처럼 노파는 이 평화로운 일을 하며 유유자적한 삶을 살고 있었다. 사실 시기심 많은 동네 사람들은 그녀가 주술사라는 둥 마귀할멈이라는 둥 뒤에서 수군거렸지만, 앞에서는 고개를 조아리며 알랑거리는 미소로 할머니라고 친근하게 불러 댔다. 노파가 이렇게 깍듯한 대우를 받았던 데에 일조한 사건이 있었다. 언젠가 동네 사람 중 하나가 노파를 경찰에 고발한 적이 있었다. '라페르토보의 양귀비씨앗빵 노파'가 카드와 커피로 부적절한 점

---

* 러시아식 벽난로.

술을 일삼고 수상한 자들과 왕래까지 한다는 것이었다. 그다음 날 경찰이 나타났다. 경찰은 노파의 집에 들어가 오랫동안 꼼꼼한 수색을 벌였고 결국 집을 나서면서 아무것도 발견하지 못했다고 선언했다. 이 고귀하신 노인네가 무슨 수를 써서 자신의 결백을 증명했는지는 알 수 없지만, 중요한 건 그게 아니었다. 근거 없는 고발이었음이 밝혀졌다는 게 중요했다. 한편 운명은 가련한 양귀비씨앗빵 노파의 편인 듯했다. 이유인즉 그 후 얼마 지나지 않아 고발자의 장난꾸러기 아들이 마당에서 뛰어놀다 넘어지는 바람에 눈이 못에 찔리는가 하면 뒤이어 그 아내는 실수로 미끄러져 발목을 접질렸기 때문이다. 엎친 데 덮친 격으로 여태껏 아픈 적 한 번 없던 가장 튼튼했던 소가 갑자기 쓰러지기까지 했다. 절망에 빠진 고발자는 눈물과 선물을 동원해 가까스로 노파의 노여움을 풀어주었다. 그리고 이때부터 온 동네 사람들은 노파를 깍듯하게 대하기 시작했다. 거처를 옮겨 라페르토보에서 멀리 떨어진 곳, 이를테면 프레스넨스키예 프루디, 하모브니키, 퍄트니츠카야* 등지로 이사를 나간 이들만이 마음 놓고 양귀비씨앗빵 노파를 감히 '마귀할멈'이라고 불러 댔다. 이들은 컴컴한 밤이면 시뻘겋게 작열하는 석탄처럼 빛나는 눈을 가진 큰 까마귀가 노파의 집으로 날아드는 장면을 직접 봤다고 단언했다. 어떤 이들은 매일 아침저녁 대문에서 노파를 배웅하고 마중하는 귀여운 고양이가 다름 아닌 악령이라고 주장하기까지 했다.

이 소문은 결국 직업 특성상 여러 집을 자유롭게 드나들 수 있

* 모두 모스크바 남동부에 있는 라페르토보에서 멀리 떨어진 모스크바 중심부 구역들이다.

었던 오누프리치에게도 전해졌다.

오누프리치는 신앙심 깊은 사람이어서 가까운 친척인 숙모가 악령과 스스럼없이 내통했다는 생각만으로도 심기가 매우 불편했다. 그는 이 일을 어찌하면 좋을지 한참 동안 고민했다.

그러던 어느 날 밤 오누프리치는 소박한 잠자리에 몸을 누이다 마침내 입을 열었다.

"여보, 드디어 마음을 정했어. 내일 아침 일찍 숙모님한테 가서 그 망할 놈의 일 좀 때려치우라고 해야겠어. 주님의 은총으로 아흔 가까이 사셨으면 회개하고 구원받을 생각이나 하실 것이지!"

아내 이바노브나는 이런 남편의 계획이 영 탐탁지 않았다.

라페르토보 양귀비씨앗빵 노파는 부자로 알려져 있었고 오누프리치는 그녀의 유일한 상속자였기 때문이다.

이바노브나는 남편의 주름진 이마를 어루만지며 대꾸했다.

"여보, 제발 부탁이니까 남의 일에는 끼어들지 말아요. 신경 쓸 일이라면 우리 일만으로도 충분하잖아요. 마샤*도 벌써 다 커서 시집보낼 때가 됐는데 지참금도 없이 어디서 신랑감을 구하겠어요? 숙모님께서 마샤라면 끔찍이 예뻐해주시고 마샤 대모님이라는 거 당신도 알잖아요. 마샤가 결혼이라도 하게 되면 신세를 질 사람이 숙모님 말고 누가 있겠어요? 그러니 마샤를 아낀다면 그리고 나를 조금이라도 사랑한다면 그 착한 노인네한테 암말도 말아요. 당신도 알다시피…"

---

* '마리야'의 애칭.

말을 이어 가려던 이바노브나는 남편이 코를 골고 있음을 깨달았다. 그녀는 자신의 말을 듣던 남편이 이렇게까지는 냉담하지 않았던 과거를 떠올리며 남편을 서글프게 바라보곤 등지고 누워 이내 코를 골기 시작했다.

다음 날 아침 이바노브나가 아직 단잠에 빠져 있었을 때 오누프리치는 슬그머니 잠자리에서 일어나 '기적을 행한 성 니콜라이' 이콘을 향해 공손하게 기도를 드리고 모자에 달린 반짝이는 독수리와 우편배달부 휘장을 모직 천조각으로 닦은 뒤 제복을 입었다.

그런 다음 큰 잔에 예로페이치*를 따라 마시고 심장을 달랜 뒤 문간으로 나왔다. 이곳에서 그는 묵직한 장검을 차고 한 번 더 성호를 그은 뒤 프롤롬나야 자스타바로 향했다.

노파는 오누프리치를 상냥하게 맞이하며 말했다.

"아니, 우리 조카님께서 무슨 바람이 불어서 아침 댓바람부터 예까지 행차하셨을꼬? 자, 자, 어서 들어와 앉으시게."

오누프리치는 노파와 나란히 긴 의자에 앉더니 헛기침을 하기 시작했다. 무슨 말부터 해야 할지 알 수가 없었다. 이 순간만큼은 늙어 쇠약해진 이 노파가 30년 전의 터키군 포병 중대보다 더 무서워 보였다. 그는 마침내 용기를 내어 단호한 목소리로 말했다.

"숙모님, 긴히 드릴 말씀이 있어서 왔습니다."

노파는 대답했다.

---

* 보드카에 여러 종류의 약초를 넣고 달인 약술을 일컫던 옛말.

"그래, 말해 보려무나."

"숙모님, 사실 날도 얼마 안 남았는데 이제 회개하시고 악귀며 악귀의 농간이며 다 손을 떼셔야 하지 않겠습니까?"

노파는 오누프리치의 말을 끊었다. 그녀는 입술이 시퍼렇게 질리고 눈에 핏발이 서더니 노발대발하기 시작했다.

노파는 성이 잔뜩 난 씩씩거리는 목소리로 소리쳤다.

"내 집에서 나가! 썩 꺼져라, 이 썩을 놈아! 또다시 내 집 문턱을 넘는 날에는 네 망할 놈의 다리가 영영 못 쓰게 될 줄 알아!"

노파는 앙상한 손을 치켜들었다. 오누프리치는 혼비백산했다. 그의 다리는 오래전 잃어버린 탄력을 순식간에 되찾았다. 그는 단숨에 계단을 뛰어내려 와 뒤도 안 보고 집으로 달아났다.

이때부터 노파와 오누프리치 식구 사이의 왕래는 끊겼다. 그렇게 몇 년이 흘렀다. 마샤는 어엿한 숙녀가 되었고 계절의 여왕처럼 아름답게 피어났다. 젊은이들은 그녀의 뒤를 쫓아다녔고 늙은이들은 그녀를 바라보며 지나버린 청춘에 대한 회한에 잠겼다.

하지만 마샤는 가난했고 신랑감은 나타나지 않았다. 이바노브나는 고령의 숙모를 떠올리는 일이 더욱 잦아졌고 도무지 마음이 놓이지 않았다. 그녀는 딸에게 자주 이런 말을 하곤 했다.

"네 아비가 그때는 제정신이 아니었지! 누가 시키지도 않았는데 뭐 하러 쓸데없는 참견을 해서, 원! 딸내미는 이렇게 시집도 못 가고 있는데!"

이바노브나는 젊고 아름다웠던 20년 전이었다면 오누프리치가 숙모에게 용서를 빌고 화해하도록 기어이 설득했을 것이다.

하지만 이바노브나의 뺨에서 홍조가 사라지고 그 자리에 주름이 자리 잡기 시작하자 오누프리치는 '남편은 하늘, 아내는 땅'이라는 말을 끄집어냈고, 가엾은 이바노브나는 눈물을 머금고 전에 쓰던 미인계를 포기할 수밖에 없었다.

오누프리치는 자신도 노파에 관한 얘기를 일절 하지 않았을 뿐만 아니라, 아내와 딸이 노파를 언급하는 것도 엄금했다. 그럼에도 불구하고 이바노브나는 숙모에게 접근해보려고 했다. 대놓고 그렇게 할 수는 없었지만, 남편 몰래 노파를 찾아가 자기와 딸은 남편의 어리석은 행동에 아무런 관여도 하지 않았음을 호소해보기로 마음먹었다.

드디어 상황이 이바노브나에게 유리하게 돌아갔다. 우체국장이 병에 걸려 오누프리치가 공석을 메우러 잠시 출장을 가야 했다. 이바노브나는 남편과 작별 인사를 나누면서 기쁜 내색을 애써 감췄다. 그녀는 사랑하는 이를 멀리 떠나보내는 애달픈 여인네라도 된 것처럼 남편을 배웅했다. 그러나 남편이 떠나자 억지로 짜낸 눈물을 훔칠 새도 없이 옆에 있던 마샤의 팔을 낚아채 집으로 발걸음을 재촉하며 말했다.

"마샤, 얼른 옷을 차려입거라. 만나러 갈 사람이 있다."

"누굴요, 어머니?"

마샤가 놀라서 묻자 이바노브나가 답했다.

"훌륭하신 분이란다. 자, 어서 서둘러라, 마샤. 시간이 없어. 해가 벌써 저물어가는데 갈 길이 멀어."

마샤는 종이 틀에 끼워진 벽거울 앞으로 다가가 뿔로 만든 빗핀으로 머리카락을 귀 뒤로 곱게 빗어 넘겨 길게 땋은 밤색 머리를 고정했다. 그러고 나서 빨간 사라사 원피스를 입고 실크 스카프를 목에 두르더니 거울 앞에서 두어 번 몸을 돌려보고는 외출 준비가 다 되었음을 이바노브나에게 알렸다.

이바노브나는 길을 나서고 나서야 숙모 댁에 간다는 사실을 마샤에게 털어놓으며 이렇게 말했다.

"도착할 때쯤이면 날이 어두워질 테니까 분명 숙모님을 뵐 수 있을 거야. 잘 들어라, 마샤. 숙모님을 뵈면 손등에 입을 맞추고 그동안 너무너무 뵙고 싶었다고 말씀드리거라. 처음엔 성을 내시겠지만 내가 잘 달래 보마. 이놈의 영감탱이가 정신이 나갔던 게 우리 잘못은 아니잖니?"

이런 얘기가 오가는 와중에 모녀는 노파의 집에 다다랐다. 닫힌 덧창문 틈으로 반짝이는 불빛이 새어 나왔다.

"알지? 손등에 입 맞추는 거 잊지 말고."

이바노브나는 문 앞에 다가서며 다시 한번 말했다. 술탄이 큰 소리로 짖기 시작했다. 쪽문이 열렸고 노파가 손을 내밀어 두 사람을 안으로 안내했다.

노파는 이들을 밤이 되면 으레 자기를 찾아오는 손님이라고 생각했다.

이바노브나가 먼저 입을 열었다.

"숙모님!"

노파는 조카의 아내임을 알아보고 소리를 치기 시작했다.

"썩 꺼지지 못해? 예가 어디라고 와? 난 너희들을 모르고, 알고 싶지도 않아!"

이바노브나는 이런저런 얘기를 늘어놓으며 남편을 비난하고 용서를 빌기 시작했다. 하지만 노파는 꿈쩍도 하지 않았다.

"썩 꺼지라니까! 이것들을 그냥…!"

노파는 두 사람에게 위협적으로 손을 치켜들었다.

마샤는 겁이 났지만 어머니가 당부한 일을 떠올리고는 큰 소리로 흐느끼며 노파에게 달려들어 손등에 입을 맞췄다. 그리고 말했다.

"할머니! 저한테 화내지 마세요. 전 할머니를 다시 봬서 기쁘기만 한데…"

마샤의 눈물에 마음이 약해진 노파는 말했다.

"울지 말거라. 너한테 화가 난 게 아니란다. 네가 무슨 잘못이겠니, 아가? 어허, 울지 말래도! 언제 이렇게 이쁘게 컸을꼬?"

노파는 마샤의 볼을 쓰다듬고는 말을 이어 갔다.

"여기 앉자꾸나. 자네도 앉으시게. 그 긴 세월 동안 어떻게 날 잊지 않았을꼬?"

이바노브나는 노파의 질문에 신이 나 대꾸했다.

자기가 남편의 마음을 돌려보려고 부단한 노력을 했지만, 남편은 자기 말을 귓등으로도 안 듣고 숙모님 댁에 못 가게 했다는 얘기며 그래서 자기와 딸이 마음고생을 했다는 얘기며 그렇지만 때마침 남편이 집을 비운 틈을 타 이렇게 숙모님께 인사를 드릴 수 있었다는 얘기며 그간의 사정을 죽 늘어놓았다.

노파는 안절부절못하며 이바노브나의 얘기를 끝까지 듣더니 이렇게 말했다.

"그런 사정이 있었다면 나도 악감정은 없지. 하지만 내가 지난 일을 잊어주길 진심으로 바란다면 모든 걸 내 뜻대로 하겠다고

약조하시게. 그렇게만 한다면 내가 모든 걸 용서하고 마샤를 행복하게 해줄 테니까."

이바노브나는 뭐든 노파가 시키는 대로 하겠다고 맹세했다.

그러자 노파는 말했다.

"좋네, 오늘은 이만 돌아가고 내일 저녁때 마샤 혼자 이리로 보내게. 다만 11시 반 전에 오게 하면 안 될 것이야. 알아들었니, 마샤? 너 혼자만 와야 한다."

이바노브나는 대답을 하려고 했지만 노파는 이바노브나에게 말할 틈을 주지 않았다. 노파는 자리에서 일어나 두 사람을 집 밖으로 내보낸 후 그들의 등 뒤에서 문을 쾅 닫아버렸다.

칠흑 같은 밤이었다. 모녀는 손을 맞잡고 아무 말도 없이 한참을 걸었다. 어느덧 불 켜진 가로등에 다다르자 마샤는 조심스레 주위를 살피더니 마침내 오랜 침묵을 깼다.

그녀는 나직하게 말했다.

"어머니, 내일 밤에, 그것도 11시가 넘은 시간에 정말로 저 혼자 할머니 댁에 가야 해요?"

"혼자 오라는 말씀 너도 들었잖니. 그래도 내가 중간까지는 함께 와주마."

마샤는 입을 꾹 닫고 생각에 잠겼다. 아버지가 숙모 할머니와 말다툼을 벌였던 당시 마샤는 13살도 채 되지 않았었다. 그때만 해도 마샤는 둘이 왜 싸웠는지 이해할 수 없었고 늘 그녀를 예뻐하고 달콤한 양귀비씨앗을 주던 마음씨 고운 할머니에게 더 이상 데려가지 않던 것이 섭섭하기만 했다. 그 후 마샤가 어른이 되어서도 아버지는 이 문제에 관해 한마디 말도 하지 않았고 어머니는 늘 할머니 편을 들며 모든 것을 아버지 탓으로 돌렸다.

그래서 마샤는 이날 밤 어머니를 흔쾌히 따라나섰다. 하지만 노파가 모녀를 욕설로 맞이했을 때 마샤는 가물거리는 등불 사이로 화가 나 시퍼렇게 질린 노파의 얼굴을 목격했고, 그 모습이 너무 무서운 나머지 심장이 두근거렸다. 이바노브나가 계속해서 장황한 이야기를 늘어놓는 와중에도 마샤는 마치 짙은 안개 속을 헤매듯 어릴 적 노파에 관해 들은 내용을 하나하나 곱씹고 있었다. 아까 노파의 손등에 입을 맞춘 후 노파가 자신의 손을 붙잡고 있지 않았더라면 당장이라도 집 밖으로 뛰쳐나가 도망을 갔을지도 모르겠다는 생각이 들었다. 이만하면 다음 날을 생각하는 마샤의 심정이 어떨지 짐작이 가고도 남을 일이었다.

마샤는 집에 돌아와 자기를 할머니 댁에 보내지 말아 달라고 어머니에게 눈물로 애원해봤지만 소용없었다.

이바노브나는 말했다.

"어쩜 그렇게 바보 같니? 무서울 게 뭐가 있어? 이 어미가 할머니 몰래 집 근처까지 바래다준다잖아. 널 다치게 할 사람은 아무도 없을 거고, 게다가 이빨 다 빠진 노인네가 널 잡아먹기라도 하겠니?"

다음 날 마샤는 온종일을 눈물로 보냈다. 날이 저물기 시작하자 마샤의 공포심은 더욱 커졌다. 그러나 이바노브나는 아무것도 모른 척하며 거의 억지로 마샤에게 옷을 입혔다.

이바노브나는 말했다.

"울면 울수록 너만 손해다. 할머니께서 시뻘게진 눈을 보시면 뭐라고 하실까!"

그러는 사이 벽시계의 뻐꾸기가 열한 번을 울었다. 이바노브나는 입에 찬물을 머금더니 마샤의 얼굴에 내뿜고는 마샤를 끌고 앞장섰다.

마샤는 도살장에 끌려가는 소처럼 어머니 뒤를 따라갔다. 심장은 거세게 요동쳤고 발걸음은 천근만근 무거웠다. 그렇게 모녀는 라페르토보에 발을 들였다. 그리고 몇 분이나 지났을까, 이바노브나는 저 멀리 덧창문 사이로 아른거리는 불빛이 보이자 마샤의 손을 놓고 말했다.

"이제 혼자 가거라. 나도 더는 못 간다."

마샤는 필사적으로 어머니의 두 다리를 붙들고 늘어졌다.

이바노브나는 큰소리로 꾸짖었다.

"바보처럼 굴지 좀 마! 누가 널 죽이기라도 한다니? 화 돋우지 말고 어서 가!"

가엾은 마샤는 젖 먹던 힘까지 짜내며 서서히 어머니에게서 멀어져갔다. 자정이 다 돼가는 시간이었다. 사방에는 아무런 인기척도 없었고 할머니 집 말고는 아무런 불빛도 보이지 않았다. 마치 동네 사람들 모두가 전멸이라도 한 듯 무거운 적막이 곳곳을 지배하고 있었다. 마샤의 귓가에는 자기가 내는 발소리만 먹먹하게 메아리쳤다. 이윽고 집 앞까지 온 마샤는 떨리는 손으로 쪽문을 건드렸다. 멀리 순교자 성 니키타 종루에서 12시를 알렸다. 종소리는 어두운 밤의 고요를 뚫고 둔탁하게 웅웅거리며 허공에 퍼져 마샤의 귓가에 이르렀다. 노파의 집 안에서는 고양이가 큰 소리로 열두 번을 야옹거렸다. 마샤는 몸이 덜덜 떨렸고 도망치고 싶었다. 하지만 갑자기 사슬에 매인 개가 우렁차게 짖는 소리가 울려 퍼지더니 쪽문이 삐걱거리기 시작했다. 그리고 노파의 앙상한 손가락이 마샤의 손을 낚아챘다. 마샤는 현관 계단을 어떻게 올라갔는지, 할머니의 방에 어떻게 들어왔는지 기억이 나지 않았다. 정신이 조금 들자 긴 의자에 앉아 있는 자신을 발견했다. 노파는 마샤 앞에 서서 포름산 용액으로 마샤의 관자놀이를 문지르고 있었다.

노파가 말했다.

"우리 애기가 많이 놀랐구나? 저런! 마당에 내려앉은 어둠이 세상에서 제일 아름다운 법인데 우리 애기가 아직 뭘 몰라서 무서워했던 게야. 숨 좀 돌리거라. 이제 곧 시작해야 하니."

마샤는 아무런 대꾸도 하지 않았다. 울다 지친 눈동자는 할머니의 몸짓 하나하나를 좇고 있었다. 노파는 탁자를 방 한가운데로 옮기고 벽장에서 커다란 암적색 양초를 꺼내 불을 붙인 뒤 탁자에 고정하고 등잔불을 껐다. 방 안은 붉은빛으로 물들었다. 바닥에서 천장에 이르는 공간이 온통 기다란 핏빛 실에 휘감긴 듯했다. 핏빛 실은 공중에서 사방으로 뻗어 나갔다. 때로는 돌돌 말리기도 하고, 때로는 다시 길게 풀리기도 했다. 마치 뱀과도 같았다.

"아주 좋았어!"

노파는 마샤의 손을 잡고 말을 이어 갔다.

"이제 날 따라오려무나."

마샤는 온몸을 와들와들 떨었다. 할머니를 따라가는 것도 무서웠지만 할머니를 화나게 하는 건 더 무서웠다. 마샤는 가까스로 몸을 일으켜 세웠다. 그러자 노파가 말을 보탰다.

"내 옷자락을 꼭 붙잡고 따라오거라. 겁낼 거 전혀 없다."

노파는 탁자 주위를 뱅뱅 돌기 시작했고 느릿느릿한 가락을 타며 알 수 없는 말들을 내뱉었다. 눈을 반짝이며 꼬리를 치켜세운 검은 고양이가 노파 앞으로 유유히 모습을 드러냈다.

마샤는 눈을 질끈 감고 떨리는 발걸음으로 할머니 뒤를 따라 걸었다. 노파는 탁자 주위를 세 바퀴씩 세 번 돌았다. 그 와중에도 기묘한 가락은 끊이지 않았고 고양이가 갸르릉거리는 소리도 함께 들려왔다. 그러던 중 노파는 갑자기 멈춰 서서 아무 소리도 내지 않았다. 마샤는 자기도 모르게 눈을 떴다. 공중에는 여전히 핏빛 실이 길게 늘어져 있었다. 무심코 검은 고양이를 바라보았더니 고양이는 녹색 프록코트를 입고 있었다. 그런데 고양이의 둥그런 머리가 있던 자리에서 눈을 부릅뜨고 마샤를 똑바로 쳐다보고 있는 사람 얼굴이 보였다.

마샤는 크게 비명을 지르고는 정신을 잃고 바닥에 쓰러졌다.

마샤가 정신을 차렸을 때 참나무 탁자는 제자리에 있었고 암적색 양초는 이미 보이지 않았다. 탁자에서는 아까처럼 등잔불이 타고 있었다. 할머니는 옆에 앉아 기쁜 표정으로 미소를 지으며 마샤의 눈을 바라보고 있었다.

노파가 말했다.

"마샤, 이런 겁쟁이 같으니라고! 하지만 괜찮다. 마무리는 혼자서 다 했으니까. 축하한다, 아가. 네게도 신랑감이 나타났단다. 내가 아주 잘 아는 사람인데 네 마음에도 쏙 들 거야. 애야, 내가 이승에 있을 날도 얼마 남지 않은 것 같구나. 혈관을 흐르는 피도 이미 너무 느리고, 그러다 때가 되면 심장도 멈춰버리겠지…."

노파는 고양이를 한번 바라보고는 말을 이었다.

"내 진정한 벗이 벌써 오래전부터 그곳에서 날 부르고 있단다. 차갑게 식은 피를 다시 따뜻하게 데워주는 곳에서 말이야. 밝은 태양 아래서 조금만 더 살 수 있다면, 그리고 금화를 모으며 조금만 더 재미를 볼 수 있다면 얼마나 좋겠니? 하지만 내게도 마지막 순간이 곧 올 게다. 내가 뭘 어쩌겠니. 언젠간 일어날 일인걸."

노파는 까칠한 입술로 마샤의 이마에 입을 맞추고 계속 말했다.

"얘야, 마샤. 너는 이 할미 뒤를 이어 내 재산을 물려받게 될 게다. 내가 널 항상 끔찍하게 여겼으니 내 자리를 기꺼이 내주마. 하지만 잘 듣거라. 결혼을 관장하는 이 마력이 너에게 점지해준 신랑감이 나타날 거고 내가 널 위해 빌고 빌어 얻게 된 신랑감이니 내 말을 듣고 그 사람에게 시집을 가거라. 그이는 내가 재물을 모을 수 있게 해준 방법을 네게 가르쳐줄 거야. 둘이 힘을 합치면 재산이 갑절도 넘게 불어날 게다. 그래야 내가 죽어서도 편히 쉴 수 있을 것 같구나. 이 열쇠를 네게 줄 테니 소중히 잘 간직하거라. 지금 당장은 내 돈이 어디에 숨겨져 있는지 말해줄 수는 없지만, 네가 결혼만 하면 곧바로 모든 게 밝혀질 게다."

노파는 까만 줄에 묶인 작은 열쇠를 직접 마샤의 목에 걸어주었다. 그 순간 고양이가 큰 소리로 두 번 야옹거렸다.

노파가 말했다.

"벌써 두 시가 다 됐구나. 이제 집으로 가거라, 아가. 잘 가거

라. 아마도 우린 다시는 못 만날 게다."

노파는 마샤를 집 밖까지 배웅한 후 다시 집으로 들어가 쪽문을 닫았다.

마샤는 창백한 달빛 아래에서 잰걸음으로 서둘러 집으로 갔다. 그녀는 야밤에 성사된 할머니와의 만남이 끝나서 기뻤다. 그리고 흡족한 마음으로 앞으로 얻게 될 재물을 생각했다.

한편 이바노브나는 초조하게 마샤를 기다렸다.

마샤가 눈에 보이자 이바노브나가 말했다.

"하느님 아버지, 감사합니다! 네게 무슨 일이라도 생긴 건 아닌지 걱정이 되던 참이었다. 어서 말해 보렴. 할머니 댁에서 뭘 한 거니?"

마샤는 어머니의 뜻에 따라 얘기를 하려 했지만 심하게 밀려오는 피로감에 입이 말을 듣지 않았다. 이바노브나는 마샤의 눈이 저도 모르게 스르륵 감기는 모습을 보자 호기심을 충족할 기회를 다음 날 아침으로 미루기로 하고 손수 사랑하는 딸의 옷을 벗기고 잠자리에 누였다. 마샤는 곧바로 깊은 잠에 빠져들었다.

이튿날 잠에서 깬 마샤는 간신히 생각을 가다듬었다. 어제 자신에게 일어났던 모든 일이 다름 아닌 악몽처럼 느껴졌다. 하지만 문득 목에 걸린 열쇠를 보자 자신이 목격했던 모든 일이 실제였음을 확신했다. 그리고 그 모든 일을 하나도 빠짐없이 어머니에게 털어놓았다. 이바노브나는 기쁨을 주체할 수 없었다.

이바노브나가 말했다.

"거봐라, 내가 네 눈물에 넘어가지 않은 게 얼마나 다행이니?"

이날 모녀는 하루 종일 부자가 된다는 단꿈에 젖어 있었다. 이바노브나는 마샤와 할머니가 만난 사실이 남편 귀에 들어가지 않도록 마샤의 입단속을 단단히 시켰다.

이바노브나는 덧붙여 말했다.

"네 아비는 앞뒤가 꽉 막힌 사람이라 모든 걸 망칠 수도 있어."

그다음 날 늦은 밤 모든 예상을 뒤엎고 오누프리치가 돌아왔다. 그에게 대리 수행 명령이 내려졌던 직위의 원래 주인인 우체국장이 뜻하지 않게 쾌차하여 모스크바로 오는 첫 우편물의 운송 차편을 활용했던 것이다.

오누프리치는 그토록 빨리 돌아오게 된 이유를 아내와 딸에게 설명하려 했다. 하지만 미처 그럴 새도 없이 그의 옛 동료가 집으로 들이닥쳤다. 당시 양귀비씨앗빵 노파의 집에서 멀지 않은 곳에 있던 라페르토보 관할 구역 초소에서 경관으로 근무하고 있던 이였다.

"숙모님께서 돌아가셨네!"

경관은 안부 인사를 건넬 틈도 없이 다짜고짜 비보를 전했다.

마샤와 이바노브나는 서로를 바라보았다.

오누프리치는 공손하게 두 손을 모으고 소리 높여 말했다.

"신이시여, 고인의 영혼을 편히 쉬게 하소서! 고인을 위해 기도하자꾸나. 고인께서도 우리가 기도해주길 바라실 게다."

오누프리치가 기도를 하기 시작했다. 이바노브나와 마샤는 성호를 긋고 바닥에 엎드려 기도를 드렸다. 하지만 모녀의 머릿속은 온통 고인에게 물려받을 재산 생각뿐이었다. 그러다 갑자기 두 사람은 동시에 전율을 느꼈다. 바깥에서 방 안을 들여다보며 허리를 굽혀 인사를 하고 있는 고인의 모습이 보였던 것이었다.

기도에 열중하고 있던 오누프리치와 경관은 아무것도 눈치채지 못했다.

이미 밤이 깊은 시간이었지만 오누프리치는 고인이 된 숙모의 집을 향해 나섰다. 옛 동료인 경관도 동행을 하면서 노파의 죽음에 관해 그가 알고 있는 모든 얘기를 전해주었다.

"어제 자네 숙모님께서 평소와 다름없는 시간에 귀가하셨다는 군. 동네 사람들도 집에 불이 켜져 있는 걸 봤대.

그런데 오늘은 프롤롬나야 자스타바에 안 나오셨다는 거야. 그래서 다들 노인네 몸이 안 좋겠거니 생각했지. 근데 저녁때쯤 집에 가서 보니, 이미 돌아가신 상태였다는 거야. 노인네 죽은 걸 두고 이렇게 얘기하는 사람들도 있지만, 지난밤에 노인네 집 안에서 뭔가 이상한 일이 벌어졌다고 하는 사람들도 있어.

다른 집들은 죄다 잠잠했는데 유독 노인네 집 주변으로만 강풍이 몰아쳤다는 거야. 동네 개들이 죄다 그 집 창문 앞으로 모여들어 요란하게 짖어 대고, 노인네가 기르던 고양이 우는 소리가 멀리까지 들렸다지 뭐야.

나만 해도 지난밤에 아무 소리도 못 듣고 잘 잤는데, 어제 보초를 섰던 내 동료는 브베덴스코예* 공동묘지에서 솟아난 불길 여러 개가 땅을 타고 노인네 집까지 쭉 뻗어 나가더니 쪽문에 이르러서는 마치 문 아래로 미끄러져 들어가듯이 차례차례 사라지는 장면을 봤다는 거야. 집 안에서는 기이한 소음이며 뭔가 획획

---

*   브베덴스코예 클라드비셰(Введенское кладбище, Vvedenskoye kladbishche). 레포르토보 지역에 있는 묘지로, 흑사병으로 사망한 이들을 매장할 목적으로 1771년 처음 형성되었고 이후 1917년 혁명 전까지 사망한 이교도를 묻는 곳이었다.

날아다니는 소리며 누군가 큰 소리로 웃고 비명을 지르는 소리
며 온갖 소리가 동이 틀 때까지 들렸다고 하더군. 근데 이상하게
도 말이야, 노인네가 기르던 그 검은 고양이를 여태 못 찾고 있다
지 뭔가."

오누프리치는 슬픔에 잠겨 아무 대꾸도 없이 경관의 이야기를
듣고만 있었다. 그렇게 두 사람은 고인의 집에 도착했다.

인정 많은 이웃들은 노파가 생전에 공포의 대상이었다는 사실
도 잊고 그새 고인을 씻기고 화려한 옷으로 갈아입혔다.

오누프리치가 방에 들어섰을 때 노파는 탁자에 누워 있었다.

하승下僧은 고인 머리맡에 앉아 기도문을 낭독하고 있었다. 오
누프리치는 이웃들에게 감사의 인사를 건넨 뒤, 사람을 시켜 밀
초를 사 오도록 하고 관을 주문하고 밤새 고인의 옆을 지키고자
하는 이들이 먹고 마실 것을 마련하도록 지시한 후 집으로 향했
다. 그는 방을 나서면서 숙모의 손에 입을 맞춰야 할지 말지 망설
였다.

그다음 날에는 장례식을 치를 예정이었다. 이바노브나와 마샤
는 검은 예복을 빌려 입고 깊이 애도하는 모습으로 나타났다. 처
음에는 모든 게 순조로웠다. 하지만 유독 이바노브나 혼자만은
숙모에게 작별을 고하다가 말고 갑자기 뒤로 펄쩍 물러서더니
사색이 되어 덜덜 떨기 시작했다. 사람들한테는 현기증이 났다
고 둘러댔지만, 나중에 마샤한테 넌지시 고백한 바에 따르면, 고
인이 입을 쩍 벌리고 코를 덥석 물려고 하는 것처럼 보였다는 것
이었다. 관을 들어 올릴 차례가 되었을 때는 마치 관이 납을 가득
채운 것처럼 무거워서 건장한 우편배달부가 여섯 명이나 달려들

어 간신히 관을 들어내 영구 수레에 실었다. 수레에 묶인 말들도 심하게 킁킁거리기만 해서 결국 억지로 끌고 가는 수밖에 없었다.

마샤는 이런 상황과 본인이 직접 겪었던 일들을 되짚어보며 생각에 잠겼다. 고인이 재물을 어떤 방법으로 모았는지를 떠올려보면 그 재물을 손에 넣는다는 것이 썩 달갑지만은 않았다. 목에 걸린 열쇠는 이따금씩 묵직한 돌덩이처럼 가슴을 짓눌렀고 아버지에게 모든 것을 털어놓고 조언을 구하리라 마음을 먹은 게 한두 번이 아니었다. 하지만 어머니는 매서운 눈초리로 마샤를 감시했고, 할머니가 시키는 대로 하지 않으면 가족 모두가 불행해진다는 말만 끊임없이 되풀이했다. 탐욕의 악마는 이바노브나의 영혼을 완전히 장악했고, 이바노브나는 마샤의 신랑감이 나타나 재물을 차지할 방법이 밝혀질 날이 오기를 간절히 기다렸다. 이바노브나도 고인을 생각하는 게 두려웠고 노파를 떠올리면 이마에 식은땀부터 흘러내렸다. 하지만 그녀의 마음속에는 그런 두려움보다 재물에 대한 탐욕이 더 강렬했다. 그래서 집이 있는데도 셋방살이를 하면 다들 손가락질을 할 거라고 하면서 라페르토보로 이사를 가자고 시도 때도 없이 남편을 들들 볶아 댔다.

한편 어느덧 정년을 다 채워 은퇴하게 된 오누프리치는 여생을 보낼 안식처에 관한 생각을 하기 시작했다. 집에 관한 생각은 그에게 집을 물려준 숙모에 관한 생각으로 이어졌고 결국에는 불쾌감만 자아냈다. 그는 노파가 지내던 방에 들어가야 할 일이 생길 때마다 저도 모르게 늘 몸서리가 쳐졌다.

그러나 오누프리치는 신앙심이 깊고도 두터워서 그 어떤 부정한 힘도 깨끗한 양심을 지배할 수 없다고 믿고 있었다. 그래서 셋방살이를 하는 것보다 내 집에 사는 게 낫겠다고 판단하여 혐오감을 무릅쓰고 이사를 하기로 마음먹었다.

이바노브나는 오누프리치가 라페르토보 집으로 이사하자고 했을 때 크게 기뻐했다.

그녀는 딸에게 말했다.

"두고 봐라, 마샤. 이제 곧 신랑감이 나타날 거야. 궁전 같은 집이 금은보화로 가득 차면 우리도 떵떵거리면서 살 수 있을 거다. 우리가 바퀴가 넷이나 달린, 그것도 모자라 말이 넷이나 끄는 마차를 타고 떡하니 이 마을에 다시 나타나면 동네 사람들이 얼마나 놀라겠니?"

마샤는 잠자코 이바노브나를 바라보며 서글픈 미소를 지어 보였다. 어느 순간부터인가 마샤의 마음은 전혀 다른 곳에 가 있었다.

이런 얘기가 오가기 며칠 전 아침 (오누프리치 일가가 아직 셋방살이를 하고 있었을 때) 마샤는 생각에 잠긴 채 창가에 앉아 있었다. 말끔하게 차려입은 남자가 창가를 지나갔다. 마샤를 발견한 남자는 정중하게 모자를 벗었다. 마샤 역시 남자에게 인사를 해주었는데 웬일인지 얼굴이 빨개지는 것이었다. 조금 뒤 남자는 지나쳤던 길을 다시 돌아왔다. 그러고 나서 뒤를 한 번 돌아보고 가던 길을 다시 가는가 싶더니 또다시 되돌아왔다. 남자가 마샤를 쳐다볼 때마다 마샤의 심장은 격렬하게 요동쳤다. 마샤는 벌써 열일곱이나 되었지만, 누군가 창밖을 지나간다고 해서 심장이 뛰었던 적은 여태껏 단 한 번도 없었다. 이를 이상하게 느낀 마샤는 점심을 먹고 다시 창가에 앉았다. 그 남자가 다시 나타나도 심장이 또 뛸지 확인해볼 요량이었다. 그렇게 해가 질 때까지 앉아 있었지만 아무도 나타나지 않았다. 결국, 날이 어두워져 방 안에 불이 켜지고 나서야 창가를 벗어났다. 그녀는 저녁 내내 울적한 기분으로 상념에 빠져 있었다. 심장이 뛰는 경험을 다시 해보지 못한 것이 못내 억울했다.

다음 날 마샤는 눈을 뜨자마자 잠자리에서 벌떡 일어나 부랴부랴 세수를 하고 옷을 차려입고 기도를 드린 후 창가에 자리를 잡고 앉았다. 그녀의 시선은 전날 낯선 남자가 나타났던 곳을 향해 있었다. 마침내 남자가 보였다. 남자의 눈도 멀리서부터 마샤를 찾고 있었다. 남자가 가까이 다가왔을 때 두 사람의 눈길이 마치 우연인 듯 마주쳤다. 정신이 혼미해진 마샤는 심장이 두근거리는지 확인하기 위해 한 손을 가슴에 갖다 댔다. 남자는 마샤의 이런 행동이 무엇을 의미하는지 모르는 듯했으나 똑같이 한 손을 가슴에 얹었다. 마샤는 정신을 차리고 얼굴을 붉히더니 황급히 뒷걸음질을 쳤다. 그녀는 이 일이 있고 난 뒤 남자를 다시 볼까 두려워 그날만큼은 창가에 얼씬도 하지 않았다. 남자의 모습은 마샤의 뇌리에 박혀 떠나지 않았지만, 마샤는 다른 생각을 하려고 애를 썼다. 하지만 그런 그녀의 노력은 헛수고였다.

마샤는 생각을 떨쳐내기 위해 저녁때 이웃에 사는 과부에게 마실이나 가봐야겠다고 생각했다. 과부의 집에 가 방 안으로 들어서려는데 너무나도 놀랍게도 거기에는 잊으려 애썼던 바로 그 남자가 있었다. 마샤는 깜짝 놀라 얼굴이 새빨개졌다. 그리고 새빨개진 얼굴은 이내 새하얗게 질렸고 말문이 막혀버렸다. 눈에는 눈물이 고여 반짝이기 시작했다. 남자는 이번에도 마샤의 행동이 이해가 되지 않았다. 그는 마샤에게 처량한 몸짓으로 인사를 하고 한숨을 짓더니 밖으로 나가버렸다. 마샤는 더욱더 당황스러웠고 억울한 마음에 눈물을 터뜨리고 말았다. 무슨 영문인지 알 수 없었던 과부는 마샤를 옆에 앉혀놓고 동정 어린 말투로 왜 그렇게 서러워하는지 물었다. 마샤 자신도 뭐가 그렇게 슬픈지 명확하게 이해가 가지 않았기 때문에 이유를 설명할 수 없었다. 그녀는 마음속으로 될 수 있으면 자기를 울게 만든 그 남자를 멀리해야겠다고 굳게 다짐했다. 이런 생각을 하자 마음이 진정된 마샤는 과부와 대화를 나누기 시작했다. 마샤는 과부에게 집안일에 관한 얘기와 곧 있으면 라페르토보로 이사를 갈지도 모른다는 얘기도 전했다.

과부가 말했다.

"섭섭해라. 좋은 이웃을 잃게 돼서 너무 섭섭해. 섭섭해할 사람이 나 혼자만은 아닐걸? 내가 아는 어떤 사람도 이 소식 들으면 너무 속상해하겠다."

마샤는 또다시 얼굴을 붉혔다. 그 사람이 누군지 묻고 싶었지만 차마 입이 떨어지지 않았다. 인정 많은 과부는 마샤의 마음을 읽었는지 이렇게 말했다.

"방금 나간 그 남자 몰라? 자기는 눈치 못 챘겠지만, 어제랑 오늘 자기네 집 옆을 지났던 사람이야. 자길 보고 자기에 대해서 이것저것 물으려고 일부러 우리 집에 온 거였거든. 내가 잘못 본 건지 아닌지 모르겠지만, 자기가 그 딱한 총각 마음에 심한 상처를 준 것 같던데?"

마샤의 양 볼이 붉게 물든 것을 본 과부는 덧붙였다.

"그 총각 참 잘생겼지? 자기 마음에만 들면 머지않아 결혼까지
하게 될지도 모를 일이지."

이 말에 마샤는 자기도 모르게 할머니가 떠올랐다. 그리고 생
각했다.

'어머! 그 사람이 나한테 정해진 신랑감 아닐까?'

하지만 이 생각은 이내 다른 생각으로 바뀌었다. 썩 유쾌한 생
각은 아니었다.

'그렇게 멀쩡한 사람이 할머니와 가깝게 지냈을 리가 없어. 그
렇게 멋지고 단정한 사람이 할머니 재산을 두 배로 불릴 방법을
알고 있을 리 없잖아?'

한편 과부는 계속 말을 이어 갔다.

"그 사람이 엄청난 부잣집 출신은 아니어도 행실도 바르고 술
도 안 마신다니까. 포목점도 착실하게 다니고. 돈이 그렇게 많은
건 아닌데, 대신 봉급이 꽤 된다나 봐. 누가 또 알아? 나중에 포
목점 주인이 그이를 동업자로 버젓이 앉힐지?"

그러더니 이런 말도 덧붙였다.

"그래서 좋은 뜻으로 하는 말이니까 내 말 잘 들어 봐. 그 사람
놓치지 마. 돈이 행복을 가져다주진 않아. 자기 할머니를 봐. 고
인을 두고 이런 말 하는 게 죄스럽긴 하지만, 돈이 그렇게 많더니
지금은 다 어디로 갔어? 그 검은 고양이도 땅속으로 꺼져버리고
그 많던 돈도 같이 꺼져버렸다잖아."

마샤는 속으로 과부의 의견에 전적으로 동의했다. 마샤 역시

돈만 많고 누군지도 모르는 이의 아내가 되는 것보다 돈이 없어도 사랑하는 사람과 사는 게 낫다고 생각했다.

마샤는 하마터면 모든 얘기를 털어놓을 뻔했지만, 어머니의 신신당부도 생각났거니와 마음이 약해질까 봐 서둘러 자리에서 일어나 작별 인사를 했다. 하지만 과부의 집을 나서면서 그 남자의 이름을 묻지 않을 수 없었다.

그러자 과부는 대답했다.

"울리얀이야."

그 이후 울리얀은 마샤의 머릿속에서 떠나지 않았다. 마샤는 그 남자의 모든 것, 심지어 이름까지 좋았다. 하지만 그 남자의 아내가 되기 위해서는 할머니가 남겨주신 재물을 포기해야만 했다. 울리얀은 부자가 아니었다.

그리고 이렇게 생각했다.

'아버지도 어머니도 그 사람에게 시집가는 걸 허락하지 않으실 게 뻔해.'

마샤의 이런 생각은 입만 열면 앞으로 물려받게 될 재산과 이제 막 시작될 행복한 삶에 관한 얘기만 하는 어머니를 생각할수록 더더욱 확고해졌다.

마샤는 어머니의 노여움을 살까 두려워 더 이상 울리얀 생각을 하지 않기로 마음먹었다. 창가에 가는 것도 조심스러워했고 과부와의 대화도 일절 삼갔으며 애써 밝은 척을 했다. 하지만 울리얀의 모습은 그녀의 마음속에 또렷하게 아로새겨져 있었다.

어느덧 라페르토보 집으로 이사하기로 한 날이 되었다. 오누프리치는 아내와 딸에게 전날 미리 싸둔 세간살이를 챙겨 뒤따라오라고 한 뒤 홀로 라페르토보로 출발했다. 발구* 두 대가 왔고 발구꾼은 동네 사람들의 도움을 받아 궤들과 가구들을 옮겼다. 이바노브나와 마샤는 각각 양손에 커다란 보따리를 들었고, 그렇게 꾸려진 자그마한 행렬은 느릿느릿 프롤롬나야 자스타바로 향했다. 마샤는 이웃에 사는 과부의 집을 지나면서 무심코 그쪽을 쳐다보았다. 열려 있는 창문 안쪽에는 울리얀이 고개를 숙이고 서 있었다. 그는 온몸으로 깊은 슬픔을 자아내고 있었다. 마샤는 그를 못 본 척 다른 쪽으로 얼굴을 돌렸다. 하지만 그녀의 창백한 얼굴에는 쓰라린 눈물이 비 오듯 흘러내렸다.

라페르토보 집에서는 오누프리치가 벌써 한참 동안이나 아내와 딸을 기다리고 있었다. 그는 옮겨 온 가구를 어디에 둘지 얘기하며 새집을 어떤 식으로 나눠서 쓸 계획인지 가족들에게 설명했다.

오누프리치가 이바노브나에게 말했다.

"이 창고는 우리 침실로 쓰고 그 옆에 있는 작은 방에는 이콘을 둡시다. 그리고 여기는 거실 겸 식당으로 씁시다. 마샤는 위층에 볕 잘 드는 작은 방을 쓰면 될 것 같소."

설명을 마친 오누프리치는 이어서 이렇게 말했다.

"내 평생 이렇게 큰 집은 처음인데 마음이 왜 이렇게 복잡한지 모르겠소. 우리가 부디 여기서도 전에 살던 단칸방에서처럼 행복했으면 좋겠소."

이바노브나는 저도 모르게 미소가 지어졌다. 그리고 생각했

---

* 말이나 소에 연결하여 짐을 실어 나르는 나무 썰매.

다.

'두고 봐. 조금만 있으면 궁전 같은 집에서 살게 될 테니.'

하지만 기쁨에 들뜬 이바노브나의 마음은 바로 그날 사그라들었다. 밤이 되자 귀를 째는 듯한 바람 소리가 온 집 안에 울려 퍼졌고 덧창이 덜컹대기 시작했다.

이바노브나는 큰 소리로 외쳤다.

"이게 도대체 뭐예요?"

오누프리치는 침착하게 대답했다.

"바람 소리 아니오. 덧창이 헐거워서 저러는 게요. 내일 고쳐야겠소."

이바노브나는 아무 말 없이 의미심장한 눈길을 마샤에게 던졌다. 바람 소리가 마치 노파의 목소리 같았기 때문이다.

이때 마샤는 방 한구석에 얌전히 앉아 있었지만 바람이 부는 소리도 덧창이 덜컹대는 소리도 듣지 못했다. 그녀는 울리얀 생각에 잠겨 있었다. 이바노브나는 노파의 목소리가 자기 귀에만 들렸다는 게 더 무서웠다. 이바노브나는 소박한 저녁 식사를 마친 뒤 식탁을 정리하고 남은 것들을 처리하기 위해 문간으로 나왔다. 그녀는 찬장 앞으로 가 바닥에 초를 놓고 남은 음식과 식기를 찬장 선반에 채워넣기 시작했다. 그러다 문득 옆에서 바스락거리는 소리가 들려오더니 누군가가 어깨를 가볍게 두들겼다. 뒤를 돌아보니 고인이 된 노파가 서 있었다. 땅에 묻혔을 때 입고 있던 옷차림 그대로였다. 노파는 성난 얼굴로 한 손을 쳐들고 손가락질을 하며 이바노브나를 위협했다. 이바노브나는 극심한 공포에 질려 크게 비명을 질렀다. 오누프리치와 마샤가 문간으로 급히 뛰어나왔다.

오누프리치는 백지장처럼 하얗게 질려서 온몸을 와들와들 떨고 있는 이바노브나를 보며 소리쳤다.

"무슨 일이오?"

이바노브나는 떨리는 목소리로 말했다.

"숙모님이에요!"

이바노브나가 말을 계속 이어 가려고 하자 노파가 다시 나타났다. 노파는 아까보다 더 성이 나 보이는 얼굴로 이바노브나를 더욱더 무섭게 위협했다. 이바노브나는 입이 얼어붙어 말문이 막혔다.

오누프리치는 아내를 부축해서 방으로 데리고 들어가며 말했다.

"고인은 가만히 내버려둡시다. 하느님께 기도를 올리면 망상이 사라질 게요. 가서 잠이나 잡시다. 잘 시간이오."

이바노브나는 잠자리에 누웠지만, 여전히 노파가 보였다. 아까와 똑같이 성이 난 모습이었다. 오누프리치는 침착하게 옷을 벗은 후 큰 소리로 기도를 드리기 시작했다. 이바노브나는 기도문에 귀를 기울일수록 노파가 점점 흐릿해지다가 결국에는 완전히 사라지는 장면을 목격했다.

마샤 역시 이날 밤을 불안한 마음으로 보냈다. 자기 방으로 들어선 그녀의 눈앞에는 할머니의 그림자가 아른거렸다. 하지만 이바노브나에게 나타난 것과 같은 그런 위협적인 모습은 아니었다.

할머니는 얼굴이 밝았고 부드러운 미소를 짓고 있었다. 마샤가 성호를 긋자 그림자는 사라졌다. 마샤는 처음에는 이것이 상상이 만들어 낸 허상이라고 생각했다. 그리고 울리얀에 대한 생각이 할머니 생각을 떨쳐 내는 데 도움이 됐다. 마샤는 아주 편안하게 잠자리에 들었고 곧 잠이 들었다. 그러나 자정 무렵 무언가가 갑자기 마샤의 잠을 깨웠다. 차가운 손이 얼굴을 쓰다듬고 있는 것 같았다. 마샤는 벌떡 일어났다. 이콘 앞에서는 등잔불이 타고 있었고 방 안에는 이상하다고 할 만한 것이 하나도 없었지만, 가슴은 두려움으로 요동쳤다. 그녀의 귀에는 누군가가 방 안을 서성이며 무거운 한숨을 내뱉는 소리가 똑똑히 들렸다. 이어서 문이 열리고 삐걱거리기 시작하더니 누군가 계단을 통해 아래층으로 내려가는 듯한 소리가 들렸다.

마샤는 사시나무 떨듯 부들부들 떨었다. 다시 잠을 청하려고 애를 써봤지만 도무지 잠이 오지 않았다.

그녀는 잠자리에서 일어나 등잔의 심지를 돋운 후 창가로 다가갔다. 깜깜한 밤이었다. 마샤는 처음에는 아무것도 볼 수 없었다. 그러다 조금 뒤, 마당에 있는 우물 바로 옆에서 느닷없이 작은 불꽃 두 개가 타오르는 것처럼 보였다. 불꽃은 번갈아서 꺼졌다 켜지기 반복하더니 더 강하게 타오르는 것처럼 보였다. 그리고 마샤는 분명히 보았다. 고인이 된 할머니가 우물가에 서서 자기에게 오라는 듯 손짓하는 모습을… 할머니 뒤에는 검은 고양이가 앞발을 세운 채 앉아 있었고 짙은 어둠 속에서 두 눈동자를 불꽃처럼 빛내고 있었다. 마샤는 재빨리 창가를 벗어나 침대로 뛰어들어 이불을 머리끝까지 뒤집어썼다. 할머니가 방 안을 돌아다니며 구석구석을 헤집으면서 나지막하게 자기의 이름을 부르는 듯한 느낌이 오랫동안 이어졌다. 한 번은 할머니가 이불을 들추려고까지 하는 것 같았다. 마샤는 더 필사적으로 이불 속을 파고들었다. 마침내 모든 것이 잠잠해졌지만 마샤는 뜬눈으로 밤을 지새웠다.

다음 날 마샤는 아버지에게 모든 것을 털어놓고 할머니에게 받은 열쇠도 아버지에게 넘기겠다는 말을 어머니에게 먼저 하기로 마음먹었다.

이바노브나는 전날 밤 공포에 휩싸여 있는 동안 모든 재물을 기꺼이 포기하려고 했다. 하지만 아침이 되어 붉은 태양이 떠오르고 눈부신 햇살이 방 안을 환하게 비추자 전날의 공포는 마치 없었던 일처럼 사라졌다. 오히려 행복으로 가득한 밝은 미래를 다시 꿈꿨다. 이바노브나는 생각했다.

'죽은 노인네가 언제까지고 날 겁박하지는 않을 거야. 마샤가 시집만 가면 노인네 성질도 수그러들겠지. 아니, 이 노인네는 이제 와서 도대체 뭘 바라는 거지? 내가 자기 재산 지킬 생각이 없다고 뿔이라도 난 건가? 아무렴, 이 노인네야! 어디 한번 실컷 화내 봐. 우리는 당신 돈 펑펑 쓰면서 살 거니까.'

마샤는 둘의 비밀을 아버지에게 털어놓을 것을 허락해 달라고 어머니를 설득해봤지만 소용없는 일이었다.

이바노브나가 말했다.

"넌 기어이 굴러온 복을 발로 차버리려는 게야? 한 이틀만 더 기다려보자. 분명 네 신랑감이 곧 나타날 거야. 그럼 다 괜찮아져."

마샤는 계속 애원했다.

"이틀이나요? 어젯밤 같은 일은 단 하루도 못 견디겠어요."

이바노브나가 말했다.

"쓸데없는 소리 한다. 오늘만 지나면 다 끝날지도 모르잖니."

마샤는 어찌해야 좋을지 몰랐다. 한편으로는 아버지에게 모든 걸 얘기해야 할 것 같았지만 다른 한편으로는 어머니가 화내는 게 무섭기도 했다. 만약 아버지에게 모든 걸 얘기한다면 어머니는 절대로 용서하지 않을 것이다. 마샤는 어떻게 해야 할지 매우 심란한 마음으로 집에서 벗어나 깊은 생각에 잠긴 채 라페르토보의 인적 없는 외딴길 곳곳을 한참 동안 배회했다. 그녀는 끝내 아무런 결론도 내리지 못하고 집으로 돌아왔다. 이바노브나는 문간에서 마샤를 맞이하며 말했다.

"마샤, 어서 올라가서 옷을 차려입거라. 네 신랑감이 벌써 한 시간도 넘게 아버지랑 널 기다리고 있다니까."

마샤는 심하게 요동치는 가슴을 부여안고 방으로 갔다. 눈에서는 눈물이 비 오듯 쏟아지기 시작했다. 머릿속에는 울리얀이 떠올랐다. 마지막으로 봤던 슬픈 모습의 울리얀이었다. 그녀는 몸치장을 하는 것도 잊어버렸다. 결국 어머니의 엄한 목소리를 듣고 나서야 생각에서 빠져나왔다.

이바노브나가 아래층에서 외쳤다.

"마샤! 아직 멀었니? 어서 내려오렴!"

마샤는 방에 들어왔을 때 입고 있던 옷 그대로 서둘러 아래층으로 내려갔다. 문을 연 마샤는 그 자리에서 몸이 굳어버렸다. 긴 의자에 오누프리치와 나란히 앉아 있던 이는 녹색 프록코트를 입은 키 작은 남자였다. 마샤를 향해 시선을 돌린 것은 전에 검은 고양이에게서 보았던 바로 그 얼굴이었다. 마샤는 문가에 멈춰 선 발길을 더 이상 움직일 수 없었다.

오누프리치가 말했다.

"가까이 와보거라. 왜 그러니?"

"아버지, 이건 할머니의 검은 고양이예요!"

마샤는 이성을 잃고 남자를 가리키며 대답했다. 남자는 이상한 모양으로 고개를 돌려가며 거의 감길 듯한 눈에 애정을 담아 마샤를 힐끗거리고 있었다.

오누프리치는 버럭 호통을 쳤다.

"네가 정신이 나갔구나! 고양이라니? 이분은 9등 문관 아리스타르흐 팔렐레이치 무를리킨 씨이시다. 황송하게도 네게 구혼을 하러 오신 분이야."

이 말에 아리스타르흐 팔렐레이치는 자리에서 일어나 경쾌한 발걸음으로 마샤에게 다가갔다. 그가 마샤의 손등에 입을 맞추려고 하자 마샤는 크게 소리치며 뒷걸음질을 쳤다. 오누프리치는 화가 나 자리에서 벌떡 일어서서 또다시 호통을 쳤다.

"이게 무슨 짓이냐? 무례하고 못 배워먹은 것 같으니!"

하지만 마샤는 아버지의 말이 귀에 들어오지 않았다. 그녀는 몹시 흥분하며 이렇게 말했다.

"아버지! 제 말을 믿으시든지 마시든지 마음대로 하세요! 이건 할머니의 검은 고양이라니까요! 장갑 좀 벗어보라고 하세요. 고양이 발톱이 보일 거예요."

마샤는 이 말을 남기고 자기 방으로 달아났다.

아리스타르흐 팔렐레이치는 낮은 소리로 무언가 알 수 없는 말을 혼자서 구시렁거렸고 오누프리치와 이바노브나는 매우 당황해했다. 하지만 아리스타르흐 팔렐레이치는 여전히 미소를 지으며 오누프리치 부부에게 다가가더니 심하게 혀가 짧은 소리로 말했다.

"괜찮습니다, 아버님. 어머님도 너무 화내지 마세요. 내일 다시 들르겠습니다. 내일은 우리 예비 신부님께서 더 친절하게 맞이해주시겠죠."

아리스타르흐 팔렐레이치는 이렇게 말한 후 둥그런 허리를 경쾌하게 구부리며 오누프리치와 이바노브나에게 몇 번이고 절을 하더니 밖으로 나갔다. 마샤가 창밖을 내다보니 아리스타르흐 팔렐레이치가 계단을 내려가 다리를 느릿느릿 움직이며 멀어져가는 모습이 보였다. 하지만 그는 집 마당을 벗어나자 갑자기 모퉁이를 돌더니 쏜살같이 달리기 시작했다. 이웃집 큰 개가 우렁차게 짖으며 전속력으로 뒤를 쫓아갔다. 하지만 그를 따라잡기에는 역부족이었다.

시계가 열두 시를 알렸다. 점심때가 되었다. 세 사람은 무겁게 입을 다문 채 식탁에 앉았다. 하지만 아무도 입맛이 없었다.

이바노브나는 침울한 눈빛으로 마샤를 간간이 매섭게 흘겨보았다. 오누프리치 역시 생각에 잠겨 있었다. 식사가 끝날 무렵 오누프리치는 편지를 한 통 받았다. 편지를 뜯어본 그의 얼굴에는 화색이 돌았다. 그는 자리에서 일어나 부랴부랴 프록코트를 챙겨 입고 모자와 지팡이를 집어 들며 외출 준비를 했다.

이바노브나가 물었다.

"당신 어디 가려고요?"

"금방 돌아오리다."

오누프리치는 이렇게 말하고 밖으로 나섰다.

오누프리치가 문을 닫고 나가기가 무섭게 이바노브나는 마샤를 꾸짖기 시작했다.

이바노브나가 말했다.

"이 몹쓸 것! 네가 날 애미로 여기기는 하는 게냐? 이렇게 부모 말 안 듣는 자식이 세상에 또 어디 있을까? 내일도 아리스타르흐 팔렐레이치 씨 앞에서 또 그렇게 까불어 봐, 어디. 내 손에 아주 혼쭐이 날 줄 알아!"

마샤는 눈물을 흘리며 이바노브나의 말을 맞받아쳤다.

"어머니, 뭐든 시키는 대로 다 할 테니 할머니 고양이한테만은 시집보내지 말아주세요!"

그러자 이바노브나가 말했다.

"그게 무슨 말 같잖은 소리야? 아이고 이 아가씨야, 부끄러운 줄 아세요. 그분이 9등 문관인 건 동네 개들도 다 알아!"

가엾은 마샤는 괴로운 듯 소리를 높여 슬피 울며 말했다.

"어머니가 뭐라고 하시든 그 남자는 진짜로 고양이라고요! 정말이에요!"

이바노브나는 마샤를 몇 번이고 꾸짖기도 하고 몇 번이고 달래기도 했지만, 마샤는 여전히 할머니의 고양이에게 시집가는 것만은 절대로 받아들일 수 없다는 말만 되풀이했다. 화가 난 이바노브나는 마샤를 내쫓아버렸다. 마샤는 자기 방으로 가 또다시 슬피 울기 시작했다.

얼마 후 마샤는 아버지가 돌아오는 소리를 들었다. 그리고 조금 있으려니 아래층에서 자기를 부르는 소리가 들렸다. 마샤는 아래층으로 내려갔다. 오누프리치는 그녀의 손을 잡고 다정하게 안아주며 말했다.

"마샤, 넌 항상 착하고 말 잘 듣는 딸이었단다."

마샤는 울음을 터뜨리며 아버지의 손등에 입을 맞췄다.

"이제 네가 이 애비와 애미를 사랑한다는 걸 증명해 보일 때가 됐다.

내 말 잘 듣거라. 내가 자주 얘기했었다만, 터키 전쟁 때 가깝게 지내던 군부대 매점 상인을 너도 기억하고 있을 거다. 그때는 그 친구가 가난해서 내가 도움을 참 많이 줬었지. 그러던 어느 날 어쩔 수 없이 헤어져야 하는 상황이 생겼고 우린 서로를 영원히 잊지 않기로 약속했어. 그 후로 세월이 30년도 넘게 흘렀고 나는 그이의 소식을 전혀 모르고 지냈지. 근데 오늘 점심을 먹는 도중에 그 친구에게 편지를 받게 된 거야. 얼마 전에 모스크바에 와서 내가 사는 곳을 알게 된 거지. 그래서 급하게 그 친구를 찾아간 거였단다. 우리가 얼마나 기뻐했는지 너도 상상이 갈 게다. 그 친구는 큰 계약을 따낼 기회가 있어서 돈을 많이 벌게 됐고 지금은 노후를 보내러 여기로 오게 된 거야. 나한테 딸이 있다니까 그 친구가 아주 기뻐하더구나. 그래서 친구와 내가 타협을 하나 봤지. 너를 그 친구의 외동아들에게 주기로 했다. 늙은이들은 시간 낭비를 좋아하지 않아. 그래서 이따가 저녁때 그 친구와 아들이 우리 집에 오기로 했다."

마샤는 더 슬프게 울기 시작했다. 울리얀 생각이 났기 때문이다.

오누프리치가 말했다.

"잘 듣거라, 마샤. 오늘 아침 너에게 구혼했던 무를리킨이란 자는 돈도 많고 이 일대에서는 모르는 이가 없는 사람이다. 그런 데도 넌 그자에게 시집갈 마음이 없잖니. 9등 문관이 고양이일 리도 없고 고양이가 9등 문관일 리도 없다는 건 나도 잘 알지만, 나도 그자가 영 미심쩍은 건 사실이다. 반면 내 친구의 아들은 젊고 훌륭한 사람이다. 네가 이 청년을 거절할 이유가 전혀 없다는 얘기지.

그래서 네게 마지막으로 말하마. 만약에 내가 고른 자와 결혼 하는 걸 원치 않는다면 내일 아침 아리스타르흐 팔렐레이치 씨의 청혼을 승낙할 준비를 하거라. 가서 잘 생각해보거라."

마샤는 비통한 심정으로 방에 돌아왔다.

마샤는 무슨 일이 있어도 무를리킨에게만은 시집을 가지 않으 리라고 이미 마음을 굳혔다. 하지만 울리얀이 아닌 다른 사람의 안사람이 되는 것도 그녀에게는 가혹하게 여겨졌다. 얼마 후 이 바노브나가 그녀의 방에 들어왔다.

이바노브나가 마샤에게 말했다.

"얘야, 이 애미 말을 듣거라,

네가 무를리킨이랑 결혼을 하든 매점 장사치 아들이랑 결혼을 하든 난 상관없다.

그래도 매점 장사치 아들 말고 무를리킨을 택하거라. 네 애비 는 그 매점 장사치가 부자라고 했지만 내가 네 애비를 모르겠니? 수중에 몇백 루블만 있으면 죄다 부자라고 하는 사람이다, 네 애 비가. 얘야, 우리가 얼마나 큰 부자가 될지 생각해보거라. 사실

무를리킨도 영 밉상은 아니지 않니? 이미 젊다고는 할 수 없지만, 대신 점잖고 상냥한 거 봐라. 널 계속 업고 다닐걸."

마샤는 아무 대꾸도 없이 울기만 했다. 딸이 자기 말에 동의했다고 생각한 이바노브나는 자기가 딸을 설득했다는 사실을 남편에게 들키지 않기 위해 서둘러 방에서 나갔다. 한편 마샤는 마지못해 아버지를 위해 울리얀에 대한 마음을 포기하기로 마음먹었다. 그녀는 혼자 생각했다.

'내가 아버지 말씀을 들어서 아버지가 행복해지신다면 그 사람을 잊어보겠어. 아버지 말씀 안 듣고 할머니랑 만난 것도 내가 잘못한 거잖아.'

마샤는 날이 저물자 슬그머니 계단을 내려와 곧장 우물로 향했다. 그녀가 마당에 들어서자마자 갑자기 그녀 주위로 회오리바람이 일었다. 마치 발을 디디고 있던 땅이 흔들리는 것 같았다. 살찐 두꺼비가 징그러운 소리를 내며 마샤를 향해 정면으로 달려들었지만, 마샤는 성호를 긋고 꿋꿋하게 앞으로 나아갔다. 우물에 다가가자 바닥에서 흘러나오는 듯한 구슬픈 울음소리가 들리기 시작했다. 검은 고양이가 우물귀틀에 앉아 처량하게 울고 있었다. 마샤는 고양이를 외면하고 우물에 더 가까이 다가갔다. 그리고 확신에 찬 손으로 할머니에게 받은 줄과 줄에 달린 열쇠를 목에서 벗겨 냈다.

마샤는 말했다.

"할머니가 주신 선물 도로 가져가세요! 할머니가 정한 신랑감도 할머니 돈도 다 필요 없어요. 도로 가져가시고 우릴 그냥 내버려두세요."

마샤는 열쇠를 우물에 정확히 조준하여 던져버렸다. 검은 고양이는 날카로운 소리를 내며 열쇠가 빠진 우물 안으로 뛰어들었다. 그러자 우물 안에 있던 물이 펄펄 끓기 시작했다. 마샤는 발길을 돌려 집으로 향했다. 가슴을 짓누르던 무거운 돌덩이가 떨어져 나갔다.

집으로 다가가던 마샤의 귀에 아버지와 대화를 나누는 낯선 목소리가 들려왔다. 오누프리치는 방문 옆에서 마샤를 맞아주며 그녀의 손을 잡았다.

"이쪽이 내 여식일세!"

오누프리치는 마샤를 긴 의자에 앉아 있던 흰 턱수염을 기른 지긋한 노인에게 데리고 가며 말했다. 마샤는 허리를 숙여 노인에게 절을 했다.

노인이 말했다.

"오누프리치! 나 말고 신랑에게 소개를 해야 할 것 아닌가?"

마샤는 조심스럽게 주위를 살폈다. 옆에 서 있던 이는 울리얀이었다! 마샤는 비명을 지르며 울리얀의 품에 쓰러졌다.

두 연인이 느꼈을 기쁨은 이루 말할 수 없었을 것이다. 오누프리치와 노인은 두 사람이 이미 전부터 아는 사이였다는 사실을 알게 되자 더욱 크게 기뻐했다. 이바노브나는 예비 사돈 영감이 전당포에 수십만의 현금을 보유하고 있다는 사실을 알고 마음을 놓았다. 울리얀 역시 놀랐다. 아버지가 그 정도로 부자일 줄은 꿈에도 생각지 못했기 때문이었다. 그 후 2주일 뒤에는 마샤와 울리얀의 결혼식이 거행되었다.

결혼식 날 밤 울리얀의 집에 모인 손님들이 즐겁게 저녁 식사를 하며 신혼부부를 위해 축배를 들고 있었을 때, 오누프리치의 옛 동료였던 경관이 들어와 오누프리치에게 소식을 하나 전했다. 마샤의 결혼식이 진행되었던 바로 그 시간에 라페르토보 집의 천장이 내려앉고 집 전체가 허물어졌다는 소식이었다.

오누프리치는 말했다.

"나도 딱히 그 집에 더 살고 싶은 생각은 없었네. 와서 같이 앉지, 친구. 잔에 치블랸스크* 와인이나 채우고 우리 애들이 오래오래 행복하길 빌어나 주시게!"

1825년

---

*　러시아 남서부 돈강 유역의 도시명을 딴 와인.

발레리 브류소프
Валерий Я. Брюсов

난 지금 잠에서 깼다…
—사이코패스의 수기
Теперь, –когда я проснулся…
Записки психопата

발레리 브류소프(Валерий Я. Брюсов, 1873-1924)는 모스크바에서 태어나 고향인 모스크바에서 생을 마감한 작가다. 시, 소설, 번역, 문학 비평 등 다방면에서 활동하면서 러시아 상징주의와 모더니즘 운동을 이끌었던 주요 인물 중 하나다. 일찍이 네 살 때부터 글을 읽기 시작했던 브류소프는 학창 시절부터 다양한 문학 장르에 심취하여 시, 소설, 희곡 등을 직접 창작하거나 동시대 및 고전 문학 작품을 번역하여 문예지에 발표하기도 했다.

모스크바대학 역사인문학부에 진학한 브류소프는 외국어 공부에 공을 들였다. 해외 작가들의 작품을 원서로 읽기 위해서였다. 1894년 첫 시집 『명작(Chefs d'oeuvre)』을 발표한 이후 활발한 작품 활동을 이어 나갔다. 페테르부르크에 소재한 출판사 '전갈자리(Скорпион)'에서 근무하던 시절에는 페테르부르크와 모스크바에서 나오는 수많은 문예지에 작품을 발표했다. 상징주의가 새로운 문학 사조로 인정받기 시작하던 1900년대에 들어서자, 기피우스(Зинаида Н. Гиппиус), 솔로구프(Фёдор К. Сологуб), 메레시콥스키(Дмитрий С. Мережковский) 등 당대의 상징주의 작가들과 긴밀하게 교류했으며, 이들과 함께 연간 문예지 『북방의 꽃들(Северные цветы)』을 내기도 했다. 이 시기 시집 『도시와 세계에게(Граду и миру)』(1903), 『화환(Венок)』(1906)을 발표한다. 또한 상징주의 문예지 『저울자리(Весы)』를 출간하는 업무도 담당했으며 잡지 『러시아 사상(Русская мысль)』에서는 문학 비평 담당 부서를 이끌기도 했다.

1차세계대전에 종군 기자로 참전하여 전쟁의 참상을 목격한 이후에는 사회 비판적 성격의 시들을 많이 썼지만 출판할 수는 없었다. 뛰어난 외국어 실력으로 해외 문학 작품을 풍부하게 접했던 브류소프의 작품에는 장르를 불문하고 전반적으로 해외 작가들의 스타일이 많이 엿보인다. 그의 작품을 두고 외국어로 된 작품을 '번역한' 듯한 글이라고 평가하기도 한다. 여기 소개한 「난 지금 잠에서 깼다...―사이코패스의 수기(Теперь, -когда я проснулся... Записки психопата)」(1903)도 에드거 앨런 포가 자아내는 인상과 비슷하다는 평이 많다. 브류소프는 종종 심하게 왜곡되고 비정상적인 사랑을 소재로 삼았는데, 특히 이 작품에서 인간의 내면을 잔인할 정도로 신랄하고도 통찰력 있게 묘사해냈다.

그랬다. 나는 어렸을 때부터 이상한 사람 취급을 받았다. 물론 내게 공감하는 이는 아무도 없다는 얘기도 끊임없이 들었다. 그래서 사람들에게 거짓말을 하는 습관이 생겼다. 연민과 사랑, 타인을 사랑하는 행복 따위를 두고 뻔한 말만 늘어놓곤 했다. 하지만 내 마음속 은밀한 곳에는 예전이나 지금이나 변치 않는 굳은 믿음이 있다. 인간은 원래 죄인이라는 믿음이다. 내 생각에는 쾌락이라 불리는 모든 감정 중에서 그렇게 불릴 만한 것은 단 하나뿐으로 그건 바로 인간이 다른 이의 고통을 직관할 때 사로잡히는 감정이다. 나는 원시 상태의 인간에게 허락된 갈망의 대상은 하나밖에 없다고 생각한다. 자신과 닮은 이에게 고통을 안겨주는 것이다. 우리의 문화는 이런 자연스러운 욕구에 굴레를 씌워놓았다. 이러한 속박은 수 세기에 걸쳐 지속됐고, 그 결과 인간의 마음속에는 타인의 고통이 곧 자신의 고통이라는 믿음이 생겨났다. 그래서 요즘 사람들은 타인을 위해 진정 어린 눈물을 흘리며 연민을 느낀다. 그러나 그건 신기루이자 착각에 불과하다.

물과 알코올만 있으면 프로방스 올리브오일이 표면에 떠오르지도 바닥에 가라앉지도 않고 어떤 상황에서도 평형을 이루게 되는 혼합물을 만들 수 있다. 다시 말해 지구의 중력이 작용하지 않게 되는 혼합물이다. 물리학 교과서에는 이렇게 될 경우 오일은 그 입자가 갖는 고유한 성질에 따라 공처럼 둥근 형태로 모여들 것이라고 나온다. 이와 마찬가지로 인간의 영혼도 중력의 힘으로부터 자유로워지는 순간이 있다. 유전과 교육이 인간의 정신에 씌운 모든 굴레, 일반적으로 우리의 의지를 구속하는 모든 외부적 영향, 심판대 앞에서의 두려움, 여론에 대한 공포 등으로부터 벗어나는 순간이다. 이 순간 우리의 욕망과 행동은 오직 우리 존재의 원시적이고 자연스러운 욕구만을 따른다.

그것은 낮 동안의 의식이 희미해지기는 해도 우리의 잠든 자아를 여전히 지배하는 평범한 수면 시간이 아니며, 평범한 세력을 대신하여 훨씬 더 독재적인 다른 세력이 도래하는 광기와 정신 착란의 나날도 아니다. 그건 우리의 몸은 잠자며 쉬고 있지만, 머리는 그 사실을 알고 있으면서도 망상의 세계를 배회하는 우리의 환영에게 '넌 자유야!'라고 은밀하게 알려주는 기이한 상태의 순간이다. 우리는 우리의 행위가 오직 우리 자신을 위해서만 존재하며, 온 세상에는 알려지지 않으리라는 사실을 깨닫고 가장 깊고도 어두운 욕망에서 솟아나는 자신만의 독창적인 욕구를 마음껏 충족한다. 그리고 이 순간, 적어도 나의 경우에는 선행을 쌓고 싶다는 마음이 든 적은 전혀 없었다. 나는 오히려 극단으로 치닫더라도 아무런 벌도 받지 않으리라는 사실을 알고 야만적이고 사악하고 타락한 행동을 일삼기에 급급했다.

나는 늘 과거에도 그랬고 지금도 계속해서 꿈이 우리 삶의 실제와 동일하다고 생각한다. 우리의 실제란 과연 무엇일까? 그것은 더도 덜도 아닌, 우리의 인상이자 감정이자 바람일 뿐이다. 이 모든 것은 꿈속에도 존재한다. 꿈은 실제와 마찬가지로 영혼을 충만하게 하고 우리에게 불안함과 기쁨과 슬픔을 선사한다. 우리가 꿈속에서 하는 행위는 실제로 하는 행위가 그렇듯 우리의 정신적인 존재에 흔적을 남긴다. 결국, 실제와 꿈의 차이는 오직 하나로 귀결된다. 즉, 꿈속의 삶이 사람마다 고유하고 개별적이라면 실제의 삶은 누구에게나 똑같거나 천편일률적으로 여겨진다는 점이다. 따라서 꿈은 개개인에게 있어 제2의 현실이라고 할 수 있다. 꿈과 실제라는 두 개의 현실 중 무엇을 선호하는지는 개인적인 취향의 문제다.

나는 어렸을 때부터 실제보다 꿈이 좋았다. 잠을 자느라 보낸 시간을 허비했다고 생각하기는커녕 실제 생활을 하느라 줄어든 잠자는 시간이 아까웠다. 하지만 잠을 자면서도 물론 삶을 모색했다. 다시 말해 꿈을 꾸려고 애썼다. 어린아이였던 나는 일찌감치 꿈을 꾸지 않았던 밤을 가혹한 상실로 여기는 데 익숙해져버렸다. 꿈을 기억하지 못한 채 잠에서 깨기라도 하는 날이면 불쾌한 기분이 들었다. 그런 날이면 먹먹한 기억의 한편에서 잊혀진 그림의 퍼즐 조각을 찾을 때까지, 그리고 다시 힘을 내 그날 꿈에서 보았던 삶의 생생함이 불현듯 나타날 때까지 온종일 집에서고 학교에서고 고통스럽게 기억을 짜냈다. 나는 그렇게 부활시킨 세계에 흠뻑 빠져들었고 그 세계의 아주 작은 것들까지 모

두 세세하게 복원했다. 이렇게 기억력을 단련한 덕분인지 이제
는 꿈에서 본 것들을 절대로 잊어버리지 않는 경지에 이르렀다.
나는 고대하던 데이트를 기다리는 심정으로 밤이 오기를 그리고
잠이 들기를 기다렸다.

　나는 유독 악몽을 좋아했다. 악몽이 주는 강렬한 인상 때문이
었다. 나는 인위적으로 악몽을 꾸는 능력을 개발했다. 머리를 몸
보다 낮게 둔 자세로 잠들기만 하면 악몽은 그 즉시 달콤하도록
고통스러운 발톱으로 나를 짓눌렀다. 그러면 나는 이루 말할 수
없는 고통 때문에 숨을 헐떡이며 잠에서 깨어났지만, 어렵사리
신선한 공기를 들이마시고 나서 한시바삐 시커먼 밑바닥과 공포
와 전율이 도사리고 있던 그곳으로 다시 빠져들었다. 주변에서
는 짙은 연무 사이로 무시무시한 실루엣이 드러났다. 원숭이처
럼 생긴 악귀들이 싸움을 벌이기 시작했다. 그러다 갑자기 처절
하게 울부짖으며 나를 향해 돌진해 와서는 나를 바닥에 내동댕
이치고 목을 졸랐다. 양쪽 관자놀이에서 불끈불끈 뛰는 소리가
났다. 아프고 무서웠지만 형언할 수 없을 만큼 행복했다.

　하지만 이보다 더 좋았던 것이 있다. 나는 아주 어릴 적부터
자고 있다는 사실을 인식한 채 잠든 상태가 더 좋았다. 나는 이미
그 어린 나이에 그런 상태가 나에게 얼마나 큰 정신적 자유를 주
는지 깨닫게 되었다. 그렇다고 내 마음대로 그런 상태에 빠질 수
있는 능력은 없었다. 잠을 자다 갑자기 감전된 듯한 기분이 들 때
면 이제 세상이 내 손안에 있다는 사실을 곧바로 알아차렸다. 그
러면 나는 꿈속의 길이며 궁전이며 골짜기를 따라서 가고 싶은
곳으로 갔다. 의지를 더 발휘하면 내 마음에 드는 상황에 놓인 나

자신을 볼 수 있었고 내가 바라던 모든 이들을 내 꿈속으로 데려올 수 있었다. 어렸을 때는 사람들을 놀려먹고 온갖 장난을 치기 위해 그 순간을 이용했다. 하지만 나이가 들수록 더 은밀한 또 다른 기쁨을 추구하게 되었다. 여자를 강간하기도 하고 살인을 일삼기도 하고 사형 집행인이 되기도 했다. 그리고 나는 그제야 환희와 탐닉이 괜히 있는 말이 아니라는 것을 알게 되었다.

세월이 흘렀다. 누군가에게 배우고 복종해야 했던 날들이 지나갔다. 나는 혼자였다. 나는 가족이 없었다. 노동을 해서 숨 쉴 권리를 쟁취할 필요가 없었다. 온전히 나 자신만의 행복에 몰두할 수 있었다. 하루의 대부분을 잠과 졸음으로 보냈다. 나는 여러 종류의 마약을 사용했다. 마약이 보장해주는 쾌락을 얻기 위해서가 아니었다. 깨지 않고 더 깊이 자기 위해서였다. 나는 거듭되는 훈련으로 경험치가 쌓이자 인간이 감히 꿈만 꾸는 자유 중에서도 가장 완벽한 자유를 점점 더 자주 맛볼 수 있게 되었다. 마약의 힘을 빌려 잠이 들었을 때 밤 동안의 의식이 보여주는 힘과 명료함은 차츰차츰 낮 동안의 의식에 가까워졌고, 급기야는 그것을 능가하게 된 것 같았다. 나는 나의 꿈속에서 삶을 영위할 수도 있었고 제삼자가 되어 그런 나의 삶을 관조할 수도 있게 되었다. 나는 꿈속에서 이러저러한 일을 저지르는 나 자신의 환영을 그저 지켜보기도 했고, 그 환영을 지배하기도 했고, 동시에 그 환영이 감지하는 모든 느낌을 격렬하게 체험했다.

나는 꿈을 꾸기 위한 최적의 환경을 조성했다. 깊숙한 지하 어딘가에 있는 널찍한 방이었다. 두 개의 거대한 난로에서 나오는 시뻘건 불이 방을 밝히고 있었다. 벽면은 철제였던 것 같다. 바닥은 돌로 돼 있었다. 거기에는 고문대, 말뚝, 못이 촘촘히 박힌 의자, 사지를 늘리는 기구, 내장을 압박하는 기구, 칼, 집게, 채찍, 톱, 벌겋게 달군 몽둥이, 쇠갈퀴 등 고문에 흔히 쓰이는 온갖 도구가 있었다. 행운의 여신이 나에게 자유를 선사했을 때 나는 거의 항상 나만의 은신처로 직행했다. 그럴 때면 나는 내 안의 욕망을 속속들이 끄집어내어 원하는 사람을 그 지하 공간에 데리고 갔다. 간혹 내가 아는 사람들을 데리고 가기도 했지만, 상상으로 만들어 낸 이들을 데리고 가는 일이 더 잦았다. 보통 젊은 남녀, 임신한 여자, 어린아이였다. 나는 이 세상에서 가장 힘이 센 폭군이 되어 이들과 즐거운 시간을 보냈다. 시간이 흐르고 나에게는 좋아하는 부류의 희생자들이 생겨났다. 난 그들의 이름도 알고 있었다. 어떤 부류는 아름다운 몸으로, 다른 부류는 최대의 고통을 감수하는 배짱을 드러내며 내가 꾸민 온갖 간계에 눈 하나 깜짝 안 하는 모습으로, 또 다른 부류는 이와는 정반대로 나약함과 의지박약, 신음 소리와 헛된 애원으로 나를 매혹했다. 나는 가끔, 아니 꽤 자주 내가 이미 고문을 가해 죽인 자들을 억지로 되살리기도 했다. 그들의 고통스러운 죽음을 한 번 더 만끽하기 위해서였다. 처음에는 나 혼자만이 사형 집행인이자 구경꾼이었다. 나중에는 난쟁이 패거리를 방조자로 만들어 냈다. 패거리는 내 마음대로 불어났다. 난쟁이들은 나에게 고문 도구를 건네주었고 요란하게 웃거나 얼굴을 일그러뜨리며 내가 시키는 일을 했다. 나는 난쟁이들 틈에 섞여 피와 불 그리고 비명과 욕설이 난무하는 향연을 즐겼다.

아마도 나는 평생을 미친 채 혼자 사는 행복한 사람으로 남겨져 있었을지도 모른다. 그러나 몇 안 되는 옛 친구들은 내가 정신 착란 직전의 환자라고 여기며 나를 구원해주려고 했다. 반강제로 나를 집 밖으로 끌어내 극장이나 사교 모임에 나가게 했다. 나는 이런 의심이 든다. 친구들은 내가 가장 매력적으로 느낄 만한, 훗날 내 아내가 될 그 여자를 소개시켜 주려는 의도가 있었던 것이 아니었을까? 하지만 그녀를 보고도 흠모할 만한 여자가 아니라고 여길 사람은 아마도 없을 것이다. 한 여자로서의 매력과 한 사람으로서의 매력이 모두 한데 어우러져 있는 여자였다. 내가 사랑에 빠졌던, 내가 그토록 누누이 내 여자라고 불렀던, 내가 여생의 하루하루를 보내며 애도하기를 멈추지 않을 그런 여자였다. 그녀의 눈에 비친 나는 상처 입은 수난자요, 구원해주어야 할 불행한 사람이었다. 나에 대한 그녀의 마음은 호기심으로 시작되었고, 그 호기심은 결국 가장 충만하고 또 가장 맹목적인 열정으로 변모했다.

나는 오랜 시간 결혼에 대한 마음을 정하지 못한 채 고민에 고민을 거듭했다. 처음으로 나의 영혼을 완전히 장악했던 감정이 아무리 강력하기는 했어도 자유롭게 꿈에 빠져들 수 있었던 나만의 호젓한 생활을 잃게 된다는 생각에 공포심이 일었다. 하지만 나에게 강요된 올바른 삶이 나의 의식을 잠식해가고 있었다. 나는 내 영혼에 모종의 변화가 일어나리라고, 그리고 내 영혼이 사람들에게 인정받지 못한 자기만의 진실을 단념할 수 있으리라고 진심으로 믿었다. 결혼식 날 친구들은 마치 내가 무덤에서 벗어나 태양 앞에 나서기라도 한 것인 양 나를 축하해주었다. 신혼여행 후 나와 아내는 밝고 생기 넘치는 새집에서 살림살이를 시작했다. 나는 세상에서 일어나는 일과 도시에서 벌어지는 새로운 소식에 관심이 있는 사람이라고 스스로를 설득하며 신문을 읽고 사람들과 어울렸다. 나는 온전한 정신으로 낮을 보내는 방법을 다시 터득했다. 밤이 되면 어느 연인이 그렇듯 격정적인 사랑을 치른 나에게 잠이 밀려들기 일쑤였다. 입체감도 없고 형상도 없는, 주검과도 같은 무료한 잠이었다. 나는 잠깐 눈이 멀어 내가 건강을 회복했다는 사실에, 정신 착란에서 벗어나 평범한 생활로 복귀했다는 사실에 기뻐할 준비를 하고 있었다.

그러나 당연히 절대로, 아니 결코 그렇지 않았다! 내 안에서는 다른 것을 탐닉하고픈 욕망이 전혀 사그라들지 않았다. 그 욕망은 너무도 뚜렷하게 감지되는 현실 때문에 억눌려 있었을 뿐이었다. 결혼한 첫 달 달콤한 나날을 보내던 와중에도 내 가슴속 깊이 어딘가에서는 더 눈부시고 더 강렬한 자극에 대한 해소되지 않는 갈증이 느껴졌다. 한 주 한 주가 거듭될수록 이런 갈증은 더욱더 집요하게 나를 괴롭혔다. 이런 갈증과 더불어 또 다른 집요한 욕망도 자라났다. 처음에는 나 자신에게조차도 고백할 엄두가 나지 않던 욕망이었다. 그 여자를, 내가 사랑했던 내 아내를 밤의 향연으로 데리고 가 몸이 갈기갈기 찢기는 괴로움에 일그러지는 아내의 얼굴을 보고픈 욕망이었다. 나는 싸웠다. 제정신을 유지하려고 애쓰면서 오랫동안 싸웠다. 이성의 논거를 제시해가며 스스로를 설득했지만 나 자신도 그 논거를 신뢰할 수 없었다. 나는 생각을 분산시키려 애쓰며 나 자신에게 혼자만의 시간을 허락하지 않았지만, 소용없는 일이었다. 유혹은 내 안에 있었고 유혹에서 벗어날 길은 없었다.

나는 끝끝내 무릎을 꿇고 말았다. 나는 종교사와 관련한 방대한 작업에 착수하는 체했다. 서재에 널찍한 소파들을 들어놓았고 밤이 되면 서재에 틀어박히기 시작했다. 시간이 조금 더 흐르자 온종일을 서재에서 보내기 시작했다. 아내에게는 갖은 방법을 동원하여 나의 비밀을 숨겼다. 내가 그토록 공들여 지켜왔던 것을 아내에게 들키지 않기 위해 전전긍긍했다. 내게는 아내가 여전히 소중했다. 아내의 손길은 우리가 처음 같이 살기 시작했을 때와 못지않은 쾌감을 여전히 나에게 안겨주었다. 그러나 더 강력한 쾌감이 나를 유혹했다. 아내에게는 나의 행동을 설명할 수 없었다. 나는 심지어 아내가 나의 사랑이 식어서 내가 자기를 멀리한다고 생각했으면 하는 마음이 더 크기까지 했다. 그리고 아내는 정말로 그렇게 생각하며 괴로워하고 의기소침했다. 생기를 잃어가며 시들시들해지는 아내의 모습이, 아내를 죽음으로 몰고 갈 슬픔이 보였다. 그러다 내가 북받치는 감정에 못 이겨 평소와 같은 사랑의 말을 아내에게 속삭이기라도 하면 아내는 생기를 되찾았다. 하지만 잠시뿐이었다. 아내는 나를 믿을 수 없었다. 내 말과 행동에는 너무나도 큰 괴리가 있어 보였기 때문이었다.

나는 결혼하기 전보다 훨씬 더 강도 높게 꿈에 열중하며 이전과 마찬가지로 거의 온종일을 잠으로 보냈다. 하지만 어찌 된 일인지 나만의 완벽한 자유를 얻을 수 있는 과거의 능력이 사라져버렸다. 나는 몇 주 동안을 소파에 파묻혀 있었다. 잠에서 깨기도 했지만, 그것은 순전히 와인이나 수프로 기운을 북돋아 수면제를 다시 복용하기 위해서였다. 그럼에도 불구하고 열망하던 순간은 오지 않았다. 전에는 악몽이 선사하는 달콤한 고통, 즉 악몽의 화려함과 무자비함을 맛보았다. 온갖 종류의 꿈들을, 연속적으로 이어지는 꿈들과 그 연속성으로 공포를 자아내는 꿈들을, 나만의 광기 어린 조합으로 인해 앞뒤가 하나도 맞지 않는 매혹적이고도 화려한 꿈들을 하나하나 기억해서 실로 꿰어 엮을 수 있었다. 하지만 나의 의식은 계속 안개로 뒤덮여 있었다. 꿈을 내 마음대로 제어할 수 없었다. 바깥에 있는 어딘가에서 누군가가 준 것들을 그저 가만히 보고 듣기밖에 할 수 없었다.

나는 내가 알고 있는 모든 수단과 방법을 동원했다. 인위적으로 피가 통하지 않게도 해보고 스스로 최면을 걸어보기도 했다. 모르핀이며 해시시며 수면을 유도하는 온갖 독성 물질도 써봤지만, 나에게는 그것들 고유의 마력만 발휘될 뿐이었다. 인도산 아편의 악마가 불러일으킨 흥분 뒤에는 달콤한 탈진 상태가 몰려들었다. 그것은 파도를 가지고 끊임없이 새로운 환영을 양산해내는 끝없는 바다 위에 떠 있는 잠에 취한 배의 힘없고 잔잔한 물결이었다. 하지만 이 영상에는 나의 주문이 먹혀들지 않았다. 잠에서 깬 나는 내 앞에 펼쳐졌던 기나긴 장면 전환을 미친 듯이 떠올렸다. 유혹적이고 황홀했지만, 나의 터무니없는 욕구가 자아낸 장면도 나의 의지에 의해 사라지는 장면도 아니었다. 나는 분노로 그리고 욕구로 탈진했지만 내 힘으로 되는 건 아무것도 없었다.

이전에 그만뒀던 꿈을 탐닉하던 행위를 다시 시작했던 때로부터 혼자만의 가장 소중한 행복을 되찾았던 날까지의 시간을 헤아려보면 6개월도 넘게 흘렀던 것 같다. 잠을 자던 나는 갑자기

아주 친숙한 느낌을 받았다. 그것은 바로 감전이 되는 느낌이었다. 그리고 불현듯 깨달았다. 내가 다시 자유로워졌으며, 잠을 자고 있지만 꿈을 통제할 힘이 생겼으며, 무엇이든 내가 바라는 대로 할 수 있으며, 내가 하는 모든 것들이 꿈으로만 남겨져 있으리라는 사실을 말이다! 이루 말할 수 없는 환희의 물결이 가슴속에 밀려들었다. 나는 오랜 유혹을 물리칠 수 없었다. 내가 제일 처음 했던 행동은 곧바로 아내를 찾는 일이었다. 그러나 내가 원했던 것은 지하실이 아니었다. 아내에게 익숙하고 아내가 스스로 만든 그런 환경에 놓이게 되는 것이 더 좋았다. 그것이야말로 한층 더 고상한 쾌락이었다. 그리고 그 순간 잠자던 나의 두 번째 의식은 서재 문밖에 서 있는 나 자신을 보여주었다. 나는 나의 환영에게 말했다.

"자, 이제 가자. 아내는 지금 잠들어 있으니 손잡이에 상아 장식이 있는 얇은 단검을 가지고 가자."

나는 이 말에 따라 불 꺼진 방들을 가로질러 익숙한 발걸음을 떼기 시작했다. 꿈속에서 늘 그랬듯이, 다리를 움직이면서도 걷는 것이 아니라 날아가는 것 같았다. 응접실을 지나는데 창밖을 수놓은 지붕들이 눈에 들어왔다. 나는 생각했다.

'이 모든 것이 내 손안에 있다.'

달빛이 없는 밤이었지만 하늘은 별빛으로 빛났다. 곳곳에 있던 안락의자에 몸을 숨기고 있던 나의 난쟁이들이 불쑥 모습을 드러냈지만 나는 그들에게 사라지라는 신호를 보냈다. 그러고 나서 조용히 침실문을 빼꼼히 열어보았다. 자그마한 이콘을 밝히려고 둔 등이 방 안을 제법 밝게 비추고 있었다. 나는 아내가 잠들어 있는 침대로 바싹 다가갔다. 아내는 웬일인지 힘없이 누워 있었다. 작고 야윈 모습이었다. 잠자리에 들기 전에 양 갈래로 땋았을 머리는 침대 밖으로 축 늘어져 있었다. 머리맡에는 손수건이 있었다. 눈물을 흘리며 잠자리에 들었던 것이었다. 내가 오기를 기다리며 울었던 것이었다. 왠지 모를 비애감에 가슴이 미어졌다. 그 순간 나는 연민이라는 감정의 존재를 인정할 각오가 되어 있었다. 아내가 누워 있는 침대 앞에 무릎을 꿇고 아내의 언 발에 입을 맞추고 싶은 충동이 스쳐 지나갔다. 하지만 그 즉시 이 모든 것이 꿈임을 스스로에게 상기시켰다.

놀라우리만큼 묘한 감정이 나를 괴롭혔다. 나는 드디어 나만의 비밀스러운 꿈을 이룰 수 있었다. 이 여자에게 내가 원하는 어떤 짓이든 할 수 있었다. 그리고 그 모든 것은 나 혼자만 알고 있는 채 남겨져 있어야 했다. 현실에서의 나는 사랑의 손길로 아내에게 온갖 희열을 선사하고 아내를 위로해줄 수도, 아내를 사랑해주고 아껴줄 수도 있었다. 그러나 꿈속에서의 나는 아내의 몸 위로 허리를 굽히고 아내가 소리를 지르지 못하도록 한 손에 힘을 주어 아내의 목을 죄어 눌렀다. 아내는 그 즉시 잠에서 깨어나 눈을 뜨고 내 손아귀 아래에서 온몸을 버둥거리기 시작했다. 하지만 나는 마치 못을 박듯 아내를 침대에 고정시켰고 아내는 휘둥그레진 눈으로 나를 바라보며 나를 밀쳐 내고 무언가를 말하려고 애쓰면서 몸을 비비 꼬았다. 나는 이루 말할 수 없는 격한 감정으로 가득 찬 그 깊고 파란 두 눈을 얼마간 유심히 들여다본 후 이내 이불이 덮여 있던 이 여자의 옆구리에 단검을 꽂았다.

나는 보았다. 아내는 온몸을 떨더니 손발을 쭉 폈다. 그녀는 여전히 비명 소리를 내지는 못했지만, 눈에는 고통과 절망의 눈물이 가득 고였고 이내 눈물은 뺨을 타고 흘러내리기 시작했다. 단검을 쥐고 있던 내 손을 타고 끈적하고 미지근한 피가 흐르기 시작했다. 나는 천천히 몇 차례 더 아내를 가격하기 시작했다. 누워 있는 아내에게서 이불을 걷어 냈다. 아내는 이불로 몸을 감싸고 일어나 기어 나가려고 했지만 나는 맨몸이 된 아내를 계속 찔러 댔다. 아, 탄탄한 젖가슴과 엉덩이를 칼날로 가르고 내가 사랑하는 아름답고 보드라운 그 몸 전체를 상처와 피의 붉은 리본으로 휘감는 것은 얼마나 달콤하고도 끔찍한 일인가! 나는 마침내 아내의 머리를 쥐고는 단검을 목에 꽂아 넣어 경동맥을 관통했다. 그리고 있는 힘을 다해 목을 절단했다. 피가 솟구쳐 뿜어져 나오기 시작했다. 죽어가는 아내가 숨을 쉬려고 했기 때문이었다. 아내의 손은 어정쩡하게 움직이고 있었다. 무언가를 잡으려는 것인지 떨쳐 내려는 것인지 알 수 없었다. 그리고 조금 후 아내는 더 이상 움직이지 않았다.

그 순간 나는 너무나도 엄청난 절망감에 휩싸인 나머지 잠에서 깨어나기 위해 즉시 자리를 박차고 나왔다. 하지만 잠에서 깰수 없었다. 나는 이 침실의 벽이 단숨에 무너져 녹아내려 없어지기를 그리고 내 서재의 소파에 누워 있는 내 모습이 보이기를 기대하며 갖은 애를 썼다. 그러나 악몽은 지나가지 않았다. 내 앞에는 피투성이가 된 흉측한 아내 시체가 피로 흥건한 침대 위에 누워 있었다. 그리고 문가엔 이미 사람들이 모여 있었다. 우리 둘만의 격전이 나도 모르게 아우성을 자아냈는지 그 소리를 듣고 황급히 달려온 그들의 얼굴은 공포에 질려 일그러져 있었다.

사람들은 아무런 말도 없었지만, 모든 시선이 나를 향해 있었고 그런 그들의 모습이 내 눈에도 들어왔다.

그때 문득 깨달았다. 이번에는 꿈이 아니었다는 것을.

1903년

알렉산드르 이바노프

Александр П. Иванов

입체경
—기묘한 이야기

Стереоскоп
——Сумеречный рассказ

알렉산드르 이바노프(Александр П. Иванов, 1876-1933)는 페테르부르크에서 태어나 생을 마감할 때까지 페테르부르크를 근거지로 활동했던 시인 겸 소설가다. 사실 이바노프는 문학 작가라기보다는 예술 이론가 겸 수필 작가로 더 잘 알려진 인물이다.

상트페테르부르크대학에서 수학을 전공한 후 1902년부터 재무부에서 10등 문관으로 근무하면서 회계 업무를 담당했지만, 예술에 대한 관심과 조예가 매우 깊어 예술 관련 논문이나 기사를 끊임없이 발표했다. 특히 브루벨(Михаил А. Врубель), 레리흐(Николай К. Рерих), 레핀(Илья Е. Репин) 등 러시아 화가에 관한 글을 많이 남겼다. 1920년부터는 재무부를 떠나 국립유형문화재역사학술원으로 이직했고, 얼마 지나지 않아 국립러시아박물관으로 다시 한번 일자리를 옮겨 1931년까지 근무했다. 혁명 후에는 레닌그라드국립대학으로 이름이 바뀐 모교에서 부교수를 역임했으며 레닌그라드예술대학에서 러시아 회화 실습 과목을 강의하기도 했다.

여기 소개한 「입체경—기묘한 이야기(Стереоскоп-Сумеречный рассказ)」는 이바노프 생전 발표된 유일한 문학 작품이다. '기묘한 이야기'라는 부제가 붙은 이 작품은 공상과학적 요소와 고딕적 요소가 결합된 작품으로, 1905년에 쓰여진 후 완성된 지 4년 만에 출간되었다. 푸시킨(Александр С. Пушкин)의 「스페이드 여왕(Пиковая дама)」으로부터 시작된 '페테르부르크표' 판타지 문학에 새로운 장을 연 작품으로 20세기 초 러시아 판타지 문학에서 가장 흥미로운 작품 중 하나로 평가된다. 또한 마치 사진으로 찍어놓은 듯한 세밀한 묘사로 각 장면이 자아내는 생동한 공포를 고스란히 독자에게 전달하여 예술(특히 회화) 전문가다운 면모가 돋보이는 작품이기도 하다. 이 작품은 1918년에 재판되었지만, 이후 세상에서 자취를 감췄다가 1980년대 말이 되어서야 재조명되었고, 이후 '러시아 고딕 소설' 장르를 대표하는 작품으로 자리 잡았다.

나는 입체경을 부숴버리고 말았다. 그 안에 있었던 건 평범한 광학 유리가 아니었다. 그건 우리가 갈 수 없는 어떤 세계로 통하는 일종의 문이었다. 그 신비한 통로를 내가 꽉 틀어막아버린 셈이다. 입체경은 누군가의 위대한 발명품이었겠지만, 나는 그자가 누구인지 모를뿐더러 앞으로도 절대 알 수 없을 것이다. 인간이 들어가서는 안 되며 오직 보는 것만이 허용되는 그 세계로 통하는 문이 내게 열렸다. 나에게는 그 세계와 우리 세계 사이에 놓여 있던 함부로 넘나들 수 없는 경계가 사라져버렸다. 하지만 나는 나와 그 무시무시한 입체경의 세계 사이에 있었던 경계를 원상태로 되돌리기 위해 잊지 못할 그날 밤 입체경 렌즈를 망치로 깨부쉈다.

　사진에는 묘한 매력이 있다는 것을 눈치챘는가? 평범한 사진이든 입체경의 이중 사진(하나는 종이에, 또 다른 투명 사진은 유리에 부착되어 있다)이든 모든 사진은 묘한 매력을 발산한다.

오래된 사진일수록 매력은 더 강력하다. 사진 속에 보이는 세계는 특별하고 무언가를 꼭꼭 감추고 있다. 아무런 말도 생명도 온기도 움직임도 없다. 생명력 있는 색채라고는 찾아볼 수 없고 모든 것이 퇴색해버린 듯 을씨년스러운 갈색 빛깔과 음침한 기운만이 감돈다. 그것은 과거가 깃들어 있는 세계요, 지난날의 그림자가 지배하는 왕국이다. 희미한 사진 속에 보이는 것은 우리가 사는 이 세계에도 언젠가 존재했던 한순간일 뿐이다. 이후 우리의 세계는 그 한순간을 완전히 소진해버린다. 이렇게 그 한순간의 분신分身이 작은 종이판과 유리판에 몸을 숨기고 꽁꽁 얼어붙은 채 그리고 아무 소리도 없이 퇴색된 채 남겨진다. 영원히 사라져버린 것들의 아련한 분신은 오래된 사진 너머로 당신을 응시하며 왠지 모를 슬픔과 고요한 두려움을 자아낸다. 그리고 사진이 오래되면 될수록 더욱더 그윽한 매력이 뿜어져 나온다.

그래서 우리는 오래된 사진을 들여다보면서 사진 속에 감춰진 비밀스러운 세계를 엿본다. 그리고 우리는 그곳을 엿보기만 할 뿐, 그곳에 들어가기란 누구에게도 불가능한 일이다. 예전에는 나도 그렇다고 생각했다. 하지만 여기 책상 위에 널브러져 있는 입체경의 잔해를 마주하고 있는 지금은 그것이 가능한 일이라는 걸 알고 있다. 아울러, 설사 그것이 가능하다 하더라도 인간은 그곳에 들어가서는 안 된다는 것도 알고 있다. 산 자는 죽은 자의 얼어붙은 세계 내부에 침입하여 그 세계를 자극해서는 안 된다. 그렇게 되면 그 세계의 내부에서는 불가사의한 균형이 파괴되고 신성하고도 오랜 안정이 깨진다. 그리고 무례한 침입자는 결국 참혹한 공포를 감당해야 하는 대가를 치르게 된다. 그날 밤 나는 그와 같은 극한의 공포를 느끼고 나서야, 그리고 그 공포를 모면하고 나서야 입체경을 깨뜨려버렸다.

입체경은 그토록 예기치 않게 내 손에 들어왔다가 그토록 빨리 수명을 다했다. 나는 언젠가 G 거리를 걷고 있었다. 추위는 혹독했고 온통 새하얗게 물든 아침이 밝아온 날이었다. 하늘은 뽀앴고 허공엔 옅은 푸른빛이 감돌았다. 겨울철 난방을 하느라 굴뚝에서 피어오르던 하얀 연기는 제 몸을 곧추세우려고 애를 썼다. 하지만 매서운 동풍東風이 연기를 전복시키고 갈기갈기 찢어놓았다. 그리고 연기가 도시 전체를 위협적으로 포위했다. 나는 경매품 도매상에 이르러 커다란 진열창 앞에 멈춰 섰다. 전에도 몇 번이고 했던 일이었다. 여기에 있는 나직하지만 널찍한 창틀 선반에는 온갖 물건들이 한데 뒤섞여 빼곡하게 진열되어 있었다. 어떤 물건에는 숫자가 적힌 딱지가 붙어 있었다. 필시 가격표일 터였다. 딱지가 붙어 있지 않은 물건들도 있었다. 어쨌든 이 물건들은 모두 경매에 내놓기에는 이미 오래전에 낡을 대로 낡아서 판매용으로 진열되어 있음이 분명했다.

나는 이 고물들을 구경하는 게 좋았다. 대부분 오래전부터 사용하지 않게 된 유행이 지난 잡동사니 더미였다. 이 모든 것들은 지금이야 도매상 신세를 지고 있지만, 한때는 누군가가 가지고 있었을 오래된 물건들이었다. 한때는 옛날 사람들의 주위를 맴돌던 삶이 마치 이 물건들에 배어들어 그 고요하고도 쓸쓸한 숨결이 현재의 나에게까지 전해지는 듯했다. 책상에서 문진이나 장식품으로 썼을 법한 커다란 조가비들은 과거의 소리를 몸속 깊숙이 감춘 채 영원히 간직하고 있었다. 그것은 한때 그들이 태어나 살아 숨 쉬던 바다의 소리였다. 이 오래된 물건들은 언젠가 한참 동안을 삶의 밑바닥에 머물러 있었겠지만, 그런 삶 역시 오래전에 지나가버렸고 지금은 여기 이 도매상의 진열창에서 나지막이 살랑거리고 바스락거리는 과거의 소리를 내고 있었다. 이상한 형태의 촛대, 해묵은 램프, 잉크병, 손때 묻은 쌍안경과 망원경 등이 있었다. 심지어 유리 상자에 담긴 거대한 바닷가재의 잔해도 있었다. 기괴하기도 하고, 세월이 흘러 허옇게 변해 있는 그리고 아무도 필요로 하지 않는 물건이었다. 이 널찍한 진열창에서 이 모든 것들을 본 것이 처음은 아니었다. 하지만 이번에는 전에는 눈에 띄지 않던 물건 하나를 발견했다. 사면체 프리즘 모양의 돌출부 두 개가 달린 반들반들하게 윤이 나는 자그마한 나무 상자였다. 자세히 들여다보니 입체경이었다. 프리즘처럼 생긴 관에 달린 커다란 볼록 렌즈가 빛을 기묘하게 반사하고 있었다. 그 순간 내가 벌써 오래전부터 입체경을 갖고 싶어 했다는 생각이 머리를 스쳤다.

입체경 속 사진을 들여다보는 것은 아이들이나 하는 단순한 놀이가 아니던가? 그러나 가만히 생각해보면 그 행위에는 묘한 마법이 숨겨져 있으며 우리는 그 마력에 기꺼이 매료된다. 여기 사진이 있다. 사진 속에는 얼어붙은 환영의 세계가 있다. 이 사진을 입체경에 끼우고 들여다보면 그 세계는 마치 더 가까워지는 것처럼 보인다. 평면이었던 사진에는 입체감이 더해지고 신비로운 원근감이 생겨난다. 이제 더 이상 그저 들여다보는 것이 아니라 흡사 환영의 세계 내부에 들어가 있는 듯하다. 아직 들어가지는 않았지만, 그렇게 되리란 징조가 이미 나타났고 그 첫 단추는 이미 채워졌다. 그리고 사진에서 풍겨오는 알 수 없는 두려움과 쓸쓸함이 거대하고 강력해졌음이 느껴진다. 그 두려움과 쓸쓸함이 점점 가까워져오는 것 같다. 내가 처음으로 입체경 렌즈 속을 들여다봤을 때 받았던 인상은 죽을 때까지 잊히지 않을 것이다. 아주 오래전 내가 어렸을 때였다. 아버지의 지인이 우리 집에 입체경을 가져온 적이 있었다. 그는 내게 말했다.

"이걸 손에 쥐고 여길 한번 보렴."

나는 그 안을 들여다보았다. 그러자 우리가 사는 세계가 아닌 이상한 세계의 영역 하나가 열렸다. 그것은 (나중에 알게 된 사실이지만) 이른바 '입삼불* 거상ᴛ像'의 이미지였다. 암벽에 조각된 거대한 람세스 석상들이 황갈색 환영이 되어 내 앞에 우뚝 솟아 있었고 허공에서 올록볼록한 입체감을 뽐내고 있었다. 그리고 허공은 석상들이 그러하듯 생명력을 잃었지만 선명했다. 한때는 이 세상 사람이었던 아랍인의 생기 없는 분신은 거상의 커다란 손 위에 앉아 있었다. 이 범접할 수 없는 영역의 원근감과 입체감은 부지불식간에 상상력을 자극했다. 저 거인 위에 직접 올라 돌로 된 환영의 무릎도 거닐어보고 커다란 손에 가려져 시야에 들어오지 않는 움푹 파인 곳에도 들어가보고 앉아 있는 아랍인 뒤편으로도 가보고 싶었다. 그곳에 있는 모든 것들은 너무도 고요했고 무서우리만큼 조금의 미동도 없었다. 한때 살아 숨 쉬던 아랍인의 형상은 앞으로 불쑥 튀어나온 뾰족한 턱수염이 달린 파라오의 돌로 만든 얼굴처럼 영원불변하다. 이 모든 것들

---

*   Ibsambul. 이집트 지역 아부심벨(Abu Simbel)의 옛 명칭.

이 얼마나 슬프고도 무시무시한 모습이었던가? 그 후 우리 앞에는 멤논의 거상, 로마의 전경, 나폴레옹의 무덤, 파리의 광장 등 온갖 새로운 장면이 차례차례 나타나곤 했다. 그리고 어린아이였던 우리에게는 마법 같은 입체경의 세계가 점점 더 광활하게 펼쳐졌다. 그것은 우리에게 낯설면서도 동시에 낯익은 듯한 세계였다. 우리가 어릴 적 꿨던 꿈과 묘하게 닮은 구석이 있었기 때문이었다. 그래서 우리는 온종일 끊임없이 그 세계를 생각하다 밤이 되면 각자의 방에서 그 세계가 남긴 인상을 떠올려 되짚어 보며 낮은 소리로 되뇌어보곤 했다. 그 기묘한 세계의 쓸쓸함과 두려움이 이미 잊히지 않을 정도로 우리의 마음속에 자리잡혔기 때문이었다.

나는 예전에 경험했던 흥분에 휩싸여 고물 경매품 더미에 파묻힌 그 자그마한 기구를 관찰했다. 구식 디자인이었다. 어릴 적에 처음 봤던 것과 비슷해 보였다. 비싸지 않다면 살 수 있지 않을까, 고민에 빠졌다. 추위로 얼어붙은 발이 결단을 재촉했다. 나는 문을 열고 안으로 들어갔다. 안에는 모피를 비롯해 저당으로 잡힌 옷들이 걸린 옷걸이가 빼곡히 들어찬 널찍한 공간이 있었다. 구석마다 진열창과 마찬가지로 낡은 집기들이 가득했다. 벽에는 풍경화와 초상화 들이 걸려 있었다. 매대 너머로 두 사람이 앉아 있었다. 그중 한 사람이 의문스럽다는 듯 나를 향해 몸을 일으켰다. 내가 먼저 말문을 열었다.

"입체경이 진열돼 있던데, 혹시 파는 겁니까? 저거 말입니다."

남자는 창가로 가 진열창에서 입체경을 꺼냈다. 입체경 측면에 붙어 있던 가격표를 보더니 입체경을 내게 건네며 말했다.

"2루블입니다."

그것은 의외로 묵직했다. 분명 입체경과는 상관없는 무언가가 안에 들어 있으리라는 느낌을 받았다. 렌즈도 눈길을 끌었다. 유난히 볼록 튀어나온 커다란 렌즈는 빛을 기묘하게 반사하고 있었다. 나는 입체경을 요리조리 돌려보았다. 어느 방향에서 봐도 이미 낡고 헌 물건이었다. 반들반들한 나무에도 심하게 긁힌 자국이 있었고 군데군데 아예 칠이 벗겨진 곳도 있었다. 그리고 특이한 점 한 가지가 눈에 띄었다. 상자가 꽉 막혀 있다는 점이었다. 보통은 사진을 끼우는 틈이 있기 마련인데, 여기에는 그게 없었다. 뒷면은 불투명 유리였지만, 주위에는 구멍의 흔적이 전혀 없었고 나무는 사방이 빈틈없이 맞물려 있었다. 나는 이 점을 점원에게 말했다. 점원은 두 손으로 입체경을 이리저리 돌려도 보고 손가락으로 옆면을 튕겨보기까지 했지만 아무런 설명도 하지 못했다. 급기야는 입체경을 두 눈 가까이 가져가더니 그제야 안에 이미 사진이 끼워져 있다고 설명해주었다. 이번에는 나도 속을 들여다보았다. 그랬더니 예르미타시 전시실 사진이 보였다. 나는 올림피아의 제우스상이 있는 전시실을 단번에 알아봤다. 오래전부터 알고 있던 마법이 마음속에서 일렁였다. 유난히 강력한 마법이었다. 이 고물 입체경 속의 광경은 놀랍도록 충만하고 심오했다. 고도로 정밀한 렌즈를 정교하게 배치해놓은 듯했다. 뒷면이 불투명 유리라 외부에서는 보이지 않았지만, 투명한 사진이 상자에 꽉 맞물려 있고 뒷면에 단단히 고정되어 있음을 알 수 있었다. 단 한 장의 사진에 입체경을 통째로 할애한 이름 모를 광학자의 변덕스러움이 나에게는 이상하고도 무모해 보였다. 나는 꺼림칙한 마음에 이 점을 점원에게 재차 말했지만, 반응은 무뚝뚝했고 그는 내가 입체경을 사든 말든 별로 개의치 않는다는 뜻을 넌지시 비쳤다. 뒷면이야 필요하면 어떻게든 고칠 수 있으리라고 생각한 나는 돈을 꺼냈고 그렇게 거래가 성사됐다.

나는 밤늦은 시각이 되어서야 집에 돌아왔다. 책상 위의 등에 불을 붙였을 때 이웃(내가 사는 아파트 주인에게 옆방을 빌린 사람이었다)의 벽시계가 10시를 알려왔다. 나는 한동안 안락의자에 앉아 쉬면서 복도 끝 부엌에서 마리야 할머니가 잠자리에 들기 전에 설거지를 하는 희미한 소리에 멍하니 귀를 기울였다. 그러다가 자리에서 일어나 방금 사 온 물건을 풀어보았다. 물건은 여전히 바깥 날씨의 냉기를 품고 있었다. 그리고 또다시 이 입체경이 그 옛날 어릴 적 처음 봤던 그 입체경을 어렴풋이 떠오르게 한다는 생각이 들었다. 나는 입체경을 등불에 가까이 가져가 렌즈를 통해 생기를 잃은 에르미타시의 전시실 안을 들여다보았다. 사진은 아주 오래전에 찍은 것임이 틀림없었다. 정확히 표현하기 어려운 몇 가지 특징을 보고 내린 결론이었다. 그렇지만 이 사진에는 지금은 사용하지 않는 촬영 기법이 보였다. 그리고 사진의 오른쪽 상단 모서리에는 날짜인 듯한 무언가가 보였다. 입체경은 묵직했다. 쥐고 있던 두 손이 떨려왔다. 그래서 두꺼운 사전 세 권을 차곡차곡 쌓아 입체경을 올려놓고 등불을 향해 방향을 맞췄다. 그리고 나는 책상 앞에 앉아 팔꿈치를 괸 편안한 자세로 눈을 렌즈에 가까이 가져다 댔다. 날짜를 표시한 숫자가 더 잘 보이긴 했지만, 여전히 흐릿했다. 눈에 바짝 힘을 주자 날짜가 보였다. '1877년…' 아니면 '1879년 4월 21일'이라고 적혀 있는 것 같았다. 이게 빛이 바랜 이 사진을 찍은 날을 표시한 것일까? 사실 겉으로 보기에도 이미 오래전에 찍은 사진 같았다. 그렇다면 이 입체경도 그때쯤 만들어진 것일 수 있다. 나는 반가운 마음에 스스로에게 물었다.

"정말로 이렇게 오래된 거라고?"

그러자 비밀스러운 입체경 영역으로의 그 믿을 수 없는 전환이 일어났다. 나는 책상에 팔꿈치를 괴고 앉아 렌즈 속을 들여다보았다. 내 눈앞에는 내가 잘 알고 있던, 하지만 동시에 약간 낯설고도 무시무시한 예르미타시의 전시실이 펼쳐졌다. 가끔씩 꿈에 나타나는 우리 눈에 익은 방이나 건물 내부가 그런 모습이다. 입체경 속 전시실은 실제와 똑같았지만 다소 축소되고 사진스러운 색감이 있는 모습이었다. 오래전의 흥분이 커져갔고 오래전의 마법이 점점 더 강하게 나를 사로잡았다. 나는 죽음에 휩싸인 이 전시실을 걷고 싶었다. 조각상과 석관 사이를 거닐고 싶었고, 커다란 문을 묵묵히 주시하고 있던 다음 전시실로 들어가보고도 싶었다. 갑자기 켜놓은 등에서 은은한 등유 냄새가 사라지고 어디선가 맡아본 다른 냄새로 바뀐 듯한 느낌이 들었다. 나는 그것이 예르미타시 아래층 전시실에서 나는 특유의 냄새와 비슷하다는 것을 단번에 알아챘다. 나는 시선을 떼지 못하고 모든 것을 눈에 담았다. 전시실과 그곳에 있던 모든 전시품의 아른거리는 형상이 커지기 시작했다. 마치 전시실이 나에게 다가와 나를 집어삼키고 전시실 벽면이 내 뒤에서부터 양옆으로 나를 빙 둘러싸는 것 같았다. 내가 고개를 돌리기만 하면 전시실 벽면을 볼 수 있을 것 같은 생각이 벌써 들었다. 이제 과거의 예르미타시에 있었던 이 전시실은 현재의 예르미타시에 있는 전시실과 똑같은 크기가 되었다. 그리고 불현듯 깨달았다. 나는 이미 앉은 상태가 아니라 바닥에 서 있었다. 팔꿈치는 더 이상 책상에 괴여 있지 않았고 나는 두 팔을 편안하게 내려뜨리고 있었다. 마침내 방금 벌어진 마법에 대한 모든 의혹이 사라져버렸다. 나는 렌즈를 통해 밖에서만 들여다보고 있었던 그 환영의 전시실 내부에 서 있었다. 내 방도 책상도 등도 죄다 사라져버렸다. 입체경마저 사라져버렸다. 나는 입체경 안에 들어와 있었다.

괴괴한 정적이 흘렀다. 흥분으로 두근거리는 내 심장 소리와 조끼 호주머니 속에서 째깍거리는 시계 소리만 들렸다. 몇 걸음 앞으로 내디디자 발밑에서 시작된 묘하게 울리는 소리가 천장 구석 어딘가에서 메아리친 후 사라져버렸다. 그것은 귀에 익은 소리였다. 예르미타시 아래층 전시실 바닥에 깔린 돌판을 밟을 때 나는 소리였다. 다만 전시실 바닥 역시 벽면과 이 퇴색한 환영의 세계에 있는 다른 모든 것들과 마찬가지로 뿌옇게 색이 바래 있었다. 오른쪽을 보니 저 높이 천장 옆에 난 창으로 생기를 잃은 빛이 쏟아지고 있었고 창문 너머로 뜰과 지붕 그리고 흑백 사진 같은 하늘이 보였다. 하늘을 보니 이곳이 얼어붙었던 그 순간은 청청한 날씨였다. 왼쪽을 보자 제우스 조각상이 발치에 있는 독수리와 함께 눈에 익은 모습으로 우뚝 솟아 있었다. 나는 마침 얼마 전 올림피아의 제우스상이 있는 전시실에 다녀왔다. 실제 전시실 말이다. 그래서 그때 저 벽면 돌출부 뒤쪽은 분명 프리기아 모자*를 쓴 흉상이 있어야 할 자리라는 생각이 갑자기 떠올랐다. 나는 음산하게 속삭이는 메아리를 일으키며 몇 발자국 앞으로 내디뎌 돌출부 뒤쪽을 보았다. 거기에는 흉상이 있었다. 과거의 분신이었다. 손을 살짝 대보니 차갑고 딱딱했다. 과거의 환영에는 실체가 있었다. 내 안에서는 적막한 공포심이 일었다. 나는 무어라 설명할 수 없는 기분에 휩싸여 유골함, 조각상, 석관 사이를 헤치고 나아갔다. 모든 것들이 낯익었고 동시에 낯설었다.

나는 혼자가 아니라는 느낌에 갑자기 몸이 떨려왔다. 곁눈으로 보니 거무스름한 사람 형체가 내 뒤에 서 있는 것이 느껴졌다. 조각상이 아니었다. 재빨리 몸을 뒤로 돌리자 거무스름한 프록코트를 입은 사람이 벽을 주시하며 이상한 모양새로 한 손을 뒤로 젖힌 채 가만히 서 있었다. 그 사람 옆에는 높다란 무언가가 있었는데, 그것은 삼각대에 놓인 사진기였다. 나는 공포에 질려 아무 말도 못 한 채 얼어붙었다. 몇 초가 흘렀지만, 그 사람은 움직이지도 흔들리지도 않았고 단 한 번의 몸짓도 하지 않았다. 그냥 그렇게 아무 말도 없이 가만히 똑같은 표정으로 그 이상한 자세를 그대로 유지한 채 서 있었다. 나는 그제야 깨달았다. 그 사람 역시 주위의 모든 것들과 마찬가지로 퇴색한 채 얼어붙은 환영에 불과하다는 것을. 나는 두려움을 억누르며 그 사람에게 다가가 얼굴을 자세히 살펴보았다. 조금 전의 그 모습 그대로였다. 몇 초가 지나고 몇 분이 흘렀지만, 그 눈과 입술은 여전히 죽음의 불변성을 간직하고 있었다. 나의 시선은 삼각대에 놓인 사진기에 꽂혔다. 곧이어 대물렌즈가 두 개인 것이 눈에 띄었다. 나는

---

* 기원전 8세기 무렵 소아시아 지역에 살던 민족이 쓰던 모자에서 유래한 고깔 모양의 모자. 애니메이션 「스머프」에서 스머프들이 이 모자를 쓰고 등장한다.

생각했다.

'입체 카메라군.'

그 순간 이런 생각이 떠올랐다.

'바로 이 사람이 제우스 전시실에서 사진을 찍은 사람이구나! 이 사람이 그 사람의 가엾은 분신이구나! 색은 바랬지만 분명히 실체가 있는 이 환영이 이렇게 말없이 서서 카메라로 이 과거의 전시실을 찍고 있어! 이렇게 조금도 움직이지 않은 채 28년 동안이나! 그리고 앞으로도 영원히 이러고 있겠지? 아득했던 그 순간 사진사 주변에 있던 모든 것들과 이 사진사는 얇은 유리판에 박제된 채 입체경 깊숙이 숨겨진 세계가 돼버린 거야.'

나는 그 말 없는 형체를 만져보고 싶었지만 왠지 엄두가 나지 않았다. 나는 그 형체를 에돌아 옆방으로 향했다. 그곳은 암흑에 가까운 상태였다. 어둠 속에서 가까스로 사방을 분간하자 그곳에 있던 눈에 익은 조각상이 보였다. 방 안쪽 깊숙이 있던 커다란 창에서는 황갈색의 빛이 희미하게 새어 들어오고 있었고, 그 너머로는 마치 꿈에서 보이는 것처럼 '겨울 궁전'*의 벽면이 빼꼼히 얼굴을 내밀고 있었다. 창가에서는 또 다른 사람 형체가 어렴풋이 보였다. 옆을 지나며 얼핏 보니 미술관 검표원의 분신이었다. 그는 등을 돌리고 가만히 서 있었다. 창에서 들어오는 뿌연 빛이 그의 대머리에서 기이하게 반사되고 있었다.

입체경 세계의 그 괴괴한 방, 그러니까 사멸하여 얼어붙은 순간처럼 오래전에 과거로 떠내려가 사라져버린 예르미타시의 되

---

*   예르미타시 미술관을 달리 일컫는 말.

돌아갈 수 없는 전시실에서의 나의 방랑길은 그렇게 시작됐다. 나는 이 전시실에서 저 전시실로 옮겨 다녔고, 내 발걸음이 내는 메아리는 전시실 구석과 천장에서 먹먹하게 울리다가 다른 방으로 나 있는 문에 이를 때마다 내 뒤에서 잠잠해진 후 이내 다시 앞에서 울려 퍼지기 시작했다. 그리고 어딜 가든 내가 알고 있던 예르미타시 아래층 특유의 냄새가 흘러넘쳤다. 통로 여기저기에서는 말없이 움직이지 않는 사람들 형체와 맞닥뜨렸다. 마치 색바랜 밀랍 인형 같았다. 되돌아갈 수 없는 이 전시실의 방문객들과 경비원들이었다. 이들은 영원불변한 한 지점에 무표정한 시선을 고정시킨 채 저마다의 자세를 그대로 유지하고 있었다. 이따금 나를 향한 시선을 포착하거나 그들과 눈이 정면으로 마주치기도 했다. 그럴 때면 몸서리가 쳐졌다. 그들은 생기를 잃은 빛을 맞으며 계속 그렇게 서 있었다. 그런 그들의 모습에서 왠지 모를 두려움과 슬픔이 내 마음속에 전해졌다.

하지만 나는 오래지 않아 그 두려움에 익숙해졌고 그것을 억누르는 법을 터득했다. 괴괴한 분신들의 형상에도 익숙해져 옆을 지나갈 때 피하지 않고 침착하게 얼굴을 들여다보려고 했다. 심지어 한 사람을 만져보기도 했다. 키가 훤칠한 노인이었다. 노인은 지금은 이미 입고 다니지 않는 맞춤 양복을 입고 있었다. 그는 고대 무기와 유물을 전시해놓은 진열장 앞에 서서 작은 책자를 한 손에 쥐고 진열장 안을 들여다보고 있었다. 내 손가락은 까칠까칠한 나사羅紗로 된 옷깃을 스쳐 노인의 목에 닿았다. 그의 피부에서는 죽은 사람과 같은 냉기가 느껴지지 않았다. 뭔지 모를 묘한 온기가 느껴졌다. 산 사람의 퇴색해버린 온기같이 느껴졌다. 나는 얼른 손을 뗐다. 노인이 들고 있던 것은 『보스포루스 해협의 유물』이라는 안내 책자였다. 구판이었다. 나는 조심스럽게 한 장을 넘겨보았다. 그러자 과거의 종이가 맥없이 바스락거리는 소리가 들렸다. 다른 형체 앞에 선 나는 낯익은 누군가를 알아채고는 몸서리를 쳤다. 울림이 좋은 나무가 바닥에 깔린 이 작은 보스포루스 전시실에서, 현실의 전시실에서 전에 본 적이 있는 검표원 노인이었다. 그와는 가끔 얘기를 나누기도 했다. 몇 년 전부터 보이지 않아 세상을 떠났겠거니 생각했던 차였다. 그런데 이때 그렇게 과거 보스포루스 전시실의 음산한 어둠 속에서 빛바랜 형체의 옛 지인을 알아본 것이었다. 다만 내 앞에 앉아 있던 그 분신은 훨씬 더 젊은 모습이었다. 그 분신은 아직 백발노인이 아니었다. 오래전 내가 아주 어릴 적 아버지가 처음으로 나를 예르미타시에 데려왔었던 그때 처음 봤던 모습이었다. 아버지와 나는 그와 함께 스키타이 유물이 보관된 작은 전시실에 들어갔었다. 나는 너무 놀란 나머지 뒷걸음질 쳤다.

나는 접근할 수 없는 그 구역을 그렇게 배회했다. 내가 가끔씩 멈춰 서서 내 발걸음 소리가 잦아들 때면 그 기묘했던 전시실들을 감싸고 흐르던 침묵은 말로 표현할 수 없을 정도로 깊고도 괴괴했다. 그것은 어떤 것과도 비교할 수 없는 종류의 고요함이었다. 그리고 되돌아갈 수 없는 그 전시실들은 너무나도 음산하고 은밀했으며 섬뜩하고 서글펐다. 예르미타시의 아래층 전시실은 햇빛이 쨍쨍한 날에도 환해지는 법이 절대로 없다. 입체경 세계의 하늘에서 쏟아지던 희미한 빛 역시 황갈색으로 물든 전시실에 뒤숭숭하고도 이상야릇한 느낌을 자아내는 어둠만 흩뿌릴 뿐이었다. 그 어둠은 저 멀리에 있던 구석 곳곳에서 한층 더 짙어졌다. 그리고 나는 모든 미지의 세계와 공포의 세계가 우리에게 불러일으키는 욕망에 못 이겨 가끔은 일부러 그 캄캄한 곳으로 발걸음을 돌리기도 했다. 그곳이 어디였는지 확인하고 기억해 내기 위해서였다. 그럴 때면 그곳에서는 눈에 익은 타짜ᵗᵃᶻᶻᵃ 접시*라든지 타나그라ᵀᵃⁿᵃᵍʳᵃ 인형 진열장이 어렴풋하게 모습을 드러냈다. 간혹 말도 움직임도 없는 사람 형체도 있었다. 외딴 구석의 깊은 어둠 속에 있던 그들은 그 무엇으로도 극복할 수 없을 정도로 섬뜩했다. 어느새 나는 공포심을 거의 제압할 수 있는 경지에 이르렀다. 물론 마음속에 공포심이 도사리고 있기는 했지만, 나는 여태껏 경험해보지 못한 쾌감에 점점 더 깊이 빠져들었다. 그리고 이 모든 것이 말로 표현할 수 없을 만큼 그리고 그 한계를 모를 만큼 너무나도 이상하다는 생각이 들었다.

그렇게 나는 로비에 이르렀다. 위층 전시실로 향하는 거대한 계단이 펼쳐져 있었다. 그리고 더 환해졌다. 아까와 똑같이 인형처럼 생긴 오래전에 사라진 사람들이 옷 보관소 옆에 서 있었다. 나는 외투를 들고 있던 문지기의 구릿빛 얼굴을 흘끗 쳐다보았다. 문지기는 누군가에게 옷을 입혀주는 자세로 멈춰 있었다. 그 옆을 지나칠 때 문지기의 시중을 받고 있던 사람의 무표정한 시선이 순간적으로 내 눈과 마주쳤다. 나는 약간의 경사가 있는 층계를 천천히 오르기 시작했다. 아주아주 오래전 아버지와 함께 처음으로 예르미타시의 대리석 계단을 올랐던 날이 떠올랐다.

* 높은 굽이 달린 큰 접시.

끝없이 늘어선 층계 앞에서의 당혹감과 다리에서 느껴지던 묘한 피로감이 되살아났다. 30년 전 꽁꽁 얼어붙은 그 찰나의 한가운데에 서서 빛바랜 계단의 환영을 보고 있자니 이런 생각이 들었다.

'아이였던 내가 아버지와 함께 처음으로 이 계단을 올랐던 때가 바로 어제였던가? 오늘은 이 계단을 처음 오르지만, 30분이면 다 오르고도 남겠지?'

그리고 이런 자문도 해보았다.

'내가 잠을 자고 있는 게 아닐까? 이 믿을 수 없는 입체경의 영역은 꿈이 아닐까?'

반들거리는 벽을 손으로 쓸어보니 벽의 단단함과 매끈함이 선명하게 느껴졌다. 나는 곧 잠에서 깨리라는 생각으로 몇 번이고 볼을 꼬집어도 보고 머리카락을 잡아당겨도 보았지만 잠에서 깨는 일은 벌어지지 않았다.

위층에 있는 전시실은 더 환하긴 했지만 창과 유리 천장을 통해 들어온 빛은 여전히 흐릿하고 음울했다. 쪽매널 마루에서는 아래층에 있던 돌판에서보다 발걸음의 메아리가 더 크고 깊게 울려 퍼졌다. 내 앞에는 눈에 익은 전시실의 환영이 잇달아 펼쳐졌다. 낯익은, 그러나 생생했던 색조를 잃은 그림들이 벽에서 대오를 이루며 나를 바라보며 펼쳐져 있었다. 여기에서는 움직임이 전혀 없는 방문객들이 아래층에서보다 더 많이 눈에 띄었다. 여기저기에 무리 지어 있는 모습이었다. 사람 키만 한 밀랍 인형들이 모여든 죽음의 회의에 참석한 기분이었다. 그들은 고개를 살짝 뒤로 젖힌 채 무표정한 시선으로 그림을 뚫어지게 바라보며 서 있었다. 어떤 이들은 안내 책자를 보고 있었다. 소리 없이 대화를 나누고 있는 이들도 있었다. 이들은 계속해서 입을 벌리고 있는 상태였는데, 그래서인지 표정이 이상하고 때로는 흉측하기도 했다. 안락의자와 소파에 앉아 있는 이들도 있었다. 어떤 노인은 두 여인에게 (노인도 두 여인도 모두 과거의 사람들이었다) 무언가를 설명하려는 듯 보였다. 노인의 자세는 괴상한 모양으로 정지되어 있었다. 몸을 약간 비스듬하게 기울여 양팔을 벌린 채 무릎을 굽힌 자세였고 굳게 고정된 표정은 우락부락하면서도 우스꽝스러웠다. 망령과도 같은 빛바랜 이들 사이에서 살아 있는 이는 나 혼자뿐이었다! 되돌아갈 수 없는 그들의 성역에 나 홀로 온 것이었다! 하지만 내 마음속에서는 공포심이 완전히 사라져버린 것 같았다. 오래전의 그 마법이 내 마음을 온전히 장악했다. 묘한 쾌감을 맛보게 되리라는 오래전의 예감이 현실로 다가왔다.

그리고 그 과거의 전시실에 감돌던 적막을 깨야겠다는 생각이 불현듯 들었다. 나는 크고 길게 외쳤다.

"아아아아아!"

그 외침 소리가 준 인상을 뭐라고 설명해야 할까? 쾌감에서 빠져나와 정신이 번쩍 들고 가슴을 옥죄는 공포심이 다시금 밀려드는 그런 소리였다. 나의 외침은 벽에 부딪히더니 돌림띠를 타고 퍼져 나갔다. 기세가 한풀 꺾였지만 위협적이었다. 옆 전시실에서도 '아아아!' 메아리치는 소리가 들렸다. 그 후에는 '아아! 아아!' 하며 그 광대한 환영의 전시실들로 점점 멀리 울려 퍼졌다. 그리고 메아리 소리가 위층의 모든 전시실을 한 번 돈 후 음침한 전시실이 즐비한 아래층으로 내려가 그곳에서도 여기저기를 소심하게 거닐고 있는 듯이 느껴졌다. 위층에서도 아래층에서도 아무런 반응도 보이지 않는 분신들만이 미동도 없이 그 소리에 귀를 기울이고 있었다. 그리고 마지막 울림이 무뎌지고 사라져 버리자, 환영의 전시실에는 말로 다 할 수 없이 깊고 끝없는 정적이 다시 찾아들었다. 나는 더 이상은 소리를 지르지 않았다.

두려움은 서서히 사그라들었고 나는 다시 전시실의 정적을 뚫고 발걸음 소리의 무미건조한 메아리를 퍼뜨리며 이 전시실에서 저 전시실로 옮겨 다니기 시작했다. 얼마 후 나는 또 다른 계단과 맞닥뜨렸다. 무수히 많은 층계가 황갈색 어둠으로 물든 아래층 로비로 뻗어 있는 계단이었다. 옷 보관소 옆에는 또 다른 분신이 있었다. 그는 가만히 허리를 숙인 채 사람들이 계속해서 건네는 외투를 등과 뒤로 뻗은 두 팔로 받아 내고 있었다. 그리고 다시 한번 순간적으로 그의 집요한 시선이 나의 길을 가로막았다. 나는 또다시 예르미타시 아래층의 어둡함과 싸늘함에 휩싸였다.

바로 맞은편에는 이집트 전시실이 나를 맞이했다. 속속들이 잘 알고 있던, 그러면서도 이 환영의 세계에서는 생경한 곳이었다. 그야말로 생생한 색채와 빛이 결여된 곳이었다. 거기서 나를 둘러싸고 있던 것은 색이 완전히 바래 황갈색으로 물들어 죽음과도 같은 안개 속에 잠긴 전시실이었다. 끝없는 침묵이 흐르는 곳이었고 무시무시하면서도 매혹적인 곳이었다. 아시리아 사람들이 양각으로 새겨진 부조물들이 벽에 기대어 서 있는 모습, 몸에 헝겊을 감은 거인들이 위협적이고도 희색稀色이 만연한 알 수 없는 표정으로 각자의 유리 케이스 바깥쪽을 바라보고 있는 모습, 석관들이 음산하게 줄지어 있는 모습, 사자 머리를 한 세트*의 거무스름한 풍채가 우뚝 솟아 있는 모습 등이 신비스러운 어둠 속에서 드러났다. 입체경의 세계에서 기묘한 어둠이 거기만큼 짙고 음산하게 깔린 곳은 어디에도 없었다. 벽면 돌출부 사이사이로는 그림자가 유난히 깊게 져 있었고 벽면 돌출부 위쪽의 천장 옆에는 날개 달린 형체가 있는 정방형 창이 나 있었다. 움푹파인 그 어두운 곳에서는 살벌한 기운이 풍겨왔다. 위층 전시실의 더 선명한 빛이 아직 눈에 익지 않았던 탓에 처음에는 아무것도 분간할 수조차 없었다. 나는 머나먼 과거의 생기 잃은 침묵에 귀를 기울이며 몇 분 동안을 꼼짝 않고 서 있었다. 머릿속에서는 뒤숭숭한 생각이 맴돌았다.

'아마도 소년은 예르미타시에 온 지 불과 30분 만에 아버지와 함께 난생처음 이 전시실에 들어왔을 테고 검은 석관과 조각이 새겨진 목관을 보고 고대 이집트의 알 수 없는 매력을 처음으로 느꼈겠지?'

그 후 나는 둥그런 진열장 중 하나로 다가가 안을 들여다보았다. 거기에는 크고 작은 여러 개의 부적이 진열되어 있었다. 신성한 스카라베**였다. 하나같이 음산한 갈색조를 띠고 있었지만, 명도는 다양했다. 부적들을 바라보다가 문득 그중 하나를 진열장에서 꺼내봐야겠다는 생각이 들었다. 두렵지만 매혹적인 생각이었다. 나는 무의식적으로, 내가 무슨 짓을 하고 있는지는 생

---

* Seth. 악의 정령, 전투의 신, 사막의 신, 폭력의 신으로 불리는 고대 이집트의 남신(男神).
** scarabée. 고대 이집트에서 다산과 풍요의 상징으로 신성시되던 풍뎅이 모양의 부적. 또는 장신구.

각하지 않고 손가락들을 유리에 대고 몇 차례 꾹 눌러보았다. 유리는 예기치 못하게 우지끈하는 이상한 소리를 내더니 이내 파편이 진열장 안으로 떨어졌다. 쨍그랑거리는 소리가 전시실에서 애처롭게 울려 퍼졌다. 유리에 난 구멍은 아직 작았다. 나는 나머지 유리 파편을 떼어 내기 시작했다. 구부정한 자세로 서 있었지만, 곁눈질해 보니 두 개의 벽면 돌출부 사이에 움푹 파인 어두운 공간의 존재가 왼쪽에서 어렴풋하게 느껴졌다. 이윽고 내 손은 진열장을 파고들어 스카라베 하나를 꺼냈다. 나는 경탄을 금치 못한 채 그 환영의 암석이 지닌 차디찬 단단함을 느꼈다.

예상치 못한 공포가 나를 급습했다. 나를 향해 고정된 묵직한 시선이 느껴졌다. 시선은 왼쪽에서 감지된 움푹 파인 그 어두운 곳에서 나를 향하고 있었다. 재빨리 그쪽을 바라보았다. 거기 구석진 곳에는 자그마한 흰색 조각상 뒤에 키 작은 거무스름한 형체가 어둠 속에서 간신히 모습을 드러내며 말없이 서 있었다. 형체는 분명 내가 진열장에 접근했던 바로 그 순간부터 나를 계속 관찰하고 있었을 것이다. 그래서 내가 고개도 들지 않고 그쪽으로 고개만 돌렸을 뿐이었는데도 희미하게 빛을 반사하며 나를 계속 주시하고 있던 눈길과 눈이 마주쳤던 것이었다. 나는 고개를 바짝 들고 뒤로 물러서서 그 생기 없는 시선을 피했다. 아까도 여러 번 이 세계에 거주하는 이들이 나에게 보내는 굳어진 시선을 포착하긴 했지만, 이 눈길만은 유독 극복할 수 없을 만큼 공포스러웠다. 이 눈길에서는 나를 향한 비난과 위협이 느껴졌고, 내가 마치 범죄 현장에서 붙잡히기라도 한 것 같은 기분이 들었다. 나는 문득 내가 스카라베의 거무스름한 분신들이 담긴 진열장에서 물건을 훔쳐 은밀한 신성 모독을 저질렀다는 걸 깨달았다. 나는 부적을 손에 쥐고 점점 커져가는 공포를 억누르며 망령을 향해 다가가기 시작했다. 확인해보니 망령의 정체는 다름 아닌 몹시도 늙은 노파였다. 노파는 자그마한 키에 허리가 굽어 있었고 어두운색 구식 망토 코트를 걸치고 차양 달린 구식 부인모를 쓰고 있었다. 몸을 앞으로 숙이고 우산에 의지해 서서 묵직한 시선으로 영원불변한 하나의 점을 주시하고 있었다. 내 머릿속에는 뒤숭숭한 느낌과 생각이 말의 형태를 빌려 거듭나려고 애쓰고 있었다.

"약 30년 전 어떤 기묘한 노파가 왜인지는 모르지만 늙은 몸을 이끌고 굳이 예르미타시까지 와서 아래층 전시실을 돌아다녔어. 그러다 이집트 전시실에 들러 한 귀퉁이에 멈춰 서서 스카라베 진열장 너머를 정면으로 슬쩍 쳐다봤던 거야. 그 늙은 눈으로 무심하고도 은밀하게 말이지. 그 뒤로 노파의 얼어붙은 분신은 무표정한 시선으로 아무나 들어올 수 없는 입체경의 영역에서 이 어두운 부적들과 더불어 이곳 깊숙한 곳에 숨겨진 비밀을 시종일관 지키고 있는 거야. 그런데 내가 와서 불경스러운 도둑질을 저지르면서 비밀을 침해하려고 한 거고…"

나는 노파에 관해 이렇게 중얼거렸다.

나는 나를 뚫을 듯한 노파의 시선을 회피하며 옆쪽에서 노파에게 접근한 뒤 노파 뒤로 돌아갔다. 나는 마지못해 노파의 망토 코트를 만져보았다. 코트 자락을 살짝 들어 올렸다 놓고 움직임이 완전히 멈출 때까지 코트 자락이 가볍게 흔들리며 들썩이는 모습을 지켜봤다. 노파는 흉하고 무섭게 생긴 꼭두각시 같았다.

나는 이제 노파를 아주 자세히 관찰할 수 있었다. 까칠하고 앙상한 손은 우산 손잡이를 불안하게 움켜쥐고 있었다. 주름살로 뒤덮인 망령의 볼도 보였다. 망령의 성긴 머리칼은 귀 위에서 시작해 유행이 다 지난 모자 아래로 뻗어 있었다. 그리고 연한 갈색빛을 띤 얼굴도 볼만했다. 나는 이제 그만 자리를 뜨고 싶었지만 묘한 충동에 끌려 노파의 눈을 한 번 더 들여다보기로 했다. 나는 허리를 숙이고 노파의 눈을 하염없이 쳐다봤다. 저 멀리서 나를 놀라게 했던 눈길을 내 얼굴에서 불과 반 아르신*밖에 떨어지지 않은 가까운 곳에서 봤던 것이었다. 순간적으로 노파의 두 눈에 얼어붙어 있던 사소한 것들 하나하나가 모두 눈앞에 펼쳐졌고, 나는 두려움에 떨며 재빨리 물러섰다. 그러자 흉악하고도 무시무시해 보이는 일이 벌어졌다. 꼭두각시는 비틀거리며 서서히 옆으로 기울어지기 시작했고 기울어지는 속도가 점점 빨라지더니 결국 거의 아무 소리도 없이 부드럽게 바닥에 쓰러졌다. 우산은 노파의 손에서 빠져나와 맥없는 소리를 내며 마루판에 부딪쳤다. 나는 외마디 비명을 지르며 재빨리 몇 발자국 뒤로 물러나 노파의 분신을 바라보았다. 노파는 움직이지 않는 거무스름한 덩어리가 되어 쓰러져 있었고, 내가 지른 비명의 메아리는 전시실 천장을 타고 내달리다 환영의 전시실에 깔려 있던 정적 사이로 사라졌다. 나는 얼마간을 더 그렇게 서 있다가 그곳에서 뛰쳐나와 로비로 달렸다.

나는 한참을 뛰었다. 마침내 멈춰 서자 이마에는 식은땀이 흐

* 미터법 시행 전 러시아의 길이 단위. 1아르신은 약 70cm.

르고 심장은 여전히 미친 듯이 뛰고 있었다. 나는 정신을 차리고 벌어진 일의 본질을 파악하려 애썼다. 노파가 쓰러진 이유가 뭘까? 내가 나도 모르는 사이에 노파를 건드린 것일까? 아니면 내 발밑에 있던 마루판이 흔들린 것일까? 결국, 노파가 빛바랜 이집트 전시실을 지키고 있었으며 노파가 쓰러지는 바람에 환영의 전시실과 되돌아갈 수 없는 이 세계 전체의 무시무시한 비밀이 깨져버렸다는 생각이 들었고, 그렇다고 믿을 수밖에 없었다. 그러자 내가 그때껏 마음속에서 잘 다스리고 있었던 그 알 수 없는 공포가 자유의 몸이 되어 내 마음을 잠식해왔다. 그리고 처음으로 그런 생각이 들었다.

'어떻게 되돌아가지? 여기서 어떻게 벗어나지?'

나는 그제야 날 기다리고 있는 건 절망뿐이라는 사실을 깨달았다. 나는 넘어설 수 없는 경계에 의해 삶과 현실의 세계와 단절된 이 죽음의 영역에서 사라져버린 고독한 생명체였다. 나는 내가 어떻게 여기에 들어오게 되었는지 알지 못했다. 어떻게 하면 여기서 벗어날 방법을 찾을 수 있을까? 기어이 방법을 찾아낸다 한들 그러기까지 시간이 얼마나 걸릴까? 방법을 찾아내기도 전에 책상 위 등 아래에 놓인 입체경이 어떻게 되기라도 하면 어떡하지? 여기에는 영원히 움직이지 않는 과거의 분신들만 있고 어두운 전시실에는 말 없는 망령이 눈을 부릅뜨고 꼼짝도 않고 쓰러져 있는데 이 어둠의 세계에 영원히 머물러야 하는 것이 내 운명인가? 내 몸은 온통 식은땀으로 뒤범벅이 되었다. 두렵고 당황한 나머지 심장이 욱신욱신했다.

그때 난 결심했다. 두려움과 당혹스러움이 나를 완전히 장악하도록 내버려두지 않기로. 나는 모든 것을 냉정하게 바라보고 무엇을 해야 할지 생각해보기로 했다. 사방을 둘러보자 내가 커다란 책장에서 멀지 않은 곳에 있다는 걸 깨달았다. 열 발자국 떨어진 곳에는 높다란 받침대 위에 올려진 거대한 머리가 흐릿하지만 눈에 익은 모습으로 우뚝 솟아 있었고, 앞뒤 그리고 왼쪽으로는 광활한 전시실들이 즐비한 빛바랜 공간이 아득히 뻗어 있었다. 나는 벽과 책장이 만들어 낸 컴컴한 구석에 들어가 벽에 등을 바짝 붙였다. 등 뒤에 있을지도 모를 전시실의 묵묵한 거주자들을 피하기 위해서였다. 나는 그곳에서 마치 나 스스로가 누군가의 조용한 분신인 양 가만히 서서 생각을 가다듬으려고 애썼다. 하지만 그 상태가 오래가지는 못했다. 내 두 눈만 갈 곳을 잃고, 정신이 반쯤 나가 반 아르신 앞에 있는 과거의 대리석 벽에 난 줄무늬를 헤아리고 있을 뿐, 머릿속에는 어떤 시구절이 집요하고도 공허하게 맴돌고 있었다. 왜인지는 알 수 없었지만 이런 시가 떠올랐다. '마치 까마득한 심연 속의 신음처럼 메아리치다 사라지고 메아리치다 사라졌다…' 그러자 심장의 박동도 차분해지고 정신도 어느 정도 맑아졌다. 그리고 그 순간 끔찍한 문제의 해답이 불쑥, 마치 제 발로 찾아온 듯 나타났다. 내 운을 시험할 방법은 단 하나밖에 없다는 사실을 깨달았다. 내가 이 입체경 내부를 표류하기 시작했을 때 첫걸음을 뗐던 마룻바닥이 있던 바로 그곳을 찾아내 거기에 서서 기다리는 것이었다. 내가 더 이상 무엇을 할 수 있겠는가? 나를 이곳으로 내던져버린 그 기이한 현상이 나를 다시 생명이 살아 숨 쉬는 현재로 데려다줄지도 모를 일이었다. 나는 은신처에서 나와 제우스 전시실로 향했다. 발걸음 소리가 울리지 않도록 애쓰면서, 멈추지 않고 어둠 속을 지키고 선 드문드문한 형체에 눈길도 주지 않고 조심스럽게 걸었다. 하나의 전시실을 지나자 또 다른 전시실이 나왔다. 오랜 지인인 검표원을 지나치자 손에 안내 책자를 든 키 큰 분신이 있었다. 환영의 전시실이 길게 줄지어 있던 곳을 지나 왼쪽으로 돌자 저 멀리서 올림피아의 제우스상이 있는 전시실이 보였다. 전시실 한가운데로는 벌써 사진사의 움직임 없는 형체가 서서히 모습을 드러내고 있었다. 어느덧 작고 어스름한 방이 보였다. 대머리 남자가 창을 향해 돌아서 있었고 남자의 맨머리에는 빛이 살짝 반사되고 있었다. 그리고 마침내 제우스 전시실에 도착했다.

나는 사진사 쪽으로 다가가 사진기에 바싹 붙어 섰다. 대물렌즈가 끼워진 관들이 내 얼굴에서 불과 1베르쇼크* 앞에 있었다. 마침 그 위치가 내 눈높이와 맞아떨어졌다. 나는 있던 자리에서 뒤로 돌아서서 조심스럽게 그 관들에 뒤통수를 가져다 댔다. 그러고는 고개를 천천히 그리고 살살 오른쪽으로도 돌리고 왼쪽으로도 돌리면서 그대로 가만히 서 있었다. 마침내 나는 해답을 찾아냈다는 느낌이 들었다. 이제는 망령이 되어 내 뒤에 조용히 서 있는 저 사진사는 바로 이 지점에서 이렇게 돌아서서 전시실을 찍었던 것이었다. 나는 그 과거의 전시실에서 내 두 발이 처음으로 마룻바닥을 디디고 서 있던 바로 그 자리에 서 있었다. 나는 그렇게 기다렸다. 하지만 변한 건 아무것도 없었다. 또다시 절망감이 밀려들기 시작했다. 그러나 가슴이 기분 좋게 철렁 내려앉

*   미터법 시행 전 러시아의 길이 단위. 1베르쇼크는 약 4cm.

더니 무언가가 느껴졌다. 전시실 내부에서 벗어나고 있다는 느낌이 들었다. 전시실 벽면들이 저 멀리로 떠나가듯이 작아지고 있었다. 등유 냄새가 다시 콧속으로 스며들었고 벽 너머 옆방에서는 들릴락 말락 울리는 시계 소리가 다시 들려왔다. 정신을 차려보니 나는 여전히 책상에 팔꿈치를 괴고 입체경에 붙어 있는 프리즘처럼 생긴 관에 눈썹을 바짝 댄 채 방에서 불 켜진 등 앞에 앉아 있었다. 렌즈 너머로 보이던 환영의 전시실은 아까와 마찬가지로 저 멀리 다른 세계에 있는 것처럼 보였다.

나는 기쁨에 사로잡혀 안도의 한숨을 내쉬고 자리에서 일어나 내가 겪었던 것들을 믿어야 할지 말지 갈등하며 방 안을 서성였다. 곰곰이 생각하여 결론을 지으려 해보았지만, 머리는 묵직하고 어지러운 데다가 생각은 뒤엉켜버렸다. 나는 등불을 끄고 비틀대며 침대로 다가가 옷도 벗지 않고 그대로 드러누웠다. 그리고 나도 모르게 잠이 들어버렸다.

나는 꿈도 꾸지 않고 깊은 잠을 잤다. 잠에서 깨어났을 때에는 이미 강력한 한기를 품은 새날이 밝아 있었고 푸르스름한 빛줄기가 커튼 틈으로 새어 들어오고 있었다. 얼마간 그대로 누워 있자니 갑자기 기억이 떠올랐다. 지난밤에 일어났던 모든 일이 나에게는 꿈만 같았다. 나는 생각했다. '참 이상한 꿈이야. 어렸을 때랑 똑같다니! 내가 입체경 앞에서 잠이 들었나 보군.' 바로 그 순간 옆구리에서 둔한 통증이 느껴지기 시작했다. 전에도 살짝 경험하곤 했던 통증이어서 그저 신경이 쓰였다고 하는 편이 낫겠다. 오른쪽 주머니에 뭔가 딱딱한 물건이 있었는데 옆으로 누워 있으면서 그것을 누르고 있었던 것이다. 나는 몸을 약간 들어

지름 5cm 남짓한 두툼한 원반을 주머니에서 꺼냈다. 돌의 촉감이었다. 나는 급히 창가로 가 커튼을 걷어 올리고 햇빛 아래에서 그것을 보았다. 지난밤 벌어졌던 일은 꿈이 아니었다! 나는 스카라베를 책상에 놓고 내 눈을 의심한 채 살펴보며 혼잣말을 했다. '이건 과거의 물건이 아닌가!' 그것은 그 정체불명의 전시실에 있던 진열장에서 꺼냈을 때와 똑같은 모습을 하고 있었다. 암갈색이며 울퉁불퉁한 감촉이며 묵직함이며 모든 것이 똑같았다. 스카라베는 주머니에 있던 탓에 여전히 온기를 품고 있었고 진짜 돌처럼 서서히 식어갔다. 내가 정신없이 달아나던 와중에 나도 모르게 주머니에 넣었던 것이 분명했다.

그 후 나의 시선은 입체경에게 향했다. 입체경은 내가 지난밤에 놓아둔 대로 책 더미 위에 그대로 있었다. 나는 책상 앞에 앉아 기묘한 빛을 발하고 있는 볼록 렌즈 속을 들여다보았다. 그 안에서는 마치 꿈을 다시 꾸기라도 한 듯 어두운 벽면, 깊숙한 곳에 놓인 하얀 석관, 프리기아 모자가 씌워진 머리를 숨기고 있는 돌 출부가 내 쪽으로 향해 있었다. 내가 걷던 마룻바닥은 여전히 빛나고 있었다. 문 너머로는 옆 전시실들도 보였다. 내가 지난밤에 거닐었으며 노파의 무시무시한 분신이 쓰러져 있는 곳이었다. 나는 몸서리를 친 뒤 죽음의 전시실이 다시 다가와 나를 통째로 집어삼켜버릴까 두려워 렌즈에서 눈을 뗐다.

방문이 빼꼼히 열리더니 마리야 할머니가 얼굴을 내밀며 말했다.

"벌써 일어나셨어? 옷이 왜 이렇게 지저분해요? 장화는 또…"

그녀는 책상을 흘끔 보더니 말을 덧붙였다.

"아니, 기름은 왜 또 쓸데없이 태우고 있어요? 어젯밤에 외출하더니 등은 계속 켜놓고. 자러 가려는데 불빛이 보이더라고요. 문이 열려 있어서 들여다보니 선생님은 안 계시고 등만 켜져 있지 뭐예요. 내가 끌까 하다가 선생님 책상에 뭔가 잔뜩 있어서 나중에 한소리 들을까 봐 손도 안 댔지."

나는 말했다.

"괜찮아요, 할머니. 어제는 금방 들어왔어요. 책상을 그대로 둔 건 잘하셨어요. 오늘은 빨래를 안 해도 될 것 같은데요?"

"안 해도 되면 뭐 됐고요. 벌써 아홉 시예요."

마리야는 이렇게 말하고 사라졌다. 나는 그런 생각이 들었다. 마리야 할머니가 만약 어젯밤 내가 없는 사이 입체경을 들여다봤더라면, 그래서 렌즈 너머에 숨겨진 기묘한 전시실의 문밖으로 나가고 있던 나를 발견했더라면 그녀는 과연 무슨 생각을 했을까? 아니면 그녀가 만약 책상 위의 등을 끄기라도 했다면 난 과연 어떻게 됐을까? 그랬다면 내가 헤매던 그곳에 캄캄한 어둠이 내려앉았겠지? 그리고 나는 공포와 절망에 몸부림치면서 어둠 속에서 얼어붙은 분신들과 부딪히고 분신들을 넘어뜨리며 홀로 그곳에 남겨졌겠지? 이런 생각이 들자 정신이 아찔해졌다.

나는 한참을 책상 앞에 앉아 있었다. 지난밤에 겪었던 일을 되새겨보자 내 안에서는 그 형상과 그 느낌과 혼란스러운 생각들이 되살아났다. 나는 외부인의 발소리와 목소리만 희미하게 메아리칠 뿐 정작 자기 스스로는 영원히 말이 없는 과거의 세계를, 현생의 빛바랜 환영 같았지만 그와 동시에 직접 만질 수도 볼 수도 있는 기이한 그 과거의 세계를 생각했다. 나는 또한 그 세계의 거주자들을 생각했다. 그들은 완전히 죽은 사람들처럼 보이지는 않았다. 그들은 몸의 움직임도 표정의 변화도 없었지만 겉모습처럼 얼어붙고 퇴색한 감정 비슷한 무언가를 숨기고 있었는지도 모른다. 입체경의 세계를 그토록 가득 채우고 있던 그리고 벽면과 천장과 모든 물건과 창백한 하늘이 렌즈를 들여다보던 이에게 퍼뜨리고 있던 거대하고 적막한 슬픔이 그들에게서 흘러나오고 있지 않았던가? 그들은 자신들과 함께 돌이킬 수 없는 과거로 사라져버린 것들을 영원히 그리고 은밀히 그리워하고 있지 않았던가? 어쩌면 우리 세계에서 산 자의 눈이 그들의 영역을 들여다봤을 때, 어떤 분신들에게는 무뎌진 분노 비슷한 무언가가 생겨났을 수도 있다. 입체경 내부의 영역은 어둠이 더 짙게 깔린 곳에서 유독 두렵고 무서웠기 때문이었다. 과거의 분신들이 누군가가 자신들을 엿보며 침범하고 있다는 것에 분노했고, 그 분노가 환영의 전시실에 있던 벽과 천장과 복도를 두려움으로 가득 채웠고, 그 두려움과 무시무시함이 렌즈를 들여다보던 이의 마음에 흘러들었던 것은 아니었을까? 생각이 여기까지 미치자 노파의 위협적인 모습이 다시 떠올랐다.

다시금 노파에게로 쏠린 생각들 가운데 오랫동안 잊고 있었던 어렴풋한 하나의 형상이 갑자기 뇌리에 박혀왔다. 그것은 이미 여러 해 동안 마음속에 흔적도 없이 가라앉아 있던 아주아주 오래된 기억이었다. 아득한 어린 시절 꿨던 꿈의 한 토막일지도 모른다! 나는 아득히 먼 과거의 언젠가 그 노파의 형상을 이미 한 번 마주쳤거나 꿈에서 본 것만 같은 느낌이 들었다. 그리고 그 형상을 봤던 곳이 굉장히 크고 어두운 공간이었다는 기억이 더더욱 흐릿하고도 희미하게 떠올랐다. 그러자 나의 상상력은 직물이 짜이듯 모양새를 갖추기 시작했다. 들쑥날쑥한 그 기억에서 감쪽같이 사라진 부분을 복원하고, 비밀스러운 모종의 연결 고리를 만들어 내려고 했다. 상상력이 나에게 귀띔해준 내막은 이랬다. 약 30년 전 한 소년은 아버지와 함께 그 당시에는 살아 숨쉬던 예르미타시의 전시실에 서 있었고 고대 이집트의 장엄한 신비로움이 처음으로 소년의 마음을 파고들었다. 그리고 바로 그때 운명적으로 소년의 눈은 한 노파의 노쇠한 눈과 일순간 마주쳤다. 두 사람의 눈길은 곧바로 어긋났다. 소년은 두 번 다시 노파를 만날 수 없었고 노파에 관한 섬뜩한 기억은 오래가지 않았다. 같은 날 노파는 소년과 마주친 후 한참 동안 드넓은 복도를 정처 없이 헤매다 이집트의 정원에 다시 들렀고 입체경 속에서 모든 것이 얼어붙은 순간 그곳에 남겨졌다. 그래서 노파의 분신은 빛바랜 전시실에서 과거 세계의 비밀을 지키는 영원한 수호자가 되었다. 이윽고 나는 상념과 몽상에서 빠져나와 정신을 차렸다. 입체경은 내 앞 책상 위에 놓여 있었다. 나는 두려움과 오래전의 갈망이 얽히고설킨 이상한 기분으로 입체경을 물끄러미 바라보았다. 나는 그 물건을 치워버리기로 마음먹고 신문지로 둘둘 말아 장 속에 숨겨버렸다. 관청에 갈 시간이었다. 나는 스카라베를 책상 서랍에 잘 넣어둔 후 옷을 차려입고 집을 나섰다.

나는 지난밤의 여정에서 받은 인상에 휩싸여 온종일 안개 속에 파묻혀 있는 듯했다. 관청 사무실에서는 앞에 놓인 서류는 안중에도 없이 믿기 힘든 지난밤의 기억에 몰두한 채 멍하니 앉아만 있었다. 그곳에 다시 가봐야겠다는 생각은 한동안 들지 않았다. 마음속에는 지난밤 공포의 여운이 아직 가시지 않았다. 하지만 시간이 흐르자 내 안에서 침묵하지 않던, 그 세계의 오래되고 매혹적인 마술이 결국 나의 사고를 조종하는 주문을 걸었다. 그러자 나는 두려움에 완전히 굴복하는 것은 부끄러운 일이라고, 그리고 첫 번째 여정에서 두려움을 경험해봤기 때문에 이번에는 평정심과 자제력을 최대한 발휘하여 렌즈의 경계 너머로 들어갈 수 있다고 혼잣말했다. 그러고 나니 내가 이미 그곳에서 벗어나는 방법을 알고 있다는 사실이 불현듯 떠올랐다. 마음이 설렜다. 비참한 과거의 영역에 영원히 남겨질 위험이 없어졌기 때문이었다. 입체경의 신비로운 유혹을 가로막던 장애물이 사라져버렸다. 그러자 노파를 떠올릴 때 들었던 마음도 한결 가벼워졌다. 그래서 먼 옛날 노파와 처음 마주쳤던 때의 어렴풋한, 어쩌면 꿈결에 봤을지도 모를 장면을 기억 깊숙한 곳에서 다시 끄집어냈다. 그리고 인간의 운명에 내재해 있는 비밀스러운 모종의 연결고리에 다시 한번 놀라움을 금치 못했다. 평소에는 그렇게 더디게 가던 시간은 대담해진 공상에 빠져 있는 사이 순식간에 흘러갔다. 나는 이런 상상을 했다. 만약 내가 거기에 다시 들어가보기로 마음먹는다면 무슨 일이 벌어질까? 나는 예르미타시 전시실에만 머물러 있지는 않을 것이다. 예르미타시 출입문으로 가문을 열고 밖으로 나가 과거의 거리를 거닐어볼 것이다. 이런 상상을 하자 바깥은 전시실보다 더 춥겠지 하는 생각이 들었다. 그리고 사진 한 귀퉁이에 적혀 있던 날짜가 기억났다. '4월 21일', 4월 말이었다. 코트와 모자를 챙겨야겠다고 생각했다. 이 생각을 끝으로 나는 공상에서 빠져나왔다. 창문 너머로 푸르렀던 차디찬 하루가 저물고 있었다. 사무실의 수많은 책상과 벽에는 이미 전등 불빛이 내리쬐고 있었고 천장은 전등갓이 만든 그림자로 뒤덮여 있었다. 담배 연기 사이로 불빛을 받아 밝게 빛나던 사람들의 머리가 책상 쪽으로 숙어져 있는 모습이 보였고 나지막한 말소리와 종이를 넘기는 소리가 들려왔다. 살아 숨 쉬는 현재의 세계는 나에게 특별한 힘을 불어넣어주었다. 그래서 나는 물었다. '내가 미쳐서 허황한 일에 정신이 팔린 건 아닐까?' 하지만 스카라베를 떠올리고는 주먹으로 오른쪽 옆구리를 눌러보았다. 약한 통증이 느껴지자 스카라베가 분명히 아침에 내 주머니 속에 있었다는 사실이 확인됐다.

하루가 그렇게 지났다. 나는 관청을 나서면서도 저녁을 먹던 식당에서도 일 때문에 잠시 들렀던 친구 집에서도 그 모든 생각을 떨칠 수 없었다. 결국 밤 9시가 다 되어 집에 돌아온 나는 이미 끔찍한 마음을 먹은 상태였다. 나는 등을 켠 후 입체경을 꺼내 그것을 전날처럼 책 더미 위에 올려놓았다. 그다음 커튼을 치고 마리야가 부지런을 떠느라 분란을 일으키지 못하도록 방문을 잠갔다. 책상 앞에 앉아 등에 등유가 충분한지 살펴봤다. 그리고 나서 아까 생각했던 것이 떠올라 다시 자리에서 일어나 코트와 목도리와 모자를 꺼내 잘 챙겨 입은 후 책상 앞에 자리를 잡고 앉았다. 어렴풋이 뜨끔거리는 두려움에 심장이 멎을 것 같았지만 굳게 마음을 먹고 눈을 렌즈에 가져가 들여다보기 시작했다.

1분쯤 지났을까, 전날의 일이 되풀이됐다. 그 끔찍한 경계를 통과하는 마법 같은 일이 벌어졌다. 나는 다시 죽음의 전시실 한복판에 서 있었다. 나는 뒤로 돌아서서 정지해 있던 사진사의 얼굴을 찬찬히 살펴봤다. 얼굴은 일그러진 표정으로 굳어 있었지만 여전히 혼이 깃들어 있었고 의미심장했다. 창백한 두 눈은 슬프고도 깊었다. 겉으로 보기에는 쉰쯤 되어 보였고 관자놀이에는 유독 백발이 성성했다. "여기에 분신으로 남겨진 이 말 없는 사진사가 입체경을 만든 장본인이 아닐까? 과거의 세계로 통하는 금지된 길을 발견한 이의 망령이 여기 이렇게 내 앞에 서서 과거를 그리워하고 있는 것은 아닐까?" 나는 사진사를 두고 중얼거렸다.

그런 다음 나는 로비 쪽으로 방향을 돌렸다. 나는 역시 같은 방식으로 아래층 전시실 전체를 경유하여 로비로 향했다. 이집트 전시실을 지나기가 무서웠기 때문이었다. 그리고 이번에도 발걸음 소리의 메아리가 희미하게 울려 퍼지다 돌림띠 근방에서 사라졌다. 이번에도 슬픈 어둠이 드넓은 전시실을 뒤덮고 있었고 그곳 거주자들이 커다란 밀랍 인형과 같은 모습으로 여기저기에 서 있었다. 그들은 캄캄한 구석에서 전시실을 지키고 있었다. 은연중에 나를 향해 분노를 품고 있던 이들도 있었고 과거를 그리워하고 있던 이들도 있었다. 그리고 이번에도 내가 멈춰 섰을 때면 그 무엇과도 비교할 수 없는 괴괴한 정적이 깃들어왔다. 나는 그렇게 로비에 다다랐다. 나는 이미 에르미타시 출입문 바로 앞에 가 있었지만 기묘한 충동에 이끌려 잠시 걸음을 멈췄다. 그리고는 천천히 그리고 조심스럽게 이집트 전시실 입구 쪽으로 다가갔다. 싸늘한 가슴을 안고 문턱을 넘어 세 발자국쯤 걸음을 옮긴 뒤 멈춰 서서 주위를 둘러보았다. 모든 것이 전날과 똑같았다. 다만 전시실 끝 쪽 어두컴컴한 곳에서 전날에는 눈에 띄지 않던 방문객 두 명의 망령을 발견했다. 나는 으스러진 유리에 구멍이 뚫린 진열장 쪽으로 몸을 돌려 까치발을 딛고 서서 진열장 위쪽을 쳐다보았다. 진열장 뒤쪽에는 창 아래로 움푹 팬 공간이 형성되어 있었다. 그곳에서는 고요한 어둠 속에 헝겊 더미 같은 시커먼 물체가 보였다. 섬뜩한 호기심을 채운 나는 재빨리 왔던 길로 되돌아가 예르미타시 출입문으로 다가간 뒤 문을 당겨보았다. 출입문이 부드럽고 조용하게 열렸다. 그리고 이제는 거대한 여상주女像柱들이 솟아 있는 먼 과거의 현관 계단에 서 있었다.

앞에는 왼쪽으로 나 있는 길이 보였다. 간혹 잘 알고 있던 곳을 꿈에서 볼 때 그렇듯이 낯익으면서도 낯설고 무시무시한 모습이었다. 오른쪽으로는 한가운데에 원기둥이 서 있는 거대한 광장이 펼쳐져 있었다. 이미 수없이 본 광장이었지만 그 역시 꿈속에서 일그러진 듯한 모습이었다. 포장도로도 인도도 기다랗게 대열을 이루던 건물도 저 멀리 안개 자욱한 성당도 저 위의 음산한 하늘도 그곳에 있던 모든 것들은 생기를 잃어버린 갈색조를 띠고 있었다. 나는 현관 계단을 내려갔다. 포장도로에는 물기가 없었지만 군데군데 웅덩이가 져 있었다. 웅덩이는 표면이 잔물결 무늬로 얼어붙은 것도 있었고 거울처럼 평평한 것도 있었다. 표면이 평평한 웅덩이는 건물의 환영을 뚜렷하게 투영하고 있었다. 주변 공기는 잔잔했지만 전시실보다 훨씬 쌀쌀했다. 코트와 모자를 챙기길 잘했다는 생각이 들었다. 보행자들이 눈에 들어왔다. 그들은 길을 걷던 중에 이상한 자세로 굳어져 있었다. 한쪽 다리는 앞으로 내밀어 발끝이 쳐들려 있었고 다른 쪽 다리는 뒤에 남겨져 있었다. 나는 그들을 유심히 살펴보았다. 강한 바람이 설명할 수 없는 방식으로 그 괴괴한 무풍 상태에서 굳어졌다는 것을 알 수 있었다. 보행자들의 외투가 부풀고 나부낀 채 정지해 있었기 때문이었다. 몸을 앞으로 숙인 채 모자를 붙잡고 있던 이들도 몇몇 있었다. 그것은 과거에 불고 있던 바람이었다.

　나는 드넓고 쓸쓸한 공간을 찬찬히 걸었다. 30년 전에 사람들이 봤을 살아 숨 쉬는 광장은 그런 모습이었을 터였다. 그리고 그후로 광장은 변화를 겪었을 것이다. 지금은 그 누구도 그런 광장을 볼 수 없다는 것 그리고 그런 광장이 영원히 사라져버렸다는 것이 신비롭게 느껴졌다. 궁전 정면은 어둡게 물든 주검이 되어 내 앞에 펼쳐져 있었다. 궁전 왼쪽 끄트머리 너머로는 강 건너편 저 멀리에 무리 지어 있던 과거의 건물이 훤히 내다보였다. 과거 어느 한때의 모습이 그랬을 것이다. 나는 광경에 감탄하며 생각했다. '이제는 궁전 앞에 새로 생긴 정원의 높은 철책에 가려서 현재 궁전에서는 아무도 저 건물들을 보지 못할 텐데…' 내 주위로는 지독한 정적이 흐르고 있었다. 내 발걸음 소리가 만들어 낸 메아리만 드넓은 공간에서 흔적도 없이 사라져버릴 뿐 아무 소리도 들리지 않았다. 위를 올려다보니 무색無色 하늘에서 그 기괴한 세계를 비추고 있던 태양의 환영이 처음으로 눈에 들어왔다. 태양은 아직 제법 높이 떠 있었지만 현실의 태양보다 훨씬 어두웠다. 실눈을 하지 않고서도 쳐다볼 수 있었다. 태양은 이 기묘한 죽음의 세계를 우울한 빛으로 가득 채우고 있었다. 건물과 원기둥은 음산한 그림자를 드리우고 있었다. 홀로 걷고 있던 보행자와 이따금 눈에 띄던 마차의 그림자 역시 건물과 원기둥의 그림자와 마찬가지로 움직임이 없었다. 달리던 중에 얼어붙은 말들이 매여 있던 마차에는 사람들이 타고 있었다. 눈에 익은 하얀 탑 위로는 거대한 바늘이 생기 없이 흐릿하게 빛나고 있었고 거기에 있던 황금 장식은 빛이 바랜 채 바늘이 발산하던 빛 속에서 죽어 있었다. 먼 과거의 태양이 뿜어내던 빛은 약하지만 확연한 열기를 품고 있었다.

잠시 후 크고 넓은 거리로 나서보았다. 나는 거기가 지난날의 넵스키 대로*임을 알아봤다. 이 거리는 퇴색한 도시의 말 없는 주민들로 넘쳐났다. 혼자 있거나 둘씩 짝지어 있거나 무리 지어 있는 남자들과 아이들 앞모습과 뒷모습이 보였다. 그들은 같은 자리에서 움직임도 흔들림도 없이 그 넓은 인도를 걸어가는 듯한 모습이었다. 굳어 있는 자세는 대부분 괴상했고 때로는 볼썽사나웠다. 겉으로 보기에 한가로이 산책을 나온 듯한 사람도 있었고 근심 어린 기이한 표정으로 발길을 앞으로 재촉하는 듯한 사람도 있었다. 맞은편에서도 사람들이 시커멓게 행렬을 이루고 있었다. 사람들이 타고 있던 뚜껑 없는 2인용 마차, 뚜껑 달린 사륜마차, 사방이 막힌 대형 사륜마차 등은 포장도로 양방향을 달리던 상태로 굳어 있었다. 이동이 한창이었다. 과거의 사람들은 마치 저 환영의 태양이 쏟아 내는 찬란한 빛을 반기며 그들만의 넵스키 대로로 쏟아져 나와 섬뜩하고 우울한 모습으로 인생을 즐기고 있는 듯했다. 나는 그들 모두가 나에게 무언가를 숨긴 채 그들 자신을 포함해 영원히 사라져버린 것들을 남몰래 그리워하고 있는 것처럼 느껴졌다.

---

*   Невский Проспект(Nevsky Prospekt). 상트페테르부르크의 중심이자 최대 번화가.

죽 늘어선 건물들은 저 멀리로 뻗어 있었다. 한두 번 본 것도 아니었지만 악몽에서 봤을 법한 기괴한 모습이었다. 나는 계속해서 앞으로 걸어갔다. 간혹 내 앞에 장엄하게 펼쳐진 퇴색한 원경을 바라보기도 했다. 나는 시선이 닿을 수 있는 한 최대한 멀리까지 내다봤다. 거기에는 온통 점점 더 까맣게 변해가던 끝이 보이지 않는 망령의 무리가 빽빽하게 들어차 있었다. 멀리서 보니 살아 움직이는 사람들 같았다. 하지만 가까이 다가갈수록 그 모든 것들이 한때 살아 움직이던 사람들의 얼어붙은 분신일 뿐이라는 확신이 들었다. 내 앞 저 멀리에서도 망령의 무리가 보였다. 나를 향해 걸어오고 있는 것 같았고 얼굴은 나를 향하고 있었다. 나는 점점 가까이 다가갔다. 얼굴이 더 선명하게 보였다. 그들은 움직임 없이 각자 앞을 주시하고 있었다. 하지만 나는 그들이 생기 없는 시선으로 나를 뚫어지게 처다보고 있는 듯한 느낌을 받았다. 미소를 띠고 굳어진 표정으로 서로를 바라보던 이들도 있었다. 나란히 서서 가까이 보니 퇴색한 모습이 역력했다. 기이하기도 하고 섬뜩하기도 한 모습이었다. 그들을 지나치자 나를 향해 마주 오던 새로운 무리의 행렬이 이어졌다. 하나같이 회색빛으로 굳어져 있었고 내 마음을 커다란 슬픔으로 물들였다. 하나같이 망자처럼 말이 없었다. 저기 음산한 기둥들이 떠받들고 있는 성당에서도 여기 극장의 외진 구조물 맞은편에서도 건물 출입구를 나서면서도 길을 건너면서도 모두 하나같이 침묵을 지키고 있었다. 말소리도 속삭임도 웃음소리도 마차의 소음도 거대한 도시의 웅성거림도 없었다. 내 발걸음 소리의 메아리만 잠깐 울렸다가 금세 사그라들 뿐 영원한 그리고 끔찍한 정적만 흐르고 있었다. 고요하고도 기묘한 공포가 심장을 요동치게 했지만, 심장은 공포를 통제하고 있었다. 살아 숨 쉬는 넵스키 대로에서는 여기에 남겨져 있는 것들이 그 누구의 눈에도 절대로 띄지 않을 것이라는 생각이 들었다. 나는 놀라움을 금치 못하고 자취를 감춰버린 재단법으로 만들어진 망령의 옷이며 예전에 있었던 상점이며 잊힌 간판 등을 구경했다.

나는 그렇게 홀로 걸었다. 무색의 돌에 드리워진 과묵한 내 그림자만이 나의 길동무였다. 홀로 살아 있는 사람인 나는 거대한 죽음의 도시 깊숙이 가라앉은 채 그렇게 계속해서 이 거리 저 거리를 걷고 있었다. 그러던 중 수십만 채의 집 사이에 파묻히게 되었다. 집집마다 맨 위층부터 맨 아래층까지 말 없는 과거의 사람들이 살고 있었다. 내 주위로는 아주 멀리 뻗어 나가며 서로 뒤엉켜 있는 거리와 한때 살아 숨 쉬던 이들의 말없이 얼어붙은 분신을 보듬은 채 드넓게 펼쳐져 있는 광장이 있었다. 그 거대한 죽음의 도시에서는 모든 것들이 한계를 모를 만큼 이상했고 곳곳에 슬픔과 두려움이 퍼져 있었다. 언젠가 무사Moussa 왕과 압도사마드Abdossamad 족장이 들어가게 됐다던 청동 도시에 관한 아랍의 설화가 떠올랐다.

어느새 나는 좁고 어두운 거리에 와 있었다. 나는 천천히 인도를 걷다가 갑자기 소스라치게 놀라 걸음을 멈췄다. 가슴은 두근대기 시작했다. 나는 기억해 냈다. 저편 오래된 음산한 집이 있는 장소와 그 집의 환영을 알아본 것이었다! 원래 내가 있던 세계에서 나는 그 길을 잘 알고 있었다. 아주아주 여러 해 동안 나는 그 길에 깔린 보도블록을 밟고 다녔다. 현실의 삶에서 그 거리는 해를 거듭할수록 점차 변형되었고 거리의 외관은 미묘하게 바뀌었다. 그 집은 사라지고 그 자리에는 새 집이 올라갔다. 과거의 잊힌 삶은 입체경 깊숙이 몸을 숨긴 채 그 음산한 집과 함께 과거로 멀리멀리 사라져버렸다. 그런데 지금 내가 그곳에 들어가 어릴 적 그 언젠가 살았던 저 4층에 난, 너무나도 눈에 익은 창문들을 다시 바라보며 서 있었다!

나는 떨리는 몸을 이끌고 현관으로 다가갔다. 그랬다! 거기에는 역시 어두운색의 휘어진 계단 두 개가 있었다! 나는 사소한 것 하나까지 모두 기억하고 있었다. 예전의 유리 현관문이 보였다. 나는 이번에도 그것을 알아봤다! 뭔가가 또 보였다. 발길이 끊기고 잊힌, 그러나 그 역시 너무나도 눈에 익은 계단이었다! 그때처럼 쓸쓸한 어둠이 깔려 있었고 그때처럼 희미한 가스 냄새가 풍기고 있었다. 안쪽으로 들어가 보니 또 다른 유리문이 있었다. 그것은 내 뒤에서 쾅 하는 소리와 함께 세차게 닫혔다. 그리고 예전에 자주 들었던 구슬픈 울림 소리가 환영의 계단을 타고 올라가 계단 아래에서부터 위까지 전체를 얼마간 가득 채웠다. 마음속에 희미한 어릴 적의 추억이 차례차례 잇달아 흘러들었다. 오른쪽 계단 밑에는 비좁은 돌계단참이 어두워지고 있었고 나는 그 긴 세월 동안 단 한 번도 그 계단참을 기억하지 못했다는 사실에 놀랐다. 그 어두운 계단참은 과거의 내가 천진난만한 상상력을 채워 넣었던 공간이었다. 이번에는 첫 번째 디딤판이 보였다. 계단을 세보니 그때처럼 열세 개였다. 시선은 위에서 세 번째 계단에 멈췄다. 계단 왼쪽에 커다랗게 금이 가 있었다. 기억 속에서 무언가가 꿈틀거리더니 기쁘게 본모습을 드러냈다. 까맣게 잊힌, 돌에 생긴 그 금이 기억났다. 금에서 갈라져 나온 선 하나하나가 모두 기억났다. 계단참에 올라서니 커다란 창문 너머로 음산한 안뜰과 안채가 보였다. 나에게는 모든 것이 예전에 이미 한 번 꿔봤으며, 그 후로 자꾸만 꿔지던 꿈처럼 나타났다. 길게 늘어선 창문들도 굴뚝과 환풍구가 있는 지붕들도 저 멀리서 하나로 합쳐진 유령 도시의 거대한 구조물도 하나같이 그때와 똑같은 모습을 하고 있었다. 다만 과거의 빛바랜 모습이었다. 나는 계속 계단을 올라갔다. 내 발걸음 소리만 계단의 정적을 깨뜨렸을 뿐 내가 걸음을 멈추면 끝도 없이 깊은 정적이 다시 찾아들었다. 나는 한 층씩 한 층씩 올라갔다. 계단참마다 어렴풋이 눈에 익은 현관문이 있었다. 오랜 잠에서 깨어난 나의 기억들은 황갈색빛 어둠 속에서 그 문의 모양, 문 위에 난 창, 줄지어 박혀 있던 장식용 못, 거주자의 이름이 적힌 문패를 알아보고는 기쁘게 속삭였다. "그때랑 똑같아!" 나는 명패를 쳐다보았다. 거기에는 어릴 적 그 멀고 먼 옛날 어른들에게서 들었던 이웃들의 이름이 적혀 있었다. 이제는 그들의 분신들이 그곳 어두운 현관문 안쪽에서 남몰래 조용히 살고 있을 터였다. 문패는 희미하게 빛나고 있었지만 구리의 생생한 광채는 바래 있었다. 그리고 그 모양은 그때와 똑같았다. 모서리가 잘려 나간 직사각형이었다.

마침내 계단 마지막 디딤판에 이르러 위를 올려다봤다. 세상에, 이럴 수가! 거기에 있는 건 우리 집 현관문이었다! 흥분과 공포가 나를 감싸왔다. 나는 계단을 올라 계단참에 섰다. 거기에는 문패가 있었고 아버지 이름이 적혀 있었다. 한때는 눈에 익었지만 이후에는 까맣게 잊고 있었던 철자들이었다! 위쪽에는 자그마한 창들도 있었다. 창 유리 너머로 현관방의 천장과 현관방 벽에 세워진 거울의 윗부분이 보였다. 모두 어둠에 묻혀 있었다. 초인종도 보였다. 초인종의 바깥 손잡이가 바로 눈앞에 있었다. 나는 손으로 그것을 만져보았다. 내가 왜 그랬는지는 알 수 없었지만, 나는 손잡이를 당겨보았다. 그러자 현관문 안쪽에서 초인종 소리가 울려 퍼졌다. 오랫동안 잊고 있다가 다시 친숙해진 소리였다. 그리고 퇴색한 듯한 소리였다. 유리 너머로 보이던 초인종의 환영이 눈에 익은 모습으로 흔들리기 시작했다.

그때 나는 현관문이 굳게 잠겨 있는 상태가 아니란 걸 알아챘다. 두짝문에서 한쪽이 살짝 열려 있어 틈이 생겨 있었다. 나는 그 한 짝을 밀어보았다. 문이 열리다 멈칫했다. 무언가가 안쪽에서 문을 저지하고 있었다. 맞다! 거기엔 사슬 고리가 있었다. 문을 잠그는 것은 깜빡했지만, 사슬 고리를 채워놓아서 문이 완전히 열리지 않았던 것이다. 나는 문틈 사이로 손을 넣어 더듬거렸다. 차가운 사슬이 닿았다. 사슬이 문에 부딪혀 나지막한 소리를 내며 떨어지는 것이 느껴졌다. 천천히 문이 열렸다. 꿈속에서 그리했듯이 지난날의 현관방이 눈앞에 나타났다! 어둠 속에서 외투와 모피 코트를 걸어 두던 공간이 보였다. 어릴 적 놀이를 하며 숨곤 했던 곳이었다. 그곳에 퍼져 있던 향기가 콧속으로 들어오자 깊이를 가늠할 수 없는 기억의 심연에서 그 향기를 흔쾌히 감별해 냈다. 두 눈은 어둠 속에서 벽지와 돌림띠에 그려진 무늬를 좇았다. 그러자 기억의 심연이 '그때랑 똑같아!'라며 은밀하게 확인을 해주었다. 벽에는 예전의 거울이 세워져 있었다. 고요한 어둠 속에서 나를 보고 있는 저자는 누구일까? 코트를 입고 손에 모자를 든 내가 환영과도 같은 거울의 심연 속에 투사되고 있었다. 살아 있는 내가 과거의 거울에 비치고 있었다. 주변의 모든 것들은 색이 바래 있었고, 과거를 향한 그리움으로 가득 차 있었다.

오른쪽에는 방문이 있었다. 그 방은 분명 아버지의 서재였다. 나는 가슴을 졸이며 방 안을 들여다보았다. 내가 알고 있던 어두운 벽과 둥그런 난로와 천장이 있었다. 나는 마음을 크게 먹고 방에 들어가보았다. 방은 꿈속에서 봤던 것보다 더 선명하고 더 무시무시한 모습으로 내 눈앞에 되살아났다. 맙소사! 소파 옆 책상 앞에 앉아 있는 자는 누구지? 가만히 앉아 있던 망령은 바로 아버지였다! 가까이 가보았다. 나는 고통스럽고 끔찍스러운 기분으로 친근한 생김새를 알아봤다. 의자 주위를 맴돌면서 정수리와 뒤통수와 무릎 위에 놓인 손을 살펴보았다. 내 기억은 흥분한 목소리로 사소한 것 하나까지 모든 것을 확인해주었다. 나는 아버지가 15년 전 영원히 우리 곁을 떠나기 전의 그 모습을 기억하고 있었다. 그런데 아버지의 말 없는 분신이 거기 그렇게 내 앞에 앉아 있었다. 아버지의 얼굴은 굳어 있었고 생기 있는 색채도 사라지고 없었지만, 분신의 얼굴이 아버지 살아생전의 마지막 얼굴보다 젊다는 것만은 분명했다. 표정도 더 밝았고 주름살도 적었으며 입가에 잡힌 주름도 그다지 깊지 않았다. 아버지는 깊은 생각에 잠긴 듯한 모습으로 앉아 있었고 나는 그런 아버지를 뚫어져라 쳐다봤다. 벌써 30년이라니! 나는 아버지 맞은편에 있는 퇴색한 소파에 앉았다. 그렇게 우리는 먼 옛날 행복했던 시절 바로 거기 바로 그 자리에 앉아 있곤 했던 것처럼 함께 앉아 있었다. 오랫동안 까맣게 잊고 있었던 소파의 푹신함이 다시 느껴졌다. 오래전 잊힌 그 방 특유의 담배 냄새도 다시 느껴졌다. 친숙한 책상, 벽에 걸린 그림, 책장이 그때처럼 우리를 둘러싸고 있었다. 창밖으로는 한때 너무나도 눈에 익었던 안뜰이 보였다. 모든 것들은 어린 시절 아버지와 함께 서재에 앉아 있곤 했던 먼 옛날과 똑같았다. 하지만 지나가버린 것은 되돌아오지 않는 법이다. 나는 이미 어린아이가 아니었고 내 옆에 앉아 있는 것은 과거의 가련한 분신에 불과했다. 책상도 책장도 그림도 창문 너머의 오래된 안뜰도 모두 지나가버린 환영이었다. 모든 것들은 지난날에 대한 뼈저린 슬픔으로 가득 차 있었다. 아버지 역시 돌아오지 못할 지난날을, 절대로 돌아오지 못할 지난날을 생각하며 말없이 슬퍼하고 있는 듯 보였다. 나도 아버지와 함께 슬퍼하고 있었다. 알 수 없는 서러움에 목이 메어왔다. 나는 몸을 일으켜 다른 곳으로 갔다. 그러자 오래전에 사라져버린 응접실이 나를 에워쌌다. 한때는 너무나도 평범했던 그리고 지금은 잊힌 모든 것들이 환영처럼 나를 주시하고 있었다. 어두운 벽지와 꽃이 놓여 있는 창문 세 개가 있었다. 창문은 맞은편 건물의 벽면과 마주하고 있었다. 기다란 거울 두 개가 있었다. 과거의 태양이 쏟아 내던 빛은 마룻바닥에 드리워져 생기를 잃은 광채로 쪽매널 마루에서 반사되고 있었다. 그리고 무언가와 마주쳤다. 뚜껑을 열어 놓은 그랜드 피아노 앞에 앉아 있는 소녀의 망령이었다. 소녀의 손은 건반 위를 분주히 움직이던 상태로 굳어져 있었다. 나는 굳어 있는 퇴색한 얼굴 쪽으로 몸을 숙였다. 소녀가 누구인지는 이미 묻지도 않았다. 오랜 잠에서 깨어난 기억이 확인해주었기 때문이다. 어릴 적 이 방에서 함께 놀던 시절의 소녀는 바로 이런 모습이었다! 기억 속에 존재했다 소멸했던 모든 것들이 되살아나 확인되고 있었다. 나는 피아노 옆에 서 있었고, 과거의 분신인 소녀와 살아 있는 사람인 내가 벽에 세워진 거울에 함께 비치고 있었다. 내 앞에는 빛바랜 방들이 연결되어 한 줄로 뻗어 있었다. 그곳을 걸었다. 발걸음 소리가 희미하게 들렸다. 그 끝에서는 슬픔에 잠긴 방 하나가 나를 향해 신비로운 눈길을 보내고 있었다. 한때는 너무나도 평범했던, 하지만 지금은 사라져버린 우리의 놀이방이었다. 거기에는 예전에 있던 책상이 있었다. 그 앞에는 누군가가 앉아 있었다. 앉아 있는 이의 그림자가 마룻바닥에 드리워져 있었다. 하지만 내가 있던 위치에서는 그가 보이지 않았다. 그는 문 뒤쪽에 있었다. 가까이 가서 들여다보니 거기에는 소년의 망령이 앉아 있었다. 겉으로 봐서는 일고여덟 살쯤 돼 보였다. 소년은 아무 말도 아무 움직임도 없이 책상 위 자기 앞에 놓인 책을 들여다보고 있었다. 나는 가슴을 졸이며 소년을 찬찬히 살펴보았다. 소년은 나의 분신이었다! 그 어두운색 재킷은 내 것이었다. 예전에 내가 입고 다녔던 것이었다. 그리고 그 책은 예전에 수없이 봤던 것이었다. 그것은 낡을 대로 낡아 너덜너덜해진 잡지였다. 생명을 다한 책이 펼쳐져 있는 모습이 보였다. 펼쳐진 면에는 귀걸이를 하고 눈을 감고 있는 거인의 머리, 검을 든 두 명의 기사, 세 명의 여인, 주변의 음산한 풍경 등이 묘사된 큼직한 판화가 있었다. 나는 판화를 보면서 하나의 이미지를 기억해 냈다. 아주 어릴 적부터 지금까지 모호하고 두서없이 내 기억 속에 저장되어 있는 이미지였다. 그리고 그제야 그 이미지의 출처를 알게 되었다. 그것은 바로 수십 년 동안 내 시야에서 사라졌던 그 오래된 책에 관한 기억이었다. 나의 분신은 딱딱하게 굳어진 두 눈을 판화에 고정한 채 조용히 그리고 애처롭게 앉아 있었다. 그리고 나는 그 침울한 얼굴을 뚫어져라 쳐다보며 그 속에 미묘하게 감춰져버린 지금의 내 얼굴을 식별해 내고 있었다. 나는 자리를 벗어나 창문 앞에 멈춰 섰다. 30년 만에 예전에 있었던, 그러나 지금은 사라져버린 우리 집 앞의 거리를 다시 내려다보았다. 어릴 적 바로 이 창가에 앉아 봤을 때처럼 비좁고 침통한 광경이었다. 아래에서 거리를 지나던 보행자와 마차는 건물이 만들어 낸 황갈색 그림자 속에서 얼어붙어 있었다.

나는 놀이방을 서성였다. 한때는 평범했던 벽에 손을 대 보았다. 까맣게 잊힌 예전의 장난감들을 만지작대다가 두 손으로 집어 들었다. 나는 캄캄한 구석에서 늘 희미한 기억으로 남겨져 있던 장난감 말을 발견했다. 오랜만에 보니 너무나도 작게 느껴졌다. 측면에는 구멍이 뚫려 있었다. 허리를 숙여 보니 뚫린 구멍에서 풍겨 나오는, 예전에 맡아본 혼응지混凝紙* 냄새가 느껴졌다. 아동용 침대는 방 끝에 있었다. 침대 가까이 가보았다. 이상한 생각이 들었다. 나는 침대에 살짝 누워보았다. 침대는 내 밑에서 삐걱거리며 흔들렸다. 내 두 다리는 침대 밖으로 삐져나왔다. 누워 있다 보니 의식이 흐려지는 듯했고 나 자신이 과거의 사람인 것 같은 착각이 들었다. 거기에서는 난로 옆 통풍 조절판이 보였다. 통풍 조절판에는 둥근 손잡이가 두 개 달려 있었는데, 어릴

---

*   펄프에 아교를 섞어 만든 종이. 종이 공예에 많이 쓰인다.

적 머리맡에서는 화가 나서 쏘아보는 누군가의 두 눈처럼 보였다. 내 위 천장에는 동그란 부조 장식이 보였다. 어릴 적 여기서 베개를 베고 누워 저 장식에 있던 소용돌이무늬 하나하나를 눈에 꼭꼭 눌러 담았다. 그랬던 저 무늬들이 어쩌면 그렇게 흔적도 없이 기억의 심연으로 가라앉아버렸을까? 평생 단 한 번도 다시 떠오른 적 없었다. 하지만 이제는 저 무늬들이 숨겨진 심연으로 가라앉은 것이 내 자신이고, 그런 내 자신이 과거의 사람이 되어 놀라움을 금치 못하며 저 무늬들을 바라보고 있는 것 같았다. 그리고 기억의 목소리가 '저게 바로 그렇게 오랜 세월 동안 네가 까맣게 잊어버렸던 것들이야!'라고 해맑게 되뇌고 있는 것 같았다. 나는 순간적인 혼수상태에서 깨어났다. 나는 과연 살아 있는 사람이었다. 창가로 고개를 돌려보았다. 거기에서 내게 등을 보이고 말없이 책상 앞에 앉아 있는 이는 과거의 나였다. 소년의 슬픈 망령이었다. 나는 계속해서 놀라움을 금치 못한 채 다른 방에도 차례차례 들어가보았다. 예전의 장롱들이 벽을 메우고 있는 길고 어두운 복도를 지나갔다. 복도 끝에서는 내 어린 시절의 공포가 서려 있는 욕실이 여느 때와 같이 암흑 속에서 입을 쩍 벌리고 있었다. 어둑어둑한 식당에서는 오래된 벽시계가 눈에 들어왔다. 이번에도 모습이 기억났다. 시계는 이제 막 3시가 넘어가고 있는 시각을 가리킨 채 멈춰 있었다. 식탁 위에 걸린 등도 기억났다. 오래전에 사라져버린 등이었다. 손을 대자 나지막하게 삐걱거리는 소리를 내며 천천히 흔들리기 시작했다. 나는 다시 내 혈육의 분신들이 말없이 앉아 있던 방들을 둘러보았다. 오래전에 사라져버린 그들 중에서 나만이 유일하게 살아 있는 사람이었다. 나는 그들이 사는 되돌아갈 수 없는 집에 찾아든 외부인이었던 것이다. 나는 한없이 깊은 과거의 적막 속에 가라앉아 멈춰 서서 되돌아오지 못할 과거를 그리워했다. 똑같은 순간을 천 번이고 만 번이고 반복해서 사는 것이 인간에게는 허락되지 않는다는 생각에 애석한 마음이 들었다. 그리고 이와 동시에 내 마음은 이루 말할 수 없는 쾌감으로 가득 채워졌다. 입체경이 기적을 행하리라는 오래전의 예감은 과연 틀리지 않았다! 나는 기적과 신비를 체험케 하신 신께 감사드렸다. 마음속 깊이 놀라움을 간직한 채 저 슬픈 망령들 앞에 무릎을 꿇고, 성스러운 과거의 분신들인 저 하나하나의 망령에게 경외심을 품은 채 한참 동안을 그렇게 가만히 있었다. 그리고 저 분신들은 조용히 앉아 아무런 대꾸도 하지 않고 자신들과 함께 영원히 사라져버린 것들을 그리워하고 있었다.

그러나 되돌아온 공포의 첫 줄기는 아직은 가느다란 모양새로 슬그머니 내 마음속을 파고들었다. 나는 주위를 둘러보았다. 이 불변의 세계에서 눈에는 거의 띄지 않았지만 무언가 이상한 변화가 일어난 것 같은 기분이었다. 그리고 불현듯 내가 들어갔던 방들이 전보다 어두워졌다는 확신이 들었다. 창밖을 내다보니 맞은편 건물 벽면에 드리워진 그늘도 짙어진 듯했다. 내가 잘못 봤을 수도 있다는 생각이 들었다. 하지만 공포는 사라지지 않았다. 쾌감은 공포심 앞에서 녹아내리고 있었다. 내 혈육의 분신들에게는 적대감이 느껴지기 시작했다. 나는 다시 한번 그곳의 방들을 돌며 모든 것에게 작별의 눈길을 보내고 계단으로 나갔다. 그리고 모든 것을 처음과 똑같은 상태로 남겨둘 요량으로 현관문을 살짝 닫은 뒤 아까처럼 사슬 고리를 채웠다. 그런 다음 재빨리 아래층으로 내려갔다. 아래층 유리문은 쾅 하는 소리로 계단 전체를 가득 채우며 한 번 더 내 뒤에서 세차게 닫혔다. 그리고 나는 다시 거리에 나와 있었다.

조금 전 맛본 쾌감의 여운은 여전히 가시지 않고 있었다. 나는 그 여운을 느끼며 길을 걸었다. 하지만 건물의 그림자와 구슬픈 거리의 원경을 유심히 보고 있자니 내가 잘못 본 것이 아니라는 사실을 불현듯 깨달았다. 입체경의 세계에는 과연 알 수 없는 어둠이 점점 짙게 내려앉고 있었다. 흡사 땅거미가 지고 있는 것 같았다. 나의 두려움은 점점 자라나 쾌감을 몰아내고 마음속을 장악했고 닥쳐오는 어둠과 한몸이 되었다. 한동안 잊고 있었던 어두운 전시실에 쓰러져 있는 노파가 다시 생각나자 몸서리가 쳐졌다. 바로 그 순간 불길한 예감이 내게 속삭였다. '노파의 원한이 어둠을 불러일으킨 거야'라고…. 그러자 내 마음은 온통 단 하나의 의지로 채워졌다. 얼른 예르미타시로 가야겠다는 의지였다. 나는 급히 말 없는 망령들의 무리 사이를 뚫고 걸어갔다. 내 발걸음 소리는 죽음의 거리 한가운데서 황급히 울려 퍼졌다. 무시무시한 노파의 이미지가 눈앞에 나타났다. 살아 있던 노파와의 첫 만남이 다시 생각났다. 마치 두서없는 먼 옛날의 환영처럼 기억 속에 저장된 만남이었다. 인간의 운명에 내재한 모종의 연결 고리도 다시 생각났다. 내가 노파와 마주쳤던 게 바로 그날이 아니었을까? 나는 그 음산한 집에서 봤던 내 과거의 분신을 떠올리며 이렇게 중얼거렸다. "어쩌면 그 망령은 소멸하고 퇴색한 어떤 생각을 숨기고 있는 것인지도 몰라. 거기서 책상 앞에 앉아 책을 보고 있던 소년은 방금 처음으로 다녀온 예르미타시와 이집트 전시실의 신비로운 어둠과 이집트 전시실 한복판에서 순간적으로 마주친 이상한 노파의 늙수그레한 눈초리를 생각하고 있는지도 몰라."

　나는 거의 뛰다시피 서둘러 갔다. 내가 두려움에 사로잡혀 도시를 덮쳐오는 어둠이 더 짙어지고 있다는 걸 깨달았을 때는 가던 길의 절반이 지난 시점이었다. 이제 거리의 원경을 채우고 있던 갈색빛이 더 선명해졌다. 건물에서 뻗어 나온 그림자에는 무시무시함이 더해졌다. 그림자는 보행자와 마차를 점점 더 깊숙이 집어삼키고 있었다. 입체경 세계의 어두운 갈색빛 어둠은 을씨년스럽고도 우울했다. 태양은 서쪽으로 기울어져 있지 않았다. 여전히 같은 자리에 가만히 떠 있는 채로 자신이 속한 세계와 함께 점점 어두워지고 있었다. 실눈을 하지 않고 쳐다보는 것이 점점 더 수월해졌다. 하늘은 온통 황갈색빛이었다. 죽음의 도시와 수많은 분신으로 조직된 대군은 계속해서 을씨년스러움을 더해갔다. 나는 걸음을 재촉했다. 마침내 눈에 익은 자그마한 다리 위에 올랐다. 음산한 운하를 가로질러 길게 뻗은 아치가 만들어낸 통로 사이로 까맣게 물들어버린 널찍한 강이 일순간 나를 응시했다. 나는 지친 몸을 이끌고 허겁지겁 거대한 여상주女像柱들이 솟아 있는 현관 계단에 올랐다. 음산한 출입구는 공포스러운 기운을 풍기고 있었다. 들어갈 엄두를 내지 못하고 잠시 멈춰 서 있었다. 어쨌든 남은 계단을 올라 안쪽 문손잡이를 잡았다. 문은 가볍게 열렸다 살짝 닫혔다. 나는 다시 예르미타시 안에 들어와 있었다. 내가 떠난 이후로 그곳을 뒤덮었던 어둠이 더 짙어졌음을 확인할 수 있었다. 이집트 전시실 입구는 어두워지고 있었다. 안을 들여다보라고 내게 손짓하고 있었다. 그러나 나는 유혹을 뿌리치고 에트루리아* 전시실로 발길을 돌렸다. 나는 부랴부랴 걸음을 옮겼고 발걸음 소리가 울려 퍼졌다. 갈색빛 어둠이 짙어지고 있었고 그 속으로 눈에 익은 부동不動의 형체들이 을씨년스럽게 잠겨 들어가고 있었다.

거기엔 책장과 높다란 받침돌 위에 얹혀진 거대한 머리가 있었다. 애수에 찬 널찍한 전시실의 벽면들이 멀리서부터 나를 사방에서 에워쌌다. 어제 두려움에 떨며 몸을 숨겼던 구석도 보였다. 저 앞 모퉁이에는 을씨년스러운 어둠이 이미 깊이 내려앉아 있었다. 나는 돌연 멈춰 서서 몸이 굳었다. '이게 뭐지? 분명 내 앞에서 누군가의 발걸음 소리가 났어. 누가 나를 향해 마주 걸어오고 있어!' 나는 귀를 의심하며 가만히 그 소리에 집중했다. 그것은 내 발소리가 만든 메아리가 아니었다. 그때 나는 꼼짝도 않고 서 있었다. 이상한 소리는 매우 모호해서 들릴락 말락 했지만, 죽어 있던 전시실의 끝없는 적막 속에서 사뭇 내 귓가에 도달해 왔다. 그것은 마치 걷는 이가 다리를 살짝 끌면서 걷는 것같이 바닥을 스칠 때 나는 발소리였다. 그 소리를 듣자마자 가슴이 덜컥 내려앉는 형언할 수 없는 무언가가 덮쳐왔고 불길한 생각들이 떠올랐다. 얼마 후 발소리가 잠잠해졌다. 걷던 이가 멈춰 선 것이었다. 나는 닥쳐온 정적을 견디지 못하고 옆쪽으로 달려가 몸을 숨기고 기다렸다. 그러자 발소리가 다시 들려왔다. 저 앞 캄

* Etruria. 이탈리아 중부, 고대 에트루리아인이 살던 지역. 현 토스카나 지방.

캄한 모퉁이 너머에서 울려 퍼졌다. 소리는 가까워지면서 점점 크고 또렷해졌다. 나는 소리를 가만히 듣고 있다가 나를 덮쳐온 두려움의 이유를 문득 깨달았다. 그것은 산 사람의 발소리라고 할 수 없었다. 마치 로봇이 걷는 듯한 단조롭고 생기 없는 소리였다. 나는 꼼짝도 하지 않은 채 어둠 속을 주시했다. 그러자 어둠을 뚫고 무언가가 나타났다. 무언가가 튀어나왔다! 머리에 기이한 모자를 얹은 키 작은 이상한 형체였다! 나는 그 형체가 노파임을 단번에 알아봤다. 노파가 바닥에서 일어났던 것이었다! 인형같이 생긴 저 분신이 나를 찾아 헤매고 있었던 것이다! 노파의 움직임은 로봇이 움직이는 것처럼 무언가에 묶여 있기라도 한 듯 해괴망측하고 부자연스러웠다. 노파는 점점 더 가까워졌다. 무섭게 생긴 꼭두각시가 무표정한 시선을 나에게 고정한 채 정면에서 다가오고 있었다. 다리를 절뚝거리며 바닥에 질질 끌고 있었다.

　나는 거친 비명을 질렀다. 전시실에 날카로운 메아리가 울려 퍼졌다. 그리고 왔던 길로 뛰기 시작했다. 나는 전속력으로 달려 재빨리 이집트 전시실의 컴컴한 입구에 이르렀다. 하지만 감히 그곳에 들어갈 용기를 내지 못하고 옆으로 방향을 틀어 대리석 계단을 뛰어 올라갔다. 한 번에 서너 계단씩 뛰어올랐다. 계단 끝에 다다르자 원기둥이 나타났다. 원기둥은 원형 계단이 만들어 낸 우물과도 같은 구멍의 주위를 감싸고 있었다. 나는 원기둥을 끼고 반쯤 에돌아 뛰었다. 그러다 거대한 구멍 위에 있던 묵직한 난간에 기대어 멈춰 섰다. 심장은 미친 듯이 뛰어 댔고 머릿속은 두서없는 생각들이 잇따라 스쳐 지나갔다. 산 사람이 입체경 내부에 침입하는 바람에 깨져버린 알 수 없는 평형, 영원불변한 입체경의 세계에 불어닥친 끔찍한 변화, 바싹 다가오고 있는 어둠, 노파의 무시무시한 원한 등에 관한 생각들이었다. 다시 말하자면, 평형이 깨져버린 분신들은 움직일 수 있다는 얘기였다! 다만 영원불변의 과거는 자기 자리를 벗어나 때로는 이리저리 돌아다니기도 하지만 산 사람처럼 완벽하게 움직이지는 못하고 있었다. 굳게 얼어붙어 있던 몸 곳곳이 완전히 회복되지 않아 기껏해야 무시무시한 로봇밖에 될 수 없었을 터였다. 나는 주위를 둘러보았다. 거기에도 이미 넓은 창을 통해 갈색빛 황혼이 스며들고 있었다. 난간에 기대어 아래를 보니 바로 밑에 있던 로비는 이미 거의 불그스름한 빛깔로 짙게 물든 어둠에 잠기고 있었다.

발소리가 다시 들려왔다. 계단이 만들어 낸 거대한 우물 모양 통로의 어두운 바닥에서 들리기 시작한 발소리는 점점 뚜렷해졌다. 황갈색 그림자 사이로 기묘하게 생긴 어두운 물체가 계단을 타고 올라오고 있는 모습이 어렴풋이 보이기 시작했다. 망령은 로봇처럼 움직이고 있었음에도 비상한 속도와 민첩성을 발휘하며 올라오고 있었다. 이윽고 어둠을 뚫고 망령의 모습이 선명하게 드러났다. 망령은 열 계단도 채 오르지 않고 그 자리에 멈춰 서더니 갑자기 내 쪽으로 고개를 돌렸다. 또다시 눈이 마주쳤다. 말 없는 로봇은 내가 있는 곳을 확인이라도 한 듯이 다시 비틀거리며 급히 계단을 오르기 시작했고 줄기둥 밑을 지나 나를 향해 다가왔다. 나는 최대한 빨리 계단을 마저 오르려고 애쓰며 난간을 끼고 달리기 시작했다. 하지만 노파가 갑자기 방향을 트는 바람에 노파와 나는 첫 번째 계단 근처에서 맞부딪칠 뻔했다. 나는 재빨리 옆으로 비켜서서 전속력으로 위층 전시실을 향해 달렸다. 눈에 익은 빛바랜 그림들이 벽면에 길게 늘어서 아른거렸다. 내가 달려가는 소리가 쪽매널 마루에서 둔탁하게 울려 퍼졌다. 주위는 애달프고 을씨년스러운 황혼으로 흘러넘쳤다. 그 속에 잠긴 부동의 형체들이 나의 필사적인 도주를 말없이 목격하고 있었다. 뒤에서는 기괴한 꼭두각시가 나를 추격해 오고 있었다. 꼭두각시의 발이 바닥에 부딪히는 규칙적이고도 단조로운 소리가 들려왔다. 나는 빛바랜 벽화가 있던 작은 방을 지나치면서 환영의 거울에 순간적으로 비친 내 얼굴을 보았다. 어둠에 잠긴 창백하고 일그러진 얼굴이었다. 나는 거울이 30초 후에는 나를 추격하던 무시무시한 망령의 모습을 은밀하게 투영하리라는 것을 알고 있었다.

추격 소리는 간혹 잠잠해지기도 했다. 노파가 길을 잃고 갈팡질팡하고 있었음이 틀림없었다. 한번은 이 틈을 타 다시 아래층에 가려고 조심스럽게 계단으로 잠입해보려고도 했다. 하지만 계단으로 통하는 한 전시실에 들어서면서 꼭두각시 노파가 절뚝거리며 옆 전시실에서 나를 향해 걸어오는 장면을 보고 황급히 뒤로 돌아섰다. 또 한번은 숨을 죽이고 한동안 발소리에 귀를 기울이다가 괴괴한 정적이 1분 정도 이어지는가 싶었을 때 종종걸음으로 계단을 향해 달음질치기도 했다. 하지만 어느 작고 어두운 방에서 노파와 마주치고 말았다. 나는 공포에 질려 아무 소리도 내지 못하고 노파가 더 이상 가까이 오지 못하도록 노파의 어깨를 쥐고 잠시 그대로 버텼다. 무표정함 속에 증오를 내포한 노파의 두 눈동자에서 시선을 뗄 여력도 없었다. 나는 있는 힘을 다

해 노파를 밀쳐 냈다. 노파는 휘청거리다 둔탁한 소리를 내며 나
자빠졌다. 나는 재빨리 뛰어 계단에 이르렀다. 하지만 머뭇거리
며 멈춰 서고 말았다. 황혼은 이미 너무도 짙어져서 광활한 계단
통로가 끝없이 깊은 어둠의 나락처럼 눈앞에서 빛을 발하고 있
었다. 하지만 선택의 여지가 없었다. 나는 계단을 따라 저 아래
어두컴컴한 로비의 심연 속으로 달려들었다. 마지막 계단참에서
뒤로 돌아서서 위를 올려다봤다. 직전 계단참에서 로봇의 윤곽
이 나타났고 그것이 내려오고 있는 모습이 보였다! 나는 내가 무
엇을 하고 있는지 생각할 겨를도 없이 오른쪽으로 달려가 옷 보
관소 뒤쪽으로 몸을 숨겼다. 계단을 내려오는 망자의 발소리가
점점 가까이 들려왔다. '여기 숨은 걸 들키면 어떡하지?' 하는 생
각이 들었다. 그러나 천만다행이었다. 망령의 형체는 내가 있는
걸 눈치채지 못했는지 절뚝거리며 나를 지나쳐 에트루리아 화병
전시실 쪽으로 향해 어둠 속으로 사라졌다.

그때 나는 아래층 전시실이 잇달아 늘어선 곳으로 향한 노파
보다 먼저 제우스 전시실에 도착할 수 있겠다는 생각이 들었다.
이집트 전시실을 관통하는 것이 지름길이었다. 나는 조심스럽
게 숨었던 곳에서 나와 이집트 전시실에 대한 두려움을 억누르
며 전시실 입구로 달렸다. 하지만 전시실 내부로 뛰어든 나는 눈
앞에 펼쳐진 장면에 당황한 나머지 멈칫했다. 그곳은 이미 온통
갈색빛 어스름에 묻혀 있었지만, 어스름을 뚫고 유독 하나가 희
미하게 감지됐다. 저 깊숙이 검은 석관 위에 처음 보는 형체가 앉
아 있었다. 형체는 몸이 굳은 채 내 쪽으로 천천히 고개를 돌렸
다. 과거의 방문객이었다. 그 역시 노파에 뒤이어 로봇이 된 뒤

움직이기 시작하여 힘겹게 석관에 기어올랐음이 분명했다. 나는 이전에 여기 왔을 때 얼핏 봤던 얼어붙은 두 망령을 떠올렸다. 창문 아래 어두컴컴한 구석에서는 무언가가 꿈틀대며 바스락거렸다. 분명 두 망령 중 나머지 망령일 것이다. 자신들의 세계가 침범당하자 불안해진 망령들이 자리에서 이탈해 어두워진 전시실에서 기괴하고 무시무시하게 날뛰고 있는 것이었다! 그러나 나는 재빨리 당황한 마음을 추스르고 뒤도 돌아보지 않고 다시 달리기 시작했다. 드디어 제우스 전시실이었다. 온통 짙은 황혼에 물들어 있었다. 전에는 하얀빛이었지만 이제는 갈색빛으로 변한 조각상이 어둠을 뚫고 을씨년스럽게 불거져 나와 있었다. 사진사도 있었다. 그의 표정 없는 얼굴도 이제는 불그스레한 갈색빛을 띠며 무시무시하게 변해 있었다. 나는 카메라에 뒤통수를 바짝 가져다 댔다. 뒤통수에는 이중 대물렌즈가 끼워진 관들이 느껴졌다. 눈앞에는 옆 전시실 입구가 있었다. 괴괴한 짙은 황혼에 잠겨 있었지만, 멀리서 어렴풋이 빛줄기가 새어 나오고 있었다. 그리고 또다시 내 앞에서 발소리가 희미하게 메아리치기 시작했다. 망령이 아래층 전시실을 다 돈 것이었다. 빛줄기 사이로 이미 망령의 어둡고 추악한 윤곽이 드러났다. 망령은 빠르게 다가오고 있었다. 그러나 다행이었다! 전시실이 멀어지기 시작하는 것처럼 느껴지더니 나는 이미 전시실 밖으로 나와 있었다. 다시 한번 현생으로 돌아오는 마법이 일어난 것이었다. 나는 다시 내 방 책상 앞에 앉아 있었다. 내 앞에서는 등불이 타들어가고 있었고 책 더미 위에 입체경이 놓여 있었다.

나는 렌즈에서 눈을 떼고 의자 등받이에 몸을 기댔다. 그리고 얼마간 그렇게 앉아 있었다. 가슴은 여전히 나직하고 빈번하게 두근댔다. 다리는 극도의 피로감이 밀려왔고 손가락은 망령의 어깨를 건드렸을 때의 혐오감이 고스란히 남아 있었다. 얼마 후 나는 조심스럽게 렌즈를 들여다봤다. 일단은 렌즈에 눈을 바짝 대지 않은 채 멀리서 들여다봤다. 거기에는 캄캄해진, 그러나 이미 멀리 떨어져서 작아진 전시실이 있었다. 나는 이미 바깥쪽에 있었고, 나와 전시실 사이에는 이전처럼 경계가 놓여 있었다. 나는 용기를 내어 눈을 더 바짝 대어 보았다. 갑자기 갈색빛 어스름 속에서 희미하게 모습을 드러내고 있는 노파가 보였다. 노파는 전시실 깊숙이 있던 고분古墳 근처에서 바닥에 주저앉아 나를 똑바로 바라보고 있었다! 나는 미친 사람처럼 책 더미를 밀쳐 내고 자리에서 벌떡 일어났다. 입체경은 쿵 하는 소리와 함께 렌즈를 위로 향하고 책상에 떨어졌다. 섬뜩한 생각이 머릿속을 스치고 지나갔다. '저 노파가 경계를 넘어 여기 내 방에 들어올 수도 있겠어! 나도 여기서 저 과거의 영역으로 들어갔잖아!' 공포에 질린 나는 내가 무슨 짓을 하고 있는지 인지하지도 못한 상태로 책상 위에 놓여 있던 망치를 집어 들었다. 그리고 한 번, 두 번 망치를 내리쳐 렌즈 두 짝을 산산이 부숴버렸다. 렌즈 파편은 쨍그랑 소리를 내며 입체경 속으로 떨어졌다.

나는 한참 동안 방 안을 서성이고 나서야 마음을 어느 정도 가라앉힐 수 있었다. 그리고 그제야 내가 여전히 외투를 입고 목도리를 두르고 있다는 걸 알아챘다. 하지만 머리에 있던 모자는 없었다. 나는 바닥을 살펴봤지만 찾을 수 없었다. 환영의 전시실에서 도망치던 와중에 나도 모르게 잃어버렸음이 분명했다. 나는 입체경을 집어 들었다. 그리고 오랜 고심 끝에 뒷면을 깨트려버리고 거기 끼워져 있던 사진을 꺼냈다. 나는 조마조마한 마음으로 사진을 등불에 비춰보았다. 사진 속에는 빛에 노출돼 심하게 손상된 사진이 으레 그렇듯 짙은 갈색으로 변한, 눈에 익은 전시실의 형상이 있었다. 사진 속의 전시실은 불그스름한 갈색 황혼에 물든 듯한 모습이었다. 하지만 그 형상 속에서 바닥에 주저앉아 있는 형체는 이미 없었다. 눈을 씻고 봐도 노파의 흔적은 어디에서도 찾을 수 없었다. 노파는 분명 재빨리 시야에서 벗어나 슬그머니 숨어버렸을 것이다. 사진의 갈변 현상은 멈춘 듯했다. 그 세계를 물들인 기묘한 황혼은 더 이상 짙어지지 않았다. 자리를 이탈했던 분신들도 다시 제자리에 얼어붙었겠거니 싶었다. 나는 유리판을 이리저리 돌려가며 살펴봤다. 전시실의 이중 형상이 있는, 4베르쇼크 길이의 평범한 입체경 사진이었다. 오른쪽 형상에서는 위쪽에 '1877년 4월 21일'이라고 쓰인 손글씨를 여전히 식별할 수 있었다.

***

그렇게 나는 입체경을 없애버렸다. 그것은 언제 어떻게 G 거리에 있는 경매품 도매상까지 흘러들어 오게 됐을까? 만든 이는 누구였을까? 퇴색한 과거의 세계로 들어가는 문을 연 이는 누구였을까? 분신이 되어 환영의 전시실에 영원히 서 있는 그 키 큰 사진사였을까? 아니면 다른 이였을까? 만약 그 사진사가 맞다면, 처음으로 그 세계의 경계를 넘은 뒤 뒤돌아서서 죽음의 전시실에 깃든 깊은 정적 속에 있던 자신의 분신을 봤을 때 어떤 기분이었을까? 그 우울한 세계에 들어가 그곳에 숨겨진 공포를 불러일으키지도 않고 을씨년스러운 황혼을 만들어 내지도 않고 어떻게 말 없는 망령들의 평정을 깨지 않을 수 있었을까? 어쩌면 그는 처음부터 현생으로 돌아올 운명이 아니었을지도 모른다. 어떤 비밀스러운 이유로 영원히 입체경 깊숙이 묻혔을지도 모른다. 어쩌면 죽은 도시의 거리에서 심장 마비를 일으켰을 수도 있다. 계단에서 굴러떨어졌거나 과거의 강이나 운하에 빠졌을 수도 있다. 아니면 (누가 알겠는가?) 입체경을 만든 이는 정작 렌즈의 경계를 넘어가는 데 실패했고 과거를 방문한 이는 내가 처음이자 마지막일 수도 있다.

그 밤 이후 벌써 오랜 시간이 흘렀다. 나는 어쩌다 입체경이 내 손에 들어와 그 안을 들여다볼 때면 여전히 오래전의 마법에 젖어 들곤 한다. 그러나 기묘한 쾌감을 느끼리라는 예감만 들 뿐 그 쾌감의 최고조는 이제 더 이상 맛볼 수 없다는 걸 알고 있다. 한때 그곳에 들어가본 경험을 한 나는 이제는 그곳을 들여다보기만 하기 때문이다. 나는 동그란 유리 너머 안쪽으로 길게 뻗은 오솔길이 난 소나무숲을 본다. 오솔길에는 얼마 전 내린 비가 만들어 낸 물웅덩이가 창백하게 빛나고 있다. 나는 이미 숲속에 들어가 질퍽한 오솔길을 걸으며, 생명력을 잃고 퇴색한 소나무가 이룬 숲으로 깊숙이 들어가고 있는 것 같은 기분을 느낀다. 물웅덩이가 거울처럼 가만히 소나무를 투영하고 있는 모습을 바라본다. 저 멀리 나무줄기 사이 환영처럼 아른거리는 빈터로 슬그머니 발길을 돌려본다. 과거의 숲이 자아내는 거대한 적막을 뚫고 발밑에서 검불이 바스락거리는 소리만 희미하게 들린다. 떨기나무의 갈색 잎에서 떨어지는 물방울은 사방으로 튄다. 주위는 온통 비 온 뒤의 은은한 솔 내음으로 그득하다. 하지만 이것은 상상이다. 건널 수 없는 경계가 나와 저 세계를 가르고 있다. 어떤 때는 렌즈 너머로 황량한 바닷가가 보이기도 한다. 그러면 나는 이미 거기에서 물기를 머금었으면서도 가볍게 바삭대는 모래사장을 거니는 듯한 기분이 든다. 기묘한 해안의 인적 없는 굽이가 양쪽으로 뻗어 있다. 내 바로 앞에는 넘실대던 새하얀 파도가, 영원히 얼어붙은 과거의 바다가 눈 닿는 곳마다 쓸쓸하게 펼쳐져 있다. 모든 것들이 무미건조하고 삭막하다. 나는 가만히 서서 바다와 바닷가의 괴괴한 침묵에 귀를 기울이며 소금기 머금은 신선한 바람과 갯벌의 은은한 향기를 들이마신다. 하지만 이것은 느낌에 불과할 뿐 얼마 지나지 않아 내가 그저 입체경을 들여다보고 있을 뿐이며, 금단의 경계가 나와 과거의 바다를 분리하고 있음을 상기한다.

과거로 통하는 문을 실제로 열어준 낡은 입체경은 더 이상 존재하지 않는다. 그 잔해만이 책상에 남아 있다. 렌즈 파편은 상자에 넣어 치워두었다. 가끔 입체경에서 빼낸 이중으로 겹쳐진 사진을 꺼내보곤 한다. 전시실 모습이 담긴 검게 변한 '과다 노출' 형상이다. 그리고 그 벽과 마룻바닥과 조각상을 다시 찬찬히 들여다본다. 그 안쪽 깊숙한 곳에는 짙게 깔린 갈색빛 황혼 사이로 한 줄로 이어진 방들이 길게 뻗은 모습이 너무나도 선명하게 보인다. 그 이후로 황혼은 더 짙어지지 않았다. 사진 속에서는 아무것도 변하지 않았다. 날이 갈수록 그곳에 감춰진 기묘한 세계만이 점점 먼 과거로 사라져가고 있을 뿐이었다. 거기에는 을 씨년스러운 안개 속에 묻혀버린 예르미타시의 전시실이 숨겨져 있다. 그리고 전시실에는 묵묵한 사진사와 말 없는 방문객들이 있으며, 이집트 전시실에서 다시 얼어붙어버린 무시무시한 꼭두각시와 정체 모를 두 사람이 있다. 그곳 캄캄한 방에는 내가 물건을 훔친 진열장이 유리가 깨진 채 있다. 그리고 마룻바닥 어디엔가 내 모자가 어둠 속을 뒹굴고 있다. 거기에는 을씨년스럽게 어둑해진 거대한 죽음의 도시가 숨겨져 있다. 그리고 내 혈육의 묵묵한 분신들이 거주하고 있는 눈에 익은 예전의 집과 방이 있다. 분신들은 어둠에 잠긴 그곳에 앉아 매일매일 점점 먼 과거로 사라지고 있다. 나는 두 번 다시 그 속으로 들어갈 수 없다. 비밀의 문은 영원히 닫혀버렸다.

여기 우리가 사는 세상에서 나는 종종 살아 있는 예르미타시 전시실을 배회한다. 전시실 곳곳을 돌아다니며 선명한 색채의 현실 너머로 환영처럼 아른거리는 과거의 전시실을 찾아내려고 한다. 얼마 전 그곳에 갔을 때는 어둑어둑한 어느 겨울날이었다. 그런 날이면 위층 전시실마저도 아득한 어둠에 휩싸인다. 그날도 회색빛 하늘에서 애수 어린 희미한 빛이 창을 통해 쏟아져 들어왔다. 그러자 주위의 생생한 색채가 뿌옇게 흐려지는 것처럼 보였고 그래서인지 퇴색한 과거가 더 선명하게 드러났다. 퇴색한 과거는 우연히 나 혼자만 남겨진, 나 말고는 아무도 없었던 방에서 특히 더 선명했다. 가끔 그런 느낌이 들었다. 그 벽과 마룻바닥과 그림과 천장 장식이 본연의 색채를 완전히 잃고 모든 것이 죽음으로 변해 얼어붙어버릴 것만 같은 느낌이. 그리고 생명을 잃은 과거 속에서 홀로 살아 움직이는 내 모습이 또다시 환영과도 같은 거울에 투영될 것만 같았다. 벽 모퉁이, 그늘진 곳에 무리 지어 서 있던 조각상, 마룻바닥에 반사된 빛을 보자 되돌아갈 수 없는 전시실과 계단의 어둠 속에서 도망치던 와중에 벌어졌던 일들이 선명하게 떠오르면서 소름이 끼쳤다. 겨울날이 드문드문 난 음산한 창을 통해 쏟아 낸 어둠에 잠긴 아래층 전시실에는 그 과거가 더 뚜렷하게 배어 있었다. 책장 옆에서 널찍한 전시실 세 개가 하나로 합쳐지는 곳에서는 무시무시한 발소리를 처음 들었던 장소와 첫 번째 밤 공포에 질려 몸을 숨겼던 모퉁이를 발견하고 흥분에 휩싸였다. 이집트 전시실에서는 꽤 오랜 시간 머물렀다. 그곳에서 기이한 상념에 잠겨 벽 옆에 움푹 파인 캄캄한 곳에 서 있었다. 그곳을 지키고 서 있던 노파를 처음 본 곳이었다. 그런 다음 나는 스카라베 진열장으로 다가가 깨졌던 흔적이라고는 찾아볼 수 없는 온전한 유리장 속에 진열된 고대의 부적들을 바라보았다. 그리고 '그 세계'에서 가져온 자그마한 물건을 주머니에서 꺼내 전에도 수없이 그랬던 것처럼 진열장에 놓인 녹색 보석의 스카라베와 비교를 해가며 살펴보았다. 그리고 두 개가 쌍둥이처럼 닮았음을 다시 확인했다. 크기도 형태도 오른쪽 날개 밑에 파편이 떨어져 나간 자국도 똑같다. 다만 내 스카라베는 어두운 갈색이다. 그리고 전에도 수없이 그랬던 것처럼 또다시 크게 감탄하며 두 개의 스카라베를 번갈아 보며 서 있었다.

나는 점점 더 자주 이런 생각을 한다. 30년 전 아래층 전시실을 돌아다니던 그 기괴한 노파는 도대체 누구였을까? 노파는 낡은 사진에 박제된 순간 구석에 서서 무엇을 보고 있었던 걸까? 그리고 나는 혼자 생각한다. '노파는 어쩌면 그늘진 전시실에서 마주쳤던, 그러나 곧바로 아버지가 데리고 간 그 소년이 마음에 들었던 건지도 몰라. 그리고 소년을 찾지 못하고 전시실로 돌아와 조금 전 소년이 서 있던 검은색 진열장을 이상야릇한 눈빛으로 뚫어지게 바라보고 있었겠지. 그 후 입체경 내부에서 꼭두각시 같은 망령으로 변한 노파는 무표정한 시선으로 스카라베 진열장을 지키게 됐을 거야. 그 진열장은 마음에 들었던 어린아이의 모습을 봤던 곳이었으니까. 그리고 노파는 소년에 관한 빛바랜 상념을 품은 시선으로 멀리서나마 내 분신의 영원한 안녕을 지키고 있었던 거야. 자신의 슬픈 세계에서 소년이 사라지게 될까 몹시 걱정하면서… 소년이 간직한 비밀과 과거가 간직한 다른 모든 비밀을 지키면서….' 까마득한 어린 시절 노파와 마주쳤을 때 우리가 살고 있던 이 세계에서 그 노파가 누구였는지 나는 알지 못할뿐더러 그것을 알기도 두렵다. 그러나 지금, 되돌아갈 수 없는 그 캄캄한 방에 앉아 있을 소년의 망령은 노파의 분신이 지배하는 그 세계에서 벗어날 수 없을 것이다. 이것이 내가 하는 생각이다. 입체경 잔해는 등불이 밝혀진 책상 위에 있다. 그리고 내 앞에는 어두운색 스카라베가 놓여 있다. 그것은 내가 노파에게서 훔친, 그 쓸쓸한 세계와 소년이었던 나의 분신이 간직했던 비밀이다.

1905년

지나이다 기피우스

Зинаида Н. Гиппиус

상상
—한밤의 이야기

Вымысел. Вечерний рассказ

지나이다 기피우스(Зинаида Н. Гиппиус, 1869-1945)는 러시아 중서부 툴라 주의 벨료프에서 태어난 시인 겸 소설가다. 남편 메리시콥스키(Дмитрий С. Мережковский)와 함께 러시아에서 상징주의 사조를 이끌었던 인물로 현실과 초월의 세계를 혼합하는 특유의 시적 언어로 유명하다. 사랑, 죽음, 종교, 예술 등을 소재로 고전적인 시의 형식을 빌려 현대적인 감수성을 전달하여 많은 독자에게 깊은 감동을 주었다.

19세기 푸시킨(Александр С. Пушкин)을 시작으로 전성기를 구가한 러시아 문학의 '금세기'에 이어 20세기 초 제2의 전성기를 맞은 러시아 문학의 '은세기'를 대표하는 가장 위대한 시인 중 하나로 평가된다. 동시대 작가인 블로크(Александр А. Болк), 만델시탐(Осип Э. Мандельштам), 예세닌(Сергей А. Есенин) 등이 문학계에서 입지를 굳히는 데 큰 힘이 되어주는 등 당시 러시아 문학계에서 강력한 영향력을 행사했다.

1888년 첫 시집 『북방통보(Северный вестник)』를 발표하면서 문단에 등장한 기피우스는 남편과 함께 문학 모임을 주도하면서 브류소프(Валерий Я. Брюсов), 솔로구프(Фёдор К. Сологуб), 민스키(Николай М. Минский), 안넨스키(Иннокентий Ф. Анненский), 발몬트(Константин Д. Бальмонт) 등 동료 상징주의 작가들과 활발하게 교류했다.

1905년 러시아에서 발생한 첫 혁명은 기피우스에게 많은 영감을 주었다. 그는 이 혁명을 '정신의 혁명'으로 받아들였고 이로써 사회의 변혁이 시작된다고 생각했다. 하지만 1917년 10월에 재발한 혁명에 대해서는 매우 적대적인 태도를 보였고, 급기야 남편과 함께 프랑스 파리로 망명하게 된다. 소비에트 정권을 강력하게 비판했던 기피우스는 파리에서도 펜을 놓지 않았다. 그는 파리에서도 자신의 거처를 아지트로 삼아 러시아 망명 작가들과 활발한 교류를 이어 갔다.

여기 소개된 단편 「상상—한밤의 이야기(Вымысел. Вечерний рассказ)」는 1906년에 발표한 단편집 『붉은 칼(Алый меч)』에 수록된 작품으로, 권태로운 현실에서 벗어나 환상의 세계로 빠져들려는 삶의 태도를 지향했던, 기피우스의 초기 작품에 드러난 문학 세계를 엿볼 수 있게 해준다. 기피우스는 20세기 초 러시아 고딕 소설 장르에서는 거의 유일무이한 여성 작가로 인정된다. 그는 망명지인 파리에서 1945년 75세를 일기로 세상을 떠났다.

1

늦은 밤 자정 무렵 불빛이 사그라들고 있는 벽난롯가에서 오랜 친구들 다섯이 모여 앉아 서로에게 이야기를 들려주고 있다.

많은 이들이 이제 더 이상 이런 일은 없다고 생각한다. 옛 친구들이 벽난롯가에 모여 앉아 서로 이야기를 들려주는 광경은 지난 세기 초반에 드문드문 생겨나다가 세기 중반에 이르러 잦아졌고, 이후 투르게네프* 시대에는 항상 어디에서나 어김없이 연출되고 있는 듯 보였다. 하지만 지금은 그런 일이 벌어진다는 얘기는 사실상 국내에서는 물론 프랑스와 같은 해외에서도 전혀 들려오지 않는다. 적어도 이야기꾼들은 더 이상 우리에게 그

---

* 이반 세르게예비치 투르게네프(Иван С. Тургенев, Ivan S. Turgenev, 1818-1883)는 자연의 서정적 묘사가 돋보이는 작품으로 19세기 중반 이후 활동한 러시아의 작가이다.

런 얘기를 절대로 하지 않는다. 자기가 들려주는 얘기가 길게 늘어져 바쁜 독자가 지루해할까 걱정이 되는 것인지, 친구의 얘기를 자기가 직접 지어낸 얘기인 양 완벽하게 둔갑시키려는 것인지, 그도 아니면 벽난롯가에 옹기종기 모여 앉아 서로에게 호감을 가지고 다른 사람의 얘기에 귀를 기울일 줄 아는 사람들이 어쩌면 더 이상은 정말로 없어서인지 아무도 모를 일이다. 하지만 드물긴 해도 이런 일은 지금도 벌어진다. 적어도 지금 얘기하려는 그날 밤에는 그랬다.

그들은 오랜 친구이기도 하지만, 오랜 세월을 살아온 이들이다. 더 정확히 해두자면 그렇게 오랜 세월이라고까지는 할 수 없다. 다들 40대이고 하나같이 결혼은 하지 않았다. 이렇게 다 같이 벽난롯가에 모여 앉아 누구는 궐련을 피우고 누구는 향이 독하지 않은 시가를 피우며, 입안에서 부드러움이 느껴지는 썩 괜찮은 와인을 유리잔에 담아 홀짝이면서 서로의 얘기를 귀담아들을 줄 아는 것도 어쩌면 그래서인지 모른다. 중년의 점잖은 독신에게는 어떤 특유의 온화한 성품이 있다. 산만하지 않으며 온전히 늘 그곳에 있다. 늘 우정을 나눌 자세가 되어 있으며 얘기를 들을 때면 흔쾌히 집중하여 경청한다. 또한 세상에 관심을 두며 세상에 관심을 두는 정도와 거의 동등하게 세상을 대하는 자신과 다른 이들의 태도에도 관심을 둔다. 반면에, 독신이 아닌 이는 주로 자신의 작은 세상을 대하는 자신의 태도에 관심을 둔다. 관심을 두지 않는다면 걱정이라도 하고, 걱정도 하지 않는다면 억울해라도 한다. 하지만 어쨌든 작은 세상은 큰 세상을 조금이라도 가리기 마련이다.

그들이 모여 있는 곳은 랴드스키의 아파트다. 랴드스키는 40대 중반으로 늘씬하고 탄탄한 체격의 소유자다. 곱슬머리가 희끗희끗하지만 나이보다 젊어 보인다. 미소는 서글서글하지만, 눈빛에는 엄격함이 아예 없지 않다. 그는 모 기관의 간부로 심지어 기관 내에서 인기도 좋다. 나머지 친구들은 대부분 직장 동료가 아니라 학창 시절부터 오랫동안 알고 지낸 동무들이다. 이들은 각자의 길을 걷고 있지만 오랜 친분을 유지해 오고 있다.

벽지도 커튼도 카펫도 모두 어둡다. 묵직해 보이는 가구도 어둡다. 키 작은 갓 아래에서 아늑한 빛을 내는 전등도 벽난로 속에서 번득이는 푸른 불꽃에 휩싸여 아늑한 검붉은 색으로 타들어 가는 석탄도 마찬가지다. 오랜 친구들은 미래를 논하고 있다. 각자에게 닥쳐올 어두운 운명, 그 어둠을 통찰하고자 하는 각자의 바람, 예견, 예감, 예언 등에 관해 있는 그대로 얘기한다. 거의 모든 인생을 흘려보낸 늙은이들이나 관심을 가질 법한 미래에 관한 얘기를 하는 것처럼 보일지 모르겠지만, 본인들에 관한 얘기뿐만 아니라 신구 세대를 망라한 모든 사람, 그들이 지향하는 것, 운명의 법칙 등에 관한 얘기도 나눈다.

랴드스키가 말한다.

"고대 사람들은 운명을 거스를 수 없다고 믿으면서도 별점을 치고 신탁을 내린다는 예언자를 찾았어. 왜 그랬을까? 오이디푸스는 자신의 운명을 알고 있었으면서도 그 운명을 피하지 않았어. 자유 의지를 믿는 지금이야말로 예언자라든지 별점이라든지 그런 것들에 대한 믿음이 필요한 때가 아닌가 싶어. 지금이야말로 미래를 알면 인생을 바꿀 수도 있고 인생의 의미를 이해할 수 있는 때가 아닐까?"

"그렇게 생각하나?"

한 친구가 묻는다. 호리호리하고 키가 멀쑥한 이다. 옷을 아주 잘 차려입고 있으며 하얗게 세어가는 콧수염이 있다. 벽난로 바로 옆에 있는 안락의자에 앉아 있는 내내 거의 아무 말도 하지 않던 이다. 부드러우면서도 공손한 독특한 행동 방식을 보면 그의 직업이 외교관임을 짐작할 수 있다. 외교관은 남의 얘기를 들어주는 경우가 더 많기도 하지만 자신의 얘기도 할 줄 아는 사람이다. 이 사람의 이름은 폴리토프다.

랴드스키는 폴리토프의 질문에 서두르지 않고 답한다.

"나는 그렇다고 보는데, 자네 생각은…"

"내 생각은 달라. 자네 얘길 들으니 예전에 있었던 일 하나가 생각나는군… 내가 누굴 좀 만난 적이 있는데… 나는 그 만남을 한시도 잊은 적이 없어. 긴 얘기긴 하지만 자네들이 원한다면 얘기해주지. 그 누구에게도 한 번도 한 적이 없는 얘기야. 왜 그랬는지는 나도 알 수 없지만 말이지. 그저 기회가 없었던 것 같아. 그런데 오늘 나눈 대화를 듣고 있자니 그때 그 일이 점점 선명하게 떠오르는군. 세월이 참 많이도 흘렀어…."

폴리토프는 얘기를 시작한다.

2

내가 근무를 막 시작했던 젊은 시절 임시로 파견됐던 곳이 파리 주재 대사관이었지. 파리에서 일이 년을 보내다 보니 그곳 생활에도 익숙해지고 가깝게 지내는 사람들도 생겨났어. 이상하게도 가장 가깝게 지냈던 이들은 화가나 작가들이었지. 이들 중에는 도저히 참을 수 없을 정도로 아주 저속한 인간들도 있었지만, 지루할 틈 없이 함께 대화를 나눌 수 있는 생기 넘치고 총명한 이들과 마주칠 때도 있었어. 그때 난 한창 젊을 때였어. 나이가 스물다섯 정도였으니까. 하지만 난 겉만 번지르르한 프랑스식 유희는 별로였어. 그때만 해도 그게 원시적이고 지루해 보였거든. 그렇다고 사교계를 멀리하지는 않았어. 기회가 오면 그런 자리를 마다하지 않았지.

그러던 어느 날 르브룅이라는 화가 친구를 통해 다른 화가가 주최하는 호사스러운 파티에 참석할 일이 생겼어. 나이 지긋하고 명망 높은 엘동이라는 화가가 본인 소유의 호화스러운 저택에서 연 파티였지. 파티가 열렸던 계기는… 이런, 뭣 때문에 열린 파티였는지 이젠 기억도 안 나는군. 폐막*이었는지 개막**이었는지 모르겠지만, 아무튼 뭔가를 기념하고 축하하는 자리였어. 내가 들었던 바로는 미술계와 연극계 전체가 참석한 자리였고 여성 참석자들도 있었지. 식탁이 기다랗고 눈부실 정도로 반짝였다는 건 기억나. 식탁보는 숨이 막힐 정도로 가득한 꽃들로 장식돼 있었지. 안주인이었던 마담 엘동은 친절한 사람이었어. 풍만하고 화려하고, 그날 차려진 식탁만큼이나 눈부실 정도로 반짝이는 여자였지. 연신 느긋하고 유쾌한 몸짓으로 뭔가를 말하기

---

*   fermeture. 원문은 프랑스어로 쓰였다.
**   ouverture. 원문은 프랑스어로 쓰였다.

도 하고 뭔가에 대한 감사의 인사를 건네기도 하고 웃어 보이기도 하고 술잔을 부딪치기도 했어.

내 친구는 자기 왼쪽에 앉은 여자와 대화를 나누느라 정신이 없었어. 내 오른쪽에 앉은 여자도 나 아닌 다른 이와 얘기를 하고 있었지. 나만 빼고 웃고 즐기는 떠들썩한 군중 속에서 나는 혼자였어. 나는 말을 하지 않고 있어서 좋았어. 구경을 할 수 있었거든. 그래서 난 구경을 했어. 맞은편에 앉아 있던 사람들의 얼굴을 쭉 훑어봤지. 오른편부터 시작했어. 첫 번째, 두 번째, 세 번째… 한 사람 한 사람의 얼굴을 따라 시선을 빠르게 옮기다보면 똑같이 생긴 얼굴이 아주 괴상하게 변하는 것처럼 보여. 사람의 얼굴 생김새는 제각각이지만 거기에는 으레 불쾌감을 유발하는 확실한 유사성이 있기 때문이라고나 할까….

네 번째, 다섯 번째, 여섯 번째… 그러다 내 시선이 갑자기 멈췄어. 이미 식탁 왼쪽 끝에 거의 다 와가는데, 내 눈을 느닷없이 사로잡은 얼굴의 주인공, 한 여자가 내 왼편 비스듬한 곳에 앉아 있는 거야. 엘동 부부가 앉은 자리 근처였지. 그 여자는 시들어가는 파리한 장미 꽃다발에 살짝 가려져 있었지만, 내가 고개를 약간 숙이니 여자의 전체적인 모습이 보였어. 내가 이렇게 자세히 기억하고 있다고 해서 놀라지는 말아. 내가 내일 당장 내 친구 르브룅을, 그것도 당시와 똑같이 늙지 않은 모습의 르브룅을 만난다고 해도 나는 그 친구를 알아보지 못할 거야. 하지만 만약 자네들이 내 얘기를 듣고 나서 그 여자를 만나게 된다면, 내 생각이지만, 자네들도 분명 그 여자를 알아볼 수 있을 거야.

여자의 외모는 간단하게 설명할 수 있어. 외모상으로는 특이한 점이 아무것도 없었거든. 아름답고 창백하고 차분하다고 나 할까. 그리고 젊어 보였어. 아마 서른이 채 되지 않았던 것 같아. 눈썹은 옛날 초상화들이 다 그런 것처럼 아주 가지런하고 가느다랗고 둥근 모양이었어. 윤기 하나 없는 검은색 머리카락은 숱이 그렇게 풍성하지는 않았고 뺨에 살짝 달라붙어 있었지. 그게 다야. 검은색 드레스를 입고 있었는데 목둘레가 이상하리만큼 아주 길고 좁게 파여 있었고 흰색 가죽 줄무늬가 세로로 나 있었지. 그때까지만 해도 눈은 아직 보이지 않았어. 여자는 시선을 떨구고 있었거든. 그리고 나처럼 아무 말도 하지 않고 있었어.

그러다 여자가 말을 하기 시작했어. 미소도 지어 보이고 말이야. 입은 아주 작고 새빨갰고 치아는 촘촘했어. 아름다웠어. 그리고 젊었어. 지극히 평범한 미인이었고 심지어 내 마음에 썩 드는 것도 아니었어. 그 여자가 내 마음에 불러일으켰던 건 황홀감도 만족감도 불쾌감도 아니었어. 그건 공포감이었지. 그 공포감은 그 누구에게서도 설명을 들어본 적 없는 고약하고도 불길한 두려움이었어. 우리 모두가 어릴 적에 한 번이라도 한밤중 어둠 속에 혼자 있게 됐을 때 겪어봤을 법한… 근데 그때 그 공포감은 뭔가 남다른 데가 있었어. 반쪽짜리 공포감이었다고나 할까. 그 공포감의 나머지 반쪽은 희열감이었거든. 그 희열감 역시 고약하고도 불길했어. 공포감이 그랬던 것처럼 희열감 역시 그 무엇과도 비교할 수 없는 그런 것이었지.

하지만 난 어린애가 아니었고 나도 모르게 이것저것 따져보게 되더군. 여자에게서 풍겨 오는 그 특별한 공포감은 도대체 무엇일까 하고 말이지. 평범해. 그리고 미인이야. 게다가 젊어. 그래,

너무 젊어! 바로 그거였어. 확실히 젊었어. 서른은 아니었어. 스물일곱… 스물여덟?

난 생각했지. '그럴 리가 없어! 그래, 스물일곱일 거야. 아니면 오십? 팔십? 백이십? 아냐, 이백? 삼백? 아, 도통 모르겠네. 천 살인가?' 근데 확실한 건 스물여덟보다 많아 보이진 않았어.

나는 르브룅에게 고개를 돌려 물었지.

"저기, 잠시만요. 저 여자는 누굽니까? 엘동 씨 근처에 저 왼쪽에 앉은 여자 말이에요."

한창이던 대화를 방해받은 르브룅은 건성으로 허둥지둥 날 바라보며 대꾸했어.

"어떤 여자요? 분홍색 옷이요?"

"아뇨, 아니, 더 왼쪽에 검은색 옷이요. 이름이 뭡니까?"

"아, 저 여자! 이름이요? 이본 드 쉬조르라는 여백작이에요."

"남편도 여기 있습니까? 누군가요?"

르브룅은 이미 나를 외면하며 어이없다는 듯 말했어.

"남편이라니요? 저 여자 결혼 안 했어요. 그, 왜 있잖아요. 고인이 된 드 쉬조르 백작… 그 사람 딸입니다."

그러더니 르브룅은 내 궁금증을 풀어줬다고 확신했는지 나를 완전히 등지더군.

나도 더는 묻지 않았어. 난 다시 여백작을 바라봤어. 그런데 그 순간 그녀가 눈을 치켜뜨는 거야. 그 눈빛이 어찌나 강렬하고 기분 나쁘던지! 창백하디창백한 커다란 눈동자는 푸르스름하다고 해야 할지 연한 회색빛이라고 해야 할지 어쨌든 굉장히 창백하고 모든 걸 꿰뚫어 보는 듯했어. 마치 유색 수정으로 만든 눈

같았지. 그리고 나이 든 이의 눈빛이었어. 죽은 사람처럼 생기도 없었지. 그런데도 한편으로는 젊고 활기차기도 했어.

그 눈을 보니 내가 여자의 나이를 두고 속으로 '삼백 살, 오백 살, 천 살!'이라고 하면서 본의 아니게 시적으로 과장하는 실수를 했다는 걸 깨달았어.

사실 천 년이라는 건 우리에게는 거의 영원한 세월이잖아. 영원하다는 건 절대로 늙지 않는다는 얘기고. 그런데 그 여백작은 젊고 아름다웠음에도 불구하고 인간의 죽음에 매우 근접한, 아니 인간의 죽음을 목전에 둔 노화와 노쇠를 진하게 드러내면서 그야말로 늙어 있었어.

나는 그 창백한 눈동자가 나에게 멈춰 있음을 깨달았어. 그 시선은 무척이나 차분했지만, 그렇다고 무심하지는 않았고 심지어는 어떤 의도를 품고 있는 것 같았어. 마치 내가 오랜 지인이지만 그렇게 만난 것이 기쁘지도 놀랍지도 않다는 듯이 나를 보고 있는 거야. 마치 내가 두말할 것도 없이 아름답고 또 두말할 것도 없이 젊은 자기의 얼굴을 무례하리만큼 고정된 시선으로 계속해서 바라보는 것이 필연적이기라도 한 듯이 말이야. 이번에는 르브룅이 먼저 나에게 고개를 돌리더니 그만 시선을 거두라고 날 저지했어.

"저 여백작에 대해 물어보셨죠? 얼굴이 아주 흥미롭지 않습니까? 뭐랄까… 뭔가 꺼림칙해요. 안 그렇습니까?"

나는 르브룅이 아무것도 이해하고 있지 않다고, 그리고 아무것도 이해 못 할 거라고 생각하고 애매모호하게 얼버무렸어.

"뭐, 그런 것 같기도 하고…"

"여자로서도 그렇고 동료 화가로서도 매력적이긴 한데, 제가 저 여자의 작품을 아주 좋아하는 건 아니에요. 나름대로 스타일도 있고 스킬도 괜찮은 데다가 뭔가 독특하기도 하지만…"

"잠시만요, 작품이라니요?"

"물론,* 저 여자 그림이지 뭐겠습니까? 제가 화가라고 말씀 안 드렸던가요? 최근에 열렸던 살롱**에서 그림 한 점이랑 습작 몇 개가 전시됐었잖아요. 유명한 여자예요. 분명 보셨을 텐데… 그, 왜 있었잖아요, '레'라고… 'Re'!"

나는 'Re? 캔버스에 그 잘난 체하는 글자를 쓰는 이가 저 여자라고? 그게 Re였다고?' 생각했어. 하지만 이 사실을 알게 됐다고 해서 뭔가가 분명해졌다고 할 수는 없었지. 오히려 혼란스럽고 복잡해졌어. 내가 어떻게 'Re'를 몰랐을까 싶었지. 'Re' 얘기를 많이들 했었는데 말이야. 그 여자의 그림을 두고 "묵직한 인상을 자아낸다"고들 했거든. 모든 이들이 그렇게 이해하고 있었지만, 정작 나는 모르겠더라고. 나는 혼란에 빠졌어. 지금 와서 기억을 더듬어보니 그건 머릿속에서 일어나는 혼란이 아니라 온몸에서 느껴지는 혼란이었어. 그리고 그 전해에 봤던 그 여자의 〈모닥불〉이라는 그림이 불현듯 떠올랐어. 뭐라고 설명할 수 없는 그림이었어. 굳이 설명할 필요도 없고 말이야. 게다가 그 그림이 날 당혹스럽게 만들었던 이유는 말로 옮기기가 절대 만만치 않은 것이었어. 말로 표현해보면 너무 뻔해. 그림 자체는 훌륭해

*   Parbleu. 원문은 프랑스어로 쓰였다.
**   미술 단체가 정기적으로 개최하는 공식 전람회.

보였어. 어두운 배경에 커다란 모닥불이 한가운데에 있었지. 왼쪽에는 반라의 노파가 있었고 오른쪽에도 똑같은 반라의 노파가 있었어. 한 노파가 그림자를 드리우고 있어서 노파가 셋인 것처럼 보였어. 그중 한 노파는 몸집이 거대했지. 그게 전부야. 두 노파는 뼈의 부동성不動性과 흙의 무게를 품고 있었어. 노파의 그림자는 거대했지만 무게감은 없었어. 그게 다야. 의미 따위는 없었어. 그 그림이 무엇을 의미하는지 누가 알겠어? 하지만 기억만은 아주 생생해. 그리고 아직도 당혹스러워.

만찬은 지루하게 이어졌어. 르브룅은 나와 잡담을 나누기 시작했지. 내가 다시 그 여자에게 시선을 돌리는 걸 본 르브룅은 화제를 다시 'Re'로 돌리며 말했어.

"저 여백작의 아버지는 괴짜였어요. 그 노인이 죽었을 때…"

나는 말허리를 자르고 말했지.

"백작에 관해서는 들은 바가 전혀 없습니다."

"설마 그럴 리가요. 전 뭘 좀 들은 게 있는 줄 알았죠. 저 여백작 운명도 참 기구해요. 백만장자이자 은둔자였던 드 쉬조르 백작은 16년 동안 저 여자를 딸로 여기지 않았죠. 여백작은 정신이 반쯤 나간 어머니와 함께 가난에 허덕이다시피 살면서 틈틈이 공부도 하고 루브르와 미술 학교를 쫓아다녔답니다. 그러다 갑자기 모든 게 바뀌었어요. 백작이 저 여자를 받아준 거예요. 저 여자랑 어머니를요. 근데 얼마 못 가 어머니는 세상을 떠났죠. 그리고 백작은 온갖 호화로운 것들을 동원해 딸을 애지중지 보살폈어. 최고의 선생들도 붙여주고 여행도 보내주고 뭐든 자유롭게 할 수 있도록 해주고 애정도 주면서 말이죠. 들리는 말로

는 임종하는 순간에도 딸의 품에 안겨 있었고 말년에는 딸 말고
는 아무도 보려고 하지 않았다는군요."

"그럼 지금은요?"

"지금은 온전히 혼자 살고 있죠. 완전히, 뭐… 궁궐 같은 저택
에서요. 물론 은둔자는 아니지만 은둔자나 다름없죠."

"결혼한 적은 없고요?"

"어쩌겠어요? 예술가 아니겠어요!"*

르브룅은 유독 가벼운 어투로 자신의 냉정한 견해를 피력했
어. 그리고 우린 더 이상 그녀에 관한 얘기는 하지 않았지.

나는 지루했던 만찬이 끝나자마자 초대받은 손님들을 헤치고
무턱대고 여자에게 갔어. 웬일인지 르브룅에게 나를 소개해 달
라고 부탁을 해야겠다는 생각조차 하지 못했지.

3

여자는 가까이에서도 멀리서 봤을 때랑 똑같았어. 다만 보통
키에 마른 몸매고 입고 있는 드레스가 아주 길다는 건 그때서야
알게 됐지. 여자는 나를 등지고 피아노 옆에 서서 (우리는 응접
실로 자리를 옮겼거든) 어떤 노인과 얘기를 나누고 있었어. 하지
만 내가 가까이 다가가자 돌아서더니 놀랍게도 나에게 손을 내
밀었어. 이번에도 마치 오랜 친구에게 하듯이 말이야. 그리고 이
렇게 말하더군.

---

*   "Que voulez vous? Une artiste!" 원문은 프랑스어로 쓰였다.

"안녕하세요. 폴리토프 씨죠?"*

노인은 곧바로 자리를 피해주더군. 근데 딱 한 가지 이해가 안 갔던 게 있었어. 그 여자에게서 보여지는 그것이 과연 나에게만 보였고 다른 사람들은 아무것도 보지 못했던 걸까? 어쩌면 다른 사람들은 그것에 익숙해져서 적응이 된 것일 수도 있어. 하지만 수다분한 성격의 르브롕조차도 그 여자를 두고 '이상한 사람'**이라든가 '확실히 생기가 없다'고 했단 말이지. 한심하고 천박하긴 해도 그 친구의 관점에서 보면, 뭐… 그렇기도 했던 것 같아.

가까이서 보니 여자는 창백한 여인네들이 지닌 부드러운 싱그러움을 물씬 풍기고 있었어. 생각보다 더 젊어 보이기도 했어. 스물다섯쯤?

나는 여자에게 무슨 말을 해야 하나 고민했어. 그녀는 살짝 미소를 지으며 창백하고 모든 걸 꿰뚫어 보는 듯한, 여든 살은 돼 보이는 매혹적인 그 눈빛으로 날 똑바로 바라봤지.

나는 뭐라고 해야 할지 계속 고민했어. 해도 될 법한 말들을 생각한 끝에 그 여자의 그림 등에 관한 얘기를 하려고 했지만 결국 해서는 안 될 법한 말을 불쑥 내뱉어버리고 말았어.

"당신은 굉장히 이상해 보입니다."

여자는 여전히 침착해 보였어.

"그렇다면 제가 이상해 보이는 이유도 당연히 알고 계시겠군요."

---

*   "Bonjour. M-r Politoff?" 원문은 프랑스어로 쓰였다.
**   'Etrange figure' 원문은 프랑스어로 쓰였다.

그녀의 목소리는 조용했고 심지어 거의 들리지 않을 정도였어. 그리고 앳되기도 했지. 말하는 속도는 느릿했어. 그녀의 억양은 결코 의문문이 아니었어. 목소리 자체에 차분하게 긍정하는 무언가가 있었지. 질문하듯 말끝을 올리는 것이 불가능할 것 같은 목소리였어.

그래서 나도 모르게 또박또박 말하려고 애쓰면서 대답했어.

"조금은 알 것 같습니다. 그렇지만 완벽하다고 할 수는 없고요. 모호한 점이 많습니다."

"그럼요. 완벽한 건 불가능하죠. 하지만 당신이 옳을 수도 있어요. 당신 참 마음에 드는군요. 혜안을 가지셨어요."

이 말에 나는 순전히 내 의지와는 별개로 소리를 질러버렸어.

"전 당신이 마음에 들지 않습니다! 아니, 당신이 몹시 마음에 들기도 하고 동시에 몹시 마음에 들지 않기도 합니다! 희열감도 들고 동시에 공포감도 듭니다! 뭐라고 설명할 수 없이…"

"괴로우신 거군요."

여자가 내 말을 가로채 마무리했어. 그리고 말을 이었지.

"그렇다면 설명하실 수 있는 만큼만 말씀해보세요."

그래서 나는 말이지… 만찬 자리에서 내가 여자에 관해 생각했던 모든 것을 시시콜콜한 것 하나하나까지 모조리 얘기했어. 완곡한 표현 따위는 쓰지도 않고 말 그대로 모든 걸 말이야. 자네들은 내 오랜 친구들이니까 내가 어떤 사람인지 잘 알고 있잖아. 그 여자가 얼마나 남달랐는지 알겠지? 평범한 교육을 받고 천성적으로 감정을 드러내는 법도 없고 외교관이라는 직업을 가진 내가 오죽하면 생전 처음 보는 프랑스 여류 화가한테 그런 식으로 말을 했겠어? 하지만 단언하건대 그 여자에게는 거짓을 말하는 것은 물론이고 뭔가를 빼먹고 얘기를 한다는 것은 불가능한 일이었어. 최소한 나는 그렇게 할 수가 없었어. 다른 이들은 어떤지 모르겠지만 말이야. 그녀와 말을 섞었던 이들도 그렇게 많은 얘기를 나눴던 것 같지는 않았어.

그녀는 마치 내가 이미 열 번째쯤 똑같은 배역으로 연기를 하고 있다는 듯이 변함없는 평정심을 유지하며 내 얘기를 들었어. 다른 비유는 생각이 나지 않는군. 어쨌든 내가 얘기를 끝내자 그녀는 이렇게 말했어.

"잘 짚으셨네요. 첫 짐작이실 텐데 바로 보셨어요. 그렇게 생각하시는 게 틀린 건 아닐 거예요. 저는 실제로 스물여섯이기도 하고 여든하나이기도 하니까요. 사실이에요."

나는 화를 내다시피 언성을 높였어.

"그게 무슨 궤변입니까? 설명할 수 없는 저의 환상을 이용해서, 제 생각이 알 수도 없고 이유도 없는 환상일 뿐이란 걸 역설이라도 하고 싶으신 겁니까?"

그녀는 미소조차 짓지 않고 말했어.

"화내지 마세요. 우선은 친구가 돼보는 게 좋겠네요. 언제 한번 저희 집에 들러주세요. 저는 저녁때 늘 집에 있답니다. 이제 다른 얘기를 해보죠. 이 얘기를 다시 할 시간은 언제든지 있으니까요."

그러더니 여자는 놀랍고도 스스럼없는 주도권을 발휘해 화제를 딴 곳으로 돌렸어. 단순하지만 분명 중요한 화제였지. 나는 그런 식의 화제 전환이 부자연스럽다는 느낌을 전혀 받지 못했고 화제가 전환되었다는 사실도 거의 눈치채지 못했어. 우린 오랫동안 온갖 것들에 관해 그리고 그녀의 그림에 관해 얘기했던 것 같아. 그녀의 목소리와 말에는 여전히 아까와 같이 변함없는 차분한 긍정과 그 바닥이 어딘지 거의 보이지 않는 적막한 깊이와 두 눈동자가 간직한 젊고 싱그러운 그… 노쇠함이 묻어 있었어. 그 여자는 멀리에서나 가까이에서나 한결같은 희열감과 공포감을 나에게 주었지. 섞일 수 없는 것들이, 아니 그보다는 섞여서는 안 될 것들이 한데 섞여 있었어.

나는 그 여자와 어떤 얘기를 나누든 계속해서 똑같은 한 가지 주제에만 매달렸어. 바로 그 여자에 관한 얘기였지.

4

내가 여자에게 반했다고 말한다면 그건 거짓말일지도 몰라. 그녀를 사랑하게 된 건 아니야. 그건 절대 아니었어. 하지만 그녀를 더 자주 만날수록 (난 매주 여자 집에 가기 시작했고 나중에는 일주일에 두 번씩 가기 시작했어) 그리고 그녀와 얘기를 더 많이 나누고 그녀를 더 자세히 관찰할수록 내 마음속에서는 희열의 공포감과 공포의 희열감이 더 크게 자라났어. 그리고 나를 제압하며 주도권을 장악했던 그녀에게 맞설 수도 없었고, 그러고 싶은 마음도 이미 없었어.

여자는 혼자 살고 있었어. 외출을 하는 일은 드물었지. 작업을 많이 했거든. 누군가가 집에 찾아오는 일도 있긴 했지만, 그럴 때면 그야말로 마지못해 어쩔 수 없이 방문객들을 맞았어. 여자에게는 확실히 다른 이들의 반감을 사는 무언가가 있었어. 아마도 나는 그녀의 그런 점 때문에 이상한 혐오감에 휩싸인 포로가 되어 그녀 주위를 맴돌았던 것 같아. 그녀를 찾아왔던 사람들은 그녀에게 불쾌한 무언가가 있다는 생각도 하지 못한 채 떠났고 그걸로 그만이었어.

가끔은 그런 생각이 들었어. 나를 무력하게 만들던 그 수수께끼 같던 무시무시함이 그녀에게 없었더라면, 그녀를 그저 아름다운 여인으로서 열렬하고 진지하게 사랑할 수 있었을지도 몰랐겠다고 말이야. 처음에는 그녀가 마음에 들지 않았어. 더 정확히 말하자면 처음에는 그녀의 얼굴 하나만으로도 큰 충격을 받았고 그것 말고는 아무 생각도 할 수 없었어. 그 후에는 가까스로 노력한 끝에 가끔씩 아주 잠깐이나마 그 창백한 얼굴을 쾌활하고 젊은 얼굴이라고 상상해보기도 했어. 그러면 실제로 그렇게 보이긴 했지만, 얼마 못 가 이전의 공포감이 되살아났고 마치 사랑하는 이의 무덤 앞에 서 있는 것 같은 거대하고도 믿을 수 없는 상실의 아픔이 더 강하게 밀려들었어.

그러다 나중에는 내가 그녀를 사랑할 수 있는지 없는지 따위는 까맣게 잊고 여자도 아니고 사람도 아닌 모습에 압도되어 그 무시무시한 여자를 마주하고 있었어.

내가 그녀와 함께 가장 자주 머문 곳은 화실 옆의 작은 응접실, 더 정확히는 서재였어. 거기는 바로 여기와 거의 똑같은 어둡고 묵직해 보이는 가구가 있었고 여기처럼 벽난로에서 석탄이 이따금 붉은빛을 내며 타올랐지. 그녀의 호화스러운 저택은 실로 음산한 궁전과도 같았어. 나는 위층의 서재와 화실로 이어지는 계단에 가기 위해 매번 적막한 홀이 기다랗게 이어진 공간을 지났지.

그녀가 나를 맞이할 때면 늘 상냥하고 늘 침착하고 늘 아름다웠어. 그리고 마치 영원불변의 상복을 입은 듯 늘 검은색 드레스 차림이었지.

맞아, 늘 침착했어… 하지만 난 그녀가 나를 차츰차츰 더 상냥하고 더 친절하게 대한다는 걸 느꼈고 그녀도 그걸 굳이 숨기지 않았어. 난 그녀와 있을 때 늘 솔직했어. 달리 처신할 수가 없었지. 그녀는 자신에 대한 나의 감정을, 공포감과 희열감으로 점점 커져가는 나의 번민을 모두 알고 있었거든. 내 생각엔 그 모든 걸 알고 있었고 인정했을 수도 있었던 것 같아. 실제로는 인정하지 않았지만 말이야. 보통은 내가 얘기를 하고 그녀가 듣는 식이었어. 그녀는 그저 묵묵히 내 얘기를 듣거나 차분하고 쓸쓸한, 늘 다소 거리감을 두는 듯한 친절함을 보이며 그 차분한 목소리로 조용한 긍정의 말을 몇 마디 할 뿐이었지. 나는 강요도 부탁도 질문도 재촉도 하지 않았어. 그럴 수가 없었지. 어떤 길이 천천히 완성되어가는 것 같았고 내가 마음 내키는 대로 그 길을 줄인다는 것은 불가능했어.

혼자 있을 때면 나의 번민은 더 강렬하고 더 절박해졌어. 그녀의 침묵은 엄중하고도 복종적이었어. 그녀 앞에서 나를 굴복하게 하는 침묵이었지.

그렇게 겨울이 가고 있었어. 우리는 친한 친구 비슷한 사이가 됐지. 하지만 난 여전히 그녀를 처음 만났던 날처럼 나 자신도 그녀도 이해가 가지 않아.

나는 그녀 없이는 더 이상 살 수 없을 것 같았어. 하지만 그녀 앞에서는 내 삶이란 존재하지 않았어. 이해할 수 없는 의혹으로 가득 찬 나의 번민은 점점 커져만 갔지. 나는 일주일 동안 그녀를 보지 않으려고 했어. 봄이 다 되어갈 무렵이었지. 드디어 일주일이 지났고 나는 다시 그녀에게 가보기로 했어. 하지만 당장은 아니고 사흘쯤 더 기다려보기로 했지. 그런데 기다릴 필요가 없었어. 아침에 쪽지 하나를 받았던 거야. 그녀가 처음으로 내게 보낸 쪽지였지. 거기엔 이렇게 쓰여 있었어.

'오늘 밤 저희 집에 들러주세요. 당신의 친구 이본 드 쉬조르'

그녀의 뜻을 거스르려는 생각은 들지 않았어. 밤이 되자 난 그녀에게 갔어.

5

여백작은 나를 아래층에서 맞아주었어. 우린 함께 황무지 같은 홀이 기다랗게 이어진 공간을 지나 계단을 올랐지.

벽난로에서는 석탄이 벌겋게 타오르고 있었어. 천장은 환했고 벽은 어두웠지. 그녀는 난롯가에 있던 등받이가 곧은 높다란 안락의자에 앉았어. 새빨간 불빛이 그녀의 고결하고 앳된 무시무시한 얼굴에 드리워졌어. 티 없이 맑고 성숙한 두 눈동자는 뜨거운 빛을 받아들이지 않았던 탓에 여전히 무표정하고 생기 없는 아름다움을 간직하고 있었지.

하지만 나는 그 두 눈동자를 바라보기도 전에 앞서 자네들한테 얘기한 그간의 내 생각들을 말했어.

"제가 그렇게 오랫동안 찾아오지 못해서 놀라셨을 텐데…"

그녀가 맞받아쳤어.

"아뇨. 놀라지 않았어요."

그 순간 난 깨달았어. 그녀가 놀라지도 않았고 그랬을 리도 없다는 걸.

그녀는 말을 이었어.

"있잖아요, 제가 드려야 할 말씀이 있어요. 저에 관한 얘기예요. 전에는 할 수 없었던, 할 필요도 없었던 이야기인데, 이제는 해야겠어요. 왜냐하면… 아마도 우리가 곧 헤어져야 할 것 같거든요."

그녀는 '아마도'라고 하기 전에 말을 잠시 멈췄다가 어색하게 애를 쓰며 그 말을 입에 담았어. 나는 그녀에게서 그 말을 처음 듣는다는 걸 나도 모르게 기억해냈어. 그녀가 절대로 하지 않았던 말들이 있었지. '아마도', '바라건대', '추측하건대', '어쩌면' 등과 같은… 내 신경은 온통 '헤어져야'라는 말에 쏠려 있었지만, 그래도 간신히 '아마도'라는 말을 포착해냈어.

나는 소리를 지르다시피 대꾸했어.

"어디 멀리 가십니까? 헤어진다고요?"

"네. 제가 어딜 가는 건 아니에요. 다만 당신이… 아마도…"

그녀는 이번에도 애써 '아마도'라고 했어.

"전 아무 데도 안 갑니다! 그럴 생각도 마음도 없습니다! 왜 헤어진다는 겁니까?"

그녀는 한동안 침묵했어. 그리고 마침내 입을 뗐지.

"상관없어요. 그럴 생각이 있든 없든 상관없어요. 전 오늘 당신이 모르고 계신 걸 말씀드려야겠어요. 당신을 사랑하니까 말씀드리는 거예요."

그녀는 괴괴함을 자아내며 말했어. 그 괴괴함은 너무나도 단순하고 고압적임과 동시에 순종적이어서 내 마음속에서도 메아리쳤어. 나도 그녀를 사랑하는지, 아니면 사랑하지 않는지 대답을 해야겠다는 생각조차 들지 않더군. 내가 그녀에게 느꼈던 감정은 그 어떤 사랑보다도 크고 알 수 없는 것이었거든.

난 말했지.

"정 그러셔야 한다면 말씀해주세요."

"네, 저도 지금이 말씀드려야 할 때인 것 같아요."

난 순간적으로 모든 것이 멈춰버린 듯한 기묘한 적막감에 사로잡혔어. 결국 그녀가 나직하게 들려준 길고 긴 얘기를 전부 들었지. 명료하면서도 두려움을 자아내는 얘기였어.

그녀는 나에게 이런 얘기를 들려줬어.

6

"아시다시피 드 쉬조르 백작께서는 이러저러한 이유로 절 딸로 여기지 않으셨고 저와 어머니는 17년 동안 그분과 소원하게 지냈어요. 저는 열일곱 살이 되기 전까지, 그러니까 모든 것이 변해버렸던 그날이 오기 전까지 그분을 뵌 적이 없었죠. 어머니와 전 이곳 파리에서 궁핍에 시달리며 살았고 어머니는 편찮으시기까지 했어요. 저는 어쩔 수 없이 자립 생활에 익숙해져야 했고 때문에 오히려 제 또래의 젊은 여자들이 좀처럼 누리지 못하는 자유를 누렸죠. 제겐 남녀를 불문하고 학교 친구들이 많이 있었어요. 그림에 대한 거부할 수 없는 열정으로 미술 학교에 들어갈 수 있었거든요. 전 나이답지 않게 진취적이었고 몹시도 활기찼으며 충동적이었고 열정적이었죠. 어머니를 부당하게 대했던 백작 때문에 저는 늘 괴로웠어요. 그 한 가지 생각만으로도 주먹을 움켜쥘 정도로 분노가 치밀었죠. 전 제 아버지를 증오했어요. 제 운명도 아버지의 탓으로 돌렸어요. '지금처럼 이런 식이 아니라 다른 식으로 공부를 할 수도 있었을 텐데… 더 큰 사람이 될 수도 있었을 텐데…'라고 말이죠. 전 자신감이 넘치고 자기 확신이 강한 사람이었어요. 하지만 만약 시련에 부딪힌다면 파멸할 수도 있겠다는 생각을 하곤 했죠.

전 제 운명에 관한 생각으로 몹시 괴로워했어요. 가끔은 알 수도 없고 피할 수도 없는 앞으로 닥쳐올 공포와 불행에 대해 걱정을 하기 시작하면서 공포와 불행을 어떻게 물리쳐야 할지, 나와 어머니에게는 무슨 일이 벌어질 것인지 생각했죠. 그러다 어찌해야 할지 몰라 황망해하며 눈물로 밤을 지새우곤 했어요. 때로는 정반대로 남 부럽지 않은 원대한 행복에 대한 강렬한 희망이 마음속에 넘쳐흘러 미래에 맞서 행동을 취하며 앞으로 나아가고 싶기도 했어요. 하지만 어떤 행동을 취해야 할지, 어디로 나아가야 할지 몰랐죠. 다시 한번 말씀드리지만 전 정신이 반쯤 나간 어머니와 단둘이었고 겨우 열여섯 살이었어요.

한번은 사교계에 있던 학교 친구 하나가 파리 시내가 온통 새로 나타난 미래를 예언하는 어떤 점쟁이한테 열광하며 떠들썩하다는 얘기를 해줬어요. 그 점쟁이를 두고 항간에 떠돌던 말에 따르면 그는 명문가 출신의 프랑스인으로 이집트, 인도 등지에서 여러 해를 보내면서 깊이를 가늠할 수 없을 만큼의 지혜가 담겨 있는 미지의 고대 학문을 연구한 사람이라고 했어요. 그래서 최근에 성행하던 온갖 사기나 최면이나 마술 따위랑은 전혀 관계가 없고, 고대의 예언자처럼 솔직한 사람이라고도 했어요. 점쟁이는 부자였기 때문에 돈을 받지 않았는데, 그건 수많은 회의론자가 그를 사기꾼이라고 의심하는 이유이기도 했고, 모든 이들이 그를 찾는 이유이기도 했죠. 사교계에서는 너도나도 앞다퉈 점쟁이를 초대했어요. 하지만 그는 사람들이 모이는 자리를 피했어요.

얼마 후에는 점쟁이에 관한 똑같은 내용을 신문에서 보기도 했죠. 전 며칠을 더 고민한 끝에 마음을 정했어요. 그리고 날이 저물자 (낮에는 바빴거든요) 점쟁이를 찾아갔죠.

제가 무슨 몹쓸 짓이라도 저지르는 기분이었어요. 혼자서 밤이 다 되어가는 시각에 점쟁이를 찾아가다니… 저는 '이게 무슨 어이없는 짓이지? 그깟 미신 따위가 뭐라고! 분명 사기꾼일 거야… 틀림없어! 그렇다고 못 갈 건 또 뭐야? 어쨌든 궁금하잖아.'라고 생각했죠. 그리고 점쟁이의 집 안 분위기가 어떨지, 인도며 티베트에서 뭘 가져왔을지 상상했어요.

계단부터 이미 실망스럽더군요. 그래서 전 그자가 사기꾼이라는 생각을 굳혔죠. 그가 부자라던 소문은 사실무근이었어요. 싸구려 동네에 있는 흔하디흔한, 심지어 궁색한 아파트였거든요. 전 그 집이 인산인해를 이루고 있으리라 기대하며, 심지어 그런 기대로 저 자신을 격려까지 하며 떨리는 마음으로 초인종을 눌렀죠.

　그러자 인도에서 온 인도인이나 흑인 하인이 아닌, 궁상맞은 하녀*가 문을 열어주고는 곧바로 절 비좁은 접객실로 안내했어요. 거기 있던 가구들은 끔찍하리만큼 보잘것없었죠. 사람이라고는 그림자도 보이지 않았어요. 제가 자리에 막 앉으려던 차에 옆방에서 잿빛 가운을 걸친 평범한 노인이 나타났어요. 키는 작았고 머리는 약간 벗겨져 있었고 턱수염은 희끗희끗했죠. 노인이 바로 예언자였어요.

　저는 상냥한 척 능글맞게 웃고 있던, 온통 주름살로 뒤덮인 노인의 조막만 한 얼굴이 마음에 들지 않았어요. 그 얼굴은 우스꽝스러워 보이기까지 했죠.

　노인은 내 이름도 내가 온 이유도 묻지 않았어요. 내가 온 이유쯤이야 쉽게 맞힐 수 있었을 테니까요. 그는 등 옆 좁고 긴 탁자에 나를 앉히고 자기는 맞은편에 앉았어요. 그러고는 제 환심이라도 사려는 듯 부드럽게 제 손을 보여 달라고 청했죠. 저는 한 손을 내밀었어요. 당혹감 따위는 이미 느껴지지도 않았어요. 정말 말도 안 되는 일이지 않나요? 노인은 한참 동안 제 손바닥을 살펴보더니 제 생년월일을 물었어요. 그러고는 몇 번이고 제 눈을 쳐다보았죠.

　노인은 한동안 침묵하다 말을 하기 시작했어요.

　말이 길어질수록 제 마음속에선 분노에 가까운 짜증과 비웃음이 커져가기만 했죠. 결국 저는 그가 잡고 있던 손을 잡아 빼고

---

*　femme de menage. 원문은 프랑스어로 쓰였다.

그의 면전에서 큰 소리로 웃기 시작했어요. 경멸의 의도가 없지는 않았죠.

'이만하면 충분하지 않나요? 이제 말씀해주실 수 있죠?'

'그래요, 아가씨… 아가씨 손이랑 눈에서 보이는 게 있어요. 남들이 부러워할 운명을 타고났군요. 부와 명예를 얻게 될 거고… 액운이 있긴 한데 지나갈 겁니다. 풍족하고 화려하게 오래오래 사실 거고 행복한 사랑도 한 번 있으시고… 몇 번 아프기도 하겠지만 다 나을 겁니다. 장수하실 운명이니까…'

말하자면 늙은이는 처음부터 모든 말을 다시 반복하면서 무언가를 덧붙이기만 했어요. 계속 같은 말만 되풀이했죠. 아무런 근거도 아무런 보장도 없는 그 듣기 싫고 진부하고 천편일률적인 말을 듣고 있자니 분노가 치밀어 미칠 지경이었어요. 이름 모를 악마가 저를 점점 장악해 오는가 싶더니 끝내 완전히 장악하고 말았죠. 그리고 전 소리를 질렀어요.

'이따위 진절머리 나는 사기는 집어치우세요! 창의력이라도 발휘해보시던가요! 세상에 있는 모든 점쟁이가 세상에 있는 모든 얼뜨기들에게 똑같이 하는 그럴듯한 말들뿐이잖아요! 오래 산다는 둥 사랑이 나타난다는 둥 병이 생긴다는 둥 액운이 있다는 둥… 게다가 다 지나간다는 둥… 부엌일하는 아주머니들도 카드점만 치면 그 정도는 다 얘기하면서 알아맞힐 수 있다고요! 그놈의 지혜니 고대 학문이니 인도니 하는 것들이 다 무슨 소용이에요? 갑갑해 죽겠네요, 정말!'

'아가씨…'

노인이 말하려고 했어요.

하지만 제가 말허리를 꺾어버렸죠. 너무나도 흥분해 화가 머리끝까지 치민 상태였거든요. 전 자리를 박차고 일어나 노인 앞에 서서 스스로도 놀랄 만큼 불같은 기세로 계속 쏘아붙였어요.

'이보세요, 영감님, 제 미래가 어떨지 말씀해주시기만 했더라도 전 믿었을 거예요. 다른 사람의 미래가 아닌 제 미래를요! 알아들으시겠어요? 똑같은 사람이 있을 수 없는 것처럼 똑같은 운명도 있을 수 없잖아요! 제가 필요한 건 저만의 운명, 저의 행복, 저의 불행, 제 미래의 감정이 담긴 저의 마음이라고요! 이 모든 걸 알고 싶으니까 할 수 있으면 어디 한번 다 말씀해보세요! 저의 행복이 기다리는 그 방의 벽지가 무슨 색인지 한번 말씀해보시라니까요! 제가 사랑하게 될 사람의 눈동자도 한번 보여주세요! 그러면 그 지혜니 학문이니 예지력이니 하는 것들이 있다는 걸 믿어볼 테니까요! 그런데 영감님은 그러지도 못하잖아요. 이렇게 아무 말도 하지 않으시고. 영감님의 그 잘난 '고대 학문' 가지고 다른 사람들이나 위로하세요!'

'이봐요, 아가씨…'

노인이 다시 말했어요.

전 노인을 바라봤죠. 노인은 미소를 거두었어요. 갑자기 놀라고 겁에 질린 모습이었어요. 저는 아무 말도 하지 않았어요. 노인도 잠자코 있었죠. 그러더니 입을 뗐어요. 그리고 아주 이상한 말을 했어요.

'당신이로군요?'

그렇게 묻고는 미소를 지어 보였어요. 하지만 아까와 똑같은 미소는 아니었어요. 그 비웃음 섞인 미소 속에는 악의에 찬 기쁨과 동정이 공존하고 있었죠. 전 할 말을 잊었죠.

'그게 바로 당신이었군요?'

노인은 같은 말을 되풀이했어요.

그러더니 제 대답은 기다리지도 않고 말을 이었어요.

'당신의 운명을, 당신만의 운명을 알고 싶다고요? 당신이 사랑하는 사람의 눈동자 색까지 전부 다요? 앞으로 당신의 마음이 결국 어디로 움직이게 될 것인지까지요? 게다가⋯'

'지금 절 조롱하시는 거군요! 제가 드린 말씀을 무작정 반복만 하고 계시잖아요! 네, 알고 싶어요, 당연히 알고 싶죠! 그리고 그게 불가능하다는 것도 알고 있어요. 그래서 다른 건 다 필요 없고 영감님의 그 잘난 학문이 시시하다는 거예요. 안녕히 계세요.'

전 문 쪽으로 가려고 했어요. 노인은 당연하다는 듯 절 붙잡지도 않았죠. 하지만 노인을 바라본 순간 제가 스스로 발길을 멈췄어요.

그러자 노인이 말했죠.

'그게 바로 당신이었어요. 한 번, 딱 한 번 어떤 여자가 날 찾아와 방금 당신이 요구한 것들을 요구하게 될 거라는 계시가 있었습니다. 그리고 나에게 허락된 건 그 여자가 요구하는 것들을 그 한 번만, 단 한 번만 들어주는 거였어요. 하지만 난 그걸 들어줄 수만 있을 뿐 내 스스로가 나서서 뭔가를 할 수는 없죠. 만약 당신이 그걸 거부한다면 나는 그걸 들어주지 않을 수도 있답니다.'

노인이 그렇게 말하자 난 갑자기 믿음이 생겼어요.

'절대로 거부하지 않겠어요! 절대로요! 그렇게 하실 수 있다면 애원이라도 하고 싶네요! 하실 수만 있다면 어서 빨리 당장 해보

세요!'

노인은 엄준하게 말했어요.

'애원까지는 필요 없습니다. 당신이 거부만 하지 않는다면 그렇게 해드리죠. 다만 오늘 당장은 아닙니다. 뭘 바라는지 생각해보셔야 합니다. 집에 가서 생각해보세요. 생각을 해보고도 거부할 마음이 안 생기면 내일 같은 시각에 오세요. 내일 오시지 않는다 해도…'

전 노인과의 말싸움이 무의미하다는 걸 깨닫고 그냥 이렇게 말했어요.

'좋아요, 내일 오죠. 당연히요! 고민할 것도 생각할 것도 없어요.'

'아뇨, 분명히 있을 겁니다.'

노인은 완강하게 대꾸하더니 자리에서 일어나 저를 문까지 배웅해줬어요. 그리고 이렇게 말했죠.

'잘 생각해보세요, 아가씨. 그리고…'

노인은 문을 걸어 잠그며 갑자기 속삭이듯 말을 덧붙였어요.

'생각을 해보시면서 그분께 한번 기도해보세요… 당신도 알고 있는… 당신이 기도하고 싶은 그분께 말이에요.'"

7

"전 기대와 흥분과 기쁨으로 거의 온밤을 뜬눈으로 지샜어요. 노인이 마지막 말을 했을 때 전 무슨 이유에서인지 노인을 믿지 않을 수 없었어요. 전 철석같이 믿어버렸죠. 다만, 노인이 고집을 부리며 일을 하루나 미뤘다는 데에 화가 났어요. 전 생각했죠. '도대체 뭘 생각해보라는 거지? 의심할 것도 없어! 내게는 더없이 특별한 행복이, 모든 걸 알 수 있는 능력이 주어지는 거야! 감춰진 미래의 비밀이 밝혀지는 거야! 사람들은 미래의 일부분이라도 알아내려고 자신의 모든 걸 걸잖아! 하지만 난 모든 걸 알게 되는 거야! 어떤 바보가 이걸 거부하겠어?' 저는 '생각해보라'는 노인의 조언을 비웃었지만, 정작 머릿속으로는 미래를 알게 되리라는 생각만 떠올렸어요. 그리고 또 생각했죠. '노인이 뭔가를 얘기해주려나? 하지만 말로는 전체적인 그림을 온전하게 전달할 수 없잖아. 아니면 뭔가를 보여주려나? 하지만 눈으로는 감정과 생각을 볼 수 없잖아. 어쨌든 노인은 모든 걸 알게 해주겠다고 약속했어. 모든 걸! 아버지에 관해 알아내야겠어. 아버지한테 어떻게 복수할 건지 알아낼 거야.' 제가 아버지에게 복수하리란 건 의심의 여지가 없었죠.

밤이 지나고 낮이 지루하게 이어졌어요. 전 온종일 집에 있었죠. 그 '생각'이란 것도 충분히 했죠! 누군가에게 기도를 해보라던 노인의 또 다른 조언은 잊고 있었어요. 제가 특별히 신실한 교인이었던 적은 한 번도 없었거든요. '모든 걸 알게 되면 기도하고 부탁하고 물을 것도 생길 거야!'라고 생각했죠.

저는 실실거리거나 폭소를 터뜨리는 악령이라도 씌었는지 하루 종일 이유 없이 큰 소리로 웃어 댔고 집안일을 하는 사람들이 뭘 묻든 실실 웃으며 대답했어요. 그리고 해가 지자마자 모자를 쓰고 밖으로 나가 거리를 배회했죠. 거리엔 가을을 알리는 보슬비가 내리고 있었어요. 저는 아무것도 모르는 불쌍한 사람들이 진창길에서 어기적거리며 조심스럽게 그 알 수 없는 곳, 그 위태로운 곳, 그 막막한 곳을 한 발 한 발 내딛는 모습을 보며 새어 나오는 웃음을 간신히 참았죠. 사람들은 그 첫 번째 모퉁이를 돌면 뭐가 나올지 모르고 있는 거잖아요. 그게 어찌나 불쌍하고 애처롭던지!

시간은 흘러 예정된 시각이 다가오고 있었어요. 그리고 예정된 시각에 전 노인의 집 문 앞에 서 있었죠.

노인이 직접 나와 곧바로 문을 열어줬어요. 아무도, 심지어 하녀인 듯했던 그 여자도 보이지 않았어요. 노인의 손에는 불을 붙인 초가 들려져 있었어요. 현관과 접객실에 등이 켜져 있었는데도 말이죠.

노인이 말했어요.

'아가씨로군요. 오셨네요. 오실 줄 알았습니다.'

노인은 그 잿빛 가운을 걸치고 있었어요. 전날 봤던 것과 완전히 똑같기도 하고 전혀 다르기도 한 가운이었죠. 노인의 몸은 떨리고 있었어요. 두려움에 가까운 악의에 찬 놀라움과 뒤섞인 은밀한 기쁨에 휩싸여 있는 듯 보였죠. 노인의 모습은 마치 겁을 먹은, 보기 흉한 늙은 잿빛 새 같았어요. 노인의 대머리가 가운의 넓은 옷깃에 푹 파묻힌 모양새가 영락없는 새였죠. 겁을 먹긴 했지만 크고 힘센 새였어요. 그 순간 노인에게서 어떤 힘이 느껴졌어요. 그리고 노인이 절 속이지 않으리라는 걸 다시 깨달았죠.

접객실에 가자 노인은 들고 있던 초를 내려놓고 아까보다 더 심하게 겁먹은 듯한 모습으로 걸음을 멈췄어요. 그리고 말했죠.

'아가씨가 고민을 해본 뒤에 스스로 결정한 일입니다… 저는 생각해보라고 조언만 해드렸고요. 그리고 충분히 고민한 끝에 어제와 똑같은 걸 바라시고 절 찾아온 게 맞죠? 그러면 제가…'

저는 황급히 소리를 질렀어요.

'맞아요, 맞다고요! 똑같은 말은 이제 그만하세요! 이미 엎질러진 물이에요!'

노인의 떨림은 저에게까지 전염되고 있었어요. 저에게서는 웃음기도 기쁜 마음도 이미 사라져버렸죠. 찜찜하고 알 수 없는 불안감이 절 장악해오고 있었어요. 전 두려움이 닥쳐오리라는 예감에 겁을 먹었어요. 두려움은 아주 가까이에 와 있었지만… 사실상 두려워할 만한 건 없어 보였죠.

'계속 그렇게 망설이기만 하실 거예요?'

전 괴성에 가까운 소리로 다그쳤어요.

노인은 그 즉시 뒤를 돌아 저에게 '따라오세요'라고 말했어요. 예상치 못하게 침착하고 엄숙한 말투였죠. 그러고는 전날에는 눈에 띄지 않았던 구석진 곳에 있는 문으로 향했어요. 노인은 문을 열고 들어갔죠.

저는 순간, 그야말로 일순간 문턱에서 머뭇거렸어요. 누군가의 온화하고 다정한 손길이 저를 붙잡아 세우려는 듯했어요. 하지만 그 손길이 거둬지고 난데없는 두려움이 온몸을 미끄러지듯 파고들다 사라졌어요. 차디찬 쥐 한 마리가 온몸을 훑고 지나간 것 같았죠. 그리고 저는 노인을 따라 들어갔어요.

그곳은 아주 커다란, 그야말로 거대한 방이었어요. 천장은 낮았고 안은 텅 비어 있었죠. 천장과 바닥과 아주아주 매끈하고 아주아주 하얀 벽이 전부였어요. 창조차도 보이지 않았어요. 한쪽 벽면에는 노인의 벌려진 입처럼 생긴 크고 검은 벽난로가 있었어요. 노인은 벽난로 위에 초를 세웠어요. 벽난로 다음으로 눈에 띄었던 건 의자였어요. 흔하디흔한 나무 의자가 방 거의 정중앙에 덩그러니 놓여 있었죠.

지금 생각해보니 저는 특별한 무언가를, 이를테면 부드러운 조명이라든지 신비로운 카펫이라든지 몽롱한 담배 연기처럼 매혹적이면서도 두려움을 자아내는 무언가를 또다시 기대하고 있었던 것 같아요. 이상하리만큼 텅 비어 있는 온통 새하얀 그 방은 제 기대를 저버렸죠. 게다가 가까이서 꿈틀대던 두려움은 제가 바랐을 법한 두려움이 아니었어요. 그건 찜찜하고 모호하고 무딘, 그리고 그 거대한 방을 희미하게 비추던 촛불처럼 쓸쓸해서 숨이 막힐 듯한 그런 두려움이었어요.

'자, 앉으세요. 의자에 앉아보세요. 잠시만요… 잠시만… 의자에 앉아 계세요.'

노인은 부산을 떨며 말했어요. 그러면서도 매서운 듯 온화한 표정에서는 여전히 아까와 같이 겁을 먹은 티가 났죠.

저는 순순히 의자에 앉았어요. 의자는 벽난로를 등지고 놓여 있었죠. 앞쪽에는 새하얀 벽면이 있었어요. 벽면은 천장 그리고 또 다른 흰 벽면들과 끊임없이 연결되어 있었죠. 저는 이미 어느 정도 안정을 되찾았고 심지어는 지난밤에 했던 생각을 떠올리기까지 했어요. 노인이 말로 뭔가를 얘기해주지는 않을 거라는 게 확실해 보였어요. 어쩌면 저 자신의 모습과 모든 것들이 그 하얀 벽면에 나타날지도 모르겠다는 생각이 들었죠.

하지만 매끈하고 생기 없는 벽면은 하염없이 하얗기만 했어요.

노인은 부산스러운 행동을 멈추고 냉정하고 확고한 어조로 말했어요.

'아가씨, 내가 대답해줄 수 있는 경우는… 그보다 마지막으로 묻는 건데, 이게 정말로 바라는 겁니까?'

'네. 확실해요.'

전 대답했죠. 하지만 아무 생각 없이 저절로 튀어나온 말이었어요.

노인은 가운 호주머니에서 흰색 실크 스카프를 꺼냈어요. 그리고 빠른 속도로 말하기 시작했어요.

'좋아요. 좋습니다. 해보죠. 가만히 앉아 계세요. 괜찮아요. 내가 양손을 당신 머리에 얹으려는 것뿐이에요. 하지만 난 봐서는 안 되는 거예요. 나는 볼 수도 없고 봐서도 안 됩니다. 자, 이렇게 내 눈을 가릴 겁니다.'

그러더니 노인은 스카프를 대머리에 묶고 떨리는 손가락으로 매듭을 조였어요. 스카프가 커서 스카프 끝이 우스꽝스럽게 아래로 축 늘어졌죠. 그런데 노인은 곧바로 위자 뒤쪽으로 갔어요. 그래서 노인이 중얼거리는 소리만 들렸죠.

'잠시만요, 잠시만요. 여기 계신 거죠? 내가 양손을 당신 머리로 내려볼게요. 내렸다가 올릴 겁니다. 더 이상은 아무것도 하지 않을 거예요, 아무것도요…'

노인이 중얼거리던 소리가 멎었어요. 노인은 양손을 포갠 것 같았고 저는 노인의 손이 아직 머리에 닿지는 않았지만 천천히 내려오고 있다는 게 느껴졌죠. 드디어 손이 제 머리에 닿았는데… 아, 얼마나 묵직하던지! 손이 닿으며 제 머리를 짓눌렀어요…

그러더니 곧바로 손을 올렸어요. 노인이 양손을 내리던 동작과 양손을 올리던 동작 사이에는 시간이 전혀 흐르지 않았어요. 시간이란 아무리 줄인다고 해도, 이를테면 천 분의 일 초, 백만 분의 일 초까지 줄인다고 해도 여전히 얼마간의 틈을 남기기 마련이지만, 그 두 동작 사이에는 일말의 틈도 없었어요. 거짓말 중의 거짓말이 바로 아무것도 없었다는 말이잖아요. 그런데 정말로 아무것도 없었어요! 정말로 없었어요. 시간이라는 게 존재하지 않았단 말이에요.

전 자리에서 일어나 노인의 얼굴을 향에 고개를 돌렸어요. 노인은 눈가리개를 풀고 새롭게 태어난 지금의 제 얼굴을 들여다봤어요. 저는 노인의 눈빛을 기억하고 있어요. 처량하고 슬프고 혐오가 어려 있던, 그리고 죽음의 공포에 가득 찬 그 눈빛을요. 살인범이나 강간범이 마치 자신이 저지른 범행을 바라보는 그런 눈빛이었어요.

노인은 절 바라보다 끝내 고개를 돌렸어요. 전 뒤도 돌아보지 않고 밖으로 나와버렸고 노인은 그곳에 남아 있었어요."

8

"당신은 그때… 노인이 양손을 내렸다 올렸던, 시간이 존재하지 않았던 그 사이에 저에게 무슨 일이 벌어졌는지 아직 모르실 거예요. 평범하고 행복한 삶을 사는 사람에게는 이해하기 힘든 일이죠. 얘기는 해보겠지만, 만약 이해가 안 가는 부분이 있다면 그 어두운 부분은 당신의 믿음으로 채워보세요. 당신이라면 그렇게 할 수 있을 거예요.

전 제 미래의 운명, 제가 앞으로 살아갈 이 세상에서의 모든 삶을 알고 싶었어요. 제가 앞으로 경험할 삶을요. 죽음에 이르는 순간까지의 한순간 한순간을 모두 알고 싶었죠. 그러려면 일단 살아봐야 하는 거잖아요. 근데 전 그렇게 해본 거죠. 제 말을 믿으셔야 해요. 그때… 노인이 양손을 내렸다 올렸던 사이에, 무시간無時間 또는 영원의 순간에 저는 (지금 이 순간도 그렇듯이) 저 자신의 실체를 볼 수는 없었어도 존재감이 느껴졌고 제게 주어진 모든 찰나와 시간과 세월을 체험했어요. 저는 과거에 이미 했으며 앞으로 더 하게 될 모든 생각을 했고, 평생 흘려야 할 모든 눈물을 쏟아냈고, 평생 해야 할 모든 일을 했고, 평생 치러야 할 모든 병을 앓았고, 많은 이들이 앞으로 듣게 될 모든 말을 들었고, 제가 알게 될 모든 것을 알게 되었고, 제가 보게 될 모든 것과 모든 사람을 봤어요. 저는 이미 모든 것을 겪었어요. 마지막 순간, 최후를 맞이하는 순간 제 몸의 마지막 떨림까지 전부…"

여백작 이본은 말을 멈칫했어. 그녀의 말이 맞았어. 난 이해할 수도 없었고 받아들일 수도 없었지.

그리고 곧바로 말을 이었어.

"믿어주세요. 제 말을 믿으셔야 그게 도대체 무엇인지, 지금의 제가 도대체 누구인지 이해하고 상상할 수 있으실 거예요. 모든 사람은 자신의 과거를 알고 있잖아요. 근데 전 저의 미래를 알고 있어요. 모든 사람이 과거를 알고 있는 것처럼 말이죠. 저는 저의 미래를 기억한답니다."

나는 중얼거렸어.

"하지만… 과거는 잊히기도 하는데… 과연 모든 걸 기억할 수 있을지… 당신도 잊을 수 있는 거고…"

"잊히죠… 당연히 잊히죠. 모든 걸 한결같이 정확하고 생생하게 기억할 수는 없으니까요. 그렇다고 그게 변하는 건 아니잖아요. 과거의 어느 한때로 생각을 돌려보면 곧바로 그때 겪었던 것들이 눈앞에 선하게 떠오르잖아요. 저도 그래요. 제 인생 중에서 어떤 순간을 생각하든 그 순간이 이미 지나간 일처럼 눈앞에 떠올라요. 심지어는 제가 앞으로 언제 무슨 생각을 하게 될지도 알고 있어요. 생각 하나하나, 몸과 마음의 움직임 하나하나가 저에게는 모두 두 번째로 겪는 일들이에요. 게다가 전 그걸 언제 겪게 될지도 알고 있죠. 저는 두 번째 삶을 두 번 살아냈어요. 그때 무시간성無時間性의 구렁에 빠져 첫 번째로 체험한 삶은 제 미래인 두 번째 삶이 선명하고 정확하게 투영된 이미지일 뿐이었으니까요. 다시 말하자면 그건 두 번째 삶, 제가 이미 알고 있는 삶 그 자체와 완전히 똑같았으니까요! 당신은 저의 친구이자 제가 지금 사랑하고 있고 과거에 이미 사랑했던 사람이에요. 전 당신을 곧 잃게 될 거고 과거에도 이미 잃어봤어요. 그런 당신이라면 머리가 아니더라도 가슴으로, 당신의 가슴속에 충만한 자유와 행복으로 비할 데 없고 한없이 깊은 저의 이 슬픈 심정을 이해하실 거예요. 제가 당신을 사랑한 건 결코 처음이 아니었어요. 당신을 또다시 사랑하고 있으니까요. 또다시 두 번째로요! 그리고 또다시 당신을 잃게 될 거예요. 이유는 단 하나, 저에게 첫사랑이란 없었으니까요…”

내가 그녀의 말을 제대로 이해했는지 난 알 수가 없었어. 을씨 년스럽고 숨이 막힐 듯한 적막한 공포가 흐르는 가운데 단편적 인 생각들과 질문들이 내 머릿속을 파고들었어. 그리고 난 힘겹 게 입을 뗐지.

“저기… 이본 백작님… 하지만 우리에겐 자유 의지라는 게 주 어지지 않았습니까? 말씀하신 건 고대의 운명이고… 말하자면 운명*이라는 얘기인데… 우리가 운명을 바꿀 힘이 없다는 게 전 믿어지지 않습니다.”

“맞아요, 자유 의지라는 게 있죠. 제게도 자유 의지가 있었지 만, 그날 밤 노인의 집에 갔을 때… 단번에 소진해버렸어요. 전 미래를 알고 싶다는 마음을 자유롭게 품었고 그렇게 저의 운명 을 바꿨어요. 그런 저의 바람 덕분에 그리고 저의 바람이 이루어 진 덕분에 제 의지대로 운명이 바뀌었죠. 그래서 전 (제가 알고 있던 것과 다르게) 이미 바뀌어버린 운명을 알게 된 거예요. 하 지만 제가 미래를 알고 싶어 하지 않았었더라면 펼쳐졌을 그 운 명은 저도 몰라요. 제 앞에 펼쳐져 있는 건 그 운명이 아니니까 요. 그건 첫째 날 밤 노인이 저에게 예언해주었던 운명이에요. 겉으로 보기엔 비슷해 보이는 운명이죠. 한 번의 사랑이 있다는 그 운명… 게다가 노인이 행복한 사랑이라고 했던 그 운명이에 요. 하지만 전 불행한 사랑을 겪었고 앞으로 또 겪게 될 거예요. 그 사랑이 불행한 건 역시나 제가 미래를 알고 싶어 했고, 결국

---

*   fatum. 원문은 프랑스어로 쓰였다.

미래를 알게 됐고, 그래서 모든 걸 바꿔버렸기 때문이에요."

내가 다시 얘기했어.

"하지만 만약에 말이죠, 만약에 당신이 어쨌든 뭔가를 바꾸고 싶어 했더라면… 그러니까 당신에게 주어진 시간보다 먼저 죽길 바랐더라면요? 그렇게 바꾸고 또 바꾸길 바랐더라면…"

"전 뭔가를 바라는 마음이 생기기도 전에 제가 무엇을 바라게 될지, 그래서 제가 무엇을 하게 될지 알고 있어요. 피할 수 없는 것들에 맞서고 싶고 멈춰 세우고 싶고 정해진 끝보다 먼저 끝내고 싶은 그 고통스러운 욕망을 몇 번이나 더 겪어내야 할지 알고 있어요."

그녀는 자리에서 일어나 벽난로에 한쪽 팔을 기댔어. 온통 검고 온통 처참한 그녀의 모습은 마치 그녀의 운명 같았지. 그녀를 바라보던 나의 눈길은 이미 인간을 바라보는 눈길이 아니었어.

"저는 자유 의지에 따라 자비로운 무지無知의 법칙을 어긴 대가로 인간다운 모든 것들과 단절됐어요. 전 혼자예요. 사람들은 바라고 믿고 의심하고 갈망하고 기뻐하고 희망하고 실망하고 두려워하고 기도하는 그런 삶을 살죠… 제 삶에는 두려움도 희망도 없어요. 전 기대할 것도 없고, 의심하며 바랄 것도 없어요. 시간이 존재하는 곳에서는 저의 시간이 존재하지 않아요. 전혀요. 다만… 시간이 존재하는 곳에서만은요! 삶이 존재하는 곳에서만은요! 하지만 다른 곳에서는 어떨까요? 제가 다시 한번, 두 번째이자 마지막으로 죽음의 고통을 겪고 눈을 감은 다음에는 어떻게 될까요? 제가 왜 이런 걸 묻는지 아시겠어요? 그런 다음에는 제가 무지와 믿음과 기대와 희망이 주는 행복을 모두 느끼게 될 테니까요! 그런 다음에는 저도 다른 사람들과 똑같아지고 다른 사람들과 비슷하게라도 될 거예요. 그래야 희망도 품고 두려움도 느끼게 되겠죠. 그렇기 때문에 전 제게 주어진 형벌 조치를 마음대로 중단하고 싶지도 않고 그러길 바랄 수도 없어요. 오히려 그 모든 조치를 완수하고 싶어요. 그리고 어쩌면… 어쩌면 말이에요… 그러고 나면 안식도 저의 인간다운 힘도 새롭고 영원한 자유도 되찾을 수 있을지 몰라요."

그녀는 벽난롯불과 나를 향해 얼굴을 돌리고 내 앞에 서 있었어. 그녀의 얼굴은 순간적으로, 그야말로 일순간 변해 있었어. 더 이상 내가 알고 있던 얼굴이 아니었지. 새빨간 불빛을 받은 얼굴은 마냥 젊어 보이기만 했고 젊음이 변하지 않을 것만 같았어. 너무도 아름다운 나머지 나는 감히 쳐다보지도 못하고 떨리는 마음으로 눈을 떨구고 말았지. 잠시 후 다시 눈을 들었을 땐 모든 게 끝나 있었어. 아까 있었던 무서운 여자가 아까와 같은 늙고 공허한 눈동자로 날 바라보고 있었어.

난 그제야 그녀의 말이 이해가 갔어. 왜냐하면, 내 마음속에는 이루 말할 수 없는 두려움이 차올랐지만 그 두려움에는, 공포감의 원인을 알 수 없거나 이해할 수 없을 때 공포감과 뒤섞여 나를 사로잡아 옭아매서 무력하게 만들었던 그런 희열감은 이미 없었으니까. 이해할 수 없었던 미지未知의 영역이 기지旣知의 영역으로 바뀌자 두려움은 배가되고 아픔과 연민을 넘어 뼈저린 동정으로까지 확대됐지만, 희열감은 사라져버렸어. 영원히 이해할 수 없는 초인간적 법칙의 본질 앞에서는 희열감이 남겨져 있었어. 하지만 그녀, 그 여자 앞에서는 아니었어. 그녀의 운명이 지닌 의미까지는 아니더라도 그녀의 운명 자체가 끔찍하다는 것만은 분명히 알 수 있었거든.

절망의 두려움에는 희열감 따위란 없어. 맹목적인 고요함만 있을 뿐이지. 내 마음은 절망의 두려움과 고요함으로 가득 차 있었어.

얼마간의 시간이 흘렀어.

이본은 다시 안락의자에 앉았어. 석탄은 꺼져가고 있었지.

그녀는 들릴락 말락 피곤에 지친 목소리로 말했어.

"몇 마디만 더 해볼게요. 당신한테 얘기하기 참 힘들었는데, 막상 이러고 나니 한결 낫네요. 별다른 방법이 없었어요. 전 이 얘기를 평생 두 사람에게만 해야 했어요. 제 삶에 가까이 다가와 제 얼굴에서 끔찍하고 비밀스러운 무언가를 포착하고, 그 때문에 괴로워하기로 되어 있던 사람은 단 두 사람뿐이었죠. 그래서 한 사람에게는 사랑하기 때문에, 그리고 나머지 한 사람에게는 증오하기 때문에… 이 얘기를 했어요. 당신이 절 알아봐주지 않았더라면 당신의 상황은 더 나빠졌을 수도 있었어요. 그리고 그 사람이 절 알아봐주지 않았더라면… 이 얘기를 어떻게 해야 할까요? 제가 과연 다른 선택을 할 수 있었을까요? 아무튼, 그 두 번째… 아니 첫 번째였던가? 그건 중요치 않고, 또 다른 한 사람은 바로 제 아버지 드 쉬조르 백작이었어요. 아시다시피 아버지는 어머니와 화해하고 저와 어머니를 집에 들였죠. 아버진 자기만이 할 수 있는 방식으로 당신 죄책감의 근원이었던 딸인 절 몹시 사랑해주셨어요. 노년에 접어든 아버지에게는 일생을 통틀어 두 가지 감정만 살아남아 있었죠. 저에 대한 애착과 죽음에 대한 두려움이었어요."

그녀는 잠시 말을 멈추고 나를 뚫어져라 바라보더니 말을 이었어.

"당신이 짐작하고 계신 그대로예요. 너무 뻔하잖아요. 맞아요, 전 알고 있어요. 저의 미래는 물론, 저와 인생이 맞닿아 있는 사람들의 미래도 알고 있어요. 인생이 맞닿는 바로 그 지점에서 말이죠. 전 사람들이 어떤 말을 하기도 전에 그들에게서 듣게 될 말을 알고 있으니까요! 이를테면 누군가가 자신에게 이제 막 들이닥친 불행을 제게 전하리란 사실을 알고 있는 거죠. 저는 그 사람이 지금은 본인도 아직 모르고 있는 앞으로 하게 될 말을 알고 있기 때문에, 그 사람의 불행을 이미 알고 있는 거예요. 하지만 저는 그 누구에게도 그 어떤 것도 절대 말하지 않아요. 과거에도 그랬고 앞으로도 그럴 거예요! 반드시요! 전 무지의 행복을 깨뜨리지 않을 거예요. 그렇게 해서도 안 되고 그렇게 할 수도 없어요. 그래서 전 사람들과의 접촉을 피하면서 저의 길을 가고 있는 거예요. 전 저의 길이 텅 비어 있어서 좋아요. 단 두 사람만이 제 얼굴을 보고 멈춰 선 건 다행스러운 일이죠. 당신은 제가 진실을 밝혀 보호해주기로 운명 지어진 사람이에요. 전 당신을 사랑하니까요. 제 아버지는 진실 때문에 죽임을 당한 사람이에요. 전 아버지를 증오하니까요⋯ 아니 증오했으니까요. 아버지가 품었던 사랑과 아버지가 지녔던 통찰력은 아버지로 하여금 제 주위를 맴돌며 영원한 고통에 시달리게 했어요. 전 진실이 아버지를 죽이게 될 거라고 말씀드렸어요. 아버지는 믿지 않으셨죠. 그때 전 아버지께 모든 걸 말씀드렸어요. 그리고 전⋯ 아버지가 언제 돌아가시게 되는지도 말씀드렸죠. 아버지에게만, 아버지 딱 한 사람에게만요! 하지만 저도 어쩔 수가 없었어요! 제가 말했던 시기는 역시나 틀림없었죠. 전 아버지의 죽음을 알고 있었고 아버지는 제 품에 안겨 돌아가셨어요. 저에 대한 사랑, 실망감과 뒤섞인 저에 대한 연민, 그리고 피할 수 없는 죽음에 대한 두려움이 아버지를 죽음에 이르게 한 거죠. 아버지의 죽음은 그런 죽음이었어요!"

그녀에게는 아직 유일한 희망이었던 '죽음'이라는 그 한마디에 나는 온몸이 오싹해졌어. 난 이런 생각을 했어. '초라하게 압도당한 무지한, 그리고 살아 있기 때문에 행복한 내가 여기서 도대체 뭘 하고 있는 거지? 내가 도대체 왜 이 여자랑 있는 거지? 날 사랑한다니… 아니야, 죽은 사람이 산 사람을 사랑한다면 산 사람에게는 좋은 일이 아니야. 나도 그녀를 사랑했는데… 아니면 사랑해서는 안 될… 아, 모르겠다, 모르겠어! 사랑하는 이가 문이 굳게 닫힌 납골당 너머에 있어도 그 사람을 사랑할 수 있을까?'

나는 힘겹게, 마치 심하게 아픈 사람처럼 몸을 일으켰어. 그리고 말했지.

"저기, 제가 지금은… 뭐라고 말씀을 드리기가 어려울 것 같습니다. 당신이 저에게 모든 걸 말씀해주셔서 더 나아졌는지 더 나빠졌는지 전 모르겠네요. 다만 전 당신에게 거짓말을 한 적은 한 번도 없습니다. 마음이 정리되는 대로 곧바로 당신께…"

"편지를 주세요."

그녀는 자리에서 일어나며 내 말을 아무렇지도 않게 마무리해주었어.

나는 '제가 왜 편지를 쓰나요?'라고 묻고 싶었지만, 그녀는 모든 걸 알고 있다는 사실을, 그녀는 내가 분명히 편지를 쓰리라는 걸 더 잘 알고 있다는 사실을 떠올렸어.

나는 마치 얼어붙은 듯 묵직한 두 다리로 발걸음을 옮겼어. 그녀는 문 앞에 멈춰 서더니 두 손으로 내 머리를 잡고 내게 입맞춤을 해주었어.

그 입맞춤에서는 한없는 냉기와 한없는 엄숙함과 해명할 수 없는 한없는 위대함과 영원하고도 위협적인 매혹이 느껴져왔어. 사랑과 한데 합쳐진 죽음에서 전해지는 느낌이었지.

그리고 나는 경외심에서 우러나오는 형언할 수 없는 전율에 휩싸여 마치 한낱 초라한 순례자가 생명은 이미 잃었지만 성스러운 육신 앞에 몸을 숙이듯이 그녀의 발밑에 엎드렸어. 그리고 그녀의 옷자락 끝에 입을 맞췄어.

....

9

이제 얘기가 얼마 남지 않았어.

다음 날 난 전보 한 통을 받았어. 아버지가 많이 편찮으시니 러시아로 돌아오라는 내용이었지. 나는 그날 밤에 떠나기로 했어. 떠나기 전에 짬을 내서 여백작에게 편지를 썼지. 자네들한테 얘기했던 것과 비슷한, 나와 내 마음에 관한 내용이었어. 난 그녀에게 거짓말을 할 수가 없었어. 그리고 내가 떠나게 됐다는 내용과 떠나야 하는 이유에 관해서도 썼어. 그녀는 전날 이 사실을 알고 있었던 거야! 그녀는 (내가 기억하기로는) 내가 어딜 갈 거라고 했어. 내가 그날 그녀에게 줄 편지에 모든 걸 썼기 때문에 그녀는 전날 내 마음도 알고 있었어. 쓰지도 않은 편지를 이미 읽었던 거야!

난 반쯤 정신이 나가 헛소리가 나올 것만 같았어. 러시아에서 온 전보는 나에겐 불행이자 행복이 된 거였어. 난 떠나야만 했어.

우리 아버지는 돌아가셨고 난 두 번 다시 파리에 돌아가지 않았지. 여백작에게서는 답장이 없었어. 나도 딱히 기다리지는 않았어. 그녀를 본 적도 없었어, 두 번 다시는… 그렇지만 난 그 어떤 여자도 사랑한 적이 없어. 그리고 나의 사랑뿐만 아니라, 내 안의 많은 것들이, 이를테면 죽음에 관한 나의 생각, 가장 끔찍하고 신성한 나의 희망, 인간의 삶에 포함될 수 없으며 포함되지 않는 모든 것들은 빈번하게 드는 하나의 생각과 연결돼 있어. 바로 그녀에 관한 생각이지.

이봐, 친구들! 미안하지만, 내가 그녀의 이름을 바꿔서 얘기했어. 자네들이 허구라고 생각할 줄 알고 (내가 무의식적으로 바란 거긴 하지만) 너무 성의 없이 가볍게 얘기를 시작했어. 하지만 자네들도 내 얘기의 진실성이 자아내는 온갖 두려움을 느끼면서 이 기억이 내 마음과 유착되어 있음을 이해한 것 같아 보이는군. 어쩌면 내 마음도 이 두려움과 이 아픔에서 자라난 건지도 몰라. 자네들이 이해해주길 바라고… 이해가 안 가는 무언가가 있다면 그냥 믿어주길 바라네. 우리라면 그렇게 할 수 있을 거야.

여백작은 지금도 살아 있어. 자네들도 그녀의 실명을 들어본

적이 있을 거야. 아주 유명한 이름이지. 그녀는 어거서는 안 되는 무지의 법칙을 어긴 대가로 모든 고통을 감내하며 살아가고 있어. 하지만 그녀가 알고 있는 것에는 은혜로운 한계가 있지. 바로 죽음이라는 한계야.

여백작은 살아 있고 난 늘 그녀를 생각해. 하지만 난 그녀를 보지 않을 거야. 만약 보게 된다면 여기에서가 아니라 자비와 용서가 있는 거기에서일 거야.

***

폴리토프는 말을 멈춘다. 친구들도 침묵한다. 벽난로 속에서 침묵을 지키며 타던 석탄은 꺼져간다. 벽면도 커튼도 모두 어둡다. 어둡고 따뜻한 묵직한 적막이 흐른다. 시간이 멈춰버린 듯하다. 어두운 '미래'의 어두운 파도는 이미 눈앞에 나타난 잘 알려진 '과거'로의 변신을 꾀하기 위해 '현재'의 움직이지 않는 경계를 통과해 묵묵히 퍼져 나가고 있다.

그리고 모두는 조금이라도 몸을 움직이는 것을 확실히 꺼리고 있다. '현재'가 노골적으로 드러나 알려지지 않은 것에서 잘 알려진 것이 분리되어버릴까 봐 두려워하고 있다.

1906년

알렉세이 톨스토이
Алексей Н. Толстой

칼리오스트로 백작

Граф Калиостро

알렉세이 톨스토이(Алексей Н. Толстой, 1883-1945)는 사마라 현 니콜라옙스크(현재 사라토프 주 푸가초프)의 명문 귀족 가문에서 태어났다. 사회 소설, 심리 소설, 공상과학 소설, 역사 소설 등 다양한 장르의 소설을 발표한 작가다. 톨스토이는 어릴 적부터 문학을 사랑했던 어머니의 영향으로 어학과 글쓰기에 뛰어난 재능을 보였다. 1901년 고등학교를 졸업하고 페테르부르크 기술대학 공학부에 진학했지만 늘 문학에 대한 열정을 간직하고 있었던 톨스토이는 1907년 졸업 논문 심사를 앞두고 돌연 학교를 그만두고 집필 활동을 시작했다. 이후 수많은 작품을 발표한 톨스토이는 현재 '다작의 작가'로 기억되고 있다.

1910년 단편과 중편을 묶은 소설집 『자볼지예(Заволжье)』를 발표하여 고리키(Максим Горький)를 비롯한 동시대 작가들에게 호평을 받았다. 이후 수많은 소설과 희곡을 발표한 톨스토이는 혁명이 일어난 이듬해인 1918년 해외로 망명하여 파리와 베를린 등지에서 생활하며 작품 활동을 이어 갔다. 이 시기 중편소설 「칼리오스트로 백작(Граф Калиостро)」(1921), 「니키타의 어린 시절(Детство Никиты)」(1922) 등이 발표되었다. 그러나 망명 생활을 견디지 못한 톨스토이는 1923년 귀국길에 올랐다. 이를 목격한 러시아 출신 해외 망명자들은 톨스토이를 '붉은 백작' [당시 볼셰비키 혁명군을 '붉은 군대(적군)'라고 일컬었다]이라고 부르며 작가의 행보를 비난했다.

톨스토이는 귀국 후에도 왕성한 활동을 펼쳐 공상과학 소설인 「아엘리타(Аэлита)」(1923)와 「엔지니어 가린의 죽음의 광선(Гиперболоид инженера Гарина)」(1927), 중편소설 「푸른 도시들(Голубые города)」(1925) 등을 발표했다. 톨스토이는 대하소설 「표트르 1세(Пётр Первый)」(1930-1934)와 3부작 장편소설 「고행길(Хождение по мукам)」(1922-1941)로 각각 1941년, 1943년에 스탈린상을 받았다. 희곡 「이반 뇌제(Иван Грозный)」(1942-1943)도 모스크바에서 생을 마감한 이듬해 1946년 스탈린상을 사후 수상했다.

톨스토이의 작품 중에는 영화화된 작품이 많다. 특히 여기서 소개한 「칼리오스트로 백작」을 모티브로 뮤지컬 영화가 만들어져 1984년 〈사랑의 법칙(Формула любви)〉이라는 제목으로 상영되어 큰 인기를 끌었다.

1

스몰렌스크 우예즈드,* 곡식밭과 자작나무숲으로 뒤덮인 구릉지 가운데, 강기슭의 높다란 언덕배기에는 벨리 클류치$^{Belyi\ Klyuch}$라는 저택이 있다. 툴루포비 공작 가문의 오랜 세습 영지다. 선조 때 계곡에 지어진 목조 주택은 못질로 봉인된 채 방치되어 있다. 그리스 양식 기둥을 세워 후대에 새로 지은 주택은 냇물과 강너머 들판을 향하고 있다. 주택에서 양쪽으로 돌출한 두 채의 부속 건물은 주택 뒷면과 공원을 연결하고 있다. 공원에는 아담한 호수며 자그마한 섬이며 분수 등이 있다.

그 밖에도 공원 곳곳에서는 화살을 든 여인의 석상이라든지

---

* 우예즈드(Уезд, Uyezd)는 제정 러시아 시기부터 소련 초기인 1929년까지의 행정 구역 단위로, 우리나라의 군(郡)에 해당되는 개념이다.

받침돌에 '여기 앉아 생각해보라. 세월이 얼마나 빨리 지나가는 지…'라고 쓰인 항아리라든지 담쟁이덩굴로 휘감긴 처량한 폐허를 발견할 수 있다. 집과 공원이 완성된 건 5년 전이다. 준장准將의 미망인이었던 벨리 클류치의 소유주 프라스코비야 파블로브나 툴루포바 공작 부인이 한창인 나이에 갑작스럽게 세상을 떠났을 때였다. 그 후 영지는 공작 부인의 육촌 형제이자, 당시 페테르부르크에서 친위병으로 복무하던 알렉세이 알렉세예비치 페디야셰프에게 상속되었다.

알렉세이 알렉세예비치는 군대 생활을 그만두고 숙모와 함께 벨리 클류치로 거처를 옮겨 유유자적한 나날을 보냈다. 그는 조용한 몽상가적 기질의 소유자이며 이제 막 열아홉 살이 된 젊은 청년이다. 그는 기쁜 마음으로 군대 생활을 그만뒀다. 떠들썩한 궁중 연회와 군대 술자리, 무도회에 온 아리따운 여인들의 웃음소리, 그들이 자아내는 분 향기와 드레스 자락 스치는 소리 등으로 관자놀이가 지끈지끈하고 심장이 욱신거렸기 때문이다.

평온한 즐거움에 젖은 알렉세이 알렉세예비치는 벌판과 숲에 둘러싸여 고독을 만끽한다. 말을 타고 언덕에 올라 밭일하는 모습을 구경하기도 하고 낚싯대를 챙겨 강기슭으로 가 향긋한 버드나무 아래에 앉아 있기도 하고 축일이면 시골 처녀들에게 공원에 있는 호수 근처에서 호로보드*를 추라고 지시한 뒤 창밖을 내다보며 그 아름다운 장면을 감상하기도 한다. 겨울밤에는 책을 읽느라 여념이 없다. 그러는 동안 숙모 페도시야 이바노브나

---

*　무리 지은 사람들이 노래를 하며 원을 그리며 돌면서 추던 슬라브족의 전통 민속춤.

는 혼자서 트럼프 패를 맞추곤 한다. 저 높이 다락방에서는 바람이 윙윙거리고 난로에 불을 지펴주는 노인은 마룻장이 삐걱거리는 복도를 돌아다니며 난로를 휘젓는다.

두 사람은 그렇게 평온하게 그리고 그렇다 할 근심거리 없이 지내고 있다. 하지만 얼마 지나지 않아 페도시야 이바노브나는 알렉시스가 (그녀는 알렉세이 알렉세예비치를 이렇게 부른다) 뭔가 심상치 않음을 눈치채기 시작한다. 알렉시스는 요즘 들어 부쩍 우울하고 싱숭생숭해 보였고 안색도 창백해졌다. 페도시야 이바노브나는 그런 그를 슬쩍 떠본다.

"너도 이제 생각을 좀 정리하고 결혼할 때가 되지 않았니? 언제까지고 이 늙은이만 바라보고 살 수는 없는 노릇이잖니. 계속 이러면 너한테도 안 좋고…"

"당치도 않아요!"

알렉시스는 발까지 구르며 발끈한다.

"그만 좀 하세요, 숙모님! 갑갑한 일상에 젖어 들고 싶지도 않고 그럴 일도 없을 거예요. 하루 종일 가운이나 걸치고 앉아서 카드나 치는 삶이란… 게다가 결혼은 도대체 누구랑 하라는 겁니까? 어디 한번 말씀이나 해보세요."

숙모가 말한다.

"샤흐마토프 공작한테 딸이 다섯이나 있는데 다들 괜찮은 처자들이야. 파트리게예프 공작한테도 딸이 넷이나 있고… 스빈인니 댁에도 사쉔카랑 마쉔카랑 바렌카랑…"

"아, 정말, 숙모님, 말씀하신 처자들은 괜찮은 사람들이 맞아요. 하지만 생각해보세요. 제 마음이 열정적으로 타올라 가약을 맺는다고 치자고요. 그다음에는요? 그 여자는 손가락장갑이며 가터벨트 따위로 나한테 아양을 떨겠죠. 그리고 열쇠 꾸러미를 들고 곳간으로 달려가 집안일을 하느라 정신이 없을 거고 누들 수프를 내오라고 하고는 내 앞에서 그걸 먹겠죠…"

"알렉시스, 왜 꼭 네 앞에서 누들 수프를 먹겠어? 설사 그랬다고 해도 나쁠 건 또 뭐니?"

"숙모님, 제 슬픔을 완전히 없애줄 수 있는 건 인간을 초월한 열정뿐인데… 그런 능력이 있는 여잔 이 세상에 없고…"

알렉세이 알렉세예비치는 이렇게 말한 뒤 아름다운 프라스코비야 파블로브나 툴루포바의 전신이 그려진 커다란 초상화가 걸려 있는 벽을 애틋한 시선으로 한참을 바라본다. 그러고 나서 한숨을 쉬며 중국식 문양이 그려진 실크 가운을 여미더니 파이프에 담배를 다져 넣은 뒤 창가에 있는 안락의자에 앉아 연신 연기를 내뿜으며 담배를 태우기 시작한다.

하지만 그는 뭔가 해서는 안 될 말을 한 듯해 보였고, 숙모도 뭔가를 눈치채고는 놀란 기색으로 조카를 힐끗거리며 얘기한다.

"아니, 사람이면 허구한 날 잠도 안 자고 망상에만 빠져 있을 게 아니라 사람을 좋아해야지, 원…"

알렉세이 알렉세예비치는 대꾸가 없다. 그가 무료한 시선을 던지고 있는 창 너머 뒤엉킨 풀이 무성한 뜨락에는 불그스레한 송아지 한 마리가 다른 송아지의 귀를 핥으며 서 있다. 뜨락은 완만한 경사를 이루며 냇물 쪽으로 기울어져 있고, 우엉 잎사귀가 우거진 냇가에는 눈덩이를 연상케 하는 하얀 거위 떼가 앉아 있다. 한 마리가 날아올라 날갯짓을 하고는 다시 내려앉는다. 푹

푹 찌는 고즈넉한 한낮이다. 강 너머 곡식밭 위로는 더위의 투명한 물결이 아물아물 피어오른다. 자작나무숲에서 뻗어 나온 길을 따라 한 사내가 말을 타고 나타난다. 사내는 여울가로 내려가고 말은 여울로 들어가 배를 적시고 물을 마시기 시작한다. 잠시 후 사내는 손발을 흔들며 거위 떼를 쫓더니 언덕에 뛰어올라 짚더미를 한 아름 끌고 가던 시골 처녀에게 무언가를 외치고는 웃기 시작한다. 그러나 창가에 저택 주인이 있다는 걸 눈치챈 사내는 말에서 뛰어내려 모자를 벗는다. 사내는 일주일에 한 번씩 저잣거리에서 우편물을 받아 오는 배달꾼이다. 이번에는 페도시야 이바노브나에게 줄 편지 한 통과 저택 주인에게 줄 책 꾸러미를 가져왔다.

페도시야 이바노브나는 안경을 가지러 가느라 자리를 비운다. 알렉세이 알렉세예비치는 책을 살펴보기 시작한다. 『에코노미체스키 마가진』* 제28호에 실린 우울증의 원인에 관한 기사 하나가 그의 관심을 끈다.

"우울증이라는 불상사가 발생하는 첫 번째 원인은 강렬하고도 지속적인 성욕과 정신 상태를 지속적으로 우울하게 유지하려는 욕망이다. 그와 같은 욕망에 열중하여 빠져나오려 하지 않는 사람은 외딴곳을 찾고 점차 깊은 우울감에 빠지게 되어 결국 위장과 내장의 신경이 극도로 피곤해져서…"

알렉세이 알렉세예비치는 여기까지 읽고 책을 덮어버린다. 결

---

* 『에코노미체스키 마가진(Экономический магазин, Ekonomicheskiy magazin)』은 『모스콥스키예 베도모스치(Московские ведомости, Moskovskiye vedomosti)』라는 신문의 부록 형식으로 발간된 경제 및 농업 관련 잡지다.

국, 그는 우울증에 빠질 것이다. 마음속 타오르는 욕망에서 빠져
나올 길도 없다.

2

반년 전 알렉세이 알렉세예비치는 몇몇 방의 실내 장식을 마
무리하던 중 물건을 찾으러 영지 내 구옥에 갔었다. 그는 그때를
이렇게 기억하고 있다. 차디찬 석양이 깔려 있었다. 냉랭함이 더
해가던 들판에서는 벌써부터 눈보라가 바닥을 휩쓸기 시작했다.
나이 든 까마귀 한 마리가 깍깍대며 서리 맞은 자작나무를 디디
고 날아올라 알렉세이 알렉세예비치에게 눈을 흩뿌렸다. 그는
여우 무스탕을 입고 냇가를 따라 이제 막 눈이 치워진 오솔길을
걷고 있었다.

냇가에서는 마을 처녀가 얼음 구덩이 옆에 쪼그려 앉아 물을
긷고 있었다. 처녀는 물통을 단 멜대를 어깨에 지고 저택 주인을
힐끔힐끔 돌아보며 걷기 시작했다. 얼굴이 둥글고 눈썹이 검은
처녀였다. 마을에서는 얼음으로 뒤덮인 창문에서 새어 나오던
불빛이 눈 더미 사이에서 빛나고 있었다. 대문이 삐걱거리는 소
리와 차가운 밤공기를 뚫고 까랑까랑하게 울려 퍼지는 사람들의
목소리가 들려왔다. 슬프도록 평온한 광경이었다.

알렉세이 알렉세예비치는 구옥의 현관 계단에 오르며 문짝을
떼어내라고 지시한 후 집 안으로 들어갔다. 집 안은 온통 먼지로
뒤덮여 있었고 모든 것이 낡아 빠져 거의 무너질 지경이었다. 앞
서가던 머슴아이는 등불로 벽에 칠해진 도금을 비추기도 하고

구석진 곳에 쓰러져 있던 가구를 비추기도 했다. 커다란 쥐 한 마리가 방을 가로질러 뛰어갔다. 귀중품이란 귀중품은 죄다 집 밖으로 옮겼음이 분명했다. 알렉세이 알렉세예비치는 벌써부터 되돌아가고픈 마음이 들었지만, 천장이 낮고 널찍한 텅 빈 방 안을 들여다보자 젊은 여인의 커다란 전신 초상화가 벽에 비스듬히 걸려 있는 모습이 눈에 들어왔다. 머슴아이가 등불을 쳐들었다. 그림은 먼지로 뒤덮여 있었지만 선명한 색채를 띠고 있었다. 알렉세이 알렉세예비치는 찬찬히 그림을 살펴보았다. 얼굴은 놀라울 만큼 아름다웠고 곱게 빗어 넘긴 머리는 분을 칠해* 단장했다. 눈썹은 높이 솟은 아치형이었고 입꼬리가 살짝 올라간 자그마한 입은 강렬했다. 여인이 입은 밝은색 드레스는 목이 깊게 파여 순결한 가슴이 반쯤 드러나 있었다. 가슴 아래쪽에 얌전히 놓인 손에는 검지와 엄지 사이에 장미꽃 한 송이가 들려 있었다.

알렉세이 알렉세예비치는 그것이 어렸을 때 봤던, 고인이 된 육촌 누나 프라스코비야 파블로브나 툴루포바 공작 부인의 초상화임을 눈치챘다. 초상화는 그 즉시 집으로 옮겨져 서재에 걸렸다.

알렉세이 알렉세예비치는 몇 날 며칠을 초상화 앞에서 벗어나지 못했다. 책을 읽다가도 (그는 사람의 손길이 닿지 않은 나라의 여행기를 무척 좋아했다) 수첩에 무언가를 끄적이다가도 파이프 담배를 피우다가도 구슬 장식 실내화를 신고 쪽매널 마루

를 그저 거닐다가도 그의 시선은 한참이나 매혹적인 초상화에 꽂혀 있곤 했다. 그는 이 이미지에 선량함, 지성, 열정 등과 같은 온갖 훌륭한 자질을 점차 부여했다. 아무도 모르게 프라스코비야 파블로브나를 고독한 시간의 친구이자 꿈의 뮤즈라고 부르기 시작했다.

한번은 그녀가 꿈에 나온 적도 있다. 초상화와 똑같이 미동도 없는 거만한 모습이었다. 다만 손에 쥐고 있던 장미꽃은 생화였다. 알렉세이 알렉세예비치는 손을 뻗어 그녀의 손가락 사이에서 꽃을 빼내려고 했지만 그럴 수 없었다. 잠에서 깼을 때 심장은 불안하게 요동치고 있었고 머리는 뜨거웠다. 그날 밤부터 초상화를 보기만 하면 흥분된 마음을 가라앉힐 수 없었다. 프라스코비야 파블로브나의 모습이 그의 머릿속을 떠나지 않았다.

3

페도시야 이바노브나는 한 손에 편지를 들고 코에는 안경을 걸치고 방에 돌아와 알렉세이 알렉세예비치 맞은편에 자리를 잡고 얘기한다.

"파벨 페트로비치가 편지를 보내왔는데…"

"그게 누군데요, 숙모님?"

"세상에, 알렉시스, 정말 몰라서 묻는 거니? 당연히 파벨 페트로비치 페디야셰프 중위지, 누구냐니… 아무튼, 편지에 이런저런 얘길 썼는데 너도 재미있어 할 만한 내용이 있으니 들어보렴.

'…이곳 페테르부르크에서는 일명 피닉스 백작이라고 불리는 그 유명한 칼리오스트로 백작이 불러일으킨 열풍으로 떠들썩합니다. 볼콘스카야 공작 부인 댁에서는 못쓰게 된 진주알을 멀쩡하게 만들어 놓았고, 비비코프 장군 댁에서는 반지에 박힌 루비를 11캐럿이나 늘렸을 뿐만 아니라 루비 안에 있던 기포까지 말끔하게 없애버렸습니다. 코스티치라는 도박꾼에게는 파티용 펀치 담는 그릇에 좋은 패를 보여줘서 바로 그다음 날 십만 루블도 넘는 돈을 따게 해주었습니다. 골로비나라는 궁녀*에게는 사진 목걸이에 있던 죽은 남편의 망령을 불러내주었습니다. 망령이 나와 그녀와 얘기를 나누며 손을 잡기도 했는데, 그 후 그 불쌍한 노인네는 정신 줄을 완전히 놓고 말았으며… 어쨌든 그자가 행한 기적은 이루 다 헤아릴 수 없을 정도고… 황후 폐하께서도 그자를 궁에 불러들이는 쪽으로 마음이 기울던 찰나에 웃지 못할 엽기적인 사건이 벌어졌습니다. 포톰킨 공작은 피닉스 백작의 아내를 향해 맹렬하게 불타오르는 욕정을 품고 있었습니다. 그 여자는 체코 태생으로, 저도 직접 본 적은 없지만 대단한 미인이라고들 하더군요. 포톰킨은 백작에게 어마어마한 돈이며 주단이며 패물 등을 건넸지만, 재물로는 백작을 매수할 수 없겠다는 걸 깨닫고 무도회를 열어 여자를 자기 집에 불러들여 납치하려는 계획을 꾸몄습니다. 하지만 무도회가 열리던 날, 피닉스 백작은 아내와 함께 페테르부르크에서 감쪽같이 자취를 감춰버렸습니다. 경찰이 동원되어 두 사람을 찾고 있지만 그들의 행방은 아직도 감감무소식입니다…'"

* 유럽의 왕비, 왕후, 공주 등을 보좌하는 귀족 출신 여인.

알렉세이 알렉세예비치는 편지 내용을 유심히 듣더니 편지를 가로채 직접 읽어 내려간다. 그의 두 뺨에는 엷은 홍조가 떠오른다.

그가 말한다.

"이 모든 기적은 알 수 없는 자기력이 발현된 거야. 그자를 만나봤으면… 아, 한 번이라도 만나봤으면…"

그는 감탄을 연발하며 방 안을 거닐기 시작한다.

"나도 그자에게 간절히 원하는 걸 얘기할 수 있을 텐데… 나도 그런 경험을 해봤으면… 내 꿈도 이뤄지게 해줬으면… 꿈은 현실이 되도록 하고 현실은 안개처럼 흩어져버리게 해줬으면 좋겠어. 현실에 미련 따위는 없으니까…"

페도시야 이바노브나는 겁에 질려 휘둥그레진 색 바랜 두 눈동자로 조카를 바라본다. 과연 겁에 질릴 만한 모습이다. 알렉세이 알렉세예비치는 안락의자로 달려가 몸을 푹 파묻고 함박웃음을 지으며 창밖을 내다본다. 창밖에서는 버섯이 담긴 바구니를 든 시골 처녀 둘이 걸어오고 있다. 하지만 버섯도 처녀들도 벌판도 그의 눈에는 들어오지 않는다. 벌판에서는 밭두렁을 따라 먼지기둥이 치솟아 오르고 있다. 먼지기둥은 회오리를 일으켜 길가에 심어진 자작나무 위의 새들을 위협하며 갈팡질팡하고 있다.

4

이튿날 아침 알렉세이 알렉세예비치는 심한 두통을 느끼며 잠에서 깬다. 이른 시각이었지만 하늘은 작열하고 있다. 잎사귀는 미동도 없이 나무에 매달려 있다. 모든 것이 정지되었다. 녹음의 초록빛은 금속성 반사광을 뿜어내고 있다. 마치 무덤 앞에 세워진 화환 같다. 수탉도 잠잠하다. 강 쪽으로 기울어진 비탈면에는 몸이 불어난 불그스름한 암소 한 마리가 움직이지도 오물거리지도 않고 누워 있다. 참새마저 얌전하다. 땅에 맞닿아 있는 동북쪽 하늘빛은 어둡고 황량하고 처참하다.

식당에는 영지를 관리하는 마름이 집안 대소사를 보고하러 나타난다. 알렉세이 알렉세예비치는 마름이 페도시야 이바노브나와 얘기를 나누도록 내버려두고 관자놀이에서 느껴지는 통증으로 얼굴을 찌푸리며 서재로 가 책을 펴지만, 이내 싫증을 내고 펜을 집어 든다. 그러나 본인 이름을 장식체로 쓰는 것 말고는 아무것도 써지지 않는다.

그러자 프라스코비야 파블로브나의 초상화를 보기 시작한다. 하지만 초상화 역시 주위의 모든 것들과 마찬가지로 처참하고 불길해 보인다. 그녀의 얼굴 위에는 파리 세 마리가 앉아 있다. 알렉세이 알렉세예비치는 자신의 주위를 둘러싸고 있는 모든 것들이 유난히도 고약스럽게 부각되는 이 상황이 더 지속된다면 울 것만 같은 기분이다. 그의 마음은 애수에 허덕이고 있다.

별안간 집 안의 창틀이 쿵 소리를 내며 떨어지더니 유리가 산산조각으로 깨졌고 겁에 질린 고함이 터져 나온다. 알렉세이 알렉세예비치는 창가로 다가가본다. 벌판 바로 위로 낮게 깔린 거대하고 짙은 먹구름이 밤하늘처럼 저택을 덮쳐 오고 있다. 강물은 시퍼레지는가 싶더니 거무스름하게 변한다. 갈대는 기우뚱거리며 기울어지고 이내 쓰러져버린다. 세찬 회오리바람이 일자 강기슭에 있던 거위 털이 날아오르고 까마귀 둥지가 속 빈 버드나무에서 떨어져 나가고 나뭇가지가 사방으로 흩날리고 꼬리를 곤두세운 닭이 뜨락 구석구석으로 내몰리고 나무 울타리가 흔들리고 아낙네들의 치마가 머리끝까지 뒤집혀 올라간다. 거센 바람이 집에 부딪치며 창으로 밀려들어 와 굴뚝을 타고 윙윙거린다. 먹구름 사이로 나타난 빛은 하늘에서 눈부신 윤곽의 구불구불한 뿌리를 그려내며 땅으로 쏟아진다. 갈라져 틈이 벌어진 하늘은 천둥소리를 내며 무너져버린다. 집이 흔들린다. 벽난로 위에 있던 시계의 태엽은 이에 화답하여 구슬프게 쨍그랑거린다.

알렉세이 알렉세예비치는 창가에 서 있다. 바람에 긴 머리칼이 휘날리고 가운 앞깃이 펄럭인다. 서재로 달려 들어온 숙모가 그의 팔을 붙잡고 창가에서 떼어내며 무언가를 큰 소리로 외치지만, 숙모의 말은 아까보다 더 무시무시하게 울리는 두 번째 천둥소리에 묻혀 들리지 않는다.

이내 묵직한 빗방울이 떨어지더니 회색빛 장막 같은 비가 퍼붓는다. 비는 닫혀 있는 유리창을 두드리며 거품을 일으킨다. 완전히 어두워졌다.

숙모는 겁에 질린 채 여전히 숨을 헐떡이며 말했다.

"알렉시스, 손님들이 왔다니까."

"손님이요? 누군데요?"

"나도 모르는 사람들이야. 마차도 망가지고 소낙비도 내리고 하니 하룻밤 묵게 해 달라고 하더구나."

"당연히 그래야죠."

"나도 벌써 그러라고 했어. 지금 몸들을 말리고 있으니까 너도 가서 옷 좀 차려입거라."

알렉세이 알렉세예비치는 문득 자신의 차림새가 형편없음을 알아차리고 서재 밖으로 나선다. 하지만 그 순간 머리에 아무것도 쓰지 않고 몸에 딱 맞는 사라판*을 입은 하녀 핌카가 헐레벌떡 뛰어 들어온다.

"주인마님, 맹세코 거짓말이 아니고요, 손님 중에 한 사람이 흑인이에요. 꼭 악마처럼 생겼다니까요."

5

비가 남은 하루 내내 쏟아지는 바람에 일찍부터 초를 켜야 했다. 정적이 찾아든다. 정원으로 나 있는 창과 문이 활짝 열려 있고, 정원에는 기세가 꺾여 한결 부드러워진 빗줄기가 나뭇잎을 두드려 조용한 잡음을 일으키며 수직으로 떨어지고 있다.

알렉세이 알렉세예비치는 카프탄** 코트 안에 연한 황색 바탕에 물망초 무늬를 수놓은 조끼를 입고 장검을 휘감아 매고 분칠을 한 모습으로 문간에 서 있다. 풀밭에서는 젖은 풀잎이 빛을 받아 희끗거린다. 눅진한 내음과 꽃향기가 풍겨 온다.

알렉세이 알렉세예비치는 반원을 그리며 보리수숲으로 뻗어 있는 오른쪽 건물의 불 켜진 창문을 바라본다. 하얀 커튼이 드리

---

* 러시아의 농촌 여성들이 입는 민속 의상으로, 소매 없는 긴 원피스 모양의 옷이다.
** 튀르키예, 아랍 등지에서 남자들이 입던 호화로운 견직물로 만든 옷자락이 긴 상의.

워진 창에 그림자가 나타난다. 커다란 가발을 쓰고 있는 남자의 그림자도 있고 우아한 여자의 그림자도 있고 터번을 쓴 키 큰 하인의 그림자도 있다.

이들이 바로 타지에서 온 손님들이었다. 이들은 이미 옷을 갈아입고 지금은 쉬면서 저녁 식사 자리에 오려고 치장을 하는 듯 보인다. 알렉세이 알렉세예비치는 문간에서 방 안쪽으로 물러선다. 키가 크고 달걀 흰자위 같은 눈의 새카만 흑인이 들어온다. 기다란 진홍색 카프탄 코트를 입고 허리에 스카프를 동여매고 있다. 머리에도 스카프가 둘러 있다. 그는 공손하지만 당당하게 절을 한 뒤 서툰 프랑스어로 말한다.

"제 주인님께서 나리께 인사를 올립니다. 나리의 저녁 식사 초대를 매우 기쁜 마음으로 수락하신다고 전하라 하십니다."

알렉세이 알렉세예비치는 미소를 짓고 그에게 가까이 다가가며 묻는다.

"자네가 모시는 주인의 존함과 작위가 어떻게 되는지 말해주지 않겠느냐?"

흑인 하인은 한숨을 쉬며 고개를 숙인다.

"모릅니다."

"아니, 어떻게 모를 수가 있느냐?"

"제게 알려주지 않으셨습니다."

"아니, 여보게, 나를 기만하려는 건가? 그렇다면 자네 이름이라도 알려주게."

"마르가돈이라 합니다."

"자네는 그러면 에티오피아에서 왔는가?"

마르가돈은 알렉세이 알렉세예비치를 태연하게 내려다보며 대답한다.

"저는 누비아에서 태어났습니다. 아멘호비리스 파라오에게 포로로 잡혀 제 주인님께 팔려 오게 됐습니다."

알렉세이 알렉세예비치는 마르가돈에게서 물러서며 미간을 찌푸린다.

"그래, 더 얘기해보게… 나이는 어떻게 되는가?"

"3천 살이 넘었…"

"네놈 주인한테 더 호되게 매질을 하라고 해야겠구나. 썩 물러가거라!"

알렉세이 알렉세예비치는 화가 나 얼굴을 붉히며 고함을 친다.

마르가돈은 이번에도 공손하게 절을 하고는 밖으로 나간다. 알렉세이 알렉세예비치는 마음을 진정시키며 우두둑 소리가 나도록 손가락 마디를 꺾은 뒤 잠시 생각에 잠기더니 크게 웃음을 터뜨린다.

이때 머슴아이가 조각으로 장식한 두짝문을 활짝 열어젖힌다. 방 안으로 기사와 귀부인이 팔짱을 끼고 들어온다. 인사와 소개가 시작된다.

기사는 건장한 중년의 사내다. 매부리코에 자줏빛을 띤 붉은 얼굴이 레이스에 파묻혀 있다. 금세기 초에나 쓰고 다니던 커다란 곱슬머리 가발에는 분이 지저분하게 발려 있다. 빳빳한 실크 소재의 감청색 카프탄 코트에는 금실로 수를 놓은 짐승의 얼굴과 꽃이 있다. 그 위로 청회색 북극여우 털을 녹색으로 염색한 모피를 걸치고 있다. 검은색 스타킹 역시 금실로 수가 놓여 있다. 벨벳 반장화의 버클에는 다이아몬드가 반짝이고 있으며 털이 덥수룩한 짧막한 손에는 손가락마다 값비싼 보석 반지가 두세 개씩 끼워져 있다.

사내는 목이 쉰 듯한 나지막한 소리로 인사말을 건넨 후 귀부인에게서 한 발자국 물러서며 그녀에게 알렉세이 알렉세예비치를 소개한다.

"부인, 이쪽은 집주인이시오. 나리, 이쪽은 제 아내입니다."

그 후 사내는 코담배를 들이마신 뒤 코를 풀고 고개를 뒤로 젖히며 코담뱃갑에 열중한다. 알렉세이 알렉세예비치는 백작 부인에게 날씨가 좋지 않아 유감이지만, 예기치 않게 성사된 만남이 진심으로 반갑다는 말을 건넨다. 그리고 손을 내밀고는 백작 부인을 식탁까지 에스코트한다.

백작 부인은 짧막한 대꾸만 할 뿐 지치고 슬퍼 보인다. 그러나 뛰어난 미모는 감춰지지 않는다. 곱게 빗어 넘긴 금발은 소박하고 단정하다. 여인이라기보다는 어린아이에 가까운 얼굴은 투명하다. 그야말로 부드럽고 깨끗한 피부다. 속눈썹은 파란 눈동자를 살짝 덮고 있다. 고운 입은 약간 벌어져 있다. 분명 정원에서 불어오는 싱그러운 바람을 음미하고 있을 터다.

차고 더운 전채 요리가 가득 차려진 식탁 옆에서는 페도시야 이바노브나가 손님들을 맞이한다. 그녀는 프랑스어로 의사소통하는 것이 서툴고 손님들은 러시아어를 못 한다. 그래서 알렉세이 알렉세예비치 혼자서 손님 응대를 도맡을 수밖에 없다. 손님들은 페테르부르크에서 출발해 바르샤바로 가는 긴 여정을 소화하고 있으며 벌써 2주째 여행을 하고 있음이 밝혀졌다.

알렉세이 알렉세예비치가 말한다.

"대단히 송구스럽습니다만 아까 인사를 드리면서 존함을 제대로 못 들었습니다."

"피닉스 백작이오."

사내는 하얗고 튼튼한 이로 닭 부리를 게걸스레 씹으며 말한다.

알렉세이 알렉세예비치는 손에서 떨리기 시작하는 잔을 재빨리 내려놓는다. 창백해진 얼굴은 냅킨보다 더 하얘진다.

6

알렉세이 알렉세예비치는 묻는다.

"그렇다면 당신이 바로 그 유명한 칼리오스트로란 말씀입니까? 온 세상이 당신이 행한 기적에 관해 얘기들을 하던데요."

피닉스 백작은 하얗게 센 털이 드문드문 섞인 덥수룩한 눈썹을 치켜올리고 와인을 잔에 가득 따른 뒤 삼킬 새도 없이 목구멍 안으로 털어 넣는다.

그는 만족스럽다는 듯이 커다란 입술을 쩝쩝거리며 말한다.

"그렇소, 내가 칼리오스트로입니다. 온 세상이 내가 행한 기적에 관해 얘기들을 하지요. 하지만 다들 무식해서 하는 소리들입니다. 기적이란 건 없습니다. 자연의 힘, 바로 불, 물, 흙, 공기와 같은 자연의 물질에 관한 지식만 있을 뿐이죠. 다시 말해 단단한 것과 흐르는 것과 부드러운 것과 날아다니는 것에 관한 지식입니다. 이런 것들은 서로 끌어당기고 밀어내고 이동하고 정지하는 자연력을 가지는데, 그런 자연 요소가 서른여섯 가지고, 마지막으로 전기 에너지, 자기 에너지, 빛 에너지, 감각 에너지 등과 같은 자연 에너지가 더해지죠. 이 모든 것들이 지식, 논리, 의지 이 세 가지 원칙에 따라 작용하고 그 원칙들이 귀결되는 곳이 바로 여기입니다."

그는 마지막 말을 하며 자기의 이마를 친다. 그러더니 냅킨을 내려놓고 조끼 호주머니에서 금으로 만든 이쑤시개를 꺼내 과감하게 이를 쑤시기 시작한다.

알렉세이 알렉세예비치는 토끼 같은 눈으로 그를 바라본다. 저녁 식사가 끝나고 손님들은 서재로 자리를 옮긴다. 서재에서는 저녁의 눅진함을 쫓는 장작이 난로에서 활활 타오른다. 식사 자리에서 오가던 대화를 한마디도 이해하지 못한 페도시야 이바노브나는 식당에 남아 분주하게 뒷정리를 한다.

칼리오스트로는 모로코가죽 안락의자에 앉아 코담배를 들이마시며 소화를 잘 시키는 것이 인간에게 얼마나 이로운지 얘기를 한다. 백작 부인은 불 가까이에 있는 자그마한 의자에 앉아 상념에 잠겨 불길을 바라보고 있다.

"뉘른베르크에서 세상을 떠난 박사 친구가 하나 있었는데, 천사백… 몇 년도였더라…"

여기까지 말한 칼리오스트로는 손가락으로 코담뱃갑을 두드리며 중얼거린다.

"이런 망할 놈의 건망증…"

그러더니 다시 말을 잇는다.

"내 친구 봄바스트 테오파라투스 파라셀시우스 박사가 늘 했던 말이 있죠. '씹고 씹고 또 씹어라. 현자의 첫 번째 계명이 있으니 그건 바로 씹는 것이다'라고요…"

알렉세이 알렉세예비치는 백작을 뚫어져라 쳐다본다. 하지만 그 순간, 마치 꿈에서 그러는 것처럼 생각조차 할 수 없는 것과 현실이 머릿속에서 서로 얽히고설키고 합쳐지면서 가벼운 현기증이 인다. 그러나 현기증은 이내 사라져버린다.

알렉세이 알렉세예비치가 말한다.

"백작님, 저 역시 소화가 잘되면 즐거운 생각을 하게 되지만, 소화가 잘되지 않으면 비탄에 잠겨 우울증까지 일으킨다는 얘기를 많이 들었습니다. 하지만 다른 이유도 있는데…"

칼리오스트로는 눈썹을 내리며 말한다.

"옳으신 말씀입니다."

"감히 저의 경우를 예로 들어보자면… 제 감정의 혼란은 바로 이 초상화에서 비롯한 것입니다…"

칼리오스트로는 고개를 돌려 초상화를 유심히 살펴보고는 눈썹을 꼼지락거리며 다시 눈을 감아버린다.

그러자 알렉세이 알렉세예비치는 프랑스에서 그려졌다는 초상화에 얽힌 사연과 (숙모에게 들어서 알게 된 이야기다) 구옥에서 초상화를 발견하게 된 경위를 얘기하고, 급기야는 자신을 우울증에 이르게 한 모든 감정과 채울 수 없는 욕망을 털어놓는다.

그는 얘기를 하면서 몇 차례 백작 부인을 힐끔거린다. 그녀는 그의 얘기를 귀 기울여 듣는다. 알렉세이 알렉세예비치는 결국 안락의자에서 일어나 초상화를 가리키며 언성을 높인다.

"오늘도 전 숙모님께 말씀드렸습니다. '피닉스 백작님만 뵐 수 있다면 제가 목숨을 바치는 한이 있더라도 제 소원을 들어 달라고, 이 초상화에 생명을 불어넣어 달라고 애원할 수 있을 텐데'라고요…"

이 말에 백작 부인의 맑고 푸른 두 눈동자에 공포가 드리워진다. 그녀는 재빨리 고개를 떨구고 시선을 다시 불길로 돌린다.

칼리오스트로는 보석 반지로 반짝이는 손으로 입을 가리고 하품을 하며 말한다.

"감각 관념의 물질화라는 게 말입니다, 우리가 하는 학문에 주어진 가장 어렵고도 위험한 과제 중 하나고… 물질화가 진행되는 동안 물질화되는 관념이 지닌 치명적인 결함이 자주 발견되기도 하고 그 관념이 살아가는 데 있어서 전혀 쓸모가 없다고 밝혀지는 경우도 빈번하죠… 그런데 오늘은 이만 저희가 잠자리에 들 수 있도록 배려해주시면 좋겠군요."

7

알렉세이 알렉세예비치는 뜬눈으로 밤을 지새운다. 동이 트자 가운을 아무렇게나 걸치고 냇가로 내려가 안개 자욱한 물속으로 뛰어든다. 얼핏 증기탕처럼 보이지만 물속은 차갑다. 한바탕 첨벙거리고 옷을 챙겨 입은 후 꼬불꼬불해진 머리로 따뜻한 우유에 꿀을 타 마시고 정원으로 나선다. 마음은 들떠 있고 머리에서는 열이 난다.

눅진하고 고요한 아침이다. 풀밭에서는 개똥지빠귀 떼가 불안하게 뛰어다닌다. 꾀꼬리가 물소리에 맞춰 피리를 부는 듯 지저 귄다. 반쯤 물을 뺀 분수가 있는 호수 위에서는 산비둘기가 푸르 스름한 안개 속에 파묻힌 높고 무성한 나무에 앉아 힘없이 흐느 낀다.

깨끗하게 씻긴 오솔길들은 물기를 머금고 있다. 그중 한 길에 서 알렉세이 알렉세예비치는 여자의 발자국을 발견한다. 발자국 이 난 방향을 따라가보니 빈터가 나온다. 빈터에서는 푸르스름 한 안개 사이로 둥그런 정자의 윤곽이 드러나 있고 정자를 중심 으로 커다란 양버들이 늘어서 있다. 그곳에서 그는 백작 부인과 마주친다. 그녀는 자그마한 다리 위에 서서 팔을 아래로 늘어뜨 리고 숲속에서 재잘대는 뻐꾸기 울음소리를 듣고 있다.

알렉세이 알렉세예비치는 가까이 다가갈수록 가슴이 두근거 린다. 젊은 여인의 얼굴에는 눈물이 흐르고 맨살이 드러난 어깨 는 흔들리고 있다. 그녀는 알렉세이 알렉세예비치의 바스락거리 는 발소리에 고개를 돌리더니 낮은 비명을 지른 후 양손으로 풍 성한 치마를 붙잡고 달아나기 시작한다. 하지만 호수에 이르자 멈춰 서서 뒤를 돌아본다. 그녀의 얼굴은 빨갛게 달아올랐고 겁 을 잔뜩 먹은 파란 눈동자에는 눈물이 고여 있다. 그녀는 재빨리 손수건으로 눈물을 훔치고 겸연쩍은 미소를 짓는다.

알렉세이 알렉세예비치가 외친다.

"놀라게 해드려 죄송합니다."

"아니에요, 아니에요."

그녀는 가슴 안쪽으로 손수건을 숨기고 한쪽 무릎을 굽혀 절 을 하며 말을 잇는다.

"아침도 너무 좋고 뻐꾸기 소리도 너무 듣기 좋아서 잠시 울적한 마음이 들었을 뿐이지 당신 때문이 아니에요."

그녀는 알렉세이 알렉세예비치와 나란히 호숫가를 걸으며 말한다.

"아름다운 자연을 보면서 울적한 기분에 잠겼던 적 없으세요? 어젯밤에 하신 말씀을 생각해봤어요. 젊은 분 혼자서 이렇게 부족함 없이 살고 계신데… 그럼에도 불구하고 왜, 도대체 왜 행복이란 없는 걸까요?"

그녀는 머뭇머뭇 말을 하며 알렉세이 알렉세예비치의 눈을 바라본다. 알렉세이 알렉세예비치는 생각이 나는 대로 여과 없이 비정한 삶과 불가능한 행복에 관해 얘기한다. 그러면서도 환하게 웃어 보인다. 그의 입가에는 미소가 가시지 않는다.

산책과 대화가 이어지는 와중에도 그의 눈에는 그녀의 파란 눈동자밖에 보이지 않는다. 두 사람은 아침이 선사한 매력에 흠뻑 빠져 있는 듯하다. 알렉세이 알렉세예비치의 귓가에는 젊은 여인의 목소리와 멀리서 지칠 줄 모르고 지저귀는 뻐꾸기 울음소리가 울려 퍼진다.

백작 부인은 프라하 근방의 한 마을에서 태어나 천애 고아로 자랐으며 이름은 오거스타지만 본명은 마리야고, 벌써 3년 동안 남편과 세계 곳곳을 다니며 평생 부족함이 없을 만큼 많은 것들을 눈에 담았다는 사연과 지금은 이 아침 안개 속에서 자신의 모든 과거가 주마등처럼 눈앞을 스쳐 갔다는 얘기를 하더니 갑자기 울음을 터트린다.

"전 철부지였을 때 결혼을 했고 그동안 제 마음은 성숙해졌어요.”

그녀는 이렇게 말하더니 다시 상냥한 미소를 짓고 알렉세이 알렉세예비치를 물끄러미 바라보며 말을 잇는다.

“전 당신을 잘 모르지만, 왠지 모르게 오래전부터 알던 사람처럼 믿음이 가네요. 제가 너무 수다스럽다고 속으로 욕하시는 건 아니시죠?”

알렉세이 알렉세예비치는 그녀의 손을 잡고 허리를 숙여 몇 번이고 손등에 입을 맞춘다. 마지막 입맞춤이 끝나자 그녀는 손바닥이 알렉세이의 입술을 향하도록 손을 뒤집더니 입술을 가볍게 쥔 후 슬며시 손을 뺀다.

마리야는 격앙되어 떨리는 목소리로 말한다.

“당신은 정말로 결혼할 여자를 찾지 못하신 건가요? 정말로 여자와 사랑에 빠지신 적도 없고 생명력 없는 꿈이 더 좋으신 건가요? 당신은 경험도 없고 순진하셔서… 당신의 꿈이 얼마나 끔찍한지 모르시는군요…”

그녀가 석조 벤치로 다가가 앉자 알렉세이 알렉세예비치도 나란히 앉는다.

그는 묻는다.

“어째서 끔찍하다는 겁니까? 세상에 없는 걸 꿈꾸는 게 죄는 아니지 않습니까?”

“무엇보다도 말예요… 이렇게 좋은 아침에 그러시면 안 돼요. 불가능한 걸 꿈꾸시면 안 돼요.”

안 된다는 말을 반복한 그녀의 눈에 다시 눈물이 고인다. 알렉세이 알렉세예비치는 그녀에게 바싹 붙어 앉아 손을 잡으며 말한다.

"당신의 불행이 느껴지네요…"

그녀는 말없이 냉큼 고개를 끄덕인다. 그녀는 어린 소녀처럼 흥분하고 설렌다. 알렉세이 알렉세예비치에게는 그녀가 그의 생각과 감정을 진심으로 공감하려고 애쓰는 게 느껴진다. 가슴이 뜨거워진다. 이 여자를 향한 애틋한 마음이 풀과 나뭇잎을 구붓하게 굽히는 바람처럼 온몸을 쓸고 지나간다.

"당신을 고통스럽게 만드는 사람이 누구입니까?"

그는 속삭이듯 묻는다.

그러자 마리야는 이 대화의 순간을 한시라도 잃게 될까 봐 두렵기라도 한 듯이 황급히 답한다.

"제가 두려워하고… 싫어하는 사람은… 제 남편이에요. 그 사람은 이 세상에서 둘도 없는 괴물이고… 절 학대하고 있어요… 당신은 상상도 못하실 거예요… 이 세상에 제 편은 단 한 사람도 없어요… 많은 이들이 제게 구애를 해왔지만… 진심으로 제가 괜찮냐고 물어본 사람은 아무도 없었어요… 우린 지금껏 만날 수도 없었고 이제 곧 헤어질 테지만 당신이 이렇게 물어봐준 이 순간을 전 영원히 기억하겠어요."

그녀의 입술이 떨리기 시작한다. 그녀는 수줍음을 극복하려고 갖은 애를 쓰고 있는 듯 보인다. 그리고 갑자기 얼굴을 붉히며 말을 잇는다.

"당신을 본 순간 제 마음이 말했어요, 당신을 믿으라고…"

"어떻게 그럴 수가… 이건 참을 수가 없군요… 그 작자를 죽여버리겠어요!"

알렉세이 알렉세예비치는 칼자루를 움켜쥐며 외친다. 그 순간 앉아 있던 두 사람의 등 뒤에서 누군가가 요란하게 재채기를 한다. 마리야는 새처럼 자그마한 소리로 비명을 지른다. 알렉세이 알렉세예비치는 자리에서 벌떡 일어나 보리수 나뭇가지 사이로 칼리오스트로를 발견한다. 칼리오스트로는 어제와 같은 녹색 모피를 입고 어깨와 등까지 내려오는 하얀 타조 털로 장식한 커다란 모자를 쓰고 있다. 코담뱃갑을 손에 쥐고 재채기를 한 번 더 하려는 기세로 험악한 인상을 쓰고 있다. 햇빛 아래서 본 그의 낯빛은 연한 보라색이다. 핏기를 잔뜩 머금은 거무스름한 빛이다.

알렉세이 알렉세예비치는 한 손으로 칼자루를 쥐고 이 기이한 남자를 응시한다. 그러자 칼리오스트로는 나오려던 재채기가 멎었는지 코담뱃갑을 내민다.

"좀 하시겠습니까?"

알렉세이 알렉세예비치는 아무 생각 없이 칼에서 손을 떼려다 이내 다시 칼자루를 움켜쥔다.

칼리오스트로가 말한다.

"싫으시다면 할 수 없죠. 부인, 부인을 찾느라 온 정원을 뒤졌소. 내 짐은 다 쌌는데, 당신 물건은 건드리지 않았다오."

그러더니 알렉세이 알렉세예비치에게 말한다.

"마차 수리가 다 되면 떠날 참입니다."

칼리오스트로는 팔꿈치를 둥글게 말아 마리야에게 내민다. 마리야는 고개를 숙인 채 고분고분하게 남편의 팔짱을 낀다. 그리고 두 사람은 수풀 사이로 난 오솔길을 따라 저택 쪽으로 멀어져 간다.

알렉세이 알렉세예비치는 두 손으로 얼굴을 감싸고 벤치에 주
저앉는다.

8

그는 그렇게 한참을 우두커니 앉아 있다. 새들이 지저귀는 소
리도 정원사가 틀어 놓은 분수가 내뿜는 물소리도 그의 귀에는
들어오지 않는다. 그의 시선은 발밑에 있는 모랫바닥에 가닿는
다. 벌레들이 기어 다니고 있다. 납작하게 생긴 빨간 벌레의 등
마다 흉물스러운 낯짝을 연상케 하는 무늬가 그려져 있다. 그 흉
한 무늬를 서로 맞대고 기어 다니는 놈들도 있고 딱히 그렇다 할
이유도 없이 잘 다져진 오솔길 틈새를 드나드는 놈들도 있다.

알렉세이 알렉세예비치는 오늘 아침이 선사한 매력에 빠져버
리는 바람에 인생이 망가져버렸다는 생각이 든다. 그는 이제 이
상적인 사랑에 대한 아늑하고도 속절없는 꿈을 더 이상 꿀 수 없
게 되었다. 마리야의 파란 눈동자가, 그 두 줄기의 파란빛이 그의
마음에 스며들어 그를 일깨웠기 때문이다. 하지만 마리야는 곧
떠나고 두 사람은 두 번 다시 만날 수 없는 마당에 그게 무슨 의
미가 있을까? 그리고 그의 꿈과 현실이 무너져버린 이 마당에 삶
에서 어떤 매력을 더 기대해야 할까?

칼리오스트로가 그에게 코담뱃갑을 내밀고 빈정대듯 비웃는
모습이 불현듯 떠오르자 알렉세이 알렉세예비치는 분노에 휩싸
인다. 그는 벌떡 일어선다. 무엇을 할지 아직 알 수 없지만 무언
가 결정적인 일을 해야겠다는 생각으로 모자를 눈까지 푹 눌러

쓰고 집을 향해 걸음을 내딛기 시작한다.

현관에서는 페도시야 이바노브나가 그를 맞이한다. 그녀는 흥분하여 외친다.

"알렉시스, 방금 대장장이가 왔었는데, 그 사기꾼 같은 놈이 하는 말이, 백작이 타고 온 마차를 수리하려면 족히 이틀은 더 걸린다더구나."

9

알렉세이 알렉세예비치는 손님들이 떠나지 않았다는 소식에 머릿속이 온통 뒤죽박죽이고 분노가 치밀어 손이 떨린다. 그는 숙모와 함께 집 안으로 들어와 소파에 잠시 걸터앉는다. 그가 무슨 생각을 하고 있는지 모르는 페도시야 이바노브나는 옆 마을로 사람을 보내 다른 대장장이를 불러와야 하지 않겠냐고 묻는다.

알렉세이 알렉세예비치는 버럭 소리를 지른다.

"대장장이는 무슨 놈의 대장장이예요? 꿈도 꾸지 마세요…"

그러더니 갑자기 씩 웃으며 말한다.

"숙모님, 그러지 마시고 손님들 그냥 이틀 더 머무르게 하시고… 근데 숙모님은 그자가 누군지 모르고 계신 거죠?"

"피닌 어쩌고 하던데."

"거참, 피닌이 아니라 피닉스 백작이요. 바로 그 칼리오스트로라고요!"

페도시야 이바노브나는 눈이 휘둥그레지더니 오동통한 두 손을 번쩍 쳐든다. 하지만 페도시야 이바노브나는 전형적인 독실한 러시아 여자이기 때문에 한집에 있는 사람이 유명한 마법사라는 사실이 가장 큰 충격이다. 그녀는 갑자기 침을 뱉더니 혐오스럽다는 듯 말한다.

"하느님 맙소사, 회교도랑 이교도라니! 성수 어딨니? 지금 당장 그릇을 전부 씻어야겠구나. 방도 모두 새로 정화해야 하고… 이게 웬 날벼락이니? 가만… 그럼 그 여자도 마법사란 말이니?"

"맞아요, 숙모님. 백작 부인도 마법사예요!"

"그러면 그 망할 것들한테는 음식을 따로 내줘야 하려나… 아, 알렉스… 우리가 먹는 걸 안 먹을지도 모르는데, 너도 몰랐을 테고… 아침 식사로 뭘 먹을 건지 가서 좀 물어보던가…"

알렉세이 알렉세예비치는 웃음을 터뜨리며 서재로 간다. 서재에 간 그는 파이프 담배에 불을 붙이고 서재 안을 이리저리 서성대기 시작한다. 그러더니 갑자기 파이프 끝을 꽉 물어버린다. 호박 물부리가 우지끈하고 부서지는 소리가 난다.

'백작에게 결투를 신청해서 그를 죽이고 마리야와 함께 외국으로 도망치는 거야.'

그는 이런 생각을 하더니 파이프를 창턱에 내던져버린다. 그리고 다시 생각한다.

'그렇지만 무슨 구실로 결투를 신청하지? 하… 그게 뭐가 중요해?'

알렉세이 알렉세예비치는 칼집에 있던 장검을 뽑아 칼날을 찬찬히 살펴본다. '근데 손님과 결투를 해도 될까?' 그 순간 서재 안쪽 검붉은 커튼이 쳐진 아치가 있는 곳에서 마룻널이 삐걱거린다. 알렉세이 알렉세예비치는 재빨리 고개를 쳐들었지만 삐걱거리는 소리 따위는 금세 잊고 만다. 머릿속에서는 이런저런 생각들이 소용돌이치며 맴돈다. '아니지, 그들이 떠날 때까지 기다렸다가 냇물을 건너면 따라잡아서 거기서 싸움을 거는 거야.' 그는 창가에 멈춰서서 두근거리는 심장 소리를 들으며 아까까지 마리야와 함께 거닐던, 정자에서 호수를 따라 벤치에 이르는 길 전체를 눈으로 훑는다. 그리고 속삭인다.

"오, 내 사랑!"

아침 식사 시간이다. 알렉세이 알렉세예비치는 식당에서 손님들이 나타나길 기다린다. 발걸음 소리가 들리자 알렉세이 알렉세예비치는 눈앞이 캄캄해진다. 마리야는 속눈썹을 내리깔고 들어와 숙모를 향해 한쪽 무릎을 깊이 굽혀 절을 하고 식탁에 앉는다. 그녀의 얼굴은 창백하다. 분까지 살짝 발라 마음속의 모든 불꽃이 완전히 꺼져버린 듯하다. 칼리오스트로는 냅킨을 펼치며 말없이 알렉세이 알렉세예비치를 곁눈질로 흘끔거린다. 그리고 식사 시간 내내 큰 소리로 음식을 씹으며 뚱하고 언짢은 모습으로 앉아 있다. 페도시야 이바노브나는 무언가를 속닥거리며 핌카에게 지시만 할 뿐 정작 본인은 음식에 손도 대지 않는다.

알렉세이 알렉세예비치는 공연히 마리야에게 뜨거운 눈빛을 보내며 그녀의 얼굴에 홍조를 띠게 하거나 하다못해 일말의 표정 변화라도 일으키려 애쓰고 있지만, 마리야는 밀랍 인형처럼 앉아 있었고 그의 시선은 매번 세심하면서도 단호하게 화답하는 칼리오스트로의 눈길과 마주칠 뿐이다. 그러자 어디로 튈지 모르는 성격의 소유자인 알렉세이 알렉세예비치는 자포자기에 빠지고 만다.

아침 식사가 끝났다. 마리야는 여전히 시선을 떨구고 별채로 향한다. 칼리오스트로는 알렉세이 알렉세예비치가 먼저 나가도록 길을 내주더니 서재에서 파이프 담배를 피우고 싶다는 의향을 내비친다.

칼리오스트로는 전날 앉았던 안락의자에 퍼질러 앉는다. 그는 얼마간 뻐끔뻐끔 파이프를 빨며 덥수룩한 눈썹 아래로 창가에서 불안해하는 알렉세이 알렉세예비치를 흘끔거리더니 이내 우렁찬 명령조로 말한다.

"제가 고민을 해봤는데, 오늘 밤 당신의 소원을 들어드리기로 마음을 먹었습니다. 툴루포바 부인의 초상화를 완벽하고도 완전하게 물질화해드리죠."

알렉세이 알렉세예비치는 놀란 눈으로 칼리오스트로를 바라보며 바싹 마른 입술에 침을 축인다. 칼리오스트로는 자리에서 일어나 호주머니에서 은테가 둘린 돋보기를 꺼내 혀를 차기도 하고 씩씩거리기도 하면서 초상화를 살펴보기 시작한다.

그로부터 한 시간 뒤 준비가 시작된다. 마르가돈은 못에 걸려 있던 초상화를 떼어 걸레로 먼지를 꼼꼼하게 닦아낸 뒤 벽에 기대 세운다. 그러더니 초상화 앞쪽으로 카펫을 펼쳐 놓는다. 방안에 있던 불필요한 물건을 모두 치워 밖에다 내놓고 커튼을 내려 창문을 가린다. 알렉세이 알렉세예비치에게는 옷을 벗고 침대에 누워 해가 질 때까지 아무것도 먹지도 마시지도 말고 가만히 있으라는 지시가 내려진다.

알렉세이 알렉세예비치는 자신에게 요구되는 모든 지시를 따

른다. 어둑어둑한 침실에 누워 있자니 납으로 만든 테가 머리에
감겨 있는 것만 같은 기분이다. 5시가 되자 칼리오스트로는 장군
풀과 감탕나무 열매를 우린 갈색 액체를 잔에 담아 가져온다. 알
렉세이 알렉세예비치는 불쾌감을 무릅쓰고 액체가 담긴 잔을 비
운다. 그는 7시가 되자 위가 가벼워졌음을 느낀다. 8시가 되자
원피스처럼 위아래가 통으로 된 펑퍼짐하고 가벼운 옷을 입고
그는 칼리오스트로와 함께 서재로 들어간다. 서재에서는 초상화
앞에 칸델라브룸*이 놓여 있고 칸델라브룸에 꽂힌 양초에서 타
오르는 불빛이 초상화를 환하게 밝히고 있다.

10

"호흡은 너무 강해서도 너무 약해서도 안 됩니다. 자성체는 충
격에 약하기 때문에 숨을 쉴 때 하품을 하거나 훌쩍이거나 기침
을 하거나 헐떡이거나 재채기를 해서도 안 됩니다."

칼리오스트로는 이렇게 말하며 초상화 앞에 있던 낮고 튼튼한
안락의자에 알렉세이 알렉세예비치를 앉힌다. 올림머리 모양 가
발 아래 눈썹을 실룩이는 칼리오스트로의 벌건 얼굴로 땀이 방
울방울 흐른다. 칼리오스트로는 쉴 새 없이 얘기를 하며 몸짓으
로 무언가를 지시하는 신호를 마르가돈에게 보낸다.

마르가돈은 작은 함에서 건초 다발을 꺼내 구리 그릇에 담은
뒤 알렉세이 알렉세예비치 앞에 놓인 낮은 탁자에 올려놓는다.

---

* 여러 자루의 초를 꽂을 수 있는 화려한 형태의 촛대. '샹들리에'의 어원이다.

그러더니 함에서 지판指板이 기다란 만돌린 모양의 악기를 꺼내 서재 한구석으로 가져다 놓고 커다랗고 얇은, 그리고 매우 튼튼 해 보이는 망을 가져와 양손으로 길게 늘여 펴고는 문 근처 바닥 에 자리를 잡고 앉는다.

그 와중에 칼리오스트로는 날카롭게 다듬어진 분필로 알렉세 이 알렉세예비치가 앉아 있는 안락의자를 중심으로 커다란 원을 그린다.

칼리오스트로가 말한다.

"거듭 말하지만, 온 정신을 상상에 쏟아붓고 저 사람을 떠올려 야 합니다."

그는 이렇게 말하며 분필로 초상화를 가리키며 말을 잇는다.

"아무것도 가리지 않은 상태, 그러니까 아무것도 입고 있지 않 은 상태를요… 상상의 힘이 얼마나 강력한가에 따라 저 사람의 생김새 하나하나가 결정되니까요…. 1519년이었던 걸로 기억합 니다만, 프랑스의 드 기즈 공작이 제게 위장병으로 죽은 드 세 비냐 부인을 물질화해 달라고 부탁한 적이 있었는데… 제가 미 처 경고를 하지 못했기도 했고 드 기즈 공작도 성미가 너무 급해 서 드 세비냐 부인이 지푸라기를 가득 채운 포대 자루 같은 드레 스를 입고 나타난 적이 있었죠. 전 8천 리브르*나 되는 돈을 잃을 수밖에 없었고 노발대발하던 그 허수아비를 다시 초상화에 가둬 놓느라 진땀 꽤나 뺐습니다. 그러니까 우선은 당신이 물질화하 고 싶은 사람의 생김새 하나하나를 최대한 세세하게 상상한 뒤

* 프랑스의 옛 화폐 단위.

에 옷을 입고 있는 모습을 떠올리세요. 단, 지나친 흥분은 금물입니다. 1251년에는 프랑스의 대머리왕 루이의 미망인께서 부탁하셔서 부군의 망령을 불러낸 적이 있는데, 망령이 몸 앞쪽에만 옷을 입고 뒤쪽은 벌거벗은 모습으로 나타나는 바람에 모두가 경악을 금치 못했던 그런 상황이 다시 발생할 수도 있으니까요."

칼리오스트로는 몸을 곧추세우고 분필로 더럽혀진 손가락을 핥더니 하인을 부른다.

"마르가돈, 가서 백작 부인을 모셔 오너라."

그러고는 두 발짝 뒤로 물러나 눈대중으로 원의 크기를 재더니 다시 허리를 숙인다. 원이 그려진 선을 따라 분필로 십이궁도十二宮圖, 열두 개의 카발라* 표식, 열쇠와 문, 네 개의 자연 요소, 세 개의 시작점, 일곱 개의 구체를 표시한다. 모든 걸 다 그린 칼리오스트로는 원 안으로 들어간다.

그는 위풍당당하게 말한다.

"당신은 제 기술의 완벽한 표본을 얻게 될 겁니다. 말하는 능력, 소화 능력, 신체 기관의 모든 기능, 감각 등이 여자의 몸에서 태어난 인간과 똑같은 존재가 나올 겁니다."

칼리오스트로는 안락의자에 시체처럼 누워 있는 알렉세이 알렉세예비치의 몸 위로 허리를 숙여 맥을 짚어보고 눈을 감으라고 하더니, 이마에 자신의 기름지고 뜨거운 손을 얹어 놓는다. 그 순간 가벼운 발걸음 소리와 옷자락이 바스락거리는 소리가 들린다. 알렉세이 알렉세예비치는 마리야가 왔음을 눈치챈다. 그리

---

* 카발라(kabbalah)는 중세 유대교의 신비주의적 교파를 말한다.

고 자신의 눈을 손가락으로 고통스럽게 누르고 있는 사람의 지독한 의지에서 벗어나기 위해 마지막 힘을 끌어모으며 신음한다.

"움직이지 말고 집중해서 제 지시에 따르세요. 시작하겠습니다."

칼리오스트로는 명령조로 말하고는 탁자 위에 있던 강철로 만든 기다란 단검을 집어 들고 원 안으로 들어가 거룩한 네 글자*를 그려 넣는다. 그는 원 안에 갇혀 넓은 모피 소매에 감췄던 두 손을 번쩍 들어 올린다. 주름이 깊게 파이고 코가 길게 늘어진 그의 얼굴은 돌처럼 굳어진다.

알렉세이 알렉세예비치의 등 뒤로는 현악기의 부드러운 선율이 울려 퍼진다.

칼리오스트로는 느릿느릿하게 목소리를 점점 높여 노래하듯 주문을 왼다.

"이 안에 갇혀 모든 표식의 굳건한 보호를 받아 강력해진 내가 명하겠나이다. 오, 바람의 정령 실프^{Sylph}시여, '에샤'로 발음되는 익명으로 청하노니, 당신의 일을 행하여 주시옵고…"

알렉세이 알렉세예비치는 촛불에 비친 프라스코비야 파블로브나의 거만한 표정을 바라본다. 기다란 목을 뽐내며 당당하게 옆으로 돌린 얼굴이다. 그 얼굴을 보고 있으니 과거에 꿈꾸던 것들이 간직한 모든 애수와 잠 못 이루던 밤들이 선사한 모든 고통

---

*　테트라그라마톤(Tetragrammaton) 또는 신명사문자(神名四文字)라고도 하며, 히브리어로 하느님의 이름인 야훼를 쓸 때 사용된 네 글자다. 로마자로 'YHWH', 'YHVH' 등으로 적는다.

이 순간적으로 떠오른다. 그리고 방금 전까지만 해도 그토록 갈망하던 그녀의 얼굴이 끔찍하고 고통스러워 보인다. 마치 병을 앓고 있기라도 한 듯 노랗게 질려 있는 것 같다. 하지만 그는 어떻게든 칼리오스트로의 지시를 따라야 할 것만 같은 기분에 사로잡혀, 시선을 아래로 옮겨 맨살이 드러난 프라스코비야 파블로브나의 어깨를 바라본다. 그리고 자제력을 발휘하여 칼리오스트로가 말한 대로 그녀의 모습을 상상해본다. 얼굴로는 피가 쏠리고 마음속으로는 수치심과 날카로운 통증이 파고든다.

칼리오스트로가 '에샤'라고 말하는 순간 촛불이 흔들리며 매캐한 공기가 서재를 쓸고 지나간다. 알렉세이 알렉세예비치는 안락의자 손잡이를 붙잡는다. 칼리오스트로는 소리를 높여 계속해서 주문을 왼다.

"땅의 정령 노움^{Gnome}이시여, '엘'로 발음되는 익명으로 청하노니, 당신의 일을 행하여 주시옵소서."

칼리오스트로는 단검을 올렸다 내린다. 그러자 땅속의 충격이 전달되기라도 한 듯 집 전체가 흔들리면서 크리스털 샹들리에가 짤랑이고 온 집 안의 문이 쿵쾅인다. 책장 문이 활짝 열리더니 책들이 바닥으로 떨어진다. 칼리오스트로는 주문을 멈추지 않는다.

"물의 정령 님프^{Nymph}시여, '라'로 발음되는 익명으로 청하노니, 여기 오시어 당신의 일을 행하여 주시옵고…"

이 말이 떨어지자 알렉세이 알렉세예비치의 귓가에는 바닷가 모래사장에 파도가 부딪치는 듯한 소리가 멀리서 들려온다. 프라스코비야 파블로브나에게서 눈을 떼지 않고 있던 알렉세이 알렉세예비치는 겁에 질린 채 그녀의 얼굴이 분간하기 힘들 정도로 온통 일그러지기 시작하고 있음을 포착한다.

어느새 우레와 같은 목소리가 되어버린 칼리오스트로가 말한다.

"강령하시고 전능하오신 불의 정령 샐러맨더^{Salamander}시여, '이오드'로 발음되는 익명으로 청하옵나이다. 불의 정령 샐러맨더시여, 당신께 청하옵고 애원하나니, 솔로몬의 표식에 따라 당신의 일을 행하여 주시옵고…"

그는 이 말과 함께 양손을 들며 발끝으로 서서 힘을 잔뜩 주고 온몸을 쭉 편다. 그리고 계속 주문을 이어 간다.

"형태를 유지하옵시고 조롱하지 마옵시며 제 청을 들어주시어 자연의 법칙에 따라 당신의 일을 행하여 주시옵소서…"

이 말에 조각 장식 액자의 틀을 따라 소리 없이 춤추는 불꽃이 초상화 전체를 에워싼다. 불꽃은 너무나도 밝게 타올라 촛불마저 새빨갛게 물들인다. 프라스코비야 파블로브나는 순식간에 온몸으로 휘황한 빛을 내뿜는다. 구리 그릇에 담긴 건초에 불이 붙는다. 알렉세이 알렉세예비치의 등 뒤에서는 러시아어가 아닌 말로 조용히 노래를 부르는 마리야의 떨리는 목소리가 들려온다.

하지만 마리야의 노래가 채 끝나기도 전에 알렉세이 알렉세예비치가 거칠게 소리를 지른다. 프라스코비야 파블로브나의 머리가 캔버스에서 벗어나는가 싶더니 끝내 분리되고, 그녀의 다물어졌던 입술이 벌어진다.

"손 좀 내밀어주세요."

프라스코비야 파블로브나가 가늘고 서늘하고 표독스러운 목소리로 말한다. 정적이 몰려든 가운데 만돌린이 바닥에 부딪치는 소리와 마리야가 급작스레 한숨짓는 소리와 칼리오스트로가 씩씩거리는 소리가 들린다.

"손 좀 내밀어주세요, 여길 좀 벗어나게."

머리만 살아난 프라스코비야 파블로브나가 다시 말한다.

"어서 손을 잡아주세요."

칼리오스트로가 외친다.

알렉세이 알렉세예비치는 꿈이라도 꾸는 듯 초상화로 다가선다. 초상화에서는 팔꿈치까지 맨살을 드러낸 프라스코비야 파블로브나의 작은 팔이 불쑥 튀어나와 차갑고 메마른 손가락으로 알렉세이 알렉세예비치의 손을 움켜쥔다. 알렉세이 알렉세예비치가 재빨리 뒷걸음질하자 프라스코비야 파블로브나는 알렉세이 알렉세예비치의 손에 이끌려 캔버스에서 분리되어 카펫 위로 뛰어내린다.

중키에 마른 여자다. 매우 아름답고 새침하다. 몸동작은 박쥐가 나는 듯 다소 불규칙적이고 불안정하다. 그녀는 거울 앞으로 달려가 몸을 이리저리 돌리고 머리를 매만지며 말한다.

"아, 놀랐네… 내가 잠을 잔 건가? 안색이 왜 이 모양이지? 옷도 죄다 구겨지고… 이 꼴이 뭐람… 가슴도 너무 조이고… 아, 기억이 안 나네… 모르겠어…"

그녀는 손가락을 눈에 가져다 대며 말을 잇는다.

"모르겠어, 하나도 모르겠어…"

그러고는 손가락 끝으로 풍성한 치맛자락을 들고 돌아서더니 몇 발자국을 내디딘다. 그녀의 검고 희미한 눈동자는 알렉세이 알렉세예비치에게 멈춘다. 그녀는 작고 예리한 이와 창백한 잇몸을 드러내며 천천히 미소를 짓더니 알렉세이 알렉세예비치의 팔짱을 낀다.

"날 그렇게 이상하게 쳐다보시니 무서워지는군요."

그녀는 이렇게 말하더니 새침한 웃음소리를 내고 알렉세이 알렉세예비치를 발코니 문 쪽으로 끌고 가며 말한다.

"우리 얘기 좀 해요."

11

두 사람이 밖으로 나가자 칼리오스트로는 양손으로 모피 안쪽의 허리를 짚으며 큰 소리로 웃기 시작한다.

"대단한 시체가 납셨군."

칼리오스트로가 온몸을 떨며 말한다. 그러더니 구두 뒤축으로 지탱해 몸을 돌려 웃음기를 싹 거두고 마리야를 바라보며 말한다.

"우는 거요?"

마리야는 재빨리 눈물을 닦고 등받이 없는 회전의자에서 몸을 일으켜 고개를 떨군 채 남편 앞에 선다.

"부인은 이번에도 광물계와 생물계를 지배하는 나의 힘이 얼마나 대단한지 수긍하지 않더군. 그렇지 않소?"

마리야는 고개도 들지 않고 완강한 증오로 가득 찬 시선을 남편에게 보낸다. 그녀의 얼굴은 전부터 경험했던 두려움과 혐오감으로 일그러진다.

"부인의 아름다운 청년은 위로를 얻기 위해 부인이 아니라 추잡한 시체를 택했소만…"

마리야는 차분하면서도 단호하게 대꾸한다.

"당신은 최후의 심판에서 이 마법에 응당한 책임을 지게 될 거예요."

그러자 칼리오스트로는 얼굴이 시뻘게지면서 모피 안에 있던 두 손을 빼내며 눈을 질끈 감는다. 하지만 마리야는 꿈쩍도 하지 않고 남편 앞에 서 있다. 칼리오스트로는 이윽고 극도로 간사스러운 목소리로 말한다.

"3년이오, 부인. 내가 그 어떤 기술에도 매달리지 않고 부인의 사랑을 참을성 있게 기다린 게 3년이란 말이오. 하지만 부인은 매번 호시탐탐 먼 산만 바라보고 있으니, 내 참을성에 한계가 오면 좋지 않을 것이오."

"당신이 뭘 하든 당신에겐 나의 사랑을 지배할 힘이 없어요. 당신을 사랑하라고 강요하지 마세요."

마리야가 재빨리 되받아친다.

"싫소, 강요해야겠소!"

이 말에 마리야는 갑자기 웃음을 터뜨린다. 그 즉시 칼리오스트로의 눈에도 핏발이 선다.

"부인을 작은 병에 가둬 주머니에 넣고 다닐 거요."

마리야는 같은 말을 되풀이한다.

"당신이 뭘 하든 당신에겐 사랑을 지배할 힘이 없어요. 내가 살아 있는 한 다른 사람은 사랑해도 당신만은 절대 사랑하지 않을 거예요."

"이번만은 아무 말도 못 하게 될 거요."

칼리오스트로는 탁자에 있던 단검을 덥석 쥐며 중얼거린다. 하지만 그때까지 칼리오스트로의 등 뒤에 가만히 서 있던 마르가돈이 한달음에 달려가 남다른 민첩함으로 칼리오스트로의 손을 붙잡는다. 칼리오스트로는 거칠게 포효하더니 왼손으로 마르가돈의 얼굴을 강타한다. 마르가돈은 실눈을 짓는다. 칼리오스트로는 단검을 내팽개치고 떠들썩하게 공기를 가르며 서재 밖으로 나가버린다.

12

알렉세이 알렉세예비치는 여인의 모습을 한, 그가 프라스코비야 파블로브나라고 부르던 존재와 함께 오솔길을 따라 빈터를 지나 연못으로 향한다. 밤공기가 눅진하다. 정원 위로 달이 솟아 있다. 드넓은 빈터는 온통 희뿌연 달빛으로 물들어 있다. 울창하고 푸르른 풀밭에 거미가 쳐 놓은 거미줄은 어디선가 달빛을 반사하고 있다. 꽃 위로 빼곡히 내려앉은 이슬은 흰색 반점처럼 빛을 발하며 꽃의 존재감을 드러낸다. 저 멀리 연못 위로 은빛 연기가 솟아오른다.

알렉세이 알렉세예비치는 입을 꾹 다물고 땅만 보며 묵묵히 걷는다. 하지만 프라스코비야 파블로브나는 뭉실뭉실한 수풀 위로 환하게 빛나는 둥그런 달을 보며 쉴 새 없이 말을 쏟아낸다.

"어머나, 저 달 좀 보세요, 알렉시스. 저 마법 같은 아름다움에 어쩜 이렇게 무심할 수 있죠?"

그녀의 차가운 목소리는 산산이 부서진 유리 조각 같은 말이 되어 쏟아지고, 그녀의 실크 드레스는 시종일관 견디기 힘든 소리를 일으키며 바스락거린다. 유리가 깨지는 듯한 말소리와 실크가 바스락거리는 소리에 알렉세이 알렉세예비치는 이를 악문다. 무거운 얼음장이 그의 가슴을 짓누른다. 그는 한 시간 전까지만 해도 상상 속에만 있던 존재와 손을 맞잡고 함께 걷고 있는 현실이 감격스럽지 않다. 그의 눈에는 허리가 잘록한 풍성한 드레스 차림에 커다란 그림자가 드리워진, 움푹 꺼진 눈자위를 드러낸 채 거드름을 피우며 재잘대고 있는 이 존재가 이전까지 상상으로 그려 왔던 것과 마찬가지로 비현실적인 존재로 보인다. 알렉세이 알렉세예비치는 공연히 같은 말을 고집스레 되뇐다.

'즐겨야 한다. 마음껏 즐기고 느껴보자.'

하지만 그는 마음속에 이는 혐오감을 극복할 수 없다.

그날 아침 마리야와 얘기를 나눴던 연못가 벤치에 다다른 알렉세이 알렉세예비치는 프라스코비야 파블로브나에게 앉을 것을 권한다. 그녀는 드레스를 골고루 펴서 풍성하게 만들더니 곧바로 벤치에 앉는다.

그녀는 둥근 달을 향해 함박웃음을 지으며 속삭인다.

"알렉시스, 당신은 숙녀와 함께 앉아 있으면서도 목석같이 구는군요. 여자들이 무례한 행동을 얼마나 좋아하는지 배우셔야겠어요."

알렉세이 알렉세예비치는 웅얼웅얼하며 대꾸한다.

"제가 당신을 얼마나 꿈꿔 왔는지 아신다면, 그런 식으로 절

나무라지는 못하실 겁니다."

"나무란다…?"

그녀는 유리 파편이 사방으로 튀는 듯한 소리로 크게 웃어 댄다.

"맞아요, 나무라는 거예요! 계속 손만 잡고 계시잖아요. 그것도 약하게 말이에요. 절 안아주지도 않으시고…"

알렉세이 알렉세예비치는 고개를 들어 프라스코비야 파블로브나를 유심히 본다. 그는 가슴이 덜컥 내려앉는다. 오른손으로는 그녀의 어깨를 감싸 안고 왼손으로는 그녀의 손을 잡아본다. 깊이 파인 드레스 사이로 쇄골이 살짝 솟아 있는 가슴이 보인다. 고르고 편안한 그녀의 호흡이 느껴진다. 그는 그녀의 아름다움을 포착해내려고 그녀의 얼굴에 자신의 얼굴을 바싹 들이댄다.

"오, 나의 꿈."

알렉세이 알렉세예비치가 애절하게 말하자 프라스코비야 파블로브나는 미소를 지으며 얼굴을 살짝 돌리더니 고개를 가로저으며 반짝이는 광선을 내뿜는 듯한 투명한 눈동자로 알렉세이 알렉세예비치의 눈을 들여다본다. 알렉세이 알렉세예비치는 말을 잇는다.

"프라스코비야, 당신과 함께 있다는 게 꿈만 같습니다. 냇가에서 물을 마시려고 허리를 숙이니 물이 사라져버리고 마는 꿈만 같습니다."

"더 꼭 안아주세요."

그녀가 말한다. 그러자 그는 있는 힘껏 그녀를 끌어안고 그녀의 싸늘한 입술에 입을 맞춘다. 두 사람은 키스를 나눈다. 그것은 예상치 못한 성급한 욕망에 휩싸인 키스였기에 알렉세이 알렉세예비치는 이내 뒤로 물러앉는다. 혐오감과 오싹함과 두려움이 그의 목을 조여 온다.

얼마간 침묵이 흐른 뒤 프라스코비야 파블로브나가 만족한 듯 기지개를 켜며 말한다.

"몸이 축축해졌어요. 뭔가 허전하네요."

이 말에 알렉세이 알렉세예비치는 재빨리 자리에서 일어나 발걸음을 집으로 옮기기 시작한다. 뒤에서는 드레스가 바스락거리는 소리가 들려오고 그는 발걸음에 속도를 붙여 달리기 시작한다. 하지만 프라스코비야 파블로브나는 곧바로 그를 따라잡아 그의 팔에 매달린다.

"알렉시스, 당신은 너무 까탈스럽군요."

그는 걸음을 멈추고 고함을 친다.

"잘 들어보십시오. 이쯤에서 그만두는 게 낫지 않겠습니까?"

그녀는 몸을 틀어 그의 얼굴을 바라보며 말한다.

"아니요, 전혀 그렇지 않아요. 전 당신과 같이 있는 게 좋아요."

"하지만 전 당신이 혐오스럽습니다. 이해해주십시오!"

그는 그녀의 팔을 뿌리치려 애쓰며 달리기 시작한다. 하지만 그녀는 끝까지 팔을 놓지 않고 오솔길을 따라 잽싸게 그를 따라 뛰어간다.

"전 그 말 절대로 믿지 않아요. 당신 입으로 직접 제가 당신의 꿈이라고 했잖아요."

"아무튼 이제 좀 그만 매달리세요!"

"싫어요, 죽을 때까지 매달릴 거예요."

두 사람은 손을 잡고 서재 안으로 뛰어 들어온다. 알렉세이 알렉세예비치는 안락의자에 털썩 주저앉는다. 프라스코비야 파블로브나는 부채질을 하며 그의 앞에 서서 즐겁다는 듯 그를 바라본다.

"당신 성격을 죽이려면 제가 아주아주 많은 노력을 해야 할 것 같군요. 당신은 너무 자기중심적이에요."

그녀는 부채를 접고 알렉세이 알렉세예비치에게 바싹 붙어 안락의자 팔걸이에 걸터앉는다.

"있잖아요, 전 아직도 뭔가 허전해서 미칠 것만 같아요. 뭘 먹거나 마시고 싶은 게 아니에요. 온몸을 타고 물이 흐르는 것 같달까…"

알렉세이 알렉세예비치는 황급히 안락의자에서 일어나 문가로 다가가 벨과 연결된, 구슬로 장식된 커다란 솔을 잡아당긴다.

"먹을 거든 마실 거든 당신이 원하는 모든 걸 가져다줄 겁니다. 이제 진정 좀 하세요."

저 멀리 집 안 어딘가에서 종이 울리더니 페도시야 이바노브나의 부드러운 발소리가 들려온다.

13

알렉세이 알렉세예비치는 반쯤 열린 문 사이를 몸으로 막아서며 서재로 먹을 것을 내오라고 지시해줄 것을 숙모에게 부탁한다. 페도시야 이바노브나는 이상하다는 듯 알렉세이 알렉세예비치를 유심히 쳐다보더니 아무 말 없이 그를 문가에서 제치고 안으로 들어간다. 서재 안에 들어선 그녀의 눈에 가장 먼저 들어온 것은 바짝 마른 여자다. 페도시야 이바노브나가 나중에 한 말에 따르면 여자는 거무튀튀했으며 여자라기보다는 차라리 죽은 나방에 가까웠다. 그런 여자가 부채를 휘두르며 서서 날카로운 눈초리를 보내고 있다.

숙모는 여자를 보자마자 입이 쩍 벌어지며 몸이 굳는다.

그 거무튀튀한 여자는 새된 목소리로 숙모에게 말한다.

"페도시, 날 모르겠니?"

숙모는 몸이 더 굳어져 다리에 간신히 힘을 주고 버티고 서서 텅 빈 초상화 액자를 바라본다. 프라스코비야 파블로브나가 한 발짝 다가서자 숙모는 성호를 그을 태세로 손을 올린다.

알렉세이 알렉세예비치가 짜증 섞인 목소리로 말한다.

"거참, 뭐가 무섭다고 그러세요, 숙모님? 복잡할 거 하나도 없어요. 이 숙녀분은 피닉스 백작이 마법으로 만들어낸 분이세요. 그냥 가서 음식이나 내오라고 해주세요."

알렉세이 알렉세예비치는 속이 쓰린 듯 얼굴을 찡그리며 정원으로 난 문가로 가 문설주에 몸을 기대고 달빛 가득한 빈터를 바라본다. 잠시 후 그는 숙모가 기도문을 중얼거린 뒤 급히 자리를 뜨며 잰걸음으로 서재 밖으로 뛰어가는 소리를 듣는다. 뒤이어 프라스코비야 파블로브나가 숙모의 등 뒤에다 대고 표독스럽게 웃는 소리가 들린다. 집 안에서는 겁에 질려 이리저리 뛰어다니며 소곤대는 소리도 들린다. 그러나 알렉세이 알렉세예비치는 끝내 돌아서지 않는다. 그는 애수 어린 번민에 사로잡혀 별채의 불 켜진 창을 바라본다.

서재 안에서는 그릇이 딸그락거린다. 핌카가 목을 움츠리고 겁에 질려 계속해서 어깨너머로 흘끔거리며 테이블에 음식을 차리고 양념통과 그릇을 놓는다.

프라스코비야 파블로브나는 테이블에 앉아 핌카에게 말한다.

"이봐, 노예, 양념통에 든 게 뭐지?"

"곰보버섯입니다, 마님."

"이리 줘 봐."

핌카는 버섯을 건넨 뒤 앞치마로 입을 가린 채 의자 뒤에 선다. 프라스코비야 파블로브나는 맛을 보더니 누들 수프를 달라고 지시한다.

"시중 한번 고약하게 드는구나. 아무리 촌것이라도 시중은 제대로 들어야지."

프라스코비야 파블로브나가 접시를 놓고 있는 핌카에게 말한다.

"노력해보겠습니다, 마님."

"윗사람이랑 얘기할 땐 무릎을 굽혀야지!"

프라스코비야 파블로브나는 검은 눈동자로 핌카를 가만히 쳐다보더니 이내 스푼으로 테이블을 두드리며 말한다.

"노예야, 무릎을 굽히거라! 오른쪽 다리는 안으로 굽혀 넣고… 이렇게 옆으로… 몸은 뒤로 넘어가지 않게… 치마를 들고… 웃어야지… 더 상냥하게…"

알렉세이 알렉세예비치는 혐오감에 사로잡혀 이 장면을 지켜본다.

그는 마침내 입을 뗀다.

"이제 그만하세요. 핌카, 너도 물러가거라!"

프라스코비야 파블로브나는 스푼을 손에 쥐고 놀랐다는 듯 알렉세이 알렉세예비치를 쳐다보며 어깨를 으쓱해 보인다.

"오, 알렉시스, 여기서는 당신이 아니라 내가 윗사람이에요. 저 촌것 매질 좀 하라고 해야겠어요. 똑바로 좀 배우라고…"

알렉세이 알렉세예비치는 분노가 치밀어 눈에 핏발이 서지만 꾹 참고 정원으로 나가버린다.

14

알렉세이 알렉세예비치는 두 손을 조끼 호주머니 깊숙이 찔러 넣고 빈터를 거닌다. 스타킹이 무릎까지 이슬에 젖어 있다. 머릿속에서는 거친 생각들이 떠오른다. 도망갈까? 물에 빠져버릴까? 저 여자를 죽여버릴까? 백작을 죽여야 하나? 자살이라도 할까? 하지만 폭발하던 생각들은 이내 멈춰지고 알렉세이 알렉세예비치는 자신이 이미 죽은 목숨인 것처럼 느껴진다. 마치 거미처럼 그에게 착 달라붙어 있는 저 저주받은 존재가 어떤 끔찍한 힘을 더 지니고 있을지 아무도 모를 일이다.

그는 중얼거린다.

"다 내가 자초한 일이야. 실재하지 않은 것에서 잠 못 이루는 밤의 산물인 꿈을 불러낸 것도 나고… 저 몸뚱이는 불결한 마술이 빚어낸 거야. 아무리 열에 떠서 하는 상상이라고 하더라도 저렇게 추잡한 걸 생각해낼 리 없어…"

알렉세이 알렉세예비치는 멈춰 서서 이마에 흐르는 식은땀을 닦으며 생각한다.

'이건 그냥 꿈이 아닐까? 살을 꼬집어보면 깨끗한 침대에서 상쾌한 아침을 맞으며 깨어날 거고… 풀밭과 거위와 갈퀴를 든 평범한 시골 처녀가 눈앞에 펼쳐질 거야…'

그는 수심 가득한 표정으로 고개를 가로젓고는 하늘을 쳐다본다. 정원 위로는 달이 높이 떠 있고 자욱한 구름이 달빛을 가리고 있다. 냇물에는 개구리 울음소리가 요란하게 들려온다.

그 순간 정원의 적막을 뚫고 프라스코비야 파블로브나의 날카롭고 신경질적인 목소리가 울려 퍼진다. 알렉세이 알렉세예비치를 찾는 소리다.

"알렉시스!"

그는 아무런 대꾸도 없이 한 발로 애꿎은 땅바닥만 구른다. 부른다고 갈 수도 없고, 도망치는 것도 수치스러운 일이다. 그는 세 사람이 자신을 향해 다가오고 있는 모습을 본다. 마르가돈과 칼리오스트로와 프라스코비야 파블로브나다. 프라스코비야 파블로브나가 제일 먼저 다가와 앙칼지게 소리친다.

"이제 나도 다 알아요! 당신의 무관심한 태도와 무례한 말이 밀고 당기기인 줄로만 알았는데, 당신 머릿속에는 다른 여자가 있더군요. 잘 들어요, 당신 주변에 다른 여자가 있는 건 절대로 용납하지 않을 거예요!"

칼리오스트로가 다가오며 말한다.

"저런, 저런, 저런! 기껏 등골이 빠지도록 애를 썼더니 당신은 이 여자를 거들떠보지도 않는군요."

프라스코비야 파블로브나가 새된 소리로 외친다.

"이 배신자! 당신을 사슬로 묶어 지하실에 가둬버리라고 해야 겠어요."

칼리오스트로가 말한다.

"아닙니다, 마님, 사슬에 묶어 가두다니, 당치도 않습니다. 집 주인 나리께서도 고집을 접고 집으로 가시지요. 마님께서도 그 만 잠자리에 들고 싶어 하시는데, 침대에 혼자 눕게 하는 건 참으로 통탄할 일이지요."

조금 전까지 일었던 혼미한 정신이 다시금 알렉세이 알렉세예 비치를 파고든다. 그는 한숨을 짓는다. 그리고 자신의 팔짱을 낀 프라스코비야 파블로브나에게 이끌려 터벅터벅 집으로 걸어간 다. 그러나 문 앞에 이르러 고개를 돌리자 별채 창에 처진 커튼 너머로 여자의 그림자가 보인다. 그는 갑자기 뛰면서 외친다.

"마리야!"

그러나 마르가돈이 잽싸게 뒤쫓아와 그를 붙잡아 방 안으로 밀어 넣고 유리문을 잠가버린다.

알렉세이 알렉세예비치는 고함을 지른다. 눈에 씌었던 콩깍지 가 벗겨진 것처럼 구원을 얻을 곳이 어디인지 깨달았기 때문이 다. 프라스코비야 파블로브나와 단둘이 남겨진 알렉세이 알렉세 예비치는 파이프 담배에 불을 붙이고 책장 사다리에 앉아 고분 고분 말을 듣는 척한다. 프라스코비야 파블로브나는 그를 사슬 에 묶어 가둬버리겠다고 위협하기도 하고 집안 전체가 자기에게 서 등을 돌렸다며 날이 밝으면 페도시야 이바노브나의 잠동사니 도 마당으로 내던져버리고 핌카의 머리카락도 죄다 뽑아버리고 하인들도 모두 채찍질로 다스릴 거라며 소리를 지르기도 한다.

알렉세이 알렉세예비치는 그녀가 소리를 지르다 지치기를 기다려보지만 그녀의 분노는 가라앉지 않는다. 그는 프라스코비야 파블로브나의 말을 듣고 있지만, 정작 귀에는 아무것도 들어오지 않는다. 그의 심장이 빠르게 뛴다. 그는 행동을 개시하기로 한다. 담뱃재를 떨고 자리에서 일어나 기지개를 켠다.

그는 하품을 하며 말한다.

"다 별일 아닙니다. 잠자리에나 듭시다."

프라스코비야 파블로브나는 쏟아내던 말을 갑자기 멈추고는 바싹 말라붙은 입술에 놀라움과 기쁨이 뒤섞인 미소를 머금는다. 알렉세이 알렉세예비치는 테이블에서 촛불이 켜져 있는 칸델라브룸을 집어 들고 아치에 드리워진 커튼을 들어 올려 프라스코비야 파블로브나가 먼저 지나가도록 길을 터준다. 그녀가 지나가자 알렉세이 알렉세예비치는 불 켜진 초를 커튼에 가져다 댄다. 커튼의 붉은 벨벳은 순식간에 불길에 휩싸인다.

"불이야!"

알렉세이 알렉세예비치는 칸델라브룸을 내던지며 사뭇 다른 목소리로 크게 외치고 손님들이 있는 별채로 통하는 기다란 회랑을 따라 달리기 시작한다.

알렉세이 알렉세예비치는 딱 한 번 걸음을 멈추고 뒤를 돌아본다. 비명을 지르며 피골이 상접한 손으로 활활 타오르는 커튼을 잡아 뜯어내는 프라스코비야 파블로브나가 보인다. 회랑 저 멀리서 사람들의 말소리와 발걸음 소리가 들리기 시작한다. 알렉세이 알렉세예비치는 창틀로 뛰어올라 거기에 깊이 파인 틈새에 몸을 바싹 붙인다.

15

펄럭이는 가운을 걸친 마르가돈과 침실용 모자와 알록달록한 기다란 서츠 차림에 아랫도리는 아무것도 입지 않은 칼리오스트로가 비명을 지르며 알렉세이 알렉세예비치 옆을 지나쳐 뛰어간다. 두 사람은 연기가 피어오르는 모퉁이 너머로 자취를 감춘다. 알렉세이 알렉세예비치는 별채 쪽으로 내달린다. 회랑에는 문이 두 개가 있다. 하나는 별채로 통하는 문이고 다른 하나는 곧바로 정원으로 나갈 수 있는 문이다. 그런데 바로 그 정원으로 나 있는 문에 이른 알렉세이 알렉세예비치는 문턱에 서 있는 마리야를 발견한다. 그녀는 하얀 숄을 아무렇게나 걸치고 머리쓰개를 쓰고 있다. 알렉세이 알렉세예비치는 창문을 벌컥 열고 정원으로 뛰어내려 마리야를 향해 달린다.

그는 두 손을 가슴에 얹으며 말한다.

"마리야, 딱 하나만 얘기해주세요… 잠시만요… 아니라고 하신다면 전 죽은 목숨이고… 그렇다고 하신다면 전 산목숨입니다. 영생을 얻게 된단 말입니다… 그러니 얘기해주세요. 당신은 절… 사랑하십니까?"

마리야의 입에서는 가벼운 외마디 비명이 터져 나온다. 그녀는 두 손을 들어 알렉세이 알렉세예비치의 목을 감싸 안으며 고개를 뒤로 젖히고 하염없이 쏟아지는 눈물 너머로 알렉세이 알렉세예비치의 눈을 들여다보며 흥분한 목소리로 말한다.

"당신을 사랑해요."

마리야가 이 말을 하자 알렉세이 알렉세예비치에게 걸린 마법이 풀린다. 심장이 녹아내리면서 뜨거운 피가 혈관을 타고 파도처럼 일렁이기 시작한다. 기쁨에 차 밤공기를 들이마시니 마리야의 몸에서 풍겨 오는 소녀의 향기가 느껴진다. 알렉세이 알렉세예비치는 눈물로 얼룩진 마리야의 얼굴을 두 손으로 감싸고 그녀의 눈에 입을 맞춘다.

"마리야, 이 가로수길을 통해 연못으로 달려가 정자에서 절 기다려주십시오. 다리를 건널 때 사슬을 잡아당기는 거 명심하시고요. 그래야 다리가 올라옵니다. 거긴 안전할 거예요…"

마리야는 모든 걸 이해했다는 표시로 고개를 끄덕이더니 드레스 자락을 움켜쥐고 알렉세이 알렉세예비치가 일러준 방향으로 잰걸음을 옮기기 시작한다. 그녀는 뒤돌아서서 밝은 미소를 짓고 가로수길이 만들어낸 짙은 그늘 속으로 사라진다.

알렉세이 알렉세예비치는 칼집에서 검을 뽑더니 발코니 문을 통해 집 안으로 뛰어 들어간다.

그는 핌카도 넘어뜨리고 팔에 매달리려던 페도시야 이바노브나도 단호하게 뿌리치고 몹시 놀란 하인도 밀어젖히고는 서재 안으로 달려 들어간다. 서재는 연기로 가득 차 있다. 서재에 있던 또 다른 칸델라브룸에서 검붉은 불꽃을 간신히 내던 초 다섯 개는 넘어진 책장에서 튕겨 나와 온 바닥 여기저기 나뒹구는 책과 불씨가 뭉근하게 살아 있는 카펫을 발로 뭉개고 있는 마르가돈과 안락의자 옆에 쪼그리고 앉아 있는 칼리오스트로의 모습을 비춘다. 안락의자에는 시커먼 갈비뼈를 드러내고 불에 그슬려

누더기처럼 변해버린, 드레스를 걸친 쭈글쭈글한 존재가 앉아 있다. 이 존재는 알렉세이 알렉세예비치가 나타나자 씩씩거리며 자리를 박차고 일어나 알렉세이 알렉세예비치를 향해 돌진한다. 알렉세이 알렉세예비치도 기합을 넣고 검을 앞으로 쭉 뻗는다. 그 존재는 절망과 앙심에 가득 찬 울부짖음과 함께 자신에게 날아든 칼날을 피하더니 서재 깊숙한 곳으로 달려가 책장 뒤로 사라져버린다.

그 순간 칼리오스트로는 안락의자를 방패 삼아 몸을 가리고 마르가돈에게 신호를 보낸다. 마르가돈은 카펫을 뭉개던 발을 멈추고 허리춤에서 칼을 뽑으며 측면에서 알렉세이 알렉세예비치에게 접근한다. 그러나 알렉세이 알렉세예비치가 뛸 기미를 보이자 마르가돈은 먼저 손을 뻗어 앞으로 내달린다. 그때 알렉세이 알렉세예비치가 들고 있던 검이 마르가돈의 어깨에 반쯤 박힌다. 마르가돈은 헉 소리를 지르더니 숨을 헐떡이며 뒤로 자빠져버린다. 그러자 칼리오스트로는 알렉세이 알렉세예비치를 향해 안락의자를 던진다. 그는 주변에 있던 물건을 집어 들어 자신을 방어하기도 하고 던지기도 하면서, 나이와 비대한 몸집에 맞지 않는 민첩함을 발휘하여 서재 안을 뱅뱅 돈다. 알렉세이 알렉세예비치는 그런 칼리오스트로의 뒤를 쫓으며 검으로 찌르려고 한다. 하지만 칼리오스트로는 회랑으로 빠져나가 가장 가까이에 있던 열린 창문을 통해 정원으로 뛰어내린다. 그는 맨발로 보폭을 넓히며 도약하여 연못 쪽으로 달아난다.

알렉세이 알렉세예비치는 정자로 이어지는 다리에 이르러서야 칼리오스트로를 따라잡는다. 정자에서는 기둥 사이로 마리야의 옷이 어렴풋하게 흰빛을 발하고 있다. 칼리오스트로는 짐승이 으르렁거리는 듯한 소리를 내더니 들려 있던 다리 중간 부분을 보지 못한 채 다리 위를 내달린다. 그는 두 팔을 휘젓더니 육중하게 철썩이는 소리와 함께 마대 자루처럼 물에 빠지고 만다. 마리야의 외마디 소리가 힘없이 울려 퍼진다. 연못에서는 표면에 비친 달이 파문을 일으킨다. 놀란 새 한 마리가 울음소리를 길게 내며 풀밭 위를 낮게 날아간다. 그리고 다시 정적이 찾아든다. 연못도 캄캄한 나무 덤불도 잠잠하기만 하다.

알렉세이 알렉세예비치는 연못을 찬찬히 들여다보며 다리에 올라 갈라진 틈 옆에서 허리를 숙인다. 느닷없이 연못가 말뚝 옆에서 느릿하게 껌뻑이고 있는 눈을 발견한다. 칼리오스트로의 하늘을 향하고 있는 얼굴과 단단해 보이는 머리뼈와 삐쭉 솟아난 귀가 형체를 드러낸다.

알렉세이 알렉세예비치가 칼리오스트로를 향해 말한다.

"어쨌든 이 위로 올라오는 건 무리입니다. 말뚝도 미끄럽고… 경고하는데 그 요망한 마법을 또다시 부리면 당신을 찔러버릴 겁니다."

알렉세이 알렉세예비치는 코웃음을 치며 말을 잇는다.

"그런 비열한 짓은 하지 않겠죠? 얌전히 있는 게 좋을 겁니다. 지금 끌어 올려줄 테니까."

그는 두 손을 모아 입에 대고 외친다.

"어이, 이리 좀 와 봐!"

그러자 곧바로 멀리서 사람들이 웅성거리는 소리가 들리더니 남자아이들, 하인들, 시골 처녀들이 달려오기 시작한다. 갈퀴를 든 이도 있고 낫을 든 이도 있고 그저 몽둥이를 든 이도 있다. 하나같이 잠에서 덜 깬 듯 부스스한 모습이다.

알렉세이 알렉세예비치는 밧줄을 가져와 칼리오스트로를 묶어 연못에서 끌어내라고 지시한다. 키 큰 사내 셋이 바지를 벗더니 성호를 그으며 슬금슬금 물속으로 들어간다. 다리 밑 말뚝과 말뚝 사이에서 한바탕 소동이 시작된다. 다리 밑에서 외치는 소리가 들린다.

"도련님, 이놈이 돼지고 싶은지 이것저것 할퀴고 난리입니다."

그러자 다리 위에서 외치는 소리가 들린다.

"양 볼을 붙잡고 끌어 올려!"

칼리오스트로는 결국 밧줄에 묶여 연못가로 끌어 올려진다. 그는 더 이상 저항하지 않는다. 몸에 착 달라붙은 셔츠 바람으로 고개를 떨군 채 추위에 이빨을 덜덜 떨며 무리를 지은 하인들에게 둘러싸여 집으로 향한다.

혼자 남겨진 알렉세이 알렉세예비치는 마리야를 부르기 시작한다. 처음에는 조용했던 목소리가 점점 커지면서 다급해진다. 마리야는 대답이 없다. 알렉세이 알렉세예비치는 연못가를 한 바퀴 뛰더니 허물어질 듯한 쪽배에 뛰어올라 장대로 노를 저어 자그마한 섬으로 건너간다. 마리야는 정자의 나무 바닥에 쓰러져 있다. 알렉세이 알렉세예비치는 마리야를 안아 상체를 들어 올려 힘없이 축 늘어진 고개를 받친다. 그는 마리야의 얼굴에 입을 맞추며 그녀를 향한 연민과 사랑에 북받쳐 울먹인다. 마침내 마리야의 몸이 가벼워지고 가슴이 오르락내리락하며 금발 머리가 알렉세이 알렉세예비치의 어깨에서 더 편안하게 자리를 잡으며 기대는 것이 느껴진다. 마리야는 눈을 뜨지 못하고 들릴락 말락 힘없는 목소리로 말한다.

"날 떠나지 마세요."

16

불은 완전히 꺼졌다. 모조리 타버린 곳은 서재뿐이다. 서재에는 많은 책과 물건이 엉망이 되었고 프라스코비야 파블로브나의 초상화가 그려져 있던 캔버스가 흔적도 없이 사라져버렸다.

동틀 무렵 수레 한 대가 현관 앞에 선다. 수레에는 신선한 건초 위에 손님들 짐이 실려 있고 마르가돈이 앉아 있다. 마르가돈의 상태는 처참하다. 입이 축 늘어진 얼굴은 핏기가 가신 흙빛을 띠고 있고 머리에는 방한용 두건 두 장이 감겨 있다. 현관 앞 수레 주위에 서 있던 사람들은 동정 어린 눈으로 이 노인을 바라본다. 어쨌거나 이 사람은 시키는 대로 할 수밖에 없는 노예이고 자신의 의지와 상관없이 떠나야 하기 때문이다. 가축을 기르는 아낙네가 가는 길에 먹으라며 마르가돈에게 구운 달걀을 건넨다. 한편 푹 눌린 가발에 너덜너덜해진 깃털이 달린 모자를 쓰고 잠옷 위에 북극여우 모피를 아무렇게나 걸친 칼리오스트로가 여전히 꽁꽁 묶인 상태로 밖으로 끌려 나오자 남자아이들은 휘파람을 불어 대고 아낙네들은 침을 뱉는다. 앞을 잘 못 보지만, 밤새 알렉세이 알렉세예비치가 보는 앞에서 누구보다도 열심히 이리저리 뛰어다녔던 스피리돈이란 사내는 모자도 쓰지 않고 허리띠도 매지 않은 채 맨발로 칼리오스트로에게 달려가 뺨을 휘갈길 태세로 팔을 휘둘러보지만, 사람들에게 제지를 당한다. 눈썹이 축 처진 칼리오스트로는 이맛살을 잔뜩 찌푸리고 제 발로 수레에 기어오른다. 마을에서 힘이 세고 용맹하기로 유명한 얼굴 큰 청년이 줄을 던지며 경쾌하게 수레에 올라 말고삐에 매인 밧줄을 손에 감고 잿빛 암말에 멍에를 메운다. 수레는 하인들의 휘파람과 야유 속에서 움직이기 시작한다.

알렉세이 알렉세예비치가 현관에서 외친다.

"페지카! 곧장 스몰렌스크로 가서 시장님께 넘기거라."

이미 저만치 멀어진 페지카가 답한다.

"걱정 마세요, 도련님. 무사히 전달하겠습니다. 초행길도 아닌걸요."

17

마리야는 정자에서 정신을 잃은 후 가까스로 집에 다다른다. 사람들은 그녀를 별채로 데리고 와 특별히 귀한 손님을 위해 마련한 침실에 눕힌다. 침대 위로는 캐노피 커튼이 반쯤 젖혀져 있고 창가에는 커튼이 드리워져 있다. 마리야는 깊은 잠에 빠져든다. 대략 정오가 될 때까지 잠이 든다. 페도시야 이바노브나는 수시로 침실 문가로 가본다. 마리야가 중얼거리는 소리가 들리자 안으로 들어가본다. 눈을 감고 얼굴이 벌겋게 달아올라 조용한 목소리로 끊임없이 혼잣말을 하고 있는 마리야가 보인다. 마리야는 열병에 걸려 한 달도 넘게 생사를 오간다.

알렉세이 알렉세예비치는 마리야의 상태가 염려되어 미칠 것만 같은 심정이 되어 그길로 의사를 부르러 직접 스몰렌스크로 급히 말을 몬다. 의사와 함께 집으로 돌아오는 길에 어떤 외국인 두 명이 수레에 실려 스몰렌스크 시장에게 보내졌고 처음에는 시장이 두 사람을 체포했지만, 얼마 지나지 않아 깊은 존경심을 표하며 바르샤바로 보냈다는 소식을 의사에게 전해 듣는다. 의사는 마리야를 진찰하더니 열병이 이기든 사람이 이기든 둘 중 하나라고 얘기한다.

알렉세이 알렉세예비치는 이제 온종일을 마리야 옆에 붙어 있다. 창가의 안락의자에서 잠을 청하고 거의 아무것도 먹지 못한다. 겉모습도 달라진다. 눈에 띄게 수척해지고 얼굴에서는 소년의 흔적이 사라져버리고 눈은 촉촉해졌다. 밤색 머리칼에서는 새치가 자라난다.

알렉세이 알렉세예비치가 안락의자에 앉아 졸다 말다를 반복하고 있던 어느 날 복숭앗빛 커튼을 뚫고 햇빛이 기다랗게 쏟아진다. 기다란 빛은 나풀대는 먼지를 머금고 있다. 잠에 취한 파리 한 마리가 유리창에 부딪친다. 알렉세이 알렉세예비치는 힘겹게 눈꺼풀을 들어 올려 빛 속에서 유영하는 먼지와 파리를 바라본다. 벽난로에 놓인 시계는 평화롭게 삶의 시간에 장단을 맞추고 있다. 그 순간 알렉세이 알렉세예비치는 졸음이 쏟아지던 와중에도 모든 것이 어쩐지 변했다는 기분이 들어 몸을 뒤척이다 침대 쪽으로 몸을 틀어본다. 그리고 활짝 뜬 마리야의 파란 눈동자와 마주한다. 마리야는 알렉세이 알렉세예비치를 바라보며 우스꽝스럽게 얼굴을 찡그리고 있다. 놀랍기도 하고 무언가를 기억해내려고 애쓰는 표정이다. 알렉세이 알렉세예비치는 침대 앞에 무릎을 꿇고 앉는다. 마리야가 입을 연다.

"여긴 어디고 당신은 누구신지 말씀해주시겠어요?"

감격스러운 나머지 말할 힘조차 없는 알렉세이 알렉세예비치는 조심스럽게 마리야의 손을 잡고 입을 맞춘다. 마리야는 말을 잇는다.

"당신이 졸고 계시는 모습을 한참 보고 있었어요. 제 가족이라도 되는 것처럼 아주 슬픈 표정이시던데…"

마리야는 얼굴을 다시 찡그려보지만, 이내 기억을 떠올리기를 그만두고 말한다.

"저기 있는 창문 좀 열어주시면 좋을 것 같은데…"

알렉세이 알렉세예비치는 커튼을 양쪽으로 젖히고 창문을 활짝 연다. 정원의 따뜻하고 향기로운 공기와 함께 새들이 지저귀며 노래하는 소리가 침실로 날아든다. 마리야의 얼굴에 홍조가 떠오른다. 마리야는 미소를 지으며 가만히 귀를 기울인다. 멀리서 때를 놓친 아둔한 뻐꾸기 한 마리가 세 번이나 뻐꾹뻐꾹하며 울어 댄다. 마리야는 눈물을 글썽인다. 알렉세이 알렉세예비치가 마리야 쪽으로 허리를 숙이자 마리야가 속삭인다.

"감사해요, 전부 다요…"

마리야는 이윽고 깊고 긴 잠에 빠진다. 마리야가 건강을 회복하기 시작하자 그날부터 알렉세이 알렉세예비치는 밤새 마리야의 병상을 지키는 일을 멈춘다.

마리야가 기력을 되찾으면서 페도시야 이바노브나는 한 가지 사실을 깨닫는다. 알렉세이 알렉세예비치와 마리야는 한시도 떨어져 있지 못했지만, 두 사람이 같이 있을 때면 서로 한마디도 하지 않는다는 사실이다. 마리야는 생각에 잠겨 있고 알렉세이 알렉세예비치는 침울한 표정으로 입술만 물어뜯으며 사람이라면 취할 수 없는 아주 불편한 자세로 서 있거나 앉아 있기만 한다.

그러던 어느 날 숙모는 조카와 얘기를 나눈다.

"알렉시스, 주제넘게 참견하는 것 같아 미안하지만, 마리야를 도대체 어떻게 할 참이니? 남편한테 보낼 거니, 아니면 달리 생각해 둔 게 있는 거니?"

알렉세이 알렉세예비치는 노발대발하며 말한다.

"마리야는 그자의 아내가 아닙니다. 그녀의 집은 여기라고요. 마리야가 절 보기를 원치 않는다면 제가 집을 떠날 겁니다. 군대에 들어가 총알받이라도 되든지…"

그는 며칠 동안 밤잠을 설친다. 가슴을 짓누르고 목을 조이는 악몽에 시달린다. 기진맥진한 상태로 아침 일찍 일어나 마리야가 깨어나기 전까지 우울하고 화가 난 기분으로 집 안을 서성인다. 그러다 마리야의 목소리가 들리면 곧바로 마음을 진정하고 마리야에게 가 움푹 꺼진 메마른 눈동자로 그녀를 바라본다.

8월이 되었다. 무수히 많은 별이 정원 위로 쏟아져 내려 연못에서 아른거린다. 은하수가 흐릿한 빛을 내며 하얗게 모습을 드러낸다. 정원에서는 젖은 나뭇잎 향기가 풍겨 온다. 새들은 하늘을 수놓는다.

그런 밤이 지속되던 어느 날 밤, 알렉세이 알렉세예비치와 마리야는 마리야의 침실에 있는 벽난롯가에 앉아 있다. 벽난로에서는 장작이 이리저리 불꽃을 튀며 타들어 간다. 어둑어둑한 방 한구석으로 캐노피 커튼에서 드리워진 그림자가 길게 뻗어 있다. 알렉세이 알렉세예비치는 떨리는 마음으로 그림자를 가만히 바라본다. 마리야도 고개를 든다. 그림자가 서서히 사라진다. 잠시 정적이 흐른다. 마리야는 알렉세이 알렉세예비치에게 달려들어 그를 끌어안는다. 그녀는 힘을 주어 그를 끌어안고 간절한 목소리로 같은 말을 몇 번이고 되뇐다.

"당신을 놓치지 않을 거예요…! 당신을 놓치지 않을 거예요…!"

그 순간 둘 사이를 가르고 있던 모든 것들과 머릿속에 맴돌던 복잡한 모든 것들이 바람에 흩어지는 연기처럼 사라진다. 서로 맞대고 있는 입술과 서로를 바라보는 눈동자만이 있을 뿐이다. 덧없다고도 할 수 있고 헤아릴 수 없을 만큼 처량하다고도 할 수 있는, 진실된 사랑의 행복만이 있을 뿐이다.

1921년

이반 부닌
Иван А. Бунин

미치광이 화가

Безумный художник

이반 부닌(Иван А. Бунин, 1870-1953)은 혁명 전 러시아 고전 문학의 마지막 페이지를 장식한 작가로 여겨진다. 보로네시에서 태어나 파리에서 생을 마감했다. 1933년에는 러시아 작가 최초로 노벨 문학상을 받았다. 부닌의 작품은 러시아어권뿐만 아니라, 전 세계적으로 인기를 끌었다. 사후가 아닌, 살아생전에 명성을 떨쳤던 흔치 않은 러시아 작가 중 한 명이다.

김나지움을 중퇴했지만, 친형의 지원과 노력으로 집에서 중등 교육 과정을 이수한 후 신문사 편집국에 입사했다. 부닌은 이 시기부터 본격적으로 집필 활동을 시작하여 수많은 시, 단편소설, 평론 등을 발표했다. 1897년 페테르부르크에서 첫 시집『세상 끝으로(На край света)』를 발표했고 이듬해 두 번째 시집『열린 하늘 아래서(Под открытым небом)』가 모스크바에서 출간되었다. 이 시집을 읽은 비평가들과 독자들은 부닌의 문학성을 높이 평가했고 수많은 찬사를 쏟아냈다. 1900년에 발표한 시집『낙엽(Листопад)』도 좋은 반응을 얻어 1903년에는 이 시집으로 페테르부르크 과학아카데미가 제정한 푸시킨 문학상의 첫 수상자가 되었다.

1917년 혁명 이후 부닌은 페테르부르크를 떠나 모스크바, 오데사, 콘스탄티노플(현재 이스탄불) 등지를 거쳐 1920년 3월 파리로 망명했다. 특히 1918년 오데사에서는 혁명과 볼셰비키 정권의 실체를 폭로한 회고록「저주받은 날들(Окаянные дни)」을 쓰기 시작하여 1920년에 발표했다. 이 회고록과 1925년에 발표된 단편「일사병(Солнечный удар)」은 러시아 영화감독 니키타 미할코프(Никита С. Михалков)가 2014년에 만든 동명의 영화〈일사병〉의 모티브가 되기도 했다.

부닌은 프랑스 망명 중에도 왕성한 창작 활동을 하여「예리코의 장미(Роза Иерихона)」(1924),「미짜의 사랑(Митина любовь)」(1925),「아르세니예프의 인생(Жизнь Арсеньева)」(1930),「어두운 가로수길(Тёмные аллеи)」(1937-1945, 1953) 등을 발표했고 오늘날까지도 많은 독자에게 깊은 공감을 불러일으키고 있다.

동쪽에서 떠오른 태양은 안개 자욱한 푸르스름한 먼 산 너머에서, 러시아의 고대 도시가 나직한 산기슭에서 응시하고 있는 새하얀 눈이 덮인 낮은 땅 너머에서 황금빛으로 물들어 있다. 성탄절을 하루 앞둔, 서리가 살짝 내리고 성에가 낀 활기찬 아침이다.

페트로그라드*발 열차가 이제 막 도착했다. 기차역에서 산에 이르기까지 눈으로 다져진 길 위로 승객을 태운 마차와 빈 마차가 한데 줄지어 가고 있다.

드넓은 광장의 오래된 상가 맞은편에는 세월의 흔적을 간직한 커다란 호텔이 있다. 호텔은 고요하고 인적이 없지만 성탄절을 맞을 단장을 마쳤다. 당장 받아야 할 예약 손님은 없다. 하지

---

* 페트로그라드(Петроград, Petrograd). '상트페테르부르크(Санкт-Петербург, Sankt-Peterburg)'의 옛 이름으로, 1914년부터 1924년까지의 명칭이다. 이후 '레닌그라드(Ленинг-рад, Leningrad)'로 개칭되었다가 1991년에 다시 '상트페테르부르크'로 개칭되었다.

만 그때 둥그런 눈에 코안경을 걸친 한 신사를 태운 마차가 호텔 현관 계단 앞으로 다가온다. 신사는 초록빛을 머금은 곱슬머리를 검은색 벨벳 베레모 아래로 늘어뜨리고, 윤기가 좌르르 흐르는 기다란 밤색 모피 코트를 입고 있다.

마부석에 앉은 붉은 턱수염의 사내는 온몸이 꽁꽁 얼었다는 티를 내어 웃돈을 받아볼 요량으로 헛기침을 해 댄다. 신사는 마부의 행동 따위에는 아랑곳하지 않고 마차삯 정산을 호텔 측에 일임해버린다.

"해가 가장 잘 드는 방으로 안내해주시게."

신사는 값비싼 외제 트렁크를 든 젊은 벨보이의 뒤를 따라 위풍당당한 발걸음으로 널찍한 복도를 걸으며 큰 소리로 말한다.

"내가 그림을 그리는 사람이오만, 이번에는 북향 객실만은 사양하겠소. 절대 사절이오."

신사는 이렇게 덧붙인다.

벨보이는 호텔에서 가장 좋은 1호실 문을 활짝 연다. 입구에 자그마한 대기실이 있고 넓은 방 두 개로 이루어진 객실이다. 하지만 방에 있는 창들은 크지 않고 건물 벽이 두꺼운 탓에 아주 깊숙이 파여 있다. 두 방은 모두 따뜻하고 쾌적하고 조용했다. 창 아래쪽에 낀 성에 때문에 한층 누그러진 햇볕이 방 안을 호박색으로 물들이고 있다. 총명하고 쾌활한 눈빛의 벨보이 청년은 응접실 한가운데 카펫 위에 트렁크를 조심스럽게 내려놓고 멈춰서서 신사가 건넬 여권과 지시를 기다린다. 키가 크지 않고 베레모와 벨벳 재킷 차림의 화가는 나이답지 않게 청년 같은 민첩함을 뽐내며 방 구석구석을 둘러보더니, 눈썹을 움직여 코안경을 떨구고 석고처럼 뽀얀 두 손으로 몹시 상기된 표정의 창백한 얼굴을 문지른다. 그러더니 근시가 무척 심하고 산만한 사람 특유의 멍한 시선으로 벨보이를 이상하게 주시한다.

화가가 말한다.

"1916년 12월 24일! 자네는 이 날짜를 기억해 둬야 하네!"

"알겠습니다."

벨보이가 답한다.

화가는 재킷 주머니에서 금시계를 꺼내 한쪽 눈을 가늘게 뜨고 슬쩍 시계를 본다.

그러더니 안경을 다시 코에 얹으며 말을 잇는다.

"정확히 9시 반, 나는 순례의 최종 목적지를 목전에 두고 있네. 하늘에는 영광을, 땅에는 평화를, 인간에게는 자비를! 여권은 나중에 줄 테니 걱정 말게. 하지만 지금은 여권 따위에 신경 쓸 겨를이 없어. 여유를 부릴 시간이 없어. 11시 정각에 돌아오려면 지금 서둘러 시내로 가봐야 해. 일생일대의 과업을 완수해야 하거든."

화가는 벨보이에게 손을 내밀어 약혼반지 두 개를 (그중 새끼손가락에 끼워진 반지는 여자 반지다) 보여주며 말한다.

"이보게 젊은이, 이 반지가 마지막 유언이야!"

벨보이가 대답한다.

"알겠습니다."

화가는 위압적으로 말한다.

"그래서 이 유언을 실행에 옮길 걸세! 불멸의 작품을 만들어내겠어! 그리고 그걸 자네에게 주지."

벨보이가 대꾸한다.

"대단히 감사합니다."

"하지만 여보게, 실은 내가 캔버스고 물감이고 하나도 챙겨 오지 못했어. 이 지독한 전쟁 때문에 도무지 가져올 수가 없었어. 그래서 캔버스와 물감을 좀 가져다줬으면 하는데. 스톡홀름에서 꼬박 2년을 미친 듯이 파고들었던 그 모든 것을, 그래서 놀라울 정도로 변모된 나의 모든 것을 마침내 구현해 내야 하니 말이야!"

화가는 단어 하나하나를 또박또박 말하며 코안경 너머로 벨보이의 얼굴을 응시한다.

그러더니 과장되게 손을 휘저으며 외친다.

"온 세상이 이 계시와 이 복음을 접하고 받아들여야 해! 내 말 알아듣겠나? 온 세상이 말이야! 온 세상이!"

벨보이가 말한다.

"알겠습니다. 지배인님께 보고드리겠습니다."

화가는 모피 코트를 다시 입고 객실 문으로 향한다. 벨보이는 한달음에 달려가 문을 연다. 화가는 벨보이를 향해 점잖게 고개를 끄덕여 보이고는 복도를 걷기 시작한다. 그러다 계단참에 잠시 멈춰 서서 말을 덧붙인다.

"세상엔 말이야, 성탄절보다 고귀한 축일은 없지. 인간의 탄생에 필적할 만한 성스러운 의식은 없어. 피로 얼룩진 낡은 세계의 마지막 순간이여! 새로운 인간의 탄생이여!"

밖은 날이 완전히 밝아 사뭇 청명해져 있다. 전기선에 앉은 서리는 푸르른 하늘을 부드러운 회청색으로 수놓으며 잘게 부서져

흩날린다. 광장은 온통 진녹색 전나무가 우거진 숲을 이루고 있다. 푸줏간에는 두꺼운 목에 칼집이 깊게 나 있는 살얼음 낀 돼지의 허연 맨몸뚱이가 세워져 있고, 잿빛 꿩이며 털 뽑힌 거위며 칠면조 등이 기름기를 머금고 딱딱하게 굳어져 걸려 있다. 거리를 지나는 사람들은 얘기를 주고받으며 바삐 움직이고 마부들은 털북숭이 말에 채찍질을 해 대고 썰매 날은 날카로운 소리를 낸다.

"반갑다, 루스*야!"

화가는 광장을 거닐면서 두툼하게 껴입은 옷에 허리띠를 팽팽하게 조인 장사꾼들을 구경하며 큰 소리로 말한다. 장사꾼들은 손수 만든 목각 인형이며, 말, 수탉, 물고기 등의 모양을 한 큼직하고 하얀 프랴니크**가 펼쳐진 좌판을 앞에 두고 간간이 목청 높여 호객을 한다.

화가는 수신호로 빈 마차를 불러 세운 뒤 시내 중심가로 가자고 한다.

"빨리 좀 가세. 11시까지는 돌아가서 작업을 해야 하니까."

화가는 차가운 썰매 마차에 올라 추위를 머금고 뻣뻣해진 두꺼운 담요를 무릎에 덮으며 말한다.

마부는 모자를 흔들어 보이고는 살진 거세마가 끄는 썰매 마차에 화가를 싣고 반짝이는 눈으로 다져진 길을 잽싸게 내달린다.

"빨리 좀 가세, 빨리! 12시면 해가 가장 좋을 때니까."

---

* 　중세 시대 동슬라브족이 살던 동유럽 평야에서 우랄에 이르는 지역을 일컫는 말로, 현재 러시아의 유럽 지역과 벨라루스, 우크라이나 일대다.
** 　속에 꿀, 설탕, 잼 등을 넣은 커다란 빵 모양의 러시아식 쿠키다.

화가는 재차 마부를 재촉하고 주위를 둘러보며 말한다.

"그래, 낯익은 곳들이긴 한데 도무지 생각이 안 나는군! 이 피아차piazza 이름이 뭔가?"

"네? 뭐라고 하셨습니까?"

마부가 묻는다.

화가는 벌컥 화를 내며 고함을 지른다.

"이 광장 이름이 뭐냐고 묻잖는가?"

그러더니 말을 잇는다.

"당장 세워, 이 몹쓸 놈아! 어쩌자고 날 교회로 끌고 온 게야? 크건 작건 교회는 딱 질색이야! 당장 세워! 어떤 핀란드 놈이 날 공동묘지로 끌고 갔을 때 내가 어떻게 했는 줄 알아? 국왕 폐하와 교황께 당장 상소를 올렸더니 그놈한테 사형이 선고됐다고! 당장 마차 돌려!"

마부는 전속력으로 질주하던 말을 급히 세우더니 의아한 표정으로 화가를 돌아본다.

"도대체 어디로 가자고 하시는 겁니까? 시내 중심가라고 말씀하셨…"

"내가 화방에 가자고 그랬잖아!"

"저기요, 선생님, 서로 말이 안 통하니 다른 마부를 구하시는 게 좋겠습니다."

"그래, 썩 꺼져버려라! 옛다, 그 잘난 마차삯!"

화가는 불쾌감을 드러내며 썰매에서 내려 마부에게 3루블짜리 지폐를 내던지고 도로 한복판을 걸어서 왔던 길을 되돌아간다. 모피 코트는 앞섶이 어수선하게 열려 눈 위에서 질질 끌리고 있고 괴로움에 가득 찬 황망한 두 눈은 사방을 두리번거리고 있다. 그는 한 진열창에서 금도금 오림대를 발견하고 재빨리 가게 안으로 들어간다. 하지만 물감 얘기를 꺼내자마자 계산대 안쪽에 앉아 있던 모피 코트 차림의 볼 빨간 점원 아가씨는 말허리를 자른다.

"저런, 없어요. 물감은 저희 가게에서 취급하지 않아요. 액자 프레임이랑 오림대랑 벽지밖에 없답니다. 게다가 여기 시내에서는 캔버스와 유화 물감은 아마도 찾기 어려우실 거예요."

화가는 진심 어린 절망감을 감추지 못하고 머리를 움켜쥔다.

"세상에, 정말입니까? 어떻게 이럴 수가! 지금, 바로 지금 저에게는 물감이야말로 생사가 걸린 문제란 말입니다! 이미 스톡홀름에서 완벽하게 무르익은 구상을 구현해서 전대미문의 인상을 남겨야 하는데. 베들레헴의 동굴도 성탄절도 그려야 한다고요. 구유도 아기 예수도 성모 마리아도 사자도 어린 양도, 어린 양은 그 바로 옆에 장엄한 자태로 누워 있는 모습이어야 하는데, 아무튼 모든 장면을 천사들의 환희와 빛으로 가득 채워 새로운 인간의 탄생을 있는 그대로 그려내야 한단 말입니다. 그런데 그런 그림을 우리가 처음으로 신혼여행을 갔던 스페인에서만 그릴 수 있다니. 저 멀리 푸른 산이 있고 언덕배기에는 나무가 우거져 있고 탁 트인 하늘에는…"

점원 아가씨는 몹시 놀라며 화가의 말을 끊는다.

"선생님, 죄송합니다. 저희가 다른 손님들도 받아야 해서요. 저희 가게에는 액자 프레임이랑 오림대랑 벽지밖에…"

화가는 몸을 바르르 떨더니 과하게 정중한 몸짓으로 베레모를 들어 올리며 말한다.

"아, 정말 실례했습니다. 알겠습니다, 잘 알겠습니다!"

그리고 서둘러 가게를 나온다.

그는 건물 몇 개를 지나 들른 '즈나니예*'라는 가게에서 까칠까칠한 커다란 마분지 한 장, 색연필, 종이 팔레트에 짜진 수채화 물감을 산다. 그러고 나서 다시 마차에 뛰어올라 서둘러 호텔로 향한다. 그는 호텔에 도착하자마자 차임벨을 울린다. 아까 봤던 벨보이가 나타난다. 화가의 손에는 여권이 들려 있다.

화가는 벨보이에게 여권을 건네며 말한다.

"자! 카이사르의 것은 카이사르에게! 그리고 말일세, 여보게, 수채화에 쓸 물 한 잔 좀 가져다줘야겠어. 유화 물감을 구할 수가 있어야지, 원. 이놈의 전쟁! 철기 시대, 아니 원시 시대가 따로 없어!"

그는 잠시 생각에 잠기는가 싶더니 갑자기 기쁨에 겨워 낯빛이 밝아진다.

"드디어 그날이야! 세상에, 바로 그날이잖아! 밤 12시 정각에 구세주께서 탄생하신다고! 온 세상의 구세주께서! 그림 밑에는 이런 문구를 넣어야겠어. '새로운 인간의 탄생!' 그 이름이 앞으로 거룩하게 여겨질 성모 마리아를 그려야겠네. 그녀가 마음속에 품었던 새로운 생명과 더불어, 사악한 세력에 의해 죽임을 당한 성모 마리아를 부활시킬 걸세!"

벨보이는 무슨 일이든 시중을 들겠다는 변함없는 의향을 재차

---

*　즈나니예(знание, znaniye)는 러시아어로 '지식'을 뜻한다.

밝힌 후 다시 객실을 나선다. 하지만 얼마 후 벨보이가 컵과 깨끗한 물이 담긴 호리병을 가지고 객실에 왔을 때 화가는 곯아떨어져 자고 있다. 창백하고 여윈 화가의 얼굴은 흡사 석고로 만든 가면 같다. 화가는 침실에 있는 침대 위에서 베개를 벤 고개를 젖히고, 기다란 회녹색 머리칼을 아무렇게나 흐트러뜨린 채 고결한 자태로 바로 누워 있다. 벨보이는 까치발로 객실에서 나오다 문 앞에서 지배인과 맞닥뜨린다. 지배인은 상고머리에 날카로운 눈매를 지닌, 키는 작지만 다부진 체격의 사내다.

지배인은 빠르게 속삭이며 묻는다.

"그래, 어떤가?"

벨보이가 대답한다.

"자고 있습니다."

지배인이 말한다.

"다행이군! 여권은 진본이 확실해. 다만 아내가 사망했다는 기록이 있더군. 경찰서에서 이반 마트베이치 씨가 여러 번 전화했어. 눈여겨보라고 신신당부를 하더라고. 자네도 정신 바짝 차려. 전쟁이 벌어지고 있는 시국이라고, 이 친구야."

벨보이가 말한다.

"이런 말을 하더라고요. '과업을 완수하기만 하면 자네에게 주지.' 사모바르를 갖다 달라고 하지는 않았…"

"잠깐만!"

지배인은 무슨 소리라도 들은 듯 객실 문에 귀를 갖다 댄다.

하지만 문 너머에서는 아무 소리도 들리지 않는다. 잠든 사람이 있는 방이 늘 그렇듯이 적막감만 느껴질 뿐이다.

태양은 서서히 객실을 빠져나가더니 자취를 완전히 감춰버린다. 창에 낀 성에는 잿빛으로 변해 울적함을 자아낸다. 어스름 속에서 갑자기 잠에서 깬 화가는 곧바로 차임벨 쪽으로 달려간다.

화가는 벨보이가 나타나자마자 고함을 지른다.

"정말 끔찍해! 날 깨우지 않다니! 자네가 날 깨우지 않는 바람에 우린 끔찍한 고난의 여행을 겪었어. 임신 8개월째였던 그녀가 어땠을지 상상해보라고! 우린 온갖 장애물을 지나오면서 거의 6주 동안 잠도 못 자고 먹지도 못했어. 그 바다에서! 미친 듯 날뛰는 요동 속에서! 분명 공중으로 날아가버릴 거라는 그칠 줄 모르는 공포를 느끼면서! 모두 올라와서 집합! 구명대를 준비하도록! 허락 없이 가장 먼저 보트로 달려가는 놈은 두개골을 박살내고 말 테다!"

"예, 알겠습니다."

벨보이는 날카로운 고함에 당황해하며 말한다.

화가는 마음을 가라앉히며 말을 잇는다.

"이 얼마나 환희에 찬 빛이란 말인가! 이런 기분이었더라면 진작에 두세 시쯤에는 작업을 끝낼 수 있었을 텐데. 이제 어떡하지? 밤새 작업을 해야겠어. 자네는 준비하는 거나 좀 도와주게. 이 테이블이 적당할 것 같은데…"

화가는 소파 앞에 놓인 테이블로 다가가 벨벳 테이블보를 벗기고 테이블을 흔들어본다.

"꽤 튼튼하군. 근데 말이야, 이 호텔엔 초가 고작 두 개뿐인가? 여덟 개를 더 가져다주게. 그렇지 않으면 그림을 그릴 수가 없어. 엄청나게 밝은 조명이 필요해."

벨보이는 다시 객실을 나가더니 한참 후 각각 다른 촛대에 꽂힌 초 일곱 개를 들고 나타나 말한다.

"한 개가 모자랍니다. 나머지는 모두 다른 객실에 있어서요."

화가는 거듭 흥분하여 또다시 소리를 지른다.

"아, 정말 짜증이 나는군! 열 개, 열 개가 필요하다고 그랬잖나! 어쩌면 한 걸음 한 걸음이 이렇게 비루한 난관뿐인지! 그건 됐고, 마침 테이블을 방 한가운데로 옮길 참이니 이거나 돕게. 조명은 거울을 이용해서 올리면 되니까…"

벨보이는 화가가 말한 곳에 테이블을 끌어다 놓고 더 단단히 고정한다.

화가는 그런 벨보이를 어설픈 몸짓으로 돕더니 코안경을 가지런하게 만들어 코에 얹으며 중얼거린다.

"이제 빛을 흡수하지 않는 흰색의 무언가를 깔아야 하는데… 뭐가 좋을까? 흰색 테이블보는 끔찍하고… 그래, 신문이 있었네. 내가 이럴 줄 알고 안 버리고 있었지!"

화가는 바닥에 놓여 있던 트렁크를 열어 신문 뭉치를 몇 개 꺼내 테이블에 깔고 압정으로 고정한다. 그러더니 그 위에 색연필과 팔레트를 펼쳐 놓은 뒤 초 아홉 개를 일렬로 세우고 모두 불을 붙인다. 방은 묘한 분위기로 바뀐다. 촛불이 많아 화려하기도 하지만, 어쩐지 음산하기도 하다. 창은 모두 검게 물들었다. 초는 소파 위에 있는 거울에 비쳐 심각한 표정을 짓고 있는 화가의 창백한 얼굴과 근심 어린 표정을 짓고 있는 벨보이의 젊은 얼굴에 선명한 황금빛을 쏟아내고 있다. 마침내 모든 것이 준비되자 벨보이는 공손하게 문지방 쪽으로 물러서며 묻는다.

"식사는 호텔에서 하시겠습니까, 아니면 다른 곳에서 하시겠습니까?"

화가는 과장되게 쓴웃음을 지어 보이며 말한다.

"이 친구 보게! 이 와중에 내가 뭘 먹을 수 있을 거라고 생각하나? 이제 그만 가 보시게. 아침까지는 귀찮게 하지 않겠네."

그러자 벨보이는 조심스럽게 객실 밖으로 나간다.

시간이 흐른다. 화가는 방 안을 구석구석 왔다 갔다 한다. 그는 혼잣말을 한다.

"준비를 해보자."

창밖은 서리 내리는 겨울밤으로 캄캄하게 물들어 있다. 화가는 커튼을 친다. 호텔은 온통 정적에 잠겨 있다. 객실 문밖 복도에서는 도둑이 슬금슬금 걷고 있는 듯한 발소리가 들려온다. 누군가가 열쇠 구멍으로 화가를 훔쳐보며 방에서 나는 소리를 엿듣고 있다. 잠시 후 그 발소리마저 잠잠해진다. 초는 거울에 반사되어 불꽃을 나부끼며 활활 타오른다. 화가의 표정은 점점 고통스럽게 변해 간다.

화가는 급작스럽게 걸음을 멈추고 외친다.

"아니야! 우선 성모 마리아의 얼굴을 머릿속에 복원해내야 해. 어린애 같은 두려움은 집어치워!"

화가는 트렁크 위로 몸을 굽힌다. 머리카락이 축 늘어진다. 옷가지들 밑으로 손을 넣어 하얀 벨벳 커버의 커다란 사진첩을 꺼내 들고 테이블 옆에 있는 안락의자에 앉는다. 사진첩을 펼친 뒤 단호하고도 당당한 자태로 고개를 뒤로 젖히고 가만히 앨범을 들여다본다.

사진첩에는 커다란 사진 한 장이 있다. 어떤 예배당의 내부를 찍은 사진이다. 예배당은 텅 비어 있다. 지붕은 아치형이고 매끈한 돌로 쌓은 벽면은 반짝이고 있다. 한가운데 장례용 모직이 덮인 높은 단 위에는 기다란 관 하나가 놓여 있다. 관 안에는 마른 여자가 볼록한 눈꺼풀을 감고 누워 있다. 아담하고 어여쁜 머리는 화환에 둘러싸여 있고, 두 손은 가슴 위에서 포개져 고결한 자태로 잠들어 있다. 머리맡에는 교회 예식용 촛대 세 개가 세워져 있고 발밑에는 인형처럼 생긴 갓난아기가 누워 있는 아주 자그마한 관 하나가 있다.

화가는 죽은 여인의 날카로운 윤곽 하나하나를 뚫어지게 들여다본다. 그의 얼굴은 갑자기 공포감에 휩싸여 일그러진다. 그는 사진첩을 카펫에 내동댕이치고 벌떡 일어나 트렁크 쪽으로 달려간다. 트렁크 속을 마구 헤집으며 셔츠며 양말이며 넥타이를 바닥에 내던져버린다. 없다. 그가 찾던 물건이 없다! 화가는 정신없이 사방을 둘러보더니 한 손으로 이마를 문지른다.

그는 한 발로 바닥을 쿵 내려치더니 갈라지는 목소리로 소리를 지른다.

"반평생을 붓만 잡고 살았는데! 등신같이 그걸 깜빡하다니! 당장 찾아내거라! 기적이라도 행하란 말이다!"

그러나 붓은 역시 없다. 화가는 호주머니를 더듬거려 펜나이프 하나를 찾아내 모피 코트 쪽으로 달려간다. 털 뭉치를 잘라서 붓대로 쓸 나뭇조각에 묶는 게 과연 가능할까? 그런데 실은 또 어디서 구하지? 모두가 잠든 한밤중인데… 미치광이 취급을 받을 게 뻔하지 않은가! 잠시 후 화가는 맹렬한 기세로 소파에 있던 마분지를 잽싸게 낚아채 테이블 위에 내던진다. 그리고 침실로 급히 뛰어 들어가 베개를 가져오더니 안락의자 위에 얹어 앉을 자리를 높게 만든다. 그러더니 색연필을 이것저것 번갈아 가며 작업에 몰두한다.

화가는 쉼 없이 작업을 이어 간다. 그는 코안경을 벗고 테이블에 몸을 낮게 숙인 채 강력하고 자신만만한 획을 하나하나 그려 나간다. 그러더니 몸을 뒤로 젖히고 시선을 거울에 고정한다. 거울 속에 비친 투명한 안개는 오색찬란하게 나부끼는 불꽃으로 가득하다. 관자놀이의 머리카락은 촛불의 열기로 흠뻑 젖어 있고 목의 힘줄은 긴장감으로 불끈 솟아 있다. 두 눈은 눈물을 머금어 붉게 충혈되어 있고 얼굴은 초췌하다.

마침내 화가는 절망적으로 손상된 마분지를 마주하게 된다. 의도적으로도 또 의미적으로도 서로 완전히 대립하는 그림들이 허무맹랑하고도 선명하게 마분지를 마구잡이로 가득 채우고 있다. 열병처럼 몰아친 화가의 영감은 순순히 화가의 뜻에 따라주지 않았고 화가가 바랐던 것과는 전혀 다른 결과물을 만들어 냈다. 화가는 마분지를 뒤집어엎어버리고 감청색 색연필을 손에 쥔 채 한참 동안 꼼짝도 하지 않는다. 활짝 펼쳐진 사진첩이 안락의자 근처에 널브러져 있다. 사진첩에 있던 기다란 관과 죽은 여자의 얼굴이 화가의 눈에 들어와 박힌다. 화가는 발작적으로 사진첩을 탁 덮어버린다. 트렁크에는 커버를 씌운 오드콜로뉴* 병

---

*   화장수의 한 종류. 일반 향수보다 수분 함량이 높고 향의 지속 시간이 짧다.

이 옷가지 사이로 삐쭉 솟아 나와 있다. 화가는 벌떡 일어나 재빨리 병마개를 돌려 빼고 후끈함을 느끼며 오드콜로뉴를 들이켜기 시작한다.* 병을 거의 바닥까지 비운 그는 목구멍에서 이글거리는 향기로운 화염을 내뿜으며 또다시 방 안을 서성이기 시작한다.

얼마 지나지 않아 화가에게서는 젊은이다운 혈기가 샘솟는다. 그것은 과감한 결단력이요, 매 생각과 매 느낌에 대한 확신이다. 즉, 무엇이든 할 수 있으며 무엇이든 감행하고자 하며 의심과 장벽 따위는 더 이상 존재하지 않는다는 의식이다. 화가는 희망과 기쁨으로 충만해진다. 캄캄한 파도로 상상력을 삼켜버리고 삶을 장악했던 음산한 악마의 사주가 떨어져 나가고 있는 것처럼 느껴진다. 호산나! 주의 이름으로 오시는 이에게 복이 있나니!

이제 화가에게는 심안心眼이 트인다. 그의 눈앞에는 마음이 그토록 갈망하던 장면만이 몹시도 놀랄 만한, 이전에는 없었던 명료함을 간직하고 펼쳐져 있다. 삶의 노예가 아닌, 삶의 창조주가 품고 있는 마음의 소리가 들려준 바로 그 장면이다. 꿈에서나 보일 법한 천국이다. 천국은 영원한 빛으로 충만하고 에덴동산의 푸르름에 흠뻑 젖어 있다. 흐릿하지만 신비롭도록 매혹적인 구름이 뭉게뭉게 피어오른다. 환희에 찬 헤아릴 수 없이 많은 세라핌**의 찬연한 얼굴과 날개는 천국의 무시무시하고 격조 높은 아름다움 속에서 스며 나온다. 세라핌 사이에는 엄하시면서도 기

---

* 술이 떨어졌을 때 심각한 알코올중독자들이 조금이나마 알코올이 든 향수나 화장품 등을 마시는 행위가 구소련 시설 작품들에서 종종 묘사된다.
** 가톨릭에서 구품천사 가운데 가장 높은 천사.

뻠에 넘치시며 선하시면서도 의기양양하신 하느님 아버지께서 만물을 창조하실 때 그러하셨듯이, 거대한 무지갯빛 환영이 되시어 우뚝 서 계신다. 이루 형언할 수 없는 아름다움을 발산하는 동정녀 마리아는 저 멀리 지상에서 올라오는 푸른빛이 꿰뚫고 들어오는 몽실몽실한 구름 위에 서서, 천상의 기쁨으로 충만한 행복한 어머니의 눈길로 태양처럼 눈부시게 빛나는 갓난아기를 신령한 두 손으로 높이 들어 올리며 온 세상에 보여주고 있다. 동정녀 마리아의 발밑에는 짐승의 털가죽으로 만든 띠를 허리에 두른 용맹하고 강력한 요한이 무릎을 꿇고 앉아 사랑과 온정과 감사에 매료되어 동정녀 마리아의 옷자락에 입을 맞추고 있다.

그리고 화가는 다시 작업에 돌입한다. 색연필을 부러뜨리더니 맹렬하게 서두르며 칼을 들고는 떨리는 손으로 색연필을 새로 깎는다. 촛불은 거의 다 타들어 가고 있다. 촛농은 벌겋게 달궈진 촛대를 타고 녹아 흘러내린다. 화가의 뺨에는 젖은 머리칼이 엉겨 붙어 있다. 촛불은 화가의 그런 얼굴을 더욱 뜨겁게 달구며 타오른다.

여섯 시가 되자 화가는 미친 듯이 차임벨 버튼을 눌러 댄다. 이로써 과업 완수! 그러고 나서 테이블을 향해 달려가 떨리는 마음으로 벨보이를 기다리며 선다. 이제 화가의 얼굴은 창백할 대로 창백해져서 입술이 검게 보일 정도다. 재킷은 온통 알록달록한 색연필 가루투성이다. 검은 눈동자는 초인간적인 고뇌와 더불어 모종의 격렬한 환희로 이글거린다.

아무도 오지 않는다. 괴괴한 정적이 그를 감싼다. 하지만 귀를 활짝 열고 부푼 기대감을 안은 채 계속해서 서서 기다린다. 이제 금방 벨보이가 달려 들어올 것이다. 그러면 신의 뜻에 따라 온 마음을 쏟아부어 과업을 완수한 창조자인 화가는 미리 준비했던 처절한 승전보를 재빨리 벨보이에게 전할 것이다.

"가져가게. 자네에게 주는 걸세."

화가는 요동치는 심장 때문에 의식을 잃기 일보 직전인 상태로 한 손에 마분지를 움켜쥐고 있다. 갖은 색으로 빈틈없이 채워진 마분지에는 화가의 열정적인 꿈과는 정반대로 화가의 머릿속을 장악한 것들이 기괴한 분위기를 자아내며 켜켜이 쌓여 있다. 검푸른 빛의 거친 하늘은 온통 높이 솟아오른 불길에 휩싸여 있다. 연기 자욱한 무너진 사원과 성과 집이 뿜어내는 유혈의 불꽃이다. 화염 앞으로는 고문대, 단두대, 죽임을 당한 이들이 매달린 교수대가 시커멓게 모습을 드러내고 있다. 불과 연기가 난무하는 이 모든 장면의 가장 위쪽에는 거대한 십자가가 장중하면서도 사악한 자태로 우뚝 솟아 있다. 십자가에는 피투성이가 된 수난자가 못 박혀 있다. 수난자는 십자가 가름대에 박힌 두 손을 맥없이 쩍 벌리고 있다. 갑옷을 입고 가시 면류관을 쓴 죽음의 사자는 무겁게 침묵하는 턱뼈를 드러내고, 몸을 앞으로 기울여 전속력으로 내달려 철로 만든 삼지창을 못 박힌 이의 심장에 깊숙이 찔러 넣는다.

그림 아랫부분에는 무질서하게 쌓아 올린 시체 더미, 오물, 짐승들의 싸움, 산 자들의 난투극, 맨몸과 팔과 얼굴이 뒤엉킨 장면이 그려져 있다. 성이 난 듯 커다란 송곳니를 드러내고 눈구멍에서 눈알이 떨어져 나와 있는 이 얼굴들은 너무나도 역겹고 난폭하며 증오와 원한과 동족상잔의 쾌감에 물든 채 너무도 심하게

일그러져 있어 인간의 얼굴이라기보다 차라리 집짐승이나 맹수,
악마의 얼굴에 가깝다.

1921년

미하일 불가코프
Михаил А. Булгаков

붉은 면류관
—— Historia morbi*
Красная корона

미하일 불가코프(Михаил А. Булгаков, 1891-1940)는 키예프에서 태어났다. 소설가 겸 희곡작가로 활동하며 만 48년의 생애 중 20년을 창작 활동에 할애한 인물이다. 완벽주의자적 성향으로 자기 자신에게 매우 엄격하고 냉정했던 작가로도 알려져 있다. 의과 대학에 진학해 우수한 성적으로 졸업한 후 1차세계대전 당시 의무병으로 복무했다. 고향 키예프에서 짧은 기간 동안 의사 생활을 하다 1921년 모스크바로 이주하여 본격적으로 글을 쓰기 시작했다.

1921년 「치치코프의 모험(Похождения Чичикова)」을 시작으로 「소맷동에 쓴 수기(Записки на манжетах)」(1923), 「디아볼리아다(Дьяволиада)」(1923) 등을 잇달아 발표해 유명해졌다. 불가코프의 대표작인 장편소설 「백위군(Белая гвардия)」(1922-1924)도 이 시기에 발표되었다.

불가코프는 의사로서의 경험을 십분 살려 단편 모음집 『젊은 의사의 수기(Записки юного врача)』(1925-1926)를 발표했다. 의학적 소재는 비슷한 시기에 쓰여 불가코프의 사후에 출판된 『개의 심장(Собачье сердце)』(1987)에도 반영되어 당대의 의료 현실을 둘러싼 환경을 날카로운 풍자로 풀어냈다.

1930년대에 들어 불가코프의 작품은 출판이 전면적으로 금지되었다. 불가코프의 많은 작품이 그의 사후에 출판된 이유이기도 하다. 작품 활동을 할 수 없게 된 불가코프는 생활고에 시달리다 소비에트 정권에 사정한 끝에 '모스크바 예술극장(МХАТ)'에서 간신히 일자리를 얻게 된다. 이후 '볼쇼이 극장(Большой театр)'으로 이직하여 번역가 겸 대본 작가로 근무하게 된다. 말년의 생계는 주로 번역으로 유지했다고 전해진다. 정권의 탄압과 업무 스트레스는 불가코프가 앓고 있던 고혈압의 악화로 이어졌다. 그럼에도 불구하고 창작 활동을 계속 이어 갔고 세상을 떠나기 3주 전까지 소설 「거장과 마르가리타(Мастер и Маргарита)」(1967) 작업에 매달렸다. 불가코프는 1940년 모스크바에서 생을 마감하여 노보데비치 국립묘지에 안장되었다.

---

*   [저자 주] 라틴어로, '병력(病歷)'을 뜻한다.

제가 무엇보다도 싫어하는 것들이 있습니다. 태양과 커다란 목소리와 쿵쾅대는 소리죠. 연속적으로 빠르게 울려 퍼지는 쿵쾅 소리는 정말 질색입니다. 저녁에 복도에서 누군가의 발소리와 말소리가 들리기라도 하면 비명을 지를 정도로 저는 사람이 무서워요. 그래서 제 방은 특별하죠. 복도 맨 끝에 있는 조용하고 가장 좋은 27호실이 제 방입니다. 누구도 제 방에 올 수 없어요. 하지만 전 저의 안전을 더 확실하게 보장하기 위해 타자기로 작성한 공식 증명서를 발급해 달라고 이반 바실리에비치 씨에게 오랫동안 사정에 사정을 했습니다. (그의 앞에서 눈물을 보이기까지 했어요) 그는 제 청을 들어주었고 제가 그의 보호를 받고 있으며, 아무도 절 데려갈 수 없다는 내용의 증명서를 작성해주었죠. 솔직히 말해서 전 그의 서명이 지닌 효력을 그다지 믿지 않았습니다. 그래서 그는 어떤 교수에게까지 서명을 받아낸 뒤 동그란 파란색 도장을 찍어주었죠. 그렇다면 얘기는 달라졌어요.

전 주머니 속에서 동그란 도장이 찍힌 종이가 발견된 덕에 목숨을 건지게 된 사례를 많이 알고 있었거든요. 사실 베르댠스크*에서는 장화 속에서 도장이 찍힌 구겨진 종이가 발견되었다는 이유로 뺨에 검댕이 묻은 노동자가 가로등에 목이 매달렸던 적이 있었죠. 하지만 이건 전혀 다른 얘기예요. 그 노동자는 범죄를 저지른 볼셰비키 당원이었고 그때는 파란색 도장이 범행을 증명하는 도장이었으니까요. 바로 그 도장 때문에 그는 가로등에 목이 매달려야만 했고 그 광경을 목격한 탓에 저는 병을 얻게 되었습니다. (걱정하지 마세요. 제가 환자라는 건 저도 잘 알고 있습니다)

사실 콜랴 일이 있기 훨씬 전에 저에게는 어떤 일이 벌어졌어요. 전 사람을 목매다는 모습을 보지 않으려고 떠났지만, 제 안의 두려움은 다리를 후들거리며 떠나는 절 끝내 놓아주지 않았습니다. 그 당시에는 물론 제가 해낼 수 있는 게 아무것도 없었지만, 이제는 스스럼없이 이런 말을 할 수 있죠.

"장군님, 당신은 짐승입니다! 함부로 사람들 목을 매달지 마십시오!"

이것만 봐도 아시겠지만, 전 겁쟁이가 아니에요. 도장 얘기를 꺼낸 건 죽는 게 두려워서가 아닙니다. 전 맹세코 죽음이 무섭지 않아요. 전 콜랴가 제게 가져다줄 절망 때문에 총으로 직접 목숨을 끊을 겁니다. 그리고 그건 머지않아 일어날 일이죠. 하지만

*   Бердянск(Berdyansk). 우크라이나 남동부 자포리자주에 있는 항구 도시. 현재는 주로 곡물 수출항으로 활용되고 있다.

제가 총으로 직접 목숨을 끊는 건 콜랴의 얼굴을 보지 않고 콜랴의 말을 듣지 않기 위해서예요. 다른 사람들이 나타날 거란 생각만 하면… 정말이지 끔찍합니다.

저는 내리 며칠째 소파에 누워 창밖을 바라보고 있습니다. 우리 건물 앞의 녹색 정원은 텅 비어 있어요. 그 공간 뒤편에서는 거대한 7층짜리 노란 구조물이 저에게 등을 돌린 채 창문 하나 없이 꽉 막힌 벽만 보여주고 있죠. 지붕 바로 밑에는 녹이 슬어 있는 커다란 사각형이 하나 있습니다. 간판이에요. 치과 기공실 간판. 흰 글씨고요. 처음에는 간판이 싫었어요. 나중에는 익숙해져서 이제는 간판을 떼어내기라도 한다면 보고 싶을 것 같다는 생각마저 듭니다. 간판은 온종일 제 눈앞을 맴돌고 있죠. 저는 간판에 정신을 집중하고 중요한 여러 일들을 곰곰이 생각해봅니다. 하지만 밤은 어김없이 찾아들죠. 둥근 지붕은 검게 물들고 흰 글씨는 시야에서 사라집니다. 전 우울해지면서 제 생각이 녹아들듯 어둠의 진창 속에 녹아들죠. 하루 중 황혼이 깃드는 시간은 끔찍하고도 의미심장합니다. 모든 것들이 빛을 잃어 가고 모든 것들이 희미해지거든요. 연갈색 고양이는 사뿐사뿐한 걸음으로 복도를 배회하기 시작하고 전 이따금 비명을 지르죠. 하지만 불을 켜는 건 용납하지 않을 겁니다. 등이 환하게 비치면 저녁 내내 팔을 비틀며 울부짖을 게 뻔하기 때문이에요. 차라리 줄기차게 퍼붓는 어둠 속에서 가장 중요한 마지막 장면이 불타오르는 순간을 순순히 기다리는 편이 낫죠.

늙은 어머니께서 제게 말씀하셨어요.

"내가 살면 얼마나 더 살겠니? 이제는 세상이 미쳐 돌아가는 것만 보이는구나. 너는 장남이잖니. 네가 그 아이를 아낀다는 거 잘 안다. 콜랴를 집으로 데려오거라. 데려오란 말이다. 네가 장남이잖니."

전 잠자코 있었죠.

그러자 어머니께서는 한마디 한마디에 당신의 모든 갈망과 당신의 모든 아픔을 꾹꾹 눌러 담아 말씀하셨어요.

"그 아이를 찾아오거라! 너는 어쩔 수 없는 것처럼 굴고 있지만, 내가 널 모르겠니? 넌 똑똑한 아이라서 이미 오래전부터 이게 다 미친 짓이라는 걸 잘 알고 있을 게다. 하루만이라도 그 아이를 내 앞에 데려오너라. 딱 하루만 옆에 두고 다시 돌려보낼 테니."

그건 거짓말이었어요. 어머니는 진심으로 콜랴를 다시 돌려보내고 싶으신 걸까요?

전 아무 말도 하지 않았습니다.

"그 아이의 눈에 입맞춤을 해주려는 것뿐이야. 어쨌든 그 아이는 죽을 목숨이잖니? 가엾지도 않니? 불쌍한 내 새끼. 내가 또 누구한테 이런 부탁을 할 수 있겠어? 넌 장남이잖니. 그 아이를 데려오거라."

저는 어머니와 눈을 마주치지 못하고 마지못해 대답했어요.

"알겠어요."

하지만 어머니께서는 제 소매를 붙잡으시고 끝내 제 얼굴을 똑바로 보시려고 제 몸을 돌리셨어요.

"아니다, 목숨이 붙어 있는 채로 그 아이를 데려오겠다고 맹세하거라."

어떻게 그런 맹세를 할 수 있겠어요?

하지만 전 제정신이 아닌 인간이었기 때문에 맹세를 하고 말았습니다.

"맹세할게요."

어머니는 마음이 약한 분이세요. 전 그런 생각을 하며 길을 떠났죠. 하지만 베르댠스크에서 구부러진 가로등과 맞닥뜨렸어요. 장군님, 지은 죄로 치자면 저도 장군님 못지않다는 데는 동의합니다. 검댕으로 더럽혀진 그 사람에 대해서도 막중한 책임감을 느끼고 있고요. 하지만 제 동생은 이 일과 무관합니다. 그 아이는 열아홉 살이에요.

베르댠스크에서의 일을 뒤로하고 전 어머니께 했던 맹세를 확실하게 지켰습니다. 지저분하기 그지없는 강에서 20베르스타* 떨어진 곳에서 동생을 발견했죠. 햇살이 유난히 눈부신 날이었어요. 기마 부대가 흰 무더기의 뿌연 먼지구름을 일으키며, 탄내가 풍겨 오는 마을로 향하는 길을 느릿느릿 행군하고 있었어요. 콜랴는 차양이 눈까지 내려오도록 군모를 푹 눌러쓰고 가장자리 첫 번째 열에서 말을 타고 가고 있었죠. 모든 것이 생생하게 기억납니다. 오른쪽 박차는 구두 굽까지 내려와 있었고 군모에 달린 끈은 뺨을 지나 턱 아래까지 늘어져 있었어요.

"콜랴! 콜랴!"

전 동생의 이름을 외치며 길가에 있던 도랑을 향해 달려갔죠.

콜랴는 당황해했어요. 행군 대열에서는 땀투성이 병사들이 얼

---

*   미터법 시행 전 러시아의 길이 단위. 1베르스타는 약 1km.

굴을 찌푸린 채 고개를 돌렸죠.

"어, 형!"

콜랴도 맞받아 외치더군요. 콜랴는 무슨 이유에서인지 단 한 번도 절 이름으로 부르지 않았어요. 늘 '형'이라고 불렀죠. 우린 열 살 차이거든요. 그리고 콜랴는 늘 내 말을 잘 들어주었어요. 콜랴가 말을 이었죠.

"멈춰. 거기 작은 숲 옆에 있어 봐. 지금 그리로 가고 있으니까. 내가 지금 대열에서 이탈할 수 없어."

말에서 내린 기병들이 있던 곳에서 얼마 떨어지지 않은 작은 숲 언저리에서 우리는 담배를 아주 달게 피웠습니다. 전 침착하고 확고했죠. 모든 게 미쳐 돌아가고 있었어요. 어머니 말씀이 백번 옳았죠.

전 콜랴에게 속삭였습니다.

"저 마을에서 돌아오는 대로 곧바로 나와 함께 시내로 가자. 당장 여기를 영영 떠나는 거야."

"형, 제정신이야?"

전 말했죠.

"입 다물고 조용히 해. 나도 다 알아."

기병 중대가 말에 올랐어요. 기병들은 너울거리는 파도처럼 움직이며 빠른 속도로 검은 연기를 향해 달려갔습니다. 그러더니 쿵쾅대는 소리가 들리기 시작했어요. 그 소리는 연속적으로 빠르게 울려 퍼졌죠.

한 시간 안에 무슨 일이 벌어질 수 있을까요? 전 그들이 돌아오겠지 생각했어요. 그리고 빨간 십자가가 그려진 천막 옆에서 기다리기 시작했죠.

한 시간 뒤에 콜랴의 모습이 보였습니다. 아까처럼 빠른 속도로 돌아오고 있었죠. 그런데 중대가 보이지 않는 거예요. 창을 든 기병 두 명만 양옆에서 달려오고 있었어요. 둘 중 한 병사, 그러니까 오른쪽에서 달려오고 있던 병사는 콜랴에게 무언가를 속삭이는 듯 연신 콜랴 쪽으로 몸을 기울이고 있었죠. 저는 햇빛 때문에 실눈을 지으며 그 이상한 가면무도회를 지켜보고 있었어요. 동생은 회색 군모를 쓰고 가서는 빨간색 모자를 쓰고 돌아오고 있었죠. 그리고 해는 이미 저물었어요. 검은 가리개가 보였고 그 위에는 선명한 색의 모자가 씌워져 있었죠. 머리카락도 없었고 이마도 없었어요. 그 대신 빨간색 화관이 있었어요. 톱니 모양의 노란색 테두리가 둘러진 화관이었죠.

그 모습을 한 기병이 바로 제 동생이었습니다. 콜랴는 붉은 면류관을 쓰고 땀에 흠뻑 젖은 말 위에 미동도 없이 앉아 있었어요. 오른쪽에 있던 기병이 콜랴를 정성스럽게 부축하고 있지 않았더라면, 열병식에 가는 기병으로 착각할 수도 있는 모습이었죠.

콜랴는 위풍당당하게 안장에 앉아 있었지만, 아무것도 보지 못하고 아무 말도 하지 못했습니다. 한 시간 전까지만 해도 맑게 빛나던 두 눈이 있던 자리에는 물처럼 뚝뚝 흘러내리고 있는 붉은 얼룩 두 개가 있었어요.

왼쪽에 있던 기병이 말에서 내려 왼손으로 고삐를 쥔 채 오른손으로 콜랴의 팔을 조심스럽게 잡아당기더군요. 콜랴의 몸이 휘청거렸죠.

그리고 둘 중 한 기병이 말했어요.

"우리 지원병이 파편에 그만… 위생병, 어서 군의관을…"

다른 기병은 탄식을 쏟아내며 맞받아쳤죠.

"하… 군의관이 무슨 소용인가? 신부님이나 부르세."

그러더니 더 두꺼운 검은 가리개를 가져와 콜랴의 몸을 완전히 덮어버리더라고요. 머리에 씌워진 면류관까지 완전히…

전 모든 것에 익숙합니다. 우리가 있는 이 하얀 건물에도, 황혼에도, 문에 몸을 비비는 연갈색 고양이에도 익숙해졌지만, 동생의 그런 등장에는 익숙해질 수 없더군요. 제가 전에 아래층 63 호실에 있었을 때 콜랴는 처음으로 벽에서 튀어나왔습니다. 붉은 면류관을 쓰고요. 끔찍한 모습은 절대 아니었어요. 그런 모습을 한 콜랴를 꿈에서 보기도 해요. 하지만 콜랴가 면류관을 쓰고 나타난 이상 이 세상 사람이 아니라는 건 너무나도 잘 알고 있어요. 그런 모습으로 나타난 콜랴는 피가 말라붙은 입술을 움직이며 말했어요. 발뒤꿈치를 한데 모으고 한 손을 면류관에 올려붙여 거수경례를 하며 말했죠.

"형, 나는 대열에서 이탈할 수 없어."

그 이후로 늘, 언제나 한결같았어요. 어깨에 띠를 두른 야전 상의를 입고 휘어진 군도와 소리 없는 박차를 차고 등장해 똑같은 말을 합니다. 거수경례를 한 뒤 이렇게 말하는 거예요.

"형, 나는 대열에서 이탈할 수 없어."

아, 콜랴가 처음 나타났을 때 저에게 어떤 짓을 했는지 아세요? 콜랴는 병원 전체를 발칵 뒤집어 놓았습니다. 제 인생은 거기서 끝나버린 거예요. 제가 합리적으로 따져보니, 화관을 썼다는 건 죽임을 당했다는 뜻이고 죽임을 당한 자가 나타나 말을 한다는 건 제가 미쳤다는 뜻입니다.

맞습니다. 보시다시피 황혼이 깃들었네요. 무언가를 정리하기에 좋은 시간이죠. 그런데 한번은 이런 일도 있었습니다. 제가 잠이 들었는데 붉은 플러시 천으로 덮인 낡은 가구가 있는 응접실이 보이는 거예요. 편안해 보이는 안락의자는 다리 하나가 망가져 있었어요. 벽에는 초상화가 끼워진 먼지 낀 검은 액자가 걸려 있었고요. 받침대 위에는 꽃이 얹혀 있었죠. 피아노는 뚜껑이 열려 있었고 그 위에는 〈파우스트〉 악보가 놓여 있었습니다. 문간에는 동생이 서 있었고 그 모습을 보자 격렬한 기쁨이 내 심장에 불을 지폈어요. 콜랴는 기병이 아니었거든요. 그 저주받은 나날 이전의 모습이었죠. 검은색 더블 재킷을 입고 있었고 팔꿈치에는 분필이 묻어 있었어요. 생기 있는 두 눈동자에는 장난스러운 미소를 머금고 있었고 앞머리는 이마를 덮고 있었죠. 콜랴는 고개를 끄덕이며 말했습니다.

"형, 내 방으로 가자. 보여줄 게 있어!"

응접실은 콜랴의 눈에서 뻗어 나온 빛으로 환하게 밝혀져 있었고 제 안에서는 회한의 중압감이 녹아내렸죠. 제가 "가라"라고 말하며 콜랴를 보냈던 그 불행했던 날은 전혀 존재하지 않았고 쿵쾅대는 소리도, 연기 사이로 스며 나오는 탄내도 없었어요. 콜랴는 떠난 적도 없었고 기병이었던 적도 없었던 거였죠. 콜랴는 흰 건반을 누르며 피아노를 연주하면서 황금빛 광선을 사방으로 내뿜고 있었고 활기찬 목소리를 내면서 웃고 있었어요.

그 후 전 잠에서 깼습니다. 아무것도 없었어요. 빛도 콜랴의 눈도 없었죠. 그리고 다시는 그런 꿈을 꾸지 않았어요. 대신 같은 날 밤, 지옥과도 같은 내 고통을 강화하기 위해 역시나 완전 군장을 한 기병이 발소리도 내지 않고 나타나 마치 영원히 나에게 말을 건네기로 결심이라도 한 사람처럼 나에게 말을 해 왔죠.

전 모든 걸 결판내기로 마음먹었습니다. 그래서 강경한 어조로 말했죠.

"너 왜 이래? 날 영원히 고문하겠다는 거야? 왜 자꾸 오는 거야? 나도 다 인정해. 널 그 사지로 몰아넣은 건 전부 내 잘못이야. 내가 짊어진 이 고통의 무게도 고스란히 혼자서 감당할게. 그러니 제발 날 용서하고 이제 그만 떠나 줘."

장군님, 콜랴는 아무런 대꾸도 없었고 사라지지도 않았습니다.

그 후 전 고통에 찌들어 모진 사람이 되었죠. 그리고 간절히 빌었습니다. 콜랴가 단 한 번만이라도 장군님께 나타나 그 면류관에 거수경례를 붙이게 해 달라고. 장군님도 분명히 저처럼 파멸을 맞이하게 될 겁니다. 단번에 말이죠. 그런데 장군님도 밤 시간을 온전히 혼자서만 보내지는 않을 것 같은데요. 혹시 누가 압니까? 검댕을 묻힌 그 지저분한 자가 베르댠스크에 있던 가로 등에서 내려와 장군님을 찾아올지? 만약 그렇다면 우린 그걸 감내해야 합니다. 그게 공평한 처사니까요. 저는 콜랴를 보내 장군님이 사람을 목매달아 죽이는 걸 도왔고, 사람들 목을 매단 건 바로 장군님이잖아요. 셀 수 없을 만큼 아주 많은 사람을 명령 하나로 말이죠.

어쨌든 콜랴는 사라지지 않았어요. 그래서 전 소리를 질러 내

쫓았습니다. 모두들 잠에서 깼죠. 간호사가 달려왔고 이반 바실리예비치 씨를 깨우는 소리도 들려왔습니다. 전 다음 날을 새로 맞이하기 싫었지만, 사람들은 제가 스스로를 죽이도록 내버려 두지 않았어요. 무명천으로 절 묶고 손에 쥐고 있던 유리를 빼앗고 붕대를 감아주더라고요. 그 후로 전 27호실에 있게 되었죠. 저는 투여된 약물에 취해 잠들기 시작했고 잠결에 간호사가 복도에서 하는 말이 들려왔어요.

"가망이 없는 환자야."

맞는 말입니다. 전 가망이 없습니다. 황혼이 지면 뼈를 깎는 고통을 느끼며 눈에 익은 예전의 방과 반짝이는 눈에서 스며 나오는 평화로운 빛이 나오는 꿈을 꾸길 기다리지만, 그건 헛된 짓이죠. 그런 것들은 꿈에 나타나지 않더군요. 앞으로도 절대 나타나지 않을 겁니다.

중압감은 사라지지 않아요. 그리고 밤이 되면 앞 못 보는 눈을 가진 그 낯익은 기병이 나타나 쉰 목소리로 "대열에서 이탈할 수 없어"라고 말하길 순순히 기다립니다.

맞아요, 전 가망이 없는 환자입니다. 콜랴는 제가 죽을 때까지 절 괴롭힐 테니까요.

1922년

미하일 불가코프

Михаил А. Булгаков

심령회

Спиритический сеанс

미하일 불가코프(Михаил А. Булгаков, 1891-1940)는 키예프에서 태어났다. 소설가 겸 희곡작가로 활동하며 만 48년의 생애 중 20년을 창작 활동에 할애한 인물이다. 완벽주의자적 성향으로 자기 자신에게 매우 엄격하고 냉정했던 작가로도 알려져 있다. 의과 대학에 진학해 우수한 성적으로 졸업한 후 1차세계대전 당시 의무병으로 복무했다. 고향 키예프에서 짧은 기간 동안 의사 생활을 하다 1921년 모스크바로 이주하여 본격적으로 글을 쓰기 시작했다.

1921년 「치치코프의 모험(Похождения Чичикова)」을 시작으로 「소맷동에 쓴 수기(Записки на манжетах)」(1923), 「디아볼리아다(Дьяволиада)」(1923) 등을 잇달아 발표해 유명해졌다. 불가코프의 대표작인 장편소설 「백위군(Белая гвардия)」(1922-1924)도 이 시기에 발표되었다.

불가코프는 의사로서의 경험을 십분 살려 단편 모음집 『젊은 의사의 수기(Записки юного врача)』(1925-1926)를 발표했다. 의학적 소재는 비슷한 시기에 쓰여 불가코프의 사후에 출판된 『개의 심장(Собачье сердце)』(1987)에도 반영되어 당대의 의료 현실을 둘러싼 환경을 날카로운 풍자로 풀어냈다.

1930년대에 들어 불가코프의 작품은 출판이 전면적으로 금지되었다. 불가코프의 많은 작품이 그의 사후에 출판된 이유이기도 하다. 작품 활동을 할 수 없게 된 불가코프는 생활고에 시달리다 소비에트 정권에 사정한 끝에 '모스크바 예술극장(МХАТ)'에서 간신히 일자리를 얻게 된다. 이후 '볼쇼이 극장(Большой театр)'으로 이직하여 번역가 겸 대본 작가로 근무하게 된다. 말년의 생계는 주로 번역으로 유지했다고 전해진다. 정권의 탄압과 업무 스트레스는 불가코프가 앓고 있던 고혈압의 악화로 이어졌다. 그럼에도 불구하고 창작 활동을 계속 이어 갔고 세상을 떠나기 3주 전까지 소설 「거장과 마르가리타(Мастер и Маргарита)」(1967) 작업에 매달렸다. 불가코프는 1940년 모스크바에서 생을 마감하여 노보데비치 국립묘지에 안장되었다.

> "그를 불러내지 말지어다! 그를 불러내지 말지어다!"
>
> ―메피스토펠레스*의 레치타티보에서

1

머저리 크슈시카가 전한다.

"밖에 웬 사내가 그쪽을 찾아왔던데…"

마담 루지나는 발끈한다.

"아니, 일단 날 '그쪽'이라고 부르지 말라고 몇 번을 얘기했니? 그리고 사내라니? 도대체 누굴 말하는 거야?"

그러더니 사뿐사뿐 현관으로 나온다.

현관에서는 크사베리 안토노비치 리시네비치가 앞에 차양이

---

* Mephistopheles. 독일의 파우스트 전설, 그리고 이 전설을 소재로 한 작품에 등장하는 악마.

달린 경찰모처럼 생긴 모자를 사슴뿔에 걸며 쓴웃음을 짓고 있다. 크슈시카가 한 말을 들은 것이었다.

마담 루지나는 한 번 더 발끈한다.

"어머, 세상에! 죄송해요, 크사베리 안토노비치 씨! 이런 모자란 촌것을 봤나! 저 촌것이 아무한테나 저래서… 어서 오세요!"

"오, 괜찮습니다!"

크사베리 안토노비치는 무도회에서 춤을 청하듯 우아하게 두 팔을 활짝 편다.

"안녕하십니까, 부인!"

크사베리 안토노비치는 두 발로 3번 포지션*을 취하며 고개를 숙이고 마담 루지나의 손등에 입을 맞춘다.

크사베리 안토노비치가 마담 루지나를 향해 끈적이는 눈빛을 보내려는 순간 그녀의 남편 파벨 페트로비치가 문을 열고 나온다. 그러자 크사베리 안토노비치의 눈빛에서는 끈적임이 싹 가신다.

파벨 페트로비치는 나오자마자 뭉그적대는 말투로 말하기 시작한다.

"아이고오… 남정네 양반… 허허! 야인께서 납시셨군요! 제복을 입은 야인께서. 자유라는 게 바로 저런 게 아닐까 하는 생각이 듭니다만… 공산주의라니… 너그럽게 용서하십시오! 사방이 크슈시카 같은 사람들인데 어떻게 공산주의를 꿈꿀 수 있겠습니까? 남정네 양반… 허허! 이거 참, 죄송합니다! 남정네…"

---

* 발레에서 발끝을 좌우 반대 방향으로 돌리고 발뒤꿈치를 포개어 붙이는 자세.

'아휴, 저 모자란 인간.'

마담 루지나는 이렇게 생각하며 남편의 말허리를 자른다.

"아니, 현관에서 이럴 게 아니라 식당으로 가시죠…"

파벨 페트로비치도 아내의 말을 거든다.

"맞습니다, 어서 식당으로 가십시다. 드시죠!"

세 사람은 허리 숙여 검은 파이프 밑을 통과해 식당으로 간다.

파벨 페트로비치는 크사베리 안토노비치의 허리에 팔을 두르며 말을 잇는다.

"그러니까 제 말씀은 공산주의라는 게… 사실 논쟁의 여지 없이 레닌이 탁월한 사람이긴 하지만… 아, 맞다, 배급받은 담배가 있는데 태우시지 않겠습니까? 허허! 오늘 받아 온 건데… 아무튼 그래도 공산주의라는 게 말이죠… 그게 그런 거더라고요… 본질적으로는… 이런, 이건 부러졌나? 다른 걸 드리죠, 이 끝에 있는 걸로… 그러니까, 본질적으로는 일정한 발전을 요구하는 건데… 이런, 이건 젖었나? 이놈의 담배! 자, 이걸로 하시죠… 아무튼 그 내용을 따져보면… 아, 성냥이군요! 이것도 배급받은 겁니다… 그래서 일정한 의식을 요하기도…"

"그만 좀 해, 여보! 크사베리 안토노비치 씨, 차는 어떻게 하시겠어요? 지금 하시겠어요? 아니면 나중에?"

"제 생각엔… 음, 지금이 좋겠습니다."

크사베리 안토노비치가 답한다.

"크슈시카! 석유풍로 좀 켜렴! 이제 곧 다들 올 거예요! 다들 관심들이 아주 커요! 대단들 하답니다! 소피야 일리니치나 씨도 오시라고 했거든요…"

"테이블은요?"

"당연히 구했죠! 구하긴 했는데… 못이 박혀 있긴 해요. 그래도 뭐, 괜찮지 않을까요?"

"흠… 물론 좋지 않은 조건이지만… 어떻게든 해보시죠…"

크사베리 안토노비치는 상감 기법으로 무늬를 새긴, 발이 세개 달린 테이블을 찬찬히 살펴본다. 그의 손가락들이 저절로 가볍게 움직인다.

파벨 페트로비치가 입을 연다.

"솔직히 말씀드리자면 전 믿지 않습니다. 누가 뭐래도 전 믿지 않아요. 비록 자연에서 실제로…"

"아니, 지금 무슨 소리야? 이게 얼마나 재미있는데! 하지만 나도 미리 얘기해 두자면 좀 무서울 것 같긴 해."

마담 루지나는 생기를 띤 눈을 반짝이더니 현관으로 뛰어나가 거울 앞에 서서 재빨리 머리매무새를 가다듬고 후다닥 주방으로 간다. 주방에서는 석유풍로가 웅웅거리며 작동하는 소리와 크슈시카가 콩콩거리며 발뒤꿈치로 바닥을 내딛는 소리가 들려온다.

"제 생각에는요…"

파벨 페트로비치는 이렇게 입을 열더니 끝을 맺지 않는다.

현관으로 사람들이 들어온다. 가장 먼저 나타난 이는 레노치카다. 뒤이어 마담 루지나의 집에서 하숙을 하고 있는 남자가 들어온다. 2급 교사인 소피야 일리니치나도 뒤따라 들어온다. 곧이어 보보리츠키도 아내 니노치카와 함께 모습을 드러낸다.

식당은 와자지껄한 웃음소리와 담배 연기로 가득하다.

"이런 자리를 진작에 좀 마련할 걸 그랬어요!"

"전 솔직히 말해서…"

"크사베리 안토노비치 씨! 영매 역할을 선생님께서 하셔야죠! 그렇게 해주실 거죠? 그렇죠?"

크사베리 안토노비치는 알랑거리며 대꾸한다.

"여러분, 사실 저도 문외한이에요… 하지만…"

"에이, 괜히 그러신다! 선생님 댁에서 테이블이 막 공중에 뜨고 그랬잖아요!"

"전 솔직히 말해서…"

"확실하다니까! 마냐가 초록빛이 도는 빛을 두 눈으로 똑똑히 봤다잖아…"

"어머, 끔찍해라! 전 그만둘래요!"

사람들을 불러 모은 장본인이자 철저한 유물론자인 소피야 일리니치나는 큰 소리로 단호하게 말한다.

"불은 켜고 해요! 불은 켜자고요! 그렇지 않으면 전 동의할 수 없어요! 믿지 않을 거예요!"

"저기, 그러면… 우리 다 같이 맹세를…"

"그건 아니죠! 불은 꺼야죠! 율리우스 카이사르가 사형을 선고할 때도…"

보보리츠키의 아내가 소리 높여 말한다.

"아, 전 정말 못 하겠어요! 죽음에 관한 질문은 하지 말기로 해요!"

그러자 보보리츠키는 나른한 목소리로 속삭인다.

"불 꺼라! 불 꺼라!"

크슈시카는 놀라서 입을 다물지 못한 채 찻주전자를 가지고 들어온다.

마담 루지나는 찻잔을 달그락거린다.

"여러분, 빨리 시작합시다! 시간을 낭비하지 말자고요!"

그러더니 모두가 찻잔이 놓인 테이블 앞에 자리를 잡고 앉는다.

크사베리 안토노비치의 지시에 따라 숄을 이용해 창문을 빈틈 없이 막는다. 현관에도 불을 끄고 크슈시카에게는 주방에 가만히 앉아 발소리도 내지 말라는 분부가 내려진다. 다들 자리에 앉아 있다. 그리고 어둠이 깔려 있다.

2

크슈시카는 곧바로 갑갑함을 느끼며 불안해진다. 이게 도대체 뭣들 하는 짓인지… 사방이 깜깜하다. 사람들은 문을 걸어 잠그고 식당에 틀어박혀 있다. 처음에는 침묵이 흐르더니 이윽고 조용하게 일정한 속도로 무언가를 두드리는 소리가 들려온다. 크슈시카는 그 소리를 듣고 온몸이 얼어붙는다. 덜컥 겁이 난다. 다시 조용해진다. 그러더니 어렴풋하게 목소리가 들려온다.

"세상에…"

크슈시카는 기름칠을 한 회전의자에서 좌우로 몸을 흔들며 귀를 기울여본다. 툭… 툭… 툭… '그냥 받침대야', '살려주세요', '맙소사!' 따위의 말소리가 같은 음이 단조롭게 반복되는 소리처럼 들려온다.

"아, 와, 와, 와…."

이어서 소리가 난다. 툭… 툭…

회전의자에 앉은 크슈시카는 공포심과 호기심 사이를 왔다 갔다 하는 진자처럼 몸을 흔든다. 뿔 달린 악마가 검은 창문 너머에서 어렴풋이 보이는 것 같기도 하고 출구로 달려가고 싶은 마음이 들기도 한다.

크슈시카는 끝내 참지 못한다. 불 켜진 주방 문을 아주 조금 열어 두고 재빨리 현관으로 빠져나간다. 양손을 허우적대다 함에 부딪친다. 계속해서 여러 함을 헤치고 나가며 더듬거리다 문을 발견하고 열쇠 구멍에 눈을 바싹 붙여본다. 하지만 열쇠 구멍으로 보이는 건 사람들 목소리가 들려오는 칠흑 같은 어둠이다.

3

"혼령이시여, 당신은 누굽니까?"

"아, 베, 붸, 게, 데, 예, 줴, 제*… 호…"

그러더니 소리가 난다. 툭!

"에잇!"

사람들의 탄식이 터져 나온다.

"아, 베, 붸, 게… 화!"

그리고 다시 소리가 들린다. 툭… 툭, 툭…

"화, 앙! 우와! 여러분…"

"황제 나, 폴…"

---

* 　러시아어 알파벳을 처음부터 읊고 있는 대사로 러시아어로는 'А, Б, В, Г, Д, Е, Ж, З…'.

다시 소리가 난다. 툭… 툭…

"나-폴-레-옹! 세상에, 이렇게 홍미로울 수가!"

"조용히 좀 해봐요! 질문해보세요! 어서 물어보자고요!"

"네? 맞아요, 질문들 하세요! 누가 먼저 하시겠어요?"

레노치카가 격앙된 목소리로 더듬더듬 묻는다.

"황제의 혼령이시여, 대답해주세요. 내가 화학본부에서 철도위원회로 이직을 해야 할까요? 말아야 할까요?"

이번에도 소리가 난다. 툭… 툭… 툭…

그러더니 나폴레옹 황제가 또렷하게 말한다.

"바아… 바보!"

그러자 무례한 하숙인이 소리를 지른다.

"유후!"

킥킥대는 웃음소리가 연쇄적으로 퍼져 나간다.

소피야 일리니치나는 화를 내며 속삭인다.

"그렇게 쓸데없는 질문만 하실 거예요?"

레노치카의 귀가 어둠 속에서 빨갛게 달아오른다.

그러더니 애원하기 시작한다.

"선한 혼령이시여, 노여움을 푸세요! 노여움이 가셨다면 바닥을 한 번 두드려주세요!"

크사베리 안토노비치는 이 틈을 타 꾀를 내어 두 가지를 동시에 한다. 입술로 마담 루지나의 목을 자극하면서 테이블을 돌림과 동시에 테이블 다리를 들어 올리더니 파벨 페트로비치의 발을 내리찍는다. 하필이면 티눈이 박힌 부위다.

파벨 페트로비치는 고통스럽게 씩씩댄다.

"스읍!"

"조용히 해봐요! 질문하세요!"

조심성 많은 보보리츠키가 묻는다.

"이 집에 낯선 이들은 없습니까?"

"아니요, 그런 거 말고요! 더 과감한 질문을 해보세요!"

"황제의 혼령이시여, 말씀해주세요. 볼셰비키 정권이 얼마나 더 가겠습니까?"

"오… 이건 흥미롭네요! 조용히 해보세요! 기다려보자고요!"

나폴레옹은 테이블 다리 하나를 바닥에 고정해 테이블을 기울이더니 바닥을 두드리기 시작한다. 타악, 타악…

"스… 억… 석… 달!"

"와!"

보보리츠키의 아내는 외친다.

"어찌나 다행인지! 볼셰비키라면 딱 질색이에요."

"쉿! 왜 이러세요?"

"아무도 없다는데 뭐 어때요?"

"누가 무너뜨립니까? 대답해주세요, 혼령이시여!"

모두가 숨을 죽인다. 그리고 다시 소리가 들린다. 타악, 타악…

크슈시카는 궁금해서 미칠 지경이다.

크슈시카의 인내심은 결국 바닥난다. 그녀는 캄캄한 거울에 아른거리며 비치는 자신의 모습을 뒤로하고 다시 여러 함을 헤치고 주방으로 되돌아간다. 그러더니 손수건을 움켜쥐고 다시 현관으로 뛰어나와 열쇠를 앞에 두고 잠시 주저한다. 이윽고 마음을 굳게 먹은 크슈시카는 빼꼼히 문을 열고 발뒤꿈치에서 느껴지는 해방감을 만끽하며 아래층에 사는 마샤를 향해 내달린다.

4

크슈시카는 아래층 엘리베이터 옆 계단에서 5층에 사는 두시카와 함께 있는 마샤를 발견한다. 마샤의 주머니에는 해바라기 씨가 10만 개는 들어 있는 듯하다.

크슈시카는 말문을 터트린다.

"아니, 얘들아, 다들 문을 걸어 잠그고 틀어박혀서는… 황제니 볼셰비키니 지껄여 대고… 불은 죄다 꺼 놔서 어찌나 오싹하던지! 셋방 남자고 주인 부부고 주인 여자랑 바람난 남자고 선생이고 죄다…"

"어머, 세상에!"

마샤와 두시카는 깜짝 놀란다. 모자이크 장식 바닥은 온통 찐득거리는 해바리기씨 껍질투성이다.

그때 3호 아파트 문이 쾅 하고 닫히더니 늠름한 사내 하나가 계단으로 내려간다. 사내는 희한한 바지를 입고 있다. 두시카와 크슈시카와 마샤는 눈동자를 힐끗 돌린다. 바지로 말할 것 같으면, 무릎까지는 질 좋은 능직물로 만들어진 평범한 바지지만, 무릎 위로는 넓게 넓게 퍼져서 종 같은 모양을 하고 있다.

딱 벌어진 단단한 가슴 때문에 솜을 넣어 누빈 재킷 앞섶은 벌어져 있고, 허벅지에는 날 선 총구가 음산한 기운을 풍기며 가죽 케이스 사이로 살짝 드러나 있다.

늠름한 사내는 이마 부위에 금박 글자가 새겨진 모자를 쓴 머리를 당당하게 한 번 획 젖히고는 날렵한 두 다리를 앞뒤로 휘젓는다. 그렇게 종 모양의 바지를 펄럭이며 엘리베이터로 내려가더니, 세 여인의 순간적인 따가운 시선을 한 몸에 받으며 출구로 걸어간다.

"아니, 나한테는 안 보여주려고 불도 다 끄고는… 참, 나! 그러고는 그… 볼셰비키는 이제 끝장이라는 둥 지껄여 대고… 임금인지 황제인지를 불러 대고… 허! 참!"

늠름한 사내에게 뭔가 일이 생겼다. 정성스럽게 광을 낸 사내의 구두가 갑자기 바닥에 들러붙기 시작한다. 사내의 발걸음이 더뎌진다. 사내는 돌연 멈춰 서서 깜빡하고 뭔가를 두고 온 듯 주머니를 더듬거린다. 그러다 잠시 멍하니 있더니, 생각을 바꿨는지 건물 현관문으로 나가는 대신 갑자기 뒤로 돌아 벤치에 앉는다. 사내는 '문지기'라고 써 있는 유리로 된 돌출부 뒤편으로 사라져 크슈시카의 시야에서 사라진다.

아마도 빨간 머리의 큐피드가 그려진 금 간 벽화가 사내의 흥미를 불러일으킨 것 같다. 사내는 큐피드를 찬찬히 들여다보며 관찰하기 시작한다.

크슈시카는 마음을 가라앉히고 터벅터벅 집으로 돌아간다. 늠름한 사내는 맥없이 멍하니 있다 손목시계를 한 번 보고 어깨를 으쓱한다. 3호 아파트에서 나올 누군가를 애타게 기다리는 듯 보인다. 그러더니 양쪽 종을 마구 펄럭이며 위층으로 올라가기 시작한다. 어느새 사내와 크슈시카 사이에는 계단 한 층만 남은 상태다.

크슈시카가 문소리를 내지 않으려고 슬그머니 집으로 들어와 몸을 숨겼을 때 어두컴컴한 계단참에서 갑자기 성냥불이 타오른다. '24'라고 쓰여 있는 흰색 번호 옆이다. 늠름한 사내는 이제 더 이상 제자리에 서 있지도 멍하니 있지도 않다.

"이십사."

사내는 정신을 집중하여 숫자를 중얼거리더니 건장하고 기운찬 몸을 이끌고 쏜살같이 질주해 단숨에 여섯 개 층을 내려간다.

5

연기 자욱한 어둠 속에서는 나폴레옹을 대신해 소크라테스가 기적을 행하고 있다. 소크라테스는 머지않아 닥쳐올 볼셰비키의 파멸을 예언하며 미친 사람처럼 덩실덩실 춤을 추고 있다. 소피야 일리니치나는 땀투성이가 되어 쉬지 않고 알파벳을 읽고 있다. 크사베리 안토노비치를 제외한 모든 이들의 손은 굳게 얼어붙어 있다. 흐릿하고 희끄무레한 실루엣이 어둠 속에서 아른거린다. 긴장감이 절정에 이르자 그리스의 현자가 앉아 있는 테이블이 요동치며 공중으로 떠오른다.

"아! 그만해요! 무서워요!"

"아니에요! 내버려 둬요! 선한 혼령이여! 더 높이 오르소서!"

"내 다리 만진 사람 없어요?"

"그럴 리가요!"

"쉿!"

"혼령이시여! 지금 여기에 있다면 피아노에서 '라'를 짚어주소서!"

소크라테스는 공중에서 얼마 못 버티고 떨어지고 테이블 다리가 모두 바닥에 부딪치며 별안간 요란한 소리가 울려 퍼진다. 소크라테스의 몸에서는 무언가가 탁 하고 끊어지는 소리가 난다. 그 후 소크라테스는 몸부림을 치기 시작하더니 날카롭게 비명을 질러 대는 여자들의 발을 밟으며 피아노로 달려가기 시작한다. 심령회에 참석한 이들은 이마를 맞부딪히며 소크라테스의 뒤를 따라 달려간다.

주방에서 꽃무늬 담요를 덮고 있던 크슈시카는 잽싸게 벌떡 일어나 소리를 빽 지른다.

"도대체 누구야?"

정신이 나가버린 심령회 참석자들에게는 이 소리가 들리지 않는다.

사악하고 무시무시한 알 수 없는 또 다른 혼령이 소크라테스를 몰아내고 테이블에 들어와 있다. 이 혼령은 공포를 자아내며 테이블 다리를 요란하게 울려 대더니 기관총에서 발사되기라도 한 듯 이쪽저쪽으로 내달리며 알아들을 수 없는 소리를 해 댄다.

"드라-투-마… 비…이…이."

심령회 참석자들은 사정사정하며 혼령을 달래본다.

"곱디고우신 혼령이시여!"

"원하는 걸 말씀하소서!"

마침내 격노한 혼령이 말을 토해낸다.

"문!"

"아! 문이요? 들으셨죠들? 문으로 간대요! 가게 하세요!"

드륵, 툭, 탁… 테이블은 소리를 내며 절룩거리며 문을 향해 가기 시작한다.

그때 갑자기 보보리츠키가 외친다.

"잠시만요! 이 혼령의 힘을 보셨죠? 문에 도달하기 전에 문을 두드려보라고 해보세요!"

"혼령이시여! 문을 두드리소서!"

그러자 혼령은 예상을 초월한다. 마치 한꺼번에 주먹 세 개로 두드리기라도 하는 듯 문 바깥쪽에서 문을 두드리는 소리가 요란하게 울려 퍼진다.

방 안에서는 갑자기 세 사람의 날카로운 비명이 울려 퍼진다.

"아악!"

혼령은 그야말로 힘이 장사다. 모든 이들의 머리털이 곤두설 정도로 속도를 점점 높여 가며 문을 두드린다. 순식간에 숨소리가 멎고 정적이 찾아든다.

파벨 페트로비치가 떨리는 목소리로 외친다.

"혼령이시여! 당신은 누구십니까?"

문밖에서 묵직한 목소리가 답을 전한다.

"비상위원회*요."

혼령은 일순간에 치욕적으로 테이블에서 떨어져 나간다. 못쓰게 된 다리로 지탱하던 테이블은 움직임을 멈춘다. 심령회 참석자들은 돌처럼 굳어진다.

---

* 정식 명칭은 '전 러시아 반혁명 및 태업 단속 비상위원회'. 1917년 레닌이 창설하여 1922년까지 운영된 소련 정부의 안보 기관.

"어머, 세상에!"

마담 루지나는 이 말과 함께 앓는 소리를 내더니 정말로 정신을 잃고 크사베리 안토노비치의 품에 조용히 고개를 묻는다. 크사베리 안토노비치는 씩씩거리며 말한다.

"아, 차라리 악마의 어리석은 농간이었으면 좋겠습니다."

파벨 페트로비치의 떨리는 손이 문을 연다. 순식간에 불이 들어오고 혼령이 눈처럼 새하얗게 질린 사람들 앞에 모습을 드러낸다. 가죽을 쓴 혼령이다. 모자부터 서류 가방까지 온통 가죽 일색이다. 게다가 혼자가 아니다. 부하 혼령들의 행렬이 현관을 가득 메우고 있다.

탄탄한 가슴, 다면체로 깎인 총신, 회색 군용 외투, 그 뒤에 또 다른 군용 외투가 아른거린다.

혼령은 심령술이 거행된 혼돈의 현장을 훑어보고는 기분 나쁜 미소를 지으며 말한다.

"동무들, 신분증을 제시해주시오."

에필로그

보보리츠키는 일주일을, 셋방 남자와 크사베리 안토노비치는 13일을 감옥에 있었고 파벨 페트로비치는 한 달 반 동안 투옥되었다.

1922년

알렉산드르 차야노프
Александр В. Чаянов

베네치아 거울
—유리인간의 엽기 행각

Венецианское зеркало, или Диковинные похождения
стеклянного человека

알렉산드르 차야노프(Александр В. Чаянов, 1888-1937)는 모스크바의 프티 부르주아 계급 상공인 집안에서 태어나 1937년 알마아타(현재 알마티)에서 총살형이라는 비극적인 죽음을 맞이한 인물이다. 작가로서보다 소비에트 경제학자로서 더 잘 알려져 있다. 경제학, 사회학, 사회인류학 분야에서의 연구 활동을 본업으로 삼았던 차야노프는 학제 간 농민 연구의 창시자로, '도덕 경제학'과 '식량 안보'라는 용어를 고안해낸 것으로도 유명하다.

철학과 문학 등 인문학에도 조예가 깊었던 차야노프는 1920년대에 10년 남짓한 짧은 기간 동안 집약적으로 문학 작품을 발표했다. 대부분 현실과 환상이 융합된 세계를 그리는 판타지 장르로 분류되는 작품이 주를 이루고 있으며 유토피아주의적 내용을 담고 있다. 또한 공포스러우면서도 신비주의적인 분위기의 러시아 소설에 나타나는 문학적 전통도 어우러져 있다고 평가된다.

1920년에는 이반 크렘뇨프(Иван Кремнёв)라는 필명으로 첫 중편소설 「내 동생 알렉세이의 농민 유토피아 국가로의 여행기(Путешествие моего брата Алексея в страну крестьянской утопии)」를 발표했다. 이후 1921년부터 1928년 사이에는 '식물학자 X'라는 필명으로 「베네딕토프—내 생의 잊히지 않을 사건들(Бенедиктов, или Достопамятные события жизни моей)」(1922), 「베네치아 거울—유리인간의 엽기 행각(Венецианское зеркало, или Диковинные похождения стеклянного человека)」(1923), 「표도르 미하일로비치 부투를린 백작의 비범하지만, 진실된 모험(Необычайные, но истинные приключения графа Фёдора Михайловича Бутурлина)」(1924), 「율리야—노보데비치에서의 밀회(Юлия, или Встречи под Новодевичьим)」(1928) 등 네 편의 판타지 소설을 발표했다. 비평가들은 이 네 작품에 '러시아의 호프만 소설'이라는 별명을 붙이기도 했다.

이 작품을 O. E. C.에게 바친다.

제1장
사건의 서막

알렉세이는 그 일이 있고 난 뒤, 이 세상의 상식과 평범한 이미지를 빌려 유리와도 같았던 그 인상을 친구들에게 전달하는 데 성공한 적이 단 한 번도 없다. 그뿐만이 아니다. 강한 충격을 받은 의식은 그가 거울 속에 갇혀 지내기 직전 며칠간의 기억을 거의 하나도 붙잡아 두지 못했다.

그가 선명하게, 심지어 지나치리만큼 생생하게 기억하고 있는 마지막 장면은 그가 찾고 있던 것을 골동품상 지하창고에서 발견했던 그 운명의 날이다.

알렉세이는 유럽 5개국 언어로 온갖 찬사를 쏟아낸 노인 밤바치가 자신이 수집한 걸작품 하나하나를 나른하게 음미하던 모습을 아주 세세하게 기억하고 있다.

꿀과 바다의 내음을 한껏 머금고 여느 때처럼 뜨겁게 작열하던 베네치아의 태양은 바로크 양식으로 그려진 큐피드들의 엉덩이에 섬광을 수놓고, 피렌체 콘솔 테이블에 매달린 유리 펜던트에서 아롱거리면서 그라초Gracio 운하의 물결이 발산하던 광채를 골동품상 천장으로 쏘아 올리고 있었다.

하지만 노인 밤바치가 애지중지하며 자신의 사업장에 보관하고 있던 물건들은 하나같이 유럽의 다른 골동품상이 선보였던 물건들과 마찬가지로 알렉세이의 마음을 녹이기에는 역부족이었다.

알렉세이는 새로운 삶의 외관을 꾸미느라 이미 반년이라는 세월을 흘려보냈지만, 목표하는 과제를 여전히 해결하지 못하고 있었다.

야우자* 강변에 새로 마련한 저택의 여덟 개 방은 표현주의의 날카로운 색채를 품은 다섯 세기에 걸친 예술 작품으로 채워져 있었는데, 아무리 애를 써봐도 모든 작품을 하나로 아우를 만한 마지막 결정타가 부족했다.

특정한 리큐어의 풍미를 구현하기 위해 만든 칵테일에서 그 리큐어 한 방울이 여타의 모든 재료를 압도하듯이 날카롭고도 자극적인 힘을 발휘하여 나머지 모든 구성 요소를 거뜬히 능가

---

* Яуза(Yauza). 모스크바의 북동부 외곽에서 모스크바시와 모스크바주를 관통하는 강으로 모스크바강의 지류이다.

할 만한 재료 하나가 필요했다.

이를 위해 바나디르* 해변에서 공수한 흑인 목각 신상神像을 활용해보려고도 했지만, 자그마한 '비너스' 안에 모든 것을 구성하고자 했던 팔마 베키오**의 원래 계획만큼이나 무모한 시도였다.

알렉세이는 눈에 띌 정도로 냉정함을 잃어 가고 있었다. 야우자 저택을 꾸미는 과정에서 빚어지는 차질은 같이 살게 될 여인과 꾸려 갈 삶의 실패와 행보를 운명 짓고 있는 것처럼 느껴졌다. 그 여인의 붉은 머리칼은 불안하고 복잡하며 전반적으로 지난했던 알렉세이의 삶에 마침표를 찍어줄 것처럼 보였다. 짜증스러움을 노골적으로 드러내던 알렉세이는 손님이 무엇을 찾고 있는지 도무지 알 수 없어 지칠 대로 지친 밤바치가 권한 토스카나 전통 양식의 알록달록한 혼례함을 한쪽으로 쓱 밀어 놓고 최후의 수단을 써보기로 마음먹었다. 수집가로서 봉착해야 하는 우울증을 극복하기 위해 거듭 활용했던 수단이었다.

10분 후, 구시렁대던 밤바치는 열쇠 꾸러미를 잘그랑거리면서 희미한 등잔불로 축축한 돌계단을 밝히며 알렉세이와 함께 지하창고로 내려갔다. 지하창고에는 낡은 세간들이 넘쳐흐를 만큼 빼곡히 들어차 있었다. 낡은 세간들은 베네치아 토박이인 노인 밤바치가 골동품 사업에 쓰일 귀한 보석을 추출하는 데 사용하던 원석들이었다.

알렉세이는 시장 수요의 저속함에 찌든 늙은 장사꾼의 안목이

*   Banaadir. 소말리아 남부에 위치한 주로, 주도는 소말리아의 수도 모가디슈이다.
**   Palma Vecchio, 1480-1528. 르네상스의 베네치아파를 대표하는 이탈리아의 화가.

옛 팔라초palazzo와 수도원에서 한꺼번에 사들여져 그라치오 운하의 한없이 깊은 지하창고에 처박혀 있는 무수히 많은 잡동사니 중에서 쓸 만한 것 하나 정도는 들여놓았기를 기대하고 있었다.

그러나 먼지를 뒤집어쓴 낡은 안락의자며 나무로 만든 교회 용품이며 팔이 잘려 나간 해쓱한 고대 조각품 등을 차곡차곡 쌓아 올린 더미는 밤바치가 들고 있던 등잔불의 희미한 빛 속에서 단테의 지옥에 등장하는 따분한 뒤뜰, 다시 말해 수 세대의 생명이 묻혀 썩어 들어가고 있는 묘지 같았다.

무기력함에서 오는 뻑적지근한 비애감이 알렉세이의 의식을 가득 채웠다. 그는 이제 모든 것을 단념하고 가게에서 빠져나와 곧바로 기차역으로 가 모스크바로 떠나려 했다. 하지만 그 순간 큰 충격에 휩싸여 돌연 걸음을 멈췄다.

어둠 속에서, 오른쪽 거대한 그림 옆에서 화려하게 빛을 발하던 프랑스풍 안락의자의 폐허 너머에서 무게감 있는 영향력을 발산하고 있는 누군가의 모습이 알렉세이의 눈에 들어왔다.

알렉세이는 그 자리에 멈춰 섰다. 심장이 평소보다 빨리 뛰기 시작했다. 몸에서 일어나는 모든 움직임이 부자연스럽게 느껴졌다. 간악무도한 시선에서 뿜어져 나오는 알 수 없는 위력이 어둠 속에 서 있던 알렉세이를 꼼짝 못 하게 만들고 있었다.

알렉세이는 어둠 속에서 몇 걸음을 내디뎌보았다. 밤바치의 등잔불에서 나오던 흔들리는 불빛 속에서 광기를 품은 두 개의 눈동자가 알렉세이에게 착 달라붙어 있었다.

알렉세이는 영원과도 같았던 짧은 순간이 지나자 깨달았다. 저 앞 붉은색 나무의 폐허 너머에 서 있던 것은 거미줄과 겹겹이 쌓인 먼지로 뒤덮인 거울이었다.

그 순간부터 알렉세이의 의식은 예민함을 잃어버렸다.

알렉세이는 우연히 발견한 그 진귀한 물건을 야우자 저택 입구에까지 어떻게 옮겨 왔는지, 고도의 집중력을 발휘해야만 모호한 시각적 영상 속에서 떠올릴 수 있었다. 하지만 무슨 이유에서인지는 몰라도 바짝 힘을 준 탓에 벌겋게 변한 하인 그리고리의 두꺼운 목덜미만은 똑똑히 기억하고 있었다. 그리고리는 낑낑대며 베네치아 거울이 든 상자를 차에서 꺼냈다.

알렉세이는 햇빛에 반사된 하얀 봄 드레스를 입고 앞에 서 있던 케이트에게 자신의 모험담을 두서없이 얘기하며, 베네치아에서 발견한 물건에서 호박단 포장을 벗겨내기 시작했던 운명적인 순간도 어렴풋이 기억하고 있었다.

물결처럼 주름진 노란색 천의 마지막 자락이 바닥에 닿고, 검은색 유리 표면이 케이트와 선인장 화분과 야우자강 너머 쿨리시키*에서 해가 지는 하늘 쪽으로 산처럼 솟아오른 교회의 둥근 지붕을 구불구불한 선으로 휘감으며 자기의 몸체에 투영하자, 자그마한 집 안에 있던 모든 것들이 달라졌다. 마치 눈에 보이지 않는 유리 액체가 방에서 넘쳐흐르고 주변의 모든 물건을 녹여 투명하게 만들고 있는 듯했다.

거울 표면은 수 세기를 묵히고 묵힌 은근한 독소를 발산하는 듯했고 그 독소는 공기, 가구, 그림, 꽃, 벽을 차츰차츰 채워 가고 있었다.

---

*   Кулишки(Kulishki). 모스크바강과 야우자강이 합류하는 지대에 위치한 사적지.

머리에서는 현기증이 일기 시작했다. 가슴은 평소보다 빠르게 들썩였다. 알렉세이의 눈앞에서는 납빛으로 물든 어두운 거울에 비친 알렉세이 본인과 케이트의 모습이 마구 날뛰고 있었고, 특히 케이트의 모습은 점점 알렉세이를 완전히 장악해 오고 있었다.

거울 속의 여인에게서는 그가 알고 있던 연인의 차분한 모습을 전혀 찾을 수 없었고 거울에서 눈을 떼고 그녀의 실제 얼굴을 바라봐도 그 또한 낯선 모습이었다.

무거운 거울을 옮기면서 알렉세이의 손이 본의 아니게 케이트의 양팔과 엉덩이에 닿았고 알렉세이는 그녀의 온몸이 완전히 달라졌음을 느꼈다. 늘 차갑고 냉정했던 그녀의 몸은 용광로 속 쇳물처럼 펄펄 끓고 있었다.

기이한 거울에 홀린 알렉세이는 자신마저 다른 사람으로 느껴졌다. 수년에 걸쳐 억누르는 법을 터득한, 그의 본성을 이루는 요소 하나하나가 예기치 못한 맹렬하고도 강력한 기세로 새롭게 깨어났다.

알렉세이는 자신의 품 안에서 흥분에 사로잡혀 무언가를 갈망하는 연인의 몸이 느껴지자 격정이 치밀어 올라 그녀를 더 꼭 끌어안았고 그녀의 굶주린 입술에 입을 맞추려고 했다. 그는 케이트가 그의 어깨 쪽으로 얼굴을 돌리고 품에서 빠져나가 자취를 감춰버렸던 모습을 어렴풋이 기억했다.

하지만 잠시 후 그가 베네치아 거울의 탁한 표면을 마주하고 있었다는 것만큼은 평생의 가장 강렬한 기억으로 뇌리에 각인되었다.

베네치아 거울은 마치 물결치는 석유의 표면을 비추는 것처럼 평면의 위치가 뒤바뀐 입체파 그림의 형태로 제 윤곽을 변형시키며 알렉세이를 투영하고 있었다.

알렉세이는 거울에 비친 자신의 일그러진 얼굴을 뚫어지게 바라보며 자신의 욕정이 자아내는 온갖 폭력성을 고스란히 느끼고 있었다. 그리고 그 폭력성은 묘하게 마음에 들었고 희열감을 선사했다.

알 수 없는 강력한 힘이 알렉세이를 뿌연 유리의 누런 표면으로 점점 더 가까이 끌어당겼다. 알렉세이는 갑자기 몸서리를 쳤다. 머리끝에서 발끝까지 식은땀으로 범벅이 되었다. 그리고 그라치오 운하의 지하창고에서처럼 광기를 품고 자신을 주시하고 있는, 전혀 낯선 두 개의 눈동자와 마주했다.

바로 그 순간 격렬한 충격이 느껴졌다. 거울에 비친 알렉세이의 분신은 알렉세이의 오른손을 덥석 잡더니, 수은의 표면이 물결치듯 원을 그리며 물결치기 시작하는 거울 표면 안쪽으로 알렉세이를 힘껏 잡아당겼다.

한때 두 몸은 한데 뒤엉켜 난투를 벌였다. 그리고 잠시 후 알렉세이는 자신의 분신이 방 한가운데로 뛰쳐나가 껑충껑충 높이 뛰어오르며 춤을 추기 시작하는 모습을 보았고, 점점 고요해지는 거울 속 공간에서 분신의 몸짓을 따라 해야 했다.

제2장
뒤바뀐 운명

　원래는 거울 속 세계에서 알렉세이의 투영체였던 유리인간은 미칠 듯이 기뻐하며 경망스러운 몸짓으로 시라즈^{Shirāz}에서 들여온 페르시아 카펫 위에서 덩실대며 춤을 췄다. 그는 구두 굽으로 카펫을 짓밟으며 두 다리를 번갈아 가며 높이 쳐들었다.

　잠시 후 유리인간은 춤을 중단했다. 그는 거울을 향해 몸을 돌리더니 혀를 내밀고 두 주먹을 휘두르면서 괴상한 소리로 자지러지게 웃어 대기 시작했다.

　믿어지지 않는 절망에 휩싸인 알렉세이는 자신의 얼굴이 악마와도 같은 분신의 표정을 따라 하고 있으며, 마비가 되어버린 듯한 팔다리 역시 온갖 저항에도 불구하고 분신의 몸짓을 흉내 내고 있다는 게 느껴졌다. 유리인간은 자신의 위력에 흠뻑 취해 거울에 거의 달라붙을 정도로 바싹 다가오더니 세상에 없는 기이하고도 흉측한 자세로 빈정대듯 몸을 이리저리 구부리며 알렉세이에게 자신과 똑같은 동작을 강요했다. 그것은 자크 칼로*가 만들어낸 가장 기괴한 인물들의 자세를 연상케 했다.

　알렉세이는 자신의 분신이 강요한 악마적인 자세로 팔다리를 꺾으며 극악무도한 분신에게서 흘러넘치던 그 야비함과 혐오스러운 욕정에 완전히 압도되었다. 한편으로 의식만큼은 분신의

---

*　Jacques Callot, 1592-1635. 17세기 바로크 시대에 활동했던 프랑스의 판화가로, 군인, 술주정꾼, 집시, 거지 등과 같은 인물을 그로테스크하게 표현했고 전쟁의 참상을 적나라하게 묘사한 작품들로 유명하다.

지배를 받지 않은 상태로 남아 있다는 사실에 어느 정도 다행이라는 마음이 들기도 했다. 유리인간의 생각을 따라 한다는 건 절대로 있어서는 안 될 일이었다.

저항을 하며 격한 분노에 휩싸였던 알렉세이는 광기 어린 몸짓을 취하던 유리인간이 자신의 모든 것을 지배할 수는 없다는 생각이 들자 이내 마음이 놓이기 시작했다. 알렉세이는 이따금 맹렬한 저항의 의지를 발휘하여 팔에 힘을 줘 가며 분신이 일삼던 역겨운 동작을 저지해냈고, 이에 분신은 미친 듯이 날뛰다 겁을 먹고 거울에서 물러섰다.

괴괴한 유리 표면이 만든 막 하나를 사이에 두고 벌어졌던 긴장 넘치는 접전은 돌연 소강상태에 접어들었다.

방 안으로 케이트가 들어왔다.

케이트는 진주를 꿴 줄로 붉은 머리채를 묶고 있었고 녹색이 감도는 얇은, 아니 완전히 투명한 모술^{Mosul}산 옷감은 케이트의 우윳빛 몸을 여실히 드러내주고 있었다.

마음속 깊은 곳까지 들어찬 강렬한 흥분에 휩싸인 알렉세이는 당장이라도 무릎을 꿇어 주저앉고 싶었지만, 케이트의 등장을 알아채고 그녀를 향해 돌아선 유리인간의 환희에 찬 몸짓에 따라 고통스럽고도 급작스럽게 손바닥을 맞부딪치기 시작했다.

알렉세이는 목뼈에서 우두둑 소리가 나면서 알 수 없는 힘에 이끌려 고개가 거울 속 세계 깊숙한 곳으로 돌려지는 기분이 들었다. 그와 동시에 케이트 분신의 미끈거리는 유리 몸이 두 손에서 느껴졌다.

케이트는 알렉세이의 시야에서 벗어나 있었다. 유리인간의 의지로 거울 속 공간 내부에 들어오게 된 알렉세이는 오직 자신 앞에 서 있는 유리로 된 존재의 움직임에 의해서만 케이트의 운명을 판단할 수밖에 없었다.

알렉세이는 마지못해 유리로 된 미끈거리는 거울 안 여인의 넓적다리를 끌어안았다. 그러자 거울 안 여인은 알렉세이에게 비웃음이 섞인 일그러진 미소를 지어 보이며 거울 밖의 실제 케이트가 사로잡혔을 법한 공포와 경악을 표출해냈다.

알렉세이의 희미한 기억에 의하면 얼마 후 타인의 의지에 굴복한 알렉세이의 두 손은 혐오감을 자아내며 요동치는 유리로 된 몸을 거칠게 거머쥐었고, 알렉세이의 얼굴은 알 수 없는 힘에 이끌려 거울 표면 쪽으로 돌려졌다.

노예로 전락하여 능욕당하고 자유를 빼앗긴 알렉세이는 그 순간 자신이 사랑하는 거울 밖의 여인이 악마와도 같은 제 분신의 손아귀에서 몸부림치는 모습과 유리로 된 두 손이 숨통을 조일 듯 그녀를 압박하여 딱딱한 손가락으로 그녀의 우윳빛 몸에 멍자국을 남기는 모습을 목격했다.

그 모든 것들은 순식간에 거울 속 공간으로 유유히 사라져버렸고 헛것이 나타나는 혼수상태와도 같은 일종의 꿈속에 녹아들어 알렉세이의 기억 속에 남겨졌다.

그런 날들은 계속 이어졌다. 알렉세이가 거울 속에서의 삶을 살아야 했던 무거운 납빛의 나날이었다.

그 후 알렉세이는 환영과도 같았던 그 괴괴한 거울 속 공간을 떠올릴 때면 몸서리를 치며 경악을 금치 못했다. 그곳은 거울 속에 분신이 존재하는 이의 몸짓이 거울 표면에 전혀 투영되지 않는 순간, 이따금 현실 세계의 원형이 취하는 몸짓을 따라 하던 그 가련한 존재와 그보다 훨씬 더 끔찍한, 살지도 죽지도 않은 존재가 둥둥 떠다니는 공간이었다.

그 고통과 쾌락은 알렉세이에게 강한 충격을 안겨주었다. 그 고통과 쾌락은 세속적인 판단에 비추어보면 지극히 보잘것없었지만, 거울 속 환영들의 삶과 '주인'에 대한 끊임없는 저항과 '주인'을 장악하여 자신들의 몸짓과 사고를 반영하도록 강요하고자 하는 욕망을 구성하는 것들이었다.

알렉세이는 불안한 기운이 감도는 어스름한 거울 속 공간에서 오래전에 죽은 사람들의 투영체와 맞닥뜨리며 몸서리를 치곤 했다. 그 망자들은 한때 위대한 이들이었지만, 이제는 기력이 쇠하여 거울 속에서의 삶을 지속하고 있었다. 아주 드물게 지옥의 심연에서 유리로 된 막을 통해 현실 세계를 내다보며 후손들에게 두려움을 안겨주거나 점술 거울에 얼굴을 들이미는 처녀들에게 전율을 선사할 뿐이었다.

알렉세이는 점차 사그라드는 감각에 걸맞게 약해지는 몸의 떨림을 느끼며 자신의 분신이 거울 밖 세계의 운명을 점점 더 강력하게 장악해 오고 있음을 확신했다. 알렉세이의 분신은 밤마다 케이트의 침실로 들어가기 전에 거울 앞에서 면도칼을 옆에 내려놓고, 뺨과 턱을 이리저리 살펴보고는 거울 속을 들여다보며 고소해하면서도 조롱하는 듯한 표정을 점점 더 노골적으로 드러내면서, 알렉세이에게 윙크를 해 보였다.

알렉세이는 정확히 설명할 수 없는 시름에 잠겨 연인의 고통스러운 운명을 지켜보았다. 강제로 끌려간 케이트는 마치 도끼에 찍혀 꺾이는 어린 자작나무처럼 부서지고 말았다. 무력해지고 모든 것에 무감각해진 그녀는 유리인간을 알렉세이로 착각하고 무슨 일이 벌어지는지 이해하지 못한 채, 아니 생각을 해보려는 시도도 하지 않은 채 유리인간의 의지에 복종했다.

케이트의 몸을 탐하는 광란의 밤이 찾아들 때면 알렉세이는 유리의 공간에서 유리로 된 케이트의 분신을 품에 안고 유리인간의 행위를 흉내 내야 했고, 케이트는 무감각한 상태가 되어 쾌락이나 의지나 저항 따위는 잊은 채 인형처럼 극악무도한 유희에 몸을 맡겼다.

알렉세이는 끝없이 돌고 도는 재앙 속에서 케이트의 무감각한 모습을 보고 내심 정신적인 만족감 비슷한 느낌을 받았다. 알렉세이는 그런 만족감이 점점 커져 가고 있음을 느끼며, 현실 세계에서 케이트가 하는 행동이 거울 속 세계의 법칙에 따라 자신의 품에 몸을 맡긴 유리 여인의 극악무도한 욕망을 억제하고 있다는 사실을 눈치챘다.

하지만 그 보잘것없는 정신적 위안도 이내 바닥을 드러내기 시작했다. 어느 날 알렉세이는 본인에게 있던 원래의 의식이 변해버렸음을 깨닫고 겁이 났다. 주변을 채우고 있던 유리의 기운이 땀구멍 하나하나와 딱딱한 두개골을 뚫고 몸 안으로 스며들기 시작하여 유리의 공허함 안에서 자신의 인간성을 녹이고 있는 듯한 느낌이 들기 시작했다. 사악한 분신의 의지에 따라 광기 어린 몸짓을 구사하던 알렉세이는 본인도 알지 못했던 정신적 제방이 물에 씻겨 내려가기 시작하면서 어느새 유리의 파도가 자신의 영혼을 집어삼키고, 녹이고 있음을 끔찍할 정도로 생생하게 느꼈다.

특히 현실 세계의 연인이 파멸에 이르는 끔찍한 장면이 눈앞에 펼쳐지자 알렉세이의 마음에는 격렬한 패배감과 극단적인 절망감이 차올랐다.

창백한 얼굴에 몹시 지친 표정을 짓던 케이트는 움푹 꺼졌지만 여전히 아름다운 눈과 묘하게 농염함을 머금은 입술을 간직하고, 몽유병 환자처럼 다리를 휘청이면서도 넘어지지 않고 꿋꿋이 서서 하루하루 타들어 갔다.

하지만 알렉세이에게는 케이트를 도울 힘이 없었다. 유리의 파도가 알렉세이의 의식에 점점 더 높이 차오르고 있었다.

기억은 알렉세이의 정신세계에서 완전히 떨어져 나갔고 섬광처럼 번쩍이는 의식만이 그가 존재하던 지옥과도 같은 어둠을 이따금 비출 뿐이었다.

그런 순간이 찾아올 때면 알렉세이는 완전히 무뎌져버린 감각에도 불구하고 믿을 수 없을 정도의 강렬한 흥분에 휩싸였다. 케이트의 어깨에 깊이 박힌 유리인간의 이빨, 케이트의 가슴을 적시는 핏줄기, 케이트의 목을 틀어쥔 유리 손가락, 케이트의 눈동자에 서린 극도의 공포와 절망이 알렉세이의 눈앞에서 광채를 발했다. 알렉세이는 케이트가 유리인간의 손아귀에서 겨우 벗어나 방 안을 여기저기 뛰어다니다 자기가 쓰던 아틀리에의 잠긴 문을 향해 내달리는 장면을 목격했다. 순식간에 지나가버린 난투극 끝에 문에 채워져 있던 자그마한 걸쇠가 떨어져 나갔고 케이트는 베네치아 거울 아래쪽으로 넘어지고 말았다.

알렉세이는 다시 먹잇감에 달려들 태세를 갖춘 유리인간이 케이트의 머리채를 낚아채 자기 쪽으로 끌어당기더니 분을 참지 못하고 케이트를 번쩍 들어 바닥에 내팽개치는 장면과 마주했다. 알렉세이의 두 눈에서는 분노의 불길이 타오르기 시작했다. 알렉세이는 자신에게 남아 있던 의지를 최대한 끌어모아 격전을 벌이며 뒤엉켜 있던 두 사람의 몸을 향해 돌진했다.

와장창하고 유리 깨지는 소리가 울려 퍼진 순간, 알렉세이는 자신이 베네치아 거울의 파편이 흩어져 있는 현실 세계의 방바닥에 쓰러져 있음을 깨달았다.

그 순간 잔뜩 겁을 먹은 케이트의 두 눈동자가 보였다. 케이트는 두 개의 형상으로 나타난 알렉세이를 가만히 보고 있었다. 하나는 진짜 알렉세이였고 다른 하나는 알렉세이의 분신이었다. 알렉세이의 분신은 잡아먹히기라도 할까 봐 두려움에 떠는 짐승처럼 멀찌감치 도망가고 있었다.

알렉세이에게는 분신을 쫓아가야겠다는 생각조차 들지 않았다. 분신 따위는 안중에 없었던 알렉세이는 처참한 모습으로 흐느껴 울고 있는 연인에게 달려가 그녀의 고개를 품에 꼭 끌어안았고 눈물을 흘리고 있는 눈에 거듭 입을 맞추고 머리칼을 쓰다듬기 시작했다.

케이트가 어느 정도 안정을 되찾아 흐느낌으로 요동치던 몸의 떨림이 잦아들자 알렉세이는 두 팔로 조심스럽게 케이트를 안아 올려 침실로 옮겼다. 침실로 가던 길에 있던 타원형의 몸거울 옆을 지나치던 알렉세이는 무심코 거울을 들여다보았고, 그러자 두려움이 밀려들어 하마터면 사랑하는 여인을 떨어뜨릴 뻔했다.

거울 속 공간에서는 케이트의 축 늘어진 몸이 아무런 도움 없이 저 스스로 공중에 떠다니고 있었다. 거울 속 공간에서는 그 무엇도 알렉세이를 투영하지 않았다. 알렉세이는 자신의 투영체가 공포에 질려 모스크바의 거리 어딘가를 뛰어다니고 있다는 느낌이 들었다.

제3장
폭풍 전야의 고요

알렉세이가 현실 세계의 삶을 되찾은 지도 일주일이 흘렀다. 케이트는 잠들어 있었다. 머리칼은 아마포 베개 위에 부스스하게 흩어져 있고 눈썹은 꿈에서 무언가를 본 건지 간간이 움찔거렸다.

알렉세이는 노란 표지의 프랑스 소설책을 옆에 놓고 벌써 한 시간도 넘게 케이트의 가슴이 오르내리며 호흡하는 모습을 바라보며 생각에 잠겨 있었다.

알렉세이는 거울이 몰고 온 폭풍이 그의 삶에 가져온 피해의 규모를 결산해보고 복구 가능성에 관한 기본적인 문제를 해결해 보려고 했다. 분신이 방마다 어지럽게 쏟아 놓은 거북이 등껍질 세공품이며 선인장이며 독일 춘화 동판화 등은 가장 먼저 치워두었다. 삶의 겉모습은 서서히 예전의 모습을 되찾아 갔지만, 알렉세이에게는 여전히 어떤 썩은 내 같은 게 느껴졌다. 전에는 그렇게 좋아했던 방들인데, 발을 들여놓을 때면 그의 마음속에는 혐오스러운 모멸감이 차올랐다. 거울에서는 알렉세이의 투영체가 사라져버렸고, 알렉세이는 매 순간 케이트가 그 사건을 떠올리는 걸 바라지 않았다. 그래서 알렉세이는 집 안에 있던 거울을 모두 치워야 했고 마주 보는 거울이 서로를 끊임없이 투영하도록 구성하려던 실내 장식 계획을 모두 철회했다.

알렉세이가 생각했던 대로 물질세계에서는 모든 것을 바로잡을 수 있었다. 알렉세이는 뇌가 유리처럼 굳어지는 현상도 바로잡을 수 있다고 생각했다. 그런 현상은 때때로 알렉세이를 다시 찾아와 알렉세이를 허수아비로 만들어 놓곤 했다. 더운물에 몸을 담그고 느긋하고 평온한 생활을 유지하자 거울 속 공간의 독소는 어느새 씻겨 내려가기 시작했다.

무엇보다도 케이트가 제일 걱정이었다. 케이트는 알렉세이가 예전의 모습으로 돌아와 진심으로 기뻐했고 거울 속에 갇혀 지냈던 이야기를 듣고 큰 충격을 받았다. 그녀는 자신이 겪었던 일들을 생각하며 두려움에 떨었고 단둘만의 긴 휴식을 꿈꿨다.

그러나 알렉세이의 담담한 사랑의 손길과 부드럽고 짧은 입맞춤은 웬일인지 케이트를 만족시키기에 역부족이었다. 알렉세이는 인간의 사랑과 인간의 손길만으로는 화산처럼 폭발해버린 욕망을 만족시킬 수 없을 것 같다는 생각이 들었고, 그런 생각 때문에 매우 괴로웠다.

거울 속 분신이 동화 속에서 벌어지는 신비한 환상처럼 연기가 되어 사라진 것이 아니라 어딘지 모를 가까운 곳에서 계속 살아 숨 쉬면서 먹잇감을 노리고 있고, 둘 사이의 싸움이 아직은 절대로 끝나지 않았다는 막연한 우려가 알렉세이의 의식에 와닿자 알렉세이의 불안감은 극도로 치솟았다.

전날 저녁 알렉세이는 인산인해를 이루던 쿠즈네츠키 모스트

Kuznetsky most 거리의 실크해트와 깃털 장식이 나풀대는 부인모 사이에서 순간적으로 낯익은 모습을 포착했다. 페트로프카Petrovka 거리로 황급히 달아나던 한 행인의 모습에서 유리인간의 앙상한 팔다리를 본 것 같았다. 막연한 심증일 뿐이었지만 모스크바 시내에 자자하게 퍼진 수많은 유언비어가 그것이 단순한 심증만은 아니라는 것을 뒷받침해주었다. 그것이 알렉세이가 직접 간 적도 없는 도박판이나 다른 암흑가를 돌아다닌다는 소문이었다.

그래서 어둠이 찾아든 밤, 시계추가 규칙적으로 왔다 갔다 하는 소리를 들으며, 잠든 케이트의 얼굴을 마주하고 있던 알렉세이는 모스크바 시내를 배회하던 자신의 적이 기다란 계단을 따라 한 층 한 층 올라오고 있음을 거의 본능적으로 감지해냈다.

케이트는 몸을 뒤척이다 눈썹을 찡그리더니 잠에서 깨어나 소파에 앉았다. 알렉세이는 미소를 지었다. 하지만 반쯤 감겨 있던 케이트의 평온한 두 눈이 갑자기 격렬한 공포에 휩싸여 활짝 떠지고, 케이트가 두 손을 앞으로 쭉 내밀더니 짐승 소리 같은 괴성을 지르며 쓰러지는 모습을 보자 알렉세이의 미소는 입가에 그대로 굳어졌다. 알렉세이는 케이트가 두 손으로 가리키던 방향으로 몸을 돌렸다. 정원수의 구불구불한 검은 가지들이 내다보이던 뿌연 발코니 유리문 너머에서 알렉세이를 뚫어지게 바라보고 있는 두 눈이 보였다. 그라치오 운하의 지하창고에서 처음으로 알렉세이를 떨게 했던 바로 그 눈이었다.

제4장
함정

    알렉세이는 자신이 쫓던 그림자가 이리 뛰고 저리 뛰며 달아나던 등이 굽은 버드나무 근처 갈대숲을 향해 제대로 조준도 하지 않고 마지막 한 발을 발사하고, 콜트 권총 손잡이를 신경질적으로 움켜쥐며 기진맥진한 상태로 멈춰 섰다.

    파도처럼 휘몰아친 바람은 강변에 있던 버드나무의 구부러진 가지에 매달린 단풍을 세차게 흔들고 있었고 구름 조각은 달 그림자로 정원 수풀을 어루만지며 불안하게 하늘 위를 유영하고 있었다.

    알렉세이는 몹시 흥분한 모습이었고 마음속으로 자신의 보잘것없는 정신력을 조금씩 조금씩 가늠해보며 절망감이 세력을 점점 확장해 오고 있음을 느꼈다.

    늦은 저녁 핏기 없이 창백한 케이트가 깊은 생각에 잠겨 둥그런 식탁에서 차를 따랐고, 맥 빠진 모습의 알렉세이는 잡히지 않는 적의 공격을 막아내고 맞서 싸우기 위한 계획을 그녀와 상의했다. 알렉세이는 케이트의 의욕 없는 대답을 듣는다기보다, 그녀의 마음이 어떻게 움직이고 있는지를 근심스럽게 지켜보며 눈을 마주치려 애썼다.

    창문은 커튼으로 빈틈없이 가려져 있었고, 철망이 반쯤 덮여 있던 벽난로는 따뜻함과 평온한 아늑함을 선사해주고 있었다. 하지만 타들어 가는 장작에서 가물거리는 불꽃도 커튼을 뚫고 새어 들어오는 정원의 서걱거리는 바람 소리도 드문드문 들려오던 찻잔 소리도 두 사람의 조용한 대화 소리도 사슬로 묶어 정원에 내보낸 개들이 이유 없이 짖는 소리도 불안함을 자아내는 거대한 힘에 의해 모두 딱딱하게 굳어버리고 있었다.

케이트는 유리인간을 덫으로 유인하자는 알렉세이의 온갖 묘안과 여러 방어 전략을 힘없이 거부했고, 지친 목소리로 알렉세이가 고통스러운 충격에서 확실하게 벗어나고 끔찍한 괴물로부터 안전하다고 느낄 수 있는 모스크바 근교의 별장으로 가서 겨울을 나고 오자고 부탁했다.

알렉세이는 케이트의 표정을 살피다가 다른 이의 시선이 그녀의 마음에 던져 놓은 고통스럽고 어두운 낌새를 눈치챘다. 알렉세이는 그 시선에 맞설 힘이 없었고 절망의 벼랑 끝으로 내몰렸다.

어찌 된 일인지 알렉세이의 의식은 점점 물리적으로 좁아졌다. 방과 불 꺼진 벽난로와 앙피르 양식*의 가구들은 안개처럼 자욱한 어스름에 묻혔다. 알렉세이의 뇌가 유리처럼 마비된 경련을 일으키더니 이윽고 모든 것이 부동의 몸짓으로 부유하기 시작했다.

의식이 혼미해진 알렉세이는 케이트가 일어나서 나가는 모습을 보았지만, 몸을 일으켜 케이트를 따라갈 힘이 없었다.

집이 통째로 거울 속 공간의 바닥 깊숙이 잠기고 유리 폭풍이 휘몰아치는 벽 너머에서 완전히 똑같이 생긴 수십 개의 분신이 괴괴한 연못 속의 물고기 떼처럼 먹잇감을 기다리며 뱅뱅 돌고

---

*   19세기 초 생겨난 고전주의 양식으로, 실내 장식, 가구, 복장 등에 유행했다.

있는 것 같았다.

벽과 커튼의 얇은 막만이 모든 것을 삼켜버린 유리의 공포와 알렉세이를 가르고 있고, 집 안의 벽은 뜨거운 차가 담긴 잔 속에서 설탕이 녹듯 거울 속 공간에서 서서히 녹아내리고 있음이 느껴졌다.

알렉세이는 타들어 가고 있던 숯불을 바라보았다. 드높게 치솟아 혀처럼 날름거리며 사라지던 파란 불꽃은 자신의 몸집을 키우며 알렉세이의 시야에 들어온 방 안 곳곳을 뒤덮더니 이내 모든 공간을 가득 채우고 있었다.

매혹적으로 날아오르는 불꽃 사이에서 알렉세이는 활짝 열린 문 하나를 보았다. 그리고 알렉세이 앞에는 고개를 공손하게 숙이고 있는 하인 그리고리의 형체가 나타났다. 그것은 꿈이 아니라 현실이었다.

알렉세이는 아른거리는 그 윤곽이, 어둠 속에서 흔들리는 그 형체가 실재라는 것을 어렵사리 납득했다. 하지만 그 형체의 두 손에 들려 있던 은쟁반과 주변의 모든 것이 흔들리고 있는 가운데, 제 모양을 유지하며 은쟁반 위에 놓인 빳빳하고 네모난 하늘색 봉투가 알렉세이의 시선을 사로잡은 순간 그 형체는 곧바로 공간 속에서 녹아내렸다. 알렉세이는 한없이 길게 늘어난 손가락으로 유리로 만들어 놓은 듯한 빳빳한 봉투를 집어 들었다. 그러자 거울에 비쳐 거꾸로 보이는 글자들이 봉투 안에 든 담황색 양피지를 뚫고 나와 갑자기 빛을 발하며 타오르면서 커지기 시작했다. 거울 속 공간의 망망대해가 갈라진 벽을 뚫고 방 안으로 거세게 흘러드는 듯했다.

자신의 생명을 지켜줄 최후의 보루를 상실한 알렉세이는 비명을 질렀다. 그러자 악몽은 회오리쳐 오르며 사방으로 흩어졌다.

　알렉세이 앞에는 그리고리가 몹시 놀란 표정을 짓고 서 있었고 실제로 그리고리는 커다란 하늘색 봉투를 쟁반에 받쳐 들고 있었다.

　알렉세이는 그리고리를 내보내고 봉투를 개봉했다. 봉투 안에는 알렉세이가 사용하던 종이 한 장이 들어 있었고 종이는 알렉세이의 필체로 가득 채워져 있었다. 다만 거울에 비쳐 거꾸로 보이는 글자들이었다. 사악한 유리인간은 편지에서 알렉세이가 신성하게 여기는 모든 것을 우롱하며 알렉세이를 살인자라고 일컬었다. 그리고 싸움을 끝내려면 다음 날 새벽 6시 시모노프 수도원에서 만나 정정당당한 결투로 하늘 아래에서 살아가야 할 자가 누구일지 결정하자고 했다.

　알렉세이는 밤새 잠들 생각이 없었다.

　그리고리는 밤새 알렉세이의 서재 문 앞까지 왔다 가기를 몇 번이나 반복했고, 새벽 2시와 4시에 책상 앞에서 몸을 숙이고 칸델라브룸의 희미한 불빛 아래서 서류를 정리하고 있는 알렉세이를 목격했다.

　알렉세이는 예리하고 명민한 의식을 완전히 되찾았다. 마지막일지도 모를 순간을 맞이하고 있음을 명확하게 이해하고 있었던 알렉세이는 신변을 정리하고 세 통의 유서를 작성했다. 그리고 먼동이 트기 시작하자 곧바로 하늘색 외투를 걸치고 콜트 권총에 새 탄약갑을 끼워 넣은 뒤 촛불을 껐다. 꺼진 초에서 나온 연기는 원을 그리며 바닥으로 떨어졌다. 알렉세이는 그토록 오랫동안 그토록 많은 것들을 생각했던 공간을 쭉 둘러보고는 수많은 책장 사이에서 보일락 말락 튀어나와 있던 돌출부를 눌렀다. 책장이 소리 없이 열렸고 야우자강으로 이어지는 정원 밑 비밀 통로가 모습을 드러냈다.

30분 후 알렉세이는 리진Lizin 연못의 버드나무숲 아래쪽에 서 있었다. 짙은 안개는 연못 수면과 큰길 모퉁이를 뒤덮었고, 벌써부터 잎사귀를 모두 떨군 가을 나무의 구불구불한 가지들은 푸르스름한 아침 안개를 뚫고 검은빛을 발하고 있었다. 떠오르던 태양은 이슬방울에 반사되어 반짝이는 빛을 뿜어냈다. 모스크바의 찬란한 인디언 서머를 품은 가을날이 밝아 오고 있었다.

알렉세이는 꼬박 20분 동안 신경질적으로 질척한 연못가에 이리저리 발을 내디디며 걸었다. 사람들이 보이기 시작했다. 웬 넝마주이가 갈고리로 쓰레기 더미를 뒤적이다 뭔가를 캐묻는 듯한 표정으로 알렉세이를 쳐다봤다. 양배추를 실은 수레 여럿이 덜컹대며 지나갔고 알록달록한 머릿수건을 쓰고 물방울무늬 저고리를 입은 아낙 둘이 서늘한 아침 공기에 대비하느라 솔을 단단히 두르고 큰 소리로 얘기를 나누며 지나갔다. 아낙들은 경계하는 눈빛으로 알렉세이를 힐끔힐끔 돌아보았다.

분명 약속한 시각이 지난 것 같았다.

알렉세이는 주위를 둘러보았고 갑자기 끔찍한 의혹이 마음에 차올랐다. 용서받을 수 없을 만큼 어리석게도 누가 봐도 뻔한 덫에 걸려들었음을 똑똑히 깨달았다. 알렉세이는 큰길로 통하는 관문을 향해 전속력으로 내달렸다.

땀에 흠뻑 젖은 마부가 알렉세이를 태우고 야우자 저택에 도착하자 흥분한 인파가 알렉세이 주위로 몰려들었다. 그리고 그 순간 경찰관들의 거친 손이 알렉세이를 낚아채더니 그가 두 시간 전에 떠났던 서재 안으로 밀어 넣었다. 알렉세이는 자신의 책상 너머에서 언젠가 마주친 적이 있는 예심 판사 이반초프를 발견했다.

제5장
이야기의 결말

알렉세이는 아내 케이트를 납치하고, 그를 저지하던 노인 그리고리를 살해했다는 혐의를 받자 곧바로 모든 것을 이해했다.

알렉세이는 사흘 동안 증명이 불가능한 것을 입증해내야 했다. 사흘 동안 서재에 감금되어 굴욕적인 의료 검진과 달갑지 않은 대질 신문을 받았다. 마부 호르호르딘과 신문 광고로 찾아낸 넝마주이가 나타나고 나서야 알렉세이의 알리바이가 증명되었다. 복장이 확연하게 달랐다는 점 그리고 살인범이 왼손잡이였다는 모든 증인의 한결같은 주장이 알리바이를 확인해주었다. 살인범이 왼손잡이였음은 피해자에게 가해진 치명타의 특성과 일치했다.

그 후 알렉세이는 텅 빈 야우자 저택에 홀로 남겨졌다.

알렉세이는 사건의 전모를 생각해볼 힘조차 잃은 채 주인을 잃은 케이트의 방에서 꼬박 하루를 울었다. 케이트와 관련된 모든 물건이 알렉세이의 황망한 마음을 뒤흔들었다.

알렉세이는 케이트의 입술에 닿았던 빨간 연필을 발견하고 오열을 터뜨렸다. 아무것도 모르겠다는 듯한 멍한 시선으로 방 한 가운데에 내팽개쳐진 케이트의 회색 구두를 바라보았고, 그 운명의 밤 미처 다 읽지 못한 책에서 케이트의 시선이 멈췄을 마지막 글귀를 두려운 마음으로 짐작해보았다.

알렉세이는 이틀이 지나고 나서야 처음부터 너무나도 분명했던 케이트에게 닥친 사고의 필연성에 대해 약간의 의구심이 들기 시작했다.

알렉세이는 차츰차츰 생각과 기억을 정리하고 더 차분한 마음으로 케이트가 납치당하는 장면을 재현하기 시작했다.

종종 그렇듯 새로운 충격은 옛 충격을 씻어냈고 알렉세이도 예전의 활력을 점차 되찾아 유리처럼 마비된 경련에서 완전히 치유되었다.

알렉세이가 그 운명의 아침 이후 치우지 않은 채 그대로 방치되어 있던 케이트의 방을 수백 번째 둘러보던 어느 날, 매트리스 가장자리와 침대 프레임 사이에서 실랑이가 벌어지던 중 떨어진 것이 분명해 보이는 동전 몇 닢과 이쑤시개 하나와 반으로 접힌 판지 재질의 카드 한 장이 발견됐다. 사법 당국이 미처 보지 못하고 놓친 것들이었다.

카드는 손금과 커피 열매와 커피 찌꺼기로 점을 본다는 엘레오노라 드 라만에스코라는 여자 점쟁이의 광고 전단이었다. 점쟁이는 퍄트니츠카야 거리^{Pyatnitskaya ulitsa} 뒷골목에 있는 카나바 운하* 어딘가에 살고 있다고 나와 있었다.

---

*   Канава(Kanava). 모스크바강의 지류로, 현재의 보도오트보드니 운하(Водоотводный ка-
    нал, Vodootvodnyi kanal)이다.

아주 부족하긴 했지만, 어쨌거나 일종의 범행 흔적이었다. 갑작스레 솟아난 어떤 활력 같은 것이 알렉세이의 온몸을 흥분시켰고 광고 전단에 인쇄된 온갖 미사여구의 검은 글씨는 스스로 영험한 기운을 발산하고 있는 것처럼 느껴졌다.

알렉세이는 퍄트니츠카야 거리와 여러 갈래의 카다숍스키 골목Kadashevskii pereulok 사이의 카나바 운하 주변 도로를 한참 동안 헤맨 끝에 복잡하고 모스크바답게 헷갈리게 표시된 주소에 따라 목적지를 찾아냈다.

모스크바의 인디언 서머는 절정에 달했다. 물수레꾼이 얕아진 카나바 운하 한가운데로 들어가 기다란 손잡이가 달린 바가지로 녹색 나무통에 물을 채우고 있었다.

남자아이 둘은 흙탕물로 변한 물속에 들어가 물싸움을 하고 있었고 수많은 아이들은 아이스크림 장수 주변에 무리 지어 있었다.

거미줄은 유유히 나부끼고 있었고 하얀 구름 떼는 아련한 가을 하늘에 가만히 정박해 있었다.

프티 부르주아 페르후시킨의 소유지에서는 황토색으로 칠한 2층짜리 목조 건물 뒤로 먼지투성이 아카시아와 라일락만 있는 초라한 정원이 보였고, 그 뒤로는 세바스토폴 방어전* 훨씬 이전에 세워진 음산한 기운의 거대한 석조 건물이 자그마한 창문들을 품고 서 있었다.

알렉세이는 반쯤 열린 문으로 들어갈까 말까 망설이며 한참

---

* 크림 전쟁(1853-1856) 중 러시아군이 전략 요충지인 세바스토폴에서 벌인 방어전이다.

동안 초인종 손잡이를 잡아당겨보기도 하고 문을 두드려보기도 했다. 그러다 용기를 내어 펠트가 씌워진 문지방을 넘어 내려앉아 있으면서 오른쪽으로 기울어져 있는 계단을 올라 내실로 들어갔다.

간혹 대주교들이 기거하는 집이나 교구에 있는 교회 박물관 안에서 느껴지는 등유와 향과 고서가 만들어 낸 것 같은 이상한 냄새가 알렉세이의 의식을 몽롱하게 만들었다.

알렉세이는 분명 점쟁이의 응접실일 것으로 보이는 첫 번째 방으로 들어섰고 실내 장식을 보자 저도 모르게 입가에 비웃음이 번졌다 사라졌다. 고객들의 의식에 강한 인상을 심어줘야 한다고 생각했을 집주인의 의도가 너무나도 뻔하게 드러나는 장식이었다.

펜타그램이며 아스트랄계 삼각형이며 황도 십이궁 표식 등이 벽면에 조잡하게 그려져 있었고 삼발이 테이블이며 이집트 스타일의 향로며 앙피르 양식의 소파 같은 기괴한 가구들이 있었다. 특히 앙피르 양식의 소파는 다비드의 그림에 나오는 레카미에 부인이 비스듬히 앉아 있는 소파 같았다. 청명한 가을날의 빛 아래에서 이 모든 것들은 스몰렌스크 시장에서 우연히 사 온 잡동사니 연극 소품처럼 보였다.

알렉세이는 기침을 한 번 하고 무슨 소리가 들려오는지 귀를 기울였다. 하지만 무거운 정적 속에서 감지할 수 있는 거라고는 멀리 떨어진 어떤 방에서 알 수 없는 액체가 한 방울씩 떨어지는 소리뿐이었다.

누군가의 방문을 예상치 않은 집주인은 잠시 외출을 한 듯했고 금방이라도 집에 돌아올 것 같았다. 알렉세이는 그야말로 '영험'한 옥좌 중 하나에 앉아 집주인을 기다려보려고도 했지만, 탐문을 하러 왔다는 자신의 원래 계획을 상기하고 단호하게 방 안쪽 깊숙한 곳으로 발길을 옮겼다.

뒤이어 나온 커다란 방은 한층 더 영험한 기운의 장식으로 알렉세이를 놀라게 했다. 고색창연한 가열기, 원통형 증류기, 각종 아스트롤라븀,* 황회색 돼지가죽으로 만들어진 표지의 책등에 검은색 라틴어 문자가 새겨진 한 무더기의 고서 등이 알렉세이의 마음에 묘한 불안감을 심어주었다. 게다가 이 모든 물건들은 전시용이라기보다는 실제로 사용되고 있는 모양새였고 마치 조금 전까지도 사용했던 것처럼 아무렇게나 널려 있었다.

알렉세이는 이 모든 것들이 장식을 위한 용도가 아닌, 각각의 물건이 지닌 본연의 실제 용도로 사용되고 있다는 생각이 불현듯 들자 머리가 핑 돌았다.

알렉세이는 책등에 '오쿨토'**라는 단어가 새겨진 두꺼운 책 한 권을 두 손으로 집어 들었다. 책은 알렉세이가 표지에 달린 고리를 벗길 새도 없이 활짝 펼쳐지면서 알렉세이의 손에서 미끄러져 바닥으로 떨어져 팽이처럼 빙글빙글 돌기 시작하더니, 속지를 내뱉고 부딪치는 물건들을 사방으로 흩뿌리며 온 방 안을 누비기 시작했다.

놀란 알렉세이는 창문 쪽으로 뒷걸음질을 치면서 재빨리 책을

---

* 중세에 아라비아, 그리스, 유럽 등지에서 천체의 높이나 각거리를 잴 때 사용했던 기구.
** Oculto. 스페인어, 포르투갈어로 '은폐된, 감춰진, 신비로운'이라는 뜻.

피했다. 유리창 너머로는 페르후시킨 소유의 텃밭 대신 사방에서 모여든 거울 유령들의 얼굴 수백 개가 보였다. 유령들은 하나같이 웃고 있었다.

알렉세이는 한달음에 문으로 내달려 문밖으로 뛰쳐나왔다. 두려움에 휩싸여 주위를 둘러보니 알렉세이는 방금 전 탈출한 점쟁이의 응접실이 아닌, 벽면에 커다랗고 뿌연 거울이 끼워진 거대한 홀에 와 있었다. 그곳에서는 알 수 없는 투영체들이 탁한 물결을 이루며 강의 표면이 흘러가듯 유영하고, 공중 여기저기에서는 방전으로 인한 불꽃이 번쩍이고 역겨운 소독약 냄새가 진동했다.

알렉세이는 현기증이 점점 더 심해졌다. 두 눈에서는 불길이 치솟기 시작했고 이마는 식은땀으로 뒤덮였다. 알렉세이는 머리를 움켜쥐었다.

바로 그 순간 알렉세이는 앞에 있던 거울 속에서 거친 웃음소리를 내며 한 손으로는 엄지손가락을 코에 대고 나머지 손가락을 흔들며 놀려 대고, 다른 한 손으로는 주먹을 쥐고 위협을 하면서 미친 듯이 날뛰고 있는 알렉세이 본인의 투영체를 보았다.

알렉세이는 분노에 찬 소리를 지르며 본인의 투영체에게 달려들어 있는 힘을 다해 딱딱한 거울 표면에 몸을 부딪쳤다. 유리 깨지는 소리가 울려 퍼졌다. 알렉세이는 어딘지 모를 어두운 심연을 향해 돌진했고 어느새 검은 마노석馬瑙石으로 만들어진 거대한 깔때기에 두 발을 위로 향한 채 미끄러져 내려가고 있는 자신의 모습과 마주했다. 깔때기 맞은편에서는 알렉세이의 분신이 맹수처럼 사납게 날뛰었다. 깔때기의 좁다란 주둥이 밑에서는 수은으로 가득 채워진 우물의 입구가 빛을 발했다.

알렉세이의 손가락은 반들반들한 마노석에 손톱자국 하나 남기지 않고 내리막을 타고 죽 미끄러졌다. 알렉세이가 수은으로 채워진 우물 입구에 다다르기를 기다리며 마지막 일격을 가하려고 준비하는 분신의 모습이 눈에 들어왔다.

알렉세이는 심연의 가장 끝에 다다른 마지막 순간 초인적인 정신력을 발휘하여 수은의 표면을 건너뛰어 웅크리고 있던 유리인간의 등에 곧바로 매달렸다. 유리인간은 예기치 못한 공격에 발을 헛디디더니 자신의 몸무게를 못 이기고 알렉세이를 잡아끌며 아래로 떨어지기 시작했다. 둘은 광란의 접전을 벌이며 뒤엉켰고, 액화된 금속의 반짝이는 표면을 향해 서서히 미끄러져 내려갔다.

바로 그 순간 알렉세이는 무릎이 바닥에 닿는 느낌을 받았다. 알렉세이는 초인적인 순발력을 발휘하여 유리인간의 목을 낚아챈 뒤 자신의 머리를 유리인간의 몸에 바싹 붙였고 깊고 깊은 수은의 나락을 향해 돌진했다. 그러다 머리를 위로 쳐들고 수은에 빠져 허우적대는 힘 빠진 적의 목을 계속해서 졸랐다.

액화 금속은 알렉세이의 두 팔 밑에서 튀어 오르고 있었고 알렉세이의 눈에는 반짝이는 표면 말고는 아무것도 보이지 않았다. 표면은 알렉세이를 투영하고 있지 않았다.

유리인간은 잠잠해졌지만, 알렉세이의 두 손은 계속해서 유리인간의 목을 조르고 있었다. 알렉세이는 자신의 먹잇감이 액체를 머금고 불어나 물컹물컹한 곤죽으로 변해 사방으로 퍼지는 듯한 이상한 느낌을 받았다. 그는 수은의 파도 속에서 얼룩 같은 것들이 튀어 오르기 시작하는 장면을 목격하고 몸서리를 쳤다. 하지만 이내 그것이 계속해서 잘려 나가고 있는, 여전히 항복하지 않은 알렉세이의 투영체를 구성하는 덩어리들임을 깨달았다. 그리고 수은에 녹아내리던 유리인간의 잔해가 모두 사라져 알렉세이의 손가락이 오므라든 그 순간, 알렉세이는 자신에게 예속된 온전한 형태의 투영체와 다시 마주했다.

모든 힘을 소진해버리고 공포에 사로잡힌 알렉세이는 팔다리가 꺾이면서 온몸이 맥을 잃고 액체 금속의 끔찍한 품속으로 기울어지는 것 같았다.

이어서 알렉세이는 무언가 딱딱한 물체에 머리를 부딪쳤고 잠시 의식을 잃었다. 의식이 돌아오자 자신이 거울 위에 쓰러져 있음을 깨달았다. 일어서려고 기운을 차려보니 페르후시킨의 집 안에 있는 완전히 텅 빈 홀 한가운데에서 마치 바닥에 엎질러져서 굳어버린 것 같은 이상한 형태의 거울 표면에 쓰러져 있는 자신을 발견했다.

모든 것을 물들이고 있던 달빛 아래에서 겨우 알아볼 수 있었던 것은 오래전에 깨져버린 창과 벽, 반쯤 허물어진 천장에서 떨어져 널브러져 있던 거미줄, 벽지, 천 조각이었다.

알렉세이는 일어서서 거울이 자신의 모습을 제대로 투영하는지 확인했다. 그리고 방 안을 한 바퀴 빙 돌다 문짝이 없어진 문가에 이르러 이 집이 빈집이라는 사실을 눈치채고 분명히 여러 해 동안 사람이 살지 않았으리라고 짐작했다.

그리고 휘청이는 발걸음으로 반쯤 허물어진 계단을 내려갔다.

어둠에 잠긴 마당에서는 개 한 마리가 알렉세이를 향해 짖기 시작했고, 대문에서는 웬 군인과 함께 호두를 까고 있던 한 아낙이 곁눈으로 알렉세이를 흘긋 쳐다봤다.

알렉세이는 가장 먼저 눈에 띈 마차꾼에게 힘겹게 다가가 야우자강으로 가 달라고 말했다.

얼굴은 온통 피범벅이 된 것 같았고 온몸은 시퍼렇고 벌겋게 물든 온갖 멍 때문에 쑤셨다.

스파스카야 탑Spasskaya bashnya에서 열한 번의 종이 울렸다.

마차꾼은 마차를 천천히 몰았다. 모스크바 밤거리의 어둠은 알렉세이에게 기쁨을 선사하지도, 알렉세이의 마음을 고통스럽게 압박하지도 않았다. 퍄트니츠카야 거리에서는 어떤 이발소에서 반짝이던 거울이 알렉세이의 의식에 고통의 불을 댕겼다. 알렉세이는 마차꾼을 멈춰 세우고 마차에서 뛰어내려 떨리는 심장을 안고 세공 유리창에 다가섰다. 타원형 거울은 피를 닦아낸 흔적이 있는 창백하고 몹시 지친 알렉세이의 얼굴을 제대로 비추고 있었다. 알렉세이는 다시 출발했다.

마차 말의 편자 하나가 땅에 닿은 후 다른 편자가 다시 땅에 닿기까지의 시간이 알렉세이에게는 몇 날, 아니 몇 년처럼 느껴졌다.

알렉세이는 하인들을 깨우고 싶지 않아 마차를 정원 뒤쪽에 서게 한 뒤 열쇠로 쪽문을 열고 비밀 통로를 통해 집 안으로 들어갔다.

엘스비어*의 책들이 꽂혀 있는 책장이 소리 없이 열리자 알렉

* Elsevier. 네덜란드를 기반으로 16세기부터 출판업계에 종사해 온 가문으로, 현재 과학, 기술 분야 전문 서적과 학술 논문 등을 출판하고 있다.

세이를 향해 쏟아지는 빛과 함께 서재의 따뜻하고 아늑한 내음이 풍겨 왔다.

알렉세이는 몸을 소스라치더니 이내 딱딱하게 굳어졌다. 다 타들어 가는 장작의 붉은 반사광에 물든 벽난로 옆 오래된 볼테르 체어*에 케이트가 앉아 있었다. 케이트는 바스락거리는 소리에 두 눈을 치켜떴다.

1923년

---

* 등받이가 높고, 앉는 자리가 깊숙이 들어간 안락의자.

알렉산드르 그린
Александр С. Грин

쥐잡이꾼
Крысолов

알렉산드르 그린(Александр С. Грин, 1880-1932)은 뱌트카 현(현재 키로프 주) 슬로보츠코이에서 태어났다. 상징주의적 판타지 요소를 작품에 반영했던 그린은 러시아 신낭만주의의 대표 주자로 평가된다. 본명은 알렉산드르 그리넵스키(Александр Гриневский)로, '알렉산드르 그린'은 작가가 사용하던 수많은 필명 중 하나다.

1896년 실업학교를 졸업한 후 어린 시절부터 동경했던 모험 가득한 삶을 살고자 선원이 되었지만, 이상과는 너무도 달랐던 지루하고 고달픈 선원 생활을 오래 버티지 못했다. 1902년 군에 입대했지만, 군 생활 역시 오래 버티지 못하고 탈영했다. 이후 혁명 사상에 심취하여 지하조직 생활에 전념하다 1903년에 체포되어 10년간 시베리아에서 유형 생활을 했다. 유형 생활 중 집필 활동을 시작하여 1932년 스타리크림에서 생을 마감할 때까지 수많은 작품을 남긴 그린은 다작을 했던 작가로도 유명하다.

여러 우여곡절 끝에 발표된 그린의 첫 작품은 단편 「이탈리아를 향해(В Италию)」(1906)였다. 그린은 이 작품을 시작으로 매년 30여 편의 단편을 써냈다. 1916년부터 1922년까지 작업하여 1923년에 출판된 몽환적 중편소설 「붉은 돛(Алые паруса)」은 그린의 대표작으로 꼽히는 작품이다. 1928년 발표된 그린의 또 다른 대표작인 장편소설 「파도 위를 달리는 여인(Бегущая по волнам)」은 다중 플롯 구조로 각종 상징, 신화, 원형, 동화 등의 모티브를 차용하여 환상과 신비의 세계를 그리고 있다. 그린은 독자들로 하여금 음울한 현실을 벗어나 상상의 나라로 가게 해주는 작품을 많이 썼다. 또한 진심으로 바란다면 소망은 반드시 이루어진다는 확고한 믿음을 작품 속에 녹여냈다. 이를 위해 그린은 상상의 세상을 창조하여 사건의 무대로 삼는 일이 잦았다. 문학 비평가 코르넬리 젤린스키(Корнелий Л. Зелинский)는 그와 같은 독특한 세상에 '그린이 만들어낸 세상'을 뜻하는 '그린란드(Гринландия)'라는 이름을 붙이기도 했다.

"수면 위로 우뚝 솟은 시옹성,

그 지하 감옥의 일곱 기둥은

해묵은 스산한 이끼로 뒤덮였도다…"*

1

1920년 봄이었다. 정확히는 3월하고도 22일 (이렇게 정확한 날짜를 제물로 바치는 이유는 명실공히 실화 문학 작가의 세계에 뛰어드는 대가를 치르기 위해서이며, 만약 정확한 날짜가 없다면 탐구심 강한 이 시대의 독자가 편집국에 꼬치꼬치 캐물을 게 뻔하기 때문이다) 나는 시장에 나갔다. 다시 한번 말하지만,

---

* 　영국 시인 바이런(G. Byron, 1788-1824)의 서사시 「시옹성의 죄수(The Prisoner of Chill-on)」중 한 대목.

내가 시장에 나간 건 1920년하고도 3월 22일이었다. 센노이 시장*이었다. 하지만 내가 시장의 어느 곳에 서 있었는지는 콕 집어서 말할 수 없을뿐더러 그날 신문에 어떤 기사가 났는지도 기억나지 않는다. 사실 난 어느 한곳에 가만히 서 있지 않았다. 시장에 있었던 어떤 무너진 건물 근처의 포장도로를 이리저리 돌아다녔다. 나는 책 몇 권을 팔고 있었다. 내가 가진 마지막 물건이었다.

추운 날씨 속에서 저 멀리 하얀 불꽃 같은 구름 떼가 수많은 사람들 머리 위로 쏟아내는 진눈깨비는 시장 풍경에 흉측한 모습을 더해주고 있었다. 사람들의 얼굴에는 하나같이 피곤하고 추위에 떠는 기색이 노골적으로 드러나 있었다. 나는 운이 좋지 않았다. 두 시간을 넘게 돌아다녔지만, 가지고 있던 책을 무엇과 바꾸겠냐고 물어본 이는 고작 셋밖에 없었고 그마저도 내가 빵 5푼트**를 요구했더니 너무 비싸다는 반응이었다. 어느덧 날이 저물기 시작했다. 책을 팔기에는 전혀 유리하지 않은 상황이었다. 나는 큰길로 나가 건물 벽에 기대어 섰다.

오른편에는 후드 달린 망토를 입고 비즈 장식의 낡고 검은 모자를 쓴 노파가 서 있었다. 노파는 기계적으로 고개를 흔들며 아기 모자 한 쌍, 리본, 색이 누렇게 바랜 옷깃 한 뭉치를 마디가 울퉁불퉁한 손가락에 쥐고 앞으로 내밀고 있었다. 왼편에는 회색 목도리를 두른 젊은 여자가 매우 당당한 모습으로 서 있었다. 그

---

*   Сенной рынок(Sennoy rynok). 상트페테르부르크 중심부에 있는 유서 깊은 시장으로, 상트페테르부르크의 명소 중 하나이다.
**   러시아의 옛 무게 단위. 1푼트는 약 410g.

녀는 한 손으로 턱 아래 목도리를 쥔 채 다른 한 손에는 나처럼 책을 들고 있었다. 꽤 괜찮아 보이는 자그마한 장화와 장화 앞코까지 얌전하게 내려온 치마는 당시 나이 든 여자들마저 입고 다니기 시작했던 무릎에서 잘려 나간 경박스러운 치마와는 전혀 다른 옷차림이었다. 그녀는 모직 재킷을 입고 있었고 낡은 장갑에는 구멍이 나 있어 이따금 손가락 끝이 드러났다. 그녀는 미소를 짓지도 않고 호객을 하지도 않으면서 행인들을 바라봤고 때때로 생각에 잠겨 기다란 속눈썹을 내리깔고 책을 보았다. 그녀가 책을 든 모습도, 한 행인이 그녀의 손에 시선을 던진 뒤 이내 그녀의 얼굴을 보고는 무언가에 놀란 듯 해바라기씨를 한 움큼 입에 쑤셔 넣으며 뒷걸음질을 치자 그녀가 못마땅하다는 듯 끙 소리를 내면서도 애써 침착한 한숨을 짓는 모습도 인상적이었다. 나는 이런 그녀의 모든 면이 무척 마음에 들었다. 마치 시장에 훈훈한 온기가 돌기 시작하는 것 같았다.

우린 특정한 상황에 처한 사람을 만나게 되면 그 사람이 우리 생각과 일치하는 사람인지 궁금해하곤 한다. 그래서 난 여자에게 소박한 사업이 잘돼 가고 있는지 물어보았다. 그녀는 가볍게 기침을 한 뒤 고개를 돌려 회청색 눈동자로 나를 똑바로 바라보더니 말했다.

"아저씨랑 마찬가지예요."

우린 장사 전반에 관한 얘기를 나누었다. 처음에 그녀는 상대방이 이해하는 데 필요한 만큼만 얘기했다. 그러다 파란 안경에 승마 바지 차림을 한 어떤 이가 그녀에게서 『돈키호테』를 사 가자 그제야 다소 활기를 띠었다.

그녀는 『돈키호테』를 사 간 그 소심한 사내가 책값을 주면서 돈 사이에 슬쩍 끼워 놓은 위조지폐 한 장을 내게 보여주더니 대수롭지 않다는 듯 위조지폐를 건들건들 흔들며 말했다.

"제가 이 많은 책을 가지고 다니는 이유가 팔기 위해서라는 사실은 아무도 모를걸요? 사실 이 책들은 훔친 게 아니라 아버지가 주무실 때 책꽂이에서 꺼내 온 것들이에요. 어머니가 죽을병에 걸리시는 바람에… 거의 모든 걸 내다 팔았거든요. 빵이고 장작이고 등유고 아무것도 없었어요. 이해하시겠죠? 하지만 아버지는 제가 여기 나와서 이렇게 돌아다닌다는 걸 알면 역정을 내실 거예요. 그래도 전 책을 조금씩 가지고 나와서 이렇게 돌아다닌답니다. 아깝긴 하지만 어쩌겠어요? 그나마 책이 많아 다행이죠. 아저씨는 책 많으세요?"

"아니요, 전혀요. 많다고 할 수는 없을 것 같군요. 적어도 이게 제가 가진 전부거든요."

난 추위에 떨며 (그때 난 이미 감기 기운에 목이 약간 쉬어 있었다) 말했다.

그녀는 천진난만한 눈빛으로 나를 유심히 바라보았다. 어느 농가에 잔뜩 모여 마차 안에서 차를 마시며 지나가는 관료의 모습을 구경하는 시골 아이들의 눈빛 같았다. 그리고 한 손을 뻗더니 구멍 뚫린 장갑 사이로 드러난 손가락 끝을 내 셔츠 깃에 가져다 댔다. 내 여름용 외투도 그랬지만, 셔츠에도 단추는 없었다. 나는 단추를 잃어버린 후 다른 단추를 달지 않고 있었다. 과거와 미래를 모두 단념하고 나 자신을 돌보지 않은 지도 이미 오래였다.

"감기 걸리시겠어요."

자신의 목도리를 기계적으로 더 단단히 여미며 말하던 여인의 모습에서 나는 그녀가 아버지의 사랑을 듬뿍 받고 있으며, 다소 제멋대로이고 익살스럽기는 해도 착하다고 느꼈다.

"옷깃을 이렇게 헐겁게 하고 다니면 감기 걸려요. 이리 좀 와 보세요."

그녀는 책을 겨드랑이에 끼고 아치문 쪽으로 물러섰다. 나는 그 자리에 가만히 서서 바보 같은 미소를 지으며 고개를 든 채 내 목을 그녀에게 맡겼다. 여인은 늘씬했지만 내 키에는 한참 못 미쳤다. 그녀는 길에 있던 받침대 위에 책을 얹어 놓고, 머리핀을 꽂느라 씨름하는 여인들의 얼굴이 그러하듯 기이하고도 얼빠진 표정으로 재킷 속을 재빨리 더듬거리며 필요한 것을 꺼냈다. 그러더니 까치발을 딛고 서서 중요한 일에 집중하는 듯 호흡을 가다듬으며 하얀 옷핀으로 내 셔츠와 외투를 꼼꼼하게 연결했다.

마침 옆을 지나던 뚱뚱한 중년 여자가 말했다.

"아이고, 망측해라."

하지만 여인은 주위의 시선에는 아랑곳하지 않고 나에게 말했다.

"어디 한번 봐요."

그러더니 자신의 작품을 냉정하게 평가하듯 살펴보고는 흐뭇한 표정으로 얘기했다.

"다 됐어요. 이제 마음껏 돌아다니세요."

나는 큰 소리로 웃으며 감탄했다. 내가 봤던 이들 중 이 정도로 천진난만한 사람은 많지 않았다. 우리는 그런 천진난만함을 믿지 않거나 마주치지 않는다. 그런 천진난만함과 마주치는 경우는 좋지 않은 상황에 처해 있을 때뿐이다.

나는 그녀와 악수를 하며 감사의 말을 건넨 뒤 이름을 물었다.

그녀는 못마땅한 표정으로 나를 보며 대답했다.

"말씀드리는 건 문제가 아닌데, 왜 물어보시는 거죠? 그럴 필요까지는 없잖아요. 그냥 우리 집 전화번호나 적어 두세요. 제가 책을 팔라고 부탁드릴 일이 있을지도 모르니까."

나는 미소를 띠고 연신 그녀의 집게손가락을 바라보며 전화번호를 받아 적었다. 그녀는 주먹 쥔 손에서 집게손가락 하나만 펴고 허공을 휘저으며 학생을 가르치는 듯한 어조로 숫자를 하나하나 불렀다. 얼마 후 기병에게 쫓겨 달아나던 무리가 우리를 에워싸는가 싶더니 이내 우리 사이를 갈라놓았다. 나는 책을 떨어뜨렸다. 책을 주워 몸을 일으켰더니 여인은 사라지고 없었다. 시장을 떠들썩하게 했던 소동은 완전히 잠잠해지지 않았다. 그러던 중 둥그런 안경을 쓰고 염소수염을 기른, 성 안드레아 사도를 연상시키는 한 노인이 내게서 책을 사 갔다. 책을 비싸게 판 것은 아니었지만, 나름 흡족한 거래였다. 하지만 나는 집 근처에 와서야 깨달았다. 여인의 전화번호를 적어 둔 책까지 팔아버렸고 전화번호는 전혀 생각나지 않는다는 것을.

2

처음에는 사소한 것을 잃어버렸을 때 드는 약간의 당혹감이 느껴졌다. 하지만 그런 기분 따위는 아직 달래지 못한 허기에 가로막혀버렸다. 나는 깊은 생각에 잠겨 물기를 잔뜩 머금고 썩어 들어가는 창문이 있는 방에서 감자를 삶았다. 나에게는 조그만 쇠 난로가 있었다. 땔감으로 말할 것 같으면… 당시 많은 이들이 다락방을 드나들며 땔감을 구했던 것처럼 나 역시 그랬다. 나는 도둑이라도 된 듯한 기분으로 지붕이 만들어 놓은 어두컴컴하고 경사진 공간을 이리저리 돌아다니다 파이프를 관통하는 바람이 내는 낮고 긴 고동 소리를 듣기도 하고, 깨진 들창 틈으로 쓰레기 위에 눈송이를 뿌리는 하늘의 희뿌연 얼룩을 보기도 하면서 서까래로 쓰고 남은 나무토막이며 낡은 창틀이며 못쓰게 된 돌림띠 등을 찾아냈고, 그것들을 가지고 한밤중에 내가 살던 지하층으로 내려왔다. 내 방으로 오는 길에는 층계참에 멈춰 서서 늦은 시각의 방문객이 건드린 문고리가 덜컹거리지는 않을지 귀를 곤두세우곤 했다. 옆방에는 빨래를 해서 먹고사는 여자가 살고 있었다. 나는 여자가 매일매일 빨래통에서 힘차게 손을 움직이는 소리에 익숙해져 있었다. 말이 일정한 리듬으로 무언가를 되씹고 있는 듯한 소리였다. 거기에서는 또 종종 깊은 밤이면 마치 미쳐 날뛰는 시계처럼 재봉틀이 탁탁거리는 소리도 들려왔다. 아무것도 씌우지 않은 식탁 하나와 침대 하나, 등받이 없는 의자 하나, 받침 없는 찻잔 하나, 프라이팬 하나, 감자를 삶던 주전자 하나… 지난 일을 들춰내는 건 이 정도로 충분하다. 흠잡을 데 없이 고매하다는 이들은 상스러운 말들을 내뱉으면서도 철자법을 완벽하게 지켰다. 철자법이 새로 바뀌었어도 여전하다. 이들은 일상의 영혼에 부지런히 거울을 들이밀지만, 일상의 영혼은 거울을 외면하기 일쑤다.

밤이 오자 나는 시장을 떠올렸고, 옷핀을 살펴보며 거기에서 있었던 모든 일을 생생하게 되새겨보았다. 사실 카르멘*이 그렇게 많은 일은 했던 것은 아니다. 단지 게으른 군인에게 꽃 한 송이를 던졌을 뿐이다. 시장에서 있었던 일도 그 이상은 아니었다. 나는 예전부터 누군가와의 만남에서 비롯한 첫인상이나 첫마디 따위를 두고 깊은 생각에 빠지곤 했다. 그런 것들은 영 쓸데없는 것이 아닌 이상, 고스란히 기억되어 자신의 흔적을 깊이 아로새긴다. 글로 또는 그림으로 온전히 전환할 수 있는 특징적인 순간에는 흠잡을 데 없는 순수함이 있다. 그런 순수함이야말로 삶에서 예술의 토대를 마련하는 것이다. 천성적으로 신뢰감을 주는 어조에 내재하는 평온한 단순함에 결박된 진실된 상황, 즉 우리가 매 순간 온 마음으로 갈망하는 그런 진실된 상황은 언제나 황홀감으로 가득하다. 그로 인한 인상은 너무나도 미미하지만 너무나도 충만한 울림을 준다.

그래서 내 생각은 나와 그 여인이 했던 말들을 거듭 떠올리며 자꾸만 옷핀으로 되돌아갔다. 그런 다음 나는 피곤해서 잠들었다가 눈을 떴다. 하지만 자리에서 일어나자마자 의식을 잃고 쓰러졌다. 티푸스에 걸린 것이었다. 나는 아침에 병원으로 실려 갔다. 하지만 나의 기억력과 판단력만큼은 코담뱃갑으로 쓰던 양철통에 옷핀을 넣기에 충분했고 나는 끝까지 양철통을 손에서 놓지 않았다.

---

* 프랑스의 소설가 메리메(P. Mérimée, 1803-1870)가 1845년에 발표한 소설 「카르멘(Carmen)」의 주인공. 집시 여인 카르멘과 기병 돈 호세의 비극적 사랑을 그렸다.

3

열이 41도에 이르자 환각이 찾아들다 말기를 반복했다. 몇 년 동안이나 소식도 없던 이들이 날 찾아왔다. 난 그들과 오랫동안 대화를 나눴고 그들에게 산유酸乳를 가져다 달라고 부탁했다. 하지만 그들은 하나같이 약속이나 한 듯 의사가 산유를 금지했다는 말만 되풀이했다. 나는 그 와중에도 증기가 피어오르는 욕실에서 아른거리는 듯한 얼굴 중에 그 누구도 아닌, 옷핀을 가지고 있던 그 여인의 모습을 한 새 간호사의 얼굴이 나타나지는 않을까 하는 기대를 남몰래 했다. 여인은 때때로 벽 너머 황금빛 하늘 아래에서 초록 화환을 쓰고 키 큰 꽃 사이를 지나가곤 했다. 그녀의 눈동자가 어찌나 온화하고 어찌나 즐겁게 빛났던지! 심지어 여인이 모습을 드러내지 않을 때도 꺼져 가는 불빛이 가물거리던 병실은 눈에 보이지 않는 그녀의 존재감으로 가득했다. 그리고 나는 이따금 양철통에 든 옷핀을 손가락으로 살살 건드려 보곤 했다. 밤새 다섯 명이 사망했다. 사망자들은 홍조를 띤 간호보조사들에 의해 들것에 실려 나갔다. 내 온도계는 36도가 조금 넘는 숫자를 가리키고 있었다. 그 이후 기운이 빠지고 정신이 맑아지는 회복 상태가 도래했다. 내가 병을 앓은 지 석 달이 지났을 때, 다리에 통증이 있기는 했지만 걸을 수 있게 되자 병원에서는 나를 퇴원시켰다. 나는 병원에서 나왔지만 거처가 없는 신세가 되었다. 전에 살던 방에는 한 장애인이 들어와 살고 있었고 방을 얻기 위해 발품을 팔아 가며 시설을 전전하는 짓은 내 기질상 할 수 없었다.

이제는 내 외모에 관한 무언가를 얘기해주는 게 좋을 것 같다. 이를 위해 내 친구 레핀이 핀갈이라는 기자에게 보낸 편지에서 발췌한 내용을 인용해보도록 하겠다. 내가 이렇게 하는 것은 책 속에 나의 생김새를 기록하여 남겨 두는 것에 관심이 있어서가 아니라 그렇게 하는 편이 더 명료할 것이라는 판단 때문이다. 레핀이 편지에 쓴 내용은 이렇다.

"그 친구는 가무잡잡합니다. 이목구비가 뚜렷한 얼굴은 모든 이들에게 불만을 품은 표정이고 머리는 짧습니다. 말은 느리고 말수는 적습니다."

이 내용은 사실이었다. 다만 내 느린 말은 내가 앓았던 병 때문이 아니었다. 그건 우리가 좀처럼 인식조차 하지 못하는 슬픈 감정, 즉 우리 내면의 세계를 알고 싶어 하는 이들이 많지 않다는 비애감에서 기인한 것이었다. 하지만 나는 다른 사람의 영혼 하나하나에 깊은 관심이 있었고, 그렇기 때문에 적게 말하고 더 많이 들었다. 그래서 서로 관심을 끌기 위해 기를 쓰고 상대방의 말을 가로막으려는 이들이 여럿이 모일 때면 나는 그저 한쪽에 앉아 있었다.

나는 3주 동안 지인의 집과 그 지인의 지인의 집을 전전하며 밤을 보냈다. 나에 대한 동정심이 전파되는 식이었다. 내 잠자리는 바닥과 소파, 부엌의 난로 위, 빈 상자, 겹겹이 붙인 의자 등이었고 다리미판에서 잔 적도 있었다. 그렇게 잠자리를 전전하는 동안 삶을 귀하게 여기며 따뜻한 보금자리와 가족과 먹을 것을 위해 고군분투하는 흥미로운 장면을 많이 접했다. 나는 찬장을 뜯어 그 나무로 난로에 불을 지피고 등불로 주전자 물을 끓이고 코코넛 기름에 말고기를 굽고 폐허가 된 건물에서 들보를 훔쳐오는 모습들을 목격했다. 하지만 이런 모든 실상은 생고기를 낱낱이 해체하는 칼처럼 휘둘린 펜에 의해서 이미 많이, 적어도 여기에서보다는 훨씬 많이 묘사되어 있다. 그러므로 손에 쥔 고깃덩어리는 건드리지 말도록 하자. 내 마음이 쏠리는 곳은 따로 있다. 바로 나에게 벌어졌던 일이다.

4

그렇게 세 번째 주가 끝나 갈 무렵 나는 극심한 불면증에 시달렸다. 불면증이 어떻게 시작됐는지 말하기는 어렵다. 잠들기가 점점 어려워졌고 깨는 시간이 점점 빨라졌다는 것만 기억난다. 이때 우연한 만남이 나를 수상한 안식처로 이끌었다. 나는 모이카 운하*를 거닐며 고기 잡는 광경을 구경하고 있었다. 그물을 매단 장대를 가진 사내가 화강암 주위를 맴돌고 있었다. 그는 간간이 장대를 물속에 넣었다가 잔고기 한 움큼을 끌어 올렸다. 그러던 중 몇 년 전 내가 책으로 식료품값을 치르곤 했던 상점 주인과 마주쳤다. 알고 보니 그 사람은 이제 나랏일을 맡아보고 있었다. 그는 나라의 경제 업무를 담당하고 있어 수많은 건물을 제 집처럼 드나들었다. 나는 그를 한눈에 알아보지 못했다. 예전처럼 앞치마도 두르지 않았고 터키식 문양 사라사 셔츠도 입지 않았고 턱수염과 콧수염도 없었다. 상점 주인은 군복 같은 단정한

---

* Мойка(Moyka). 상트페테르부르크를 흐르는 네바강의 지류.

옷을 입고 말끔하게 면도를 해서 영국 신사를 연상케 했지만, 야
로슬라블* 출신 특유의 촌티만은 여전했다. 그는 두툼한 서류 가
방을 들고 다니긴 했지만, 나의 거처를 마련해줄 수 있는 권한은
없었다. 그래서 조용하고 인적 없는, 방 260개를 연못에 담긴 물
처럼 품고 있는 중앙은행 건물의 비어 있는 공간을 내게 제안했
다.

나는 그런 집을 얻게 된다는 생각에 살짝 몸을 떨며 말했다.

"바티칸이 따로 없군요. 글쎄요, 근데 거기엔 정말로 아무도
살지 않는 겁니까? 어쩌면 거기에 누가 올 수 있을지도 모르는
데, 그렇게 된다면 관리인이 날 경찰에 보내지 않겠습니까?"

"거참!"

전직 상점 주인은 이렇게만 대꾸하더니 말을 이었다.

"그렇게 멀지 않으니까 일단 가서 한번 보십시다."

그는 다른 건물 마당들의 아치로 막혀 있는 넓은 마당으로 날
데려가 주위를 둘러보았다. 우리는 마당에서 아무도 마주치지
않았다. 그러자 그는 위로 올라가는 비상계단이 나 있는 어두운
구석을 향해 자신 있게 걷기 시작했다. 그는 세 번째 계단참에 있
던 평범해 보이는 현관문 앞에서 걸음을 멈췄다. 아래쪽 문틈에
는 쓰레기가 껴 있었다. 계단참에는 더러운 종이가 잔뜩 널브러
져 있었다. 문 너머에 있는 쓸쓸한 침묵은 거대한 공허가 되어 열
쇠 구멍을 통해 새어 나왔다. 이때 상점 주인은 열쇠 없이 문 여

---

* 야로슬라블(Ярославль, Yaroslavl')은 모스크바에서 북동쪽으로 약 280km 떨어진 곳에 있
는 항구도시로 볼가강 상류에 자리 잡고 있다. 러시아의 황금고리 도시 중 하나이다.

는 방법을 나에게 설명해주었다. 그는 손잡이를 당겨 흔든 뒤 위쪽으로 힘을 가했다. 그러자 쇠고리가 없던 두짝문이 양쪽으로 벌어졌다.

상점 주인은 말했다.

"열쇠가 있긴 한데 나한텐 없어요. 비밀을 알고 있다면 누구든 아주 자유롭게 들어올 수 있을 거예요. 하지만 이 비밀은 아무한 테도 말하면 안 됩니다. 문을 잠그는 건 안에서도 밖에서도 모두 가능한데, 쾅 소리가 나도록 세게 닫기만 하면 됩니다. 밖으로 나 갈 땐 계단을 먼저 살펴보세요. 여기 창이 있으니까요. (실제로 문 근처 벽에는 얼굴 높이에 유리가 깨진 여닫이창이 검게 변색 되어 있었다) 난 당신이랑 가지 않을 거예요. 당신은 배울 만큼 배운 사람이라 잘 정착하는 방법쯤은 스스로 터득할 겁니다. 다 만 여기 규모가 중대 하나 정도는 숨길 수 있을 정도라는 것만 명 심하세요. 사흘 정도만 여기서 지내세요. 거처를 찾게 되면 바로 알려줄게요. 이런 일로 옹색하게 굴어서 미안합니다. 먹고 마실 게 필요할 테니 상황이 나아질 때까지는 제가 빌려드리는 이 돈 을 쓰세요."

그는 두둑한 지갑을 펼치더니 왕진을 온 의사에게 돈을 쥐어 주듯 축 늘어져 아무 말도 못 하고 있던 내게 지폐 몇 장을 찔러 넣곤 주의 사항을 거듭 당부하고 떠났다. 나는 문을 닫고 상자에 걸터앉았다. 그러던 중 우리의 마음속에서 늘 들려오는 정적이 삶의 소리에 대한 추억으로 되살아나 마치 숲이 손짓하듯 어느 새 나를 유혹하고 있었다. 정적은 옆방의 반쯤 열린 문 너머로 자 취를 감추고 있었다. 나는 자리에서 일어나 걷기 시작했다.

나는 첫얼음을 밟는 사람의 심정으로 높고 넓은 수많은 방을 연결하는 문을 하나하나 통과했다. 주위는 탁 트여 있었고 소리는 크게 울렸다. 문 하나를 지나자마자 앞쪽과 양옆으로 이미 다른 문들이 보였다. 그 문들은 입구가 훨씬 더 어두웠고 저 멀리 희미한 빛을 향해 나 있었다. 쪽매널 마루에는 종이가 봄 길의 흙투성이 눈처럼 나뒹굴고 있다. 어마어마하게 널려 있는 종이는 눈 무더기를 치우는 광경을 연상케 했다. 어떤 방에서는 문을 통과하자마자 폐지가 무릎 높이까지 쌓여 있었고 나는 흔들거리는 폐지 더미를 밟고 지나가야 했다.

거기에는 모양도 용도도 색상도 다양한 종이가 그야말로 자연재해 현장처럼 사방을 혼돈으로 몰아넣고 있었다. 종이는 퇴적물이 되어 벽으로 날려 올라가 있거나 창문턱에 매달려 있었다. 하얀 종이로 이루어진 홍수는 활짝 열린 책장에서 쏟아져 내려 구석구석을 가득 채우고 여기저기에 장벽과 비옥한 벌판을 형성하며 마룻바닥 곳곳에 범람하고 있었다. 수첩, 서식 용지, 장부, 표지 라벨, 숫자, 눈금자, 인쇄 및 수기 원고 등 수많은 책장에서 쏟아져 나온 내용물이 눈앞에서 뒤엎어져 있었다. 나는 그 방대한 양에 압도되어 시선을 어디에 둬야 할지 갈피를 잡을 수 없었다. 바스락거리는 온갖 소리, 둔탁한 발소리, 심지어 내 숨소리마저 귀 바로 옆에서 나는 듯 들려왔다. 삭막한 정적은 너무나도 장엄했고 매혹적일 만큼 예리했다. 갑갑한 먼지 냄새는 내내 나를 따라다녔고 창은 이중으로 된 틀에 끼워져 있었다. 저녁을 머금은 창유리 너머로 밖을 내다보니 운하에 늘어선 가로수도 보이고 마당 위로 솟은 지붕도 보이고 넵스키 대로 정면도 보였다. 그

방이 시내 전체를 에워싸는 형태로 둥그렇게 굽어져 있음을 의미했다. 하지만 끊임없이 늘어서 있는 벽과 문으로 분리된 공간이 촘촘하고도 지루하게 펼쳐져 있음이 감지되고 있었던 까닭에 그 방의 규모는 여러 날을 걸어야 하는 여행길처럼 여겨졌다. 우리가 그 근처의 거리나 광장 앞에 '말라야'*라는 말을 붙여 얘기할 때 드는 느낌과는 사뭇 다른 느낌이었다. 나는 순찰을 돌기 시작하자마자 그곳을 미로와 견주고 있었다. 폐지 더미도 창과 문만 덩그러니 남아 있는 곳곳의 빈 공간도 앞으로도 계속 나타나게 될, 인적 없는 수많은 다른 문들도 모두 비슷했다. 서로 마주보고 있는 두 개의 거울이 혼미함을 자아낼 정도로 끊임없이 어떤 공간을 투영할 때, 거울에 비친 공간 속에서 움직이는 (만약 이것이 가능하다면) 사람의 모습이 그럴 터였다. 틀 안에 갇힌 듯 문에서 바깥쪽을 내다보고 있는 사람의 얼굴만 없었을 뿐이다.

　내가 지나온 방은 스무 개도 채 안 됐지만 벌써부터 눈앞이 아찔했다. 나는 길을 잃지 않으려고 각 방의 특징을 포착하기 시작했다. 바닥에는 석회판이 깔려 있었고 저쪽에는 망가진 책상이 있었다. 떼어낸 문짝 하나는 벽에 기대어져 있었다. 창문턱에는 연보라색 잉크병이 한가득이었다. 철제 바구니, 잉크로 얼룩진 폐지 묶음, 벽난로도 있었다. 한편에는 책장과 버려진 의자도 있었다. 그러나 이런 특징은 반복되기 시작했다. 나는 주위를 둘

---

*　말라야(малая, malaya)는 '작은'이라는 의미의 러시아어 형용사의 여성 단수형이다. 러시아어에서는 명사 앞에 이 말을 붙여 특정 지명을 나타내는 경우가 많다.

러보다 깜짝 놀라며 내가 범한 실수를 발견하곤 했다. 가끔씩 미처 파악하지 못한 물건들만 보고 이미 갔던 곳에 또 들어가기도 했던 것이다. 육중한 문이 떨어져 나가 속이 텅 빈 난로처럼 생긴 강철 금고, 폐허 사이에서 우편함 아니면 자작나무에 핀 버섯처럼 보이는 전화기, 이동식 사다리 등도 눈에 띄었다. 심지어 언제 어떻게 비품에 포함된 건지 알 수 없는 검은색 모자 거치대도 발견했다.

저 멀리 종이가 하얗게 두드러져 보였던 홀의 깊숙한 곳에도 어느새 땅거미가 내려앉아 있었다. 내 주변과 복도는 어둠과 한 몸이 되었다. 뿌연 빛은 마름모꼴이 되어 문가의 쪽매널 마루를 일그러뜨렸다. 하지만 창과 맞닿은 벽면은 어디에선가 여전히 강렬하게 내리쬐던 석양빛으로 반짝였다. 내가 남겨 두었던 것들에 대한 기억이 여러 방을 뒤로하고 눈앞에 새로운 입구가 나타나자마자 우유처럼 엉겼다. 그리고 내 머릿속은 대오를 이루고 있는 벽을 통과해 쓰레기와 폐지를 밟으며 걷고 있다는 기억과 인식뿐이었다. 어떤 곳에서는 마분지 더미 위로 올라가 그 미끈미끈한 종이를 한 발로 짓이겨야 했다. 그러자 덤불 속에서 나는 듯한 소리가 들려왔다. 나는 떨리는 마음으로 주위를 두리번거리며 걸었다. 정적 속에서 지극히 작게 울리던 그 소리는 너무나도 끈덕지게 나에게 들러붙어 있던 탓에 혹시라도 내 발소리가 누군가의 청각을 자극하지는 않을까 하는 걱정을 하며 두 발로 마른 빗자루 뭉치를 질질 끌기라도 하는 것처럼 걸었다. 처음에는 알래스카에서 시작해 나이아가라 폭포까지 울려 퍼지는 오케스트라 연주 소리의 조화로움을 파괴하는 심정으로 숫자의 검은 알갱이를 발로 뭉개면서 은행 건물의 신경 물질을 밟고 걸어 갔다. 나는 비유를 찾으려 들지도 않았다. 잊을 수 없는 광경이 불러일으킨 비유는 연기의 형상이 연쇄적으로 피어오르는 것처 럼 나타났다 사라지기를 반복했다. 그것은 흡사 물 빠진 수족관 바닥이나 얼음 사이를 걷고 있거나, 무엇보다 정확하고 우울하 게 표현해보자면, 현재의 탈을 쓴 과거를 방황하고 있는 것 같았 다. 나는 내부의 복도를 통과했다. 자전거를 탈 수 있을 정도로 길게 굽이진 복도였다. 복도 끝에는 계단이 있었다. 나는 위층으 로 올라갔다가 바닥에 철근이 깔린 중간 크기의 홀을 지나 다른 계단을 이용해 아래층으로 내려왔다. 거기에는 불투명 유리구, 튤립과 종 모양 전등갓, 뱀 모양 청동 샹들리에, 둘둘 말린 전선 묶음, 수북이 쌓인 사기그릇과 구리그릇 등이 있었다.

이어지는 복잡한 통로를 따라가다 보니 문서 보관소가 나왔 다. 그곳에는 바닥과 천장을 연결하면서 공간을 평행으로 가로 지르던 서가가 있었다. 서가는 너무 어둡고 비좁아서 사람이 지 나다닌다는 것은 상상도 할 수 없었다. 아무렇게나 포개진 복사 서적이 가슴 높이보다도 높다랗게 부풀어 올라 있었다. 주위를 자세히 살펴보는 것조차 불가능했다. 모든 것이 빽빽하게 뒤섞 여 있었다.

옆문을 지나가면서는 커다란 아치가 보일 때까지 어둠 속에서 흰 벽을 따라갔다. 아치는 검은색 기둥이 두 줄로 늘어선 중앙홀 공간과 로비를 연결하고 있었다. 설화석고로 만들어진 갤러리*

---

* 교회, 극장 같은 대형 건물 내벽에 발코니처럼 조성된 공간으로 일반적으로 건물 맨 위층에 만들어진다.

난간은 거대한 사각형을 이루며 기둥 높이만큼 뻗어 있어서 천장이 간신히 보였다. 광장공포증을 앓고 있는 사람이라면 얼굴을 가리고 그 자리를 떠나버렸을 것이다. 그 인간 저장고에서는 트럼프 카드만 한 문이 검게 보이던 반대편 끝까지 가기 위해 한참을 걸어야 했다. 천 명은 족히 춤을 출 수 있을 정도였다. 한가운데에는 분수대가 있었다. 분수대에 새겨진 얼굴 조각상은 비웃음 내지는 처참함을 머금은 입을 벌리고 있었고 수많은 머리가 한데 뭉쳐 있는 것처럼 보였다. 빼곡하게 늘어서 있던 진열장은 기둥에 바싹 붙여져 있어서 마치 경기장을 에워싸고 있는 장벽과도 같았다. 각 진열장에는 간유리 장막이 있었고 간유리 장막에는 창구와 회계 부서를 나타내는 글자가 금색으로 표시되어 있었다. 망가진 칸막이, 부서진 부스, 벽 쪽으로 붙여진 책상 등은 홀의 크기 때문에 거의 눈에 띄지 않았다. 약간의 수고스러움이 있었지만, 다른 모든 물건과 마찬가지로 생명을 잃고 황폐해진 물건들을 눈에 담았다. 나는 주위를 둘러보며 꼼짝 않고 서 있었다. 그리고 그 광경을 음미하면서 그것이 지닌 양식을 온몸으로 받아들이기 시작했다. 대형 화재를 구경하는 이의 흥분이 다시금 이해됐다. 파괴의 유혹이 시적 영감이 되어 귓가에 들려오기 시작했다. 내 눈앞에는 독특한 정취를 간직한 풍경이, 아니, 한 지역이, 아니, 심지어는 한 나라가 펼쳐져 있었다. 그 나라가 띤 색조는 감동을 넘어 영감을 주고 있었다. 그것은 마치 독창적인 악상을 자아내는 음악적 영감과도 같았다. 한때 이곳에서 수많은 일을 서류 가방과 머릿속에 담은 인파가 움직였다는 게 쉽사리 상상되지 않았다. 모든 것들에는 몰락과 정적의 낙인이 찍혀 있었다. 전례 없는 오만하고 방자한 기운이 문 하나하나를 통과하면서 퍼지고 있었다. 그것은 달걀 껍데기가 발밑에서 으스러지는 것처럼 너무나도 쉽게 상태가 바뀐 자연 발생적이고 불가항력적인 파멸의 기운이었다. 이런 인상은 낭떠러지 아래의 깊숙한 곳을 들여다보도록 만드는 마음속의 이끌림처럼, 대참사에 관한 생각을 떠올리게 하면서 머릿속에 각별한 불안감을 심어주었다. 메아리와도 비슷한 한 가지 생각이 거기에 있던 모든 형태를 에워싸고 귓가에서 울리는 소리처럼 집요하게 맴도는 것 같았다. 그 생각은 '임무를 완수하고 침묵을 지키노라'와 같은 구호를 떠올리게 했다.

5

마침내 피로감이 몰려왔다. 이미 통로와 계단을 구분해내기도 어려웠다. 배가 고팠다. 어딘가에서 먹을 것을 사고 싶어도 출구를 찾아낼 희망은 없었다. 한 취사장에서 수도꼭지를 틀어 갈증을 해소했다. 놀랍게도 약하지만 물이 나왔고 이 사소한 생명의 징후는 나름대로 나에게 용기를 북돋아주었다. 그 후 나는 방을 고르기 시작했다. 문 하나가 달려 있고, 벽난로와 전화기가 있는 사무실을 발견할 때까지 몇 분의 시간이 더 소요됐다. 가구는 거의 없었다. 눕거나 앉을 수 있는 유일한 가구는 가죽도 벗겨지고 다리도 없어진 소파뿐이었다. 잘린 가죽 조각, 스프링, 머리카락이 사방에 널려 있었다. 벽에 나 있는 홈에는 키 큰 호두나무 사물함이 세워져 있었다. 나는 주위 환경에 익숙해질 때까지 담배

한 대를 피우고 한 대를 더 피웠다. 그리고 잠잘 곳을 만들기 시작했다.

피로감이 주는 행복, 즉 깊고 편안한 잠을 맛본 지도 벌써 오래전이었다. 날이 밝아 있는 동안 이번에는 극도의 피로감이 의식의 고통스러운 활기를 이겨낼 것이라고 어느 정도 확신했던 나는 흥분하지 않으려고 애쓰면서, 물이 가득 담긴 그릇을 조심스럽게 옮기는 사람의 심정으로 밤이 오기를 기다렸다. 그러나 날이 저물자마자 잠 못 이루는 공포가 집요한 생각과 합세하여 나를 에워쌌고, 나는 밤이 오기를 애타게 기다리며 내가 끝내 잠들 수 있을까 하는 의구심을 가졌다. 하지만 자정에 가까워질수록 그런 감정들의 부자연스러운 예민함에 대한 나의 확신은 더 뚜렷해졌다. 어둠 속에서 번쩍이는 마그네슘 섬광과도 같은 불안한 생기가 가장 작은 충격에도 크게 메아리치는 팽팽한 줄에 내 신경의 힘을 동여맸고, 나는 마치 뒤숭숭한 마음속에 기나긴 밤의 여정을 품은 채 낮이고 밤이고 눈을 뜨고 있는 것 같았다. 피로감은 사방으로 흩어졌고 마른 모래가 눈에 닿는 듯 눈이 따끔거렸다. 한 번 시작된 생각은 그 생각이 무엇이었든 간에 꼬리에 꼬리를 물고 점점 복잡하게 발전해 나갔고, 앞으로 닥쳐올 추억 가득한 기나긴 허송의 시간은 피할 수 없는 의무적이고도 결실 없는 일이 그러하듯 이미 무력하게 반란을 일으키고 있었다. 나는 최선을 다해 잠을 청했다. 아침이 되자 뜨거운 물을 가득 부은 듯한 몸으로 거짓 하품을 하며 잠의 기만적인 존재를 받아들였지만, 나는 그저 눈을 감았을 뿐이었고 우리가 낮 동안에 괜스레 눈을 감으면서 경험하는 바로 그것, 즉 눈만 감고 있는 상태의 허무함을 경험했다. 나는 벽에 있는 점을 보거나 숫자를 세거나 부동자세를 취하거나 같은 문구를 되뇌는 등 온갖 방법을 시도 해봤지만, 모두 헛수고였다.

나에겐 타다 남은 양초 꽁다리가 있었다. 계단에 불이 들어오 지 않던 그때에는 절대로 없어서는 안 되는 물건이었다. 나는 작 달막한 초에서 희미하게나마 나오는 불빛으로 높이 뻗은 썰렁한 방 천장을 비춰보았다. 그러고 나서 소파에 난 구멍을 종이로 틀 어막고 책을 잔뜩 쌓아 베개를 만들었다. 나는 외투를 담요로 삼 았다. 불구경을 하려면 벽난로에 불을 지펴야 했다. 게다가 그곳 은 여름철에도 온기가 부족했다. 어쨌든 나는 할 일을 생각해내 서 기쁜 마음이 들었다. 전표 다발과 책 뭉치는 커다란 벽난로의 강렬한 불길에 휩싸여 삽시간에 타오르기 시작했고 철망에 재를 떨어냈다. 불꽃은 얌전하게 빛을 발하는 웅덩이가 되어 멀리 사 라져 가면서 활짝 열린 문밖의 어둠에 가벼운 파장을 일으켰다.

하지만 어쩌다 마주친 그 불길은 아무런 성과를 내지 못하고 슬그머니 타고 있었다. 붉은색과 황금색 석탄이 뿜어내는 환상 적인 불빛에 휩싸인 채 내면의 온기와 영혼의 빛을 선사해주며 눈에 익은 물건들을 비춰주는 그런 불길이 아니었다. 도둑이 피 운 모닥불처럼 위태로운 불길이었다. 나는 저린 팔에 머리를 받 치고 누웠다. 잠들고 싶은 마음은 조금도 없었다. 잠을 자기 위 한 내 모든 노력은 관객이 보는 앞에서 하품을 하며 침대에 눕는 배우의 연기와도 같았다. 게다가 나는 배가 고팠고 배고픔을 잊 으려고 자꾸만 담배를 피워 댔다.

나는 난롯불과 사물함을 나른하게 바라보며 누워 있었다. 그러다 불현듯 사물함을 괜히 잠가 둔 게 아닐 것이라는 생각이 들었다. 하지만 아무짝에도 쓸모없어진 서류 뭉치가 아니라면 저 안에 뭘 숨길 수 있을까? 저기서 아직 꺼내지 않은 건 뭘까? 저렇게 생긴 사물함에서 다 쓴 전구 더미를 발견했던 비참한 경험을 이미 해봤기 때문에 단지 경제적인 이유로 열쇠를 바꾸었을 뿐 사물함이 잠긴 건 아무런 의도도 없으리라 생각했다. 그럼에도 불구하고 나는 먹을 것을 떠올리며 육중하면서도 건물의 현관 출입구처럼 견고한 문짝을 바라보았다. 저 안에서 먹을 수 있는 무언가를 발견할 수 있으리라는 기대는 그다지 크지는 않았다. 항상 자신만의 고유한 틀에 따라 생각하도록 강요하는 위는 맹목적으로 나를 자극했다. 그것은 먹을 것을 봤을 때 군침이 나오는 것과 같은 이치였다. 나는 기분을 전환하기 위해 근처에 있던 몇몇 방을 둘러보았다. 다 타들어 가던 작달막한 초에 의지해 먹을 것을 뒤져보았지만, 크래커 부스러기 하나조차 발견하지 못하고 아까 봤던 잠겨 있던 사물함에 점점 더 매료되어 원래 있던 곳으로 돌아왔다. 벽난로에는 검게 변한 재만 남아 있었다. 나는 나 같은 부랑자들이 있으리라 판단했다. 그렇다면 그들 중 누군가가 저 사물함 안에 빵 한 덩이를 넣어 두고 문을 잠가 둔 것은 아닐까? 어쩌면 주전자와 차와 설탕을 넣어 두지는 않았을까? 다이아몬드나 금이라면 다른 곳에 뒀을 것이다. 그건 매우 자명한 사실이다. 나는 사물함 문을 여는 것이 정당하다고 생각했다. 만약 그 안에 무언가를 넣고 잠근 것이라면 나는 당연히 아무것도 만지지 않겠지만, 만약 그것이 먹을 것이라면, 법에 어떻게 명시되어 있든 간에, 그것에 대한 권한은 나에게 있었다.

하지만 나는 의도치 않게 도덕적 기반을 잃는 실수를 범하지 않기 위해 양초 꽁다리로 사물함을 비추며 그러한 내 판단에 허점은 없는지 찬찬히 곱씹었다. 이윽고 난 강철로 만든 눈금자를 집어 들어 눈금자 끝부분을 자물쇠 구멍에 넣고 힘을 줘 누른 뒤 당겨서 빼냈다. 걸쇠가 철커덩 소리를 내더니 팅겨 나갔고 꽉 물려 있던 사물함이 삐걱거리는 소리를 내며 활짝 열렸다. 나는 범상치 않은 것들을 발견하고 뒷걸음질을 쳤다. 눈금자를 집어 던지고 몸서리를 쳤다. 비명을 지르고 싶었지만 그럴 힘도 없었다. 나무통에서 솟구쳐 나오는 물이라도 맞은 듯 정신이 아찔해졌다.

6

최초로 일었던 전율은 발견의 전율임과 동시에 순간적이었지만 너무나도 끔찍했던 전율이었다. 그러나 끔찍한 전율은 착각이 아니었다. 내가 목격한 것은 귀중한 양식으로 채워진 곳간이었다. 여섯 개의 선반이 사물함 안쪽 깊숙이 뻗어 있었고 모든 선반은 터질 듯 채워진 물건의 무게를 견디고 있었다. 진귀한 물건들이었다. 그 맛과 향이 이미 아련한 기억이 되어버린, 화려한 식탁에 차려진 엄선된 음식들이었다. 나는 그 식탁을 끌어당겨 구경하기 시작했다.

나는 우선 방문을 닫았다. 의심의 눈초리로 나를 바라보는 듯한 텅 빈 공간이 거슬렸다. 심지어 나처럼 누군가가 밖에서 돌아다니고 있는 것은 아닌지 벽에 귀를 대보기까지 했다. 정적은 괜찮다는 신호였다.

나는 맨 위 칸부터 구경을 시작했다. 맨 위, 다섯 번째와 여섯 번째 선반은 커다란 바구니 네 개로 채워져 있었다. 바구니를 살짝 흔들자 곧바로 불그스름한 쥐 한 마리가 구역질을 유발하는 앙칼진 소리를 내며 바구니에서 튀어나와 바닥으로 툭 떨어졌다. 나는 혐오감으로 온몸이 마비되면서 발작적으로 손을 뗐다. 얼마 후 내가 몸을 움직이자 역겨운 짐승 두 마리가 더 튀어나와 내 다리 사이로 재빨리 몸을 숨기며 달아났다. 흡사 몸집이 커다란 도마뱀 같았다. 이때 나는 구불구불하고 비루한 몸뚱이들이 꼬리를 번득이며 비처럼 쏟아지지 않을까 하는 생각으로 옆으로 비켜서며 바구니를 흔들고 사물함을 두들겨보았다. 하지만 쥐가 여러 마리 더 있었다면 틀림없이 사물함 뒷면으로 빠져나가 벽 틈으로 달아났을 터였다. 사물함은 조용했다.

　생쥐나 갈색쥐가 분명 보금자리로 느꼈을 법한 곳에 이런 식으로 식량을 비축해 두었다는 사실에 어이없는 기분이 들었던 것도 무리는 아니었다. 그러나 내 황홀감은 여타의 모든 상념을 압도했다. 그 모든 상념은 댐 안에 갇힌 물이 그러하듯이 절정에 다다른 황홀경의 소용돌이를 뚫고 나오기에는 역부족이었다. 나에게 먹을 것과 관련한 감정은 천박하다거나, 식탐에 빠진 인간은 양서류와 다를 게 없다는 말 따위는 하지 않았으면 좋겠다. 우리 인간이란 내가 겪었던 것과 똑같은 순간이 오면 너나없이 눈이 번쩍 뜨이기 마련이고, 그 기쁨이란 산꼭대기에서 떠오르는 태양을 보면서 느끼는 숭고함에 못지않다. 마음은 행진곡 소리에 맞춰 전진한다. 나는 그 보물의 자태에 이미 취해 있었다. 더군다나 각각의 음식물은 종류별로 분류되어 각기 다른 바구니에 담겨 있었고, 한데 모여 있던 같은 종류의 음식물도 저마다 다채로운 매력을 뽐내고 있었다. 어떤 바구니에는 치즈가 담겨 있었다. 분말 생치즈에서부터 로체스터 치즈*와 브리 치즈에 이르기까지 온갖 치즈가 모여 있었다. 치즈 바구니 못지않게 묵직했던 다른 바구니는 정육점 냄새를 풍기고 있었다. 거기에는 햄, 소시지, 훈제 우설, 소를 가득 채운 칠면조 요리가 빼곡하게 들어차 있었다. 바로 옆에 있던 바구니는 유산탄 속의 탄알 같은 자태의 통조림을 품고 있었다. 또 다른 바구니는 산더미처럼 쌓여 있던 달걀 때문에 금방이라도 터질 것 같았다. 나는 두 무릎을 바닥에 대고 섰다. 이제 아래 칸을 볼 차례였다. 나는 거기에서 설탕 여덟 덩어리, 함에 담긴 차, 구리 테가 둘린 자그마한 참나무통에 가득 찬 커피를 발견했다. 쿠키, 케이크, 크래커로 각각 채워진 바구니도 있었다. 맨 밑에 두 칸은 고급 레스토랑의 와인셀러를 연상케 했다. 그곳은 유독 와인병으로만 채워져 있었는데, 켜켜이 쌓아 올린 장작처럼 질서 정연하고 촘촘한 모습이었다. 와인병 라벨에는 저마다의 맛, 상표, 양조자의 명성과 비법 등이 표시되어 있었다.

　서두를 것까지는 없었지만 어쨌든 먹기는 먹어야 했다. 이곳에 우연히 찾아들 누군가에게 위대한 발견의 기쁨을 선사하려고 이런 보물을 방치해 뒀을 사람이 세상에 어디 있겠는가? 더군다나 그 보물은 애써 비축해 놓은 식량처럼 신선해 보였다. 낮일지 밤일지는 알 수 없었지만, 누군가가, 칼 같은 무언가를 들고 나타

---

*　강한 맛과 달리 향은 부드러운 딱딱한 치즈.

나는 최악의 상황은 아니더라도, 소리를 지르며 두 손을 번쩍 쳐들고 나타날지 모를 일이었다. 모든 것이 상황의 께름칙한 긴박성을 대변해주고 있었다. 나는 미지의 세계에 접근해 있는 상태였고 그 공간에서 경계해야 할 것이 많았다. 그러는 사이 배고픔은 제 목소리를 내기 시작했고, 나는 겹겹이 포갠 커다란 종이를 접시 삼아 골고루 조금씩 꺼낸 음식을 소복이 담고서 주위에 빙 둘러놓고 사물함 문을 살짝 닫은 뒤 소파의 잔해에 자리를 잡고 앉았다. 나는 필수 영양소, 즉 크래커, 햄, 달걀, 치즈부터 공략한 뒤 입가심으로 쿠키를 먹고 포트와인으로 대미를 장식했다. 하나하나를 목으로 넘길 때마다 기적이 느껴졌다. 처음에는 오한과 발작적인 실소를 감당할 수 없었지만, 어느 정도 진정도 되고 15분이 채 되지 않던 시간 전까지만 해도 공상 속에만 존재했던 그 맛있는 것들을 향유하는 데도 점차 익숙해지자 행동과 생각을 모두 제어할 수 있게 되었다. 배는 금방 불렀다. 식욕조차 피로감으로 변모시키는 불안한 마음 탓에 음식을 먹기 시작했을 때 예상했던 것보다 훨씬 더 빨리 배가 찼다. 하지만 먹을 것을 포기해버리기엔 내 몸이 너무 쇠약해져 있는 상태였고 포만감은 나에게 충만한 기쁨을 선사해주었다. 일상적으로 많은 양의 음식을 섭취하고 난 뒤에 따라오는 졸음 섞인 어지러운 느낌도 없었다. 챙긴 음식을 모두 먹어 치우고 향연의 흔적을 꼼꼼하게 제거하고 나니 괜찮은 저녁을 보냈다는 생각이 들었다.

한편 나는 정신을 집중하고 온갖 추측을 해보았지만, 당연하게도 나의 사유는 본질까지 파고들지 못하고 무뎌진 칼날처럼 표면만 긁어 댔다. 어쩌면 나는 잠들어 있던 거대한 은행 안을 배회하면서, 상점 주인과 그 사무용품 가득한 클론다이크* 사이의 연관 관계를 꽤 정확하게 이해했는지도 모른다. 거기에서는 짐수레 수백 대 분량의 포장지를 가지고 나올 수 있었다. 저울 눈금을 속이려는 상인들이 값을 후하게 쳐주는 물건이었다. 그 밖에도 전기 코드와 자잘한 전기 부품으로는 지폐 몇 뭉치를 마련할 수도 있었다. 거기서 내가 벽을 살펴봤던 거의 모든 곳에서 코드와 플러그가 뜯겨져 나가 있었던 건 나름의 이유가 있어서였다. 그래서 나는 상점 주인을 비밀 식량의 소유자로 여기지 않았다. 만약 그가 음식 주인이었더라면 분명 다른 장소에서 식량을 향유했을 것이었다. 하지만 나의 사유는 더 이상 진전되지 않았다. 그 이후 들었던 모든 상념은 내가 온갖 식량을 발견했을 때와 마찬가지로 특정인과는 관련이 없었다. 내가 발견한 식량을 건드린 이가 한동안 아무도 없었다는 사실을 증명하고 있던 것은 쥐의 흔적이었다. 쥐는 햄과 치즈에 커다란 이빨 구멍을 남겨 놓았다.

나는 기분 좋게 배를 채운 상태가 되어 사물함을 꼼꼼하게 살펴보기 시작했다. 그리고 그것을 처음 발견했을 때 지나쳤던 것들이 많다는 사실을 깨달았다. 바구니 사이사이에는 나이프, 포크, 냅킨을 각각 종류별로 모아 놓은 묶음이 놓여 있었고 설탕 덩어리 뒤쪽에는 은제 사모바르가 숨겨져 있었다. 와인잔이며 키작은 술잔이며 무늬가 새겨진 컵 여러 개가 딸그락거리는 소리

---

* Klondike. 캐나다 서북쪽 끝 유콘강의 지류인 클론다이크강 기슭에 있는 지방으로, 세계적인 사금 생산지.

를 내며 서로 부딪치고 있던 상자도 있었다. 아마도 고립된 곳에서 비밀리에 유희를 즐기거나 음모를 꾸미려는 어떤 단체가 여기서 모이곤 했었던 것 같았다. 어쩌면 시내 각지의 인민자치위원회가 승인하고 직접 참여하는 대단한 끗발을 가진 어떤 조직이었을 수도 있다. 그렇다면 행동을 조심해야 했다. 나는 내가 저녁 식사로 먹어 치운 미미한 양이 거의 눈에 띄지 않기를 바라는 마음으로 최대한 공을 들여 사물함을 정돈했다. 하지만 나는 와인 한 병과 함께 무언가를 집어 들었고 (죄책감은 들지 않았다) 튼튼한 봉지에 싼 뒤 구불구불한 복도에 있던 종이 더미 속에 감췄다.

물론 그 순간 나는 졸리기는커녕 눕고 싶은 마음조차 없었다. 나는 섬유성 담뱃잎으로 만든 연하고 향이 좋은 담배를 기다란 물부리에 꽂아 피우기 시작했다. 그 매혹적인 담배는 내가 주머니마다 가득 채워 두고 경의를 표해 마지않았던 유일한 발견물이었다. 나는 스스로를 연속적으로 발생하게 될 황당한 소동을 앞둔 사람이라고 여기면서 황홀한 음악이 전하는 듯한 불안감에 휩싸였다. 그토록 찬란한 혼돈 속에서 내 옷깃을 옷핀으로 여며 주던 (그 몸짓을 어떻게 잊을 수 있겠는가?) 회색 목도리의 여인이 떠올랐다. 그녀는 내가 아름답고 감동적인 말들로 떠올리는 유일한 사람이었다. 그 말들을 인용하는 건 부질없는 일이다. 소리가 되어 울려 퍼지는 순간 이미 고유의 매혹적인 향기를 잃어버리게 되기 때문이다. 이름조차 몰랐던 그 여인은 석양으로 내닫는 물의 빛줄기와도 같은 흔적을 남기고 사라져버렸다. 그녀는 흔하디흔한 옷핀 하나와 까치발을 딛고 섰을 때 내던 긴장된 숨소리로 그렇게도 따뜻한 감동을 자아냈다. 그것이야말로 진정한 마술이었다. 그녀 역시 넉넉한 형편은 아니었기에 나는 내가 찾아낸 이 눈부신 것들로 그녀에게 작으나마 기쁨을 주고 싶은 마음이 굴뚝같았다. 하지만 그녀가 어디에 있는지도 몰랐고 그녀에게 전화를 걸 수도 없었다. 내 기억이 내가 잊어버린 전화번호를 큰 소리로 불러주는 선행을 베푼다 하더라도, 그곳에 있던 수많은 전화기 앞에서는 아무런 도움도 될 수 없었다. 전화기들은 작동되지도 않았을뿐더러 명백한 이유로 인해 작동될 리도 없었다. 하지만 그중 한 전화기가 우연히 나의 눈길을 사로잡았다. 나는 얼마간의 호기심을 품은 의혹의 눈초리로 전화기를 바라보았다. 이성적 사고라고는 눈곱만큼도 개입하지 않은 의혹이었다. 나는 장난삼아 전화기에 손을 뻗었다. 나는 어리석은 짓을 저지르고야 말겠다는 욕망에서 헤어 나오지 못했고, 그 욕망은 한밤중에 벌어지는 황당한 일들이 모두 그러하듯이 잠 못 이루는 환상의 덧없음으로 점철되어 있었다. 나는 실제로 전화기가 작동된다면 전화번호를 반드시 기억해내야 한다는 점을 스스로에게 주지시켰다. 더군다나 나는 아주 오래전부터 고무로 된 입과 금속으로 된 귀를 달고 벽에 피어난 버섯처럼 생긴 그 알 수 없는 기구를 충분히 해명되지 않은 찜찜한 구석을 간직한 물건, 즉 일종의 미신으로 간주해 왔다. 그 같은 미신을 촉발한 요인은 많았지만, 그중에서도 제일은 번개에 관한 이야기가 담겨 있는 플라마리옹*의 『대기권L'atmosphère』이었다. 이 책을 곱씹어 읽어보

*   프랑스의 천문학자 카미유 플라마리옹(Camille Flammarion, 1842-1925).

고 전기를 일으키는 뇌우의 기이함에 관해 한 번 더 곰곰이 생각해보기를 모든 이들에게 강력히 추천한다. 특히 구상번개*의 작용에 관해 잘 생각해보기 바란다. 구상번개는 이를테면 이미 구상번개에 의해 벽에 꽂힌 칼에 프라이팬 내지는 장화를 매달아놓거나 기와지붕을 뒤집어 기왓장이 설계라도 한 듯 정확하게 거꾸로 놓이도록 한다. 벼락에 맞아 죽은 이들의 시체와 재난 발생 상황을 보여주는 사진은 말할 것도 없다. 그런 사진들은 오래된 다게레오타이프**처럼 늘 푸르스름한 색을 띤다. '킬로와트'와 '암페어' 따위는 나에게 중요하지 않다. 나의 경우 전화기만 보면 늘 불길한 예감이 들었다. 그것은 우리가 빚어내는 부조리가 수반하는 이상야릇한 나른함이자 의식의 가로막힘이었다. 그래서 지금에 와서야 밝히는 거지만, 당시에는 자석 앞에 있는 쇳덩이처럼 보였을 뿐이다.

나는 수화기를 들었다. 막상 손을 대보니 냉담한 벽 앞에서 침묵하던 수화기는 보기보다 훨씬 차가웠다. 나는 고장 난 시계가 되살아나길 바라는 마음에도 못 미치는 기대감을 가지고 수화기를 귀에 가져다 대고 버튼을 눌렀다. 머릿속에서 울리는 소리였는지, 아니면 기억 속에 남아 있던 소리였는지 알 수 없었지만, 나는 전율에 휩싸여 파리가 윙윙거리는 소리를, 마치 곤충이 날갯짓하듯 진동하는 전화 신호음을 들었다. 그런 상황에서 들려온 그 소리는 내가 갈망하던 바로 그 부조리였다.

---

*   뇌우가 심할 때 드물게 나타나는 공 모양의 번개.

**   다게르(L. M. Daguerre, 1787-1851)가 1839년 발표한 사진술. 잘 닦인 은판 표면에 이미지를 만들어내는 방식으로 '은판사진'이라고도 불린다.

조각상의 대리석마저 갉아 먹으면서 겉으로 드러나지 않은 근원을 내포하는 모든 감동을 무력하게 만드는 애벌레만의 방법을 끝내 이해해 내려는 부단한 노력이라든지, 이해할 수 없는 것을 이해하고자 하는 열의는 내가 지닌 미덕에는 포함되지 않은 것들이었다. 하지만 나는 나 자신을 시험해보았다. 나는 수화기를 귀에서 떼고 그 특유의 소리를 머릿속으로 재현했다. 그리고 수화기를 통해 소리가 새로 들려오기 시작하자 그제야 수화기를 다시 귀에 댔다. 소리는 튀지도 끊기지도 약해지지도 강해지지도 않았다. 수화기 안에서는 보이지 않는 공간이 당연하다는 듯 전화 연결을 기다리며 신호음이 들려왔다. 나는 뒤숭숭한 생각에 사로잡혔다. 괴괴한 건물에서 작동하는 전화선에서 울리던 소리만큼이나 이상한 생각이었다. 돌풍에 찢겨 나갔지만, 포착할 수 없는 혼돈의 지점에서 연결된 뒤엉킨 전화선의 매듭이며 지붕 위를 뛰어다니는 고양이의 구부정한 등에서 발산되는 전기 불꽃이며 트램 노선에서 번쩍이는 자기 섬광이며 미래파 그림의 뾰족한 모서리처럼 생긴 물질의 조직과 심장 등이 눈앞에 떠올랐다. 머릿속에 떠오르던 이런 영상들은 뒷발로 곧추선 심장이 박동을 지속하는 시간보다 짧게 나타났다 사라졌다. 심장은 밤의 위력을 감각해내는 번역 불가능한 언어로 장단을 맞추며 고동쳤다.

　그때 벽 뒤에서 그 여인의 모습이 초승달처럼 선명하게 떠올랐다. 나는 과연 그 인상이 그토록 질긴 생명력으로 오래 지속되리라고 생각할 수 있었을까? 내 안에서는 수없이 많은 인력이 동원되어 실을 뽑으며 낑낑대는 소리가 들려왔고, 나는 지워진 전화기 번호를 응시하며 눈보라처럼 몰아치는 숫자들 사이에서 기억을 끄집어냈다. 그 숫자들을 어떻게 조합해야 잃어버린 숫자가 떠오를지 알아내려고 애써보았지만 공연한 짓이었다. 기억이란 얼마나 간사하고 부정확한 것인가! 기억은 숫자도 날짜도 사소한 일도 사랑하는 사람의 얼굴도 잊지 않을 것이라고 맹세하고 천진난만한 눈빛으로 의혹에 부응한다. 하지만 예정된 시간이 오면, 귀가 여린 사람은 호두 한 줌에 다이아몬드 반지를 팔아넘기고 만 파렴치한 원숭이와 거래를 했다는 사실을 깨닫는다. 떠올리는 얼굴의 생김새는 불완전하고 어렴풋하며 숫자는 하나가 빠져 있다. 정황은 얽히고설키고 당사자는 엉성한 기억을 괴로워하며 괜스레 머리를 쥐어짠다. 그러나 우리가 모든 것을 기억하고 있었더라면, 그리고 모든 것을 기억해낼 수 있었더라면 불현듯 기억이 떠오르는 순간을, 특히 감정의 기억이 떠오르는 순간을 평생 동안 무난하게 견뎌낼 이성이 과연 있을 수 있었을까?

나는 감이 오는 숫자를 찾아내려고 입술을 움직여 가며 온갖 숫자들을 의미 없이 되뇌어보았다. 마침내 잊힌 전화번호와 비슷하게 느껴지는 '107-21'이라는 숫자의 배열이 떠올랐다. 나는 '107-21'이라고 소리내어 말하고 그 소리를 가만히 들어보았지만, 이번에도 잘못짚고 있는 건 아닌가 하는 의심이 들었다. 버튼을 다시 누르면서 갑작스럽게 들었던 그런 의심 때문에 나는 이성적인 판단력을 잃고 말았지만, 때는 이미 늦어 있었다. 경쾌하게 앵앵거리는 소리는 낮게 윙윙대는 소리로 변했고 무언가가 철컥하는 소리와 함께 전화기 너머의 먼 곳에서 또 한 번 새롭게 바뀐 소리가 들려왔다. 그리고 곧바로 피곤한 기색이 역력한 콘트랄토* 음역의 여자 목소리가 내 볼의 살갗에 와 닿았다. 그녀는 무미건조하게 말했다.

"전화국입니다."

그녀는 다급하게 같은 말을 반복했다.

"전화국입니다!"

하지만 나는 입이 얼어붙어 곧바로 대꾸할 수 없었다. 마음 깊은 곳에서 나는 여전히 장난을 치고 있었을 뿐이기 때문이다.

어쨌든 나는 일단 주문을 외워 마귀들을 불러냈다. 내가 86년도 사회의 '대기권'이나 '킬로와트'로 그 마귀들을 소환해 달라고 하자 대답이 돌아온 것이었다. 고장 난 시계의 태엽 장치가 톱니바퀴를 돌리기 시작했다. 내 귀 위로는 화살처럼 뾰족한 은회색 광선이 지나갔다. 누가 밀었는지 모를 진자를 단 기구는 고른 템포로 장단을 맞추기 시작했다.

"107-21번이요."

나는 쓰레기 더미 사이에서 꺼져 가는 초를 바라보며 기어들어 가는 소리로 말했다.

"A 그룹에 문의하십시오."

불만스러운 어투의 대답이 돌아왔고 낮은 신호음은 멀리서도 느껴졌던 피곤에 지친 손동작과 함께 툭 끊겨버렸다.

그 순간 나는 마음이 후끈 달아올랐다. 나는 활자 'A'가 적힌 버튼을 눌렀다. 결국, 전화기는 작동하고 있었던 것이었다. 그뿐

---

* 성악에서 여성의 음역 중 가장 낮은 소리.

만 아니라 전화기가 혼선되는 상황이 빚어지면서 놀라운 현실감을 증명해내기까지 했다. 성미가 급한 사람도 인정할 만한 뛰어난 섬세함을 증명해낸 것이었다. 나는 'A'를 누르려다가 'B'를 누르고 말았다. 그러자 축음기 나팔관을 통해 들려오는 잡음을 연상케 하는 날카로운 목소리들이 갑자기 열린 문으로 한꺼번에 밀려들어 오듯이 자유롭게 돌아다니던 공기의 흐름 속으로 흘러들었다. 알 수 없는 연사演士들이 공명기를 꽉 쥐고 있던 내 손 안에서 아우성치고 있었다. 그들은 거리로 뛰쳐나온 사람들이 지닌 성급함과 잔혹함으로 서로의 말을 가로챘다. 마구마구 뒤섞인 말들은 떼까마귀들의 합창 같았다. 알 수 없는 어떤 인물이 까악까악 울부짖었고 다른 누군가가 바리톤 음색으로 그 소리를 받쳐주었다. 바리톤은 미사여구를 사용하여 사이사이에 말을 중단하거나 구두점을 넣어 가며 신중하고도 느릿하게 말을 이어갔다. "줄 수 없어요…", "한번 보시면…", "언젠가는…", "제가 드리고 있는 말씀이…", "듣고 계시다시피…" 등의 말들이 혼재되어 있었다.

"35사이즈로요…", "신경 쓰지 마세요…", "차가 출발했습니다…", "무슨 말씀이신지…", "전화 끊어요…" 등의 말들도 들려왔다. 이처럼 시장 한복판에 있는 듯 넋이 나간 상태에서 신음소리, 멀리서 들려오는 울음소리, 웃음소리, 통곡 소리, 바이올린 선율, 터벅터벅 걷는 발소리, 바스락거리는 소리, 속삭이는 소리 등도 모기가 앵앵거리는 것처럼 약하게 흘러나왔다. 누군가를 걱정하고 불러 세우고 타이르고 푸념하던 그 말들은 어디에서 들려온 것이었을까? 마침내 업무에 돌입하는 듯한 몸놀림 소리가 철커덕 하고 들려왔고 목소리들이 멎었다. 그리고 윙윙거리던 전화선 소리에 뒤이어 아까와 똑같은 목소리가 들려왔다.

"B 그룹입니다."

나는 말했다.

"A 그룹이요! A 그룹 연결해주세요. 전화가 혼선됐습니다."

침묵이 흘렀다. 그동안 신호음이 두 번 멈칫했다. 그러더니 새 목소리가 나긋나긋하고 조용하게 응대해 왔다.

"A 그룹입니다."

나는 최대한 알아듣기 쉽게 또박또박 말했다.

"107-21번 부탁합니다."

"108-01번 말씀입니까?"

교환원은 친절한 말투로 아무렇지도 않게 잘못된 번호를 반복했다. 나는 당장이라도 맹렬하게 달려들어 잘못된 숫자를 정정하려던 것을 겨우 참아냈다. 교환원의 그 실수는 잊은 전화번호를 밝혀내는 데 확실한 도움을 주었기 때문이다. 나는 잘못된 번호를 듣자마자 마치 마주 오는 사람의 얼굴을 보며 기억을 더듬는 것처럼 그 번호를 기억해냈다.

나는 저 높은 곳 아찔한 벼랑 끝을 내달리는 듯한 극도의 흥분에 휩싸여 말했다.

"예, 예, 맞아요, 바로 그 번호입니다. 108-01번."

그때 내 안팎의 모든 것들은 얼어붙었다. 발신음은 차디찬 파도가 접근해 오듯 가슴을 죄어 왔다. 나는 심지어 그 흔한 "연결 중입니다"라든지 "연결됐습니다"와 같은 말도 못 들었다. 어떤 말이 들려왔는지 기억나지 않는다. 나는 거부할 수 없는 떨림을을 퍼뜨리는 새들의 울음소리를 듣고 있었다. 피로가 몰려와 벽에 기대어 섰다. 얼마 뒤 가혹함을 닮은 침묵의 시간이 지나고 누군가가 상쾌한 공기처럼 산뜻하면서도 이지적인 목소리로 조심스럽게 말했다.

"제가 받았어요. 제가 지금 되지도 않는 전화기에다가 말하고 있는 거예요? 벨 소리가 들렸다면서요. 여보세요, 누구세요?"

그녀가 말했다. 누군가의 대답을 기대하는 것 같지는 않았지만 만일의 경우에 대비하는 듯 약간의 엄격함이 묻어 있는 어조였다.

"접니다. 시장에서 당신과 얘기를 나누고 당신 옷핀을 가지고 갔던 사람입니다. 책을 팔았던 사람이죠. 기억을 떠올려보세요. 당신 이름은 모르지만, 그분 맞으시죠?"

그녀는 기침을 한 번 하고는 머뭇거리는 목소리로 대답했다.

"어머나, 세상에. 잠시만요, 끊지 마세요. 생각하는 중이에요. 아빠, 어쩜 이런 일이 다 있죠?"

마지막 말은 나에게 했던 게 아니었다. 다른 방에 있는 것으로 짐작되는 어떤 남자가 알아들을 수 없는 말로 그녀에게 대꾸했다.

그녀는 다시 얘기했다.

"우리가 만났던 건 기억해요. 하지만 옷핀 얘기는 뭔지 기억이 안 나네요. 아, 맞다! 기억력 정말 좋으시네요. 근데 아저씨와 통화를 하다니, 이상해요. 저희 집 전화는 끊겼거든요. 도대체 무슨 일이죠? 지금 어디서 전화하시는 거예요?"

"잘 들리시는 겁니까?"

나는 내가 있는 곳을 알리지 않으려고 질문을 못 알아들은 척 딴소리를 했다. 나는 그녀에게서 잘 들린다는 확답을 얻어낸 뒤 말을 이었다.

　"우리 통화가 얼마나 오래갈지 모르겠군요. 제가 더 이상 다른 얘기를 드리지 않는 데에는 다 그만한 이유가 있습니다. 저도 당신과 마찬가지로 알고 있는 게 많지 않거든요. 그러니 일단은 주소를 좀 알려주세요. 당신 주소를 모르거든요."

　내 마지막 말이 전화 연결을 끊어 놓기라도 한 것처럼 전화선에서는 얼마간 일정한 간격으로 윙윙대는 소리가 들려왔다. 그녀와 나 사이는 빈틈없이 꽉 막힌 벽이 놓인 듯 다시 멀어졌다. 혐오스러운 분노와 수줍은 비애가 내 마음을 교란하는 바람에 나는 하마터면 전화 통화의 속성에 관한 복잡하고도 적절치 못한 토론에 돌입할 뻔했다. 하지만 그런 토론이 시작된다면 가장 자연스럽고도 단순한 감정의 뉘앙스를 마음 놓고 표현할 수는 없을 터였다. 표정과 말이 불가분의 관계인 경우도 간혹 있기 때문이다. 어쩌면 그녀 역시 정적이 이어지는 동안 나와 똑같은 생각에 빠져 있었을지도 모를 일이었다. 잠시 후 그녀의 목소리가 들려왔다.

　"뭐 하시려고요? 까짓거, 좋아요. 받아 적으세요."

　"받아 적으세요"라는 그녀의 말에는 천연덕스러움이 아예 없지 않았다.

　"제 주소는 5번가 97번지 11호예요. 근데 정말로 뭐 하시려고요? 제 주소가 왜 필요하세요? 솔직히 전 이해가 안 가요. 저녁때는 보통 집에 있긴 한데…"

그녀의 목소리는 계속해서 차분하게 들리다가 갑자기 상자에 갇힌 듯 조용하고 먹먹해졌다. 그녀가 뭔가를 얘기하는 듯한 소리가 들리긴 했지만, 무슨 말인지 알아들을 수는 없었다. 그녀의 말은 점점 멀어지면서 흐려지더니 급기야 부슬부슬 내리는 빗소리처럼 변했다. 결국, 간신히 들려오던 딸가닥 소리에 전화기가 작동을 멈췄음을 깨닫게 되었다. 연결은 끊겼고 전화기는 멍하니 침묵을 지켰다. 내 앞에는 벽과 상자와 수화기가 있었다. 밤비가 유리창을 톡톡 두들겼다. 버튼을 눌러보았다. 버튼은 철컥거리는 소리를 내더니 움직임을 멈췄다. 공명기는 죽어버렸고 황홀감은 사라졌다.

그러나 나는 똑똑히 들었고 분명히 말을 했다. 그 순간의 느낌은 회오리바람처럼 왔다가 사라졌고 회오리바람이 남긴 메아리는 여전히 내 마음을 가득 채우고 있었다. 나는 가파른 계단을 오른 사람처럼 급격한 피로감을 느끼며 자리에 주저앉았다. 하지만 그것은 앞으로 나에게 닥칠 일의 서곡에 지나지 않았다. 그 일은 멀리서 들려오던 발소리와 함께 전개되기 시작했다.

7

내가 지나왔던 길의 출발점인지, 아니면 처음으로 소리가 들렸던 꽤 거리가 있는 반대편인지 확신할 수 없었지만, 아직까지는 나와 아주 멀리 떨어진 곳에서 알 수 없는 이의 발걸음 소리가 들려오기 시작했다. 정황상 누군가가 혼자서 어둠을 뚫고 익숙한 길을 민첩하고 가벼운 발걸음으로 걷고 있음을 알 수 있었다.

어쩌면 손전등이나 초로 길을 밝히고 있을지도 모를 일이었다. 하지만 정작 내 머릿속에서는 눈을 어둠에 적응하고 주위를 두리번거리면서 조심스럽게 발걸음을 재촉하며 어둠 속을 걷고 있는 이가 그려졌다. 내가 왜 그런 상상을 했는지 모르겠다. 나는 마치 누군가가 먼 곳에서 거대한 핀셋으로 나를 붙잡고 있기라도 한 듯이 어리둥절하고 당혹스러운 심정으로 앉아 있었다. 관자놀이가 욱신거릴 정도로 온갖 생각이 들었고 저항의 모든 가능성을 배제해버리는 불안에 휩싸였다. 발소리가 멀어지고 있었더라면 침착하게 어떤 식으로든 마음을 진정시키기 시작했을 수 있었겠지만, 발소리는 점점 더 선명하게, 점점 더 가까이 들려왔고 나는 텅 빈 건물 안에서 내 귀를 고문하면서 지루하고 오랜 시간 동안 움직이고 있는 이의 목적이 무엇일지 고민하며 당황해하고 있었다. 만남을 피할 수 없을 것만 같은 예감이 벌써부터 내 의식을 기분 나쁘게 건드렸다. 나는 자리에서 일어나봤지만, 무엇을 해야 할지 몰라 다시 앉고 말았다. 발소리가 명료해지면 내 맥박도 명료해졌고 발소리가 멎으면 내 맥박도 멎었다. 하지만 내 심장은 마침내 가련하고 둔한 내 몸을 압도하고 최고 속도로 내달리기 시작했다. 심장 박동 하나하나가 온몸으로 느껴질 정도였다. 나는 마음이 복잡했다. 초를 꺼야 할지 켜진 채로 둬야 할지 망설여졌다. 게다가 내가 보기에 위험한 만남을 피할 최선의 방법은 합리적인 이유가 아닌, 어떤 행동이든 취할 수 있는 가능성 그 자체였다. 그 만남이 위험하거나 불길하다는 건 의심의 여지가 없었다. 나는 쓸쓸한 벽 사이에서 평온을 발견해내고 밤의 환상이 지속되길 간절히 바랐다. 한번은 발소리가 들리지 않도록 애쓰면서 문밖으로 나가보기도 했다. 근처에 있던 방 중에서 숨을 만한 곳을 살펴보기 위해서였다. 마치 내가 양초를 등지고 앉아 있었던 방은 방문이 예정된 곳이고, 누군가가 내가 거기 있다는 걸 알고 있는 것 같았다. 만약 방을 옮겨 간다면, 번호를 바꾼 뒤 그 이유 하나만으로 게임에 졌다는 사실에 분노하는 룰렛 도박꾼처럼 행동하게 될 자신을 상상해보았다. 그래서 난 그냥 그대로 있었다. 가장 현명한 대처는 촛불을 끄고 앉아서 기다리는 것이었다. 나는 그렇게 어둠 속에서 기다리기 시작했다.

한편 맥박이 뛸 때마다 나와 낯선 자 사이의 거리가 좁혀지고 있다는 데에는 이미 한 치의 의심도 들지 않았다. 그는 이제 나와 대여섯 개도 안 되는 벽을 사이에 두고 가벼운 몸을 침착하면서도 민첩하게 움직이며 문 하나하나를 통과해 달려오고 있었다. 나는 서로의 눈길이 자동차처럼 부딪쳐 정면으로 마주할 순간에 집중한 채 몸을 움츠렸고, 그것이 광폭한 흰자위가 드러난 눈동자가 아니길 신에게 기도했다. 나는 이미 아무 기대도 없었다. 그를 만나게 될 걸 알고 있었다. 본능은 그 순간 이성을 제치고 전면에 나서서, 두려움의 칼날에 눈먼 얼굴을 박아 넣으며 진실을 말해주고 있었다. 환영들이 어둠 속으로 들어왔다. 나는 어릴 적 홀로 잠자던 방의 어두운 구석에나 나타날 법한 몽롱한 유령과도 같은 털이 덥수룩한 생명체를 보았다. 그리고 무엇보다도 두렵고 하늘에서 떨어지는 것보다도 아찔한 심정으로 문 바로 앞에서 발소리가 잠잠해지기를, 아무도 나타나지 않기를, 그래서 그렇게 아무도 없는 상황이 누군가의 얼굴을 세차게 후려치기를 바랐다. 나와 똑같은 인간일 거라고 생각할 시간도 이미 없었다. 만남은 실현됐고 나는 어디에도 숨을 수 없었다. 갑자기 발소리가 잠잠해졌다. 발걸음은 문 아주 가까운 곳에서 멈췄다. 종이 더미 속을 부산스럽게 뛰어다니던 쥐들의 소리 말고는 아무 소리도 들리지 않았다. 그런 상황은 꽤 오래 이어졌고 나는 터져 나오려는 비명을 간신히 삼키고 있었다. 어떤 사람이 등을 구부리고 무언가를 잡으려는 듯 슬금슬금 문을 통과해 들어오고 있는 모습이 보였다. 어둠을 뒤흔들었던 광기 어린 절규의 황망함은 두 팔을 쭉 내밀어 회오리바람을 일으키며 나를 앞쪽으로 내던져버렸다. 나는 얼굴을 가리면서 뒤로 물러섰다. 빛이 문에서 문으로 이어지던 눈에 보이는 모든 공간으로 멀리 뻗어 나가면서 환하게 비치기 시작했다. 대낮처럼 밝아졌다. 나는 신경계가 뇌진탕이라도 일으킨 듯 떨려 왔지만 머뭇거린 건 잠시뿐이었고 곧바로 앞으로 나아갔다. 그때 가장 가까이 있던 벽 너머에서 어떤 여자의 목소리가 들려왔다.

"이리로 오세요."

뒤이어 활기찬 웃음소리가 조용히 울려 퍼졌다.

너무도 놀랍게도 나는 족히 한 시간은 이어진 것 같았던 고문을 견뎌낸 직후에 그런 식의 결말을 맞이하리라고는 예상하지 못했다.

"누구세요?"

나는 조심스럽게 문을 향해 다가가며 나지막하게 물었다. 문 밖에서는 미지의 여인이 아주 아름답고도 부드러운 목소리로 자신의 존재를 드러냈다. 나는 귀를 즐겁게 해주는 목소리에 귀를 기울이며 그에 걸맞은 외모를 상상했다. 여자는 같은 말을 반복했다.

"어서 이리로 오세요."

나는 그 말을 들으면서 신뢰감을 느끼며 계속해서 발걸음을 옮겼다. 하지만 벽 뒤에는 아무도 없었다. 천장에는 수많은 불투명 유리구와 샹들리에가 검은 창 사이로 생동하는 밤의 기운을 흩뿌리며 빛나고 있었다. 내가 누구냐고 물을 때마다 벽 너머 옆방에서는 변함없이 답이 돌아왔다.

"오세요, 제발, 더 서두르세요!"

나는 그렇게 방 대여섯 개를 둘러보았다. 어떤 방에서는 거울 속에서 공허한 공간 여기저기로 신중하게 시선을 옮기고 있던 나 자신을 발견했다. 그때 거울 안쪽 깊숙한 곳에 비치던 그림자가 등이 굽은 채 슬그머니 줄지어 들어오는 여자들로 가득 채워지고 있는 모습이 보였다. 그들은 만틸라^{mantilla}나 베일 따위를 얼굴에 바싹 붙이고 자신들의 정체를 숨기고 있었다. 미간을 일그러뜨리며 음흉한 미소를 머금은 새까만 눈동자만이 희미한 빛을 내며 아른거리고 있었다. 나는 이 건물에서 가장 민첩한 생명체들조차 도망치지 못할 정도로 재빨리 뒤로 돌아섰지만 내가 본 것은 허상이었다. 피로감이 밀려왔다. 나는 극도의 흥분에 사로잡혀 괴괴하게 빛나던 텅 빈 공간 사이에서 느껴지던 가히 위협적인 무언가가 두려워졌다. 나는 마침내 쏘아붙이듯이 말을 쏟아냈다.

"이리 나와보세요. 그렇지 않으면 더 이상 가지 않겠습니다. 당신은 누구고 왜 나를 부르는 겁니까?"

대답 대신 메아리가 나의 절규를 뒤숭숭하고 먹먹한 울림으로 뭉개버렸다.

"서두르세요. 멈추지 마세요. 거부하지 마시고 어서 오세요."

보이지 않는 곳에서 불안하게 나를 부르던 기묘한 여인의 말에는 근심 어린 다정함이 묻어났다. 물방울이 튀어 오르듯 빠르고 낮은 속삭임에도 낭랑하게 울려 퍼지던 그 말은 마치 귓가에 얘기하는 듯 바로 옆에서 들려오는 것 같았다. 나는 어디선가 갑자기 마주칠지도 모를 슬그머니 달아나는 그 여인의 모습을 목격하기 위해 문 하나하나를 활짝 열어젖히기도 하고 복잡한 통로를 빙 돌기도 하면서 조급한 마음을 안고 괜스레 발걸음을 재촉했다. 그러나 내가 가는 곳마다 나를 맞이했던 건 텅 빈 방과 문과 빛뿐이었다. 숨바꼭질 같은 상황은 계속 이어졌고 계속 가야 할지, 멈춰 서야 할지, 거리를 두고 공연한 대화를 나눴던 이가 보이면 그때 가서 완전히 멈춰 서야 할지 알 수 없었던 나는 짜증까지 내며 몇 번이고 한숨을 내뱉었다. 내가 잠잠해지기라도 하면 그녀는 다시 나를 찾았다. 저 앞에 새로 나타난 벽 너머에서 곧바로 방향을 일러주며 조용히 외치던 목소리는 다정함과 근심을 점점 더해 가며 울려 퍼졌다.

"이리로 오세요. 어서 내게 오세요!"

내가 원래부터 목소리가 주는 뉘앙스에 민감한 사람인지 아닌지는 중요하지 않지만, 특히나 극도로 긴장된 그와 같은 상황에서 소리 없이 달아나던 그 여인이 나를 집요하게 부르던 목소리에는 조롱도 속임수도 느껴지지 않았다. 그녀의 행동이 놀라움을 넘어 이상하기까지 했던 건 사실이지만, 그때까지만 해도 그것이 무섭다거나 불쾌하다고 생각할 만한 이유는 없었다. 그녀가 그렇게 행동할 수밖에 없었던 상황을 알지 못했기 때문이다. 오히려 시간이 너무도 아까운 나머지 다급하게 무언가를 알려주거나 보여주려는 마음이 간절한 게 아닐까 하는 짐작을 해볼 수 있었다. 내가 길을 잘못 들어 엉뚱한 방에 들어서면, 방에서는 여지없이 바스락거리는 소리와 가쁜 숨소리를 동반한 음악의 선율과도 같은 외침이 황급히 나에게 달려들어 간드러지고 포근한 목소리로 "이리로 오세요"라고 외치며 가야 할 길을 가르쳐주었다. 되돌아가기에는 너무 멀리 와 있었다. 나는 목소리가 들리는 방향을 주시하고 거의 달리는 듯한 발걸음으로 마룻바닥을 힘차게 내디디며 불안한 마음으로 미지의 세계를 탐닉했다.

"여기예요."

마침내 이야기를 마무리하는 듯한 어조의 목소리가 들려왔다. 그곳은 복도와 층계가 맞닿아 있는 곳이었다. 몇 개의 계단으로 이루어진 층계는 더 높은 곳에 있는 다른 복도로 통하고 있었다.

"알겠어요. 하지만 이번이 마지막입니다."

나는 경고했다. 그녀는 오른쪽 빛이 덜 드는 곳에 있던 복도 초입에서 나를 기다렸다. 그녀의 숨소리가 들려왔다. 나는 계단을 오르며 분노에 사로잡혀 어둠 속을 들여다보았다. 그녀는 역시나 또다시 나를 속였다. 복도 양쪽 벽에는 책이 잔뜩 쌓여 있어서 통로가 비좁았다. 계단과 바로 앞에 있던 길만 약하게 비추던 등불 하나로는 멀리 있는 사람을 분간하기엔 역부족이었다.

"도대체 어디에 있다는 겁니까? 그렇게 서두르지 마시고 멈추세요. 이쪽으로 나오세요."

나는 앞을 유심히 살펴보며 말했다.

"그럴 수 없어요. 제가 정말로 안 보이세요? 저 여기에 있어요. 피곤해서 앉아 있답니다. 이리 가까이 오세요."

그녀는 나직한 목소리로 대꾸했다.

실제로 그녀의 목소리는 아주 가까운 곳에서 들려왔다. 모퉁이를 지나야 했다. 모퉁이를 도니 어둠이 깔려 있었고 저 끝에는 밝게 빛나는 점처럼 보이던 문이 있었다. 나는 책에 발이 걸려 미끄러지는 바람에 비틀거리다 넘어지고 말았다. 그리고 넘어지면서 불안정하게 쌓여 있던 장부 더미를 건드렸다. 장부 더미는 땅 깊숙이 푹 꺼지듯이 와르르 무너져 내렸다. 나는 넘어지면서 두 손으로 바닥을 짚었고, 그 반동 때문에 가파른 구덩이가 있던 곳까지 떠밀려 가 하마터면 거기에 빠질 뻔했다. 거기에서는 뜻하지 않게 터져 나온 내 비명 소리에 응답이라도 하듯이 책 더미의 둔탁한 소리가 튀어 올라왔다. 내가 위기를 모면했던 이유는 한 가지다. 공교롭게도 구덩이에 다다르기 전에 넘어졌기 때문이다. 그 순간의 공포로 놀란 마음은 판단력을 흐리게 만들었고, 함정 너머에서 들려오던 웃음소리, 아무것에도 아랑곳하지 않고 재미있다는 듯 키득거리던 그 소리는 곧바로 내 역할을 일깨워주었다. 웃음소리는 점점 멀어져 가면서 잔혹한 어조로 잦아들더니 결국 더 이상 들리지 않았다.

내가 넘어지는 건 의도된 일이었고 나는 거기에 수반되는 불필요한 소음을 일으키며 벌떡 일어나지도, 기어서 자리를 벗어나지도 않았다. 나는 그것이 교묘한 장난이었다는 걸 깨닫고 누군지 모를 이가 자신이 바라던 취지에 맞아떨어졌다는 인상을 받을 수 있도록 미동도 하지 않았다. 그러나 나를 위해 마련된 저 밑바닥만은 들여다봐줘야 했다. 그때까지는 누군가가 나를 감시한다는 징후가 전혀 없었다. 그래서 나는 아주아주 조심스럽게 성냥불을 켰고 바닥에 뚫려 있는 사각형 맨홀을 발견했다. 불빛이 밑바닥까지 가닿지는 못했지만, 나는 내가 책을 밀친 시점과 책이 바닥을 때리며 둔탁한 소리를 낸 시점 사이에 정적이 흐르던 간격을 상기하면서 낙하 깊이가 대략 12m일 것으로 추정했다. 따라서 아래층의 바닥은 위층에 난 구멍에 대칭을 이루며 뚫려 있었고, 두 개 층을 관통하는 공간을 형성하고 있음을 알 수 있었다. 나는 누군가에게 방해가 되는 존재였다. 내가 그렇게 이해할 수 있었던 건 유력한 증거가 있었기 때문이다. 하지만 그 거대한 맨홀의 벽면에는 저 아래까지 이동하기 위해 쓸 만한 갓돌 하나 없었기 때문에 나는 여린 그 여인이 어떻게 그 맨홀을 통과할 수 있었는지 이해가 가지 않았다. 맨홀의 폭은 무려 6아르신*이었다.

나는 그 사건에 내재한 위험이 숨죽일 때까지 기다렸다가 뒤쪽으로 기어가 멀리서 비추는 빛으로 벽을 분간할 수 있는 곳에 이르러 몸을 일으켰다. 나는 차마 조명이 비춘 공간으로 돌아갈 수 없었다. 그렇다고 이제 와서 제5막의 피날레가 거의 마무리되고 있던 무대를 떠날 수도 없었다. 피날레를 장식하기 위해 꽤 심각한 장면을 연기하고 있었기 때문이다. 나는 무엇부터 시작해야 할지 몰라 조심스럽게 발길을 반대 방향으로 돌렸고, 아무도 없다는 걸 확인하려고 이따금 벽의 돌출부 뒤로 몸을 숨기기

---

* 미터법 시행 전 러시아의 길이 단위. 1아르신은 약 70cm.

도 했다. 그중 한 돌출부는 수도관과 연결된 세면대가 있었고 수도꼭지에서 물방울이 떨어지고 있었다. 거기에는 이제 막 손을 닦은 듯한 축축한 수건이 걸려 있기도 했다. 수건은 여전히 가볍게 흔들리고 있었다. 누군가가 공교롭게도 내가 그의 눈에 띄지 않은 것처럼 내 눈에 띄지 않고 여기를 거쳐 열 발자국쯤 떨어진 곳에 있을지도 모를 일이었다. 더 이상 그곳을 시험해볼 수는 없는 노릇이었다. 나는 내가 마주칠 뻔했던 누군가가 건드린 수건의 모습이 불러일으킨 긴장감 때문에 한 발짝도 움직일 수 없었지만, 결국 숨을 참고 뒤로 물러섰다. 그리고 벽의 돌출부가 드리운 그림자에서 폐지로 거의 꽉 막혀 있던 좁은 옆문이 보이자 안도감이 들었다. 힘들긴 했지만, 문은 비집고 들어갈 수 있을 정도로 조금이나마 당겨졌다. 나는 마치 벽을 뚫고 지나가듯이 그 탈출구로 빠져나와 빛이 환하게 비치는 통로에 들어서게 되었다. 아무도 없는 조용한 통로는 매우 좁았다. 저 멀리 모퉁이가 있었지만, 너머를 들여다볼 엄두는 나지 않았다. 나는 벽에 몸을 기대고 판자에 못질을 해 봉쇄한 문 앞의 좁은 공간에 서 있었다.

나는 그 순간만큼은 어떤 소리도, 감각이 허용하는 어떤 현상도 밖으로 흘려보내고 싶지 않았다. 그래서 예민해진 마음을 팽팽하게 조이면서 온 신경을 청각과 호흡에 집중했다. 그러나 지구상의 생명이 모두 죽어 없어진 것 같았다. 그런 적막이 텅 빈 하얀 통로의 움직임 없는 빛처럼 내 눈을 응시하고 있었다. 살아 있는 모든 것들은 그곳을 떠났거나 숨어 있는 듯했다. 나는 기력을 잃고 절망에 빠져 조바심을 내며 소리를 찾아 헤매기 시작했다. 어떤 소리든 상관없었다. 하지만 이미 침묵을 지키며 가슴을 옥죄는 망연한 빛에서는 아무 소리도 나지 않았다. 그러다 마음의 안식을 (그것을 '폭풍 속의 평화'라는 말로 부를 수 있을지는 모르겠지만) 찾기에 충분한 것 이상의 소리가 갑자기 들려왔다. 벽 너머 저 아래 깊은 곳에서 무수히 많은 발소리가 울려 퍼졌다. 나는 귀에 익은 목소리와 외침을 감지해냈다. 알 수 없는 북적거림이 일으킨 소리가 악기를 조율하는 소리와 합쳐졌다. 바이올린은 톱질이라도 하는 듯 날카로운 소리를 냈다. 첼로와 플루트와 콘트라베이스가 제각각 몇 소절을 뽑아내는 듯하더니 그 소리는 가구 옮기는 소리에 파묻혀버렸다.

한밤중에 (나는 그때가 몇 시나 되었는지도 몰랐다) 지하 3층 깊이에서 들려온 생명이 발현하는 소리는 맨홀에서 체험한 사건 이후 새로운 위협으로 다가왔다. 피곤함을 무릅쓰고 천천히 돌아다니다 보면 분명히 이 막막한 건물에서 벗어날 방법을 찾을 수 있을 터였지만, 바로 앞에 있던 문 뒤에서 어떤 일이 나를 기다리고 있을지 모르고 있었던 그때는 적절한 때가 아니었다. 저 아래에서 무슨 일이 벌어지는지 확인해야만 내가 어디에 있는지 알아낼 수 있었다. 나는 귀를 곤두세우고 나와 소리가 나는 지점 사이 거리를 가늠했다. 반대편 벽을 통해 저 밑으로 향하고 있던 그곳까지의 거리는 상당히 멀었다.

나는 아까부터 자리 잡고 있던 문 앞의 틈새에서 그렇게 한참을 서 있었다. 그러다 할 수 있는 뭔가가 정말로 없는지 살펴볼 요량으로 마침내 탈출을 감행했다. 나는 천천히 앞으로 걸어갔다. 그러다 오른쪽 벽에 구멍이 나 있는 걸 알아챘다. 크기는 환기창만 했고 유리가 끼워져 있었다. 구멍은 내 머리 위로 솟아 있어서 손이 닿았다. 조금 더 가다 보니 페인트공이 천장을 칠할 때 사용하는 이동식 양면 사다리가 있었다. 나는 쿵쾅거리지도 벽을 건드리지도 않고 조심조심 사다리를 끌어다 구멍 앞에 세웠다. 유리는 양면에 먼지가 어찌나 잔뜩 끼어 있던지 손바닥으로 아무리 닦아내도 연기 자욱한 곳을 들여다보는 것 같았다. 청각을 통한 위치 판단에 근거한 나의 짐작은 옳았다. 나는 저녁때 갔었던 바로 그 은행 중앙홀을 보려고 했지만, 창이 갤러리 방향으로 나 있어서 아래쪽에서는 홀이 보이지 않았다. 아주 가까이에는 조각 장식이 있는 광대한 천장이 펼쳐져 있었다. 난간은 내 쪽을 향해 바로 눈앞까지 뻗어 있어서 홀 안쪽을 가리고 있었고, 유일하게 시야에 들어온 저 멀리 반대편에 있던 기둥은 반도 보이지 않았다. 갤러리에는 전체 공간을 통틀어서 아무도 없었던 반면, 아래쪽에는 눈에 보이지 않아 나를 갑갑하게 만들고 있던 쾌활한 생명의 소리가 울려 퍼지고 있었다. 웃음소리, 환호성, 의자 끄는 소리, 알아들을 수 없는 대화의 단편, 아래층 문이 부드럽게 울리는 소리 등이 들려왔다. 그릇은 끊임없이 달그락거렸다. 누군가는 기침을 했고 누군가는 코를 풀었다. 크고 작은 발소리도 끊이지 않았다. 노래하듯 능청스러운 억양도 들려왔다. 그렇다. 분명 모종의 연회가 벌어지고 있었다. 무도회를 열었거나 모임을 가졌거나 손님을 초대했거나 무언가를 기념했을 수도 있겠지만, 그건 중요하지 않았다. 어쨌든 먼지 속에 정체한 메아리를 품고 있던 예전의 차갑고 거대한 텅 빈 공간이 아니었다. 샹들리에는 불꽃 문양의 광채를 밑으로 쏟아내고 있어서 내가 있었던 지하 감옥까지 밝게 만들어주고 있었다. 홀에서 뿜어내는 더 밝은

빛은 내 손에 내려앉아 있었다.

내가 있던 곳은 넓은 지하도라기보다는 고미다락에 가까운 인적 드문 곳이어서 그런 곳에는 아무도 오지 않을 거라고 어느 정도 확신한 나는 용기를 내어 유리를 빼버렸다. 휘어진 못 두 개로 고정된 틀은 맥없이 흔들렸다. 나는 못을 돌려 뽑아낸 뒤 장애물을 제거했다. 그러자 얼굴로 불어닥친 바람처럼 소리가 시원하게 들려오기 시작했다. 내가 들려오던 소리의 특성을 파악하는 동안 카페에서나 흘러나올 법한 소곡이 연주되기 시작했다. 그런데 그 음악 소리는 널리 퍼져 나갈 수가 없는 것인지, 아니면 그러길 바라지 않는 것인지 이상할 정도로 고요했다. 오케스트라는 마치 누군가의 지시라도 받은 듯 '콘 소르디노'* 주법으로 연주했다. 한편 음악 소리에 묻혀 있던 목소리들이 더 크게 들리기 시작했다. 목소리들은 자연스럽게 성량이 높아지면서 각자가 가지는 의미의 껍질에 싸여 내 은신처로 날아들었다. 내가 이해한 바에 따르면 홀에 있던 다양한 무리의 관심은, 내가 듣기에 정확하게 긴밀히 연결되는 대화는 아니었지만, 미심쩍은 거래를 중심으로 맴돌고 있었다. 어떤 말은 말이 우는 소리처럼 들렸고, 또 어떤 말은 날카로운 비명처럼 들렸다. 형식적으로 웃는 듯한 묵직한 웃음소리는 쉿 하는 소리와 뒤섞였다. 여자들의 목소리는 긴장되고 우울한 음색이었지만, 시간이 갈수록 색기를 발산하는 매춘부의 억양이 섞인 유혹적인 경박스러움으로 바뀌었다. 간혹 누군가의 엄숙한 발언이 들려오면 대화가 멈춰지고 금

---

*   con sordino. 악보에서 약음기(弱音器)를 써서 연주하라는 표시.

과 보석의 가격을 부르기 시작했다. 살인이라든지, 과감한 행태에 있어서 살인에 못지않은 범죄를 암시하는 어떤 말들은 나를 소스라치게 놀라게 했다. 감옥에서 사용하는 은어, 밤거리의 천박함, 허울 좋은 겉모습에 감춰진 열띤 중상모략, 안절부절못하며 주위의 눈치를 살피는 이가 장황하게 늘어놓는 생동감 있는 표현 등이 오케스트라 연주처럼 울려 퍼지던 또 다른 소리와 뒤엉키고 있었다. 전자는 후자에게 더 큰 소리로 경쾌하게 대꾸하고 있었다.

모든 소리가 멈췄다. 저 깊고 먼 곳에서 문 여러 개가 열리는 소리가 들렸다. 새로운 이들이 들어온 듯했다. 성대한 환호성은 내 짐작이 맞았음을 곧바로 확인해주었다. 어수선한 대화들이 오간 뒤, 누군가가 발언을 할 것이라는 예고와 그 발언을 경청해달라는 권유의 목소리가 울려 퍼지기 시작했다. 그와 동시에 그곳에서는 이미 어떤 이의 연설이 조용하게 흘러나오고 있었다. 침엽수림의 나뭇잎에 앉은 딱정벌레 한 마리가 우는 소리처럼 드문드문 간신히 들려오는 연설이었다.

"해방자시여, 안녕하십니까! 쥐잡이꾼을 타도합시다!"

군중은 일제히 포효했다.

"타도합시다!"

여자들의 목소리가 침통하게 울려 퍼졌다. 메아리는 울부짖는 소리처럼 길게 이어지다 이내 잠잠해졌다. 이유는 모르겠지만, 그 소리를 듣고 공포에 사로잡힌 그 순간 나는 내 뒤에 누가 있기라도 한 것처럼 뒤를 돌아봤다. 나는 한숨만 깊게 내쉬었다. 내 뒤에는 아무도 없었다. 나에게는 아직 어떻게 몸을 피해야 할지 궁리할 시간이 있었다. 모퉁이 너머로 내 존재를 의심하지 않고 지나가던 두 사람의 인기척이 분명하게 전해졌다. 두 사람은 멈춰 섰다. 두 사람의 흐릿한 그림자가 지하 감옥을 가로지르고 있었지만, 자세히 들여다보니 얼룩인 듯한 형체만 식별될 뿐이었다. 그들은 자기들만 있다고 확신하고 대화를 나누기 시작했다. 대화는 계속 이어지는 듯했다. 두 사람이 나를 향해 오던 중 대화의 흐름은 내가 알 수 없는 질문에서 끊겼다. 뒤이어 질문에 대한 답이 이어졌다. 나는 그 혼란스럽고 강렬했던 맹세 한마디 한마디를 기억한다.

누군지 알 수 없는 이가 말했다.

"지금 당장은 아니지만 어쨌든 그자는 죽게 될 거야. 5번가 97번지 11호, 이게 그 주소야. 딸도 같이 산다더군. 이번 일은 해방자의 위대한 업적이 될 거야. 해방자께서는 멀리서 오셨어. 고된 여정이지만 그분을 기다리고 있는 도시가 한둘이 아니야. 오늘 밤에 결판을 지어야 해. 가서 통로를 살펴보자. 해방자를 위협하는 게 아무것도 없다면 쥐잡이꾼은 죽은 목숨이야. 그자의 멍한 눈빛 한번 보자고!"

8

나는 복수심이 묻어나는 장광설에 귀를 기울였다. 내 한 발은 이미 바닥에 닿아 있었다. 그날 미처 이름을 알아내지 못했던 그 여인의 주소가 그들의 입에서 재생되는 걸 듣자마자 나는 무작정 사다리에서 내려와 전령이 되어 5번가를 최종 목적지 삼아 뛰다 숨다 또 뛰었다. 온갖 합리적 의심이 들었지만, 거리명과 번지 수만으로는 그 집에 다른 가족이 더 있는지 알 수 없었다. 내가 그 집을 생각했던 것만으로도, 그리고 그 집이 거기에 있었다는 것만으로도 충분하다. 불이 난 것처럼 불안하고 다급하고 위협 적인 상황에 처한 나는 밑으로 내려오면서 마지막 한 발을 헛디 뎠다. 사다리는 끼익 소리를 내며 밀쳐졌고 내 존재는 발각되고 말았다. 처음에는 바닥에 쓰러진 포대 자루처럼 그 자리에서 꼼 짝도 할 수 없었다. 순식간에 불이 꺼졌다. 순식간에 음악이 멎 었고 분노의 외침이 비좁은 공간을 무작정 달리고 있던 나를 따 라잡았다. 어쩌다 그랬는지 기억나지 않았지만, 나는 내가 들어 갔던 문에 가슴을 부딪치기도 했다. 어디서 왔는지 모를 괴력을 발휘하여 문 앞에 잔뜩 쌓여 있던 잡동사니 폐물을 단번에 밀쳐 내고 구덩이가 있던 그 잊지 못할 복도로 뛰어나왔다. 위기 모면 의 순간이었다! 첫 안개를 품은 여명은 문이 늘어선 공간을 가리 키며 밝아 오기 시작했다. 마음껏 달릴 수 있게 된 것이다. 하지 만 나는 본능적으로 짧은 계단을 한달음에 올라 텅 빈 복도를 뛰 어다니면서 내려가는 길이 아닌 올라가는 길을 찾고 있었다. 이 따금 이미 봤던 문을 다른 문으로 착각해 같은 곳을 맴돌거나 막 다른 곳으로 달려가면서 우왕좌왕하기도 했다. 쫓기고 있던 입 장에서는 악몽 같은 끔찍한 상황이었다. 다급한 발소리가 앞뒤 에서 들려왔다. 그건 내가 피할 수 없었던, 나를 심리적으로 압박 해 오던 소리였다. 그 소리는 분주한 거리의 움직임처럼 불규칙 적으로 들려왔다. 가끔은 너무 가까이 들리는 바람에 문밖으로 뛰쳐나가기도 했다. 어떤 때는 일 초 일 초마다 내 앞에 들이닥칠 것을 예고라도 하듯이 한쪽에서 균일하게 들려오기도 했다. 두려운 마음과 울림이 좋은 바닥에서 나던 끊임없는 굉음은 내 몸과 마음을 무기력하게 만들었다. 그럼에도 어느새 나는 다락방 사이를 내달리고 있었다. 내가 발견한 마지막 계단은 네모난 구멍이 나 있는 천장과 맞닿아 있었다. 나는 허리에 가해지는 충격을 느끼며 재빨리 그 구멍을 통과해 위로 올라갔다. 사방에서 나를 향해 달려오고 있었기 때문이다. 그 위쪽은 숨이 막힐 정도로 깜깜한 다락방이었다. 나는 주변에 널려 있던 흰 것들을 닥치는 대로 집어 들어 허둥지둥 구멍으로 던졌다. 알고 보니 그것들은 창틀 더미였다. 그걸 들어서 휘두를 수 있었던 건 순전히 필사의 힘 덕분이었다. 창틀은 나무살 하나하나가 도저히 뚫고 지나갈 수 없는 수풀처럼 가로세로로 얽히고설킨 상태였다. 그러고 나서 나는 저 멀리 있던 지붕창을 향해 달리기 시작했다. 지붕창의 회색빛 얼룩 너머로 나무통과 널빤지가 보였다. 거기까지 이르는 길에 장애물이 제법 많았다. 나는 밀림을 헤쳐 나가듯 구덩이와 파이프 사이사이에 있던 들보, 상자, 벽돌로 만든 벽면 테두리 장식 따위를 뛰어넘었다. 그리고 마침내 창문 앞에 다다랐다. 탁 트인 공간의 상쾌함은 깊은 잠의 내음을 머금고 있었다. 멀리 보이던 지붕 너머로 선홍빛 그림자가 희미하게 드리워져 있었다. 굴뚝은 연기를 내뿜지 않고 있었고 행인들의 소리도 들리지 않았다. 나는 밖으로 기어 나와 배수관의 깔때기 모양 입구 쪽으로 슬금슬금 다가갔다. 배수관은 불안정했다. 내가 배수관을 타고 밑으로 내려가기 시작하자 고정쇠가 삐걱거렸다. 반쯤 내려온 지점에서는 차가운 철제 배수관에 이슬이 맺혀 있었고 나는 갑작스럽게 미끄러져 내려가다 배수관을 다시 부여잡고 가까스로 버텼다. 마침내 더듬거리던 내 두 발이 땅에 닿았다. 나는 서둘러 강으로 향했다. 도개교가 열릴까 봐 조마조마한 마음이 들어 잠깐 숨을 돌리고 다시 뛰기 시작했다.

9

　나는 길모퉁이를 돌자마자 발길을 멈출 수밖에 없었다. 일곱 살쯤 되어 보이는 귀엽게 생긴 남자아이가 울고 있었다. 아이의 얼굴은 눈물로 뒤범벅되어 있었다. 아이는 주먹으로 눈을 비비며 서럽게 흐느끼고 있었다. 그런 상황을 마주치면 누구라도 당연히 그러하듯 나 역시 측은한 마음이 들어 아이에게 몸을 숙이고 물었다.

　"꼬마야, 집이 어디니? 버려지기라도 한 거니? 여긴 어떻게 온 거니?"

　아이는 아무 말 없이 흐느끼며 시무룩하게 쳐다봤다. 아이의 상태는 끔찍했다. 주위에는 아무도 없었다. 아이의 여윈 몸은 떨리고 있었다. 발은 진흙투성이에다 맨발이었다. 나는 있는 힘을 다해 안전한 곳으로 달려가고 있던 중이었지만 아이를 혼자 남겨 둘 수는 없었다. 더군다나 아이는 놀라서 그랬는지 지쳐서 그랬는지 순하게 아무 말 없이 몸을 떨고 있었고, 내가 뭔가를 물어볼 때마다 협박이라도 받는 것처럼 몸을 움츠렸다. 나는 아이의 머리를 쓰다듬으며 눈물로 가득한 두 눈을 바라봤지만, 원하는 답을 얻을 순 없었다. 아이는 고개를 숙이고 울기만 할 뿐이었다. 나는 어디든 아이를 맡길 곳을 찾아 문이라도 두드려봐야겠다고 마음먹은 후 아이에게 말했다.

"꼬마야, 금방 돌아올 테니 여기 잠깐 앉아 있어. 네 몹쓸 엄마를 같이 찾아보자."

그러나 놀랍게도 아이는 내 손을 놓아주지 않고 꼭 붙잡았다. 아이의 힘에서는 보잘것없고 거친 무언가가 느껴졌다. 불현듯 수상하다는 기분이 들어 손을 뿌리치려고 하자 아이는 인도로 떠밀리면서 실눈을 짓고 있었다. 아이의 예쁜 얼굴은 힘이 들어간 탓에 온통 일그러지고 찡그러졌다. 나는 손을 풀려고 애쓰면서 소리를 질렀다.

"야, 너! 이 손 놔!"

그리고 아이를 밀쳐냈다. 아이는 이제 울고 있지는 않았지만, 여전히 아무 말 없이 커다란 검은 눈동자로 나를 뚫어져라 처다봤다. 그러더니 자리에서 일어나 조롱 섞인 미소를 띠고 재빨리 달아났다. 걸음이 얼마나 빠르던지 나는 몸이 떨려 오면서 어리둥절해졌다.

"너 누구야?"

나는 위협적으로 소리를 질렀다. 아이는 키득거리며 걸음을 재촉하더니 모퉁이를 돌아 사라져버렸다. 하지만 나는 무언가에 뒤통수를 맞은 듯한 기분으로 한동안 그쪽을 보았다. 얼마 후 나는 정신을 차리고 트램을 따라잡을 듯한 속도로 뛰었다. 숨이 찼다. 나는 두 번을 멈춰 서고, 할 수 있는 한 빨리 걷다가 다시 뛰었다. 그리고 또다시 숨을 헐떡이며 달리기 경주라도 하는 듯 이성을 잃은 격렬한 움직임으로 질주했다.

나는 어느새 콘노그바르데이스키 불바르*에 와 있었다. 그때 바로 그 여인이 애써 기억을 떠올리는 듯한 표정으로 나를 얼핏 본 후 앞질러 갔다. 여인은 황급히 가던 길을 계속 가려고 했지만, 나는 구원의 기쁨에 필적할 만한 강렬한 마음의 충격을 받으며 순간적으로 그녀를 알아봤다. 그녀를 멈춰 세우기 위한 나의 외침과 그녀의 옅은 환성이 동시에 울려 퍼졌고, 그녀는 애교 섞인 투정을 부리며 멈춰 섰다.

그녀가 말했다.

"어머, 아저씨 아녜요? 내가 왜 못 알아봤지? 아저씨가 깜짝 놀란 걸 눈치 못 챘으면 그냥 지나칠 뻔했어요. 아니, 왜 그렇게 지쳐 보이세요? 안색은 또 왜 그렇게 창백하고요?"

커다란 당혹감이 나를 사로잡았지만, 동시에 그보다 더 큰 안도감이 몰려들었다. 나는 사건의 복잡한 의미에 대한 신뢰감, 다시 말해 명백하고도 날카로운 불안감을 느끼며 영영 못 볼 뻔했던 여인의 얼굴을 바라봤다. 그녀는 그렇게 나에게 큰 놀라움을 안겨주었고 자신에게 향한 내 마음을 본인이 직접 멈춰 세웠다. 그러나 늘 우리보다 한발 앞서 나가는 상상력이 만들어낸, 여정의 끝에 다다른 상황에서 나는 좌절감을 느꼈다. 그녀의 집에 가는 편이 차라리 나을 뻔했다.

나는 나를 향한 무한한 신뢰에 가득 찬 그녀의 두 눈에서 시선

---

* Конногвардейский бульвар(Konnogvardeyskiy bul'var). 상트페테르부르크 중심부에 위치한 가로수가 늘어서 있는 680m가량의 큰 도로. 남서 방향의 노동 광장과 연결되어 있고 북동 방향으로 알렉산드롭스키 정원(Александровский сад, Aleksandrovsky sad)까지 뻗어 있다.

을 떼며 말했다.

"사실은, 급하게 당신 집에 가던 길이었습니다. 아직 늦지 않았…"

그녀는 내 소매를 잡아당겨 나를 길 한쪽으로 끌고 가며 말을 가로챘다.

그녀는 의미심장하게 말했다.

"지금은 이른 시간이에요. 아니면 아저씨가 마음먹기에 따라 늦은 시간일 수도 있어요. 날이 밝긴 했지만, 아직 새벽이잖아요. 저희 집에는 저녁때 오세요, 아시겠죠? 그러면 모든 걸 얘기해줄게요. 우리 사이에 관해 많이 생각해봤어요. 이것만 알아 두세요. 전 아저씨를 사랑해요."

째깍거리는 시계 소리가 멈춰버린 것만 같았다. 나는 그 순간 그녀에게 활짝 열려 있던 내 마음에 빗장을 걸었다. 그녀는 그런 말을 할 리도 없었고 해서도 안 됐다. 나는 한숨을 내쉬며 내 손을 잡고 있던 그 작고 순결한 손을 뿌리치고 뒤로 물러섰다. 그녀는 조바심 때문에 금방이라도 떨릴 듯한 얼굴로 나를 바라봤다. 그 표정은 그녀의 얼굴을 일그러뜨렸다. 상냥했던 얼굴은 무표정한 얼굴로 바뀌었고 날카롭게 변한 눈빛은 갈피를 못 잡고 흔들리기 시작했다. 그녀는 급기야 섬뜩한 미소를 띠고 손가락질을 해 가며 나를 위협했다.

나는 말했다.

"그러면 그렇지, 내가 너 따위한테 속아 넘어갈 것 같아? 그녀는 집에 있어. 지금은 잠들어 있다고. 당장 깨우러 갈 테다. 네 정체가 뭔지는 모르겠지만, 썩 꺼져라, 이 요망한 것!"

내 얼굴 바로 앞에 던져진 스카프의 펄럭임이 아주 가까운 곳에서 선명하게 보였던 마지막 모습이었다. 뒤이어 나무 사이에 난 좁은 틈으로 빛줄기가 아른거리기 시작했다. 나무 사이를 헤치고 달아나는 여자의 모습인 것 같기도 했고 전력 질주를 하는 나 자신의 모습인 것 같기도 했다. 어느새 광장의 시계가 보였다. 다리 위에는 십자형 바리케이드가 세워져 있었다. 저 멀리, 강변도로 맞은편 부근에서는 검은 예인선이 바지선에 연결된 로프를 팽팽하게 잡아당기며 연기를 뿜고 있었다. 나는 바리케이드를 뛰어넘어 다리 위에 올랐다. 트램의 레일이 갈라지면서 다리의 분리된 부분에 틈이 벌어지기 시작하던 마지막 순간이었다. 경비들은 쏜살같은 나의 도약을 목격하자 욕설이 난무하는 거친 함성으로 응수했다. 그러나 벌어진 틈 아래에서 반짝이던 강물은 눈 깜짝할 사이 나타났다 사라졌고, 나는 어느새 파수꾼들에게서 멀리 떨어져 있었다. 나는 그녀가 살고 있는 건물의 대문이 나올 때까지 계속 달렸다.

10

그때, 아니 더 정확히 말하자면 얼마간의 시간이 흐른 후, 나는 높은 곳에서 하강하던 어렴풋한 장면을 부분적으로나마 역순으로 되짚어볼 수 있는 순간을 맞이했다. 가장 먼저 보인 것은 문가에 서 있던 그 여인이었다. 그녀는 무언가에 귀를 기울이며 나를 향해 한 손을 뻗고 있었다. 누군가에게 가만히 앉아 있으라고 부탁하거나 말없이 지시할 때 취하는 몸짓이었다. 그녀는 여름용 겉옷을 걸치고 있었다. 얼굴에는 근심과 슬픔이 어려 있었다. 내가 그곳에 나타나기 전까지 그녀는 잠을 자고 있었다. 내가 알고 있는 건 거기까지였다. 하지만 내가 모든 것을 즉각적으로 연결하려는 의식적인 노력을 기울이자, 내가 나타났던 상황에 대한 기억은 손안에 담긴 물이 빠져나가듯 슬그머니 사라져버렸다. 나는 불안으로 가득한 그녀의 몸짓에 따라 그녀가 귀를 기울이고 있던 상황이 어떻게 마무리될지 기다리며 계속해서 꼼짝도 하지 않고 앉아 있었다. 나는 그녀가 무언가를 듣고 있던 행위의 의미를 이해하려고 애써봤지만, 소용없는 일이었다. 시간이 조금 더 흐르고 나는 극도의 무력감을 극복해내기 위해 마지막 시도를 감행하고픈 마음이 들었다. 나는 그 커다란 방 안에서 무슨 일이 벌어지고 있는 건지 물어보려 했지만, 여인은 내가 움찔대는 이유를 알아차리기라도 한 듯 인상을 쓰며 나를 향해 고개를 돌리고는 손가락을 흔들며 나를 저지했다. 그때 나는 여인의 이름이 '수지'라는 걸 기억해냈다. 그 방에서 나온 누군가가 "아무 소리도 내면 안 돼"라고 말하며 여인을 그렇게 불렀던 기억이 떠올랐다. 내가 잠이 들었던 걸까? 아니면 그저 정신이 없었던 걸까? 나는 이 질문에 대한 답을 찾으며 무의식적으로 시선을 떨구었다. 그리고 내 코트 자락이 찢어져 있는 걸 발견했다. 여기로 뛰어왔을 때까지 내 코트는 분명 멀쩡했었다. 의아스러운 마음이 놀라움으로 바뀌었다. 갑자기 모든 것이 흔들리기 시작했고 온 세상이 뒤죽박죽되어 저 멀리로 내던져진 듯한 기분이 들었다. 피가 머리로 솟구쳤다. 귓가에는 총성과도 같은 귀를 째는 듯한 소리와 그 뒤를 이어 비명 소리가 울려 퍼졌다.

"그만!"

누군가가 문 너머에서 외쳤다. 나는 깊은 한숨을 몰아쉬고 자리에서 벌떡 일어났다. 회색 가운을 입은 남자가 문을 열고 나왔다. 남자는 뒷걸음질 치는 여인에게 작은 널빤지를 내밀었다. 널빤지에는 몸 중간쯤이 철삿줄로 조여진 커다란 검은 쥐가 매달려 있었다. 쥐는 이빨을 드러낸 채 꼬리를 축 늘어뜨리고 있었다.

그 순간 충격과 외침 때문에 실로 끔찍한 상태에서 강제로 떨어져 나온 내 기억은 캄캄한 낭떠러지를 건너고 말았다. 나는 재빨리 많은 것들을 낚아채 부여잡았다. 정신이 맑아지기 시작했다. 내 마음의 눈은 노력에 노력을 거듭하며 무대의 출발점으로 향했다. 나는 소리가 날까 봐 걱정스러운 마음으로 또 다른 위험을 불러일으키지 않으려고 슬그머니 대문을 통과했던 일과 문을 돌아다니다 3층 초인종을 눌렀던 일을 기억해냈다. 그러나 문을 사이에 두고 이루어졌던 대화, 나를 들여보낼지 말지를 두고 여자와 남자의 목소리가 언쟁을 벌이던 그 길고도 불안한 대화는 까맣게 잊어버렸다. 그 대화는 한참 후에 생각났다.

아직까지는 완벽하게 맞물리지 않는 그 모든 일 하나하나가 시선을 창밖으로 던지는 것과 같은 빠른 속도로 점차 모습을 드러냈다. 쥐덫을 가지고 나타난 남자 노인은 도토리깍정이를 연상케 하는 가지런하고 둥글게 잘린 희끗희끗한 머리에 두툼한 모자를 쓰고 있었다. 콧날은 날카로웠고, 깔끔하게 면도를 한 얼굴에 드러난 얇은 입술은 완고한 표정을 머금고 있었다. 눈빛은 평범한 듯 강렬했고 숱이 많지 않은 허옇게 센 구레나룻이 불그스름한 얼굴을 덮고 있었다. 앞쪽으로 불거진 턱은 하늘색 목도리에 파묻혀 있었다. 독특한 선을 좋아하는 초상화가의 흥미를 자극할 만한 얼굴이었다.

노인은 말했다.

"이것이 기니 검은쥐라는 겁니다. 물리면 아주 위험하죠. 물린 곳에 혹과 종기가 잔뜩 생기면서 산 채로 천천히 썩어 들어가게 됩니다. 이런 종류의 설치류는 유럽에서는 드물고 간혹 배를 통해 퍼지기 시작하죠. 지난밤에 선생께서는 "빈 통로" 어쩌고 하는 얘기를 들었다고 하셨죠? 그건 제가 다양한 구조의 덫을 시험해보려고 주방 근처에 일부러 뚫어 놓은 구멍입니다. 지난 이틀 동안 그 통로는 그야말로 비어 있었죠. 제가 에르트 에르트루스의 책을 열심히 읽었거든요. 『생쥐 왕의 식료품 저장고』라는 책은 보기 드문 명작입니다. 400년 전 독일에서 출판된 책인데, 저자는 이단으로 몰려 브레멘에서 화형에 처해졌죠. 그러니까 선생의 말씀은⋯"

그렇다. 나는 내가 거기에 간 이유를 이미 다 얘기했던 것이다. 하지만 의혹은 여전히 가시지 않았다. 나는 물었다.

"대책은 마련하셨습니까? 이게 어떤 종류의 위험인지 알고 계십니까? 저는 잘 모르겠습니다만⋯"

수지가 말했다.

"대책이요? 어떤 대책을 말씀하시는 거죠?"

"그 위험은⋯"

노인은 말하며 딸을 바라보고 머뭇거리더니 다시 말을 이었다.

"저도 모릅니다."

다소 당황스러운 분위기가 연출됐다. 우리 셋은 서로 기대의 시선을 주고받았다.

나는 망설이며 말하기 시작했다.

"제 말씀은 조심하셔야 한다는 겁니다. 제가 이미 말씀드린 것 같기는 하지만, 죄송스럽게도 어떤 말씀을 드렸는지 다 기억하고 있지는 않습니다. 정신을 완전히 잃었다가 깨어난 것 같은 기분입니다."

여인은 아버지를 본 후 나를 봤다. 그러고는 의아하다는 듯이 웃으며 말했다.

"어떻게 그럴 수 있죠?"

노인이 말했다.

"이분은 피곤하신 게다, 수지. 불면증이 어떤 건지는 저도 잘 압니다. 선생께서는 모든 걸 다 말씀하셨고 대책도 마련되어 있습니다. 만약에 말이죠…"

노인은 만족스러운 사냥꾼의 표정으로 내 발밑에 쥐덫을 내려놓으며 말을 이었다.

"제가 이 쥐를 '해방자'라고 부른다면 뭔가 이미 생각나는 게 있으시죠?"

나는 반박했다.

"농담이시죠? 그야말로 쥐잡이꾼이라는 직업에 딱 들어맞는 농담이네요."

나는 이렇게 말하며 초인종 밑에 걸려 있던 작은 간판을 기억해냈다. 간판에는 이런 문구가 있었다.

'쥐잡이꾼'

갈색쥐 및 생쥐 박멸

O. 옌센

전화: 108-01

내가 입구에서 본 간판이었다.

"이 '해방자'가 어르신께는 큰 골칫거리인데, 제가 그렇게 생각하지 않는 것 같으니까 농담하시는 거죠?"

수지가 말했다.

"농담이 아니라 사실이에요."

나는 그 순간 괜한 억측의 미소를 지어 보이며 두 사람의 눈빛을 견주어보았다. 하나는 진심에서 우러나오는 확신에 차 있는 젊은이의 눈동자였고 다른 하나는 일단 대화를 시작했지만, 계속해야 할까 하는 망설임이 서려 있는 늙은이의 해맑은 눈동자였다.

"대답 대신 에르트 에르트루스의 책에 나오는 내용을 들려주리다."

쥐잡이꾼은 이렇게 말한 뒤 방을 나갔다가 가죽 표지로 된 오래된 책 한 권을 가져왔다. 그는 말했다.

"선생께서 비웃을 수도 있고 깊은 생각에 잠길 수도 있는 부분입니다만, 어떻게 하시든 그건 선생 판단에 맡기겠습니다."

"…교활하고도 음산한 이 생명체는 인간에게 있는 인지력을 가지고 있다. 그들이 몸을 숨기는 지하에도 역시 비밀이 있다.

그들 본연의 모습은 아니지만, 인간처럼 팔과 다리를 가지고 옷을 입고 얼굴과 눈을 가지며 인간에 못지않게, 아니 인간과 완전히 똑같이 행동하는 등 자신의 모습을 변신하는 것도 이 생명체의 능력에 포함된다. 생쥐는 또한 자신들에게만 허용된 수단을 동원하여 불치병을 일으킬 수도 있다.

생쥐에게 유리하게 작용하는 환경은 역병, 전쟁, 홍수, 벌레 떼 습격 등이다. 생쥐는 이런 상황에서 사람처럼 행동하면서 비밀스러운 전환이라는 기치 아래 군집한다. 인간은 이들의 정체를 모르고 이들과 얘기를 나누기도 한다. 정직한 일꾼으로서는 상상도 할 수 없는 것들을 훔치고 팔아넘기며, 화려한 옷차림과 상냥한 말투로 인간을 속인다. 살인, 방화, 사기, 감시를 일삼으며 사치스러움에 둘러싸여 실컷 먹고 마시면서 풍족한 생활을 영위한다. 금과 은이야말로 그들이 가장 좋아하는 전리품이며 다른 보석도 마찬가지다. 그런 전리품을 위해 지하에 저장소를 따로 마련해 놓고 있다…"

"이 정도면 충분한 것 같군요. 내가 왜 군이 이 부분을 들려드렸는지는 당연히 눈치채셨죠? 선생께서는 쥐에 둘러싸여 있었던 겁니다."

그러나 나는 이미 알고 있었다. 우리는 때에 따라 다른 생각이 흔들고 찢어버린 인상이 제대로 된 안식처를 찾을 수 있게끔 침묵을 선호하기도 한다. 어느새 가구를 씌워 두었던 덮개가 창을 통해 들어오는 점점 강렬해지는 빛을 받아 반짝이기 시작했고, 거리의 첫 음성들이 방 안에서 들리는 듯 선명하게 울려 퍼졌다.

나는 또다시 의식 불명에 빠졌다. 여인과 그 아버지의 얼굴이 옅은 안개에 가려진 아스라한 영상이 되어 멀어져 갔다.

"수지, 이 사람 왜 이러니?"

노인이 묻는 소리가 크게 울려 퍼졌다. 여인이 다가와 내 근처 어딘가에 서 있었다. 하지만 나는 고개를 돌릴 수가 없었기 때문에 그녀가 정확히 어디에 서 있었는지 알 수 없었다. 내 이마에 닿는 여인의 손길에 이마가 갑자기 따뜻해졌다. 그와 동시에 주변에 있던 것들은 선이 일그러지고 뒤섞이면서 무너져 내린 혼돈스러운 마음속으로 사라져버렸다. 나는 거칠고 허황한 꿈에 이끌려 가고 있었다. 여인의 목소리가 들렸다.

"자고 있어요."

존재하지 않았던 서른 시간 후 내가 잠에서 깼을 때 들었던 말이었다. 나는 비좁은 옆방에 있는 진짜 침대로 옮겨졌고, 그 후에야 내가 '남자치고는 아주 가볍다'는 사실을 알게 되었다. 나는 동정의 대상이 되었다. 그 방을 온전히 내 마음대로 사용할 수 있었던 건 그날과 그 이튿날까지였다. 이후에는 아니었다. 그러나 그 이후의 나날들이 이마에서 따뜻한 손길이 느껴졌던 순간처럼 될지 아닐지는 나에게 달려 있다. 나는 신뢰를 얻어야 한다…

덧붙이자면 이 얘기는 아무에게도 하지 말았으면 한다.

1924년

시기즈문트 크르지자놉스키
Сигизмунд Д. Кржижановский

스틱스강* 다리
Мост через Стикс

시기즈문트 크르지자놉스키(Сигизмунд Д. Кржижановский, 1887-1950)는 키예프에서 태어나 모스크바에서 생을 마감한 소비에트 소설가 겸 극작가다. 크르지자놉스키는 작가로서뿐만 아니라, 연극 이론가로서도 명성을 크게 얻은 인물이다.

1913년 키예프대학 법학부를 졸업한 후 변호사 보조로 근무하다 1918년 키예프에 소재한 키예프 음악원, 리센코 연극대학, 키예프 유대인 예술학교 등지에서 창작 심리학, 연극사 및 연극이론, 문학사 및 문학이론, 음악사 및 음악이론 등을 강의했다.

1910년대 말부터 작품 활동을 시작하여 1919년에 문예지 『노을(Зори)』을 통해 단편소설 「철학자 야코비와 '어쩌면'(Якоби и «Якобы»)」을 발표했고, 1925년에는 예술 잡지 『예술.문학.연극 주간(Неделя искусства, литературы и театра)』을 통해 수기 형식의 중편소설 「스템프—모스크바(Штемпель: Москва)」를 발표하면서 창작 활동을 전개했다.

1922년 키예프에서 모스크바로 거처를 옮긴 크르지자놉스키는 1920년대 중반부터 국립예술원(Государственная академия художественных наук) 활동에 적극적으로 참여하면서 공개 석상에서 자신의 작품을 낭독하고 연극이론과 창작 심리학 등을 주제로 공개 강의를 진행하여 모스크바 연극계의 유명 인사로 자리 잡았지만, 정작 작품이 출판되는 일은 드물었다. 따라서 문학 이외의 활동, 즉 출판사 편집장, 광고 대본 작가, 영화 시나리오 작가, 오페라 대본 작가 등으로 생계를 유지해야만 했다.

크르지자놉스키의 작품 활동은 1920년대와 1930년대에 집중되었다. 「문자 살인자 클럽(Клуб убийц букв)」(1926), 「뮌히하우젠의 귀환(Возвращение Мюнхгаузена)」(1927-1928) 등의 중편소설, 『영재들을 위한 동화(Сказки для вундеркиндов)』(1919-1927), 『낯선 테마(Чужая тема)』(1927-1931) 등의 단편집이 이 시기에 완성되었지만 출판으로 이어지지는 못했고, 그의 작품 대부분은 소련이 해체된 1989년 이후에서야 봇물 터지듯 출판되었다.

*   Styx. 그리스 신화에서 저승을 일곱 바퀴 돌아 흐르는 강.

엔지니어 틴츠는 침대 옆 협탁에 설계도를 던져 놓고 이불을 턱까지 끌어 올린다. 눈을 감고 누워 있지만, 청록색 전등 불빛이 눈꺼풀을 뚫고 들어오는 것도, 내팽개쳐진 종이들과 함께 여전히 시야에서 사라지지 않는 지붕들의 그물 모양 그림자가 망막에 와 닿는 것도 느껴진다. 의식은 숫자와 부호를 확인하며 이 공식, 저 공식을 전전한다.

협탁 위 설계도 옆에는 채 다 마시지 않은 차가 있다. 틴츠는 눈을 뜨지도 않고 유리잔을 더듬더듬 찾아 입에 가져다 댄다. 차는 거의 다 식어버렸다. 마치 '영업 종료'라고 쓰인 검은색 팻말을 내걸려는 순간, 가게 문을 비집고 들어오려는 뒤늦은 손님들처럼 생각들이 눈꺼풀 아래를 비집고 들어온다. 생각들은 집요하고 격렬하다. 유리문을 두드리듯 동공을 두드리며 솜털 같은 시곗바늘을 꽂고 내일 따위는 기약하지 않는다. 그리고 틴츠의 무거운 눈꺼풀 아래를 계속해서 드나든다. 푸른 이끼로 덮인 고인 물을 뚫고 나오는 듯한 청록색 불빛이 눈으로 스며든다. 목이 마르다. 틴츠는 다시 한번 협탁으로 손을 뻗으며 생각한다.

'완전히 식었겠지?'

역시나 손가락에 닿는 건 차갑고 미끈거린다. 하지만 유리잔 같지는 않다. 손가락 마디에 힘을 주면 움푹 들어가기도 하고 손가락 끝으로 표면을 문지르면 탄력 있게 튕겨 나간다.

틴츠는 순간 눈을 번쩍 뜨고 베개에서 머리를 뗀다. 파란 전등갓 아래, 설계도 아래쪽 가장자리에 두꺼비 한 마리가 틴츠의 시선에 정면으로 향한 두 눈을 둥그렇게 뜨고 앉아 있다. 힘없이 고동치는 흰 뱃가죽은 하얀색 종이와 거의 한 몸을 이루고 있고 등 위의 녹회색 반점들은 전등 불빛을 받고 있다. 쭈글쭈글한 살진 엉덩이는 조심스럽게 협탁 언저리 쪽으로 밀려나 있고, 물갈퀴가 있는 발의 긴장한 융기는 언제라도 빛이 비추는 곳을 벗어나 어둠 속으로 훌쩍 뛰어갈 준비가 되어 있음을 보여주고 있다. 이 불가사의한 존재에서 풍겨 나오는 늪지의 진흙과도 같은 냄새가 틴츠의 코를 깊숙하게 찌른다. 틴츠는 소리를 지르며 꿈쩍도 하지 않고 자신을 바라보고 있는 툭 불거진 두꺼비의 두 눈동자를 외면하고 싶었지만, 두꺼비는 꿋꿋하게 동공에서 힘을 빼지 않고 선수를 친다. 두꺼비의 주둥이가 움찔거리더니 무엇보다도 이상한 일이 벌어진다. 꾸르륵대는 울음소리 대신 인간의 말소리가 새어 나온다.

"실례지만 여기서 죽음까지 가는 길이 멉니까?"

흠칫 벽 쪽으로 물러난 틴츠는 어리둥절하여 아무 말도 하지 못한다. 두꺼비는 틴츠의 침묵이 끝나기를 기다리더니 물갈퀴가 있는 발을 쩍 벌리며 화가 난다는 듯 살짝 몸을 흔든다.

"제가 결국 길을 잃었네요."

말하는 두꺼비의 목소리는 부드러우면서도 낭랑하다. 기다란 주둥이의 축 늘어진 입꼬리에는 진심으로 억울하고 실망한 기색이 역력하다.

침묵이 흐른다.

두꺼비는 몹시 괴롭다는 듯 등을 활처럼 구부리며 하얀 주둥이로 말을 잇는다.

"과묵한 분이시군요. 하지만 제가 스틱스 바깥의 이승에서 절대적이고도 궁극적인 '저승'으로 넘어가려면 누군가의 도움이 절실해서요. 보시다시피 저는 실체에서 초월로 넘어가는 중간 단계를 경유하고 있는 여행자입니다. 제가 말하는 '시스'*를 두고 형이상학자들이 노하지 않았으면 좋겠습니다만, 어쨌든 여행자들이 자주 겪듯이 제가 처한 상황 역시…"

"어떻게 이런 이상한 일이… 한밤중에 내 협탁에서, 그것도 갑자기…"

두꺼비는 상대방 입에서 처음으로 나오는 말을 듣자 미소를 지으며 주둥이를 둥글게 만들고는 부드럽게 살짝 몸을 날려 협탁 모서리 쪽으로 다가가 틴츠와의 거리를 좁힌다.

"믿으실지 모르겠지만, 제가 더 이상합니다. 수천 년을 살면서 진흙탕을 떠나 여행길에 오른 적이 단 한 번도 없었거든요. 강바닥을 벗어나는 법이 절대로 없었던 제가 한밤중에 다른 이의 협

---

* cis. 라틴어로 '이승'이라는 의미.

탁에 와 있다니… 저 역시 이상하고도 이상할 따름이죠."

틴츠는 한밤중에 나타난 손님의 엷은 두 눈동자와 느릿느릿한 목소리와 울퉁불퉁한 윤곽에 점차 익숙해지며 이 꿈을 잠재우려면 제대로 대처해야 한다는 생각을 해본다. 틴츠는 자기의 귀에서 50센티미터쯤 떨어진 곳에서 자신에 대한 무한한 신뢰를 보이며 매우 정중하게 앉아 있는 말동무를 무례하게 대하고 싶지 않아 이 생각을 입 밖에 내지는 않는다. 하지만 생각을 들켜버린 것 같다.

두꺼비는 얇은 눈꺼풀로 눈동자를 덮으며 말한다.

"맞습니다. 유베날리스*도 '직접 들어가 공짜 목욕을 하는 아이들도 그 존재를 믿지 않는 스틱스강에서 온 개구리'에 관한 글을 썼죠. 하지만 스틱스강의 존재 여부는 세상에서 가장 깨끗한 스틱스 강물에서 오볼** 한 닢을 내고 목욕을 하는 이들에게 물어보는 게 낫습니다. 그들은 새로 태어난 이들이 아닌, 새로 죽은 이들이죠. 하지만 제 존재에 대한 믿음은 저에겐 전혀 필요하지 않습니다. 꿈은 꾼다는 것이 어느 정도 특권을 주기도 하고 속박에서 벗어날 수 있도록 해주기도 하지만, 저는 그 특권을 악용할 생각은 없어요. 게다가 꿈을 꾸는 이에게 꿈에 실재하는 것들을 믿지 않을 수 있는 선택권이 주어진다면, 그 꿈 역시 그 꿈을 꾸는 이의 존재를 의심할 수 있는 거잖아요. 결국 닭이 먼저냐 달걀이 먼저냐 하는 문제인데, 만약에 신이 인간에 대한 신뢰를 저

---

*   D. J. Juvenalis. 1세기 후반에서 2세기 초반까지 활동한 고대 로마의 풍자시인.
**   obol. 고대 그리스의 은화.

버리기 전에 인간이 먼저 신에 대한 믿음을 멈춘다면 신은 섭섭한 마음이 들 겁니다. 반대로 신이 먼저 자기가 만든 피조물의 실재에 대한 믿음을 멈춰버린다면, 여기서 피조물이란 이 세상을 말하는 건데요… 아! 그러고 보니 지금 스틱스강 표면에는 수많은 거품이 떠오르고 있어요. 알파벳 'O'처럼 동그란 거품이죠. 그리고 그렇게 떠오른 거품은 여지없이 모두 터져버린답니다. 그런데 얘기가 딴 데로 샜군요. 괜찮으시면 헤겔을 인용해도 될까요? 헤겔은 어떤 민족은, 이를테면 당신들과 같은 민족은, 존재하기는 하지만 역사가 주어지지 않아 탈역사적인 성격을 띠게 된다고 보고 있습니다. 그렇다면 스틱스강의 터줏대감인 두꺼비의 후손인 제가, 헤겔의 생각을 인용하자면 존재에서 고립된 상태에 처해 있는 상황에서 제 얘기를 하지 못할 게 뭐가 있겠습니까? 게다가 이렇게 제 얘기에 귀를 기울이는 이가 있다면 말입니다. 결국 모든 현상이 제멋대로 의식을 점령했군요. 제가 여기로 뛰어들었을 때 썼던 방법처럼 허락도 구하지 않고 곧바로 머릿속으로 뛰어들고 있지만… 그렇다고 이렇게 두서없이 형이상학 운운하며 지나치게 떠들 필요는 없는 것 같습니다. 그렇지 않습니까?"

틴츠는 차분하게 주의를 집중하고 파란 전등갓 불빛 아래에 자리를 잡고 앉아 있는 스틱스강 진흙 바닥의 서식 생물을 다시 한번 훑어본다. 두꺼비는 얘기를 시작할 준비를 하면서 뚱뚱한 엉덩이를 조이며 편안한 자세를 취한 뒤 울퉁불퉁한 뒷다리로 협탁 가장자리를 꽉 누른다. 둥그런 눈, 하얀색 양복 조끼 천을 댄 듯한 둥그런 배, 영국 신사처럼 격식을 차리며 오므린 주둥이는 템프서 연못에 사는 피라미를 연구하는 학자가 자신의 얘기를 들려주려는 순간 무기력해 보이는 픽윅*의 모습을 담아낸 시모어**의 삽화를 연상케 한다. 틴츠는 두꺼비의 미소에 미소로 화답한 뒤 몸을 차갑게 만들었던 벽에 기댄 등을 떼고 침대 밑으로 늘어진 이불 끝을 단단히 여미며 얘기를 들을 준비를 한다. 파란 전등갓 아래서 백록색 빛을 띤 밤의 불청객은 "음", "크흐" 하는 소리를 몇 번 내더니 이야기를 시작한다.

"아까도 말씀드렸다시피 스틱스강 진흙 바닥에 사는 우리에게 무엇보다도 생소한 일이 한곳에서 다른 곳으로 자리를 옮기는 겁니다. 여행이라는 건 그야말로 난잡한 행실이 아닐 수 없죠. 크흐, 흠. 적어도 우리 세계의 최고 석학들은 그렇게 생각하고 있습니다. 땅 위를 이리저리 다니며 아무리 많은 길을 만들었다 하더라도 모든 여정의 끝은 사람이건 동물이건 여전히 하나의 구덩이에서 끝나기 마련이니까요. 그 종착지는 아무도 절대로 빠져나올 수 없는 곳이란 얘기죠. 다리가 하나뿐이어도 동작만큼은 아주 날쌘 삽 한 자루가 구덩이를 파 줄 때까지 마냥 기다리기만 하는 건 어리석은 짓입니다. 그냥 미리 알아서 진흙 속에 파묻히는 편이 더 쉽죠. 하지만 예로부터 세상의 모든 생각들이 끊임없이 흘러드는 스틱스의 강바닥에서 저벅저벅 소리를 내며 현명한 가르침을 주는 진흙과 대화를 할 수 있는 기회가 아무에게나 주어지는 건 아니랍니다. 더군다나 삶이라는 건 죽음에 비

*　찰스 디킨스의 소설 「픽윅 보고서(The Pickwick Papers)」의 주인공.
**　로버트 시모어(Robert Seymour, 1798-1836). 「픽윅 보고서」의 삽화가.

한다면 황량하기 그지없는 시골이거든요. 웬 궤변이냐고요? 전혀 그렇지 않습니다. 틴츠, 당신이 우리가 사는 진흙 바닥에 와 보면…. 오, '무無의 세계'에 없는 게 뭐가 있을까요? 제가 장담하는데, 별과 태양에 젖어 있는 당신들의 모든 삶은 단지… 스틱스 강 바깥의 삶에 불과합니다. 산다는 건 죽음을 회피하는 행위죠. 사실 '무의 세계'에서 도망친 당신네 인간들은 모두 '무의 세계'로 돌아오게 됩니다. 조만간 말이죠. 그것 말고는 다른 방법이 없거든요.

하지만 스틱스 강바닥에만 사는 우리는 그곳이 어디가 되었든 밖으로 나갈 필요가 없습니다. 없을 건 없지만 있을 건 다 있거든요. 코키토스Cocytus와 레테Lethe와 아케론Acheron*과 스틱스의 강물이 합쳐지는 곳이고, 이 강들이 에워싸고 있는 저승에 들어오려면 파도 하나 일지 않는 우리의 강물에 삶의 기억을 반드시 버려야 합니다. 그래서 무수히 많은 인간의 기억은 스틱스의 캄캄한 심연 속에 지나간 삶의 모든 내용물과 모든 짐을 던져버리죠. 그렇게 강에 던져진 것들은 짧게는 순식간에, 길게는 수일에 걸쳐 분해되면서 천천히 가라앉는답니다. 그리고 거품과 거품 사이의 틈을 뚫고 우리가 사는 강바닥에까지 도달하게 되죠. 삶 위에 삶이 겹겹이 쌓이고 행위에 행위가 합쳐지고 생각에 생각이 합쳐지면서 며칠에 걸쳐 뿌옇고 빛바랜 융합체가 만들어집니다. 강바닥에 깔린 인간의 기억을 헤집어 놓지 않으려면 함부로 발길

---

*   모두 그리스 신화에 나오는 강으로, 차례대로 저승을 감싸고 흐르는 강, 망각의 강, 저승의 강을 말한다.

을 내딛지 않는 게 좋습니다. 누군가가 내 위아래에서 움직일 때마다, 소리가 멎은 말들이 켜켜이 쌓인 오만 가지 언어와 그리고 죄와 사랑의 끈적이는 비밀들이 바로 이 물갈퀴에 들러붙으면서 살짝살짝 흔들리거든요."

두꺼비는 잠시 얘기를 멈추고 위협적으로 보이는 앞발 발끝을 베개 모서리 쪽으로 가까이 옮긴다. 틴츠는 작은 거품으로 이루어진 돌무지 같은 융기에 난 연한 녹색 반점 아래로 불거진 두꺼비 발끝의 하얀 가죽을 유심히 바라본다.

두꺼비는 뒷발을 부드럽게 치켜올려 베개 모서리 위에 올라앉아 말동무의 귀 바로 옆까지 다가오며 말을 잇는다.

"그러니까 분명한 건 말이죠, 저 강바닥에 사는 우리는 그곳을 떠날 필요가 없다는 얘깁니다. 우리는 강에서 파리를 산 채로 잡아먹는 평범한 개구리를 흉내 내지 않아요. 뭐하러 그러겠습니까? 지나간 삶이 검은 실을 가지고 알아서 짜 놓은 양탄자가 스틱스 강바닥에 깔려 있는데 말이죠. 우리는 몇 날 며칠이고 강바닥에 파묻혀 두 눈만 빼꼼히 내밀고 저 먼 위쪽에서 카론*이 노 젓는 소리만 들으며 이승과 저승 사이를 오가는 나룻배가 만들어내는 그림자를 봅니다. 진흙탕에는 모든 '진흙'이 죽어 있죠. 그늘진 차가운 영원은 생각들과 그 뒤에 숨어 있는 생각들과 그 뒤에 또 숨어 있는 생각들의 주위에서 하나로 합쳐지면서 우리를 관통하는 가느다란 실이 되고, 열반의 열반인 진흙이 만든 보드라운 벨벳이 되어 죽 뻗어 있거든요…"

---

*   Charon. 죽은 자를 나룻배에 태우고 저승으로 데려다주는 스틱스강의 뱃사공.

두꺼비는 얇은 막에 둘러싸인 눈을 치뜨며 눈동자를 감추고 목이 없는, 녹백색의 몸통에 끼워 넣어진 고개를 뒤로 젖히며 움푹 파인 웅덩이 같은 입술을 불룩 내민다.

"그래서 어떻게 됐다는 겁니까? 무슨 일이 있었는데요?"

틴츠의 목소리가 들리자 두꺼비는 안쪽으로 감춰져 있던 눈동자에서 눈꺼풀을 벗겨내지만, 곧바로 침묵을 깨지는 않는다.

"아시다시피 제가 어쩔 수 없이 이주를 해야만 했던 사건이 벌어졌습니다. 네, 저도 압니다. 제가 여태까지 드렸던 모든 말들을 생각해본다면 제 입으로 이런 말씀을 드리는 게 이상하게 들리실 겁니다. 하지만 일련의 사건이 일련의 추론과 딱 맞아떨어지는 경우는 드물죠. 문제는 스틱스 강바닥에 사는 이들이 모두 같은 생각을 가지고 있지 않다는 겁니다. 틀림없이 기억의 침전물이 내포한 다양성이 우리에게도 어느 정도 영향을 끼치고 있는 거겠죠. 죽음의 문제에 관한 한 우리는 자유주의자와 보수주의자로 나뉩니다. 저는 보수주의자에 해당하죠. 하지만 한탄스럽게도 최근에는 죽음에 대해 자유주의적인 태도를 보이는 무리가 대세를 잡기 시작했습니다. 스틱스강의 늙은 두꺼비들인 우리는 수 세기에 걸쳐 검증된 원칙, 즉 죽은 것은 완전히 죽은 것이어야 한다는 원칙을 고수하고 있죠. 우리에겐 억지로 꾸며낸 죽음 따위는 필요 없습니다. 제명을 다 못 살고 죽은 자들, 스스로 목숨을 끊은 자들, 전쟁에 나가서 죽은 자들, 한마디로, 죽음에 무임승차해 신성한 스틱스 강물에 성급하게 뛰어든 자는 모두 필요 없다는 말이죠. 저를 비롯해 저와 뜻을 같이하는 동지들은 성급하게 죽은 자를 온전히 죽은 자로 여기지 않아요. 죽음이란 인간에게 서서히 스며들어 인간이 지닌 사고의 윤곽을 차츰차츰 없애고, 인간의 감정을 무력하게 만들면서 인내를 가지고 꼼꼼하면서도 천천히 한 해 한 해 완성해야 하는 겁니다. 인간의 기억이란 퇴색해 감에 따라 질병이나 노화 따위의 영향으로 희미해지고 판화와 같은 단조로운 색조를 지니게 되어야 하는 거고요. 그래야만 기억이 스틱스강의 진흙색에 물들게 되죠. 억지로 스틱스에 내던져진 그 모든 생명들, 다시 말해 죽음의 과정을 거치지 않고 주어진 여정을 중도에서 멈춘 생명들은 여전히 삶의 타성을 유지하고 있습니다. 레테는 이런 생명들을 거부하고, 이들이 지닌 매우 불안하면서도 매우 다양한 기억들을 우리가 사는 스틱스로 흘려보내고 있어요. 그래서 그런 기억들이 우리가 지향하는 비존재를 더럽히고 망가뜨리죠. 겉으로 보기에는 너무도 단순하고 명확해 보이겠지만, 늘 탐욕을 부추기고 늘 양적 팽창에 대한 숭배를 꾀하는 자유주의자들은 이미 오래전부터 '더 많은 죽음을'이라는 슬로건을 내걸었습니다.

당연히 우리도 물러서지 않았죠. 우린 갖은 방법을 동원하여 팽창주의적이고 침략적인 죽음의 정책에 맞서 싸웠습니다. 싸움은 엎치락뒤치락했죠. 인정할 수밖에 없지만, 자유주의자들은 대중의 호응을 얻는 능력이 우리보다 뛰어났습니다. 때로는 집회에 집결하는 개구리들로 합창단을 꾸리기도 했어요. 그러면 대대적인 죽음을 기원하는 우렁찬 개구리 울음소리가 스틱스강 위로 울려 퍼졌죠. 이 소리는 점점 기세를 더해 가며 지상에까지 미쳐 인간 대중의 목소리를 부추기고는 했어요. 그러면 인간들 역시 사방에서 울어 대는 스틱스강 개구리들의 소리를 따라 하며 자기들의 죽음을 기원했답니다, 으흠. 그러자 전쟁이 시작됐지요. 전쟁의 무게는 카론이 모는 나룻배의 뱃전까지 무겁게 만들었습니다. 그리고 큰 소리로 죽음을 외치는 아우성은 일시적으로 잠잠해졌는데…

하지만, 그럼에도 불구하고, 누가 봐도 예견할 수 있었듯이 죽음을 대량으로 사들이는 저 무리의 탐욕은 한 세기 내내 점점 더 커져만 갔습니다. 대대적인 선동전을 펼치던 자유주의 주동자들은 서로 경쟁이라도 하듯이 스틱스 강물을 온통 핏빛으로 물들이겠다고 큰소리를 쳐 댔죠. 올챙이에 이르기까지 스틱스에 사는 거의 모든 동물은 그 선동에 넘어갔습니다. 다리도 온전하게 나지 않은 어린 짐승들이 재빨리 여울로 몰려 나가 수천 개의 입을 지상으로 향하고 "더! 더 많이!"라고 외쳐 댔어요.

불안하고 긴박한 상황이 빚어졌죠. 삶에서 기인한 것도 아니고 죽음에서 기인한 것도 아닌 불가피한 상황이 닥쳐오고 있었어요. 한번은 그런 일도 있었답니다. 수천 년 동안 강바닥을 벗어난 적 없었던 저마저도 뿌옇게 변해버린 수면으로 올라가서 양쪽 강기슭을 유심히 살펴봤어요. 우리 쪽, 죽음의 강기슭은 푸석푸석한 잿더미가 되어 있었습니다. 평평하고 아무 소리도 들리지 않았죠. 하늘에는 공기가 없었어요. 그래서 별이 모두 사라져버린 하늘이 쏟아내던 검고 두꺼운 띠가 그대로 잿더미 속으로 파고들고 있었답니다. 반대쪽, 당신네 강기슭은 안개로 이루어진 장막에 덮여 있었지만, 그 장막을 뚫고 당신들의 그 태양이 기분 나쁘게 빛을 뿜어내고 있었습니다. 태양 광선에 뒤엉킨 무지개가 무더기로 꿈틀대고 있었죠. 삶이란 게 정말, 웩, 어찌나 역겨웠던지, 전 눈을 떼고 냉큼 진흙 바닥으로 되돌아갔답니다.

그러던 사이 오랫동안 부름을 받아 온 수백만의 죽음이 시작됐어요. 죽음은 "아!" 하고 소리를 내기 시작했습니다. 저쪽, 그러니까 지상에서 말이죠. 강철 같은 목 수천 개가 뒤로 꺾어진 채로요. 죽음은 무지개를 없애고 태양에서 광선을 잡아 뜯으며 녹슬어버린 안개가 되어 퍼져 나갔고, 총탄처럼 빠른 바람을 일으켜 민들레 홀씨가 된 영혼을 스틱스강으로 날려 보냈습니다. 스틱스 강바닥을 거의 다 점령하고 있었던 그 음탕한 개구리 소리는 죽음의 첫 물결을 맞이하게 됐죠. 아마도 인간들이 사는 지구가 자전하기 때문이었을까요? 어쨌든 인간들이 기형적으로 변하게 된 이유를 저는 모르겠습니다. 심지어 전쟁 중이었는데도 말이죠. 아둔한 인간들은 죽음과 가장 상극인 존재, 즉 어린 인간들마저 죽음으로 내던져버립니다. 어린 인간들의 기억은 아직 여물지 않고 속이 비어 있죠. 그래서 레테의 수면에 흘러들어 스틱스로 흘려보내진 어린 기억들은 그 가벼움 때문에 밑으로 가라앉지 못하고 스틱스강에서 자신들의 형체를 반쯤 드러낸 채 위에서 둥둥 떠다닙니다. 중간에 끼인 어린 죽음은 스틱스의 강바닥과 표면을 가르는 개구리밥 같은 박막과 한데 얽히게 되죠.

우리 같은 구세대 두꺼비들은 모든 것에서 한발 물러서 있으려는 사상, 즉 당신네 인간들이 지상에서 얘기하는 소환주의*가 만들어낸 허울을 돌파해보려고 했습니다. 제가 강바닥 가장 깊

---

* отзовизм(otzovizm). 1905년 러시아혁명 후 러시아사회민주노동당 안에서 형성된 기회주의적이고 급진적인 조류로, 당내 대대적 업무의 법적 형태를 모두 거부하자는 주장을 하며 당을 노동자 계급과 분리하는 정책을 추진했다.

은 곳, 즉 독소가 가장 심한 곳 중 한 곳에서 강연을 했던 일도 기억납니다. 꽃의 성장을 촉진하고 싶어서 뿌리째 뽑힐 때까지 줄기를 잡아당긴 정원사를 주제로 한 강연이었죠. 제가 제시한 근거는 많은 청중을 끌어모으지는 못했습니다. 모든 노력은 허사로 돌아갔고 유혈의 외침은 검은색을 붉은색으로 바꿔 놓았죠. 스틱스강을 휩쓸었던 전투들이 예로부터 검은색이었던 강물을 피로 물들였거든요. 카론은 피고름으로 변한 강물에 노를 빠뜨려버렸고 지나치게 많은 죽음을 싣고 있던 카론의 나룻배에는 스틱스 강물이 차올랐습니다. 그러자 죽은 영혼들도 강물로 뛰어들어 태곳적부터 움직이지 않던 강물을 마구 휘저으며 헤엄을 쳤어요.

제 인내심은 한계에 다다랐습니다. 더 이상은 참을 수가 없었어요. 그래서 제 고향인 진흙 바닥에도, 움직임 없는 영원에도, 죽음을 노래하는 정적에도 작별을 고하게 된 겁니다! 전 이곳 잿더미로 피신하기로 마음먹었어요. 물갈퀴를 몇 번 휘둘러 수면으로 올라갔죠. 고개를 내밀고 눈으로 죽음의 강기슭을 찾기 시작했어요. 바로 거기서 모든 게 시작됐습니다. 아무리 들여다봐도 어디가 삶이고 어디가 죽음인지 알 수 없었어요. 양쪽 기슭이 모두 잿더미로 변해 있었고 인적이 없었거든요. 깊숙이 파인 포탄 구멍과 무덤을 방불케 하는 구덩이가 양쪽 기슭을 점령하고 있었고 유독 가스로 이루어진 장막과 한 몸이 된 안개가 좌우로 멀리 퍼져 있었습니다. 어떻게 해야 할시 모르겠더라고요. 어쨌든 마음의 결정을 내려야 했죠. 그래서 무턱대고 아무 데로나 뛰어나갔습니다.

뒷발을 조심스럽게 떠밀수록 점점 더 깊숙한 곳으로 빠져들어가게 됐어요. 연기로 뒤덮였던 공기가 차츰차츰 선명해지더니 정면에서 도시의 불빛이 붉게 타오르기 시작했습니다. 그리고 우연히 바로 이곳…"

"지상에 오게 된 거군요? 그래서요?"

틴츠는 베개 위에서 고개를 괴고 있던 팔꿈치를 빼고 두꺼비의 얘기를 마저 들으려는 기세로 바싹 다가앉는다.

"그래요, 맞습니다. 그렇지 않았더라면 우리가 만날 수도 없었겠죠. 물론 저도 다시 돌아가보려고도 해봤습니다. 하지만 제가 남긴 발자국을 찾을 수 없었어요. 발길 닿는 대로 이리저리 헤매다 보니 인간들의 보금자리와 마주치게 됐죠. 제가 뭘 할 수 있었겠습니까? 낮에는 당신들의 그 태양에서 나오는 노란 촉수를 피해 물이 많은 연못이나 깊은 웅덩이 속에 들어가서 때를 기다렸죠. 생명에 의해 집짐승처럼 길들여진 강가의 개구리들은 기겁을 하면서 스틱스강에서 온 손님인 저를 피해 사방으로 흩어져버리더군요. 하지만 밤이 되면 물 밖으로 나와 그곳 죽음으로 함께 되돌아갈 길동무를 찾아 헤맸습니다. 저의 그런 시도는 그다지 성공적이지 못했습니다. 한번은 그런 일이 있었죠. 지금처럼 한밤중이었는데, 폐병에 걸린 한 소녀의 베개로 뛰어 들어간 적이 있었습니다. 그 어린 인간은 뜨거운 침대 시트 위에 땋은 머리를 뱅 두르고 누워 점점 잦아지는 짧은 호흡으로 공기를 흡입하고 있었어요. 저는 스틱스강의 첩자인 의사들이 간혹 하던 것처럼 아픈 이들에게 힘을 북돋아주기 위한 농담을 건네고 싶었습니다. 그래서 어린 인간의 귀에 입을 바싹 갖다 대고 '기홍아, 썩

물렀거라, 어흥!' 하고 말장난을 했죠. 하지만 이상하게도 길동무가 될 뻔했던 그 소녀는 비명을 질렀고 비명에 뒤이어 발소리가 들리는 거예요. 그래서 전 어쩔 수 없이 발뒤꿈치를 모으고 그 집에 있던 병마개 밑에서부터 말려 올라간 처방전 꼬리를 통과해 다시 어둠 속으로 들어갈 수밖에 없었답니다.

또 한 번은 납 중독으로 죽어 가는 식자공에게 간 적이 있습니다. 얇은 이불 밑에 슬쩍 들어가는 데까지는 성공했죠. 맞습니다, 흠… 그 알파벳이라는 게 말이죠, 당신들은 그걸 가지고 기도책이며 정치 입문서 따위를 만들어 대지만, 그게 독성이 참 강하거든요. 아무튼 저는 제 고막을 그자의 약해진 심장에 바싹 붙이고 맥박을 청진해봤습니다. 그런데… 말이 나왔으니 드리는 말씀인데, 스틱스강 바깥의 당신네 세상에 있는 전래 동화에서 제가 헷갈리는 부분이 있거든요. 그 왜 있잖아요, 당신들이 공장에서 나오는 석탄재 밑에서 질러 대는 '영차, 영차' 하는 소리요. 그게 혹시 '귀를 바싹 붙이고 엿들어보자, 영차' 이런 뜻은 아닌가요?* 거듭 말씀드리지만, 제가 당신네 인간들의 문학적 표현에는 영 문외한이라…"

"쓸데없는 얘기는 그만하고요! 아니 가만있어 보세요…"

틴츠는 거품으로 뒤덮인 두꺼비의 동공 구멍에서 갑자기 눈을 떼며 말을 잇는다.

"당신이 길동무를 찾고 있는 거라면, 그 얘기는 혹시 제가…"

---

*　'영차 소리를 내다'를 의미하는 러시아어 동사 '우흐누찌(ухнуть / ukhnut)'와 '귀'를 의미하는 명사 '우호(ухо / ukho)'의 발음이 유사한 점을 이용한 언어유희.

두꺼비의 주둥이 위로 거품이 부풀어 오르더니 이내 터져버린다. 그리고 뒤이어 두꺼비가 틴츠에게 말한다.

"안타깝지만, 그건 아닙니다. 아시다시피 제가 이 세상을 떠도는 동안 많은 생각이 머릿속을 떠돌았죠. 저는 그동안 많은 것을 경험했고 많은 것을 목격했으며 스틱스강의 이쪽과 저쪽을 모두 가봤습니다. 그래서 내린 결론은 이겁니다. 산 자가 산 자와 벌이는 전쟁도, 당신네 인간들이 서로를 땅에 묻기 위해 존재하는 것도 문제의 핵심은 아니라는 거죠. 스틱스의 양쪽 강기슭에서 오래전부터 계속되고 있는 전쟁, 그러니까 죽음이 삶과 벌이는 끊임없는 투쟁이 바로 핵심이란 얘깁니다. 그래서 저는 휴전을 제안하려는 겁니다. 제가 여기 나타난 건 당신 때문이 아니라, 여기에 있는 바로 이 설계도 때문입니다."

"무슨 말인지 모르겠네요."

"알고 보면 아주 간단한 얘깁니다. 죽음의 나라라는 게 뭘까요? 다른 모든 나라와 똑같은 나라입니다. 다만 관세가 약간 높기는 하죠. 산 자가 경계선을 건너려면 삶의 100%가 부과되니까요. 그게 전부입니다. 그래서 경계가 그어지고 있는 거죠. 죽은 자들은 지상의 고향으로 송환될 수 있고, 삶을 살아갈 수 없을 정도로 지나친 생명력을 지닌 이들은… 그런데 너무 깊이 파고들지는 맙시다. 어쨌든 제 아이디어와 당신의 설계도의 수치가 합쳐진다면, 이를테면 죽음의 관점에서 말하는 죽음과 삶을 동시에 발생시키는 위대한 업적을 추진할 수 있습니다. 어쨌든 스틱스 강바닥을 점령한 미치광이들이 그 입을 다물도록 하는 방향으로 가자는 거죠. 반드시 그렇게 될 겁니다. 한때 검은 강물에서 쫓겨난 신분인 저에게 허락된 유일한 사랑^{amor}은 다름 아닌 아모르파티*입니다. 아무도 눈치채지 못하게 삶에 가느다란 선을 긋는 작은 일부터 시작해봅시다."

"작은 일이라 함은요?"

"아, 이게 적절한 예인지는 모르겠군요. 이를테면 모든 교차로에 우아하게 설계된 기계가 있다고 칩시다. 땅에서 수직으로 널빤지 하나가 세워져 있고 널빤지에는 호주머니 정도 높이에 동전을 넣는 작은 구멍 하나가 뚫려 있는 겁니다. 그리고 이마 정도 높이에는 총알만 한 크기의 구멍이 있고요. 이 기계에 다가가서 동전을 넣으면 이마로 총알이 발사되는 겁니다. 값도 저렴하고 접근성도 좋죠. 게다가 총알이 발사되는 소리도 들리지 않아요. 이건 소음기 장치를 활용하면 가능하죠. 그래서 행인들에게 불편을 끼칠 일도 거의 없어요. 아니면… 이것 말고 본론으로 넘어가자면, 당신이 그린 다리 설계도가 때마침 제 손에 들어왔는데 말입니다. 정교하면서도 간소한 형태더군요. 당신이 써넣은 이 숫자들이 강철을 마치 밀랍처럼 안으로 구부리기도 하고 바깥으로 구부리기도 하고 말이죠. 그런데 이 기술을 다른 범위에서 적용할 때가 왔습니다. 거미줄보다 가볍고 철근 콘크리트보다 단단하고 유리보다 투명하고 금실보다 잘 늘어나는 물질을 고안해내야 합니다. 스틱스강에 다리를 놓아야 할 시기가 이미 오래전에 오고도 남았거든요. 네, 맞습니다! 이 다리는 영원한 '아니다'와 영원한 '그렇다' 사이에 걸리게 될 겁니다. 밤이 아침으로, 즉

---

* amor fati. 필연적인 운명을 향한 사랑.

어둠이 빛으로 바뀌면 끊임없이 틈이 벌어지는 죽음과 삶에 새로 납땜질을 하며 연결해 가면서 말이죠. 그러면 스틱스의 구불구불한 강줄기 위로 검은 굴삭기 주둥이를 개방하는 겁니다. 굴삭기를 이용해 강바닥에 가라앉은 세상의 모든 기억을 모조리 퍼내는 거죠. 세월의 망각 속에 가라앉은 것들도, 세월 위에 쌓인 것들도, 스틱스의 진흙과 뒤엉킨 인류의 역사와 원시의 역사도 모두 끌어 올려 당신들의 태양 아래로 되돌려 놓는 겁니다. 망각을 완전히 비워버리는 거죠. 원래 죽음이라는 게 오볼^{obol}이며 삶이며 자신에게 있는 모든 재산을 빈궁한 이들에게 나눠주거든요. 그리고 나서 되살아난 죽음 사이에서 당신네 인간들이 어떻게 살아남을지 지켜보는 겁니다. 자, 그럼, 일을 시작해볼까요? 양쪽 모두, 오빗*을 위하여! 한번 해봅시다. 아닌가요? 아, 우리가 만들 다리는 '아니다'를 '그렇다'로 바꾸는 다리랍니다. 이렇게 공동 기획자의 허락을 받으니 어쩐지… 계획에 더 가까워지는 것 같군요. 크흠. 이렇게 사방이 뚫린 곳에서 이러는 게 좀 가혹하다고 생각하지 않으십니까? 해골이 매달린 아무도 모르는 곳에서라면야…"

틴츠는 벽 쪽으로 물러난다. 두꺼비의 눈에는 악의에 찬 거품이 일고 뒷다리는 도약을 준비하며 구부러진다. 그리고 틴츠가 방어 반사^{defence reflex}를 발휘하여 손을 재빨리 들기도 전에 머리에 와 닿는 부드럽고 미끈한 충격이 틴츠의 고개를 베개로 떠밀친다. 틴츠는 비명을 지르고, 꼭 감았던 두 눈을 뜬다.

---

*   Obiit. 라틴어로 '사망했다', '죽었다' 등의 의미로, 묘비명에 쓰임.

방 안은 고르고 선명한 햇빛으로 가득하다. 협탁 위에는 태양빛에 흡수되어 잊고 있었던 전등 불빛 아래에 다섯 개 구간으로 설계된 다리의 도안이 펼쳐져 있다. 협탁 모서리에는 유리잔이 넘어져 있다. 유리잔의 둥근 입은 틴츠의 눈을 정면으로 향해 있다. 그리고 컵 받침의 백록색 테두리에는 유리잔에서 미끄러져 나온 찻숟가락의 납작한 은빛 혀가 걸쳐져 있다. 도면 위에 그려진 선 위로 축축한 자국이 남아 있다. 유리잔의 자잘한 물방울이 만들어낸 자국이라고 할 수는 없었다.

　엔지니어 틴츠는 눈바닥 속으로 재빨리 사라지는 이미지를 붙잡아 두려고 애쓰면서 다시 한번 눈을 감는다. 그러더니 이불을 박차며 지난밤을 떨쳐버린다. 두 발은 바닥에서 익숙한 신발을 찾고, 의식은 익숙한 도면과 숫자를 파고든다.

　1931년

다닐 하름스
Даниил И. Хармс

노파
Старуха

다닐 하름스(Даниил И. Хармс, 1905-1942)는 상트페테르부르크에서 태어났다. 시, 소설, 희곡 등 다양한 장르의 작품을 남겼지만, 기묘하고 복잡한 형식의 시를 쓴 시인으로 특히 유명하다. 본명은 다닐 유바초프(Даниил И. Ювачёв)로 '하름스'는 1921년부터 사용하기 시작한 필명이다. '하름스'라는 필명에 대해서는 여러 가지 설이 있다. '해로움'을 의미하는 영어 단어 'harm'에서 따왔다는 설도 있고 '매력'을 의미하는 프랑스어 'charme'에서 따왔다는 설도 있다. 또한 작가가 좋아했던 코난 도일의 작품에 등장하는 셜록 홈스의 이름을 변형했다는 설도 있다.

어린 시절부터 상징주의 시에 매료된 하름스는 1927년 아방가르드 시인들의 모임 '오베리우(ОБЕРИУ, Объединение реального искусства: 현실 예술 협회)'를 창립했다. 푸시킨(Александр С. Пушкин)에서 도스토옙스키(Фёдор М. Досто-евский)로 이어지는 러시아 고전 문학의 전통을 거부하자고 주장했던 마야콥스키(Владимир В. Маяковский) 등의 미래파 작가들을 본보기로 삼아 보수적인 예술 양식을 경시하고 부조리한 현실을 자신들만의 방법으로 형상화했던 모임으로 평가받는다.

1920년대 중반부터 본격적인 집필 활동을 시작한 하름스는 1920년대 말 아동 문예지 『검은머리방울새(Чиж)』, 『고슴도치(Ёж)』, 『귀뚜라미(Сверчок)』 등을 통해 아동용 시와 단편을 발표했다. 하름스의 아동 문학 작품은 적지 않은 인기를 끌었지만, 하름스 개인에게 있어서는 철저한 생계 수단이었다고 전해진다. 하름스의 작품 중 생전에 출판된 작품은 많지 않다. 그의 작품은 대부분 반소비에트적 작품으로 취급되어 사후인 1960년대부터 출판되기 시작했다. 여기에 소개된 「노파(Старуха)」 역시 1939년 완성한 작품이지만, 그가 세상을 떠난 지 32년이 지난 1974년에야 처음으로 세상의 빛을 보게 되었다. 이 작품은 특히 1990년대에 들어 여러 차례 영화화되었고, 2013년 맨체스터 인터내셔널 페스티벌에서는 최초로 연극 무대에 올려지기도 했다.

"…이어서 그들 사이에는 이런 대화가 오간다."

—함순*

아파트 앞마당에 노파가 서 있다. 양손으로 벽시계를 받쳐 들고 있다. 나는 노파 옆을 지나가다 멈춰 서서 노파에게 묻는다.

"지금 몇 시입니까?"

노파가 내게 말한다.

"직접 보시게."

시계를 보니 바늘이 없다.

"시곗바늘이 없는걸요."

내가 이렇게 말하자 노파는 숫자판을 보며 내게 말한다.

"지금은 3시 15분 전이구먼."

---

*   크누트 함순(Knut Hamsun, 1859-1952). 1920년 노벨 문학상을 수상한 노르웨이 작가.

"아, 그렇군요. 정말 고맙습니다."

나는 이렇게 말하고 자리를 뜬다.

노파는 등 뒤에서 나에게 뭐라고 외쳐 대지만, 나는 뒤돌아보지 않고 갈 길을 간다. 나는 큰길로 나서서 햇볕이 드는 쪽으로 걷는다. 봄볕이 참 좋다. 나는 실눈을 짓고 파이프 담배를 피우며 걸음을 내디딘다. 사도바야 거리 한 모퉁이에서 마주 오던 사케르돈 미하일로비치 씨와 맞닥뜨린다. 우리는 인사를 나누고 멈춰 서서 한참 동안 얘기를 한다. 나는 길가에 서 있기가 뭣해서 사케르돈 미하일로비치 씨에게 지하 술집에 가자고 제안한다. 우리는 퍽퍽한 완숙 달걀과 청어를 안주 삼아 보드카를 마신 뒤 헤어진다. 그리고 나는 혼자서 계속 길을 걷는다.

그때 불현듯 전기스토브를 끈다는 걸 깜빡하고 외출했다는 생각이 난다. 짜증이 치밀어 오른다. 발길을 돌려 집으로 향한다. 기분 좋게 시작한 하루였는데 벌써 첫 번째 실패와 마주하고 있다. 밖에 나오지 말았어야 했다.

나는 집에 돌아와 겉옷을 벗고 조끼 주머니에서 시계를 꺼내 벽에 박힌 작은 못에 걸어놓는다. 그런 다음 방문을 열쇠로 잠그고 소파에 눕는다. 누워서 잠을 좀 자야겠다.

밖에서는 사내애들이 밉살스럽게 떠드는 소리가 들려온다. 나는 누워서 아이들을 처단하는 상상을 한다. 가장 마음에 드는 방법은 불시에 온몸을 마비시키기 위해 파상풍을 일으키는 것이다. 부모들은 아이들을 끌고 각자의 집으로 간다. 아이들은 침대에 누워 있고 입을 열 수도 없기 때문에 스스로 먹지도 못한다. 누군가가 인위적으로 음식을 먹여줘야 한다. 일주일 후 파상풍은 가라앉지만, 아이들은 몹시도 병약한 몸이 되어 꼬박 한 달을 더 침대 신세를 진다. 그 후 아이들의 건강은 서서히 회복되기 시작하지만, 나는 그들에게 두 번째 파상풍을 일으킨다. 그리고 결국 모두 뒈져버린다.

나는 눈을 뜬 채 소파에 누워 있다. 잠이 오지 않는다. 오늘 아파트 앞마당에서 본 시계를 든 노파가 생각난다. 바늘이 없던 시계를 떠올리니 기분이 좋아진다. 공교롭게도 며칠 전 들렀던 중고품 위탁 판매점에서 흉측하게 생긴 주방용 시계를 봤다. 시곗바늘이 나이프와 포크 모양이었다.

이런! 나는 여태껏 전기스토브를 끄지 않고 있었다! 나는 후다닥 일어나 전기스토브를 끄고 다시 소파에 누워 잠을 청한다. 눈을 감아본다. 잠이 오지 않는다. 창으로 내리쬐는 봄볕이 온통 나를 향하고 있다. 점점 더워진다. 나는 소파에서 일어나 창가에 있는 안락의자에 앉는다.

이제서야 잠이 온다. 하지만 자지 않을 것이다. 나는 종이와 펜을 가져와 글을 쓸 것이다. 마음속에서 일고 있는 놀라운 힘이 느껴진다. 나는 이미 어제 모든 것을 생각해놓았다. 기적을 행하는 자에 관한 이야기다. 그는 우리 시대를 살면서 기적을 행하지 않는 사람이다. 그는 자신이 기적을 행하는 자이며 온갖 기적을 행할 수 있는 능력이 있다는 걸 알고 있지만, 정작 본인의 능력을 사용하지 않는다. 아파트에서 쫓겨나게 된 그는 손짓 한 번만으로도 아파트를 자신의 것으로 만들 수 있다는 걸 알고 있으면서도 그렇게 하지 않고 아파트에서 나와 교외의 한 오두막집에서 살게 된다. 그는 오두막집을 으리으리한 벽돌집으로 만들 수 있으면서도 그렇게 하지 않고 계속 오두막집에서 살아가다가 본인의 삶을 위해서는 단 하나의 기적도 행하지 않고 결국 죽음을 맞이한다.

나는 앉아서 기쁜 마음으로 두 손바닥을 비빈다. 사케르돈 미하일로비치 씨는 분명 배 아파 할 것이다. 그는 내가 천재적인 작품을 쓸 재능이 이미 없다고 생각한다. 자, 어서 써보자! 잠과 게으름이여, 모두 물렀거라! 앞으로 내리 18시간을 글만 쓸 테다!

급한 마음에 온몸이 떨려 온다. 뭐부터 해야 할지 판단이 서지 않는다. 펜과 종이를 챙겨야 하지만 필요했던 것과는 전혀 상관없는 다른 물건들이 손에 쥐어 있다. 나는 방 안을 이리저리 뛰어다닌다. 창가에서 책상으로 책상에서 난로로 난로에서 다시 책상으로 책상에서 소파로, 그리고 다시 창가로… 가슴속에서 활활 타오르는 불길에 숨이 막혀 온다. 이제 겨우 5시다. 아직 해도 남아 있고 해가 지면 저녁 내내, 저녁이 지나면 밤새도록 쓰면 된다.

나는 방 한가운데에 서 있다. 나는 도대체 무슨 생각을 하고 있는 걸까? 벌써 5시 20분이다. 이제는 써야 한다. 책상을 창가로 옮긴 뒤 책상에 앉아본다. 앞에는 집필용 모눈종이가 있고 손에는 펜이 있다.

심장은 여전히 심하게 뛰고 손은 떨린다. 나는 어느 정도 진정이 되기를 기다려본다. 펜을 내려놓고 파이프에 담배를 가득 채운다. 햇살이 바로 눈에 와 닿는다. 나는 실눈을 짓고 파이프를 빨기 시작한다.

까마귀 한 마리가 창문 옆을 지나 날아간다. 창밖으로 거리를 내다보니 의족을 낀 사람이 보도블록을 걷고 있는 모습이 보인다. 의족과 지팡이로 요란한 소리를 내고 있다.

"그래…"

나는 계속 창밖을 내다보며 중얼거린다.

태양이 맞은편 건물의 굴뚝 너머로 몸을 숨기고 있다. 굴뚝 그림자는 지붕을 타고 내달리다 길을 건너와 내 얼굴에 드리워진다. 이 그림자를 이용해 기적을 행하는 자에 관해 몇 자라도 적어야 한다. 나는 펜을 집어 들고 이렇게 썼다.

"기적을 행하는 자는 키가 컸다."

그러나 글은 더 이상 써지지 않는다. 계속 앉아 있으니 허기가 느껴진다. 나는 자리에서 일어나 먹을 것을 보관하는 찬장으로 가서 그곳을 뒤져보지만 아무것도 찾을 수 없다. 각설탕 하나 말고는 아무것도 없다.

누군가 방문을 두드린다.

"누구세요?"

아무런 대답이 없다. 문을 여니 아침에* 아파트 앞마당에서 시계를 들고 서 있던 노파가 눈앞에 있다. 나는 너무 놀란 나머지 말이 나오지 않는다.

"날세."

노파는 이렇게 말하고 내 방으로 들어온다.

"문 닫고 열쇠로 잠가."

---

* 이야기 전개상 주인공이 노파를 만난 건 3시 15분 전, 즉 오후인데 다닐 하름스는 그 시각을 아침이라고 쓰고 있는 의문스러운 대목이다.

노파가 나에게 말한다.

나는 문을 닫고 잠갔다.

"무릎 꿇어."

노파가 말한다.

나는 무릎을 꿇는다.

하지만 나는 그제야 내가 너무나도 황당한 상황에 처해 있다는 생각이 들기 시작한다. 나는 어째서 잘 알지도 못하는 노파 앞에서 무릎을 꿇고 있는 걸까? 게다가 이 노파는 왜 내 방에 와서 내가 가장 아끼는 의자에 앉아 있는 걸까? 나는 왜 이 노파를 내쫓지 않았을까?

나는 말한다.

"이보세요, 할머니가 무슨 권리로 남의 방에서 주인 노릇을 하면서 이래라저래라 하시는 겁니까? 저는 무릎 꿇을 마음이 추호도 없습니다."

노파가 말한다.

"싫으면 말고. 그러면 엎드려서 얼굴을 바닥에 대."

나는 곧바로 명령을 수행한다.

눈앞에는 똑바로 그려진 여러 개의 사각형이 보인다. 어깨와 넓적다리에서 통증이 느껴진다. 하는 수 없이 자세를 바꿔본다. 엎드려 있던 나는 이제 무릎에 힘을 주면서 아주 힘겹게 몸을 일으켜본다. 온몸이 저리고 심하게 꺾여 있다. 주위를 둘러보니 내 방에는 바닥 한가운데에서 무릎을 꿇고 있는 나만 덩그러니 있다. 의식과 기억이 서서히 되돌아온다. 방을 한 번 더 둘러보니 창가에 있는 안락의자에 누군가가 앉아 있는 것이 보인다. 지금은 백야이지만, 방은 그리 밝지 않다. 나는 그 사람이 누군지 찬찬히 들여다본다. 맙소사! 설마 저 노파가 아직도 내 의자에 앉아 있는 걸까? 나는 목을 길게 빼고 바라본다. 그렇다, 저기 앉아 있는 건 역시 노파다. 노파는 고개를 가슴에 닿을 듯 깊이 숙이고 있다. 잠들어 있음이 분명하다.

나는 자리에서 일어나 다리를 절뚝거리며 노파에게 다가간다. 노파의 고개는 가슴 쪽으로 푹 숙어져 있고 두 팔은 안락의자의 양쪽 팔걸이에 축 늘어져 있다. 이 노파를 붙잡아 문밖으로 내치고 싶은 마음이 든다.

나는 말한다.

"할머니, 여기는 제 방이에요. 제가 할 일이 있거든요. 이제 나가주세요."

노파는 꿈쩍도 하지 않는다. 나는 허리를 숙여 노파의 얼굴을 들여다본다. 입이 약간 벌어져 있고 벌어진 입 밖으로 빠진 틀니가 삐죽 나와 있다. 그리고 갑자기 모든 것이 명확해진다. 노파는 죽었다.

지독한 짜증이 몰아친다. 이 노파는 어째서 내 방에서 죽어 있는 걸까? 나는 시체가 너무 싫다. 이제 이 몸뚱이를 뒤처리도 하고 경비원이며 아파트 관리인과 얘기도 하고 그들에게 이 노파가 우리 집에 있는 이유도 설명해야 한다. 나는 증오의 눈길로 노파를 쳐다본다. 하지만 어쩌면 죽은 게 아닐 수도 있다. 나는 노인의 이마에 손을 짚어본다. 이마는 차갑다. 손도 마찬가지다. 아, 어떻게 하지?

나는 파이프에 불을 붙이고 소파에 앉는다. 마음속에서 격렬한 분노가 치밀어 오른다.

"아, 씨발!"

나는 큰 소리로 말을 내뱉는다.

죽은 노파는 보릿자루처럼 내 의자에 앉아 있다. 틀니가 입 밖으로 삐죽 나와 있다. 죽은 말과도 같은 모습이다.

"역겨워."

말은 이렇게 하지만 신문지로 노파를 덮어버릴 수도 없다. 신문지 아래에서 무슨 일이 벌어질지 알 수 없는 노릇이기 때문이다.

벽 너머에서 움직임이 느껴진다. 옆방에 사는 기관사가 일어난 것이다. 그가 내 방에 죽은 노파가 앉아 있다는 낌새를 알아차리기에는 아직 이르지 않은가? 나는 기관사의 발소리에 귀를 기울인다. 뭘 꾸물대고 있는 거지? 벌써 5시 반이잖아! 그가 일을 나가고도 남을 시간이다. 제기랄! 차를 마시려는 거군! 벽 너머로 석유곤로 소리가 들려온다. 아, 저 망할 놈의 기관사가 빨리 나가버리면 좋으련만!

나는 소파에 올라가 눕는다. 8분이나 흘렀지만 기관사의 차는 아직 준비되지 않았고 석유곤로 소리는 계속 들려온다. 나는 눈을 감고 존다.

나는 꿈을 꾼다. 기관사는 나갔고 나는 그가 나가자마자 계단으로 나와 프랑스식 자물쇠*가 달린 공동 현관문을 세차게 닫는

---

*   문이 닫히면 자동으로 잠기는 자물쇠.

다. 열쇠가 없어서 안으로 다시 들어갈 수 없다. 초인종을 눌러 다른 세입자들을 깨워야 한다. 정말 최악의 상황이다. 나는 계단 참에 서서 어떻게 해야 할지 생각한다. 그러다 갑자기 나에게 팔이 없다는 걸 깨닫는다. 나는 더 자세히 살펴보기 위해 고개를 숙인다. 한쪽에는 팔 대신 나이프가 불쑥 솟아 있고 다른 한쪽에는 포크가 튀어나와 있는 게 보인다.

거기에는 무슨 이유에서인지 사케르돈 미하일로비치 씨가 접이식 의자에 앉아 있다. 나는 그에게 말한다.

"이봐요, 나 좀 보세요. 내 팔 어때요?"

사케르돈 미하일로비치 씨는 아무 말 없이 앉아만 있다. 다시 보니 그건 진짜 사케르돈 미하일로비치 씨가 아니라 점토로 빚은 모형이다.

나는 그 순간 잠에서 깬다. 그리고 나는 내 방 소파에 누워 있고 창가에 있는 안락의자에는 죽은 노파가 앉아 있다는 걸 곧바로 깨닫는다.

나는 재빨리 노파를 향해 고개를 돌린다. 노파가 의자에 없다. 나는 비어 있는 안락의자를 바라본다. 미칠 듯한 기쁨으로 가슴이 벅차오른다. 그건 다 꿈이었던 것이었다. 그렇지만 도대체 어디서부터가 꿈이지? 어제 노파가 내 방에 들어왔던가? 그것도 꿈이었나? 나는 어제 깜빡하고 전기스토브를 끄지 않고 외출을 하는 바람에 집에 돌아왔다. 그런데 그것도 꿈이었나? 어쨌든 내 방에 죽은 노파가 없어서 어찌나 좋은지! 아파트 관리인을 찾아가서 시체 뒤처리를 하지 않아도 된다는 얘기다.

그런데 나는 도대체 몇 시간이나 잔 걸까? 시계를 보니 9시 반이다. 분명 아침일 것이다.

세상에! 별의별 꿈을 다 꾸네!

나는 일어서려고 소파에서 다리를 내린다. 그런데 갑자기 죽은 노파가 눈에 들어온다. 책상 뒤편 안락의자 근처 바닥에 누워 있다. 노파는 얼굴을 위로 향하고 누워 있고 틀니는 입에서 떨어져 나와 이빨 하나가 콧구멍에 박혀 있다. 두 팔은 몸통 밑에 깔려 있어 보이지 않고 말려 올라간 치맛자락 밑으로 지저분해진 흰색 모직 스타킹을 신은 앙상한 두 다리가 삐져나와 있다.

"씨발!"

나는 소리치고 노파에게 달려가 장화 한 짝을 집어 들어 그녀의 턱을 갈긴다.

틀니가 방 한쪽 구석으로 날아간다. 나는 노파를 한 대 더 갈기고 싶지만 노파의 몸에 흔적이 남아 이다음에 내가 이 노파를 죽였다는 판결이 내려질까 봐 덜컥 겁이 난다.

나는 노파에게서 물러나 소파에 앉아 파이프 담배를 피우기 시작한다. 그렇게 20분가량이 흐른다. 어쨌든 이 사건이 범죄 수사부로 넘어갈 것이고 어떤 멍청한 수사관이 나를 살인 혐의로 기소할 것이라는 게 이제는 명확해졌다. 이미 심각한 상황인데 장화를 휘둘러 폭행까지 가했다.

나는 다시 노파에게 다가가 허리를 숙이고 얼굴을 자세히 들여다보기 시작한다. 턱에는 자그마한 잡티가 있다. 아니다, 이걸로 트집을 잡기란 불가능하다. 별거 아니지 않은가? 노파가 죽기 전에 이미 어딘가에 부딪친 것일 수도 있지 않은가? 어느 정도 안심이 된 나는 담배를 물고 내 처지를 고민하며 방을 서성이기 시작한다.

방을 서성이니 허기가 밀려온다. 허기가 점점 강해진다. 배가 고파 몸까지 떨려 온다. 나는 먹을 것을 보관하는 찬장을 한 번 더 뒤져본다. 역시나 각설탕 하나 말고는 아무것도 없다.

지갑을 꺼내 돈을 세어본다. 11루블이 있다. 햄과 빵을 사고도 담뱃값이 남는 금액이다.

나는 밤사이 비뚤어진 넥타이를 고쳐 매고 시계를 챙긴 후 겉옷을 입는다. 방문을 잘 잠그고 열쇠를 주머니에 넣은 뒤 밖으로 나간다. 뭐라도 좀 먹는 게 급선무다. 그래야 생각도 맑아지고 저 몸뚱이를 처리할 방법도 생각날 것이다.

가게에 가던 중 또 다른 생각이 떠오른다. 사케르돈 미하일로비치 씨를 찾아가 모든 걸 털어놓으면 안 될까? 둘이서 머리를 맞대면 더 빨리 방법을 생각해 낼 수 있을지도 모른다. 하지만 이내 마음을 접는다. 증인을 남기지 않고 혼자서 처리해야 하는 일도 있는 법이다.

가게에는 햄이 없다. 그래서 소시지 500그램을 산다. 담배도 없다. 나는 가게에서 나와 빵집으로 간다.

빵집에는 사람이 많다. 계산대 줄이 길다. 그 모습에 얼굴이 저절로 찌푸려지지만 어쨌든 줄을 서본다. 줄은 아주 천천히 줄어들더니 아예 멈춰버린다. 계산대 앞에서 알 수 없는 소동이 벌어지고 있기 때문이다.

나는 아무것도 모른 척하며 내 앞에 서 있는 젊은 숙녀의 뒷모습을 바라본다. 여인은 무척 궁금해하는 눈치다. 계산대 앞에서 무슨 일이 벌어지고 있는지 보려고 가느다란 목을 좌우로 길게 빼가면서 쉴 새 없이 까치발을 한다. 급기야 뒤로 돌아 나에게 묻는다.

"저 앞에 무슨 일인지 모르세요?"

"죄송하지만 모르겠습니다."

나는 최대한 무뚝뚝하게 말한다.

여인은 다른 사람들을 전전하다 결국 다시 나에게 말을 건넨다.

"가서 무슨 일인지 알아보고 오시면 안 될까요?"

"죄송하지만 저는 조금도 궁금하지 않습니다."

나는 더 무뚝뚝하게 말한다.

여인은 갑자기 언성을 높인다.

"어떻게 궁금하지 않을 수가 있죠? 당신도 저 소동 때문에 이렇게 오래 기다리고 있는 거잖아요!"

나는 아무런 대꾸도 하지 않고 고개만 가볍게 끄덕인다. 여인은 나를 유심히 쳐다보며 말한다.

"빵을 사려고 줄을 서는 건 당연히 남자가 할 일이 아닌데 여기 서 계셔야 한다는 게 안돼 보이네요. 혼자 사시는가 보죠?"

"네, 혼자 삽니다."

나는 다소 당황스럽지만 타성적으로 무뚝뚝한 어조를 유지하며, 그러면서도 고개를 살짝 끄덕이며 대답한다.

여인은 다시 한번 머리부터 발끝까지 나를 찬찬히 뜯어본다. 그러더니 갑자기 손가락으로 내 소매를 툭툭 치며 말한다.

"필요한 물건은 내가 사드릴 테니 당신은 밖에서 기다리세요."

나는 너무나 당황하여 말한다.

"감사합니다. 그렇게 말씀해주시니 정말 고맙긴 하지만, 그냥 제가 해도 정말로 괜찮습니다."

여인이 말한다.

"아녜요, 그러지 마시고 밖에 나가 계세요. 뭘 사려고 하셨어요?"

내가 말한다.

"실은 흑빵 500그램을 사려고 했습니다. 빵틀에 구운 더 저렴한 거 있잖아요. 제가 그걸 더 좋아하거든요."

여인이 말한다.

"알겠어요. 이제 나가 계세요. 제가 사 갈 테니 계산은 그때 가서 해요."

그러더니 그녀는 내 팔뚝을 밀치기까지 한다.

나는 빵집에서 나와 문 옆에 선다. 봄볕이 고스란히 내 얼굴로 쏟아진다. 나는 파이프 담배에 불을 붙인다. 정말 사랑스러운 여인이군! 요즘 세상에 보기 드문 여자다. 나는 햇볕 때문에 실눈을 짓고 담배를 피우며 그 친절한 여인을 생각한다. 여인의 눈은 밝은 갈색이다. 정말 매력적이고 아름다운 여자가 아닌가!

"파이프 담배를 피우시네요?"

바로 옆에서 여인의 목소리가 들린다. 사랑스러운 여인이 내게 빵을 건네준다.

나는 빵을 받아 들며 말한다.

"아, 정말로 고맙습니다."

"파이프 담배를 피우시다니! 제가 아주 좋아하는 거예요."

사랑스러운 여인이 말한다.

이어서 우리 사이에는 이런 대화가 오간다.

여인: 빵을 직접 사시는 거예요?

나: 빵만 그런 게 아니라 모든 걸 직접 삽니다.

여인: 그럼 식사는 어디서 하세요?

나: 대체로 직접 만들어 먹습니다. 가끔 맥줏집에서 때우기도
하고요.

여인: 맥주 좋아하세요?

나: 보드카를 더 좋아합니다.

여인: 저도 보드카 좋아해요.

나: 보드카를요? 잘됐네요! 언제 한번 같이 한잔하고 싶습니
다.

여인: 저도 당신이랑 보드카 한잔하면 좋을 것 같아요.

나: 죄송하지만 뭐 하나만 여쭤봐도 되겠습니까?

여인: (얼굴을 심하게 붉히며) 물론이죠. 물어보세요.

나: 좋습니다, 여쭤보죠. 신을 믿으십니까?

여인: (놀란 듯) 신이요? 네, 물론이죠.

나: 그렇다면 우리가 지금 보드카를 사서 저희 집에 가야만 한
다면 뭐라고 말씀하시겠습니까? 저는 바로 요 옆에 삽니다만.

여인: (씩씩하게) 까짓거, 좋아요!

나: 그럼 가시죠.

우리는 가게에 들른다. 나는 보드카 500밀리리터를 산다. 더
이상 돈이 없다. 잔돈 몇 푼뿐이다. 우리는 쉴 새 없이 온갖 얘기

를 한다. 그러다 갑자기 내 방에는 죽은 노파가 바닥에 누워 있다
는 사실이 떠오른다.

나는 새로 만나게 된 여인을 살펴본다. 여인은 매대 앞에 서
서 그곳에 진열된 잼을 구경하고 있다. 나는 조심스럽게 문가로
다가가 가게에서 빠져나온다. 때마침 가게 맞은편에 트램이 정
차해 있다. 나는 번호도 보지 않고 트램에 뛰어오른다. 미하일롭
스카야Mikhaylovskaya 거리에 내려 사케르돈 미하일로비치 씨 집으로
간다. 양손에는 보드카 한 병과 소시지와 빵이 들려 있다.

사케르돈 미하일로비치 씨가 문을 직접 열어준다. 그는 맨몸
에 가운을 대충 걸치고 목이 잘린 러시아식 장화를 신고 귀마개
가 달린 모피 모자를 쓰고 있다. 하지만 귀마개는 위로 들쳐져 정
수리 부위에서 끈에 묶여 있다.

사케르돈 미하일로비치 씨는 나를 보자 말한다.

"어서 오십시오."

나는 묻는다.

"제가 일을 방해한 건 아니죠?"

사케르돈 미하일로비치 씨가 말한다.

"아닙니다, 아닙니다. 일은요, 무슨. 그냥 바닥에 앉아 있었습
니다."

내가 말한다.

"제가 말이죠, 보드카랑 안주를 좀 가져왔습니다. 괜찮으시면
한잔하시죠."

사케르돈 미하일로비치 씨가 말한다.

"그거 좋죠. 들어오십시오."

우리는 방으로 들어선다. 나는 보드카 병마개를 뽑고 사케르돈 미하일로비치 씨는 잔 두 개와 삶은 고기가 담긴 접시를 식탁에 내놓는다.

내가 말한다.

"여기 소시지가 있는데 어떻게 먹을까요? 그냥 먹을까요? 아니면 데칠까요?"

사케르돈 미하일로비치 씨가 말한다.

"데칩시다. 그동안 삶은 고기에 한잔합시다. 수프에서 꺼낸 건데 맛이 좋아요."

사케르돈 미하일로비치 씨가 석유난로 위에 냄비를 올린 후 우리는 같이 앉아 보드카를 마신다.

사케르돈 미하일로비치 씨가 잔을 가득 채우며 말한다.

"보드카는 몸에 좋은 겁니다. 그, 왜 메치니코프E. Metchnikoff 책에도 보드카가 빵보다 몸에 이롭고 빵은 우리 위장에서 썩어버리는 여물일 뿐이라고 나와 있잖아요."

"당신의 건강을 위하여!"

나는 사케르돈 미하일로비치 씨와 술잔을 부딪치며 말한다.

우리는 보드카 잔을 비우고 식은 고기를 먹는다.

사케르돈 미하일로비치 씨가 말한다.

"맛있어요."

그러나 그 순간 방 안에서 뭔가가 탁탁 튀는 소리가 난다.

내가 묻는다.

"이게 무슨 소리죠?"

우리는 아무 말 없이 앉아 귀를 쫑긋 세운다. 별안간 탁탁 소리가 또 들린다. 사케르돈 미하일로비치 씨는 의자에서 벌떡 일어나 창가로 달려가 커튼을 뜯어낸다.

나는 소리친다.

"뭐 하시는 겁니까?"

그러나 사케르돈 미하일로비치 씨는 아무 대답 없이 석유난로로 달려가 뜯어낸 커튼으로 냄비를 감싸고는 냄비를 바닥에 내려놓는다.

사케르돈 미하일로비치 씨가 말한다.

"제기랄! 냄비에 물을 넣는 걸 깜빡했어요. 법랑 냄비였는데 이제 법랑이 다 벗겨져버렸네요."

나는 고개를 끄덕이며 말한다.

"그렇군요."

우리는 다시 식탁에 앉는다.

사케르돈 미하일로비치 씨가 말한다.

"에이, 어쩔 수 없죠. 소시지는 그냥 드십시다."

나는 말한다.

"제가 지금 배가 무지 고파요."

사케르돈 미하일로비치 씨는 소시지를 내 쪽으로 들이밀며 말한다.

"어서 드세요."

나는 말한다.

"제가 마지막으로 뭘 먹었던 게 어제 선생님과 갔던 지하 술집에서였습니다. 그 후로는 아무것도 못 먹었죠."

사케르돈 미하일로비치 씨가 말한다.

"아이고, 그러셨구나."

내가 말한다.

"여태 글만 썼거든요."

사케르돈 미하일로비치 씨는 과장되게 큰 소리로 말한다.

"이럴 수가! 명작가님을 눈앞에서 뵙다니 영광입니다."

내가 말한다.

"여부가 있겠습니까?"

사케르돈 미하일로비치 씨가 묻는다.

"그래, 많이 쓰셨습니까?"

나는 대답한다.

"예, 종이란 종이에 한가득 메워 넣었죠."

사케르돈 미하일로비치 씨가 잔을 들며 말한다.

"우리 시대의 명작가님을 위하여!"

우리는 술잔을 비운다. 사케르돈 미하일로비치 씨는 삶은 고기를 먹고 나는 소시지를 먹는다. 나는 소시지를 네 개나 먹고 담뱃불을 붙이며 말한다.

"사실, 누가 뒤쫓아 오는 걸 피해 다니다가 선생 댁에 오게 된 겁니다."

사케르돈 미하일로비치 씨가 묻는다.

"아니, 누가 쫓아오길래요?"

내가 말한다.

"어떤 여인이요."

그러나 사케르돈 미하일로비치 씨는 더 이상 아무것도 묻지 않는다. 나는 잠자코 잔에 보드카를 채운 뒤 말을 잇는다.

"빵집에서 만난 여잔데 보자마자 반했어요."

사케르돈 미하일로비치 씨가 묻는다.

"예뻤습니까?"

내가 말한다.

"네, 제 눈에는요."

우리는 잔을 비운다. 그리고 내가 말을 잇는다.

"우리 집에 가서 보드카를 마시기로 했어요. 그러고 나서 같이 가게에 들렀는데 저는 가게에서 몰래 빠져나올 수밖에 없었습니다."

사케르돈 미하일로비치 씨가 묻는다.

"돈이 부족했습니까?"

내가 대답한다.

"네, 여윳돈이 없기도 했지만, 그보다도 그 여인을 제 방에 들일 수 없는 이유가 생각났거든요."

사케르돈 미하일로비치 씨가 물었다.

"아니, 선생 방에 다른 여인이라도 있는 겁니까?"

나는 웃으면서 말한다.

"그렇게 물으신다면 맞습니다. 다른 여인이 있죠. 그래서 지금은 아무도 방에 들일 수가 없답니다."

사케르돈 미하일로비치 씨가 말한다.

"결혼을 하세요. 식사에 초대도 좀 해주시고요."

나는 코웃음을 치며 말한다.

"싫습니다. 방에 있는 여인과는 결혼하지 않을 겁니다."

사케르돈 미하일로비치 씨가 말한다.

"그러면 빵집에서 만났다는 그 여인이랑 결혼하시면 되겠네요."

내가 말한다.

"왜 그렇게 결혼을 못 시켜서 안달이십니까?"

사케르돈 미하일로비치 씨가 잔을 채우며 말한다.

"그게 뭐 어때서요? 자, 당신의 성공을 위하여!"

우리는 잔을 비운다. 보드카가 우리에게 자신의 힘을 발휘하기 시작한 것 같다. 사케르돈 미하일로비치 씨는 귀마개가 달린 모피 모자를 벗어 침대로 던져버린다. 나는 자리에서 일어나 이미 약간의 어지러운 느낌을 간직한 채 방을 한 바퀴 빙 돈다.

나는 사케르돈 미하일로비치 씨에게 묻는다.

"시체를 보면 어떤 마음이 드세요?"

사케르돈 미하일로비치 씨가 대답한다.

"아주 싫죠. 무섭습니다."

내가 말한다.

"저도 시체가 너무 싫습니다. 어쩌다 시체가 눈앞에 나타난다면 제 피붙이가 아닌 이상 전 분명 발길질을 해버릴 겁니다."

사케르돈 미하일로비치 씨가 말한다.

"망자를 모욕하면 쓰겠습니까?"

내가 말한다.

"신발짝으로 낯짝을 갈겨줄 겁니다. 저는 시체와 아이들이 너무 싫어요."

사케르돈 미하일로비치 씨가 맞장구를 쳐준다.

"맞습니다, 아이들은 정말 끔찍하죠."

내가 묻는다.

"선생께서는 어느 쪽이 더 고약하다고 생각하세요? 시체인가요? 아니면 아이들인가요?"

사케르돈 미하일로비치 씨가 말한다.

"아이들이 더 고약한 것 같습니다. 우리한테 방해가 되는 경우가 더 많으니까요. 시체는 적어도 우리 삶을 침범하진 않잖아요."

"침범하고말고요!"

나는 이렇게 소리를 지르고 곧바로 입을 꼭 닫는다.

사케르돈 미하일로비치 씨는 나를 유심히 쳐다보다 끝내 나에게 말을 건넨다.

"한 잔 더 하시겠소?"

"아니요."

나는 말한 뒤 분위기가 심상치 않음을 문득 깨닫고 말을 덧붙인다.

"고맙지만 괜찮습니다. 이제 그만 마시겠습니다."

나는 다시 식탁으로 다가가 앉는다. 잠시 침묵이 흐른다.

마침내 내가 먼저 말을 꺼낸다.

"선생께 묻고 싶은 게 있습니다. 선생께서는 신을 믿으십니까?"

사케르돈 미하일로비치 씨의 이마에 가로로 주름이 잡히고 그의 말소리가 들려온다.

"무례한 행동들이 있습니다. 가령 선생께서 어떤 사람이 이제 막 자기 호주머니에 200루블을 넣는 걸 봤다고 칩시다. 그런 사람한테 50루블을 빌려 달라고 하는 게 바로 무례한 행동입니다. 그 사람이 할 일은 둘 중 하나죠. 돈을 빌려주거나 거절하거나. 거절하기에 가장 편리하고 산뜻한 방법은 돈이 없다고 거짓말을 하는 거예요. 하지만 선생께서는 그 사람에게 돈이 있는 걸 목격했고 그 자체로 그 사람이 편리하고 산뜻하게 거절할 기회를 박탈해버린 겁니다. 그 사람의 선택권을 박탈해버린 거고 그건 비열한 짓이죠. 그게 바로 무례하고 눈치 없는 행동입니다. 그리고 어떤 사람에게 '신을 믿으세요?'라고 묻는 것 역시 눈치 없고 무례한 행동인 거죠."

내가 말한다.

"그렇지만 그건 비약이 심하군요."

사케르돈 미하일로비치 씨가 말한다.

"비교를 하려는 건 아닙니다."

내가 말한다.

"뭐, 알겠습니다. 그냥 넘어가죠. 무례하고 눈치 없는 질문이었다면 죄송합니다."

사케르돈 미하일로비치 씨가 말한다.

"괜찮습니다. 저도 그저 대답을 거절한 거니까요."

내가 말한다.

"저였더라도 대답하지 않았을 겁니다. 이유야 다르겠지만요."

사케르돈 미하일로비치 씨는 나른해진 말투로 묻는다.

"선생의 이유는 뭔가요?"

나는 말한다.

"사실 제가 생각하기에는 신자라든지 비신자는 없습니다. 믿고자 하는 자와 믿으려 하지 않는 자만 있을 뿐이죠."

사케르돈 미하일로비치 씨가 말한다.

"그렇다면 믿으려 하지 않는 자는 이미 무언가를 믿고 있다는 뜻입니까? 믿고자 하는 자는 애당초 아무것도 믿지 않고 있고요?"

내가 말한다.

"어쩌면 그럴 수도 있죠. 잘 모르겠네요."

사케르돈 미하일로비치 씨가 묻는다.

"그렇다면 믿거나 믿지 않는 대상은 뭐죠? 신인가요?"

내가 말한다.

"아니요, 그건 영생이지요."

"그렇다면 도대체 왜 신을 믿느냐고 물으신 겁니까?"

"어쩐지 '영생을 믿으십니까?'라는 질문이 바보처럼 들릴 것 같아서 그랬을 뿐입니다."

나는 사케르돈 미하일로비치 씨에게 이렇게 말하고 자리에서 일어난다.

사케르돈 미하일로비치 씨가 묻는다.

"가시려고요?"

내가 답한다.

"네, 슬슬 가봐야겠습니다."

사케르돈 미하일로비치 씨가 말한다.

"남은 보드카는 어쩌라고요? 딱 한 잔씩 나눠 마시면 끝인데."

내가 말한다.

"그렇다면 마저 비웁시다."

우리는 보드카를 비우고 남은 고기도 마저 먹어 치운다.

내가 말한다.

"이제 가보겠습니다."

사케르돈 미하일로비치 씨는 부엌을 지나 계단까지 나를 배웅해주며 말한다.

"또 봅시다. 오늘 잘 먹었습니다."

내가 말한다.

"제가 고맙죠. 안녕히 계세요."

그리고 난 떠난다.

홀로 남겨진 사케르돈 미하일로비치 씨는 식탁을 정리하고 빈 보드카 병을 찬장에 처박아 둔 다음 귀마개가 달린 모피 모자를 다시 뒤집어쓰고 창가 바닥에 앉는다. 그는 뒷짐을 지고 있어 두 손이 보이지 않는다. 말려 올라간 가운 밑으로 목이 잘린 러시아식 장화를 신은 앙상한 맨다리가 삐져나와 있다.

나는 생각에 잠겨 넵스키 대로를 걷는다. 당장 아파트 관리인을 찾아가 모든 걸 얘기해야 한다. 노파를 처리하고 나면 그 사랑스러운 여인을 만날 때까지 종일 빵집 앞에 서 있을 것이다. 그녀에게 빵값 48코페이카*도 빚진 상태다. 그녀를 찾아야 할 그럴듯한 명분이다. 방금 마신 보드카의 효능이 계속되고 있어서 그런지 모든 일이 순조롭게 잘 풀리고 있는 듯한 기분이다.

나는 폰탄카강**에 이르러 노점상에 다가가 남은 잔돈으로 커

---

*   러시아의 화폐 단위. 100코페이카는 1루블.

** Фонтанка(Fontanka). 상트페테르부르크 중심부를 흐르는 강.

다란 머그잔에 담긴 빵 발효 크바스* 한 잔을 사 마신다. 맛도 없고 신맛만 나는 크바스다. 나는 입안 가득 퍼진 몹시도 불쾌한 끝맛을 머금고 계속 길을 걷는다.

리테이나야 거리** 한 모퉁이에서 어떤 취객이 비틀거리며 나를 밀친다. 나에게 권총이 없어서 다행이다. 만약 권총이 있었더라면 그 자리에서 당장 쏴 죽였을 것이다.

집으로 향하고 있는 나는 악에 받쳐 일그러진 얼굴을 하고 있나 보다. 마주 오는 사람들 대부분이 나를 힐끔힐끔 돌아보며 지나간다.

나는 아파트 관리 사무소로 들어선다. 책상 위에는 키가 작고 꾀죄죄한 젊은 여자가 걸터앉아 있다. 들창코에 애꾸눈에 은발 머리의 여자가 손거울을 보며 립스틱을 바르고 있다.

나는 묻는다.

"아파트 관리인은 어디 있습니까?"

여자는 아무 대꾸도 없이 립스틱만 바른다.

나는 날카로운 목소리로 다시 한번 묻는다.

"아파트 관리인 어디 있냐니까요?"

들창코에 애꾸눈에 은발 머리인 꾀죄죄한 여자가 대답한다.

"내일 오겠죠. 오늘은 퇴근했어요."

나는 밖으로 나온다. 맞은편 길에는 의족을 낀 불구자가 걷고 있다. 그는 의족과 지팡이로 요란한 소리를 내고 있다. 남자아이 여섯이 불구자의 걸음걸이를 흉내 내며 그 뒤를 쫓고 있다.

---

*   엿기름, 보리, 호밀 따위를 섞어 넣어 발효시킨 러시아식 청량음료.
**   현재 명칭은 '리테이니 대로(Литейный проспект, Liteyny prospect)'이다.

나는 아파트 건물 현관 계단으로 발길을 돌려 계단을 오르기 시작한다. 나는 2층에서 멈칫한다. 노파가 분명 썩기 시작했을 것이라는 기분 나쁜 생각이 머리를 스친다. 나는 창문을 닫지 않았다. 창문이 열려 있으면 시체가 더 빨리 부패한다는 얘기를 들은 적이 있다. 아, 이 멍청한 놈! 그 빌어먹을 아파트 관리인은 내일이나 돼야 나온다니! 나는 이러지도 저러지도 못한 채 몇 분 동안을 서 있다 계단을 오르기 시작한다.

공동 현관문 앞에서 나는 다시 멈춰 선다. 빵집에 가서 그 사랑스러운 여인을 기다려볼까? 이삼일쯤 신세 좀 지겠다고 애원이라도 해볼까? 하지만 이내 그런 생각이 든다. 그녀는 오늘 이미 빵을 샀으므로 빵집에 다시 오지는 않을 터였다. 여인을 찾아가는 것 역시 해결책이 될 수는 없었다.

나는 현관문을 따고 복도로 들어간다. 복도 끝에 불이 켜져 있다. 마리야 바실리예브나가 양손에 든 걸레를 다른 걸레에 비벼 빨고 있다. 그녀는 나를 보자 호통치듯 말한다.

"웬 노인네가 댁을 찾던데!"

내가 말한다.

"노인이라니요?"

마리야 바실리예브나가 답한다.

"낸들 알겠나?"

내가 묻는다.

"언제요?"

마리야 바실리예브나가 말한다.

"것도 모르겠네."

나는 찬찬히 따져 묻는다.

"그 노인과 얘기를 나눈 게 아주머님이시죠?"

마리야 바실리예브나가 답한다.

"그렇지."

내가 말한다.

"그런데 그게 언제인지 어떻게 모르실 수 있어요?"

마리야 바실리예브나가 말한다.

"한 두어 시간 되었을라나?"

나는 묻는다.

"그 노인이 어떻게 생겼던가요?"

"것도 모르겠네."

마리야 바실리예브나는 이렇게 말하고 부엌으로 가버린다.

나는 내 방으로 가면서 생각한다.

'노파가 느닷없이 사라지기라도 하면 좋겠는데. 방에 들어가면 노파가 없는 거야. 제발! 기적은 정말 없는 건가?'

나는 방문에 열쇠를 넣어 돌리고 천천히 문을 열기 시작한다. 어쩌면 나한테만 느껴지는 것일 수도 있지만 시체가 썩기 시작하는 매캐한 냄새가 코를 찔러 온다. 나는 살짝 열린 문틈을 들여다보고 순간적으로 그 자리에서 몸이 굳어버린다. 노파는 엎드린 채 사지로 땅을 짚고 나를 향해 천천히 기어 오고 있다.

나는 외마디 비명과 함께 방문을 쾅 닫고 열쇠를 돌린 뒤 맞은편 벽 쪽으로 성큼 물러선다.

마리야 바실리예브나가 복도에 나와 묻는다.

"날 불렀나?"

나는 너무 떨려서 아무런 대꾸도 못 하고 그저 고개만 가로젓는다. 마리야 바실리예브나가 가까이 다가오며 말한다.

"누구랑 뭔 얘기를 하던데."

나는 다시 한번 고개를 가로저었다.

"참내, 암튼 제정신은 아니네."

마리야 바실리예브나는 이렇게 말하고 몇 번이고 나를 흘긋거리며 도로 부엌으로 가버린다.

나는 머릿속으로 되뇐다.

'이렇게 서 있으면 안 돼.'

이 말은 내 안 어딘가에 저절로 자리 잡고 있었다. 나는 이 말이 내 의식에 와닿을 때까지 되뇐다.

"그래, 이렇게 서 있으면 안 돼."

나는 중얼거려보지만 온몸이 마비된 채 계속 서 있다. 뭔가 끔찍한 일이 벌어졌지만 이미 벌어진 일보다 훨씬 더 끔찍할지도 모를 뭔가가 내 앞에 도사리고 있다. 내 생각은 소용돌이치고 있고 내 눈앞에는 사지로 땅을 짚고 나를 향해 천천히 기어 오는 죽은 노파의 표독스러운 두 눈동자만 있을 뿐이다.

방 안으로 쳐들어가 이 노파의 두개골을 박살 내야 한다. 그게 바로 지금 해야 할 일이다! 나는 심지어 눈으로 무언가를 찾기 시작한다. 그리고 수년 동안 알 수 없는 이유로 복도 한구석에 세워져 있는 크로케* 망치를 보고 흡족해한다. 이제 망치를 들고 방 안으로 쳐들어가 내리치기만 하면 끝이다….

---

* 나무로 만든 공을 나무망치로 때려 세워둔 철주들 사이로 통과시켜 다시 되돌아오는 경기.

아직 오한이 가시지 않는다. 나는 내 안에서 느껴지는 냉기로 어깨를 움츠리고 서 있다. 내 생각은 내달리다 뒤엉키고 출발점으로 되돌아오더니 새로운 영역을 포착하며 다시 내달린다. 그리고 나는 가만히 서서 내 생각의 소리에 귀를 기울인다. 나는 내 생각의 방관자일 뿐, 지휘자는 아닌 듯하다.

내 생각은 나에게 설명한다.

"시체란 요망한 족속들입니다. 그것들이 말이 없다고 얌전하다고 생각한다면 큰 오산이죠. 오히려 분란을 일으키는 것들입니다. 그것들은 감시하고 또 감시해야 할 대상입니다. 영안실 경비원들 중 아무나 붙잡고 물어보세요. 뭐 하러 영안실에 경비원을 세워 둘까 하는 의구심이 안 드시나요? 이유는 단 하나입니다. 그것들이 사방으로 기어 나가지 못하도록 감시하기 위해서죠. 시체가 탈출을 감행하면 웃지 못할 일들이 발생합니다. 한 경비원이 상관의 명령에 따라 세면실에서 샤워를 하는 동안 어떤 시체가 영안실에서 기어 나와 소독실로 기어들어 가서는 거기에 쌓여 있던 시트를 모조리 먹어 치웠죠. 소독실에서 일하는 사람들이 시체를 흠씬 두들겨 패긴 했지만 시체가 먹어 치운 시트를 자비로 변상해야 했습니다. 또 어떤 시체는 산부인과 병실로 기어들어 가 환자들을 크게 놀라게 하는 바람에 만삭이었던 한 임산부가 그 자리에서 유산을 하고 말았습니다. 시체는 유산된 태아한테 달려들어 태아를 쩝쩝대며 게걸스럽게 먹기 시작했죠. 그러자 한 용감한 간병인이 의자로 시체를 내리쳤지만, 시체는 간병인의 다리를 물어버렸고 간병인은 머지않아 프토마인 중독*으로 죽어버렸습니다. 정말이지, 시체란 요망한 족속들입니다. 그렇기 때문에 그것들 앞에서는 정신을 바짝 차려야 합니다."

나는 내 생각에게 말한다.

"그만! 말도 안 되는 소리야. 시체는 못 움직여."

내 생각이 나에게 말한다.

"좋아요, 그렇다면 당신 말대로 그 못 움직인다는 시체가 있는 당신 방에 어디 한번 들어가보세요."

내 안에서는 예기치 못한 오기가 움트기 시작한다.

나는 단호하게 내 생각에게 말한다.

"그래, 들어가주마!"

내 생각이 나에게 말한다.

"한번 해보세요!"

이 빈정대는 말에 나는 뚜껑이 완전히 열린다. 나는 크로케 망치를 집어 들고 방문을 향해 내달린다.

"잠깐만요!"

내 생각이 나에게 외친다. 하지만 나는 이미 열쇠를 돌리고 방문을 열어젖힌다.

노파는 얼굴을 바닥에 처박고 문지방 옆에 나동그라져 있다.

나는 크로케 망치를 쳐들고 준비 태세를 갖추어 서 있다. 노파는 꿈쩍도 하지 않는다.

오한이 가시면서 생각이 명확하고 뚜렷해지기 시작한다. 나는 이제 내 생각의 지휘자다.

---

* 부패한 육류를 먹어 일어나는 식중독. 세균성 독소에 의해 일어나는 경우가 많다.

"우선 방문을 닫아!"

나는 스스로에게 명령한다.

나는 문 바깥쪽에 끼워진 열쇠를 빼낸 뒤 문 안쪽에 끼워 넣는다. 왼손으로 열쇠를 처리하는 동안 오른손으로는 크로케 망치를 쥐고 계속해서 노파를 주시한다. 나는 열쇠를 돌려 방문을 잠그고 조심스럽게 노파의 몸뚱이를 넘어 방 한가운데로 간다.

나는 말한다.

"이제 마무리를 해보자."

계획이 떠오른다. 흔히들 범죄 소설이나 신문 기사에 나오는 살인마들이 이용하는 계획이다. 나는 노파를 트렁크에 넣어 도시 밖으로 옮긴 뒤 늪에 빠뜨리고 싶은 마음뿐이다. 그럴 만한 장소도 알고 있다.

트렁크는 소파 밑에 있다. 트렁크에는 책, 낡은 페도라, 해진 시트 등 이러저러한 물건들이 있다. 나는 물건들을 전부 꺼내 소파에 올려놓는다.

그때 공동 현관문이 쾅 하고 닫히는 소리가 들린다. 노파가 갑자기 발작을 일으키는 것 같다.

나는 순간적으로 벌떡 일어나 크로케 망치를 집어 든다.

노파는 얌전히 쓰러져 있다. 나는 가만히 서서 귀를 쫑긋 세운다. 기관사가 귀가한 것이다. 그가 방 안을 걸어 다니는 소리가 들린다. 기관사는 복도를 통해 부엌으로 가고 있다. 만약 마리야 바실리예브나가 내가 했던 얼빠진 짓을 기관사에게 발설하기라도 한다면 상황은 좋지 않게 흘러갈 것이다. 성가신 여편네! 부엌에 가서 멀쩡한 모습을 보여 두 사람을 안심시켜야 한다.

나는 다시 노파의 몸뚱이를 넘어 방문 가까이에 망치를 세워 놓는다. 나중에 돌아왔을 때 방에 들어서지 않고도 망치를 집어 들 수 있도록 하기 위해서다. 그리고 나는 복도로 나온다. 부엌에서 두 사람 목소리가 들려온다. 하지만 무슨 얘기를 나누고 있는지는 들리지 않는다. 나는 살짝 열어 둔 방문을 뒤로하고 조심스럽게 부엌으로 향한다. 마리야 바실리예브나가 기관사와 무슨 얘기를 하는지 궁금하다. 나는 빠른 걸음으로 복도를 지나 부엌 근처에서 걸음을 늦춘다. 기관사가 말을 하고 있다. 일터에서 있었던 일을 얘기하고 있는 듯하다.

나는 부엌으로 들어선다. 기관사는 양손으로 수건을 받쳐 들고 서서 얘기하고 있다. 마리야 바실리예브나는 접이식 의자에 앉아 기관사의 얘기를 듣고 있다. 기관사는 나를 보자 손을 흔들어 보인다.

"안녕하세요, 마트베이 필리포비치 씨."

나는 이렇게 말하고 세면실로 들어간다. 아직까지는 모든 것이 평온하다. 마리야 바실리예브나는 내 기이한 행동에 익숙하다. 그래서 마지막에 있었던 일을 이미 잊어버렸을 수도 있다.

갑자기 방문을 잠그지 않았다는 사실이 떠오른다. 노파가 방에서 기어 나오기라도 하면 어떡하지?

나는 뒤로 돌아 방으로 내달렸지만, 재빨리 분위기를 파악하고 두 사람이 놀라지 않도록 부엌에서만큼은 차분하게 걷는다.

마리야 바실리예브나는 손가락으로 조리대를 툭툭 치며 기관사에게 말한다.

"대단해! 정말 대단해요! 나도 기적 한번 울리고 싶네 그거!"

나는 심장이 멎는 듯한 심정으로 복도로 나오자마자 거의 뛰다시피 방으로 향한다.

　겉으로 보기에는 모든 것이 평화롭다. 나는 방문으로 다가가 문을 빼꼼 열고 방 안을 들여다본다. 노파는 여전히 얼굴을 바닥에 댄 채 얌전히 누워 있다. 크로케 망치도 그 자리에 그대로 있다. 나는 망치를 들고 방에 들어와 방문을 열쇠로 걸어 잠근다. 그렇다, 방 안에서는 의심의 여지 없이 송장 썩는 냄새가 난다. 나는 다시 노파의 몸뚱이를 넘어 창가로 가 안락의자에 앉는다. 아직은 미미하지만 어쨌거나 참을 수 없는 이 냄새 때문에 현기증만 나지 않았으면 하는 마음이다. 나는 파이프 담배에 불을 붙인다. 속이 약간 메스껍고 배도 조금 아파 온다.

　내가 지금 이렇게 앉아 있을 때인가? 저 노파가 완전히 썩어버리기 전에 어서 빨리 행동을 개시해야 한다. 그러나 어쨌든 저 노파를 트렁크에 쑤셔 넣을 때는 조심해야 한다. 까딱 잘못하다가는 저 노파가 내 손가락을 물어버릴 수도 있다. 그러면 나는 프토마인 중독으로 죽는 거다! 절대 그럴 수는 없다!

　나는 갑자기 소리친다.

　"그렇지! 당신이 나를 무슨 수로 물겠어? 이빨도 없는 주제에!"

　나는 안락의자에 기대 몸을 굽히고 노파의 틀니가 있을 것으로 추정되는 창문 저쪽의 구석을 살펴본다. 그러나 틀니는 거기에 없다.

　나는 가만히 생각해본다. 저 죽은 노파가 틀니를 찾느라 방 안을 기어 다니고 있었나? 혹시 틀니를 찾아내 입에 도로 끼운 건 아닐까?

나는 크로케 망치를 들고 망치로 구석을 더듬어본다. 없다. 틀니가 사라졌다. 나는 서랍장에서 플란넬 시트를 꺼내 노파에게 다가간다. 오른손에는 금방이라도 공격을 가할 태세로 크로케 망치를 들고 왼손에는 플란넬 시트를 쥐고 있다.

이 죽은 노파는 혐오스러운 공포심을 자아내고 있다. 나는 망치를 이용해 노파의 머리를 살짝 들어 올린다. 노파는 입을 벌린 채 눈을 치뜨고 있다. 내가 장화로 일격을 가했던 턱은 온통 검은 멍으로 뒤덮여 있다. 나는 노파의 입안을 들여다본다. 없다. 노파는 틀니를 찾지 못했다. 나는 노파의 머리를 떨군다. 머리가 떨어지면서 바닥을 세게 때린다.

나는 플란넬 시트를 바닥에 펼치고 노파가 쓰러져 있는 곳까지 시트를 끌어온다. 그런 다음 발과 크로케 망치를 이용해 노파를 왼쪽으로 뒤집어 등이 바닥에 닿게 한다. 이제 노파는 시트 위에 누워 있다. 노파는 무릎을 굽힌 채 두 주먹을 어깨에 바싹 붙이고 있다. 등을 바닥에 대고 누워 있는 노파는 마치 고양이처럼 독수리의 공격으로부터 자신을 보호하려는 듯한 모습이다. 어서 없어져라, 이 몸뚱이야!

나는 두꺼운 시트로 노파를 둘둘 감고 양손으로 들어 올린다. 노파는 생각보다 가볍다. 나는 노파를 트렁크에 집어넣고 한번 닫아본다. 난항을 겪으리라는 예상과 달리 트렁크는 비교적 쉽게 닫힌다. 나는 트렁크에 자물쇠를 채우고 몸을 일으킨다.

내 앞에는 트렁크가 세워져 있다. 겉으로 보기에는 그저 옷가지와 책이 들어 있는 듯 점잖은 모양새다. 나는 손잡이를 잡고 트렁크를 한번 들어본다. 그렇다. 트렁크는 역시 무겁다. 그러나 엄청나게 무겁지는 않다. 트램까지는 충분히 운반할 수 있는 정도다.

시계를 본다. 5시 20분이다. 시간은 충분하다. 나는 잠시 숨을 돌리고 담배를 피우기 위해 안락의자에 앉는다.

오늘 먹었던 소시지가 별로 좋지 않았던 것 같다. 배가 점점 심하게 아파 온다. 날로 먹어서 그런 걸까? 소시지와는 상관없이 신경을 많이 써서 그런 걸까?

나는 앉아서 담배를 태운다. 째깍째깍 시간이 흐른다.

창문을 통해 봄볕이 쏟아진다. 나는 눈이 부셔 실눈을 짓는다. 봄볕이 맞은편 건물의 굴뚝 너머로 몸을 숨기고 있다. 굴뚝 그림자는 지붕을 타고 내달리다 길을 건너와 내 얼굴에 드리워진다. 어제 바로 이 시간 의자에 앉아 소설을 썼던 일이 떠오른다. 내 앞에는 모눈종이가 있고 거기에는 자잘한 글씨로 이런 글귀가 적혀 있다.

"기적을 행하는 자는 키가 컸다."

나는 창밖을 내다본다. 의족을 낀 불구자가 거리를 걷고 있다. 그는 의족과 지팡이로 요란한 소리를 내고 있다. 노동자 두 명과 노파 한 명이 불구자의 우스꽝스러운 걸음걸이를 보며 배를 부여잡고 깔깔거리며 웃어 댄다.

나는 자리에서 일어선다. 때가 되었다! 길을 나서야 할 시간이다! 노파를 늪으로 데려가야 할 시간이다! 하지만 우선 기관사에게 돈을 빌려야 한다.

나는 복도로 나와 기관사의 방으로 다가간다.

내가 묻는다.

"마트베이 필리포비치 씨, 댁에 계십니까?"

기관사가 답한다.

"예, 있습니다."

"마트베이 필리포비치 씨, 죄송합니다만 여윳돈 좀 가지고 계십니까? 제가 내일모레면 돈이 생기는데, 30루블만 꿔주실 수 없으시겠습니까?"

기관사가 말한다.

"가능할 것 같소."

그러더니 열쇠를 달그락거리며 서랍 여는 소리가 들린다. 잠시 후 기관사가 방문을 열고 빨간색 30루블짜리 신권을 내게 건넨다.

내가 말한다.

"정말 고맙습니다, 마트베이 필리포비치 씨."

기관사가 말한다.

"천만에요, 별말씀을요."

나는 주머니에 돈을 찔러 넣고 방으로 돌아온다. 트렁크는 같은 자리에 얌전히 있다.

나는 중얼거린다.

"자, 이제 꾸물거리지 말고 길을 나서보자."

나는 트렁크를 들고 방을 나온다.

마리야 바실리예브나가 트렁크를 든 나를 보고 외친다.

"어디 가시나?"

내가 말한다.

"숙모님 댁에요."

마리야 바실리예브나가 묻는다.

"금방 오시나?"

내가 말한다.

"네, 숙모님께 옷가지만 가져다드리면 됩니다. 아마 오늘 안에 돌아올 것 같습니다."

나는 밖으로 나온다. 양손을 바꿔가며 트렁크를 들고 별 탈 없이 트램 정거장에 도착한다.

연결칸 앞쪽 승강구로 트램에 오른 나는 검표원이 직접 와서 수하물과 승차권 대금을 받았으면 하는 마음에 검표원에게 손짓을 하기 시작한다. 내가 가진 유일한 30루블짜리 지폐를 트램에 탄 모든 이들의 손을 타게 하면서 전달하기는 싫다. 그렇다고 트렁크를 내버려 둔 채 직접 검표원에게 갈 수도 없다. 검표원은 내가 있던 승강구까지 와서는 거스름돈이 없다고 말한다. 나는 바로 다음 정거장에서 내릴 수밖에 없다.

나는 화가 난 채로 정거장에 서서 다음 차를 기다린다. 배가 아프고 다리가 후들거린다.

그러다 갑자기 그 사랑스러운 여인이 눈에 들어온다. 그녀는 길을 건너고 있다. 내가 서 있는 쪽은 보지 않는다.

나는 트렁크를 덥석 쥐고 그녀의 뒤를 쫓는다. 나는 그녀의 이름을 몰라서 그녀를 불러 세울 수도 없다. 트렁크가 끈질기게 내 발목을 붙잡는다. 나는 트렁크를 양손으로 안고 시종일관 무릎과 배로 들어 올리며 발걸음을 재촉한다. 사랑스러운 여인의 걸음은 굉장히 빠르다. 그녀를 따라잡지 못할 것만 같은 기분이 든다. 나는 온몸이 땀에 젖어 녹초가 된다. 사랑스러운 여인은 골목길로 쏙 들어가버린다. 나는 간신히 골목길 모퉁이에 이르렀지만 그녀는 어디에도 보이지 않는다.

나는 트렁크를 땅바닥에 내동댕이치며 씩씩거린다.

"이런, 빌어먹을 할망구!"

겉옷 소매가 온통 땀으로 흠뻑 젖어 팔에 들러붙는다. 남자아이 둘이 내 앞에 멈춰 서서 나를 유심히 바라보기 시작한다. 나는 침착한 얼굴을 하고 누군가를 기다리는 듯 큰길로 나가는 가장 가까운 통로를 주시한다. 남자아이들은 서로 속닥거리며 손가락으로 나를 가리킨다. 증오가 맹렬하게 차오른다. 파상풍에나 걸려버려라!

나는 이 더러운 남자아이들을 피하기 위해 똑바로 서서 트렁크를 한 손에 고쳐 들고 큰길로 나가는 통로로 다가가 통로 안쪽을 들여다본다. 나는 놀란 듯한 얼굴을 하고 시계를 꺼내며 어깨를 으쓱해본다. 남자아이들은 멀리서 나를 관찰하고 있다. 나는 어깨를 한 번 더 으쓱하고 통로 안쪽을 들여다본다.

"거참, 이상하네."

나는 큰 소리로 이렇게 말하고 트렁크를 들고 트램 정거장으로 향한다.

내가 기차역에 도착한 시간은 7시 5분 전이다. 나는 리시 노스Lisiy Nos행 왕복 승차권을 들고 기차에 오른다.

찻간에는 나 말고도 두 명이 더 있다. 노동자인 듯한 한 사람은 피곤에 지쳐 모자를 눈에까지 푹 눌러쓰고 잠을 자고 있다. 또 다른 사람은 아직 젊은 청년으로 촌사람 특유의 과하게 멋을 낸 옷차림을 하고 있다. 재킷 안에는 새빨간 카사바로트카*를 입고 있으며 이마가 훤히 드러나도록 정성스레 손질한 곱슬곱슬한 머리는 모자 밑으로 삐져나와 있다. 그는 밝은 녹색 플라스틱 물부리에 끼운 담배를 피우고 있다.

나는 기차 안 기다란 좌석 사이에 트렁크를 두고 앉는다. 뭔가가 쿡쿡 쑤시듯이 배가 아파 온다. 나는 신음이 새어 나오지 않도록 하기 위해 두 주먹을 불끈 쥔다.

플랫폼에서는 경찰 두 명이 어떤 남자를 서로 연행해 가고 있다. 그 남자는 뒷짐을 지고 고개를 숙인 채 걷고 있다.

기차가 움직이기 시작한다. 나는 시계를 본다. 7시 10분이다.

아, 이 노파를 늪에 던져버리면 얼마나 기쁠까? 아쉬운 게 한 가지 있다면 미처 지팡이를 챙기지 못했다는 것이다. 분명 이 노파를 밀어야 할 일이 생길 텐데 말이다.

새빨간 카사바로트카 차림의 멋쟁이 청년이 되바라진 눈빛으로 나를 바라본다. 나는 등을 돌려 차창 밖을 내다본다.

내 배 안에서는 치열한 접전이 벌어지고 있다. 나는 이를 악물고 주먹을 불끈 쥐고 다리에 힘을 준다.

기차는 란스카야Lanskaya와 노바야 데레브냐Novaya Derevnya를 지나친다. 저 멀리서 불탑의 황금빛 꼭대기가 반짝이고 바다도 모습을 드러낸다.

하지만 그때 나는 자리에서 벌떡 일어나 주변의 모든 것을 잊

---

* 러시아 남성들이 입는 셔츠의 일종. 앞섶이 정중앙이 아닌 옆으로 약간 쏠린 부분에 비스듬히 나 있는 옷이다.

고 짧은 보폭으로 화장실로 달려간다. 격렬한 파도가 나의 의식을 뒤흔들며 회오리치게 만들고 있다.

기차는 속도를 늦추며 라흐타^{Lakhta}에 진입하고 있다. 나는 기차가 정차하여 화장실에서 내쫓기지는 않을까 하는 불안한 마음으로 화장실에 앉아 있다.

"빨리 좀 출발하자! 빨리 좀!"

기차가 움직이기 시작한다. 나는 쾌락을 만끽하며 눈을 감는다. 아, 이 순간은 사랑의 순간처럼 너무도 달콤하구나!

나는 온 힘을 집중시킨다. 하지만 이 순간이 지난 후에는 끔찍한 몰락이 닥쳐오리라는 것을 알고 있다.

기차가 다시 멈춰 선다. 이번 역은 올기노^{Olgino}다. 아, 고문이 다시 시작된다!

하지만 이번에 느껴지는 고통은 가짜다. 식은땀이 이마로 솟아나고 가벼운 냉기가 심장을 감싼다. 나는 일어나 머리를 벽에 대고 한동안 서 있다. 기차가 움직인다. 나는 찻간의 흔들림이 무척 반갑다.

나는 온 힘을 끌어모아 비틀거리며 화장실 밖으로 나온다.

찻간에는 아무도 없다. 노동자와 새빨간 카사바로트카 차림의 멋쟁이 청년은 라흐타나 올기노에서 내린 것 같다. 나는 내 자리로 천천히 걸음을 옮긴다.

그리고 나는 갑자기 멈춰 서서 앞을 멍하니 바라본다. 트렁크가 없다. 분명 자리를 잘못 찾아온 것이다. 나는 황급히 그다음 자리로 뛰어간다. 트렁크는 없다. 나는 되돌아 뛰어갔다가 다시 앞으로 뛰어온다. 양쪽에 늘어선 좌석 밑을 하나하나 들여다보며 찻간을 뛰어다닌다. 하지만 트렁크는 어디에도 없다.

그렇다, 의심의 여지가 있을 수 있을까? 내가 화장실에 가 있는 동안 트렁크를 도둑맞은 것이다. 충분히 예측 가능한 일이 아니었던가!

나는 두 눈을 부릅뜨고 의자에 앉아 있다. 웬일인지 사케르돈 미하일로비치 씨 집에서 본 탁 소리를 내며 법랑이 벗겨져버린 시뻘겋게 탄 냄비가 떠오른다.

나는 중얼거린다.

"이게 도대체 무슨 일이지? 내가 노파를 죽이지 않았다는 걸 이제는 누가 믿어줄까? 나는 오늘 당장 여기서든 아니면 시내 기차역에서든 아까 고개를 숙이고 걷던 그 남자처럼 체포되고 말 거야."

나는 기차 승강구로 나간다. 기차가 리시 노스에 진입하고 있다. 길가에 늘어선 흰 막대 기둥이 아른거린다. 기차가 멈춰 선다. 승강구 계단이 땅에 닿지 않는다. 나는 기차에서 뛰어내려 역사로 향한다. 시내로 돌아가는 기차가 올 때까지 아직 30분이 남아 있다.

나는 자그마한 숲으로 간다. 저기 노간주나무가 우거져 있다. 그 덤불 너머에서는 아무도 나를 볼 수 없다. 나는 그곳으로 가고 있다.

커다란 초록색 애벌레가 땅을 기어간다. 나는 무릎을 꿇고 애벌레를 손으로 건드려본다. 애벌레는 몇 번이고 이리저리 꿈틀거리며 강인하고도 끈질기게 제자리를 찾는다.

나는 주위를 둘러본다. 나를 보는 이는 아무도 없다. 미세한 떨림이 내 등을 타고 온몸에 퍼진다.

나는 고개를 깊이 숙이고 나지막한 소리로 말한다.

"성부와 성자와 성령의 이름으로 언제나 영원히 함께하옵소서. 아멘."

***

글이 이미 충분히 길어진 것 같으니 일단은 이쯤에서 끝내도록 하겠다.

1939년

옮긴이의 말

COVID-19 팬데믹이 지루하게 이어져 그 끝이 전혀 보이지 않아 막막하던 2020년 12월의 어느 날, 가슴을 뛰게 하는 연락을 하나 받았다. '글을 읽는 기쁨, 작가를 발견하는 즐거움'이 모토라고 소개한 미행 출판사에서 온 연락이었다. 요는 러시아의 고딕 단편 소설을 엮어 책으로 내보자는 제안이었다. 나는 무엇보다 '작가를 발견하는 즐거움'이라는 문구가 썩 마음에 들었다. 러시아 문학이라고 하면 흔히들 19세기 작가들만 떠올리고 러시아 문학을 고딕 소설과 연결 짓는 일이 드문 현실을 고려해본다면 러시아 고딕 소설을 소개하는 일은 그야말로 '발견하는 즐거움'으로 가득할 작업이 될 것임이 틀림없다는 생각이 들었다. 게다가 문학 작품을 번역할 기회가 왔다는 그 자체가 무척 설렜다. 러시아어를 활용하여 말과 글을 옮기는 일을 생업으로 삼은 지 어느덧 20년 가까이 지났지만, 그 적지 않은 시간 동안 내 경력의 압도적인 부분을 채워준 분야는 경제, 외교, 과학기술 분야였다.

물론 영화 자막 작업을 한다거나 문학 작품을 번역하여 출판하는 행운이 아예 없지는 않았지만, 안타깝게도 그런 행운은 자주 찾아오지 않았다. 다른 한편으로는 고딕 소설이라는 장르가 생경했던 터라 덜컥 겁이 나기도 했다. 잘 모르는 장르의 글을 제대로 옮길 수 있을까 하는 나 자신에 대한 의심이 들었다. 그럼에도 불구하고 호기심과 설렘이 두려움을 앞섰기에 제안을 받아들이고 말았다.

그 후 수차례에 걸쳐 꼼꼼하게 의견을 나누면서 작품을 선정하는 과정이 이어졌다. 작품을 고르는 과정에서는 웹 서핑을 포함한 다양한 방법으로 러시아 고딕 소설에 관한 정보를 수집했다. 특히 '다커DARKER'라는 러시아 웹진darkermagazine.ru 도움이 컸다. '다커'는 러시아어 기반 공포horror 문학 장르의 창작자를 보호하고 안정적인 독자층을 확보하려는 러시아의 공포 및 신비주의 문학 작가들을 중심으로 2011년에 창간된 웹진이다. 이 웹진은 러시아 고딕 소설 전반에 관한 큰 그림을 파악하고 이 책에 수록할 작품을 선정하는 데 결정적인 도움이 된 '정보의 보고'였다. 후보작을 고르고 후보작에 대한 의견을 주고받고 작품 목록을 빼고 더하기를 반복한 끝에 책에 실릴 열두 작품이 최종적으로 결정되었다.

러시아어로 쓰인 수많은 고딕 소설을 제치고 열두 작품을 선정하게 된 그 나름의 이유를 밝히기에 앞서 고딕 소설에 관한 간단한 설명이 필요할 것 같다. 고딕 소설 전문가나 마니아 독자 입장에서는 성이 차지 않겠지만, 옮긴이로서 고딕 소설을 어떻게 이해하고 번역 작업에 임했는지를 솔직하게 털어놓고자 한다.

고딕 소설은 유럽 낭만주의에 뿌리를 둔 소설 양식의 하나로, 고딕 건축 양식이 문학에 차용되면서 생겨난 장르라고 할 수 있다. 따라서 고딕 소설을 이해하려면 고딕 건축 양식이 무엇인지를 먼저 짚고 넘어갈 필요가 있겠다. 고딕 건축 양식은 서유럽에서 중세 시대가 서서히 저물어가던 12-15세기 무렵 유럽 전역에서 널리 유행하던 건축 양식이다. 천국, 즉 하늘나라에 보다 가까이 다가가고자 했던 중세 시대 사람들의 신앙심이 반영된 높은 천장, 수직 첨탑, 길고 큰 아치형 입구와 창 등이 있는 건축물을 떠올리면 이해가 쉬울 것이다. 프랑스의 노트르담 대성당, 독일의 쾰른 성당, 이탈리아의 두오모 성당 등이 대표적인 고딕 양식이다.

고딕 양식으로 분류되는 건축물, 특히 성城이 지닌 이미지는 문학 작품에서도 형상화되었는데, 18세기 후반부터 유럽 전역에서 성행했던 낭만주의 소설에서 그 모습을 시나브로 드러내기 시작했다. 중세 시대에 지어진 웅장하고 화려한 건축물은 수 세기를 거치며 점차 폐허로 변하여 음산한 분위기를 자아냈고, 여기에 작가들이 문학적 상상력을 가미하여 어둡고 공포스러운 분위기를 배경으로 극적인 사건을 전개하거나 등장인물의 기이한 심리 상태를 묘사했던 것이었다.

1764년 영국의 작가 호러스 월폴Horace Walpole은 '고딕 소설의 원조'로 평가되는 『오트란토 성The Castle of Otranto』을 발표했고, 이후 소설 제2판부터 '고딕 이야기Gothic story'라는 부제를 붙였다. 이때부터 고딕 소설은 문학 용어로 자리 잡기 시작했다.

이후에는 중세의 고딕 건축 양식이 직접적으로 등장하지 않더라도 스산하고 무시무시한 분위기를 자아내거나 인간에게 내재하는 섬뜩하고 기괴한 이상 심리를 다루는 소설을 통틀어 고딕 소설이라고 부르게 되었다. 이렇게 탄생한 고딕 소설은 영국을 넘어 유럽 전역으로 확산하면서 독자층을 넓혀갔다.

200여 년 전 유럽의 독자들이 열광했던 고딕 소설은 현재까지도 그 명맥을 이어 나가고 있다. 프랑켄슈타인이나 드라큘라가 공포물의 전형적인 캐릭터로 굳어진 것도 이를 방증하고 있다. 현재 두터운 마니아층이 형성되어 있는 호러, 스릴러, 미스터리, 서스펜스 장르의 영상 콘텐츠는 고딕 소설을 원작으로 하는 경우가 적지 않다. 이차원 공간에만 갇혀 있던 고딕 소설이 삼차원 공간으로 확장된 셈이다.

그렇다면 러시아의 고딕 소설이 갖는 특별한 점은 무엇일까?

유럽의 고딕 소설이 러시아에 들어오게 된 것은 1790년대였다. 유럽에서는 고딕 소설의 열풍이 이미 최고조에 달했던 시기에 호러스 월폴의 『오트란토 성』이 뒤늦게 러시아어로 번역되어 전파된 것이었다. 고딕 소설의 발생지인 영국과의 공간적 거리만큼 러시아에서 고딕 소설이 반향을 불러일으키기까지는 얼마간의 시간차가 있었다. 러시아의 작가들은 월폴의 『오트란토 성』을 필두로 한 낯선 작가들의 새로운 작풍에 자극과 충격을 동시에 받았고 고딕 소설의 전반적인 분위기를 지배하는 '공포'라는 소재에 주목하면서 점차 자신들의 작품에도 접목하기 시작했다.

유럽의 고딕 소설이 중세를 배경으로 악마나 악마의 저주와 같은 초자연적 요소, 비극적 로맨스와 운명, 인간의 모순적인 본성을 다루는 데 주력한다면, 러시아의 고딕 소설에서는 서유럽 고딕 소설이 가진 특징과 더불어 구비 문학적 요소, 등장인물이 겪는 정체성 모색과 심리적 고뇌의 과정, 러시아 특유의 풍경과 자연환경, 현실적인 사회 문제에 대한 비판적 시각 등이 더 강하게 드러난다. 이와 같은 특징은 이 책에서 소개한 열두 작품을 통해 확인할 수 있을 것이다.

이 책은 한국의 독자들에게는 낯설지만, 러시아의 고딕 소설 마니아층에서 꾸준한 사랑을 받아온 중단편을 선정하여 시대순으로 엮은 결과물이다.

우선 안토니 포고렐스키의 「라페르토보의 양귀비씨앗빵 노파」(1825)는 열두 작품 중 유일하게 19세기에 발표된 작품이다. 많은 문학 애호가에게 알려져 있다시피 러시아 문학사에서 19세기는 푸시킨, 고골, 톨스토이, 도스토옙스키, 체호프 등의 작품으로 수놓인 '황금기'로 불리는 시기다. 사실 푸시킨의 「스페이드 여왕」과 「장의사」, 그리고 고골의 「코」와 「외투」 등과 같은 작품도 고딕 소설로 분류할 수 있지만, 안토니 포고렐스키라는, 한국 독자에게 다소 낯선 작가의 작품을 고르게 된 데에는 크게 두 가지 이유가 있다. 첫째, 안토니 포고렐스키의 「라페르토보의 양귀비씨앗빵 노파」는 러시아 최초의 고딕 소설로 평가되는 작품이다. 특히 러시아의 대문호 푸시킨이 이 작품을 높이 평가한 것으로 전해지고 있으며 '벨킨 이야기'에 수록된 단편 「장의사」에서는 이 작품을 인용하기도 했다. 둘째, 숨겨진 러시아 작가를 한국 독자들에게 소개하고 싶었다. '옮긴이의 사심이 지나친 게 아닌가?'라는 곱지 않은 시선을 감수하고서라도 러시아에는 이런 작가도 있었음을 알리고 싶었다.

1900년대에 쓰인 고딕 소설 중에는 세 작품을 선정했다. 발레리 브류소프의 「난 지금 잠에서 깼다…—사이코패스의 수기」(1903), 알렉산드르 이바노프의 「입체경—기묘한 이야기」(1905), 지나이다 기피우스의 「상상—한밤의 이야기」(1906) 등이다.

원래 발레리 브류소프의 고딕 소설 대표작으로 꼽히는 작품은 「거울 속에서」(1902)다. 하지만 이 작품은 영어 등 다른 외국어로 번역된 적이 이미 있는 것으로 확인되었고, 여기에 한 번 더 '사심'이 발동하여 대표작보다는 상대적으로 덜 유명하지만, 신비주의적 작풍은 그에 못지않게 뛰어나며 '호러'적 요소는 오히려 더 강력하다고 평가받는 「난 지금 잠에서 깼다…—사이코패스의 수기」를 싣기로 했다.

알렉산드르 이바노프의 「입체경—기묘한 이야기」는 푸시킨에서 시작되어 고골로 이어지는 '페테르부르크표' 판타지 문학의 계보를 잇고 있다. 1900년대 초 페테르부르크 시내 풍경에 대한 정밀한 묘사를 바탕으로 강렬한 공포감을 선사하는 작품이다.

「상상—한밤의 이야기」를 쓴 지나이다 기피우스는 이 책에 수록된 작가 중 유일한 여성 작가다. 데카당파 문학 운동을 주도한 러시아 상징주의 작가의 대표 주자로 꼽히는 작가가 고딕 소설로 분류할 수 있는 작품을 남겼다는 점이 흥미로워서 이 책에 포함하기로 했다.

이 책에는 1920년대 작품이 가장 많이 실려 있다.

알렉세이 톨스토이의「칼리오스트로 백작」(1921)은 18세기 유럽 전역에서 사기 행각을 벌였던 이탈리아 출신 연금술사 알렉산드로 디 칼리오스트로의 이미지를 본격적으로 차용한 소설이다. 1980년대에는 현대적으로 재해석되어 뮤지컬 영화로 만들어지기도 했다.

「미치광이 화가」(1921)는 러시아 작가 중 최초로 노벨 문학상을 받은 이반 부닌의 작품이다. 러시아 사실주의 문학의 전통을 계승한 작가로 평가받는 이반 부닌이 아내를 잃은 개인적인 아픔을 주인공에게 투영하여 러시아의 고대 도시를 배경으로 절망적이고도 염세적인 분위기를 그려 낸 고딕 소설이다.

미하일 불가코프는 한국 독자들에게도 잘 알려진 작가다. 그가 말년에 집필하고 사후에 발표된「거장과 마르가리타」(1967)는 20세기의 걸작으로 손꼽히고 있으며 역시 작가의 사후에 발표된「개의 심장」(1987)은 고딕적 색채가 강하게 드러나는 수작이다. 이 책에 수록된「붉은 면류관」(1922)과「심령회」(1922)는 각기 다른 방식으로 당대의 현실 세계를 풍자한다.「붉은 면류관」은 이후의 수많은 작품에서 모티브로 삼은 '전쟁에서 전사한 동생'을 소재로 활용하여 우크라이나 내전(1917-1921)의 참상을 주인공의 심리적 묘사로 풀어낸다. 우크라이나 내전은 1917년 러시아에서 발생한 2월 혁명과 10월의 단초를 제공하여 제정 러시아의 몰락과 소련의 1차세계대전 참전이라는 결과를 낳은 사건이다. 「심령회」는 그로테스크 기법과 희곡적 요소를 적용하여 당대의 정권을 비꼬고 있다.

작품 선정에 관한 얘기는 아니지만, 우크라이나가 언급된 김에 덧붙이자면, 이 책에서는 러시아어식으로 '키예프' 또는 우크라이나어식으로 '키이우'로 표기되는 도시명을 모두 '키예프'로 통일했다. 여기에 실린 작품 속에서는 직접적으로 언급되는 일이 없었지만, 작가 소개 등에 이 도시명을 써야 할 때 두 가지 표기 방식 중 '키예프'를 선택했다. 우선 국립국어원이 두 가지 방식의 표기가 모두 가능하다는 태도를 보이고 있기도 하고, 이 책에 소개된 작가 중 미하일 불가코프와 시기즈문트 크르지자눕스키는 우크라이나 출신 작가지만, 러시아어를 기반으로 작품 활동을 했기 때문에 러시아어식 표기에 따랐음을 밝혀둔다.

한편 알렉산드르 차야노프의 「베네치아 거울—유리인간의 엽기 행각」(1923)은 19세기 러시아 고딕 소설에 단골로 등장했던 '분신'을 소재로 삼아 사악한 존재로 '흑화'한 자신의 '분신'을 추격하는 상황과 심리를 묘사해 냈다. 알렉산드르 차야노프는 독일 작가 호프만과 러시아 낭만주의 작품에서 나타나는 신비주의적이고도 탐미적인 문체로 공포스러운 분위기를 표현했다.

알렉산드르 그린의 「쥐잡이꾼」(1924)은 당대의 현대적인 대도시가 안고 있던 수많은 해악을 '거대한 쥐'로 형상화하여 공허한 대도시에서 '쥐'와 벌이는 외로운 사투를 암울하고도 초현실적인 분위기로 그린 작품이다.

1930년대에 발표된 러시아 고딕 소설 중에서는 시기즈문트 크르지자놉스키의 「스틱스강 다리」(1931)와 다닐 하름스의 「노파」(1939)를 골랐다.

「스틱스강 다리」를 쓴 시기즈문트 크르지자놉스키는 우크라이나 키예프 출신의 작가로 '시대가 놓쳐버린 천재'로 평가된다. '러시아의 보르헤스' 내지는 '러시아의 카프카'로 불리기도 한다. 특히 「스틱스강 다리」는 시간과 삶에 대한 깊이 있는 통찰을 그로테스크와 풍자로 풀어낸 작품이다.

다닐 하름스의 「노파」는 알렉산드르 이바노프의 「입체경—기묘한 이야기」와 마찬가지로 '페테르부르크표' 판타지 문학의 명맥을 잇는 작품이다. 중심 사건, 상황, 심리, 배경 등을 매우 섬세하게 묘사하여 괴기스러운 분위기를 자아내고 있는 이 작품은 극적 요소가 특히 뛰어나 1990년대 이후에는 영화와 연극으로 만들어지기도 했다.

이렇듯 저마다 다양한 나름의 이유로 작품을 선정하게 되었다. 그리고 번역할 작품을 확정한 이후 1년이 조금 넘는 시간 만에, 정확히는 1년 1개월 만에 번역을 완료했다. 번역 작업은 역시나 쉽지 않았다. 작품마다 문체와 분위기가 각기 다른 데다가 단순히 단어와 문장의 의미를 정확하게 옮기는 것을 넘어 문화적 맥락을 '똑똑하게' 옮긴다는 것은 언제나 그렇듯 간단한 일이 아니었다. 이 자리를 빌려 세상의 모든 문학 번역가에게 진심 어린 존경의 뜻을 표한다.

번역 작업 자체도 어려웠지만, 전 세계적인 팬데믹이라는 상황 역시 심리적으로 적잖은 영향을 끼쳤다. 외부와 반강제적으

로 단절된 혼자만의 시간이 지나치게 길어질 수밖에 없는 환경
은 작품과 작업에 온전하고 충분하게 몰두할 수 있는 여건을 만
들어주어 작업 과정에 어느 정도는 긍정적으로 작용했던 건 사
실이다. 하지만 전반적으로 우울하고 음침한 작품의 분위기에
잠식되어 쉽사리 헤어나지 못하기도 했음을 이제 와서야 고백해
본다. 이래저래 번역 기간이 예상보다 늘어지다 보니 애당초 약
속했던 마감 기일을 미루고 미루기를 반복해야만 했다. 물색없
이 마감 기일을 늘려 달라고 부탁할 때마다 늘 격려와 인내로 이
해하고 기다려준 미행에게도 깊은 감사의 인사를 전한다.

자, 이제는 이 책을 마주하고 있을 당신이 즐길 시간이다. 차
린 건 없지만 부디 맛있게 많이 드시길….

2023년 12월
김경준

　편집자, 디자이너, 저자 혹은 역자, 아이디어, 기획, 흐름, 인쇄소, 괜찮다는 핑계, 괜찮지 않다는 자위, 섭외, 협의, 시장 조사, 작게 만들 것인가? 크게 만들 것인가? 교정지, 구글 번역기, 종이, 신호음, 좀 더 서두릅시다, 드라이브, 쉼표가 왜 이렇게 많지? 파주, 강서구, 하얀색, 커피, 껌, 클립들, 오직 하나만이야, 여기 탈자가 있네요, 술, 기다림, 제목 확정, 표지 시안, 사양 확정, 인스타 광고를 돌려? 선생님 정말 고생 많으셨습니다, 이 책을 보는 누구라도 알 수 있을 거예요.

　출판사를 한다고 하면 "그럼 직접 글을 쓰시는 건가요?" 하는 물음이 따라온다. 아니면 "책을 만드신다고요? 사무실이 커야겠어요." 하고 책 만드는 기계를 묻기도 한다. 직업이 출판 편집자라고 하면 이상야릇한 표정을 마주하는 것과 마찬가지겠다. 한번은 주로 무슨 책을 내느냐는 질문에 해외 문학을 다룬다고 답했는데, "우와! 그럼 외국어를 몇 개 하시나요?" 하는 감탄까지 받아냈다. 영어도 잘 못 하는 나는 우쭐할 것인가, 침묵하여 우쭐함을 배가시킬 것인가. 하하, 그럴 리가요. 번역은 번역가가 하지요.

그럼 편집자는 무슨 일을 하며, 책은 인쇄소에서 만드는데 출판사는 무슨 일을 하느냐는 궁금증에 대해서는, 이 지면에서는 우선 지나가자. 나는 그냥 '편집 후기'를 쓰면서 출간 직전까지 온 작업물을 두루 보는데, 저자 약력이 11개나 되는 걸 그걸 말하고 싶었다. 이 책은 저자가 11명이니까 약력도 11개이고, 이건 다 이 책의 번역가가 번역하고 다듬은 '원고'이다. 번역 작품, 즉 이 책에 실린 소설들뿐 아니라 약력은 출판사가 아니라 모두 번역가가 각종 정보를 토대로 준비한 것이며 '일러두기'에 있듯이 소설에 달린 주들도 다 번역가가 만든 것이다.

너무 많은 저자 약력을 관망하면서 드는 느낌 탓도 있겠고, 내가 편집자를 하며, 출판사를 운영하며 받는 오해 비슷한 것을 책에 참여하는 번역가도 어쩌면 비슷한 맥락으로 받아오지 않았을까 하는 짐작에서 비롯된 편집 후기랄까. 사정이 다른 곳도 있겠지만, 기본적인 원고 외에 부속물 준비도 번역가의 일이다. 그건 어쩌면 보도자료, 홍보 준비에까지 미칠 수 있다. 이 책에서 그 영역은 작품 선별을 위한 사전 조사에까지 미쳤다.

이 책은 이제까지 이십 여권을 내온 미행에서 가장 쪽수가 많은 책이다. 가장 다수의 저자인 것은 당연하며, 그만큼 시간과 품도 많이 들였다. 교정지가 오가는 지난한 과정은 생략하더라도, 우리의 노고를 말할 수 있는 지면이 이렇게 몇 쪽 정도는 있어도 되지 않을까, 아니, 있어야 하지 않을까 난 생각한다. 그러니 이렇게 내 마음대로 쓰고 있겠지. 이곳은 문학, 소설, 감동, 액션과는 상관없다.

　책은 창고에서 보관해요. 제가 글을 쓰다뇨, 전 뭘 책으로 만들면 좋을지 고민하죠. 선생님, 소중한 의견 감사합니다. 대표님, 출판사 의견에 전적으로 동의합니다. 집필 연도에 오류가 있으니 수정 부탁드립니다. 늘 애써주셔서 감사합니다. 사실 저는 지난주부터 치앙마이에 있어요. 눈이 오는 한국에는… 아! 근래 들었던 가장 근사한 말로 편집 후기를 마무리하고 싶다. "제가 번역을 하는 이유는 번역이라는 행위가 너무 좋기 때문입니다. 저는 번역하며 더 나은 사람이 되었습니다." 번역가는 헤엄을 치고 편집자는 수영을 한다. 우리는 서로를 전혀 모른다.

미행에서 만든 책들

1	소설	마르셀 프루스트	최미경	**쾌락과 나날**
2	시	조르주 바타유	권지현	**아르캉젤리크**
3	소설	유리 올레샤	김성일	**리옴빠**
4	시	월리스 스티븐스	정하연	**하모니엄**
5	소설	나카지마 아쓰시	박은정	**빛과 바람과 꿈**
6	시	요제프 어틸러	진경애	**너무 아프다**
7	시	플로르벨라 이스팡카	김지은	**누구의 것도 아닌 나**
8	소설	카트린 퀴세	권지현	**데이비드 호크니의 인생**
9	르포	스티그 다게르만	이유진	**독일의 가을**
10	동화	거트루드 스타인	신혜빈	**세상은 둥글다**
11	산문	미시마 유키오	강방화·손정임	**문장독본**
12	소설	마르셀 프루스트	최미경	**익명의 발신인**
13	시	E. E. 커밍스	송혜리	**내 심장이 항상 열려 있기를**
14	시	E. E. 커밍스	송혜리	**세상이 더 푸르러진다면**
15	산문	데라야마 슈지	손정임	**가출 예찬**
16	칼럼	에릭 사티	박윤신	**사티 에릭 사티**
17	산문	뤽 다르덴	조은미	**인간의 일에 대하여**
18	르포	존 스타인벡·로버트 카파	허승철	**러시아 저널**
19	소설	윌리엄 포크너	신혜빈	**나이츠 갬빗**
20	산문	미시마 유키오	손정임·강방화	**소설독본**
21	소설	조르주 로덴바흐	임민지	**죽음의 도시 브뤼주**
22	시	프랭크 오하라	송혜리	**점심 시집**
23	산문	브론테 자매	김자영·이수진	**벨기에 에세이**
24	소설	뱅자맹 콩스탕	이수진	**아돌프/세실**
25	산문	안드레이 플라토노프	윤영순	**전쟁 산문**
26	소설	안토니 포고렐스키 외	김경준	**난 지금 잠에서 깼다**

한국 문학

1	시	김성호	**로로**
2	시	유기환	**당신이 꽃 옆에 서기 전에는**

옮긴이 김경준은 일찍이 소련이 해체된 이듬해에 대일외국어고등학교 러시아어과에 입학하면서 러시아어를 배우기 시작했다. 이후 성균관대학교 노어노문학과를 졸업하고 한국외국어대학교 통번역대학원 한노과에서 석사 학위를 받았다. 현재 정치, 외교, 과학기술, 국방, 경제, 학술, 문화예술 등 다양한 분야에서 프리랜서 통번역사로 활동하면서, 중앙대학교 국제대학원 통번역학과 한노과에서 강의를 병행하고 있다. 과거에는 러시아교육문화센터 '뿌쉬낀하우스'에서 교육센터를 운영관리하는 업무를 담당했고 우즈베키스탄 공화국 정보기술통신발전부에서 차관 보좌 겸 인하우스 통번역사로 재직했다. 문화예술 콘텐츠에 대한 각별한 애정으로 〈아이스〉(올레그 트로핌 감독, 2018)를 비롯한 러시아 영화 10여 편과 〈사도〉(이준익 감독, 2015)를 비롯한 한국 영화 10여 편을 각각 한국어와 러시아어로 번역했다. 옮긴 책으로는 『알쏭달쏭 러시아인—러시아 비즈니스, 이것만은 알고 가자』(공역), 레프 톨스토이의 『크로이처 소나타』 등이 있다.

난 지금 잠에서 깼다
러시아 고딕 소설

안토니 포고렐스키 외
김경준 엮고 옮김

초판 1쇄 발행 2024년 3월 5일
초판 2쇄 발행 2024년 6월 10일

펴낸곳 미행
전화 070-4045-7249
인쇄 제책 영신사

출판등록 제2020-000047호
메일 mihaenghouse@gmail.com

ISBN 979-11-92004-20-4   03890